떼스마스크의 悲劇
그와 그들의 戀人

떼스마스크의 悲劇 · 그와 그들의 戀人

1950년대 최정희 신문연재소설

초판 인쇄 · 2018년 1월 10일
초판 발행 · 2018년 1월 20일

지은이 · 최정희
엮은이 · 이병순
펴낸이 · 한봉숙
펴낸곳 · 푸른사상사

편집 · 지순이 | 교정 · 김수란 | 마케팅 · 이영섭
등록 · 1999년 7월 8일 제2-2876호
주소 · 경기도 파주시 회동길 337-16(서패동 470-6)
대표전화 · 031) 955-9111~2 | 팩시밀리 · 031) 955-9114
이메일 · prun21c@hanmail.net
홈페이지 · http://www.prun21c.com

ⓒ 이병순, 2018
ISBN 979-11-308-1253-3   03810
값 35,000원

이 도서의 국립중앙도서관 출판예정도서목록(CIP)은 서지정보유통지원시스템 홈페이지
(http://seoji.nl.go.kr)와 국가자료공동목록시스템(http://www.nl.go.kr/kolisnet)에서 이
용하실 수 있습니다.(CIP제어번호:CIP2018000269)

■ 한국문학의 발굴

떼스마스크의 悲劇
그와 그들의 戀人

1950년대 **최정희** 신문연재소설

이병순 엮음

푸른사상
PRUNSASANG

최정희는 한국 근현대문학사에 뚜렷한 족적을 남긴 대표적인 여성 소설가다. 그녀는 「인맥」, 「지맥」, 「천맥」 등 이른바 삼맥 시리즈와 「풍류 잡히는 마을」, 「정적일순」 등의 작가로, 또 시인 김동환의 아내이자 소설가 김지원과 김채원의 어머니로도 잘 알려져 있다.

이 책은 그런 최정희가 1950년대 일간지에 연재했던 두 편의 장편소설을 묶은 것이다. 그녀의 오래전 두 작품을 세상에 내놓는 이유는 간단하다. 연구자들에게는 그동안 알지 못했거나 구할 수 없었던 작품을 제공해 연구의 토대를 마련해주고자 함이고, 일반 독자들에게는 1950년대 삶의 현실과 최정희 문학의 일면을 경험해볼 수 있는 기회를 주기 위해서이다. 그러기 위해 소설의 원문 역시 당대 신문에 연재된 표기 그대로 살려 썼고, 작품 뒤에는 이 두 소설에 대해 쓴 내 논문을 첨부했다.

학문의 세계에 들어선 지도 꽤 되었건만 여전히 읽을 책은 넘쳐나고 할 일 또한 태산이다. 무심하고 무정한 탓에 제대로 사람구실도 못 하고 살아가지만 그런 나를 기꺼이 이해해주는, 내 곁에 있는 사람들께 고마움을 전한다.

무엇보다도 열악한 출판 상황 속에서도 흔쾌히 출판을 허락해주신 푸른사상사 한봉숙 사장님과 편집부 여러분께도 고개 숙여 감사의 인사를 드린다.

2018년 새해
이병순

차례

일러두기

1. 소설은 당대 신문에 실린 원문 그대로 표기하는 것을 원칙으로 한다.
2. 띄어쓰기의 경우 의미의 혼란을 주거나 독해가 어려울 여지가 있어 어법에 맞게 수정한다.
3. 원문에 ××로 표기되어 있는 부분은 ××로, 원문 상태가 몹시 불량하여 도저히 판독 불가능한 부분은 □□로 표기한다.
4. 문장의 끝에 온점(마침표)이 누락된 경우가 많은데 모두 온점을 넣어 표기한다.
5. 한자의 경우 한자와 한글을 병기하거나 한자만을 표기한 원문을 그대로 따른다.
6. 원문에 연재 회차에 오류가 있거나 등장인물의 이름이 잘못 쓰인 경우 각주를 달아 내용을 설명한다.
7. 문맥상 명백한 오자인 경우 바로잡는다.

떼스마스크의 悲劇

석 잔이 아니면 넉 잔쯤 마셨을 것이다. 누님이 찌개 한 가지를 더 갖다 놓고 누님도 한자리에 앉았다. 금방 앉자마자 마루문이 드르륵 열리는 소리가 났다.

"누가 오셨어요?"

누님이 앉은 채로 소리를 내뜨렸다.

"나야."

"매부가 오시는군."

매부의 소리인 줄 알고 나도 앉은 채로 이렇게 외우곤 정상기 씨가 건네주는 잔을 받았다.

잔을 비이느라고 나는 알지 못했다. 누님이 술상 위에 콱 엎어지며

"어이 어째."

하는 높지 않은 비명이 들이고 연이어

"이 더러운 년 같으니라구. 네가 갈보야? 이 화냥년아……."

하는 분노에 떠는 소리와 함께 술상에 엎허진 누님을 잡아 일으켜 왼손으로 붙잡고 남은 한손으로 어디라 없이 갈겨대는 매부의 주먹이 보이였다.

그러다가 매부는 또 정상기 씨에게로 달려들었다.

정상기 씨가 크고 좀 밖으로 불룩 눈을 디굴디굴 굴리면서 당황히 일어섰다.

"아니. 이거…… 아니 이거 원……."

"이 자식 너 누군데 내 집에 와서 술상을 벌려 놓구 이러는 거야? 으응."

매부의 주먹이 정상기 씨의 면상으로 올라갔다. 정상기 씨가

"아이구. 아이구."

소리를 연발하며 뒷걸음질을 치는 것이었다. 그러면서 내가 앉아 있는 쪽으로 다가오는 것이었다.

나는 뒷걸음을 치는 정상기 씨 뒷모습에서 정상기 씨가 구원을 청하고

있다는 것을 알았다.

　그렇지 않아도 나의 주먹이 들먹거리고 있던 터였다.

　"선생님은 댁에 돌아가십시요."

　뒷걸음질 치는 정상기 씨의 앞을 가루막아 나서며 내가 한 말이었다.

　말은 이렇게 했으나 나는 매부의 면상을 노려보고 있었던 것이다.

　때마침 전등이 켜 있어서 전등불에 비치는 매부의 얼굴이 아주 번쩍해 있는 것을 분명히 보았다. 죽은 사람의 얼굴과 같다고 생각되었다. 지나치게 질린 탓이리라는 생각도 들었다.

　위선 나는 그 떼스마스크와 같은 매부의 면상을 쥐어박았다. 아무 말 없이 네댓 번 쥐어박았을 것이다. 그러고 나선

　"이게 무슨 짓이요? 무슨 상것의 짓이냐 말이오? 우리 집안에선 이런 상놈의 짓 하는 걸 본 일이 없어. 본 일이 없어."

하면서 매부의 멱살을 꽉 훌어 잡아 쥐고 흔들다가 벽 쪽으로 내동댕이 쳐버렸다.

　좋알거리다간 울고 울다간 좋알거리던 누님이 내가 하는 행동에서 힘을 얻었던지

　"갓잖은 것이. 에이구 참 더러워서 죽겠네. 제깐 것이 날 때려? 어쨌다구 때리는 거야. 형재가 약주 한잔 대접하겠다구 모시구 온 손님인데 왜 망신스럽게 구는 거야? 그이가 누군 줄 알구 그래? 형잴 취직 식혀 준 사람이야. 고마운 줄두 몰라? 곱다라니 밥을 얻어먹거들랑 고마운 줄이나 알아."

　누님은 한 줄에 이렇게 기인 말을 줄줄이 느려놓는 것이었다. 누님의 얼굴도 매부의 것과 같았다. 나는 매부의 그러한 얼굴도 처음인 동시에 누님의 그러한 얼굴 처음 보았던 것이다.

2

　그러한 얼굴만 처음일 뿐 아니라 누님이 이처럼 매부를 무시해 버리는

태도도 처음 보았다.

하긴 매부도 지금까지 없었던 행동이었다.

누님이 매부한테 함부로 나서는 눈치를 못 채린 것이 아니었다. 매부가 국회의원에서 떨어져 나온 뒤부터 누님은 매부에게 대하는 태도가 달라졌다. 매부가 국회의원으로 있을 땐 누구에게 매부를 이야기할 적이면 '우리 주인께서 어쩌고 혹은 나아리께서 어쩌고' 했다. 반느시 남과 이야기하는 경우에만 그렇지 않았다. 매부 앞에서 누님은 양과 같이 온순했다. 매부의 말이면 무엇이나 '네' '네' 해 가며 복종했다. 아침에 나갈 적이면 언제나 자동차에까지 나가서 전송했으며 돌아오는 때에도 반드시 마중을 나갔다. 매부가 한번 일찍 돌아와 본 일이 없건만 또 언제나 술이 만취했지만 누님은 줄곧 웃는 낯으로 대했다.

처음엔 곁에서 보고 있으랴니 계면적기까지 했다. 누님이 매부 앞에서 말을 한다거나 웃는 일을 보지 못했기 때문이었다.

누님은 매부와 의가 좋지 못했다. 어머님은 통이 말씀이 없었으니 모르지만 할머니께서는 여간 걱정을 안 하셨다.

"사내가 계집을 싫다는 법은 있어도 계집이 사낼 싫어하는 일이 어찌 있을까 부냐."

고 늘 말씀하시던 일이 귓전에 또렷하다.

누님은 첫날밤부터 매부를 징그럽다고 했다. 첫날밤 도저히 누님은 그냥 견디기가 어려워서 신혼 방을 나왔던 것이다.

문밖에서 신방을 엿보고자 문에 구녕을 뚫어 가며 호기심을 잔뜩 안고 서성대는 사람들 틈을 빠져 누님은 후원으로 내달렸던 것이다.

문밖에서 서성대던 사람들이 어이가 없어하던 모양도 눈에 화안히 보인다. 할머니께서 어쩔가 부냐고 비명 같은 것을 치시던 것도 기억하고 있다.

나는 그때까지 자지 않고 있었던 것이다. 방마다 사람들이 웅성거릴 뿐 아니라 방마다 뜨거워서 잠을 자 낼 수가 없었다.

사람들이 웅성거리고 할머니가 비명을 치시고 하는 바람에 나는 방에서 뛰어나왔다. 할머니가 후원 쪽으로 돌아 들어가시는 것이 보였다. 할머님의 뒤를 따라가 보고 싶었다.

낮엔 소낙비가 쏟아졌는데 달이 떠 있었다. 달이 어느 때쯤에 떳는지 모르나 해맑은 얼굴을 빠꿈히 내밀고 있었다. 구름이 뽀얗게 껴 있었다. 소낙비 맞은 나무들이 진초록 가지를 드리고 있었다.

할머니께선 연신 무엇이라고 중얼거리며 걸으셨다. 흰 치마자락이 세차게 흩날리는 것으로 보아 평소보다 재게 걸으신다는 것을 알았다. 할머님의 중얼거리시는 소리를 다 알아듣지는 못했다. 낮에 소낙비가 떨어진 잎 같은 것이 벌써 심상치 않더니 이런 변괴가 벌어진다고 뇌까리시는 말씀만 들었다. 좀 더 바싹 뒤를 따랐으면 다 들을 수 있었겠지만 할머니께선 성미가 급하셔서 누구나 가까이 가기를 주저했던 것이다. 더구나 이런 경우엔 한층 주의를 해야 했던 것이다. 안에서 웅성거리기만 하면서 할머니의 뒤를 따르지 못하는 것도 모두 그 까닭일 것이라고 짐작되었다.

3

조모님이 '심상찮다'고 하신 것은 낮의 생긴 일을 거드신 말씀이었다.

쨍쨍하던 하늘에 금새 검은 구름이 덮이기 시작하더니 비가 오려나 부다고 이런 말이 사람들 입에서 나오기도 전에 번개불이 퍼뜩이고 천둥이 천지를 뒤엎는 듯 울면서 소나기가 눈을 못 뜨게 쏟아졌다. 이거 웬 소나기가 이렇게 쏟아질가 부냐고 중얼거리기도 전에 이번엔 또 언제 그랬더냐는 듯이 비가 딱 멈췄던 것이다.

그러나 그러는 사이에 채려 논 신랑의 큰 상이 허리가 두 동창으로 난 것이다. 큰상을 보살펴 주던 진돌 영감의 말을 들으면 벼락이 와 떨어진 것도 아닌데 어느 걸에 그리 되었는지 모르게 그리 되었다는 것이었다.

조모님이 초당 앞에까지 이른 즉 누님은 초당 툇마루에 웅크리고 앉아 있었다. 그렇게 앉아 있는 누님을 보시더니 조모님은 침이 마른 듯한 어조로

"네가 미쳤냐? 이게 무슨 요망이냐? 어서 들어가자. 썩 일어서라."

고 여니 때와 마찬가지로 오히려 더하게 위엄을 보이셨다. 누님은 처참하리만큼 창백한 얼굴을 들어 조모님을 올려다보더니

"할머니 그냥 둬두세요. 저 여기 있겠어요. 무서워서 그래요. 징그러워서 그래요."

하고 울부짖었다. 누님은 확실히 떨고 있었다. 다채로운 옷에서 반사(反射)되는 월광(月光)의 파동으로 그것을 알 수 있었던 것이다. 그 다채로운 신부의 옷으로 해서 누님의 얼굴은 더 처참했던지 모른다. 떼스마스크에 흡사한 것이었다. 지금 바루 저 얼굴이다. 매부를 쏘아보며 쫑알거리고 있는 저 얼굴이 바루 그 얼굴에 흡사한 것이다. 그 떼스마스크와 같은 그 얼굴에 지금 저 얼굴이 —.

나는 누구에게 가는 것인지 모를 분노(憤怒)가 치받쳐 올랐다. 앞에 벌려논 채로 있는 술상을 데깍 틀어서 누님과 매부 사이에 박살이 되라고 내려박았다.

이 소리가 무척 요란했던 모양이다. 옆방 칸에 놀러 갔던 조카들이 방으로 달려왔다.

큰조카가 먼저 미닫이를 열었다. 눈이 휘둥그레 했다. 작은조카가 언니 다리 사이로 머리를 빼꼼이 들이밀었다. 그도 방 안의 험악한 공기를 짐작한 모양이었다. 언니와 똑같은 얼굴로 변해갔다.

그들이 어머니와 외삼촌이거나 어머니와 아버지가 싸우는 것을 보았지만 어머니 아버지 외삼촌 아울러 이렇게 싸우는 것을 본 일이 없을 것이다. 또 이렇게 집어 동댕일 치는 일도 처음 보았을 것이다.

언제나 싸움은 누님 쪽에서 걸어오게 되고 캘 것도 없이 또 승리는 누님 쪽에서 거두게 되는 탓으로 이러한 광경이 벌어질 수가 없었다. 매부도 무언(無言)으로 패배(敗北)를 당했으며 나 역시 무언으로 일관했던 것이다. 여름이면 홑이불 겨울이면 솜이불 어느 것이나 푹 뒤집어쓰기만 하면 무난히 넘길 수 있었던 것이다. 매부도 나에게서 배웠던지 차츰 이 전술을 쓰게 되었

다. 물론 매부가 국회의원에서 떨어져 나온 뒤의 생긴 일이었다. 매부가 국회의원으로 있을 적엔 누님은 늘 희희낙락해 있었으니까. 누님은 이때부터 누님의 성격을 잃어버리고 만 것 같다. 이렇게 되면 사실 패배는 누님 쪽에 있는 것 같기도 했다. 누님은 이불 속에 들어 있는 매부나 나를 이불 위로 뚝 들겨 패다가 이불을 후딱 벗겨 내기도 했지만 누님의 힘보다는 매부나 나의 힘이 더 승하고 보니 이불을 다시 뒤집어쓰는 일들이 문제가 아닌 것이다.

4

"이놈아. 이렇게 박쌀을 내 났으니 어따 밥을 받아 먹냐 말이냐. 이 거지꼴아지 같은 놈아. 넌 영낙없는 거지 꼴아지야. 깡통만 하나 참 영낙없는 거지야……."

누님이 나에게로 고추선 눈을 돌리고 악을 쓰는 것이었다.

나는 아무 소리 없이 이 족하들이 휘둥그려 해 서 있는 미닫이문을 와락 밀어 재끼며 밖으로 나왔다.

족하를 □□□□ 밀어뜨리면서. 찬바람이 한 아름 와 안겼다.

밖으로 나오기를 잘했다는 생각이 들었다.

"외삼촌 어디 가?"

큰족하가 뜰아래 내려서는 나의 발을 멈추게 했다. 어느 때나 족하들하고는 함부로 굴 수가 없었다. 어룬들이 뒤숭숭하게 굴라치면 족하들이 나와 가깝게 지냈고 나 역시 어룬들은 입안에 신물이 들도록 싫을 때더라도 족하들만은 좋았던 것이다. 누님이 못 배겨 내는 이불도 이 족하들의 한마디 말로써 떨쳐 버릴 수가 있는 것이었다. '외삼촌 말을 태워줘.' 하고 졸르면 심명이 안 나더라도 등어리를 그들 앞에 들려 대었고 '외삼촌 이야기해 줘.' 하면 귀찮더라도 이야기를 짓거렸던 것이다.

"나 얼른 다녀올께. 집에 있거라."

돌아다보니 족하 둘이 다 나에게로 향해 서 있는 것이었다. 그냥 서 있는 게 아니라 이제 곧 따라 나설 태세를 취하고 있는 것이었다.

"오긴 어딜 와? 또 들온단 말이야? 어디 가 죽어나 버려라. 이 거지꼴들아."

누님이 방에 쏟아진 것들을 치우는 모양이었다. 그릇 소리 하며 도모지 귀가 째앵 울려서 더 서 있을 수가 없었다. 옆방 집 아이들도 뒤 마루에 나와서 있었다. 그들은 족하들이 □□□에서 달려올 때부터 나와서 있었는지 모른다.

나는 족하들 손목을 이끌어다 옆방 집 아이들과 한데 세워 놓았다.

"애들하구 놀아라. 외삼춘 땅콩 사다 줄께."

나는 이럭저럭 족하들을 떨어뜨려 놓고 밖으로 나왔다. 찬바람이 마구 스쳐 지나갔다. 더 세찬 바람이 불었으면 싶었다. 얼굴을 씽씽 때리는 바람이면 좋겠다는 생각이었다.

다른 것은 쉬이 잊을 수 있는데 족하들의 얼굴만은 살아지지 않았다.

미닫이를 열고 들이민 얼굴 둘이 다 떼스마스크에 흡사한 것이었다. 어린것의 떼스마스크는 한층 보긴 어려운 것이라고 생각했다.

"가엾슨 것들."

내 소리가 입 밖에 나왔던지 모른다. 아무튼 족하들이 가엾다는 생각이 전신을 엄습했던 것만 사실이다. 누님은 괜스레 족하들을 낳아 가지고 그런다는 생각이 치밀었던 것이다. 숫제 낳지 않았더면 좋았을 것이라고 나는 언제나 이런 주장을 가지고 있는 것이다.

족하들은 아직 어려서 아무것도 모른다.

외삼춘이 자기들의 출생에 대해서 이러한 견해를 가지고 있다는 것도 자기들의 출생이 불행하다는 것도 모르고 있다.

큰족하가 여덟 살 작은족하가 일곱 살이다. 년년생이다.

매부가 국회의원으로 있을 때 낳은 아이들이다. 누님이 매부에게 최대의 써어비쓰를 하게 되던 때에 생긴 아이들이다.

그래서 매부나 누님의 연세로 본다면 아이들이 어린 편인 것이다.

골목 어구에 나서면 큰길이었다. 황혼이 짙게 깔려 있었다. 헬라이트들이 하늘과 땅에 반사광(反射光)을 휘두르며 질주했다.

니는 잠깐 눈을 감았다. 현깃증이 생기는 것을 깨달았던 것이다.

5

감은 눈에서도 여전히 조카들의 얼굴이 빙빙 돌았다. 눈을 떴다. 현깃증을 막기 위해서 다리에 힘을 주며 땅을 밟았다. 창경원 앞으로 지나면서부터 어디를 갈 것인가 하고 생각했다. 뛰쳐나올 때까진 어디로 가겠다는 결정이 없었던 것이다.

원남동 로타리에서 구름다리께로 돌아섰다. 저절로 발길이 그리로 돌아서는 것이었다. 길이 좋기도 하려니와 발 익은 길인 탓이리라. 이 길을 걸어가면 병빈 군의 하숙이 있었다. 원서동이었다.

버스를 타더라도 편리한 코오쓰였다. 돈하문 앞에서 내리면 고대니까. 그러나 나는 병빈 군을 찾을 때 버스로 가 본 일이 없었다. 걷는 것이 즐거웠다.

창경원 돌담을 끼고 돌아서서 구름다리 밑을 걷고 있느라면 겻겹지한 머리가 말짱히 부시워지는 것이었다. 플라타너스는 여기처럼 좋을 데가 없다. 여름엔 무성한 숲을 이루워 주고 가을엔 낙엽을 밟게 해 주는 것이다.

지금은 무성한 숲도 낙엽도 다 보내고 가지들만 남아 있다. 가지들도 정다웠다. 그들은 나에게 다리에 힘을 넣어 걸으라고 어둠 속에서 굵은 팔둑을 내밀어 흔들어 주었다. 병빈 군이 같이 걷는다면 무슨 말이든 한마디 있을 법한 광경이었다.

"얼마나 존가? 자네 살고 싶지 않은가? 이건 꼭 외국의 어느 거리의 풍경이야. 저 구라파 어느 존 나라 말이야. 서반아나 스에덴이나 그런 나라 말이야."

키가 껑충 큰 병빈 군의 어진 얼굴이 지나갔다. 병빈 군과 나는 무척 많이 이 길을 걸었던 것이다.

병빈 군과의 우정(友情)은 이 길이 있기 때문에 더 두터워졌는지 모른다.

나는 다리에 힘을 주어 걸었다.

여자 경찰서 앞을 지나 창덕궁 돌담이 나지기 시작하면 병빈 군의 하숙집 대문이 보였다. 바루 그 대문이 보인다기보다 그 대문 한쪽 편에 벌려 논 빈대떡 집 불빛이 보이는 것이다.

이 불빛이 보이기 시작하면 입에 군침이 돌았다. 어느 때나 늘 그랬던 것이다. 나는 군침을 삼키며 그 불빛을 향해 걸었다. 병빈 군이 거기 나와 있는지도 모른다는 생각을 하면서 발을 돌렸다.

그러나 그 앞에 이르러 찢어진 창구녕으로 들여다보았더니 병빈 군이 있지 않았다.

그가 거기 있다면 들여다보기 전부터 떠들썩할 건데 조용하길래 대강 들여다보고 그의 방을 향해

"병빈이."

하고 소리를 쳤다.

미닫이에 길다란 그림자를 세우며

"어서 오게. 반가운 손님도 오시고 했으니……."

하고 병빈 군이 미닫이를 열었다. 불빛을 등지고 있었으나 그의 얼굴에 화색이 만연해 있음을 알았다.

사실은 미닫이를 열기 전에 미닫이에 서리운 그림자에서 그것을 알았는지 모른다.

"반가운 손님이라니?"

나는 그의 방문턱 앞에 빨리 올라서며 되쳐 물었다.

"안녕하셋세요?"

병빈 군 뒤에 일어서 있는 여자의 인사말이었다.

여자는 익숙히 알고 있는 듯 방글방글 웃고 있었다. 좌우간 들어가 놓고 보자는 심산으로 문턱을 넘어섰다.

"자네 그새 잊어버렸나? 대구 청동 다방……."

병빈 군 말에서 나는 비로소 그가 누구인 것을 알아내었다.

6

"실례했읍니다. 몰라뵈서……"

"에키 이 사람. 그렇게 신셀 지구두 모른담."

여자는 그냥 방글방글 웃고만 있었다.

"피난 갔을 땐 참 폐를 많이 끼쳐 드렸는데…… 그런데 그때보다 더 젊어지셨군요."

"그래요? 그래서 몰라보셨군요."

여자는 호호호 웃음소리를 내어 웃었다.

사실 그가 젊어지기도 했지만 양장을 하고 있는 까닭에 몰라보았는지 모른다. 우리가 피난 내려갔을 적엔 조선옷만 입고 있었다. 그의 양장 맵시를 보기는 처음이다. 조선옷보다 그에겐 양장이 어울린다고 생각되었다. 알맞은 키에 쭉 뻗은 다리가 위선 눈에 들어왔다.

어깨에서 시작된 매끈한 선(線)이 허리를 지나 양쪽 다리로 거침없이 흘러 내려갔다.

조선 옷맵씨일 적에도 병빈 군은 이 여자를 모델로 써 보았으면 좋겠다면서 줄곧 입맛을 다셨다. 병빈 군이 끝내 모델로 쓰지 못한 것은 차차 이 여자에게 연정(戀情)을 두게 된 탓인지도 모른다.

"자꾸 좋아지는데. 좋아지니까 모델로 써 보겠다는 충동이 줄어져 가거든. 꽉 포옹해 주고 싶은 마음뿐야."

대구에 있을 때 일이다. 어느 날 병빈 군은 이 여자에게 가는 자기의 마음을 이렇게 토로했던 것이다. 그때 병빈 군의 말을 듣고 있으면서 나의 마음속 한구석에도 그것 비슷한 감정이 숨어 있지 않을가 살펴보았다. 나는 그때 병빈 군의 말을 들으면서 가슴이 왈칵 무엇이 치밀어 오르는 것을 깨달은 일이었다.

"연앨 하고 싶단 말이지? 연앨? 좋거들랑 하면 되잖아……"

나는 이런 말을 불쑥 그도 아주 무뚝뚝하게 해 버린 다음 청동 다방에 왔던 것이다. 언제 병빈 군과 같이 가 같이 앉았다가 같이 나오곤 했는데.

"마담이 아주 아름다워지셨어."

병빈 군은 눈을 가늘게 떠 여자를 보고 있었다.

그의 늘 하던 버릇대로. 그는 좋은 것을 보는 땐 언제나 눈을 가늘게 떴다. 자기 그림을 보는 경우엔 더 많이 그렇게 했다. 나의 조각(彫刻)을 보아 주는 때에도 이런 눈을 했다.

"마담은 싫어요. 마담이라구 말구 미쓰 서라고 불러 주세요."

여자가 아직 눈을 가늘게 뜨고 있는 병빈 군에게 어리광 비슷한 말투로 대어들었다.

"미쎄쓴대 미쓰 서라구 해서야 되나요. 미쓰 서니 미쎄스니 하는 따위의 대명살랑 우며 집어치고 서강옥 씨라고 부름 좋잖아. 씨끄러우면 성자도 씨짜도 다 떼 버려고 강옥이라고 불러도 좋구……."

"그래주세요. 전 강옥이라구 불러 주심 더 좋겠어요."

둘의 주고받는 말을 듣고서야 보니 여자의 이름이 서강옥이던 것이 기억이 떠올랐다. 공연히 나는 알 수 없는 즐거움이 가슴 한구석에 물쌀처럼 찰싹거리는 것을 알았다. 그것은 오래 떠나 있는 자기 마을 어구에 들어서는 때와 같은 감정과 비슷한 것이었다.

"허 군 우리 한잔하세나. 반가운 손님도 오시고 했으니……."

"그러잖아두 한잔하려 왔어. 자네가 저기 나가 있을 줄 알구 들올 때 들여도 봤어."

나는 대문깐 쪽을 턱으로 가리키며 말했다.

"그래? 오늘 저녁엔 강옥 씨 덕분에 우리 좀 고급주를 마실까?"

병빈 군이 주섬주섬 차비새를 해 가지고 밖으로 나갔다. 그는 껄껄 크게 웃기까지 했다. 누가 웃기지도 않고 그가 한 말이 웃으운 것도 아닌데 댓돌 아래 내려서도 병빈 군은 우슴소리를 내고 있었다.

7

"허 선생님은 왜 늘 그렇게 침울하세요?"

병빈 군의 우슴소리가 살아지자 서강옥이가 나에게 시선을 보내며 한 말이다.

서강옥은 방글방글 웃고 있었다.

"많이 늙었지요?"

웃고 있는 그가 더 젊어 보인 탓일가. 나는 불쑥 이런 말을 그에게 물었다.

"그새 거진 사 년이란 세월이 흘러갔어요?"

서강옥은 의미 있는 듯한 우슴을 살작 웃었다.

"사 년이란 세월이 갔음에두 불구하고 젊어지는 분도 있는데 늙기만 했으니."

나는 이 말을 하고 나서 이어 쑥스러웠다는 생각을 했다.

"호호호…… 선생님이 젊어지셨다니 기뻐요."

나는 이 말에 대꾸할 말이 생각나지 않았다. 서강옥을 멀직이 바라다보고 있었다.

"똑똑히 봐 두세요. 또 이저버리시는 일이 없게시리."

"네. 아. 미안합니다."

나는 명시했다. 병빈 군이 돌아오지 않았더면 좀 곤란한 상태에 빠질 번했던 것이다.

"저 아래까지 나가두 별게 없군그래."

병빈 군이 안고 들어온 것들을 내려놓았다.

소주 두 병 포도주 한 병 오징어 네 마리 땅콩 서너 봉지 외에 통조림이 있었다.

책상을 가운데 내놓고 서강옥이가 그것들을 책상에 주서 올려놓았다.

"약주 잔이 있어야잖아요?"

"아 잔이라. 그렇지 잔이 있어야지. 저기 가서 달래 오지."

병빈 군이 빈대떡 가게로 성큼 나갔다.

"약주 너무 많이 드시지 마세요."

병빈 군이 나간 틈에 서강옥은 나에게 말을 부쳤다.

"고맙습니다."

나는 서강옥의 말이 고맙기도 했던 것이다.

병빈 군이 약주 잔 세 개와 빈대떡 한 접시를 들고 들어왔다. 찌개도 식혔노라고 했다.

"찌개가 있어야 김이 무룩무룩 나는 찌개가 있어야 술맛이 난단 말이지. ……자 레이디 훠스트."

병빈 군이 포도주 병따개를 빼서 서강옥이에게 내밀었다. 서강옥이가 잔을 들어 받았다.

첫 잔은 다 같이 잔을 들어 붓딪쳐 보았다. 그러면서 병빈 군이 먼저

"우리들의 건강을 위하여."

하고 웨쳤다.

"우리들의 사랑을 위하여. 호호호."

서강옥은 이 말 뒤에 허리를 굽혀 가며 웃었다. 웃는 까닭이 어디 있는지 알 수 없었다. 그리고 그의 말이 농담인지 진담인지 그것도 알 수 없었다.

"자네는 한마디 없나?"

"난 기권하겠네."

"그렇게도 하실 말씀이 없으세요? 내가 대신 해 드릴까요?"

"그래도 좋습니다."

"우리들의 청춘을 위하여."

"아. 그거 참 존 말이야. 조와 조와."

찌개가 들어오고 잔이 서루 오고 가고 하는 사이에 어지간이 취기가 들었다. 소주 두 병이나 비어졌다.

포도주 병도 벌써 비어졌다. 서강옥은 포도주를 다 마시고 소주를 마시기 시작했다.

병빈 군이 다시 나가 소주 세 병을 더 들고 들어왔다.

병빈 군이 나간 뒤에 서강옥은 감기는 듯한 눈으로 나를 건너다보며

"아이구 취했어요. 취했는데……."

했다. 웃지도 않고─.

8

"취하십시요. 취함 어떤가요. 우리 싫것 취해 보십시다."

하는 말이 막 나갔다. 서강옥을 아주 용기 있게 바라다보면서

"안주도 더 가져와야겠지."

병빈 군의 기인 다리가 문턱 안으로 껑충 들어온 뒤에야 나는 얼굴을 돌렸다. 병빈 군이 방에 들어오는 것도 모르고 있었던 것이다.

"그렇지. 안주도 더 가져와야지. 안줄 더 가져와야지."

나는 병빈 군이 한 말을 두 번이나 연거푸 되씹었다. 무슨 필요로 그랬는지 모르겠다. 아니 필요고 무엇이고 없었던 것이다. 그냥 반사적이었던 것이다.

그러나 듣는 쪽에선 그렇지가 않았던 모양이다.

"그럼 내가 나가서 아주 안줄 시켜 가지고 오지."

병빈 군이 다시 성큼성큼 나갔다.

여자의 감기는 듯한 시선이 다시 나를 감았다. 참 못 견딜 지경이다. 숨이 막히는 것을 어쩌단 말이냐. 그냥 확 포옹해 주고 싶단 충동에 몸이 덜덜 떨렸다.

처음 일이다. 여자와의 사이엔 술이 놓인 책상이 있으니 말이지 팔을 내밀면 닿을 만한 거리(距離)였다.

여자는 연속적으로 깊은 시선을 보내고 있었다. 그러다가 몸을 비비꼬며 술상에 푹 업뜨려 버렸다. 아무 말 없이 책상머리를 돌아가서 포옹을 해 버릴가 하다가

"어디 아파요?"

하고 물었다.

　나는 내 소리가 떨리는 것을 알고

　"머리가……."

　여자는 업뜨린 채로 말했다.

　엉금엉금 여자 쪽으로 기어갔다. 그러자 업뜨려 있던 여자가 와락 나에게로 달려드는 것이었다.

　여자가 무슨 말을 하면서 달려들었으나 이어 입을 콱 막아 버렸으므로 말이 있을 수 없었다.

　얼마마한 시간이 그사이에 스쳐 갔는지 모르겠다. 병빈 군이

　"허 군 허 군 문 좀 열게. 이거 뜨거워 죽겠네."

하고 서두른 소리에 여자의 입술에서 떨어졌던 것이다. 미닫이를 열려고 걷는 걸음걸이가 허둥거렸다. 병빈 군이 찌개 냄비를 들고 들어오는 모양인데 날더러 받으라면 어쩌나 하고 걱정도 했던 것이다.

　미닫이를 열었다. 과연 병빈 군은 찌개 냄비를 두 손에 싸 들고 들어오는데 매우 뜨거운 모양이었다.

　"여기 좀 자네 받게. 손 가죽이 아주 벗어지나 보아."

　"위선 마루에 놓게나."

　나는 찌개 냄비를 들 자신이 없었던 것이다. 연신 전신이 후들후들 떨리는 것이었다.

　"제가 받지요. 허 선생님은 저리 빗기세요."

　강옥이 나를 엉뎅이로 밀어 놓며 제가 나서는 것이었다. 나는 밀치우면서 한층 더 심하게 몸이 떨리는 것을 깨달았다. 강옥의 엉뎅이가 나의 넙쩍다리에 부딪친 때문이다.

　"이사람 왜 이리 떨고 있나. 초하 들린 사람처럼."

　병빈 군이 나에게 말을 던지며 여자의 눈치를 살피는 것이었다.

9

나는 이래선 안 되겠다고 마음을 단단히 먹었다. 아까 여기 올 쩍에 발에 힘을 주던 것보다 더한 힘을 아랫배에 주며 몸을 잔줄구었다.

서강옥은 아무렇지도 않았다. 방글방글 웃으면서 찌개 냄비를 올려놓는다. 병마개를 뺀다. 서둘어 댔다.

"자네 어디 언짢은 데 있는 모양 아닌가?"

여자가 너무 태연하니까 나와 여자의 표정을 살피던 병빈 군이 나에게 물었다.

"아니 그저. 술이 좀 덜 받는 것 같아……."

"아니 술이 먹고 싶다던 게 왜 그래?"

"글쎄 어째 그렇게 돼."

"여자가 있으면 술맛이 나는 건데…… 아…… 이거 실례올시다. 말이 그만 헛나갔어요. 허헛허헛."

병빈 군이 또 눈을 가늘게 떴다. 그리고 여자를 보는 것이었다. 나는 병빈 군이 여자를 이런 눈으로 보는 게 싫었다. 인제부터 여자는 나만 보아야할 것 같았다.

"그러지 말구 술이나 들어."

나는 병빈 군에게 퉁명스런 소리를 쳤다.

"아. 그래 그래. 술을 들지. 우리 오늘 저녁 죽도록 마셔 보세나. 자네도 들게. 어서."

병빈 군이 나에게 술을 부었다. 나는 병빈 군더러 술이나 먹으라고 해 놓고선 딸아 주지는 않았다. 병빈 군은 강옥에게 딸아 주고 자기 잔을 그리로 내밀었다.

내가 얼른 병을 들어

"여기 있네. 받게. 자."

하고 그의 잔에 딸아 주었다.

"좋아 좋아 이런 술이람 얼마던지 먹겠어."

병빈 군은 찌개 냄비에서 두부를 흠뻑 떠 넣고 훌러덕 훌러덕 씹었다.

얼마 안 되어 소주 세 병도 다 비웠다. 병빈 군은 입이 놀 새 없이 짓거리고 노래를 부르고 술을 마시고 안주를 퍼 넣고 했다.

그리고 그는 재주를 부리기도 했다. 코와 입 사이에 소독저 끊은 것을 고추세워 가지고 언챙이 노름도 해 보았다. 그 정거부정한 등어리에 방석을 집어넣고 꼽사춤을 추기도 했다.

> 임이여
> 가랑닢 내리는 오후의 잡초 같은 내 가슴에
> 영 흐르지 않은 마음의 거울을 비쳐 주십시요.

하고 어느 시인의 시(詩)를 읊기도 했다. 그리고 서글퍼진 얼굴을 서강옥이 쪽에 보내고 있었다.

그렇게 하고 있는 병빈 군에게로 서강옥이가 양팔을 벌리며 다가왔다. "룸바의 북소리 들려오면" 하고 노래를 건들어지게 부르면서.

병빈 군이 그와 호응하는 포오즈를 취하며 여자에게로 다가갔다.

제법 어깨를 추썩거리는 것이었다. 여자가 궁뎅이 짓을 하며 병빈 군에게 와 안겼다. 그들은 "룸바"라는 춤을 추는 모양이었다.

병빈 군은 여자를 완전히 포용하고 말았던 것이다. 저보다 좀 작은 여자의 뺨에 제 뺨을 갖다 대느라고 병빈 군은 허리를 아주 꾸부려 돌아갔다.

10

못 견딜 노릇이었다. 서강옥은 내가 껴안아야 하지 않느냐 말이다.

눈에서 불이 뚝뚝 일어졌다. 춤이라도 출줄 알았다면 '나두 좀 춰 보자.'고 하며 여자와 병빈 군의 사이를 갈라 놓을 법이지만 나는 춤이란 걸 추어 본 일이 없다.

춤만 못 추지 않는다. 노래도 부를 줄 모른다.

어쩌다 노래를 부르면 수십 종의 악기의 소리를 낸다고 친구들이 놀려 댄다. 나는 음치인 것이다. 그래서 나는 병빈 군과 여자가 노는 광경을 구경만 하고 있었던 것이다.

강옥인 노래를 썩 잘 불렀다. 병빈 군보다도 나은 편이었다. 명곡에서 유행가 쟈쓰쏭에 이르기까지 이어대었다. 명곡보다 유행가를 부르는 음정이 더 좋았다. 마음속을 잡아 흔들어 놓는 소리었다.

병빈 군도 나와 같은 감정인 듯했다.

유행가를 부를 쩍이면 미간에 깊은 흠을 지으며 괴로운 표정을 짓곤 했다.

"이 사람 병빈 군, 춤일랑은 그만 추게. 그만 춰."

점점 더 견딜 수 없어서 끝내 나는 이렇게 말을 했던 것이다. 가슴속을 갈퀴로 빡빡 긁어 내는 것 같았다.

"가만있게. 잠깐만 가만있게. 자네같이 무사래이 왜 서둘어. 서둘지 마아. 가만 놔 주게."

병빈 군이 잠고대 소리처럼 짖거렸다.

"난 가겠네. 잘들 추게나."

자리에서 벌떡 일어나 미닫이를 와락 열어 제켰다. 미닫이가 소리를 내며 열렸다. 누님 집을 나오던 때의 일이 무뜩 생각났다.

족하들의 파랗게 질린 얼굴이 보였다. 누님의 얼굴이 보였다. 매부의 얼굴이 보였다. 모두들 떼스마스크다.

"떼스마스크의 비극."

나는 이런 소리를 짓씹으면서 퇴마루에 나섰다. 마당에 내려서지 않았다. 돌아서서 방 안을 들여다보았다.

불이 꺼졌다. 내가 들여다보는 것이 싫다는 듯이 전기가 가 버린 것이다. 여덟 신가 부다. 여덟 시면 전기가 가 버린다. 교대로 주기 때문이다. 이때까지 호롱불이나 촛불을 켜고 있던 동네가 화안해졌겠지. 그 대신 여긴 암흑 나라다. 암흑 나라인데도 병빈 군과 여자는 안고 돌아가는 눈치었다.

혹은 꽉 부둥켜안고 입술을 빨고 있는지도 모른다.

"불을 켜라 불불."

나는 벽력같은 소리를 질렀다.

"아 불을 켜야지. 석냥이 어딧지. 석냥이……."

벽력같은 소리에 병빈 군은 놀랐는지 모르겠다. 병빈 군이 여자에게서 떨어져 석냥을 찾는 눈치다. 석냥이 얼른 나오지 않는다. 여자는 잠잠하다.

"없어? 아직 못 찾았나?"

나는 또 소리를 질렀다. 먼저보다는 낮았지만 그래도 꽤 높았던 모양이었다.

"이 사람아. 떠들지 말게. 왜 고래고래 소릴 지르고 그러나…… 아 여기 석냥이 있군. 여기 있어."

병빈 군이 석냥을 툭 그었다. 여자의 얼굴이 먼저 보였다. 여자는 이제루가 서 있는 쪽에서 있었다. 이제루와 키를 대어 보기라도 하는 것처럼.

11

병빈 군이 초에 석냥을 대었다. 방이 밝아졌다. 촛불을 술상이 된 책상 위에 갖다 놓았다. 여자는 그 자리에 그냥 서 있었다. 이제루 앞에 그냥 서 있는 여자의 얼굴은 아래서 올려 비치는 촛불 때문에 얼굴이 이상하게 돼갔다. 위에서 내리비치는 전등불 밑에 보던 얼굴과는 생판 다르다. 유굴유굴 호박 썩은 것 같았다.

빛의 조화란 저렇게 대단한 것일까.

나는 다시 눈을 벌려 떴다. 아무래도 호박 썩은 것이다. 유굴유굴 구정물이 줄줄 흐른 것 같다.

욕지기가 올려 밀려고 했다. 꿀꺽 삼키어 버렸다. 병빈 군도 저 호박 썩은 얼굴을 본다면 정남이 떨어지리라.

제 아무리 용한 솜씨를 가졌다 치더라도 저 얼굴 색채는 못 낼 것이리라.

"자네 저 이제루 앞에 선 여자의 얼굴 색챌 나타낼 만한가?"

나는 병빈 군에게 불쑥 이런 말을 했던 것이다. 병빈 군이 내 말을 이내 알아들은 모양이다. 눈을 가늘게 떠 여자를 바라다보았다.

"아. 재미있는 색채야. 아니 재미있는 음영(陰影)이야. 옳아. 맞아."

"이 자식아 뭣이 재미있단 말이야. 아니 저게 재미있어? 저 호박 썩은 얼굴이…… 저걸 떼스마스크만두 못한 거야. 떼스마스크는 비극을 초래할 수나 있지만 저건 비극은커녕 희극두 초래하지 못해. 유굴유굴 썩은 호박이야 호박……."

그래 놓곤 내달렸다.

병빈 군이 "허 군" 허 군 부르는 소리를 들으면서도 나는 그냥 어두움을 뚫고 나간 길을 달렸던 것이다.

한참 달리다가 중앙청 앞에 내가 서 있는 것을 알았다. 헬라이트의 반사광이 한층 현란했던 탓인지 모른다.

이왕 여기까지 왔으니 정상기 씨 집에 가자는 생각이 들었다. 정상기 씨 집은 선교동에 있었다.

돈화문 앞에서 구름다리 밑 길을 버리고 이쪽으로 달린 것을 보면 정상기 씨 집에 가자는 의식이 벌써부터 있는 것도 같다. 아니 누님 집에 가지 않으려는 생각이니까 정상기 씨 집 쪽으로 발길이 돌아선 것 같기도 하다.

나는 그냥 효자동 쪽으로 올려 걸었다. 효자동 종점에서 큰길을 택하지 않고 골목길에 들어섰다. 골목 어구엔 목노주점이 있었다.

나는 그리로 들어갔다. 정상기 씨와 같이 잘 들리는 주점이다. 혼자 들리는 일은 좀처럼 없었다.

"오늘은 학생 혼자구만."

주점 아낙이 나에게 아직도 학생이라는 대명사를 붙쳐 주는 것이었다. 학생 때 부르던 그대로ㅡ.

"술을 주시오."

주점 아낙이 내주는 대로 잔을 뻘떡뻘떡 단숨에 들이켰다.

"인제 그만하세요. 왜 이리 기가 나서 마시는 거애요? 전작두 있는 상 부른데……."

주점 아낙이 대포 석 잔을 주고 더 주려고 하지 않았다. 나와버렸다.

산 쪽으로 돌아 올라갔다. 달이 올려 미는 것을 본 탓이다. 달빛을 받는 장승을 보고 싶었던 것이다. 나는 달밤에 이 장승을 보는 일이 즐거웠다. 장승은 산길을 올라가다가 마루턱에 서 있었다. 사모관대를 한 신랑이 쪽도리를 쓴 신부하고 정다웁게 마주 보구 서 있다.

12

신부의 가슴엔 지하여장군(地下女將軍)이라 새기고 신랑 가슴팍엔 천하대장군(天下大將軍)이라 새겨 있었다.

우리 고향 마을 어구에도 이런 장승이 서 있다. 어릴 땐 이 장승을 나는 무척 무서워했다. 더우기 달밤이면 장승이 도까비로 보였던 것이다.

마을 밖에 있는 순이네 집에 놀라 가고 싶어도 장승 때문에 못 가곤 했던 것이다. 장승은 우리 마을 어구에라기보다 우리 마을과 순이네 마을 새중간에 있었던 것이다. 어른들의 이야기를 들으면 잡귀(雜鬼)를 쫓기 위해서 그렇게 세워 놓았다는 것이다. 나는 발을 크게 떼어 놓았다. 걸음이 비틀거렸다. 대포 석 잔의 효과가 나타나는 모양이었다.

달이 화안했다. 언덕진 길인 탓이겠지. 잎을 잃은 가지들이 바람을 안고 몹시 절을 했다.

장승이 저만침 서 있는 것이 보였다. 한층 더 빠른 걸음을 밟았으나 여전히 마음만 급했다. 끝내 나는 장승 앞에 이르렀다. 여니 때와 다름없이 천하대장군과 지하대장군이 사이좋게 마주 서 있는 것이었다. 사모관대를 하고 있는 천하대장군의 얼굴이 달빛에 젖어 있었다. 쪽도리 맵씨를 하고 서 있는 지하여장군 얼굴에도 달빛이 서리워 있었다.

그런데 웬일일까? 달빛이 서리워 있는 지하여장군 얼굴이 다른 때처럼 아름답지 않았다. 아까 병빈 군 방에서 보고 나온 서강옥이와 같이 마침 보였다. 달빛이 서리운 지하여장군의 아름답던 얼굴이 촛불을 올려 받은 서강옥의 유굴유굴한 얼굴과 흡사했던 것이다.

나는 그만 지하여장군에게서 눈을 돌렸다. 이번엔 마즌편에 서 있는 천하대장군을 보았다. 그런데 이놈은 또 왜 눈을 부릅뜨고 잇발을 악물고 있는 것일까?

"나쁜 놈 같으니라구……."

나는 혀가 곱아드는 것을 깨달으며 이렇게 울부짖었다. 천하대장군이 병빈 군으로 보인 탓이었다.

병빈 군은 줄곳 웃고 짓거렸으나 실상은 저렇게 눈을 부릅뜨고 잇발을 악물고 있었는지 모른다.

"에익 더러운 자식."

나는 비틀걸음으로 들어가서 천하대장군을 두 주먹으로 마구 박아 주었다. 천하대장군이 눈을 더 부릅뜨고 잇발을 악물었다.

나는 또 마구 박아 주고 지하여장군 쪽으로 돌아섰다. 돌아서자 나는 지하여장군이 햇쭉이 웃음을 내뿜고 있는 것을 보았다. 나는 발을 단단히 밟으며 웃음을 내뿜고 있는 지하여장군을 쳐다보며 호탕하게 웃었다. 그는 나를 손짓해 오라고 했다. 나는 웃음을 뚝 그치고 달려갔다. 와락 그를 껴안았다. 그도 나를 껴안았다. 입술을 더듬었다. 그도 나와 같이 했다. 둘의 입술은 마주쳤다. 나는 매끄러운 그의 입술을 빨았다. 따사로운 그의 체온이 나에게로 이동되었다. 자꾸 나는 그의 입술을 빨며 그를 껴안았다. 껴안아도 껴안아도 아직 남아 있는 것 같아서 견딜 수 없었다.

13

새벽역 심한 갈증에 못 이겨 눈을 떴을 때 나는 누님 집이 아닌 것을 직감했다. 누님 집은 단칸방에 여럿인 까닭에 피부에 와 닿는 공기가 어둠 속에도 수월이 잡히는 것이었다.

"이게 대체 어딜까?"

나는 창 쪽으로 머리를 돌렸다. 커-텐이 치어 있었다. 창 앞에 테이블이 놓여 있는 것이 보였다.

"옳다. 정상기 씨 댁이로군."

나는 벌떡 일어나 물그릇을 찾았다. 정상기 씨 댁이면 머리맡에 물그릇을 준비해 주는 것을 알기 때문이다. 예상한 바 대로 머리맡에 물그릇이 놓여 있었다. 벌떡벌떡 한 그릇을 다 마셨다. 살 것 같았다.

나는 다시 이불 속으로 들어가려고 이불을 치켜들었다. 그러나 나는 무척 놀라지 않으면 안 되게 되었다.

이불 속에 무엇이 들어누어 있는 것이었다. 훌쩍 부딪치는 감각으로 미루어보면 말뚝과 같은 것이었다. 나는 앉은걸음으로 물러앉으며 누어 있는 것에서 눈을 떼지 않았다.

"사람 같긴 한데……."

팔을 펴서 만져 보고도 싶었지만 팔이 오그라들기만 했다.

"대체 저게 무엇일까?"

나는 일어나 '커텐'을 열어 제쳤다. 그쪽이 밝은 것으로 미루어 보아 달이 떠 있으리라고 알았기 때문이다.

과연 나의 예상이 틀리지 않았다. 달빛이 창으로 쭈르르 미끄러져 들어오는 것이었다. 방 안 전체가 화안히 밝았다. 나는 다시 이불 쪽으로 눈을 돌렸다. 두 번 다시 볼 것도 없었다. 장승임을 알았다. 지하여장군이었다. 그것은 상반신을 이불 밖에 내밀고 번듯이 누어 있었다.

그제사 나는 어제저녁 정상기 씨 댁에 오느라고 언덕길에 들어선 기억이 났다. 달이 떠 있던 것도 생각났다.

장승이 다른 때보다 썩 잘 보이던 생각도 떠올랐다. 그다음의 것은 모르겠다. 장승이 나의 이불 속에 들어눕게까지 된 사연에 대해선 전연 알 수가 없다.

어찌 됐던 간에 나는 마음이 후련해져 왔다. 장승을 그대로 이불 속에 두고 그 옆에 가서 누웠다. 넘어가는 달이 더 밝게 비최는 모양인지 방은 점점 화안했다.

옆방에선 정상기 씨가 코를 골고 있었다. 코 고는 소리를 들어서 정상기 씨는 술에 취하지 않음을 알았다. 술이 취하면 용마루가 떠나가게 코를 고는 그였다.

눈을 감아 보나 잠이 오지 않았다.

병빈 군과 서강옥의 얼굴이 감은 눈 속으로 기어들었다. 방글방글 웃는 서강옥의 얼굴. 너털우슴을 웃어 가며 심명이 나 하던 병빈 군. 기인 다리를 껑충껑충 올리며 곱사춤을 추던 모양. 나는 옆으로 돌아눕고야 말았다. 기억을 밀어 던지려는 마음에서였다.

그 생각을 밀어 버리고 나니 내가 서강옥을 껴안던 생각이 났다. 입을 맞추던 생각도 났다. 즐거운 기억이었다.

14

나는 이때까지 여자를 포옹해 본 일이 없었던 것이다. 여자와 입을 마추어 본 일은 더구나 없었다. 화류계(下流界) 여자와 밤을 치룬 일은 가끔 있었다.

하기야 그럴 때면 껴안기만 하려오마는 그런 것을 포옹이라고 할 수 없는 것이다. 입술이 뭉줄어 떨어지게 빤다 치더라도 그런 것은 키쓰라고 할 수 없는 것이다. 그것은 육체와의 부디침인 것이다. 거기엔 영혼의 율동(律動)이 없는 것이다.

서광옥*이와의 포옹은 영혼의 율동이었다.

키쓰도 그렇다. 나에겐 처음 있는 향연인 것이다. 나에게 영혼의 율동을

---

* 2장에서는 '강옥'으로 표기되어 있고, 이후에도 '강옥'으로 불린다. '광옥'은 작가의 착각이거나 오기로 보인다.

가르쳐 준 여자는 서강옥인 것이다.

고향 있을 때 순이가 귀엽다는 생각을 해 본 일이 있었으나 그땐 나이가 어려서 그랬던지 포옹한다거나 입을 마출 생각을 하지 못했다.

가끔 여자와 만날 기회가 있긴 있었으나 여자와 나와의 사이엔 언제나 병빈 군이 끼이게 되었으며 여자는 또 언제나 병빈 군과 가까워 가게 되었다.

나와는 멀어져 가게 되었다. 나는 여자가 병빈 군과 가까워 가고 나와는 멀어져 가는 때마다 병빈 군을 미워하곤 했던 것이다.

그러다가도 얼마 안 가서 그런 감정은 후울 잊어버리고 다시 병빈 군을 찾게 됐던 것이다.

병빈 군이 그새 여자와 멀어진 탓이기도 하겠지만 나는 그러한 감정은 오래 가지고 있을 수 없었던 것이다.

첫째로 귀찮아서 할 수 없었고 둘째로는 고독을 견대 낼 수가 없었던 것이다. 고독이라기보다 나 혼자로선 나를 지탕해 낼 도리가 없기 때문이었다. 누님 집에서 나오면 나는 갈 데가 없었다. 병빈 군을 찾아야만 했다.

그래야만 복작복작하는 마음이 좀 가라앉았다.

허전하던 가슴속이 채어지기도 했다.

이렇게 말하면 병빈 군에게 나의 짓겹지한 이야기들을 하는 것같이 들릴지 모르지만 실상 나는 병빈 군에게 한마디의 말도 하지 않는 성미다. 병빈 군이 물어보는 말조차 대꾸해 주지는 않는 성미다. 비밀을 지키자는 것이 아니었다. 비밀이 있을 리가 없다. 거저 할 말이 없는 것이다. 말을 하고 싶지 않은 것이다. 거저 그와 마주 앉아서 술을 마시면 복작복작하던 마음이 가라앉는 것이다.

"자넨 걱정이 없어 뵈네."

병빈 군이 늘 하는 말이었다. 병빈 군의 이 말을 나에게 걱정이 없다는 것을 이야기하는 게 아니다. 걱정이 많은데 왜 말이 없느냐는 것이다.

병빈 군은 누님도 알고 있다. 매부도 알고 있다. 족하들도 알고 있다.

누님이나 매부나 족하들의 이야기를 병빈 군은 종종 입 밖에 내는 일이었다.

　주로 걱정을 해 주는 말이었다. 그럴 때면 나는 머리를 저으며

　"술이나 먹어. 술이나 먹어."

하는 것이었다.

　정말 무사태평으로 알아서 하는 소리가 아니다. 그저 그렇게 불러 보는
것이다.

　그가 나의 속을 더 알고 있는 것이다. 불안과 초조에 바싹바싹 말라 가는
나를 더 잘 알고 있는 것이다.

15

　바람이 부나 보았다.

　창문이 덜거덕거렸다. 나는 눈을 떴다. 시신경(視神經)이 조여드는 것 같
기 때문이었다. 미닫이에 그림자를 던진 상록수가 출렁거렸다. 현기증이
왔다. 물이 더 있었으면 하고 누운 채로 머리맡의 물그릇을 더듬어 손을 넣
어 보았다. 물이 없었다.

　다시 눈을 감았다. 옆방에서 장상기 씨의 코고는 소리가 들렸다. 코고는
소리에 묻어 오기라도 한 것처럼 또 병빈 군과 서강옥의 영상(影像)이 달려
들었다.

　맞붙어서 춤을 춘다. 얼굴을 부벼 대기 위해서 병빈 군의 그 큰 키가 구부
정이 후려 들었다. 여자도 눈을 감고 병빈 군도 눈을 감는다. 그리고 자꾸
돌아갔다. 바람이 쌩쌩 나게 돌아갔다.

　이─제루랑 화구(畵具)들이 널려 있건만 그런 것을 생각지 않고 돌아갔다.
술병이랑 찌개 냄비랑 놓인 책상이 있건만 그런 것을 생각지 않고 돌아간
다. 그들은 얼싸안은 채 내가 앉은 아랫목으로 다가온다. 비틀비틀 쓰러질
것만 같다. 나한테로 마구 쓸릴 것 같다. 나는 뒤로 물러앉으며 다가오는 서
강옥이와 병빈 군을 콱 밀어 던진다.

그러나 그것이 서강옥이와 병빈 군이 아닌 것을 알았다. 그것이 장승임을 알았다는 말이다.

장승이 이불 밖 저만침 나가떨어진 것이었다.

나는 뎅그렁 소리에서 그것을 알았던 것이다. 나는 소리와 함께 눈을 떴던 것이다.

"아 내가 왜 이럴가? 가위에 눌린 것이 아닌가? 저놈의 장승 때문에 가위에 눌린 것이다. 저놈이 잡귀를 막는다더니 잡귀를 끌어 붙이는구나. 에익 비러먹을."

나는 벌떡 일어나 저만침 나가떨어진 장승을 잡아 일으켰다. 나의 키를 훨씬 지나 올라간 장승이 나를 내려다보며 방글방글 웃고 있었다. 가슴팍에 씨어 있는 '地下女將軍'이 굵직하게 육박해 왔다.

"이 요물아."

나는 잡아 일으켰던 장승을 쌔려 던졌다. 장승이 벽에 가서 탕— 쳐박혔다가 뎅그랑 땅바닥에 쓰러졌다.

"아니 자네 아직도 도깨비짓을 하구 있나?"

정상기 씨의 소리였다. 눈을 소리 나는 쪽으로 돌렸다. 정상기 씨가 새잇문을 돌려다보며 웃었다. 아이들도 웃고 있었다.

"아저씨 우습다 야."

제일 꼬마인가 부다. 이런 소리를 치는 것이었다. 세 아이 다 와하 웃었다. 나는 그제사 헐레벌떡 서 있는 내 꼴을 알아채었다.

"선생님 어떻게 된 일입니까?"

나는 방바닥에 자빠져 있는 지하여장군을 내려다보며 정상기 씨게 물었다.

"이 사람아. 어찌 된 일인지 내가 물어보려는 참일세. 아니 글쎄 그게 무슨 짓이냐? 밤중에 장승을 안고 야단법석이니……."

아이들이 웃었다.

"제가 저걸 안고 왔구만요?"

"자네가 안고 왔지 누가 안아다 줄 줄 아나?"

"전 조금도 생각이 안 납니다."

16

"이 사람아 말 말게 말 말아. 어제저녁 자리에 누었는데 '정 선생님' 하는 소리가 들리잖아. 아이들까지도 자네 소린 줄 알지. 아이들이 아저씨가 왔다구 온통 일어나며 야단 아니냐 말이야. 나는 아이들을 가만있으라구 죽 질러 놨지. 자네가 미안해서 온 거거니 알았지만……."

정상기 씨는 여기까지 이야길 하고 저쪽 방에 주의를 보냈다. 그러다가 또 아이들의 눈치를 살피고 나서 좀 낮은 소리로 말을 이었다. 부엌에서 달가닥 소리가 났다. 정상기 씨 부인은 부엌에서 나간 모양이었다. 나는 날이 밝은 것을 그제사 알았다. 달이 넘어가면서 날이 밝은 모양이었다.

"집에선 자네 집에 갔다 온 걸 모르더군. 자네 소릴 들으니 술이 취한 소린데 자네가 들어와서 미안하니 어쩌니 하구 말하면 마누라가 뭐냐고 캐물을 께 아닌가. 틀림없이 캐묻지. 묻구 말구. 그러면 창피하잖으냐 말이야. 자네 집에서 봉변한 일을 말이야. 알겠나? 어제저녁 일 말이야. 그래서 나는 큰소리로 허 군 가 자게 밤두 늦었구 하니 돌아가 자란 말이야 했거든. 그랬더니 이번엔 더 큰 소리로 정 선생님 여인을 데리구 온걸요. 여인을…… 하는 거 아니야. 이 여인이란 말을 나두 들었지만 마누라가 더 먼저 들은 모양 같데. 팔의 벼개에서 귀를 들면서 내 눈치를 살피며 밖으로 귀를 보내는 게 아니겠는가."

아이들이 아버지의 이야기를 재미있게 듣고 있었다. 제일 꼬마가 나서 무릎에 와 올라앉으면서도 귀는 아버지에게로 보냈다.

침을 꼴칵 삼키기도 했다.

"왜 엄마가 일어나서 나갔잖아 아부지."

무릎에 앉은 꼬마가 말참견을 했다.

"그렇지. 마누라가 일나서 옷을 주서 입어는 거야. 바람이 쌩쌩 나게스리 주서 입는 거야. 그러구선 외출할 때 입는 치마저고릴 내려 입는 거야. 그러군 내달리는 거야. 나가다가 마루에 노인 대여를 걷어찬 모양이지? 대여가 뗑그르 마당으로 굴러 내려가는 소리가 나구 막 야단 아닌가 말이야."

"아부지 대여가 자꾸 굴러갔지 뭐야. 그랬지? 누나."

꼬마가 또 말참견이었다.

"그래. 그래. 자꾸 굴러갔어."

누나의 대꾸였다.

"옳지 그렇지. 자꾸 굴러갔단 말이야. 난 쫓겨나는구나 하구 간이 콩알만 해서 누어 있었지. 누어서 여인이 어느 여인일가 하고 맞춰 보았지. '해저(海底)다방' 마담일까? 황룡마담일까? '통발구이' 같은 목노주점 안악일가? 그렇지 않으면 나 모르는 어느 아름다운 여인일가?' 모르는 아름다운 여인이면 낫겠다는 생각을 했어. 그러나 그 생각도 이내 치워 버렸네. 이 사람아 아름다운 여인이 밤중에 찾아왔다 보게. 알던 모르던 마누라의 강짜가 말이 아닐 테니…… 누어 견딜 수 없네. 그래서 나두 옷을 주서 입구 나가잖았나……."

"나두 따라 나갔지 뭐야. 언니두 나가구 누나두 나가구."

꼬마가 또 나섰다.

"누난 안 나갔다."

셋이 다 한마디씩 하고 나니까 정상기 씨는

"옳지. 옳아 맞았다 맞았어."

하고 그들 말에 맞장구를 쳐 주었다.

17

"그래서 어떻게 됐읍니까?"

나는 다음의 말을 재촉했다.

"글쎄 들어 봐. 이 사람아. 대여랑 걷어차고 나긴 마누라 뉘를 살어름 밟듯 해 나갔단 말이야. 눈에 칼을 세워 가지고 돌아들어 올 마누라를…… 글쎄 이 사람아 생각해 보게. 밤중에 여인을 데리구 찾아왔으니 가뜩이나 마누라가 오죽하겠냐 말이네. 몸서리가 쪼옥 치는걸. 마당 복판에 숨을 죽이구 서 있었지. 아주 나갈 수가 없더란 말이야. 발이 떨어 안 지더란 말이야…… 그런데 이 사람아 후유우……."

정상기 씨는 크게 숨을 내쉬었다. 그리곤 불둑 나온 그 큰 눈을 디룩거리는 것이었다. 나는 불둑 나온 그 큰 눈을 멀뚱 건너다보면서 다음의 말을 기다렸다.

"미안합니다. 그래서요?"

"그런데 말이네. 칼을 세워 가지고 돌아 들어오리라구 알았던 마누라가 글쎄 허리를 못 펴며 깔깔거리는 게 아냐. 나는 마누라 우슴소리에서 용길 얻었네. 용길 안 얻을 수가 없지. 안 얻을 수가 없었단 말이야."

"나두 엄마하구 아버지가 쌈하는 줄 알았어. 그래서 난 안 나갔어."

"나두."

"나두."

아이들이 한마디씩 한 말이다.

아이들의 말이 끝나자 정상기 씨는 다시 입을 열었다.

"글쎄 이 사람아. 날더러 어서 나가 보라는 거야. 웃고 들어오던 마누라가…… 그러군 다시 우슴을 깔깔 계속 한단 말이야. 그제서야 나는 위엄을 보이며 뭐냐? 누구야? 하고 어성을 높였거든."

"그래서요?"

"그랫더니 마누라가 하는 말이 좌우간 나가 보라는 거야. 당신이 나가야 한다니 어서 나가 보세요. 하며 여전히 우슴을 계속 한단 말이야. 좌우간 내가 나갔어. 홍여나 호기심은 가지고 나갔단 말이야. 여인이란 말이 좀 존 말이야 말이야. 여인이란 글자만도 두 눈이 번쩍 띠우는 말인데 하하하……. 안 그렇겠나? 자네같이 여자의 등한한 사람도 밤중에 여인을 모시구 왔다는 소릴 듣게 됨 귀가 쭝긋할 거야. 밸 수 없는 거야 중두 여잘 □으면 바자대 □혜양 넘는다는데…… 하하하. 나는 '에헴' 두어 번에 가랠 뱉는 시늉을 해가다 대문께로 나갔네. 나갔는데 이 사람아 말 말게. 그럴 수가 있느냐 말이야. 여인은 무슨 여인이란 말인가? 저 장승이…… 자네가 도깨비같이 장승을 안구 중얼거리구 서 있데."

아이들이 와하 또 웃었다. 정상기 씨도 웃었다. 나도 쓴웃음을 웃었다. 그리고 나서 죄송하다고 허리를 굽으렸다.

"더 들어 봐."

웃음을 끝내고 정상기 씨가 말을 이으려고 했다.

"또 있읍니까?"

나는 머리를 극적거리며 말했다.

"있구 말구. 글쎄 이 사람아 장승은 왜 빼 가지구 왔느냐고 제자리에 갔다 박아 놓자면서 내가 서둘었더니 아닙니다. 서강옥입니다. 서강옥입니다. 강옥 씹니다. 하고 더 퍽 들어 안는 거 아냐. 서강옥이가 대체 누구야? 자네 애인이겠지? 자네도 연앨 하는 게지."
하고 정상기 씨가 내 얼굴을 돌려다 보는 것이었다.

18

나는 '후후훗' 웃지 않을 수 없었다. 장승을 안고 서강옥이라고 날뛰었으니 얼마나 쑥스런 짓인가 말이다.

"아무튼 인제 됐네. 취직을 하구 또 연애까지 하게 됐으니…… 자네 한턱하게…… 그런데 서강옥이가 누구야? 내가 본 일이 있는 여잔가?"

"아니올시다. 아무것두 아닙니다."

나는 서강옥의 기억을 떠올리기 싫었다. 나와 그 여자와의 사이에 병빈 군이 끼어 있기 때문이었다. 이번에도 결국 병빈 군과 여자는 가까워 갈지 모르는 게 아니라 틀림없이 가까워 갈 것이리라. 벌써 서강옥은 병빈 군 품

속에 들어 있을지 모른다. 어제저녁 그 방에 그대로 남아 있을지 모른다.

그리고 나를 껴안던 것처럼 병빈 군을 껴안았을지 모른다. 나의 입술을 빨던 것처럼 병빈 군의 입술을 빨았을지 모른다.

"이 사람아. 밤낮 아무것두 아니라구 말구 구체적으로 좀 어떻게 해 보란 말이야. 손에 잡았던 새를 놓치지 말란 말이야. 자네 지금 스물아홉 살이지? 장가두 가야지?……"

"장가요?"

장가란 이 말을 나는 큰 소리로 되씹어 넘겼다.

"나 같은 사람이 장갈 가?" 이 소리 대신에 한 말인 것이다. 나 같은 존재가 장가를 들어 가정을 이룬다는 건 상상도 못하는 일이기도 하지만 또 나는 그 구질구질한 고통 덩어리를 구지 만들어 놓고 진액을 뺄 게 뭐냐는 것이 내가 가지고 있는 평소의 생각이다.

"왜 그렇게 놀라는가? 장가란 말에?"

정상기 씨가 눈을 디룩거리며 물었다.

"저와 장가는 하등 인연이 없기 때문입니다."

"자네 그런 사상일랑 버리구 인제 취직도 하구 했으니 정말 장갈 들어야 해. 장갈 들어 가정을 이루게 되면 자연히 마음의 안정성도 생기구 자리를 잡게 되는 거야."

"전 그러한 안정성을 희망하고 싶지 않습니다. 그건 안정성 아니라 어떤 테두리 속이라고 할까요. 더 심하게 말씀한다면 우리 속에 집어 넣는 거라고 보고 있습니다. 구지 그러한 우리를 만들 필요가 없다고 봅니다."

아이들이 저쪽 방으로 나갔다. 아이들에겐 이런 이야기가 재미없는 모양이었다.

큰 것이 나가니까 뒤를 따라 작은 것들도 나갔다. 아이들이 나가는 것을 기다리기나 한 것처럼.

"자네 말이 옳긴 하네. 가정이란 그야말로 우리야. 우리일밖에 없어. 사람을 꼼짝을 못 하게스리 만들어 놓으니 우릴밖에…… 사실 우리보다도 더

한 게 가정인지 몰라. 더해. 더 하구 말구. 여편넨 바가질 긁지. 좀 어쩌면 강짤 부리지. 나두 때로는 왜 장갈 갔던가 싶으네만……."

"그러시면서 절더러 장갈 들라고 권하십니까? 선생님두 원."

"그렇긴 하지만 그래두 장갈 들어야 하네. 여편네란 없으면 아쉬운 거거든. 있으면 귀찮은 물건이야."

정상기 씨는 큰소리를 치다가 목을 옴추리며 눈알을 고정시켰다. 부인의 소리가 옆방에서 들린 탓이었다.

19

정상기 씨는 다시 서강옥이가 누구냐?고 물었으나 나는 아무것도 아니라고 대답할 뿐이었다.

그랬더니 정상기 씨는 '후유우' 숨을 크게 내쉬면서

"죽도록 연앨 한번 해 봤으면 쓰겠어. 한번 세상을 덜썩 뒤흔들 연앨 해 봤으면 좋겠어."

하고 흥분하는 것이었다.

"하시지요."

"이제부터라도 늦지 않지. 문호 궤테이던가 톨스토이는 칠십에 연앨 했다는 거 안야?"

"그렇다나 봐요."

"그 사람들에게 비하면 난 아직 새파란 청춘이야."

정상기 씨는 '새파란 청춘'이란 말에서 뺄쭉 웃었다. 뺄쭉 웃는 얼굴 위에 굵은 주름살이 얼키설키 잡혔다.

나는 정상기 씨의 주름살 잽히는 얼굴을 멀거니 바라다보면서

"암요 청춘이시지요."

하고 맞장구를 쳐 버렸다. 청춘이 아니라는 말보다 청춘이라는 말이 하기가 쉬웠던 것이다.

나의 이 말에서 정상기 씨는 진실로 기쁨이 용솟음치는 모양으로 더 굵은 주름살의 파동을 일으켰다.

그리고 나서

"상대방이 있어야 잖아? '저서' 마담이 그중에서 낫긴 하지만, 마음에 들긴 하지만 사내가 있는 것 같아…… 그렇잖은가? 자네 보기엔? 사내가 있는 것 같지?"

하고 나의 얼굴을 돌려다 보았다.

"있음 어떻습니까?"

"이 사람아 있는데사 어떻게 달려들 수가 있나? 다리가 불러지려구……."

"그런 일에 다리가 불러짐 어떻습니까?"

"그렇기도 해. 사내대장부가 세상에 한번 났다가 멋진 연애두 못 해 보구 죽을 수야 있나."

"그렇습니다. 싸와 보십시요."

"그렇지? 싸우겠어. 투쟁해 볼 테야. 인생은 투쟁해서 이기는 게 사명이니까……."

정상기 씨 얼굴 위에 긴장한 빛이 떠올랐다. 뻘쭉 웃지는 않았다. 그는 나의 말에서 용기와 자신을 얻은 모양 같았다.

그렇게 하는 정상기 씨는 어린아이와 같아 보였다.

그러나 나는 공연한 말을 했다고는 생각되지 않았다. 그저 마음속으로 전에 안 하던 짓을 한다는 생각이 들 뿐이었다. 실상 말이 났으니 말이지 전 같으면 정상기 씨가 이런 말을 끄집어내더라도 나는 잠잠히 듣고만 있는다. 이러니저러니 대꾸 같은 것을 하지 않는다.

내가 이렇게 그와 맞장구를 치게 된 원인(原因)을 밝히라고 한다면 두말 없이 어제저녁 이후로 달라진 심리 상태(心理狀態)의 소치라고 고백할 수밖에 없겠다.

우리가 여기까지 이야기를 진전시켰을 때 새잇문이 열리며 정상기 씨 부인의 얼굴이 들이밀었다. 위선 부인은 나를 보고 웃고 나서

"어서 조반이나 자세요. 그만큼 장승하고 씨름을 했으니 시장도 하겠지……."

했다.

나는 머리만 긁적긁적해 보이며 말없이 일어섰다.

20

정상기 씨의 부인은 해장국을 얼큰이 끄려 주었으며 약주도 따듯이 데워 주었다. 머리맡에 떠다 준 자리끼도 부인이 마련해 논 것이었다. 부인은 오랜 세월을 남편 때문에 해장국을 끄리고 해장술 데우고 자리끼 떠 놓는데 이골이 텄던 것이다.

정상기 씨의 말을 들으면 부인이 딱짱뗄 부리는 것처럼 들리지만 부인은 이십 년 가까이 남편을 위해서 온갖 노고(勞苦)를 하루같이 참아 왔던 것이다.

정상기 씨는 술을 무척 즐긴다. 즐기는 정도를 지나서 중독 상태에 있는 것이다. 또 술이 취하면 오줌을 싸는 버릇이 있다. 그의 이부자리는 항상 갓난 아이의 자리 같을 것인데 부인이 알뜰이 손질해 주는 탓으로 정상기 씨는 항상 새 자리에서 잠을 잘 수 있는 동시에 새 자리에 오줌을 쌀 수 있는 것이다.

그런데 집에서만 잠을 잣으면 문제는 간단할 텐데 가끔 친구 집에서 자는 경우가 있다. 자려고 해서도 아니고 재우려고 해서도 아니다. 술이 곤드레가 되면 그냥 나가떨어지니 하는 수 없었다. 자기 집이 아니라고 오줌 싸는 버릇이 없어질 리가 없다. 그냥 오줌을 싸야 했던 것이다.

오줌을 싸게 되면 정상기 씨는 집으로 돌아왔다. 친구는 괜찮지만 친구의 부인이 부끄러웠던 것이다. 오줌 싼 이부자리를 그냥 두어 둘 수가 없었던 것이다.

남이 다 자는 새 어둠을 이용하여 뺑송일 치는 것이었다.

그렇게 들러메고 온 이부자리는 부인의 손을 말짱이 손질되어 다시 임자에게로 돌아갔던 것이다.

"사모님 죄송합니다. 저까지 와서 폐를 끼쳐서요……."

나는 정상기 씨 부인에게 새삼스레 머리가 숙으려졌다. 아까 웃방에서 정상기 씨에게 연애를 하라고 맞장굴 친 일이 죄스러웠다는 생각이 들었던 것이다.

"원 별소릴. 어서 들어요."

부인은 아무렇지도 않은 듯 받아 넘겼다.

어느 때보다도 기색이 좋아 보였다. 어제저녁 남편이 오줌을 싸지 않은 모양이라 짐작되었다. 정상기 씨는 어제저녁 누님 집에서 봉변을 당하고 그냥 돌아온 모양 같았다.

그만 술로선 오줌을 싸지 않았을 것이다. 곤드레가 되어야 오줌을 쌌다.

정상기 씨도 부인의 기색이 좋은 걸 알아챈 모양 같았다.

"정말 여인을 데려온 줄 알구 들이 달린다 내달린다 야단이었어. 남편을 뺏길 줄 알구. 허허허."

"에이구. 그 오줌싸갤 어떤 쓸개 빠진 년이 뺏아갈가. 제발 뺏아가 주었으면 싶은걸……."

'오줌싸개'라는 어머니 말에 아이들이 우슴을 터뜨렸다. 아이들이 웃고 난 다음 정상기 씨는 옴추렸던 목을 내밀며(정상기 씨는 '오줌싸개'라는 부인의 말에 목을 쭉 옴추렸던 것이다.)

"그럼 왜 눈에 칼을 세워 가지구 야단이었어?"

하고 빼쭉 웃었다.

"밤중에 오줌싸갤 찾아오는 년의 꼴악사닐 좀 볼라고 그랬지."

또 아이들이 와하하 웃었다. 어룬들도 웃었다.

21

"흥 정상기 선생의 인기가 어떤 줄 모르는 모양이지? 길에 나가면 여자들이 줄줄 따르는 걸 모르는군?"

"제 잘난 멋에 산다더니 오줌싸개한테두……."

또 한바탕의 웃음의 바다를 이루었다. 한 아이는 밥알을 뿜으며 야단법석을 쳤다. 잘 웃는 가족들이라는 생각이 들었다.

나는 이 집에서 싸움이 벌어질 번하다가도 웃음바다를 이루군 하는 장면을 여러 번 보았다. 이것은 전혀 부인의 덕이라고 짐작했다. 정상기 씨의 이야기를 들으면 어제저녁 여인을 데리고 왔다는 나의 소리에 부인이 매우 화를 낸 것 같지만 정말 그렇게 화를 냈던지도 모른다.

다른 일과 달라서 밤중에 여자들을 데리고 왔다고 했으니까. 그렇지만 나의 짐작엔 어제저녁 내가 정말로 정상기 씨를 원해서 여인을 데려왔다 치더라도 부인은 남편을 결코 곤경에 빠뜨리지 않았을 것이라고 믿는다.

남편에게뿐 아니라 아무에게도 폐해가 없도록 수습했으리라고 믿는다.

왜냐하면 부인은 언제나 남편을 위해서만 사는 것을 보았기 때문이다.

남편이 질머지고 온 오줌 싼 이부자리를 말짱히 손질해 임자에게 친히 이고 가서 돌리는 것도 남편을 위한 마음의 발로인 것이다.

얼마 안 되는 남편의 수입이건만 구차스러운 티를 나타내지 않으려고 애쓰는 부인인 것이다.

누님하고는 아주 달랐다. 나의 누님이지만 누님은 정상기 씨 부인의 발치에도 가 설 수 없는 값어치의 여자라고 생각했다.

매부가 싫었으면 끝까지 싫어하든가 할 것이지 싫다가 좋다가 하는 것은 무어랴 말이냐. 싫던 남편이 국회의원이 됐을 쩍엔 좋고 그렇게 좋다가 남편이 국회의원에서 떨어져 나오자 또 싫어지는 건 무어냐 말이다. 누님 같은 여자는 기생충이다. 기생충밖에 될 도리가 없는 것이다.

현재 누님 집에선 누님의 손으로 생계를 이어가고 있다. 매부는 한 푼 변통을 못 하는 형편이다. 담배꽁초를 주서 피우는 형편이다. 현재의 경우로 보아선 누님이 매부보다 월등해 보인다. 누가 보든지 그렇게 볼 것이다. 유치한 표현이지만 남녀 평등은 여자가 경제권을 잡게 되는 경우에만 있다는 말을 부인 못하게끔 되어 있다.

　그러나 가까이서 늘 목도하고 있는 나의 견해로 본다면 여자가 경제권을 잡는다고 남자의 어깨를 겨누게 될 수가 있다는 것을 알게 된 경제권보다는 생각(思想)이 월등해야 할 것이라고 알게 된다.

　나의 견해로는 우리 누님 같은 여자는 남자와 어깨를 나란히 할 수 있는 위치(位置)에 놓여졌다고 보지 않는다.

　오히려 남편의 수입으로 살고 있는 정상기 씨의 부인 편이 자기 손으로 생계를 이어가는 누님보다 훨씬 높은 위치에 놓여 있다고 생각된다. 이런 실증으로 미루어 본다면 남녀동등권은 여자의 경제권 확립에 있는 것이 아니고 그 정신(정神) 문제에 달렸다고 보겠다.

　너무 잔인한 표현일지 모르지만 우리 누님 같은 여자는 거지의 근성(根性)을 가지고 있다.

22

　거지가 돈을 많이 주는 사람이면 나으리요 아씨로 대접하듯이 그리고 돈을 안주는 사람이면 깍쟁이요 뭐요 하고 욕설을 퍼붓듯이 누님은 매부가 국회의원으로 행세할 적엔 인격이 있어 보였는데 국회의원에서 떨어져 나오게 되니까 그 높게 생각되던 남편의 인격이 허잘것없이 보였던 것이다.

　국회의원인 남편에겐 희희낙락하며 대할 수 있었고 낳지 않던 아이들까지도 낳을 수 있게 되었던 것이다.

　자동차를 타고 돌아오는 국회의원인 남편을 웃어 가면서 맞아들일 수 있었고 밤이 늦어도 기다릴 수 있었던 것이다.

　국회의원이 아닌 남편은 일찍 돌아오면 방이 좁은데 왜 부득부득 기어드느냐고 잔소리요 늦게 돌아오면 허는 일 없이 뭣 하려 돌아다니느냐고 박아지를 긁는 것이다.

　누님은 돈이나 권력으로써 사람의 인격을 다루는 것이다. 거지가 돈을 던져주는 사람을 나으리오 아씨라고 하듯이-.

나는 새삼스레 정상기 씨 부인의 인격에 탄복하게 되지 않을 수 없었다.

그리고 여자들의 똑바른 정신, 다시 말하면 여자들이 옳은 사상(思想)을 가지는 날이래야만 좋은 가정 좋은 사회가 형성되리라는 생각을 했다.

나는 정상기 씨 집에서 나와 언덕길에 장승을 다시 세워 놓곤 회사로 향했다. 일러서 아무도 안 나왔었다.

소사가 소제를 하느라고 부산히 먼지만 날리고 있었다. 공장 문도 열려 있지 않았다. 소사에게 공장 열쇠를 가졌느냐고 물어도 댓구가 없이 힐끔 보기만 했다. 공장 문이 열리기까지 기다리기로 했다.

나는 뜰 안을 왔다 갔다 했다.

사무실과 공장사이에 四십 메터가량의 공지가 있었다. 이 四십 메터가량의 거리(距離)를 왔다 갔다 하면서 숫한 생각을 했던 것이다.

장승을 가지고 밤새 날뛰었다는 일은 아무리 생각해도 우수웠다.

서강옥의 생각은 더 할 수가 없었다. 병빈 군이 뛰어들기 때문에-. 조카들 생각도 했다.

집에서 나올 때 조카들한테 땅콩을 사다 준다고 말한 일이 있다.

저녁에 꼭 땅콩을 잊지 않겠다는 생각을 했다.

아침에 나올 때 정상기 씨가 일을 잘하라고 신신당부하던 말도 기억에 떠올랐다. 정상기 씨를 보아서라도 일을 잘하리라는 결심을 했다.

정상기 씨는 나를 여기 알선하느라고 참 오랜 시일을 애썼던 것이다.

이 XX 도자기 공장은 정상기 씨 제자가 경영하고 있다. 정상기 씨는 이 공장에 고문 격이었다.

고문 격이라기보다 이 공장이 오늘날 이만큼 발전을 보게 된 것은 전혀 정상기 씨의 힘이라고 했다. 내가 어저께 정상기 씨와 여기 와서 사장을 만났을 때 젊은 사장은 반들거리는 이마를 치껴들고 나에게 정상기 씨의 공로를 말한 다음 정 선생님의 말씀이라 거역할 수 없어서 사람이 남아돌아감에도 불구하고 쓴다는 말을 했던 것이다.

23

　사장의 말이 고마웠다. 사람이 남아돌아가는 판에 나 같은 실직자 하나를 써 주어서가 아니다. 정상기 씨를 대접해 주는 일이 고마웠던 것이다.

　정상기 씨는 어릴 때부터 도자기(陶磁器) 제작에 종사했다. 그의 조부가 이 일을 그의 아버지한테 물려주었고 그는 그의 부친이 그의 조부로부터 물려받은 것처럼 또한 그의 부친으로부터 유업(遺業)을 물려받았다. 조부는 어디까지나 '쟁'이로서 자기의 기술(奇術)을 살리는 데서 그쳤으나 조부가 돌아가자 그의 부친은 기술이야 어찌됐든 간에 이 사업을 기업화(企業化)시키는 데 목적을 두었던 것이다.

　그러다가 정상기 씨 대(代)에 이르러서 다시 달라졌다. 정상기 씨는 부친이 돌아간 뒤에 부친의 뜻과는 다르게 이끌고 나갔다.

　부친의 의도한 바보다 조부의 뜻을 이으려는 생각이었다. 그러면서도 조부의 소극적인 '쟁'이로서 만족하려 하지 않고 좀 더 나아가서 이것을 예술화(藝術化)하려는 데 뜻을 두었던 것이다.

　고려자기나 이조 □□ 자기와 같은 것에까지 끌어올리면서 민족문화(民族文化)를 발전시키는 데 이바지하려고 들었던 것이다. 다시 말하면 민중 속에 파고 들어갈 수 있는 예술품을 만들려고 마음먹었던 것이다.

　그러나 정상기 씨는 뜻한 바대로 이루지 못했다. 그 뜻을 이루기도 전에 사업체는 다른 사람에게로 넘어갔던 것이다. 바루 이마가 반들거리는 제자인 젊은 사장에게로 넘어갔던 것이다.

　마당을 거닐며 이 생각 저 생각하고 있는 사이에 출근하는 사람들이 모여들었다. 사장의 자동차도 미끄럽게 마당 안으로 들어섰다.

　사장의 차가 닿자 안으로서 남자가 나와 사장을 맞아들이는 것이었다. 비서였다.

　나는 곧 뒤를 따르지 않고 한참 후에 사장실로 들어갔다. 비서가 알아보고 내가 문안에 들어서기도 전에 거기 서 있으라는 손짓을 해 보이며 사장에게 내가 왔다는 것을 전달하는 모양이더니 비서는 곧 다시 돌아서서 사동을 불러 나를 공장 감독에게로 데려가라고 명령했다.

사동의 뒤를 따라가서 공장 감독을 만나고 공장 감독이 이번엔 곤색 까운을 입은 여사무원을 불러 가지고 나를 기술 계장인가 하는 사람에게로 데려가라는 것이었다.

여사무원의 뒤를 따라 기술 계장인가 하는 자의 안내로 자리를 잡고 앉아보니 여자의 곁이었다. 이 여자도 곤색 까운을 입고 있었다. 벌써 일을 하고 있었다.

나는 속으로 좋은 자리를 잡았다는 생각이 들었다. 여자의 옆이 아니고 남자의 옆이었더면 어쩔 번했을까 하는 생각이 없지 않았다. 마음이 후련해 왔다.

나는 남자보다 못났더라도 여자 편이 낫다고 늘 주장하는 바이다. 여자란 이상하게 살맛을 도꾸어 주는 존재라고 주장하는 바이었다.

24

그런 주장을 아니 할 수가 없는 것이다.

지난번 전람회 때 일만 가지고 보더라도 실증이 되는 것이다.

나는 돈이 변통되지 않아서 모델을 사용하지 못하고 사진으로서 어떻게 주물러 보려고 애를 썼는데 끝내 시원치가 못했다. 그래서 병빈 군이 쓰던 모델을 며칠간 빌려서 일을 끝냈는데 나의 작품(作品)이 우선되었을 때에 나는 나의 힘(力)을 믿기보다 여자의 힘을 믿었던 것이다.

옆의 여자가 자기에게 관심을 가지는 나의 눈치를 채인 모양이었다. 방싯 웃어 주었다. 나는 날 발끝에서부터 머리끝이 끝에까지 찌릿하는 것을 느끼면서 여자에게 목례를 했다.

말은 나오지 않았다.

나는 항상 그러했다.

여자 앞에서 말이 잘 나오지 않았다. 말을 하려고 애를 써 보는 것이지만 한 번도 먼저 말을 걸어 본 일이 없었다. 말을 좀 더듬는 탓도 있으리라.

"많이 가르쳐 주세요."

다행히 여자가 먼저 말을 걸어 주었다.

"원 천만에요. 제가 뭘 압니까."

여자는 다시 방싯 웃어 보일 뿐 말이 없었다. 나는 여자에게 내 쪽에서 말을 부쳐 보려고 연구도 했다.

"언제부터 여기서 일하게 됐느냐?"

고 물을려다가 그런 말은 취조하는 식과 같다고 생각되어 그만두고 "어느 학교에서 미술 공부를 했느냐?"고 물으려고 하는데 사동이 일감을 갖다 앞에 놓아 주었다.

나는 부지런히 여자 앞에 놓인 도구(道具)들과 같이 나의 것을 느려놓았다. 그리고 일을 시작했다.

화병에 무니를 그리는 일이었다.

여자와 똑같았다. 여자의 솜씨도 제법 쓸 만했다.

"어느 미술학교를 나오셨어요?"

이번에도 여자 쪽에서 먼저 물어 주었다. 여자는 나의 솜씨를 알고 물었는지 모르고 물었는지 그건 모르겠다.

"네! 저 변변치 못합니다."

"호호호."

여자는 간드러지게 웃더니 다시 나에게

"미술학교에 안 다니셨어요? 다니신 것 같은데요."

했다. 나는 우물쭈물하고 나서

"댁에선 미술학교를 마치셨읍니까?"

하고 물었다.

"네. XX대학 미술부를 금년 봄에 마추고 바루 이리루 왔어요."

"네."

또 말이 끊어졌다. 언제부터 눈이 오기 시작했던지 창밖은 백색으로 덮히기 시작했다. 나무가지에도 지붕에도 눈이 덮혀 있었다.

눈이 안 오기보다 오는 것이 낫다고 생각했다. 이상하게 몸과 마음이 푸근해지는 것을 깨달았다.

"눈이 옵니다."

"그럼요. 아까부터 온걸요."

"저보다 먼저 보셨군요."

하동의 쓸데없는 말을 나는 했던 것이다.

여자의 대꾸가 없음을 알자 내가 얼마나 쑥스런 위인이란 걸 새삼 인식했다.

여자도 화병 한 개의 그림을 마치고 나도 한 개를 마쳤다.

"어머나 참 빠르세요."

여자는 내가 자기보다 훨씬 늦어 시작했는데 빨리 마춘 일이 놀랍다는 듯 눈을 크게 뜨며 말했다.

25

크게 뜨는 여자의 눈에 광채가 번쩍거렸다. 창에 눈발이 홧뜩홧뜩 와 부딪치는 때문에 여자의 눈에 광채가 강렬히 번쩍거렸는지 모른다. 그렇다기보다 눈발로 해서 나의 몸과 마음이 푸근해졌기 때문이다. 여자의 눈이 광채가 있어 보였던지도 모른다.

"댁에선 서양화 전공입니까? 동양화 전공입니까?"

"호호호홋."

여자는 대답을 하지 않고 얼굴을 위로 제끼며 웃었다. 나는 여자의 웃는 이유를 알 수 없었다. 여자의 하는 양을 흘깃 보다가 말없이 일손을 놀리고 있었다.

"댁이란 말씀 우수워요."

웃고 나서 여자의 하는 말이었다.

"아. 그렇습니까? 그럼 뭐라고 할까요?"

"이름을 부르지 뭐라고 해요."

"이름을…… 이름을 알아야지요. 참 누구라구 하셨지요?"

"저 조영매라고 해요."

"조영매 씨. 좋습니다. 조영매 씬 동양화?……"

"전 서양화로 했어요. 선생님은?"

"저는 조각을 하지요."

"성함은요?"

"제 성명입니까? 허승재*올시다."

"앞으로 많이 가르쳐 주세요."

여자는 또 이런 말을 했다.

"가르칠 힘이 제게 있겠습니까만 어디 같이 일을 해 보십시다."

"그런데 여기서 일하는 사람들 중엔 전문가가 없어요. 모두 화공 비슷한 사람들이에요. 남의 것을 흉내만 내거든요. 하긴 저부터도 줄곧 남의 흉내만 내고 있습니다만. 그래도 전 이걸 이렇게 그리면서도 남이 해 논 그대로 하지 않아요. 남이 해 논 걸 하면서도 내 걸 넣어 보려고 노력하고 있어요."

"고맙습니다."

나는 여자의 말이 진정 고마웠던 것이다.

"말하자면 이 생활을 남의 것을 만들지 않고 내 것을 만들어 보고 싶어요. 이 정신은 예술 하시고 싶단 말씀이에요."

여자는 손에 잡은 화병을 치껴들면서 말했다.

"고맙습니다. 댁이…… 아니 참 성함이?"

나는 여자의 이름을 잊어버렸던 것이다. 댁이라고 하면 또 여자가 웃을

---

*   1장에서는 '형재'로 표기되어 있고, 이후에도 '형재'로 불린다. '승재'는 작가의 착각이거나 오기로 보인다.

것임으로 하는 수 없이 말을 멈추었다.

여자가 웃었다.

붓을 쥔 손을 얼굴에 가져가면서까지 웃었다.

주위 사람들의 시선이 집중되는 것은 알았다.

"조영매라고 합니다."

"네.네. 조영매 씨. 잘 알았읍니다. 생활을 예술화! 참 존 이상(理想)이십니다. 저두 그러한 생각은 해 보았읍니다. 이 일을 하려고 맘먹었을 때 이것을 현대적인 감각 즉 시대적인 감상을 여기에 불어넣려고 했읍니다. 원시적이고 고답적인 과거의 것들은 현대화하는 동시에 더 나아가서 세계문화에 이끌어 올릴려는 생각 가졌읍니다."

26

나는 이런 말을 하고 나서 정상기 씨의 이야기와 그의 부친과 그의 조부의 이야기까지 했다. 조영매는 소극적이긴 하지만 정상기 씨의 부친보다 조부의 편에 동정이 간다고 말했으며 정상기 씨와 같은 분이 이런 기업체를 가질 수 없는 일이 유감스럽다는 말도 했다.

퇴근 시간까지도 눈은 계속 내리고 있었다. 조영매와 나는 같이 밖에 나섰다. 조영매는 나에게 한창 인도교를 걸어서 건느지 않겠냐고 문의했다.

"눈도 오구 하니 그래도 좋지요."

나의 동의가 떨어지기도 전에 둘은 한강 인도교를 향해 걷기 시작했다.

"허 선생 댁은 어디세요?"

"저어 명륜동입니다."

"부촌에 사시는군요?"

"부촌?"

나는 코방구와 함께 이렇게 되뇌까렸다. 되뇌까리는 이 말과 한가지로 누님 집 식구들 얼굴이 일시에 떠올랐다. 다른 때의 얼굴이 아니고 어저께 저녁의 그 처참한 얼굴들이다. 산도 눈이요 물도 집도 길도 나무도 눈이어서 지공일색(地空一色)을 이룬 속에서 파랗게 질린 처참한 얼굴들이 동동 떠오르는 것이었다. 물동이에 엎은 바가지처럼 동동동 소리를 내며 떠오르는 것이었다. 떼스마스크들이다. 틀림없는 떼스마스크들이다.

어느 사이에 우리는 한강 인도교를 건넜다. 뻐스 정류장에 사람들이 웅크리고 뻐스를 기다리고 있었다.

"조영매씨는 뻐스로 가십시요."

"왜요?"

"혼자 걷구 싶어졌습니다."

"그러세요? 그럼 저 방햄 안 하겠어요. 많이 사색하십시요."

조영매는 선선히 대꾸해 주며 뻐쓰 정류장 쪽으로 발을 돌렸다.

나는 길게 누운 흰 길을 그냥 내처 걸었다.

나의 입속에선 '떼스마스크의 悲劇'이란 말이 뇌까려졌다. 나는 벌써 '떼스마스크의 悲劇'을 머리 속에 항상 구상(構想)하고 있었는지 모른다. 누님이 신방을 뛰쳐나온 달밤부터 구상했든지 모른다. 아득히 하얀 배경(背景) 속에 떼스마스크들을 배치해 본다. 어느 것을 앞에 놓을지 모르겠다.

매부와 누님을 양쪽에 놓고 어린 조카들을 가운데 배치해 보기도 한다.

그런데 이상한 것은 이 '떼스마스크의 悲劇' 속에 서강옥의 그 유굴유굴한 얼굴이 들이미는 일이다. 어쩐 까닭으로 이 유굴유굴한 얼굴이 달려드느냐 말이다.

구김살 하나 없이 선선히 뻐쓰 정류장 쪽으로 발을 돌리던 조영매의 얼굴은 끼이지 않는데 하필 서강옥의 얼굴이 가로놓이는 것은 무슨 까닭이더냐.

나는 침을 텍 뱉으며 먼 대로 시선을 돌렸다. '떼스마스크의 悲劇'도 무엇도 생각하고 싶지 않았다. 아무것도 생각하고 싶지 않았다.

27

혼자 떨어진 일을 뉘우쳤다. 조영매와 같이 걷던 대로 걸을걸 하고 생각했다.

나는 발을 멈추고 목을 돌려 뻐스 정류장 쪽을 살펴보았다. 뻐스도 떠나가고 사람도 보이지 않았다. 아득히 눈만 내리고 있을 뿐이었다.

나는 다시 걷기 시작했다. 다음 정류장에서 뻐스를 탔다. 미도파 앞에서 내려서 병빈 군이랑 늘 들리곤 하는 다방 '유성'에 들리기로 했다. 누님 집에도 가기 싫고 또 다른 데 갈 곳도 없었던 것이다.

나 혼자 딩굴 방이 따로 있었으면 오직 좋으랴 싶은 생각을 하면서 다방 '유성' 문을 밀고 들어섰다.

첫눈에 서강옥이가 띄었다. 다리가 그 자리에 붙는 것 같고 목아지 밑을 무엇이 꽉 눌러 놓는 듯하는 숨 까쁨을 어찌할 도리가 없었다. 나는 그만 장승처럼 우뚝 서 있었다. 서강옥이가 방글방글 웃으면서 손짓했다. 나를 오라는 것이었다.

나는 끈나풀에 매인 인형처럼 그의 손짓에 이끌리어 그가 앉아 있는 대로 추썩추썩 걸어갔다. 그리고 그가 가르키는 대로 마주앉았다.

"밤새 안녕하셨어요? 어제저녁엔 많이 취하셨더군요."

눈웃음을 곱게 치며 서강옥은 이렇게 말하는 것이었다.

"………."

나는 벙벙히 두루 어색한 표정을 지었을 뿐 댓구 한마디 못 했다. 말이 영 나오지 않는 걸 어떻게 한다더냐.

마주 앉아 바라본즉 썩은 호박같이 유굴유굴한 얼굴이라고 했지만 그것은 공연한 소리였다. 서강옥의 얼굴은 그저 아름답기만 했다. 어떻게 아름답다는 걸 표현할 수가 없을 만큼 거저 황홀했다. 황홀히 바라보면서 나는 좀 두터운 편에 속하는 그의 입술, 꽃잎파리 피듯 한 고운 입술을 내가 정말 빨았던가 하고 생각했다.

그와 동시에 병빈 군도 저 입술을 빨았으면 어쩔가 싶은 마음이 왈칵 치밀어 올랐다. 견딜 수 없었다.

"병빈 군은 어디 있어요?"

여자는 무슨 까닭으로 먼저 웃고 나서

"자기 하숙에 있죠."

하고 대답하는 것이었다.

"왜 똑똑히 몰라요? 댁에서 잘 알게 안요?"

"호호호. 아직도 취기가 가시잖았나 봐요. 떠들지 마세요. 여러 사람들이 보잖아요."

그제사 나는 나의 말소리가 무척 퉁명스레 높았던 걸 알았다.

"그러잖아도 허 선생님이 나오시나 하고 기다리고 있던 중이애요. 허 선생님과 상의해야 할 일이 있어요."

"누구 말입니까? 병빈 군 말입니까?"

나의 언성은 아직도 낮아지지 않았다.

"왜 이렇게 병빈 군 병빈 군 하세요? 호호호 둘도 없는 친구시면서."

"누가 둘도 없는 친구라구 그래요? 어제저녁 나 없는 데서 그런 소리를 짓거렸군요?"

"떠들지 마시래도 그러시네. 저도 허 선생님이 나가시자 곧 따라나선걸요. 뒤쫓아 이어 나갔어요."

28

"정말 그랬읍니까?"

뒤쫓아 나왔다는 서강옥의 말에서 나는 몸이 스스르 풀리는 것을 깨달았다.

"그럼 정말이 아니구요. 허 선생님한테 거짓말을 할까 원……."

나의 몸과 마음은 해면과 같이 되어 갔다. 서강옥의 앞에서 다시 더 병빈

58

군의 말을 입 밖에 내지 않을 결심이었다. 나는 침침한 시선을 밝히며 서강옥을 바라보고 있을 뿐이었다.

"허 선생님 제가 할 상의할 일이란 게 다른 거 아니고 다방을 하려고 하는데요. 허 선생님이 내부 외부 할 것 없이 장치를 도맡아 해 주셨으면 하는 거예요."

"………."

나는 댓구를 또 못 하고 있었다. 역시 말이 나오지 않아서였다. 감격에 가슴이 꽉 찼기 때문이었다.

"해 주시겠어요? 못 하시겠어요?"

서강옥은 눈웃음을 치며 졸랐다.

"해 드리지요."

나는 숨을 길게 내쉬고 나서 이렇게 대답했다.

"좋아라. 저기 다방 하나 있는데 그걸 할지 그렇잖으면 종로에 물산회산가 뭔가 하던 사무실을 얻어 가지고 해 볼가 선생님께 여쭈어 봐서 하려고 하는 참이애요."

"종로 어디요?"

나는 남이 만들어 논 걸 뜯어 고치기보다 생것을 나의 손으로 개조해 보고 싶었던 것이다.

"화신에서 광화문 쪽으로 올라가다가 왼편으로 있어요."

"가 보시지."

"봐 주시겠어요?"

서강옥은 반색을 하며 먼저 일어섰다. 나는 따라 일어섰다.

둘이는 나란히 종로를 향해 걸었다. 생전 느껴 보지 않던 행복감에 가슴이 울렁거렸다. 다리가 헛놓였다.

아까 조영매와 같이 걸을 적엔 이렇지가 않았다. 남자친구와 같이 걷는 것보다 좀 유쾌할 정도였다.

서강옥은 눈길이 미끄럽다면서 나의 팔에 매달리는 것이었다. 율동하는 그의 근육이 나를 견딜 수 없게 굴었다.

나는 몇 번 너머질 번했는지 모른다. 서강옥이가 나를 붓잡은 게 아니라 내가 서강옥을 붓잡은 셈이 되었다. 오고 가는 사람들이 둘의 거동을 흘끔흘끔 보았다. 그러나 나는 남의 눈을 꺼릴 생각의 여유가 없었다.

"왜 이리 허둥거리세요?"

또 말이 안 나왔다. 침을 꿀꺽 삼키고 말았다.

물산회사인가 한 사무실은 비어 있었다. 넓직해서 좋았다. 장사가 되고 안 되는 것은 알 턱이 없으나…….

"어때요? 괜찮겠어요."

"좋군."

"돈벌이가 될 만하겠어요?"

"그런 거야 내가 아나요."

"그런 것까지 도와주세야죠. 전 서울이 생소해서 통 모르겠군요. 허 선생님만 믿는데요."

"하여간 해 보십시다."

"그럼 계약할까요?"

"그래 보십시요."

29

거기서 나와 서강옥은 나에게 어디 가서 저녁을 같이 먹자고 말했다. 그러자고 쾌히 승락했다.

서강옥이와 둘이서만 저녁을 먹는다는 일이 나에겐 다시없는 즐거움이었다.

"어딜 갈가요?"

"글쎄."

"저야 어디가 어딘지 알아요? 허 선생님이 안내해 주세요."

"그러세요. 명동으로 다시 나갑시다."

둘이는 명동을 향해 아까와 같이 걸었다. 그러다가 문득 나는 명동 쪽으로 가지 말아야 하겠다는 생각이 났다. 명동엔 병빈 군이 나타날 것이라는 생각에서였다.

"도루 가십시다."

"어딜요?"

"종로 쪽으루."

"그래요?"

"거기 존 데가 있는 걸 잊어버렸어."

"뭘 하는 덴데요?"

"여러 가질 해요."

"중국 요릴 먹었으면."

"그럭 하십시다."

광화문 가까운 어느 집 이층에 우리는 자리를 정했다.

여자와 단둘이라고해서 그런지 조용한 방 하나를 주었다.

음식을 청하고 차를 마시면서 나는 서강옥이를 쳐다보지 못하고 있었다. 둘이만 조용한 방에 있으니까 그럴 용기가 나지 않았다.

"술을 청할까요?"

얼굴조차 들지 못하는 나의 주접사니를 보고 한 말인지 모른다.

"글세요. 한잔 해 보지요."

하면서 내가 서강옥을 건너다보니까 서강옥은 못마땅한 듯 원망시러운 듯한 눈초리로 나의 시선을 막아 버리는 것이었다.

나는 얼굴에 당장 취기가 오르면서 전신이 꽝꽝하게 굳어지는 것을 알았다.

솔직한 고백이지만 나는 일찌기 한 번도 이러한 체험을 해 본 일이 없는 것이다. 서강옥은 꼼짝도 안 하고 내처 그러고 있었다.

하는 수 없어 나는 시선을 돌리고 말았다.

서강옥이가 손바닥을 따악딱 쳤다. 중국인이 대답을 길게 뽑으며 문을
열었다.

"삐갈 한 또구리 잡채 하나 잡탕 하나."

서강옥은 손벽도 익숙히 치고 요리도 익숙히 시켰다.

"그것만 해요?"

"응. 위선 그것부터 가져와."

"네에."

중국인이 요리 시키는 소리와 함께 서강옥이가

"왜 그리 꼴꼴치 못하세요?"

하고 나를 몰아세웠다. 나는 갑작스런 이 돌격에

"뭣이요?"

해 버렸다.

"사내다우란 말이얘요."

"본래부터 못난 걸 어떡합니까."

여자의 입이 다시 열리려는데 중국인이 주문한 것을 들고 들어왔다. 여
자는 술병을 들어 나에게 따라 주었다. 그리고 자기 앞의 잔을 내밀었다. 말
없이 한 잔씩 쪼옥 마셨다. 가슴 바닥이 유난히 뜨거워지는 것을 깨달았다.

30

들어온 술이 없어졌다.

"더 청하십시다."

"술기운을 빌어야 사는 남자."

"못나서 그렇지요."

"난 그 못난 게 존 모양이지?"

여자는 이렇게 말하고 손바닥을 따악딱딱 쳤다. 중국인이 대답을 길게
뽑으며 올라왔다.

"하나 더."

서강옥이 빈병을 들어 중국인에게 보였다. 그것 역시 익숙한 솜씨였다. 여자의 익숙한 솜씨에 나는 다시 주눅이 들었다.

"안주도 드세요."

"안주는 좋아요. 술만 먹지요."

"안주랑 드세야 몸이 덜 상하시지."

"상하면 어떤가요. 몸을 상하면서 먹는 술이래야 존 거거든요."

"술에 대한 철학은 그렇게 잘 아시면서 다른 건 아주 젬벵이니…… 끌끌끌."

서강옥은 눈을 흘깃해서 나를 흘기고 혀까지 차는 것이었다.

"술을 자꾸 먹으니까요."

"다른 것도 자꾸 해 보시란 말이얘요."

"다른 걸 뭘 할 게 있어야지요?"

"연애도 하고 사랑도 호호호……."

중국인이 술병을 들고 왔다.

나는 따라 논 잔을 후딱 들어 마시고 새로 내밀었다. 있는 대로 괄딱괄딱 마시고 싶었던 것이다.

여자가 빠안히 보고 있었다. 나는 모르는 체하고 혼자 따라 연신 마셨다. 또 병이 비었다.

"더 하시겠어요?"

"예."

서강옥이가 손바닥을 따악딱 쳤다. 중국인이 올라왔다.

"술을 더 주어요. 이번엔 아주 두 갤 한꺼번에 가져와."

중국인이 대답을 길게 뽑으며 내려갔다. 서강옥은 얼굴이 빨개서 앉아 있었다.

"서강옥 씨 나하구 사랑합시다."

나는 빨개서 앉아 있는 여자에게 이렇게 요청했다. 나의 말이 몹씨 우수 웠다는 것은 여자의 태도로서 알 수 있었다. 서강옥은 술을 넘기지 못하고 온통 뿜으면서 웃는 것이었다. 허리를 연신 꺾으며 야단법석을 쳤다.

"왜 웃기만 하세요? 사랑하면 안 돼요?"

"글쎄 가만 좀 계세요. 어둔 밤에 홍두깨 내밀듯 그렇게 하는 게 어디 있어요."

"그럼 어떡하는구?"

여자는 또 허리를 꺾으며 웃었다. 그리곤

"가만 계세요. 내 가르쳐 드릴께……."

했다. 술이 왔다. 나는 부지런히 들이켰다.

서강옥의 방글방글 웃는 얼굴이 확대되어 왔다. 나는 아무 꺼리낌 없이 용기 있게 그를 바라다볼 수 있었다.

"왜 그렇게 보세요?"

"잡아먹구 싶어서."

잡아먹는다는 말은 병빈 군의 용어(用語)였다. 여자를 어떻게 어떻게 하는 경우에 사용하는 말이었다.

"사람을 어떻게 잡아먹어요. 호호호 하는 소리가 왜 □두 그래요. 호호호"

31

나는 두 팔을 쭉 뻗어 간들어지게 웃고 있는 서강옥의 목을 건너다 끌어안았다. 여자의 상반신(上半身)이 상 위에 와 얹혔다.

그 상반신을 마구 끌어다 안았다.

상 위의 술병과 안주 그릇 등이 엉망진창이 되었다. 그렇지만 그까짓 것이야 어찌됐던 알 바가 아니라는 생각이었다.

"사랑하는 법을 배워 준댔지? 배워 줘. 배워 줘."

나는 확확 달아오는 나의 몸 덩어리를 의식하지 않을 수 없었다.

후둘후둘 떨려오는 것도 알았다. 여자를 아주 꽉 껴안아 버렸다. 여자도 나에게 찰싹 달라붙었다.

그의 입술을 더듬어 물었다. 여자가 혀바닥을 쪽 내밀었다. 입술보다 훨씬 좋은 촉감이 전신으로 퍼져 흘렀다.

나도 여자와 같은 짓을 했다. 그러다가 여자는 방바닥에 벌렁 나가 잡빠라졌다.

"맘대로 해. 잡아먹는댔지? 잡아먹어."

그는 이런 말을 했던 것이다. 그러나 나는 벌렁 잡빠진 여자를 내려다보고만 있었다. 잡아먹는다는 말을 나의 입으로 했고 여자 역시 잡아먹으라고 하지만 어찌할 바를 몰랐던 것이다.

이번엔 여자가 나의 목에 팔을 걸어 나를 끌어안았다. 나는 여자에게 안겼다.

"사랑하는 법을 가르쳐 줘 응. 나는 사랑하구 싶어. 나하구 사랑해 인제 나하구만 사랑해. 병빈 군을 사랑하지말구 나하구만 해. 나하구만 해."

내가 이렇게 부르짖고 있는 사이에 여자는 제 마음대로 나를 다루는 것이었다.

아! 나는 이 황홀한 경지를 어떻다고 표현하랴.

나는 인제 사랑하는 법을 알게 된 것이다. 여자의 육체의 비밀을 알게 된 것이다.

고무 점토(粘土)와도 같이 미끄러운 감촉.

어찌 이것뿐이라고 할까 보냐. 놀라움과 뜨거움과 신비한 것―우주(宇宙) 안의 온갖 좋은 것이란 것은 몽땅 다 여자에게 와서 끼들인 것을 알았다.

밖은 아직 눈이 내리고 있었다.

서강옥은 오던 때와 마찬가지로 나의 팔을 꼈다.

나도 대담하게 그의 팔을 껴 주었다.

오고 가는 사람들의 시선을 어둠이 가리워 주는 탓도 있지만 내가 서강옥을 끼는 걸 누가 막을 자 있으랴 싶은 마음이었던 것이다.

이번엔 내가 승리(勝利)한 것이다. 여자가 병빈 군에게로 가지 않고 나에게로 온 것이다. 병빈 군은 모델로도 써 보지 못한 서강옥을 내가 차지했다.

나는 그의 전부를 한 것이다.

나는 가슴을 내밀며 허리를 폈다. 발을 크게 내밟으며 허공에서 선을 던졌다.

분분히 내리는 백설과 같은 것이 나의 가슴속에도 내리는 것을 깨달으면서—.

32

서강옥은 필동에 묵고 있노라고 했다. 나는 필동까지 데려다 주기로 했다. 종로를 거치고 을지로 이가로 해서 천주교당 옆 컴컴한 골목길에 들어섰을 때 서강옥은 나에게 매달리면서 입을 치켜 들었다. 물론 발거름을 멈추었던 것이다. 나도 멈추고 그도 멈추었던 것이다.

그러나 나는 무슨 까닭으로 입을 치켜 들며 발거름을 멈추는지 알지 못했다. 행길에서 입을 맞추자고 그러는 줄은 꿈에도 생각지 못했던 것이다. 나는 서강옥을 내려다보았을 뿐이다.

"바보."

"왜?"

서강옥은 팔을 뻗어 나의 목을 끌어내렸다. 그리고 나의 입술을 더듬어 콱 물었다. 아파서 못 견디겠는데— 입술을 물리웠으니 아프단 말을 할 수가 없었다. 반벙어리 소리치듯 했다. 그러나 서강옥은 도무지 나의 소리를 들은 체하지 않고 오히려 날더러 또 한 번 "바보"라고만 꾸중하는 것이었다.

나는 "바보"라는 소리가 듣기 싫었다. 누님 집에서 항상 듣는 소리다. 고향 집에 있을 때 조부나 부친한테서 늘 들어 오던 소리다. 부친은 "바보"에 "천치"까지 부쳐서 곧잘 꾸중을 하셨다.

"이 바보 천치 같은 자식아, 넌 생각이 있는 게 그러냐."
고 고함을 지르셨다.

조부는 목침 위에 세워 놓고 바보인 나를 종아리를 때려서 바로잡아 보려고 노력하셨다.

나는 아무리 아파도 목침 위에서만 매삼을 쳤을 뿐 목침에서 내려서지를 못했다. 목침에서 내려서는 경우엔 더 호된 매가 나의 종아리에 감기는 까닭이었다. 조부는 바보인 나를 바로잡아 보려고 했지만 나는 조부의 이 무서운 초달과 부친의 바보천치라는 꾸중에서 더 "바보"가 되었는지 모르겠다.

아무도 나를 인정하지 않는다. 우리 가족 중에 나를 인정하는 사람은 하나도 없다.

그들은 내가 다른 일을 하지 않고 조각을 하는 데 한층 염증을 느끼며 바보 천치라고 한다.

나의 작품 "B여인의 상"(B女人의 像)이 특선되었을 때 조부가 상경하셨다.

이제까지 나를 인정하지 않으신 조부가 특선했다는 신문 보도를 보시고 상경하셨으니 나의 감격은 말할 수 없었던 것이다.

나는 조부를 전람회장으로 안내했다. 조부는 나의 작품을 먼저 보시겠다고 하겠다. 나는 조부의 말씀대로 쫓았다.

"야 이 바보 같은 놈아, 이게 대체 무슨 해괴망칙한 것이냐."

이것은 "B여인의 상" 앞에 서자마자 조부가 나를 꾸중하신 말씀이다.

이렇게 말씀하시는 조부는 덜덜덜 떠셨다. 나를 목침 위에 세워 놓고 종아릴 때리시던 때처럼!

여자의 젖가슴을 비롯하여 여자의 육체 전부를 옮겨 논 나의 작품이 조부의 안목에는 해괴망칙했을 뿐이었던 것이다.

조부는 나에게 "바보"라는 말씀을 열 번도 더하시고 전람회장을 빠져나가셨고 그날로 집에 내려가셨던 것이다.

"강옥이 날 바보라구 하지 마아. 응."

나는 여자를 떼어내면서 이렇게 애원했다.

33

"바보가 아니고 그래 뭐야?……"

서강옥은 다시 매달리며 나의 입술을 더듬어 물었다.

"난 싫어. 싫어."

나는 울음이 북받쳐 나왔다. "바보"라는 말은 나에게 패배감(敗北感)을 느끼게 하는 것이었다.

"이 바보. 뭣이 싫어."

서강옥은 입술을 잠깐 떼고 나서 말했다.

"정말 바보라구만 할 테야? 내가 바보란 말이야? 병빈 군은 바보가 아니구 나만 바보란 말이지?"

나는 여자를 막 밀어내면서 이렇게 말했다.

"호호호. 병빈 씬 왜 거드러요? 누가 병빈 씰 똑똑했던가요? 호호호."

"병빈 군은 모두 똑똑하다구 해. 그의 가족들두 똑똑하다구 해요. 그의 부모들은 병빈 군은 와서 보구 가요. 여자의 육체를 그려두 아무 말 않구 가요. 그런 걸 그려두 돈을 막 주구 가요. 어엉. ……돈을 막 주구…… 어엉…… 그런 그림을 그려두 아무 말두…… 어엉. ……엉."

나는 끝내 울고야 말았던 것이다.

"아니 왜 이래요? 창피스럽게……."

여자는 이런 소리를 쌀쌀하게 쳤다. 나는 여자의 소리가 쌀쌀한 것을 알아채이게 되자 한층 서러움을 느끼지 않을 수 없었다. 얼마나 울었는지 모른다. 여자는 그새 나의 곁을 떠나고 없었다. 나는 여자더러 가라고 하면서 울었던 것이다. 나는 홀로 되돌아섰다. 을지로 삼가, 사가, 사가에서 명륜동까지 줄곧 걸었다.

눈은 아직도 내리고 있었다. 질주하는 헤드라이트의 약광을 받으며 분분히 내리는 눈발은 나의 가슴속을 차갑게 파고들었다. 아까 서강옥이와 둘이 중국요리 집에서 나오던 때와 같은 것이 아니었다. 아까의 것은 행복과 같은 것이라면 지금의 것은 저주와 같은 것이었다.

누님 집에 들어가니까 누님이 혼자 댕그랗니 촛불 앞에서 자수를 놓고 있었다. 흘깃 쳐다보는 눈매가 범상치 못했다.

매부와 족하들은 없었다.

"애들이랑은 어디 갔어요?"

양복저고리를 벗어 걸면서 누님에게 물은즉 누님은 고래고래 소리를 지르며

"데리고 나갔어. 그것이 데리고 나갔어. 데리고 나감 제까짓 게 손가락을 빨릴 텐가. 헷⋯⋯."

하는 것이었다.

더 묻지 않아도 사유를 알 만했다. 어제저녁에 벌어진 상태로 말미암아서 매부는 끝내 아이들을 데리고 집을 나간 것이리라. 누님은 매부에게 줄곧 나가라는 말을 했던 것이다. 어제저녁과 같은 사태가 아니더라도 좀만 어쩌면 떠나라고 했던 것이다.

"누님은 틀렸어요. 그럴라거던 애들이랑 낳지 말아야 할 거 아니오."

누님의 바늘 쥔 손이 딱 멈추었다. 고추선 시선이 나에게 와 꽂히는 것이다.

34

"이 바보 같은 녀석아. 되지도 못한 소리 마라. 뭐가 어쨌다? 거지 꼴아지 같은 걸 쓸어 넣고 밤낮 이 지랄을 해야 옳단 말이냐? 인제 눈이 아물거리고 손까락 끝이 아파서 못 견디겠어⋯⋯ 아이고 내 팔자야⋯⋯."

누님은 힌 침을 내뿜었다. 본래도 힌 침을 내뿜기를 잘하지만 워낙 화가 나는 모양이었다.

"인제 제발 그 바보란 말 집어치시요. 손까락 끝이 아프잖게 해 드릴께. 멕여살릴께⋯⋯."

"어이고야. 네 꼴아지에 멕여살려? 취직을 겨우 시켜 놔도 어디 가서 넉

장을 부리고 있다 지금사 온 게 멕여살려? 말이 좋구나. 남이 애써서 취직을 시켜 놨음 첫날서부터 부즈런히 나가야잖아 이 바보 같은 녀석아……."

누님은 또 바보란 말을 했다. 나는 누님 앞에 놓인 수틀을 덱깍 들어서 콱 쌔려 던졌다. 수틀이 나가 와지끈 툭탁 소리를 내며 방바닥에 나가 떨어졌다. 어제저녁 술상을 들어 엎듯 했던 것이다.

누님이 발칵 일어나 니의 멕살을 잡았다. 흰 침이 거품으로 변했다.

"이 바보 천치야. 저걸 저래 놈 어쩔 셈이야? 응 저게 밥이 되는 줄 몰라? 돈이 되는 줄 몰라? 이놈아. 이 바보 천치야 낼 갖다 줄 겐데 저래 놨으니 어쩌느냐 말이다. 응 이 바보야. 천치야."

나는 멕살을 잡으며 동동 매달리는 누님을 팍 쌔려 버리고 이부자리를 깔았다. 눕고 싶었던 것이다.

내가 이불을 뒤집어쓰고 누운 데 누님이 달려들어 이불을 벗기며 아우성을 쳤으나 나는 힘을 다하여 이불을 팍 틀어잡았다. 누님의 힘으로선 도저히 벗겨 낼 수가 없으리만침 누님은 끝내 이불을 벗기지 못하고 통곡을 터뜨리는 것이었다. '내 팔자야' '내 신세야' 곧 연거푸 주서 대면서.

어느 때쯤 됐는지 모르나 내가 심한 갈증에 못 이겨 눈을 뜨니 누님이 댕 렇니 촛불 앞에서 수를 놓고 있는 것이 보였다.

내가 움직여도 아무 소리가 없었다. 구석에 놓은 양철통에서 냉수를 떠 내어 팔딱팔딱 마시고 다시 눕기까지도 잠잠했다. 바늘 끝이 헌겊을 뚫는 소리만이 고요를 깨뜨리며 똑똑똑 높아 갈 뿐이었다.

나는 이불 속에서 똑똑똑 소리를 들으며 누님이 불상하다는 생각을 했다. 나는 벌써 자리 속에서 물을 먹을려고 나왔을 때부터 가슴이 말할 수 없이 콱 메였던 것이다. 그런 위에 누님이 아무 말도 안 하고 있으니까 더욱 가슴이 터지는 것 같았다.

누님 말과 마찬가지로 누님은 자수를 팔아서 생계를 이어가는 것이다. 밤이나 낮이나 이것만 하는 것이다. 이것을 해 가지고 나가면 얼마의 대가 (代價)를 받는 것이다. 누님은 그것으로 쌀을 사고 구공탄을 사고 찬거리를 사 가지고 들어오는 것이었다.

　나는 '누님이 공연한 걸 배와 가지구 저 고생이라'는 생각을 하는 때가 있다.

　누님은 어릴 때부터 유별나게 자수 놓기를 좋아해서 줄곧 방에 들앉아 자수만 놓았던 것이다. 그 일을 더 바싹 하게 된 것은 매부와 결혼하고 나서였다.

35

　매부와 맞부딪치기 싫으니까 누님은 골방에 들앉아 자수만 놓았던 것이다. 집 안에서나 이웃에서 출가하는 처녀들. 누님의 수놓은 횟보, 벼갯모, 주머니 골무 꽃방석 등의 수예품을 가지고 갔던 것이고 누님 장녹 속에는 그러한 것들이 삼층장이 차리만큼 들어 있었던 것이다.

　그렇게 많은 수예품이 지금과 같이 돈이 되고 밥이 되어 본 일이 없다. 누님의 수예품을 가져가는 처녀들은 대가로 누님에게 색실이나 비단 헌겊을 보내 주곤 했다. 지금은 누님의 수예품이 당장 돈이 되고 밥이 될 뿐 아니라 해외에까지 진출하는 것이다. 외국 군인들의 선사품으로서 사용된다는 것이었다. 그러니까 누님의 수예품은 골방에서 해외 진출을 하는 셈이 된다. 삼층장이 차리만큼 많은 수예품이 줄어들게 된 것은 매부가 국회의원으로 출마하던 때부터였고 매부가 국회의원으로 당선되여서까지 그것들은 선사품으로 나갔던 것이다.

　그 무렵엔 그러한 것들이 돈이 되지 않아도 생활할 수 있었다. 매부들은 지방에서 몇 개 안 가는 지주(地主)였기 때문이다.

　매부네 재산 전부가 달아나게 된 이유는 매부가 출마를 한다 국회의원으로 당선이 된다 하는 바람에 소비되기도 했지만 토지 개혁에서 몽땅 몰락하고 말았다. 매부네가 서울에 이사하게 되던 땐 순전히 남의 돈으로 움직였다. 그러다가 매부가 재출마해서 낙선되었으니 집안 꼴이 어떠리라는 것쯤 짐작할 수 있는 일인 것이다.

매부가 재출마해서 낙선되자 얼마 안 가서 집을 빌려준 김윤필 씨가 집을 자기들이 사용해야 하겠다는 이유로 비워 내라는 것이었다. 김윤필 씨는 자진해서 매부네게 집을 주었고 집을 주던 땐 다시 돌려달라지 않을 눈치였던 것이다.

"이 선생님께 집 한 채 드리고 싶습니다. 누추하나 사용해 주시면 영광으로 알겠습니다."
라고 김윤필 씨는 말했던 것이다.

밤은 아직도 깊어 가기만 하는 모양으로 누님 손에서 오르내리는 바늘 소리가 한결 더 똑똑똑 고요를 깨뜨리고 있는 것이었다.

그 바늘 끝 오르내리는 똑똑똑 소리는 나의 가슴을 똑똑똑 뚫어 놓는 것 같았다.

"가엾은 누님 정말이지 저러구서야 바가질 안 긁을 수 없지."

나는 어제저녁 술상을 들어 메여친 일, 아까 수틀을 집어 동댕이친 일 등을 비롯해서 누님의 속 터지는 짓만 한 일을 뉘우쳤다. 그와 동시에 매부를 따라 나간 어린 족하들이 가엾은 생각도 났다.

매부가 족하들까지 데리고 나갔지만 갈 데가 어데랴 싶었다. 누님이 떠나라고 해서 떠났다가도 이틀이 못 되어 되돌아오는 매부였다.

혼자인 경우에도 그랬거든 족하들까지 데려고 나가서 어찌 견딜 것인가.

매부도 가엾시 여겨졌다. 그중에서 가장 가엾은 것이 매부일지 모른다.

누님이 매부더러 돈벌이를 못 한다고 바가지를 긁는 때면 매부는 공연히 국회의원을 했다는 말을 하곤 했다.

36

소위 국회의원까지 지냈다고 하는 작자가 어디 가서 군수나 면장을 할 수도 없지 않느냐고 하소연하듯 애원하듯 하는 매부의 소리를 나는 몇 번이나 들었다.

담배꽁초를 몰래 피우다가 누님에게 들키면 슬쩍 감추는 것도 여러 번 보았다.

누님은 매부가 담배꽁초를 피는 걸 보면 거지같이 뭐냐고 닦아세우기만 하지 담배 살 돈을 주지 않았다. 그만한 여유가 없기도 하지만 있더라도 누님은 매부에게 담배 용돈을 주지 않았다.

워즈러니 떠드는 소리에 눈을 떳더니 위선 들창으로 들이비치는 햇살이 눈에 뜨였다. 그 다음으로 방 한쪽에 쪼그리고 앉아 있는 김윤필 씨가 보였다.

"임자. 왜 이렇게 늦잠을 자나? 빨랑빨랑 일어나서 누님을 도울 생각을 해야지."

김윤필 씨는 물뿌리에 권연을 꽂으면서 그 엷은 입술을 나풀거리고 있는 것이었다. 내가 누님을 도울 위인이 못 되는 것을 알면서 한 말인 것이다.

이 김윤필 씨는 누님 앞에선 누님을 극진히 동정하는 체하고 나만 있는 데선 누님의 흉을 보아 가며 나를 동정하는 체하는 인물이다.

누님이 신경질이라고 그런 여자하곤 하루도 못 살겠다고 하면서 매부에게도 동정이 간다고 했다.

바루 가까이 살고 있어서 하루에 한 번이나 두 번쯤은 왔다 가곤 했다. 더욱이 이 집이 그의 소유이기 때문에 자주 오는 것이었다. 김윤필 씨는 매부네더러 집을 비어 달라고 하다 못해서 매부네게 방 한 간을 빌려주고 그 나머지를 사글세로 내놓았다.

김윤필 씨도 근자에 와선 어렵게 되었느라고 했다. 그의 말을 들어서도 알겠지만 그가 사는 형편을 보면 그의 말이 틀림없는 것 같았다. 집 장사를 하려다가 내려진 모양이었다.

집을 짓긴 했으나 지어 논 집이 팔리지 않았다. 팔리지 않아서 금리(金利)만 자꾸 늘어 가는데 여러 채의 집을 가지고 있다는 이유로서 세금이 고개를 못 들게 나오니 견딜 수 없다는 것이었다.

그래서 지은 집들을 사글세로 준다 전세로 준다 하는데 근자에 와선 전세로 들려는 자리도 흔치 않다는 것이었다. 방방에 셋군을 넣고 매달 셋돈

받기에 김윤필 씨는 골머리를 앓았다. 누님의 손끝으로 되는 돈도 김윤필 씨에게 매달 사천 환씩 방세로 갔다.

혹시 밀리는 경우엔 김윤필 씨는 가진 수단을 써서 방세를 받아 가는 것이었다.

오늘 아침에도 방세 때문에 온 모양 같았다. 누님네 것뿐 아니라 이 집 안에 들어 있는 어느 집에 왔다 들렸는지도 모르겠다.

아침에 일찍 나오지 않으면 출근하는 사람들을 놓치게 되므로 방세는 아침 일찍 쫓아다니며 받아야 했던 것이다.

저녁엔 대개 늦어야 돌아오곤 하니까. 그리고 아낙네들은 언제나 가장에게 그 임무를 떠밀어 놓으니까.

누님은 김윤필 씨의 말을 곧이곧게 듣고 다른 데 못 쓰더라도 방세는 꼭꼭 치루었다.

37

김윤필 씨는 누님의 성격을 잘 알고 하는 일이었다. 누님뿐 아니라 방세를 받기 위해서 김윤필 씨는 상대방의 심리 표착에 애를 쓰고 있는 것이다.

"아저씬 일찍부터서 드셔서 소득이 많겠군요."

나는 물뿌리에 권연을 꽂아 빠끔빠끔 빨고 있는 김윤필 씨를 가르띰이 보아 가면서 빈정대었다.

"이 사람아 별 소득이 없드라도 신선한 아침 공길 쐬도 어딘가. 신선한 맑은 공길……."

"신선한 맑은 공긴 쐬서 뭣 합니까? 밥을 먹어야지요."

"임자 거 모르는 말일쎄. 사람이 밥으로만 사는 게 아닐쎄. 밥이나 먹고 똥이나 싸는 게 사람인 줄 아는가?"

김윤필 씨는 늘 이렇게 자기 혼자만이 알고 다른 사람은 아무것도 모른다고 생각하는 것이었다. 더우기 나 같은 위인은 그의 말과 마찬가지로 밥이나 먹고 똥이나 싸는 위인이라고 여기는 것이었다.

"아저씨 요샌 똥이 돈이 된대요. 똥두 많이 쌀 수 있으면 괜찮은 겁니다."

"허. 또 모르는 소리. 이 사람아 똥이 돈이 되긴커녕 똥을 쳐 가는 데 돈이 나가네. 똥 한 통 치는 데 오십 환씩 또박또박 받아 가네그려. 어디 통이나 까뜩까뜩 채던가? 여러 통으로 늘릴 생각에 한 칠 부가량밖에 안 푸는 거야. 변소 한 번 치자면 몇 안 되는 식구에도 칠팔백 원 달아난단 말이야."

"거보세요 똥이 얼마나 돈이 되는가…… 몇 식구 안 되는데도 한 번에 칠팔백 환씩 되니 말입니다."

"이 사람아 그게 나가는 돈이지 내 손에 들어오는 돈인가? 자넨 늘 그렇게 답답한 소리만 해."

"나가든지 들어오든지 똥이 돈이 되는 것만은 틀림없잖습니까?"

"허. 답답한 소리만 하는군그래. 임자 생각해 보란 말이야. 똥이 돈이 된다는 건 퍼 가는 사람 쪽에서 할 말이지 돈 내고 치이는 측에서 할 소리가 아니란 말이야 알겠나? 자네…… 하긴 자네 말같이 똥이 돈이 되는 건 사실이야. 그놈들이 이쪽에서 육십 환씩 받고 퍼다간 그 뻑뻑한데 물을 얼마든지 퍼부어 한 차를 두 차로 만들어 가지곤 시골 농사꾼한테 가선 또 돈을 받고 판다네그려. 헛 참 무서운 세상이지. 무서운 세상야."

"뭐가 무서워요? 돈 버는 일인데……."

"왜 안 무서운가. 똥을 퍼 가는데 돈을 받고 퍼 가지고 가서 팔고 하니……."

"그래도 그렇게 버는 돈은 괜찮아요. 그 더러운 걸 주물럭거리고 돈도 못 벌면 어떡해요. 억울해서……."

"돈은 정작 주물럭거리는 사람들이 먹는 줄 아는가? 물주가 먹는 걸세. 거기도 물주가 있는 거야. 종로구면 종로구 동대문구면 동대문구 이렇게 떼맡는 물주가 있단 말이야. 경찰에서 허가해 주는 물주가 있단 말이야. 정작 돈벌이는 이 허가 맡은 물주가 하게 되는 거야. 똥 장사란 말이 더럽긴 하지만 정작 돈버리는 이게 된다지 않나. 가만 생각해 보게. 한 통에 육십 환씩 받고 퍼다가 물을 널퉁거리게 타서 농사꾼에게 한 차에 만 환이니 얼마니 하고 판대니 그 돈이 작겠나. 똥 장사란 말만 아님 ××서 서장도 잘 알고 하니 나도 그걸 해 봤음 하지만……."

38

"똥 장사나 집 장사나 마찬가집니다. 똥 장산 더럽고 집 장산 깨끗하단 법이 어디 있읍니까."

나의 말에 김윤필 씨는 골이 난 모양이었다. 얇은 입술을 파르르 떨면서

"이 사람 내가 집 장살해서 자네게 해된 일은 없잖나? 이가 됐음 됐지 그런 배은망덕한 소린 하지 말게. 자네랑 누님네가 세 한 푼 없이 몇 해씩 내 집에 들어 있잖나? 원 고약하지. 배은망덕해도 분수가……."
하고 언성을 높였다.

누님이 마루 밑에서 아침을 짓다 말고 행주치마에 손을 씻으며 들어왔다. 나에게 고추선 시선을 꽂으며

"저 바보가 또 무슨 주책바가질 부렸게 김 선생님이 저렇게 노여워하서."
하고 나무랬다.

"누님은 괜히 그러셔."

나는 이렇게 대꾸했다. 정말 누님은 괜히 그러는 것이었다. 사리는 판단하지 않고 김윤필 씨의 편을 들었다.

이번뿐이 아니었다. 언제나 그랬다. 매부와 김윤필 씨 사이에서도 그랬고 나와 김윤필 사이에서도 김윤필 씨의 편이 되었다.

매부나 나에게서 진절미를 내는 탓도 있겠지만 누님을 비호하는 체하는 김윤필 씨 수단에 누님은 넘어가는 것이었다. 그리고 언제나 누님은 그에게 방세를 내고 있는 자기를 잊지 않았던 것이다.

"이놈아 뭣이 괜이야. 네가 그래 주책을 안 부렸단 말이야. 네가 김 선생님을 노엽게 안 해 드렸단 말이냐?"

"가만 두시요. 아직 철이 없어서 그러는 걸 나야 괜치않지만 늘 데리고 있는 누님이 속 썩으시지."

김윤필 씨는 또 이렇게 말해 보였다.

나는 말하지 않기로 결심했다. 김윤필 씨와 같은 사람을 상대로 이때까지 씨부렁거린 것을 뉘우쳤다. 또 지난 밤 자리에서 누님의 속을 썩혀 드리지 않겠다고 마음먹은 일도 있고 해서.

아침도 먹지 않고 밖으로 나왔다. 그길로 걸어서 회사로 향했다. 뻐스나 전차를 타자면 너무 일를 것 같았기 때문이다.

어제 아침처럼 일러서 마당을 왔다 갔다 하기가 싫었다.

정문 안으로 들어서자마자 뒤에서

"허 선생님."

하는 소리가 들렸다. 돌아다보지 않아도 조영매라는 걸 알았다. 반가운 감정이 소꾸쳤다.

사실 나는 조영매를 잊어버리고 있었던 것이다. 줄곧 걸으면서 나는 김윤필 씨의 얇은 입술을 생각했고 했다기보다 자꾸만 그것이 눈앞에 서언해졌다.

그리고 똥에 관한 김윤필 씨의 이야기를 되푸릴 했고 누님과 매부와 족하들의 생각을 하곤 했던 것이다.

서강옥의 생각 병빈 군의 생각도 좀은 했다. 그런 생각은 떠올리지 말자고 노력했다. 서강옥이는 어쩐지 병빈 군에게로 갈 것만 같은 생각이 들었기 때문이다. 어제 밤 나와 헤어져서 그리로 갔는지도 모른다는 생각이 들었던 것이다.

"밤새 안녕하셨어요? 어저께 혼자 존 길을 걸으시면서 존 생각 많이 하셨어요?"

어느새 조영매는 나의 옆에 왔던 것이다.

39

조영매의 이 소리에서 가슴이 후련히 풀렸다. 이 여자만은 나를 잘 이해하는 것 같았다. 좋은 길을 걸으면서 좋은 생각을 했느냐고 묻는 조영매의 대화(對話)는 얼마나 멋지냐 말이다. 서강옥이는 외모만 잘생겼달 뿐이지 이런 말은 한마디도 해내지 못하는 위인이다.

중국요리 집에서 손바닥이나 따악딱 솜씨 있게 칠 줄 알지 그 외에 하는 일이 뭐란 말이냐. 응 그래, '사랑하는 방법'도 솜씨 있는 편인지도 모른다. 나는 그것을 알 수 없으니까 솜씨 있는 편인지 없는 편인지 판단하기 곤란하다. 나는 어떤 여자와도 '사랑하는 방법'을 실험해 본 일이 없으니까. 서강옥이와 비로소 처음 치르어 보았을 뿐이니까.

"조영매 씬 정신적인 멋쟁이군."

나는 말을 하고야 말았다.

"그건 또 무슨 말씀이세요?"

"정신을 휴식시키는 사람이란 말입니다."

"누구의 정신을?"

"저의 정신을 말입니다."

서강옥의 육체를 체험하지 않았더라면 나는 이런 말을 하지 못했을 것이다.

서강옥이는 육체만의 소유자라는 걸 알았기 때문에 이런 말을 할 수 있었던 것이다.

"고맙습니다. 제 말씀 한마디가 허 선생의 정신을 휴식시켜 드릴 수 있다시니……."

다시는 말이 없었다. 공장 안에 발을 들려 놓기 때문이기도 하지만 내가 대답을 하지 않았던 것이다. 아침 해가 동쪽 유리창으로 쨍쨍 들이비쳤다. 제법 따사로운 것을 느끼게 했다.

나는 따사로운 햇살을 받으면서 알 수 없는 흥분을 깨달았다. 어제저녁 서강옥이와 '사랑하던 방법'의 체험이 나를 자꾸 괴롭히는 것이었다. 서강옥은 외모만 잘생겼달 뿐이지 조영매와 같이 정신을 휴식시키지는 못하는 여자라고 나무래면서도 옆에 앉은 조영매보다 멀리 있는 서강옥의 생각을 잊을 수 없었다. 아! 나는 서강옥이와의 '사랑하던 방법'을 어느 때까지 잊을 수 없는 것이다.

일손을 몇 번이나 멈추었는지 모른다. 멍하니 밖을 내다보고 있노라니까

"왜 그러고 계세요?"

하는 조영매 소리가 들렸다.

"아, 예. 조름이 와서……."

"밤엔 안 주무셨서요?"

"예. 밤엔. 밤엔 잣지요."

나는 서강옥의 벌렁 잡바진 모양을 눈앞에 그리면서 이렇게 대꾸했다.

"전 추우니까 긴장만 돼요."

"그래요."

"그래도 허 선생이 계시니까 말동무가 돼서 한결 나은걸요."

조영매는 말동무가 된다고 하지만 나는 아무 말 없이 가만있어 주었으면 싶은 생각이었다. 나를 가만 놔 두었으면 나 혼자 싫컷 서강옥이와의 '사랑하는 방법'을 되푸리할 것이라는 생각을 했다.

나는 도모지 조영매가 즐겁지 않았다. 정신을 휴식식히는 여자라고 말한 일 같은 건 잊어버렸다. 정신의 휴식 같은 건 지금의 나에게 있어서 무슨 가치가 있느냐 말이다.

40

파하기가 바쁘게 나는 다방 '유성'으로 갔다. 서강옥이가 거기 와 있나 해서였다.

한 시간 넘어 앉아 기다렸다. 서강옥은 종시 나타나지 않았다. 너무 오래

혼자 앉아 있는 일이 쑥스러웠다. 옆의 사람들이 싱거운 작자라고 여기는 것만 같았다. 마담이나 레지가 뭐라고 하는 것 같았다.

전에는 여기서 사오 시간을 혼자 앉아 있은 일도 있었건만ㅡ.

아무라도 와 주었으면 싶었다. 반갑지 않은 사람이더라도. 반갑지 않은 사람과 이야기하고 있는 사이에 서강옥이 훌쩍 나타나 주었으면 얼마나 좋으랴 싶었다.

병빈 군이 와 주었으면 더욱 좋으리라는 생각을 했다. 서강옥이보다 병빈 군이 더 기다려지기도 했다.

병빈 군과 서강옥에 대한 이야길 했으면 싶었다. 병빈 군이 서강옥에게 가지는 심리 상태를 타진해 보고 싶었다.

끝내 병빈 군도 오지 않고 서강옥이도 나타나지 않았다. 누님 집으로 들어가기도 싫고 다방에 더 앉아 있기도 싫었다. 병빈 군을 찾아야 하겠다는 생각이었다. 빨리 가 보자는 마음에서 택씨를 탔다. 명동에서 원서동까지 가려면 뻐스나 전차를 이용하기가 곤난했기 때문이다.

바삐 택씨에서 내려 병빈 군을 불렀다. 그러나 병빈 군의 방은 캄캄할 뿐이었다. 미닫이를 열고 더 한 번 불러 보았다. 댓구가 있을 리 없었다.

대문깐 빈대떡 가게를 들여다보았다. 거기도 그는 없었다. 나는 후들거리는 다리를 빈대떡 가게 안에 들여 놓았다.

"병빈 군이 안 보입니까?"

주인에게 물었다.

"아까 나오셨다 어딜 가시나 보던데."

"혼자?"

"왠 여자분하고요."

"양장한 여잡디까?"

"글세 양장이던가? 줄이 쭉쭉한 외투를 입었던뎁쇼."

틀림없이 서강옥이었다. 서강옥의 외투에 푸른 줄이 쭉쭉 나 있었던 것이다.

"이 일을 어쩌나."

나는 땅이 푹 꺼지는 것 같았다.

"어딜 갔을까?"

나는 다시 명동으로 향했다. 이번엔 택씨를 타지 못했다. 요금이 없었던 것이다.

'유성'에 먼저 들어 보았다. 있지 않았다. 레지-에게 물었고 마담에게 물었다.

"오신 것 같잖아요."

라고 대답했다. 오지 않았으면 오지 않았더라고 확실성 있게 대답해 주었으면 좋을 게 아닌가. 온 것 같지 않다는 말에 더욱 애가 탔다.

그들은 병빈 군이나 서강옥에게 관해서 그처럼 무관심할 수 있을까.

나는 밖으로 나왔다. 달이 떠 있었다. 나의 기인 그림자를 밟으면서 나는 그들이 갈 만한 장소를 찾았다. 어제저녁 서강옥이와 갔던 중국집에도 갔다. '스탠드ㆍ빠'에도 들려보았다. 가끔 들리는 다방에도 가 보았다. 그들은 아무 데도 없었다. 서강옥의 유숙하는 집을 알아 두지 못한 일이 후회되었다. 나는 필동의 그 많은 골목을 샅샅히 걸었다. 서강옥을 소리 높여 부르고 싶은 충동을 안고서-.

41

'뚜우.' 열 시 반 고동이 울렸다. 나는 병빈 군 하숙에 다시 가 보고 싶었다. 이번엔 걸어서 갔다. 빈대떡 가게의 불을 바라보면서 골목길을 바삐 올라 걸었다. 빈대떡 가게 앞에서 잠깐 귀를 기우렸다가 대문 안으로 들이달렸다. 방이 그냥 깜깜했다. 주인네 방도 깜깜했다. 불을 끄고 자는지 모르겠다고 생각하면서 미닫이를 열고 불러 보았다. 방안이 서렁서렁할 뿐이었다. 나는 빈대떡 가게로 나왔다.

"병빈 군이 안 왔지요?"

"네. 안 오셨어요."

"어디 갔을가?"

"글쎄요."

빈대떡 가게 주인도 다방 마담이나 레지이와 마찬가지로 신통치 못한 대답이었다.

"술을 주시오."

대포 잔에 약주가 그득히 부어졌다. 단숨에 들이켰다.

"또 주시요."

열한 시 고동이 '뚜우' 울리는 소리가 아득하게 들려왔다. 소리가 이처럼 아득해 보기는 처음이었다.

대포를 몇 잔 들이켰던지 모른다. 또 나는 어떻게 병빈 군 방에 들어갔던지 그것도 모른다. 이튿날 아침에사 내가 병빈 군 방에서 잤다는 걸 알았다. 병빈 군 방에서 나는 혼자 곤죽이 되었던 것이다.

병빈 군은 밤에 오지 않았다. 주인네가 병빈 군의 대신으로 주는 아침을 뜨는 둥 마는 둥 하고 밖으로 나왔으나 다리가 헛놓여서 걸을 수가 없었다.

주머니를 뒤지니 십 환짜리 석장이 있었다. 전차표를 샀다. 전차표면 두 장 살 수 있었으니까.

회사에 다달은즉 조영매가 벌써 와 앉아서 일을 하고 있었다.

"오늘은 늦으셨어요."

"네. 좀 늦었읍니다."

나도 일을 시작해야 하긴 하겠는데 일손이 잡히지가 않아서 초점을 잃은 시선을 허공에 멍하니 던지고 있었다.

"지난밤에도 일을 많이 하셨나 본데요."

"……아니요."

"일이 얼마나 진행되었어요?"

"일이요? 그저 그렇구 있지요."

"아직 시작 안 하셨어요?"

"……네? 시작을? 시작을……."

"왜 그렇게 우울하세요?"

"내가요?"

"네. 퍽 우울해 보여요."

"뭘 좀 잃어버려서요."

"뭘요?"

"……."

"쓰릴 맞으셨어요?"

"그 비슷한 겁니다."

"많이 맞으셨어요?"

"몽땅 맞았지요."

"얼마나 되게요?"

"내게 있는 걸 전부 다요. 찾아야 하겠어요. 찾지 않곤 견딜 수 없어요. 몽땅 가져간 놈을 찾아야 하겠어요. 찾아야 하겠어요."

이렇게 중얼거리고 있으랴니까 찾고 싶은 생각이 북받쳐 올라서 한 시각도 그냥 앉아 있을 수 없는 초조로움이 나를 휘감는 것이었다.

나는 자리에서 벌떡 일어났다. 그리고 입었던 작업복을 벗어 버리고 밖으로 나왔다.

42

"하밤중에 가서서 어떻게 찾으신다고 그러세요."

조영매 말을 못 들은 것이 아니었다. 조영매 말대로 하밤중에 찾지 못하리라는 것도 알고 있는 것이다.

그러나 나는 그냥 앉아 있을 수가 없었던 것이다.

처음부터 나는 회사에 일하려 나간 것이 아니었다. 안절부절하여 견딜 수 없는 마음에서 그리로 행했던 것뿐이다.

전차를 타고 시내로 행했다. 전차에서 내려 다방 '유성'으로 들어갔다. 아침 커-피를 마신다는 단골손님 몇 사람이 있을 뿐으로 다방 안은 한산했다.

'카운타'엔 그중 친절한 '레지이'가 있었다. 나는 성큼성큼 그리로 갔다.

"병빈 군이 안 왔어?"

"언제요? 오늘 아침에요?"

"응."

"오늘 아침엔 안 왔어요."

"그럼 어제저녁에 왔었어?"

"네 어제저녁엔 늦게 오셔서 늦게까지 계시다가 가셨어요."

"혼자?"

"아뇨. 웬 여자하고 둘이던데요."

"줄이 쭉쭉 간 외투를 입은 여자야?"

"네. 그래요. 아주 멋쟁이던걸요."

"몇 시쯤 와서 몇 시쯤 해 돌아갔어?"

"아무튼 늦게 오셨어요. 그랬다가 여길 '시마이' 할 때 갔었어요."

"어딜 간다구 그래?"

"그런 말을 안 하셨어요. 그냥 같이 나갔었어요."

다시 무엇을 더 물으려고 '레지이'를 처다보았을 때 그는 뱅글뱅글 웃으며

"두 분 다 술이 몹씨 취하셨어요."

하는 것이었다.

"여자두 몹씨 취했어?"

"글쎄 두 분이 다 잠뿍 취하셨더라니까요."

"망할 년."

나의 입에선 어느 틈에 이런 욕설이 튀어나왔다.

술이 취해 있더라는 말을 듣자 나의 눈앞엔 어제저녁 중국요리 집에서 벌렁 잡바저 가지고 나에게 '사랑하는 방법'을 실험시키던 서강옥의 모습만이 보이는 것이었다.

"왜 그렇게 성이 나셨어요. 허 선생님도 성나시는 때가 있네요. 흐흐훗."

'레지이'가 이렇게 말하며 웃기까지 하는 것이 아닌가?

"너까지 날 놀려 대는 거야?"

'카운타'에 놓인 유리컵을 탁 쪼아 깨뜨렸다.

"어머나 허 선생님이 왜 이러실까? 누가 놀려 대요. 전 선생님을 놀려 대지 않았어요."

'레지이'가 눈물이 글성해서 나에게 말했다.

차를 마시던 손님들의 시선이 이쪽으로 집중되는 것을 알았다.

나는 밖으로 나와야 했던 것이다. 그러나 어디로 가야 할지 몰랐다. 어디로 가면 몽땅 빼았긴 나의 것을 찾을 수 있단 말인가. 어디로 가면 나의 것을 몽땅 빼앗아간 자를 찾아낼 수 있단 말인가.

43

병빈 군 집에 다시 가 볼 생각은 나지 않았다. 뻐스가 전차가 바루 집 앞에까지 닿는다면 몰라도ㅡ. 그중에도 나에게는 뻐스나 전차를 탈 돈도 없었던 것이다.

다방 앞을 왔다 갔다 하기를 수십 차. 그것도 실증이 났다. 그렇다기보다 남이 창피했다.

"무엇 때문에 저 자식은 식전 댓바람부터 남의 앞을 올라가 내려가 하는 것이냐."

고 담배 장사 할머니가 속으로 못마땅하게 여길 게 아니냐 말이다.

처음엔 담배 장사 할머니는 내가 담배라도 사려나 부다고 알았던지 얼굴에 히색을 보이며 앞에 놓인 목판을 보고 했던 것이다.

담배 장사 할머니뿐 아니라 양복점에서도 자기네 가개에 들어오는 손님이나 아닌가 하는 기색이 다가 줄곧 상점 앞으로 왔다 갔다 하기만 하니까 주인인지 아닌지 모를 남자가 말짱히 슬어 논 상점 바닥에 침을 택 뱉는 것이었다. "자아식 재수 없게스리 일른 아침부터 뭐냐." 하는 눈치였다.

그리고 그는 나의 차림 차림새를 보아하니 당장 양복을 지어 입어야 할 주제인데 그런 건 생각지도 않고 왔다 갔다 하기만 하는 게 뭐냐고 소리를 칠 것만 같았다.

좌우간 여기를 떠나야 하겠다고 생각했다. 나는 동화백화점 쪽으로 발을 돌렸다. X화백의 개인전이 아직 끝나지 않았을 것을 알고 있기 때문이었다.

백화점 안에 발을 들여놓으려고 한즉 "어서 오십시요" 하는 소리가 귓전을 두다렸다. 나는 반가워서 소리 나는 쪽에 고개를 돌렸다.

열두서너 살 먹어 보이는 소년이 야릇한 복장을 입고 기계처럼 서 있는 것이었다.

소년은 내가 보는 것을 인식하는지 안 하는지 같은 표정과 어조로 다른 손님에게도 "어서 오십시요"를 웨치고 있었다. 오는 손님뿐 아니라 가는 손님에게도 빼지 않고 "안녕히 가십시오"를 웨치고 있었다.

일층 이층 삼층 사층, 사층에 화랑(畵廊)이 있었다. X화백의 개인전은 예상대로 전렬되어 있었다. 숨이 화알 나왔다. 여기서 얼마간의 시간을 보낼 수 있다고 생각했던 것이다. 위선 그림이 모두 몇 점가량이나 되는가를 살펴 보았다. 스무 점가량 되었다. 첫머리에서부터 보기 시작했다. "꽃"이란 제목의 그림이었다. 전람회를 시작하던 날 병빈 군과 함께 와서 보았을 쩍에도 이것부터 보았다.

그림 한 점을 오 분씩만 들려다본다 치면 두어 시간 소비해 낼 수 있을 것이다. 두어 시간 지나서 '유성'에 나간다면 '레지이'가 아까 유리'컾' 깨뜨린 일 같은 걸 잊어버리고 있을지 모른다. 그리고 손님도 바뀌일 것이 아닌가.

"꽃" 앞에서 오 분이 넉넉 되게 견디었다. 다음은 "판자집"이었다.

여기서도 오 분을 서 있어야 하는 것이다.

다닥다닥 붙어 앉은 "판자집"들 앞에서 오 분씩이나 서 있다는 일은 쉬운 것이 아니었다. 암만 그림이 잘 되었다 치더라도 "판자집"이 주는 인상이란 짓껍지한 것뿐이다.

44

허리를 못 펴는 초라한 모습들이 보인다. 허리를 저렇게 못 펴고 살고 있게 되면 미구에 꼽사가 될 것이다. 그리고 아이들은 늠늠히 커 보지 못하고 난쟁이가 될 것이 아닌가.

이런 생각에 사로잡히고 있는데 손을 내밀며

"고맙습니다."

라고 인사하는 사람이 있었다. X씨였다. 그림을 그처럼 열중해 보아 주는 일이 고맙다는 것이겠지. 그림 한 점 앞에 일 분씩만 서 있어도 감격할 일인데 오 분씩이나 서 있으니 안 그럴 수가 있으랴.

"위선 이만한 그림을 그려 낼 수 있다는 일이 부럽습니다."

나는 무심중에 X씨에게 이런 말을 했다. 이것은 내가 지금 막 생각하고 있던 말이 아니었다.

일전에 병빈 군과 함께 와서 보고 갈 때 내가 한 말인 것이다. 그림의 우렬(愚劣)은 떼어 놓고 그만큼 한 그림을 생산(生産)할 수 있는 환경이 어찌 부럽지 않을까 부냐 말이다.

나는 작품은 고사하고 점토를 두어 둘 만한 장소도 없는 곳이다. 자잘구레한 손장난을 하던 것까지도 둘 데가 없어서 누님이 수틀이랑 올려놓는 선반 위에 올려놓았다간 혼이 나곤 하는 것이다.

"밤낮 이건 뭐냐. 도깨비 장난같이."

하며 누님은 그것을 때려 팽개치는 것이었다. 그것이 적던 크던 하나의 몸둥아리가 완성되었을 때의 경우면 대가리와 사지(四肢)가 동갱이 나는 것이었다. 예정한 바대로 두 시간 가깝게 이럭저럭하다가 화랑을 나왔다.

그림을 보는 시간보다 X씨하고 이야기하는 시간이 더 오랬을 것이다.

X씨는 남의 속도 모르고 자기의 그림을 두 번씩이나 그것도 무척 열중해서 보는 일이 고마운 모양으로 전에 없이 친절히 대해 주었다.

나의 입선 작품에 대해서도 한참 이야기하는 것이었다.

아직 무명인이나 다름없는 나와 같은 것을 아는 체해 주는 것은 전혀 자기의 그림을 열중해서 보아 주는 그 까닭인 것이다.

어찌 됐든 간에 화랑에서 두 시간 가깝게 지내게 된 것은 X씨의 덕택이 아닐 수 없었다.

문간에서 기계처럼 "어서 오십시오"와 "안녕히 가십시요"를 외치고 섰는 소년의 인사를 받으며 백화점 밖에 나온 나는 '유성' 쪽으로 발을 돌리지 않고 그와는 정반대의 방향으로 향했다.

서강옥이 같은 여자를 만나랴고 쫓아다니는 자신이 시시하게 여겨졌던 것이다. 더우기 다른 때와도 달라서 줄곧 애먹던 취직을 한 지 이틀째 되는 날이 아닌가.

정상기 씨의 낯을 보아서라도 이래선 안 될 말이다.

나는 회사로 가야 한다고 생각했다.

그런데 나는 전차비도 뻐쓰비도 없다.

아침에 전차표 두 장을 사서 회사에 갈 쩍에 한 장 쓰고 남은 것으로서 강옥을 만나고자 시내로 들어 달리느라고 사용하고 나니 그만이었다. 걸어야 했다. 그 머언 길을 걷고 한강 철교를 건느고 해야 했다. 줄곧 걷고 있으랴니까 온갖 색채의 똥그래미가 눈앞에서 아물거리는 것이었다. 눈을 감으면 감은 눈 속에서 그것들은 아물거리는 것이었다.

45

회사에 이르러 보니 조영매는 앉아 그 일을 하고 있었다.

"찾으셨어요?"

반색을 하며 묻는 것이었다.

"예."

나는 대강 대답을 해 두었다.

"어머나 어떻게 용케 찾으셨어요."

그제사 나는 조영매의 그 말을 알아들었다. 쓰리 맞은 걸 찾은 줄 알고 있는 것이다.

나는 덤덤히 앉아 있었다. 대꾸할 말이 있을 리 없지 않으냐 말이다.

"그런데 사장이 찾는다고 아까 급사가 왔어요. 그래서 쓰릴 맞은 걸 찾으러 나가셨다고 했지요. 그냥 나가셨담 덜 좋아할 것 같아서……."

조영매의 이러한 말을 못 들은 것은 아니었다. 듣고서도 그냥 앉아 있었다. 실상 나는 움직일 기력이 없었다. 사장실까지 간다는 일은 생각해도 기운이 빠지는 것 같았다.

"어서 가 보셔야죠. 벌써 왔다 간 걸요."

"사장이 오래요?"

"누가 알아요. 급사가 와서 그러니까 알죠."

조영매도 나의 퉁명스런 말에 기분이 언짢아진 모양이었다. 약간 뾰루퉁한 기색을 보이며 일손을 늘리기 시작했다.

나는 그냥 좀 앉았다가 좌우간 사장실로 가 보기로 했다.

"허 군 쓰릴 맞았다구?"

사장실에 발을 들여 놓자 이마가 반들거리는 젊은 사장이 대뜸 이렇게 말하는 것이었다. "허 군"이라는 말에 나는 위선 놀랐다. 나를 어떻게 보고 하는 소리냐. 나를 언제부터 알았기에 만만하게 "허 군"이라고 붙이는 것이냐.

무엇이 목구멍으로 올려미는 것을 꿀꺽 삼키며 이마가 반들거리는 젊은 사장을 멀거니 쳐다보고 있었다.

"아니 쓰릴 맞았다면서?"

"안 맞았어. 맞잖았어."

"그럼 어디 갔더란 말인가? 근무 시간에 일을 안 하고 돌아다닌단 말이야. 쓰릴 맞았더라도 하는 수 없는 게지. 근무 시간에 맘대로 나가 돌아댕긴담. 고약한 작잘세."

젊은 사장은 나의 불공스런 어조에 매우 분개하고 있었다. 반들거리는 이마 아래에 꼭 백인 눈을 똑바루 뜨고 나에게 달려들었다.

"날 왜 불렀어? 허 군이라구 불르려고 불렀어? 왜 불렀어? 말해 봐. 말해 보란 말이야."

나의 목구멍에선 한층 무엇이 올리밀었던 것이다.

"저놈이! 저런 배와 먹지 못한 놈이라구…… 이놈아 정상길 씰 좀 데려다 달라구 불렀어. 심부름을 시키자구 불렀더니 그래 근무 시간에 나가 돌아다 녔단 말이지? 고약한 놈 같으니라구…… 이놈아 나가. 이놈을 내쫓아라."

문이 열리며 비서가 들어오는 기척이 들렸다. 나는 꿀꺽꿀꺽 삼키고 있던 것을 끝내 게워 놓고야 말았다. 왈칵 올리미는 것을 어쩐단 말이냐.

젊은 사장 앞에 게워 놓았던 것이다.

"아! 아! 저런 저런 놈."

젊은 사장은 하도 기가 차서 기절을 할 듯싶은 시늉을 하는 것이었다.

비서가 나의 목덜미를 잡아끌었다. 나의 창자 속에서 나온 오물(汚物)을 남겨 놓고 나는 사장실에서 끌려나왔던 것이다.

46

"썩은 냄새나 싫것 맡아라. 똥보다두 더 구릴 게다. 똥꾼이 타들어가게 나의 속은 푹푹 썩고 있다. 실상은 벌써부터 듣고 싶던 것이다. 썩은 냄새나 맡아라. 건방진 자식 허 군! 심부름을! 건방진 자식."

비서는 나를 대문 밖에까지 끌어다 동댕이 쳐 버렸다. 나는 마치 쫓기운 개 모양으로 대문 밖에 동댕이 쳤던 것이다. 흡사 쫓기운 한 마리의 개였다. 쫓겨난 한 마리의 개는 어디로 가야 할 것인가?

나에게는 뻐스비도 전차비도 없었다. 나는 한강 인도교를 건느고 먼 길을 걸어야 하는 것이다.

아까와 마찬가지로 온갖 색채의 똥그래미들이 눈앞에서 아물거렸다. 까딱하면 쓸어질 것 같은 위태로움을 무릅쓰고 나는 걸어야 했다.

미도파 앞에까지 다다르고 보니 숨이 화알 나왔다. 복잡한 사람 물결 속에 목을 길게 빼고 서서 나는 한참 생각하지 않을 수 없었다.

어디로 가야 하는 것인가?

누님 집을 생각해 보았다. 갈 수가 없는 것이다. 누님 집은 생각에서 제외하고 싶을 뿐이다. 아무래도 서강옥을 만나야 살 것 같았다. '유성'으로 갔다. 문을 열고 휘둘러보았다. 그의 얼굴이 보이지 않았다. 한숨을 삼키며 문을 도루 닫고 돌아서려는데

"허 선생님."

하는 소리가 등 뒤에서 났다. 구원의 손길이라도 와 닿은 듯 나는 공중 뜨는 마음으로 돌아다보았다.

"선생님 이거 아까 그 여자분이 선생님한테 맡기라고 그래요."

'레지이'가 쪽지를 손에 쥐어 주었다. 아침에 내가 그의 앞에서 유리컵을 깨뜨린 일 같은 건 잊어버린 듯 그는 상냥스레 굴었다.

나는 후들거리는 손으로 쪽지를 펴 보았다.

> 허 선생님 도모지 만나 뵐 수 없으니 안타깝기만 해요. 저는 이 다방에 몇 번 찾아왔는지 몰라요. 상의할 말씀이 있사오니 허 선생님과 전일 같이 갔던 건물(다방 할 자리)로 와 주십시오. 기다리고 있겠습니다.
> — 선생님을 기다리는 서강옥 배

쪽지를 호주머니에 아무렇게나 쑤셔 넣고 나는 날개라도 돋친 듯 서강옥을 만나러 가는 것이었다. 눈앞에 아물거리던 온갖 색채의 똥그래미들도 어디로 사라졌는지 없었다. 다리가 왜 이렇게도 헛놓인단 말인가. 기운이 없어서 헛놓이는 때와는 다르게 껑충껑충 발이 위로 솟구치는 것이었다.

자동차도 지나가고 추럭도 지나가고 짚차도 지나가고 전신주도 가로수도 사람도 휙휙 지나갔다. 눈 위에 발이 몇 번 미끄러졌으나 아무런 실수 없이 나는 외투자락에서 바람이 일게스리 걷고 있었다.

아! 나는 서강옥을 만나러 가는 것이다. 잃어버렸던 그를 찾아가는 것이

다. 이 고마움을 어디다 감사해야 하는가. 하늘에 절해야 하는가. 땅에 엎드려야 하는가.

46[*]

목적한 건물 앞에 이르러 다 쫓아 문을 열었더니 서강옥이가 서 있었다. 그는 벽이며 천장을 두루 살펴보던 참인 모양 같았다.

"저 바보 어디 가 돌아다니다 지금사 오는 거야."

그는 제가 하던 행동을 중지하고 나에게 이런 말을 하는 것이었다.

한쪽 손을 들어 때릴 시늉을 하면서.

나는 그렇게 하고 있는 서강옥을 와락 끌어안았다. 갈증 난 사람이 물을 들이켜듯 했다. "바보"라는 말도 귀에 거슬리지 않았다.

먼저 여자의 입술을 깨물어 물었다. 여자가 아프다고 고개를 달달 내어 저었다. 그렇지만 나는 놓아 주지 않았다. 이건 모두 여자가 나에게 가르쳐 주었던 것이다.

"인제 고만해. 병빈 씨가 곧 올 꺼야."

여자가 나를 밀어 놓며 한 말이었다. 병빈 군이라는 말에 나는 행동을 총 스톱 하지 않을 수 없었다.

"병빈 군이 와? 병빈 군이 여길 온단 말이야?"

나의 어성은 높았으며 일종의 외침에 가까운 어조였다.

"응. 인제 곧 올 꺼야. 하숙집에 가서 뭘 가지고 온다나."

"그럼 병빈 군과 쭈욱 같이 있었군? 어제저녁에두 같이 있었군?"

"안야. 쭈욱 같이 있은 건 아니야. 병빈 씨하구 둘이서 당신 찾으러 다녔지."

"어딜 찾으러 다녔어? 공연한 소리야. 병빈 군에게 '사랑하는 방법'을 배

---

* 원래는 47회가 되어야 하지만 연재 당시 번호가 잘못 매겨졌다.

워 주구선. 다 알구 있어. 사랑하는 방법을 배워 주었지? 어제저녁에……."

"그이가 왜 사랑하는 방법을 모르나. 바보나 모르지. 그인 그런 걸 벌써 다 알고 있을 거야."

"지나 보았구나. 알 수 있는 걸 아는 걸 보니 지나 보았구나."

"지나 보잖아도 보면 몰라."

서강옥은 말 뒤에 화드득 웃었다. 나는 서강옥을 다시 끌어다 안고 애원에 가까운 어조로 말했다.

"이봐. 나만 사랑해. 응 병빈 군은 사랑하지 말구 나만 사랑해."

"누가 병빈 씰 사랑한댔어. 그이가 하두 친절히 대해 주니까 하는 수 없어서 존 척하는 거지 뭐."

"존 척두 하지 마라. 나하구 사랑한다구 그래 주어. 응. 서강옥이…… 나 지금 형편을 봐서 서강옥이와 결혼하려구 생각하구 있어. 응. 서강옥이 나만 사랑해 주어. 응."

서강옥은 대꾸 없이 웃기만 하는 것이었다.

"그렇게 못 할 테야. 안 하겠단 말이야?"

"왜 이리 보챌까? 어린애 모양으루…… 실상 난 병빈 씨도 존 걸 어떡해."

"어디가 응? 정말 그래?……."

병빈 군도 좋다는 서강옥의 말이 떨어지자 나는 신음 소리를 질렀다.

"그이는 남자에요. 남자 중의 남자란 말이에요. 그렇지만 난 그이를 사랑하진 않아. 사랑하는 사람은 여기 있어. 이 바보 이거야……."

47

서강옥은 발돋음을 해서 나의 코를 갈쭉갈쭉 할키듯 하는 것이었다.

나는 또다시 여자를 끌어안았다. 바루 그때였다. 병빈 군이 문을 열고 들어선 것이.

"이봐요. 이 허 선생이 막 러브 씬을 하자구 그래요."

서강옥이가 병빈 군이 들어오자 나를 밀어내며 한 말이었다.

"어허. 허 군도 러브 씬을 할 줄 아는구나. 어서 좀 더해 봐. 나 안 볼께. 허허허."

병빈 군은 이런 말을 하며 정말 안 보는 척했다.

나는 무척 무안했다. 아무 소리도 못 하고 벙벙하니 서 있었다. 그러면서도 나는 기쁘기가 한량없었다. 병빈 군과 시강옥은 사랑하지 않는 것을 알았기 때문이다. 만약에 그들이 피차에 사랑하는 사이라면 나와 서강옥의 러브 씬을 목격한 병빈 군의 태도가 그렇게 담담할 수가 없을 것이 아닌가. 여자를 뚜들겨 패고 또 나에게 달려들 것이다. 나만 같아도 틀림없이 그럴 것이다.

"허 군. 자네 애인을 위해서 이 다방 설계를 해야 할 게 아닌가. 나두 좀 도와줄께. 빨리 해 치우자구."

병빈 군이 설계도(設計圖)를 내놓며 말했다.

"자네가 꾸민 건가?"

"내가 대강 만들어 봤는데. 자네가 첨부할 건 첨부하구 뜯어고칠 건 고쳐도 좋네. 애인의 다방인데 맘대로 못 할가."

우리들은 이런 이야기를 하다가 여기서 나와 각각 흩어졌다. 서강옥은 자기가 묵고 있는 집에 가야 하겠다고 말하고 병빈 군은 누구와의 약속이 있다면서 명동으로 나갔다. 나는 누님 집으로 가는 수밖에 없었다.

누님은 저녁을 짓고 있었다. 방에는 사람들이 있는 모양 같았다. 말소리가 워즈러니 들렸다.

"너 지금 오니? 나 오늘 정상기 씰 만났더니 네가 회사에 부즈러니 나간다고 하더구나. 월급이 삼만 환이라지?"

누님의 낯색이 자못 밝았다.

"누가 왔어요?"

나는 누님에게 대꾸를 하지 않고 이렇게 물었다.

"들어왔어. 애들이랑 데리구……."

누님이 손질을 해 가며 매부랑 족하들이 돌아온 것을 알려 주었다. 그 행동과 어조엔 매부를 경멸하는 빛이 떠돌았던 것이다.

미다지를 열기도 전에 족하들이 내밀어 보았다.

"너희들 왔구나."

둘의 머리를 한꺼번에 쓰다듬어 주었다. 방에는 김윤필 씨도 와 있었다.

"임자 인제 오나? 일하기가 고되지나 않든가."

김윤필 씨는 엷은 입술을 팔락거리며 나에게 말했다. 누님한테서 취직되었다는 말을 들은 모양 같았다. 그가 나에게 이만큼 친절한 것도 취직했다는 이유에서인 듯하다.

"이 선생은 어제 집을 나가서 오늘 들어오셨네그려. 될 말인가. 나가셨으면 열흘이고 일주일이고 꾹 참고 있어야지. 어제 나갔다 오늘 오실 꺼 뭘 하려 나가신단 말이야."

김윤필 씨가 매부를 몰아세우는 것이었다.

48

매부가 국회의원으로 있을 땐 "이 선생님 이 선생님" 하며 절절 매던 김윤필 씨가 오늘날 매부에게 이처럼 함부로 대할 수가 어찌 있으랴. 매부는 아무런 말도 못하고 덤덤이 앉아 있었다.

"남이사 어제 나갔다 오늘 돌아왔건 상관이 뭐란 말이요."

나는 김윤필 씨에게 화풀이를 해야 했던 것이다. 따지고 본다면 이것은 비단 김윤필 씨에게 가는 화풀이만도 아니었다. 도자기 회사 젊은 사장과 병빈 군과 서강옥이와 누님과 매부에게 보내는 화풀이인지도 모른다. 젊은 사장은 어째서 날더러 만만히 "허 군"이라고 부를 수 있으며 병빈 군은 나와 헤어져 어디로 갔으며 서강옥은 또 어째서 병빈 군과 같은 방향으로 간 것이고 "취직을 운운"하는 누님의 언동은 왜 평소와는 다르냐 말이다. 김윤필 씨에게 멸시의 말을 들으면서도 매부는 무슨 까닭에 잠잠하고 있어야 한다는 말인가?

　김윤필 씨는 무슨 말을 하려고 입에 문 물뿌리를 떼는 참이었다. 눈이 발끈 뒤집히는 시늉을 하고 있었다.

　"뭐요? 어쩌란 말이요?"

　나는 그 물뿌리가 쥐이려는 그의 손을 꽉 잡아 째려 재쳤다. 물뿌리가 방 한구석에 나가떨어졌다.

　"자네 왜 이러나? 응."

　매부가 나를 가루막으며 힐책했다. 누님이 너 이게 무슨 지랄이냐고 하면서 들이달렸다.

　"아니 대체 무슨 숙원이 있는 게구나. 왜 아침부터 걸구드는 거야 응. 너 때려 보려구 그러지? 좀 때려 봐라."

　김윤필 씨가 웃통을 벗어 제켰다.

　누님이 그의 앞을 가루막아 서며

　"너 왜 이러니? 왜 이 지랄이냐? 취직을 했다고 뻐기는 셈이야. 알양한 취직을 했다고……."

하며 또 나를 나무램했다.

　매부는 김윤필 씨를 눌러 앉히려고 애를 썼다.

　"이 자식아. 너한테 얻어맞을 내가 아니다. 이래 뵈두 과거에 유도 선수야. 이놈 너 어디 맛 좀 볼래?"

　김윤필 씨는 매부와 누님을 헤치며 나에게로 돌진하려고 했다.

　"맛 좀 보지. 맛을 보여 줘요. 그 맛을……."

　나는 그에게로 상반신을 들이밀며 말했다.

　정말이지 그가 말하는 대로 맛을 보고 싶었던 것이다. 싫컷 진창이 되었으면 싶었던 것이다. 피가 터지든 물이 터지든 그냥 맞아 댔으면 좋을 것 같았다.

　결국 김윤필 씨가 "맛"을 보여 주지 못하고 말았다. 누님과 매부의 제지로 인해서―.

누님과 매부 내가 술이 취했거니 돌리는 것이었으나 술을 먹을 사이가 언제 있었더냐?

나는 속에 아무것도 들어 있지 않았다. 어제저녁 빈대떡 집에서 마신 것과 오늘 아침 병빈 군 대신으로 먹은 약간의 음식물을 도자기 회사 젊은 사장에 토해 놓기까지 했으니.

49

나에게는 아무것도 없다. 꺼풀뿐이다. 돈이 된다는 똥마저 없는 것이다.

서러웠다. 나는 통곡이 터지고야 말았다. 물소처럼 큰 소리로 엉엉 울었던 것이다.

그러다가 잠이 들었던 모양이다. 잠이 들었다기보다 지쳐서 쓸어진 것이겠지.

이튿날 아침 누님은 나에게 밥을 일찍 지어 주었다. 아침상에서 누님은 나의 월급을 받으면 다른 건 다 제쳐 놓고라도 十九공탄을 마차로 사들이겠다는 것이었다.

"구공탄을 낱개로 사 들고 다니자니 남이 부끄런 것도 그렇고 팔이 아파서 딱 질색이야."

누님은 팔을 주물러 가며 말했다.

누님의 팔은 十九공탄을 낱개로 사 들이는 데서 탈이 생겼다기보다 줄곧 놀지 않고 놓는 자수 때문이라는 생각을 하며 나는 넘어가지 않는 밥을 몇 숟가락 대강 쑤셔 넣고 밖으로 나왔다.

서강옥이가 다방을 만든다는 건물을 목표로 해서 걸었다. 눈이 내린 뒤의 기온이 아직 낮은 대로여서 신바닥이 딱딱 들어붙었다.

건물 앞에 가서 문을 뚝뚝 두들겼다. 소리가 없었다. 문을 밀어 보았다. 잠겨 있었다.

건물 앞을 왔다 갔다 하는 수밖에 없었다. 발이 더욱 딱딱 들어붙었다.

높은 건물들이 해를 막고 앉았기 때문이었다.

어느 때까지 이렇게 하고 있을 수가 없었다.

'유성'에라도 가서 몸을 녹히고 다시 오려는 마음으로 발을 돌리는데

"허 선생!"

하는 소리가 들렸다. 서강옥이었다. 병빈 군과 둘이가 아니고 혼자였다. 발을 멈춘 채 벙벙히 서서 서강옥을 보고 있었다.

"어딜 가려고 그래요. 나두 지금 바삐 나오는 길인데…… 오늘 재목이랑 목수랑 와요. 오늘부터 일을 시작해야 해."

나는 도자기 회사를 그만둔 것이 잘 되었다고 생각했다. 도자기 회사에 다니면서는 도저히 손을 뺄 수가 없지 않은가. 낮에 잠깐 나왔다 들어간 데 대해서도 말썽을 부리는 걸 보면―.

실내에 들어가더니 서강옥은 외투랑 목도리랑을 벗어서 또 하나의 문을 열고 들여 놓는 것이었다.

방이었다. 나는 놀라움과 동시에 안도의 감을 얻지 않을 수 없었다. 내가 늘 원하는 방이 있는 것이다. 방은 서강옥이와 둘이서 중국요리를 먹으며 사랑하는 방법을 실험하던 중국집 방보다 크고 안윽해 보였다.

"방이 있네! 여기 방이 있었어?"

나는 거진 절규에 가까운 소리를 쳤던 것이다.

"방이 있는 걸 모르셨어? 그러찮아도 이 방을 당분간 당신한테 제공할 테니 여기 있어요."

50

"아! 그래? 내가 이 방에 있는단 말이지?"

같은 어조였다. 그리고 나는 다시 도자기 회사를 그만둔 것이 잘되었다는 생각을 했다. 나에게는 방이 있다. 얼마나 갈망하던 방이더냐 말이다. 싫것 일하고 싫것 사랑하자. 나는 서강옥이가 닫아 버린 문을 와락 열어 제쳐

놓았다. '다다미'가 검기는 했으나 그런 것쯤은 문제가 아니었다.

"강옥이. 우리 이 방에서 결혼하구 살자구. 응."

나는 또 이런 말을 하고야 말았다. 왜 이런 말을 무작정하게 하는지 알 수 없었다. 옆의 사람들이 결혼을 재촉하는 경우에 귀를 기우려 본 일이 없던 자신을 도리켜 보았다.

매부가 국회의원으로 있을 때 그의 비서 격인 나에게 결혼을 강요한 사람들이 얼마나 많았던가?

위선 김윤필 씨부터 四五인의 규수를 물색해 놓고 졸라대었던 것이고 그외에 조부 조모 부모님을 비롯하여 누님까지도 한때는 상당히 서둘었던 것이다. 어끄저께 아침만 하더라도 정상기 씨며 정상기 씨의 부인이 나에게 결혼하기를 권유했으나 나는 그적에도 결혼하리라는 생각을 가져 보지 않았으며 결혼은 나와 인연이 먼 것으로 알았던 것이 아닌가.

그런데 어쩐 일인지 서강옥이와는 결혼해야 할 것 같았다. 그래야만 나혼자 차지할 수 있을 것 같았다. 서강옥은 대답을 안 하고 방글방글 웃고만 있었다.

"왜 웃기만 하는 거요? 결혼 안 할 거야?"

"참 어둔 밤에 홍두깨 내밀기라더니 밤낮 하는 짓이 왜 그래?"

"어떻단 말이야? 내가 아무나 보구 결혼하잔 사람인 줄 알아? 난 그런 남자가 아니야."

"그러니까 내가 사랑하는 거 안야? 그 맛에 사랑하는 거야. 바보 같은 걸. 그 맛도 없음 뭣 하러 사랑할까 원."

서강옥은 교태를 부리며 말했다. "아이구 꽉 끌어안았으면 좋겠다"고 소리를 칠 번하는데 목수들이 문안으로 들어섰다. 목수들이 온다는 말이 아니었으면 실상 나는 그동안 서강옥을 껴안았을 것이다.

어저께 병빈 군한테 들킨 일도 있은 해서 꾹 참고 있었던 것이다.

서강옥은 목수들에게 어저께 병빈 군이 나에게 보여 준 일이 있는 '설계도'를 내어 주었다. 목수들과도 그동안 여러 차례에 타합이 있은 듯 보였다.

나는 '설계도'가 서강옥의 손으로 넘어온 데 관해서 생각하지 않을 수 없었다.

어저께 병빈 군이 나에게 '설계도'를 보여 주곤 자기 호주머니에 도루 넣지 않았던가.

그때도 나는 '설계도'가 나의 손에서 꾸며지지 않고 병빈 군 손에서 꾸며진 것을 불만하게 여겼던 것이며 그것이 도루 병빈 군 호주머니에 들어가게 되는 것을 보자 속이 더욱 끌어올랐던 것이다.

51

"병빈 군은 어디 갔어?"

나의 언성이 예사롭지 않음을 눈치챈 서강옥이가 핵 돌아서며

"어디 갔는지 내가 알아요? 다 큰 사람들이 제 발로 걸어 다니는 걸 내가 어떻게 안담."

하는 것이었다. 짜증이 섞인 소리였다.

이년의 오장육부는 대체 어떻게 된 셈이냐? 누구를 사랑하는 거냐? 병빈 군이냐? 나냐? 나는 몇 걸음 뒤로 걸어가서 문턱에 탁 앉아 버렸다. 다리의 맥이 당장 쑥 빠지는 것을 어쩔 도리가 없었다.

나야 어쩌건 그런 것을 아랑곳 안 하고 서강옥은 목수들을 신축해 가며 분주히 왔다 갔다 했다.

외투를 벗어 버린 그의 몸둥아리 그중에도 툭 튀에나온 가슴팍과 엉덩짝이 나의 심신을 어찔어찔하게 했다.

한군데 가만 서 있었으면 그렇지도 않겠는데 왔다 갔다 하는 바람에 엉덩짝과 가슴팍의 선이 줄곧 출렁이게 되니까 흡사 파도(波濤)를 연상시키는 것이었다. 꾸불텅꾸불텅 밀려오고 밀려가는—. 끝내는 실내 전체가 밀려오고 밀려가는 것이었다.

아무리 문설주를 꽉 부둥켜 잡아도 소용이 없었다. 나는 나냥 뒤로 잘각

나가자빠지며

"날 어쩌란 말이냐."

고 소리를 질렀던 것이다. 내가 얼마 만에 눈을 떴는지 그것은 모르겠다. 도란도란 이야기 소리와 함께 숟가락 소리가 달가닥달가닥 들리는 것을 알았고 다음으로 불빛이 희미하게 보였다. 희미한 불빛 속에서 방 안을 두리번거렸다. 얼른 상찰할 수가 없었다. 말소리와 숟가락 소리 나는 방향을 더듬었다. 나의 시선 안에 들어온 것은 두 개의 그림자였다. 그것들은 벽에 걸놓여 있었다. 하나는 여자 하나는 남자. 보지 않아도 남자의 그림자는 병빈 군의 것이었다. 여자는 서강옥이다.

그 길쭉한 모가지와 잘늑한 허리가 그것이 아니고 무엇이랴.

나는 벌떡 일어났다. 어떻게 된 거냐고 외치면서.

병빈 군과 서강옥이가 한꺼번에 이쪽으로 고개를 돌렸다.

"자네 웬일이냐? 응 자네 너무 지쳤어."

병빈 군이 입이 그득 찬 소리로 말했다.

"깼으니 뭐 좀 잡수셔야죠."

하며 서강옥이도 따라서 말했다.

"난 안 먹어. 먹지 않겠어."

나는 먹는 것보다 급한 것이 있었다. 먹는 것보다도 또 다른 무엇보다도 급한 것이 있었다.

병빈 군과 서강옥의 사이가 어떻게 되어 있는 것인가를 알고 싶었던 것이다. 서강옥이와 병빈 군이 어쩐 까닭으로 둘이 나란이 앉아서 무엇을 먹고 있는 거야?

52

"여기 디려 놔. 좀 뎁혀야 해요."

서강옥이가 차리는 것을 병빈 군이 간섭을 했다. 병빈 군은 나에게서 시선을 돌리며 여자가 하는 일을 살피고 있었다. 병빈 군은 이런 경우엔 언제든지 나에게서 시선을 피했던 것이다.

"병빈 군, 자넨 뭘 하구 있었어?"

나는 병빈 군을 똑바루 쳐다보며 물었다. 화로엔 숯불이 벌겋게 피어 있었다. 그들은 이때까지 둘이서 음식을 먹었으며 둘이서 화로를 끼고 앉아 있었던 것이다.

언제 음식을 시켜 왔으며 언제 화로불이랑 피웠던 것일까? 나는 그동안 죽었던 모양이지. 그들이 저 짓을 하고 있는 것도 모르고 있었으니. 화로 불을 피운다 음식을 먹는다 하는 일은 도무지 조용히 될 일이 아닌데 그것조차 모르고 있었으니 조용히 할 수 있는 키쓰니 사랑하는 방법 같은 일은 얼마든지 깜쪽같이 했을 것이 아니겠는가.

"나는 아무것두 안 먹어. 너희들은 뭘 하구 있었어?"

소리를 냅다 질렀다. 도무지 속이 뒤집혀서 견딜 수 없었던 것이다.

"그러지 말구 어서 좀 들게. 자네 큰일 났어. 왜 그리 정신을 못 채리구 그러는 거야? 응?"

병빈 군이 나를 화로 곁으로 이끌어 가려고 했다.

"이거 놔. 왜 이리 댕기구 야단이야. 자네 여기서 뭘 했느냐 말이야?"

내 말이 이렇게 나오니까 병빈 군은 엉거주춤해 있고 서강옥이가 발끈 화를 내며 나에게 달려드는 것이었다.

"뭘 하긴 뭘 해. 남의 신셀 모른다는 게 저런 거거든요. 허 선생이 졸도한 뒤에 병빈 씨가 오셔서 이때까지 서들어 주신 것도 모르고 저려서. 댁에 가서 이부자리를 가져오신다 깨나시면 대접하려고 곰탕을 주문해 오신다 춥다고 숯불을 피신다 한 것도 모르고 저래. 이것 봐요. 곰탕도 밥 따루 고기 따루 국물 따루 가져왔어요. 이런 고마운 친구 분을 몰라 주고 웬 딴소리예요. 딴소린……"

"오그라질 년."

나는 서강옥이가 나를 몰아세우며 병빈 군 역성을 드는 일이 기가 막히게 분해서 화로라도 년 놈에게 와락 씌워 놓고 싶었던 것이다.

"서강옥 씨 가만 계시오. 나와 허 군의 우정은 누가 설명할 필요가 없는 거요. 인제 국물이 더운 모양 같소. 어서 숟깔하구 김치하구 이리 내놓시요."

병빈 군은 이렇게 서강옥에게 말하고 나서

"자넨 위선 먹어야 해. 뭐니 뭐니 해야 음식을 먹어야 사네. 그 외의 일은 천천히 해결을 지어도 돼. 위선 먹구 보잔 말이야."

하고 나에게 말했다. 나의 시선을 똑바루 보아 가면서 말하는 것이었다. 병빈 군이 여자를 사이에 두고 하는 마당에서 이처럼 정확한 시선을 나에게 던져 보기는 처음일 것이다.

53

언제나 이런 경우엔 에룽테룽한 시선을 나에게 던지곤 했다.

다른 경우에 있어선 언제나 정확한 시선으로 나를 대해 주는 병빈 군이었으나 여자가 중간에 끼이게 될 것 같으면 그때부터는 벌써 그의 시선이 똑바루 와 나에게 머물지 않는 것이었다. 그의 시선은 측량기와도 같은 것이었다. 그것으로서 나는 그가 여자와의 사이가 가까와 간다는 것을 알았던 것이다.

다시 말하면 내가 한없이 좋아하는 여자를 병빈 군이 좋아해 버리니까 병빈 군은 나에게 대하여 미안하고 죄송스러웠고 그러니까 나의 앞에서 항상 에룽테룽한 시선을 지었던 것이다.

"병빈 군, 너 똑바루 말해 다구. 너 서강옥일 사랑하니? 말해 봐라. 이 자리에서."

병빈 군의 정확한 시선에서 나는 용기를 얻었던 것이다.

"글쎄 위선 먹구 나서 얘기하자구. 자네 날 믿어 주게. 인젠 우리가 나이두 먹구 벗하구 사귄 지도 십 년 가깝잖은가. 자네게 한마디 할 말은 너무 몰두하지 말라는 말이네. 몰두하는 게…… 몰두하지 않으면 안 되는 게 자네 성격이오 자네 운명인 것 같기도 하지만 자넨 그 버릇을 고쳐야 해. 그리고 난 또 너무 몰두하지 못하는 성격을 고쳐야 하구…… 우리는 우리가 할 일이 있어. 그림을 그리구 조각을 만들구 그거 아냐? 그 일에 몰두하잔 말이야. 시시껍지한 일은 슬슬 대강 넘겨 버리면 되는 거야. 여자를 어떻게 하는 일 같은 덴 그렇게 열중하지 말라는 말이야. 알겠나. 허 군. 나 진징으로 하는 말일세……."

병빈 군이 이처럼 여자 문제에 있어서 더구나 여자를 옆에 두고 자기를 털어내 놓기도 처음이었다. 그는 언제나 나와 함께 여자를 알게 되었고 나와 함께 알게 된 여자가 나보다 병빈 군을 좋아하는 눈치를 채면 어떻게 해서라도 나를 따돌리곤 했던 것이다. 그래서 이런 일이 있을 때만은 그와 나와의 우정은 수만 리(數萬理)의 거리(距離)를 격하곤 하는 것이었다.

서강옥은 다시 말이 없었다. 나에게 주려고 음식을 채리면서 병빈 군과 나의 이야기에 귀를 기울이는 눈치었다. 힐긋힐긋 우리 둘의 낯색을 살피기도 했다.

"자 얼른 먹게……."

병빈 군이 화로에 들려 논 곰탕을 나의 앞에 갖다 놓으며 서들었다.

"팔자가 좋신데. 이렇게 막 떠받들고. 호호호."

서강옥은 우리 둘의 낯색을 살피며 웃고 있었다.

나는 서강옥의 우슴소리를 들으며 숟가락을 집어 들었다.

"지금 몇 시나 됐을까?"

곰탕 국을 후르륵 마시며 내가 물은 말이다.

54

"여섯 시 반 좀 넘었군. 그새 벌써 그렇게 됐던가?"

병빈 군은 촛불 가까이 팔목시계를 비치기에 분주했다.

"그럼 그렇게 안 돼요. 이부자릴 가져온다 곰탕 주문을 해 온다 숯불을 피운다 했으니."

"대관절 내가 어떻게 돼 있었던가? 나는 그새 지난 일을 통 모르겠네."

"내가 오니까 자네가 이 방에 쓸어져 있는데. 나 아주 새파래 가지구……
그래서 병원에라도 옮길려구 했더니 미쓰 서가 그대로 여기서 불이랑 피워
놓구 기다려 보자는 거야. 그래서 자네 누님 댁에가 이부자리랑 가져오잖
았나. 들으니까 자네가 이 방에 있기루 됐다기도 하구…… 내 생각에두 병
원보다 여기가 날 것 같네. 편안이 쉬고 먹구 잠이나 잘 자면 될 것 같데."

"고마우네."

나는 입에 문 밥을 꿀걱 삼키며 병빈 군을 건너다보았다. 내가 여기 오던
때가 몇 시였던지 정확하게는 모르지만 회사 사장실에 들어갈 때 벽에 걸린
시계가 세 시 반이 좀 지났던 기억이 났다. 세 시 반 지난 뒤에 하기서 쫓겨나
와 '유성'까지 걸어오는 데만 해도 한 시간 반 이상 걸렸을 것이고 거기서 다
시 여기 왔을 땐 일러도 다섯 시 반 가까이 되었을 것이리라. 내가 자빠지자
이어 병빈 군이 들어서서 서둘었다 치더라도 한 시간 동안에 이부자리를 가
져온다 곰탕을 시켜 온다 숯불을 피운다 하기가 바빴을 것이다. 병빈 군은
그 일을 하기에 틈이 없어서 딴 일은 할 생각이 없었을 것이 아니겠는가?

"그래서 저녁두 지금 먹는 건가?"

"그렇네. 나두 곰탕을 먹구 왔지 않는가."

"어서들 먹게. 고마우네."

나는 숟가락을 놀리면서 그들을 권하여 공연히 의심한 일을 뉘우쳤다

"자네 누님 댁에 가서 이부자리를 가지고 오던 길에 숯이랑 화로랑 사 가
지구 왔지. 그리고 또 오다가 곰탕을 시키구…… 운전수가 짜다는 거야. '택
시'에 숯섬을 싣는 게 어디 있느냐구……."

"곰탕두 싣고 왔었나?"

"아니야 곰탕은 집만 가리켜 주구 배달해 달라구 했어. 곰탕 배달이 되자
자네 애인하구 둘이서 먹던 길이야. 미안하네."

병빈 군은 이 말과 함께 껄껄껄 웃었으나 서강옥은 자네 애인이란 병빈

군 말에 병빈 군을 활끈 올려다보며 흘기는 것이었다. 그런데 서강옥이가 병빈 군을 힐끔 올려다보고 흘기는 눈에서 나는 다시 속이 써늘해지는 것을 깨달았다. 그렇게 하는 서강옥의 그 태도에서 나는 그들이 범상치 않은 사이라는 것을 알았기 때문이다.

55

"병빈 군 자네 말해 주게. 속 시원하게스리. 자네 저 여잘 사랑하는가?"

나는 다시 이 문제를 밝히지 않을 수 없었던 것이다.

"글쎄 어서 먹기나 하게. 그런 얘긴 차차 하면 되잖나. 자네 누님 댁에 갔더니 누님께서 자네가 취직했다구 아주 기뻐하시던데. 이부자릴 달라는 내 말에 두말없이 내주시면서 나하구 같이 있게 됐느냐구 그러시데. 그래서 같이 있는다구 했지. 같은 모델을 써 가면서 자넨 조각을 하고 나는 그림을 그린다구 그랬지. 그랬더니 자네 누님께서 매우 기뻐하시면서 인제 됐다는 거야. 그렇지만 월급일랑 받거던 몽탕 써 버리지 말구 집에두 한 절반 갖다 달라시더라."

"그까진 얘긴 나중 해두 좋아. 자네 왜 내가 묻는 말에 대답을 안 하는 거야."

"누가 대답을 안 한다는 거야. 대답을 못 할 게 어디 있게 못 한단 말이야."

"속 시원하게 서강옥이를 사랑하지 않노라, 고 대답해 주세요. 병빈 씨."

병빈 군은 가만있고 서강옥이가 방글방글 웃으며 참견했다.

"그래서 강옥이를 사랑하지 않노라, 는 성명서를 낼까?"

"여보게 긴 말 할 것 없이 사랑하느냐? 안 하느냐를 간단히 대답해 줘."

"안 해."

"인제 속 시원하시겠군."

병빈 군의 말이 떨어도 지기 전에 서강옥이가 나를 건너다보며 병빈 군의 말을 받았다.

병빈 군이 서강옥을 사랑하지 않는다는 말이 반가워서 서강옥이가 어떤 표정을 지으며 말했던지 그건 살피지 못했다.

아무튼 기뻤다. 나는 도자기 회사에서 쫓겨나온 일, 그 젊은 사장과 싸우던 일, 사장실에 흡벅 토해 논 일에서부터 서강옥을 찾아 헤맨 전부를 하나 빠짐없이 그들에게 말해 들려주었다.

"아무 댈 가나 용렬한 짓은 혼자 하는군요."

나의 이야기를 들으며 병빈 군은 웃느라고 정신이 없는데 서강옥은 입을 비쭉거리며 나를 몰아세웠다.

"누님은 자네 취직했다구 좋아하시던데 벌써 그만두었으니 어쩌나? 다행이 여기라두 있게 됐으니 당분간은 괜찮지만…… 그러지 말구 자네 미쓰 서하구 아주 결혼해서 이 방에서 살면 어떤가?"

몹시 웃고 난 병빈 군이 나와 서강옥을 여까람 보아 가며 말했다.

"나 결혼은 안 돼요."

내가 무어라고 하기 전에 서강옥이가 먼저 말했다.

"왜?"

나의 반문이었다.

"결혼을 아무나 하는 줄 아나 봐."

"결혼은 어떤 것들이 하는 거야?"

나는 역증이 막 치밀었다.

"결혼을 그리 쉽게 해요?"

서강옥이도 골이 난 모양이었다.

56

"결혼은 쉽게 못해두 사랑하는 방법은 할 수 있단 말이지? 응."

나의 어성이 높아지니까 병빈 군이 새중간을 막으며

"아 자네가 왜 이래? 자넨 너무 단순하단 말이야. 너무 단순해."

하고 나를 제지하려 들었다. 서강옥은 발끈 뒤집혀서 밖으로 나갔다.

그가 나가자 열 시 반 싸이렌이 뚜우 부는데 가까운 탓인지 전에 없이 요란히 들리는 이 소리에 나는 절망 비슷함을 느끼지 않을 수 없었다.

병빈 군이 눈을 가늘게 떠 팔목시계를 들여다보며

"나두 가야겠는데."

했다.

"어딜 간단 말인가? 여기 있게 여기 있어."

나는 서강옥이가 밀고 나간 문 쪽을 멍하니 내다보며 부르짖듯 말했다. 서강옥이가 다시 들어오기를 바랐고 다시 들어오지 않으면 어쩔가 하는 생각에 사로잡혀 있었던 것이다.

"어서 편안히 쉬게. 이부자리도 비좁고 한데 난 가는 게 낫겠어."

"안 되네. 자네 여기 있게. 여기서 나가지 말게. 서강옥이가 들어오기 전엔 나가지 말아."

병빈 군이 서강옥을 사랑하지 않는다고 말해 준 일 같은 건 벌써 믿을 수가 없었다. 병빈 군이 서강옥을 따라 나가자고 하는 것같이만 보여서 견딜 수 없었다.

"거 사람두 이상하다. 자네 왜 이렇게 돼 가나? 우숩게 돼 가는데……."

병빈 군이 나의 눈을 들여다보았다.

"뭐가 우숩게 된단 말이야? 우수운 건 자네야. 자네야. 못 나가 여기서 한 발자욱두 못 나가. 나 모를 줄 알아? 다 알구 있어. 자네 서강옥일 따라나가자구 그러지? 그렇잖은가?"

끝내 나는 병빈 군의 옷자락을 잡고 늘어졌다.

"자네 제정신이 아닐세 안 나갈게. 여기서 자네하구 지나겠네. 내가 문을 잠그고 오지……."

그래도 나는 병빈 군의 옷자락을 놓지 않았으며 "문을 잠그지 마라 서강옥이가 들올 텐데 왜 잠그느냐."고 소리 질렀다.

"자넨 이게 탈이야. 왜 이렇게 황소같이 날뛰는 거야. 자네가 이러길래 여자들이 자넬 싫어하는 거야. 제발 좀 그 몰두하는 버릇을 고쳐야 해."

병빈 군은 나의 손을 옷자락에서 풀어내며 이와 같이 말하는데 그의 얼굴빛이 몹씨 냉냉해지는 것이었다.

"내가 뭘 몰두한단 말이야? 나는 몰두하지 않아. 내가 언제 여잘 사랑하더냐? 여자와 사랑하는 방법을 실험해 보기도 처음이야. 나는 여자와 결혼하겠다는 생각두 해 본 일이 없어. 결혼하구 싶다는 생각을 해 보기두 서강옥이가 처음이야. 그가 나에게 사랑하는 방법을 가르쳐 준 뒤론 견딜 수가 없게서리 그의 육체가 그리운 걸 어쩐단 말이야. 왼 우주의 신비한 것과 존걸 모주리 간직한 그의 육체 때문에 나는…… 내가…… 언제 이러더냐? 난 전차나 뻐쓰에서 여자들의 젖가슴이나 넓적다리 같은 것이 와 닿는 때 잠깐 정신이 몽롱했을 때뿐이지 이렇게 지랄이 펄펄 날 정도루 지독하진 않았어. 서강옥의 육체가 날 이렇게……."

57

나는 어엉엉 울고야 말았다. 부둥켜 잡았던 병빈 군의 옷자락도 놓아 버리고 방바닥에 쫄 느러져서 한없이 이불을 부둥켜안고 딩굴었다. 병빈 군은 다시 말이 없고 오고 가는 거리의 전차 자동차들의 경적만이 나의 울음을 반주해 주는 듯 요란히 울리는 것이었다.

"인제 문을 닫아 걸어두 괜찮나? 나두 여기서 자겠네. 자네두 그만하구 푸욱 쉬세."

그 사이가 얼마나 되었는지 모르겠다. 아무튼 나의 울음소리가 수머즉할 즈음에 병빈 군이 나에게 한 말이었다.

나는 눈물을 두 손등으로 문질러 버리면서 병빈 군의 의사대로 할 것을 고개짓으로서 알려 주었다. 병빈 군이 문을 닫아걸고 와서 나에게 이불을 바루 덮어 주었다. 자기도 곁에 누웠다가 다시 일어나 담배를 부쳐 나에게도 주고 자기도 피우기 시작하면서

"자네 도자기 회사에 다시 나가라."

고 권유하는 것이었다.

"그만뒀는데 어떻게 나간담."

나는 뻐끔뻐끔 빨던 담배를 중지하고 이렇게 대꾸했다.

"정상기 씨한테 다시 교섭해 달라구 하지. 정상기 씨한텐 내가 교섭할께……."

병빈 군이 또 이렇게 강조하는 것이었다.

"안 돼. 안 돼. 그놈의 데가 있을 데가 못 돼. 사장 이놈이 그 젊은 놈이 그 모양새로 아니꼬운데 어떻게 거기 가 있는단 말인가?"

"글쎄 만사를 그렇게 단순히 생각할 게 아냐. 아니꼬운 꼴을 지긋이 보아내는 것도 현대인의 인생일지 몰라. 그 아니꼬운 놈들을 아니꼽다구 슬슬 피하느니보다는 맞부딪쳐서 네놈이 이기나 내가 이기나 대결해 보는 게야. 대결만 하는 게 아니라 그놈들을 꺼꾸러뜨리구 이겨야 한단 말일세. 이겨야 해. 이기는 게 우리의 사명이야. 공연히 옴추려 가지고 패배할 게 뭐람. 자네 안 그런가? 자네두 그런 생각을 해 본 일이 있지? 나두 일터에 나감 참 아니꼬운 일이 많아. 그렇지만 그 아니꼬운 꼴들한테 안 지려구 뻐티지. 왜 그놈들한테 지느냐 말이야. 누가 말하잖았나? 오늘의 과업은 싸우는 게라고. 그리고 내일의 과업은 이기는 거라구……. 알겠나? 자네. 도자기 회사에 다시 가야네. 응?"

병빈 군은 면상을 들여다보면서 다짐을 받았다.

나는 내처 담배만 빨고 있었다. 아무리 해야 도자기 회사에 다시 가고 싶은 생각은 나지 않았다.

위선 거기 나가게 되면 서강옥의 일은 어찌 되는 거냐 말이다. 병빈 군은 나를 도자기 회사에 보내고서 혼자서 서강옥의 일을 돌봐 주려는 심산인지 모르겠다. 병빈 군의 일터는 도자기 회사처럼 딱딱하지는 않으니까.

병빈 군은 일터에 나가면서도 서강옥의 일을 보아 줄 수 있을 것이다.

"자넨 날 그래 도자기 회사에 보내 놓구 자네 혼자서 여기 있으려구 그러지? 여기 일을 자네 혼자 하려구 그러지? 서강옥이와 둘이서 이 다방을 꾸미려구 그러지?"

병빈 군은 벌떡 상반신을 일으켜 앉아 누어 있는 나를 눈을 뚝 부릅뜨고 내려다보는 것이었다.

<h1 style="text-align:center">58</h1>

그러다가 한참 만에

"자네 참 큰일일세. 본래두 자네한테 그런 병적인 데가 없지 않았지만 근래 와서 점점 더 심하단 말이야. 그런 억측을 제발 좀 하지 말게. 서강옥이쯤 뭐 그리 대단하다구 그래? 남자들하고 싫것 놀아 먹던 찌꺽질 가지구 그래? 그 여자한테서 취할 게 뭐냐 말이야? 교양미를 가졌나? 특출한 매력이 있나? 어디가 대단해서 그래?"

했다. 나는 골이 더 나지 않을 수 없다. 골이 난다기보다 병빈 군의 태도를 의심하지 않을 수가 없었다.

"자네가 지금 와서 그런 말 함 누가 곧이들을 줄 아나? 대구에서 자네가 한 말을 기억하구 있어. 아까 서강옥일 사랑하지 않는다구 한 것두 공연한 소리야. 거짓말이야. 자넨 서강옥이를 사랑하구 있어. 어저께 저녁에두 자네가 서강옥이하구 사랑하는 방법을 실험한 걸 다 알아……."

"아니 이건 무슨 뚱딴지 같은 소리야? 대구서 내가 뭐라구 했게?"

"자네가 대구 있을 때 서강옥에게 반하지 않았어? 처음엔 모델로 써 봤으면 좋겠다구 그랬지? 그러다가 반하게 되니까 모델로 쓰겠단 말을 할 수가 없노라구 안 그랬나? 그래 안 그랬단 말인가?"

병빈 군의 말이 채 끝나기도 전에 나는 한 줄에 퍼부었다. 떠듬거리는 말솜씬데 거침없이 술술 나오는 일이 이상했다.

"이 사람아. 왜 이리 기가 나서 야단인가? 여자한테 반하는 거 그거 보통 있을 수 있는 일이 아니야. 서강옥이가 여자기 때문에 반한 거야. 그게 서강옥이가 아니고 다른 여자라도 반하게 되는 거야. 서강옥이보다 더 시시한 여자라도 남자란 여자면 반하게 되는 거야. 더구나 서강옥이같이 날씬하게 생긴 미인인 경우엔 반하지 않을 수 없는 거야……."

점점 더 견딜 수 없었다. 나는 담배꽁초를 획 집어 팽가치면서 병빈 군에게 달려들었다.

"그럼 왜 아깐 거짓말을 했나? 서강옥일 사랑 안 한다구 그랬나?"

"글세 사랑 안 한다니까. 누가 거짓말을 한단 말인가?"

"아니 인제 금방 서강옥이같이 날씬하게 생긴 미인인 경우엔 반하지 않을 수 없다구 그러잖았는가?"

"이 사람 사랑하는 것하구 반하는 것하구 같은가? 반하는 것하구 사랑하는 건 다른 걸세. 여자면 남자는 반할 수 있다는 말이야."

"그럼 자넨 서강옥이한테 반하구 있단 말이지?"

"서강옥이뿐이 아니야. 여자면 난 다 반할 수 있어. 그렇지만 자네가 반하지 말라면 그만둘 수도 있어. 자네가 그 여자에게 그처럼 몰두하구 있는 걸 난 몰랐어. 자네가 그 여자의 육체를 체험했단 것두 모르구 있었어."

"서강옥이가 아무 말두 안 하던가? 나하구 사랑하는 방법을 실험했다구 안 그러던가?"

59

"안 했어. 그 여자가 그런 소릴 왜 하겠나? 자넨 너무 단순해. 너무 단순하기 때문에 속는 거야."

"내가 속다니? 서강옥이가 날 속인단 말이야?"

"아니. 글쎄 이를테면 그렇단 말이야. 누구랄 거 없이 자넨 속히는 편이 못되구 속는 편이란 뿐일세. 인제 속히는 편이 좀 돼 보기두 하란 말일세. 여자 문제에 있어서도 여자에게 몰두만 하지 말구 여자가 몰두하게스리 만들란 말이야. 더욱 서강옥이와 같이 달아 먹은 여자한텐 그렇게 해야 되."

나는 병빈 군의 이 말이 하도 어처구니가 없어서 멀거니 그를 쳐다보는 수밖에 없었다.

"왜 내 말이 틀렸다는 건가? 자네 왜 그런 표정을 하구 보는 거야?"

"하두 어처구니가 없어서……."

"뭣이?"

"서강옥이한테 반했다면서 욕을 하니 말이야."

"사랑하면 욕을 못 할지 모르지만 반한 것쯤은 욕 못 할 게 없어."

"난 자네 말을 종잡을 수 없네. 반하는 것하구 사랑하는 것하구 어떻게 다르단 말인가?"

"사랑할 필요가 없어. 여자는 사랑할 필요가 없어. 반하는 것으로 충분해. 골치 앞으게 사랑은 해서 뭣 해?"

"자넨 그럼 과거에 알던 여자들두 반하기만 했던가?"

"그렇지. 반하기만 했지 사랑하진 않았어. A두 B두 C두 다 사랑하진 않았어. 구찮스리 누가 사랑하느냐 말이야. 여자람 그때그때 적당히 어떻게 어떻게 하면 되는 거야. 심각하게 어쩌니저쩌니 할 거 없어. 골치 아프게……."

"자넨 따르는 여자가 많으니까 함부로 대수롭잖게 굴어도 되지만 나야 어디 그럴 수가 있나?"

"글쎄 그럴 수가 없다구 붙어잡구 늘어지니까 더 안되는 거야. 슬쩍슬쩍 적당히 해 두람 말이야."

"그러다가 아주 가 버리면 어떡하나?"

"가 버림 또 있잖아? 거리에 맨 여잔데. 이 사람아, 남자 한 사람 앞에 여자가 세 추럭씩 된다네."

"아닐쎄. 나두 그렇게 알구 낙관했더니 인번 인구 조사 결괄 보닌까 남자보다 여자가 적데그려."

"그건 잘못된 통계야. 남자들이 전쟁에 가서 얼마나 많이 소모됐게 남자가 많겠는가. 그건 통계학상 숫자를 빌지 않더라도 뻐언한 일인데……."

"많으면 뭘 하며 적으면 뭘 하겠나. 한 사람 앞에 세 추럭이 아니라 열 추럭이 된들 나에겐 소용이 없는걸…… 자네한텐 사 오 인이 들끓을 때두 난 혼자 적막했으니까…… 그런데 자네한테 한 가지 물어보겠네. 자네 여자가 한꺼번에 셋씩 넷씩 되는 경우에 그 여러 여자한테 다 반할 수 있나? 그중에서 어느 한 여자한테만 반하는가?"

"경우에 따라선 다 반할 수도 있고 그중에서 한 여자에게만 반할 수도 있지. 도대체 난 여자들에게 그다지 열중하기가 싫어. 대강 돼 가는 대로 하지……."

60

"가령 여자 넷이 한자리에 있는 경우에 네 여자에게 다 반할 수가 있는가?"

"있을 수도 있지."

"어떻게 그렇게 될 수 있는가? 마음이 네 군데로 흩어질 수가 있느냐 말이다?"

"네 군데로 흩어지기보다 한 군데로 쏠리는 일이 내게 있어선 어려운 거야."

"자넨 나하구 달라. 난 서강옥이 하나밖에 없어. 길에서두 서강옥이요 전차에서두 뻐스에서두 말짱 서강옥이뿐이야. 도자기 회사에두 여자들이 있었어. 조영매라는 처녀두 있었어. 바루 내 곁에 앉아서 그림을 그리구 있었지만 난 서강옥이 때문에 이 여자에게 친절할 수도 없었던 거야."

"그림을 그리는 여자가 있었어? 예쁘던가?"

"그렇게 밉지 않은 편이야. 미술대학을 금년 봄에 나왔대. 그림두 괜찮더군. 이얘기도 제법 하구. 자네가 늘 말하는 교양이랄까 지성이랄까 이런 요소두 갖춘 편이지."

"그래? 그런 여자가 있어? 교양미를 갖춘 여자가 있단 말이지?"

"왜 또 반해 볼라나?"

"그런 여자라면 반하는 정도가 아니고 사랑해도 좋아."

"왜. 여자는 적당히 그때그때에 따라 어떻게 한다더니……."

"그런 교양을 갖춘 여자라면 여자만에서 그치는 게 아니니까. 여자인 동시에 사람이니까 사랑할 수도 있는 거야. 내가 이때까지 지나 본 여자란 건 여자만에서 그친 여자들이지 사람으로서 구비된 여자는 없었다구 해두 과언이 아니야."

"그럼 자넨 서강옥이두 그렇게 보구 있는 거야? 사람은 못 되고 여자가 되어 있단 말이지?"

"그렇지 서강옥이 같은 여자는 더구나 그래."

내가 먼저 잠이 들었는지 병빈 군이 먼저 잠이 들었는지 그것을 알 수가 없었다. 우리들은 이야기에 열중하다가 어느 때쯤 잠이 들었는지 모르게 잠이 들었던 것이다.

이튿날 아침 문을 두드리는 소리에 잠이 깨어 보니 병빈 군은 아직 잠이 들어 있었다.

나는 분주히 일어나 문 벗기려 갔다. 서강옥이가 온 줄 알았기 때문이었으나 문을 벗기고 보니 근처 파출소 순경이 검문하러 왔다고 했다. 가슴이 덜컥 내려앉으며 다리가 후둘후둘 떨렸다.

나를 먼저 조사했다. 다음으로 병빈 군을 깨워서 조사했다. 병빈 군은 무사히 맞추었다. 그에게 제이국민병 수첩에서 직장 신분증까지 있을 것은 다 있었던 것이다.

그러나 나의 경우는 그렇지 못했다. 가지고 있어야 할 것을 한 가지도 가지지를 못했던 것이다. 한 달포 전에 내가 가지고 있던 증명서 일체를 분실했던 것이다.

나는 분실 광고를 낸다 낸다 하면서 그것조차 내지 못하고 있었고 일체의 증명서를 다시 내야 한다면서도 그것 때문에 어느 관청엘 가 본 일이 없었던 것이다.

61

"같이 가요."

순경이 나에게 말했다.

"어딜요?"

몰라서 물은 것이 아니었다. 기가 막히기 때문이었다. 지금 서강옥이가 곧 나올지 모르는데 잠깐 사이라 하더라도 어떻게 간단 말인가?

"파출소까지 갑시다. 가서 조사할 일이 있어요."

"갔다 곧 나올 수 있읍니까?"

"무슨 죄를 지었오? 이렇게 떨고 있게."

"떠는 게 아니라 곧 못 나올가 봐 그럽니다."

"죄가 없음 나오는 거죠."

"잠깐 다녀오게."

순경 말에 뒤밀쳐 병빈 군이 나를 보고 한 말이다. 나는 병빈 군의 이 말이 얼마나 괫심한지 몰랐다.

"자넨 가만있게. 내가 꼭 가야 쓰겠는가?"

순경이 나의 등을 문 쪽으로 미는 것이었다. 병빈 군에게 대어드는 나의 태도에서 나를 못마땅하게 여기는 모양 같았다.

"글쎄 그러지 말고 얼른 다녀오게."

병빈 군은 아직도 평온한 어조였다.

"아니, 자네두 내가 제이국민병 수첩이랑 잃어버린 줄 알고 있잖나? 인제 다시 내려구 하던 참이 아닌가?"

"글쎄 그러니까 잠깐 가자구 그러시니 가서 자세 말함 될 게 아닌가."

"여기서 말함 되잖아? 자네라두 그런 말을 자세 해 주면 되잖아……."

"왜 이리 잔소리가 많아?"

순경이 나의 허리 근방을 두 손으로 내밀었다. 나는 하는 수 없이 순경에게 밀리어 문 쪽으로 갔다.

그길로 나가서 사흘 만에 나왔다. 제일 먼저 찾은 곳이 서강옥의 '다방'이다. 거기서 잡혀갔으니까 거기에 돌아갈밖에 없기도 했지만 그동안 일 분 일 초도 잊어 본 일이 없는 서강옥이를 만나자는 생각이 앞섰던 것이었다.

일 분 일 초라는 말이 나왔으니 말이지 진실로 나는 유치장 안에서 추위와 주림을 깨달을 수 없을 정도로 서강옥의 생각에 사로잡혀 있었다.

저녁때는 되지 않고 점심때는 지났을 것이다. 목수들이 한창 일을 할 시각일 터이므로 서강옥이가 있으리라는 생각을 하며 바삐 문을 밀었다.

문이 열렸다. 나는 목을 길게 빼어 안을 들이밀어 살폈다. 서강옥은 보이지 않고 목수들이 뚝딱거리고 있는 그 사이에 키가 껑충이 큰 병빈 군이 뒤로 돌아서서 목수들의 신축을 하고 있었다.

그의 손엔 기인 오리대가 쥐어 있었다.

"이거면 어떨가?"

목수에게 묻나 보았다. 저쪽으로 돌아서 있기 때문에 이쪽은 못 보고 있었다.

"자네 뭘 하구 있나?"

나는 울화가 치밀어서 걸음이 제대로 옮겨 놓이지를 않았으나 돌아서 있는 병빈 군의 어깨를 올려바다 탁 치면서 이렇게 말했다.

62

"어엉?"

병빈 군이 깜짝 놀라 돌아서며 넋 없는 대답을 하다가 나를 보자

"아하 자네야. 자네가……."

하며 엉거주춤한 태도를 보였다.

"나 이렇게 될 줄 알았어. 자네가 서들구 있을 줄 알았단 말이야."

창자 속이 뒤집히는 것 같음을 어찌할 수가 없었다.

창자 속뿐이 아니고 전신의 피가 끓어 번졌던 것이다.

"자네 대신 내가 좀 봐 주었네. 여자 혼자서 쩔쩔매는 걸 보니 안돼

서……."

실내를 돌아본즉 그동안 일은 어지간이 진정되어서 제법 '다방'으로서의 면모를 들어내고 있었다.

"흥. 날 유치장에 가두어 놓고 잘했군. 잘했어."

나는 이렇게 지꺼리며 꺼죽꺼죽 걸어갔다. 그리고 닫쳐 있는 방문을 화알 열어 잦혔다. 방 안이 보고 싶었던 것이다.

병빈 군이 따라와서 열어 잦힌 문턱에 걸터앉으며

"그자가 이제 곧 올 걸세"

했다. 병빈 군은 손에 오리대를 그냥 잡고 있었다.

"그 여자가 어딜 갔단 말인가? 어딜 갔어? 응?"

나의 음성은 무더니 컸던 모양으로 목수들이 힐끔힐끔 이쪽을 살피는 것이 아닌가.

"이 사람 자그만치 소릴 지르게. 참 들어가세 방에……."

병빈 군이 문턱에서 일어나며 쥐었던 오리대를 탁 집어던졌다.

나의 다리는 주저 없이 성큼 문턱을 넘어섰다.

병빈 군이 따라 들어서며 문을 닫았다. 아늑한 방이 나의 앞에 전개되었다.

얼마나 그리워하던 방이더냐? 나는 그동안 줄곧 이 방을 눈앞에 그리며 매삼을 쳤던 것이다.

"자네 이 방에서 지냈구나?"

나는 깔린 이부자리에 시선을 던지며 이렇게 말했다.

"이 사람 추워서 여기 있을 수 있나?"

"이부자리가 깔려 있지 않은가? 이것 봐. 이렇게……."

나는 이부자리를 걷어차며 병빈 군을 건너다보았다.

"이 사람. 자네 왜 이래? 왜 이렇게 생트집을 부리는 거야?"

병빈 군의 말투도 곱지 못했다. 골이 잔뜩 나 있었다. 그런데 이렇게 골이 나 있으면서도 그는 나를 쳐다보지 못했다. 이러한 태도는 그가 나를 괴롭히는 태도의 하나인 것이다.

"자네 또 그 비굴한 태도를 보이는구나. 왜 떳떳이 나를 똑바루 쳐다보지 못하는 거야 응? 내 눈을 왜 못 보는 거야. 야 이 더러운 자식아 네가 뭐라구 했지? 서강옥일 개만도 못하게 말하던 네가 그래 이 방에서 내 이부자리 속에서…… 이 더러운 연놈들 더러운 연놈들."

나는 이런 소리를 버럭버럭 지르면서 문을 박차고 밖으로 나와 버렸다. 나의 눈에선 불이 뚝뚝 떨어졌으며 나의 전신은 와들와들 떨렸던 것이다.

63

그러나 나는 갈 데가 없었다. 어디로 가야 할지 몰랐다. 광화문 쪽으로 걸어가 보았다. 자동차 찦차 추럭 스리코타 뻐쓰 사람들이 교통신호를 기다리느라고 숨이 차게 서 있었다.

다시 종로 쪽으로 내려왔다.

종로 쪽에는 나를 잡아간 순경이 있는 파출소가 있는 것이다. 되돌아서지 않을 수 없었다.

내가 유치장에서 나오던 날 나오면서 곧 나를 증명할 수 있는 모든 증명서를 만들겠노라고 말했던 것이다.

나의 말을 믿고 내보내 준 순경의 얼굴을 보아서라도 나를 증명할 수 있는 모든 증명서를 얼른 내야만 할 것이다.

나를 믿고 내보내 준 순경에게 나는 나의 조각이 국전에 특선이 되었다는 이야기를 말해 들려주었다.

일각이 여삼천추라더니 참으로 그러한 심정이길래 나는 순경의 호의(好意)를 사게끔 해서 이런 말을 했던 것이다.

나의 예상이 맞아떨어졌었다. 순경은 이어 태도를 고치며

"내 친구에도 미술가가 있는데 ……이라고 알아요?"

하고 묻는 것이 아닌가.

"알구 말구요. 잘 압니다."

이름은 들었으나 만나 본 적도 없는 사람이면서 잘 안다고 자신 있게 대답했다.

순경은 그 뒤에 이 씨를 만나 나의 이야기를 했던 모양으로 이튿날 나에게 그런 이야기를 했고 유치장에 다시 들어가지 않게끔 주선해 주었던 것이다.

담당 순경은 나에게 밖에 나가는 대로 곧 수속할 것을 신신당부했으며 자기의 힘이 필요하다면 빌리기도 하겠노라는 말까지도 했으나 지금 나에겐 시민증이나 제이국민병 수첩보다 한결 급한 사정이 있는 것을 어찌하랴.

그러면서도 나는 제이국민병 수첩이나 시민증이 있었으면 어디로나 마구 돌아다닐 수 있을 텐데 하는 생각은 간절했다. 그런데 그것들을 내기 위해서 어떤 절차를 밟아야 하겠다는 생각은 나지 않았다. 생각이 나지 않는다기보다 그런 생각이 나게 되면 머리통 속이 부글부글 끓어 번지므로 생각을 떨어 버리려고 애를 써야 했던 것이다. 몇 번을 더 광화문 쪽으로 왔다 갔다 했던지 그것은 알 수 없으나 아무튼 나는 수없이 광화문과 '다방' 그 사이를 왔다갔다 했던 것이다. '다방' 앞에 가까이 이를 때마다 서강옥이가 안에서 나오지 않을까 또는 지금 막 그리로 오고 있지 않을까 해서 고개를 쭈빗쭈빗했다.

때로는 "허 선생" 하고 부르는 듯한 소리에 귀를 기우리기도 했다. 그러다가 나는 뒷골목으로 뒷골목으로 빠지고 빠져서 누님 집으로 오고 말았다. 다시 서강옥을 찾아 들어갈까 하는 생각도 해 보았으나 거기서 일하고 있을 병빈 군 때문에 발을 그리로 돌릴 수가 없었다.

64

누님은 집에 있지 않았다. 매부도 없었다. 족하들도 옆의 방에 가 노는 모양이었다. 족하들의 웃는 소리가 들렸다.

아랫목에 묻어 논 족하들의 점심밥을 내놓고 먹어야 했다. 나는 무척 배가 고팠던 것이다. 누님이나 매부가 돌아오기 전에 먹어 치우려는 생각에서 바삐 퍼 넣고 있는데 누님이 미닫이를 열고 들어섰다.

"아이쿠 깜짝이야."

"아니 웬일이냐? 나야말로 깜짝 놀랐다."

"밥을 먹어요."

"밥을 먹는 거야 누가 모를라구…… 병빈이가 와서 이부자리랑 가져가더니 웬일이야?"

"예. 예. 이부자리랑 가져갔지요."

"그런데 거기 안 있구 왜 왔냐?"

"거기서 지금 막 왔어요."

"뭘 가지려 왔냐?"

"안요. 그냥 왔지요."

"인제 거기 안 가냐?"

"예. 가요."

"그런데 왜 갑자기 왔냐? 회사에도 안 나가구?"

"………"

"거기서 병빈이 하고 같이 조각이랑 한다더니?"

누님은 몹시 초조한 안색으로 나의 댓구를 기다리는 눈치였으나 나는 밥을 먹고 나선 아무 소리 없이 이불을 펴 덮고 누어 버렸다.

"아니 회사에 안 나가니? 너 또 쫓겨난 모양이구나. 아이고 기가 차서 못 살겠네. 이 일은 어쩐단 말이냐. 월급을 타면 물어 주기로 하고 구공탄이랑 찬기름이랑 잔뜩 외상을 들여 놨는데…… 내 팔자에 구공탄을 백 개씩 들이기가 잘못이지 아이고……"

누님은 훌쩍훌쩍 울고 있는 것이었다.

나는 이불을 더 버쩍 들어 올려서 머리까지 푹 뒤집어쓰곤

"아무 말도 말아요. 나 좀 자야겠어요. 누님두 거기 누어 주무십시요."
했더니 누님은

"속 터져 죽겠네. 네가 왜 내 속을 이렇게도 터뜨리는 거냐? 응?"

하며 뒤집어쓴 이불을 걷어 내리려 들었다. 나는 이불을 꽉 들어 잡고 필사의 힘을 기울였으므로 누님은 끝내 목적을 이루지 못하고 말았는데 이불을 벗기려다 벗기지 못한 누님은 이불 위로 나의 머릿팍으로부터 면상이며 어깨쭘 등을 거저 마구 두들겨 패는 것이었다.

조금도 아프지는 않았다. 좀 아랫도리를 그렇게 두들겨 패줬으면 싶었다. 어깨쭘만 하더라도 주먹이 와 닿을 때마다 개운할 뿐이었다.

숫재 이불을 걷어차 버리고 몸뚱아리를 내맡기고 싶은 충동이 생겼다.

그러나 이불은 벗지 않았다. 이불을 벗으면 눈이 부실 일이 싫었다.

눈만 부시면 또 났겠다. 이불을 벗는다면 누님의 음성이며 주먹이 뚜렷할 것이 아니겠는가?

"너는 도대체 어떻게 된 거냐? 이 바보천치야. 천치야."

'바보천치'란 말에서 나는 주먹이 아니고 무슨 쇠뭉치 같은 것으로 막 두둘겨 줬으면 좋겠다는 생각이 들었다.

65

그런 생각을 줄곧 계속하다가 잠이 들었던 것이다. 물을 아무리 먹어도 자꾸 먹고 싶은 꿈을 꾸다가 깨었더니 성당에서 종이 떠엉떵 울려 오고 누님은 수틀 앞에서 수를 놓고 있었다. 매부와 조카들을 콩나물 모양으로 빽빽히 눕혀서 잠들어 있었다.

한구석에 놓인 물통에서 물을 팔딱팔딱 마시니까 누님은 술을 먹어서 갈증이 생긴 거라고 알았든지

"밤낮 술만 쳐먹고 네 신세도 기가 막히는구나."

하고 입을 떼었다.

나는 누님의 입은 밤에도 잘 떨어지는 입이라는 생각을 하면서 다시 자리 속으로 들어가 몸을 몇 번 비틀었다.

그새 벌써 누었던 자리가 좁아진 까닭이었다.

누님은 연신 무어라고 짓꺼렸다. 성당의 종소리도 그치고 오직 고요하기만 한 밤이어서 누님의 소리는 더욱 높게 들렸지만 나는 그다지 오래지 않아서 또 잠이 들어 버렸다.

아침 식사도 지낸 모양 같았다.

이불을 벗기며 일어나라고 하는 누님 소리에 후닥닥 일어났을 땐 활짝 밝은 낮이었다. 정상기 씨가 눈을 디룩거리며 방 한가운데 앉아 있었다.

"어이구 정 선생님이 어떻게……."

"자넬 만나려 왔네. 좌우간 어서 세술 하게."

"정 선생님, 형재가 회살 그만뒀읍니까? 어떻게 된 영문을 모르겠어요."

누님이 못 견디어 정상기 씨에게 물어보면서 들었다. 매부는 벌써 나갔는지 정상기 씨가 온 댐에 나갔는지 없었다.

"관두긴 왜 관둬요. 지금 같이 가자구 데리려 왔는데요."

"저것 보지. 내 예측이 맞았지 뭐애요. 그러니까 형재가 쫓겨나 왔댓구만요? 그렇죠? 정 선생님."

"아니지요. 쫓겨난 게 아니라 뭐 두루 거북한 일이 있었지만 인제 나하구 같이 가면 돼요."

미닫이 밖에서 이런 소리를 들으며 나는 세수를 하고 있었다. 세수를 하고 문턱에 발을 넘겨 놓자 누님은 흰 눈자위를 많이 내놓으며

"너도 사람이냐? 왜 남의 속을 이다지도 썩히냐? 정 선생님을 봐서라도 인제 제발 좀 잘해야잖아……."

하고 핏대를 올렸다.

"누님은 뭘 그래. 아무것도 모르시면서……."

"내가 모를 줄 알아? 네가 회사에서 쫓겨난 걸 정 선생님이 다시 데리고 가서 교섭하시는 거지 뭐야? 애애 남의 속을 작작 썩혀라."

"너무 염려 마십시요. 쫓겨난 건 아니죠. 아니꼬운 꼴 보기 싫어서 허 군이 나와 버린 게죠. 돈 있는 놈들의 버릇이란 고약하잖아요. 그 아니꼬운 꼴 참 보아 내기 어렵거든요. 그렇지만 할 수 있나요 목구멍이 포도청이라구

먹어야 하겠으니 어쩝니까…… 하하하."

정상기 씨는 웃기까지 했다. 무엇이 우수워서 웃는지 알 수가 없었다. 젊은 사장의 아니꼬운 꼴을 보아 내기 어렵다는 말을 웃지 않고 할 수가 없는 심경이었든지 모르는 일이나 아무튼 웃음소리의 뒤가 몹씨 쓸쓸한 것만은 사실이었다.

66

정상기 씨와 같이 집을 나오려는데 누님은 정상기 씨 턱밑에 바싹 다가서서

"선생님 부탁합니다. 늘 폐만 끼쳐서 죄송하지만 제 고생을 봐서라도 선생님 잘 좀 부탁합니다. 형재 저게 철이 없어서…… 원……."
하며 허리를 몇 번씩 굽혔다.

나는 얼굴이 확 달아올랐다. 누님의 천덕스런 태도에 비위가 거슬렸던 것이다.

먼저 종종 걸어서 '해장집' 앞에 와 서 있었다. 한참 만에 정상기 씨가 허우적거리며 골목길을 빠져나오고 있었다.

"선생님. 여기 좀 들려 가십시다."

군침을 들이 삼키며 나는 턱으로 '해장집'을 가르켰다.

"자네 참 아침을 안 먹었겠다?"

이렇게 말하면서도 정상기 씨는 머뭇거리고 있었다.

"들어갑시다. 선생님한테 해장국 값이 있으면……."

"있긴 있어. 술을 먹어선 안 될 텐데……."

"선생님을 뵈니 술이 먹구 싶어요."

"에익 들어가세."

정상기 씨는 눈을 뒤룩거리며 결단을 내렸다. 김이 무럭무럭 나는 해장국을 가운데 놓고 정상기 씨와 마주 앉으니 술맛이 유별했다. 오래간만에

전신에 골고루 따듯한 피가 도는 것 같았다.

"이 사람아, 이 해장집이 유래가 있는 집일세. 삼대채 내려 이걸 하구 있는 거야. 도자기와 해장국이란 이름이 다르달 뿐이지 삼대를 이어 온 건 우리 가문이나 다름없지. 우리 조부가 내 선친한테 유업으로 물려주시고 내 선친이 내게 그걸 또 물려주신 것과 마찬가지로 이 집 조부가 그 아들에게 그 아들이 또 그 아들에게 물려줬거든. 지금 저 대머리가 그러니까 삼대란 말이지. 바루 나와 같은 위치에 있는 사람이란 말이지."

정상기 씨는 대포 한 잔을 들이켜고 나서 다시 말을 계속했다. 정상기 씨도 술이 어지간이 도나 보았다.

"대머리는 선조의 유업을 받아 잘해 가는데 나는 그걸 못 받들고 말았단 말이야. 선조에 대해서 뵐 낯이 없단 말이야. 후유ㅡ."

"선생님 드십시요."

정상기 씨는 처량히 한숨을 쉬고 나더니 소매를 걷고 왔다 갔다 하는 대머리 쪽으로 고개를 기우뚱 돌리고 있으므로 나는 이렇게 독촉을 했던 것이다.

그러지 않아도 항상 눈물이 고여 있는 듯한 정상기 씨에 뒤룩거리는 눈엔 눈물이 들어나게 고여 있었다.

"선생님 이걸 드십시요."

따라 논 대포 잔을 정상기 씨는 단숨에 들이켰다. 나도 그새 본이라도 딴 것처럼 단숨에 들이켰다.

"이 사람아 자꾸 이렇게 들이켜기만 함 어쩌나? 가야잖는가? 가야지."

"도자기 회사 말씀입니까? 어디 말씀입니까?"

"그래. 그래. 거기 말이네. 자네가 그럭 하구 왔으니 가야잖는가. 내 면목두 있구 하니 가야 하네. 별수 있던가. 돈 있는 놈들의 덕을 보는 수밖에……."

67

"선생님 그런 얘긴 집어치우고 술이나 드십시요. 그런 고리타분한 애긴…… 푸! 푸!"

나는 이렇게 짓거리면서 정상기 씨에게 또 주전자를 기울였다.

"그만 따루게. 그만 따루게. 넘어가네. 그래. 자네 도자기 회사에 안 가겠단 말인가?"

정상기 씨가 철철 넘는 대포 잔을 받아들고 나의 기색을 살폈다.

"전 돈 있는 놈들의 덕을 보기 싫습니다. 안 볼 텝니다."

"이 사람아 그러지 말구 나하구 같이 가잔 말이야. 그게 그 젊은 놈의 도자기 회사라구 생각 말구 이 정상기의 회사라구 생각해 주게……. 난 그렇게 생각하구 관련을 맺구 있네. 아닌 게 아니라…… 그 이마가 반들거리는 젊은 놈한테 한 달에…… 몇 푼씩 얻어 쓰는 게 아니꼽지만…… 그럴 때마다 내 회사라구 생각하니까…… 내 선조가 물려준…… 내 거야 내 거란 말이야. 난 죽는 날까지…… 정상기가 죽는 날까지 손을 안 뗄걸…… 손을 떼는 날이면 아주 남 되구 말 테니까……안 그런가? 이 사람아…… 그래서 자넬 구지 들여 논 거야…… 자─ 그만하구 가세."

"거길 제가 또 갑니까? 안 갈 텝니다. 술을 더 먹어야 하겠습니다."

"술은 나중 또 사줄게…… 사실은 자네한테…… 수가 생겼다네. 자네가 그린 화병 말이야…… 며칠 전에 외국 사람한테 고가로 팔렸어…… 자네 것하구 여자 화공 한 사람…… 또 있잖아? 화공이 아니지…… 그 여잔……화공이 아니지…… 훌륭한 기술자야……."

"조영매 말씀입니까?"

"그렇지…… 조영매 말이야…… 그 여자가…… 그린 화병하구 자네 것하구만…… 싹 뽑아 갔다는군 그래…… 고가루……."

"그럼 한 잔만 더 들구 가 보십니다."

그동안 잊어버렸던 조영매란 말에서 나는 가 보고 싶은 충동을 느꼈다. 회사에서 나오던 날 아무런 말도 없이 나온 일이 미안하기도 했던 것이다.

"어떡하는가. ……돈 있는 놈들의 덕 보는 수밖에…… 제에길할……."

"그렇게 됨 돈 있는 놈들이 우리들 덕을 보는 셈이지요."

"그렇게 생각함…… 그러기두 하네. 좌우간 가 보자구……."

우리는 일어섰다 어지간히 취해 있었다. 다리에 힘을 주건만 몸을 가눌 수가 없었다. 정상기 씨도 이리 비틀 저리 비틀했다.

"여보게 우리 택시로 가세. ……제에기할 내 팔자에 돈을…… 모아 보겠나……."

정상기 씨는 비틀거리며 길다란 팔을 번쩍 처들었다. 번들거리는 차체가 미끄럽게 들어 닥쳤다. 택시 문이 닫치기도 전에 호기 있는 어조로 정상기 씨가

"영등포까지."

라고 명했다.

그다음엔 '해장집'에서 하던 삼대(三代)에 관한 이야기를 또 터뜨리는 것이었다.

나는 몇 번간 적당히 댓구에 가까운 말을 하다간 잠이 들었던가 보았다. 정상기 씨가 쥐어 흔드는 바람에 눈을 떠 보았더니 도자기 회사 마당이었다.

68

택씨에서 내려서 공장 쪽으로 발을 돌리려는 나에게 정상기 씨가

"사무실부터 가야잖나."

하며 외투자락을 잡아 이끌었다. 이끄는 대로 어슬렁어슬렁 걸었다.

사장실 앞에 이르러 정상기 씨는 "헤엠" "헤엠" 하고 헛기침을 두세 번 했다. 기침 소리를 안에서 들었던지 비서가 문을 열어 주었다.

"선생님 오신 줄 알았어요. 기다리고 계셔요."

비서가 정상기 씨에게 눈웃음을 치면서 나의 기색을 살피는데 나한테도 적지 않게 부드러운 표시를 보였다. 자아식 집어 내던 땐 언제더냐?!

나는 속으로 이렇게 중얼거리며 문턱 안에 발을 들여 놓았다. 아직도 다리가 헛놓였다.

아니꼽게 굴면 전번보다 더 토해 놀 작정이었다.

"데리구 왔습니다. 안 오겠다는 걸……."

정상기 씨는 그새 취기가 가신 모양인지 말소리랑 걸음걸이랑 분명했다.

"허 형, 다 잊어버리시요. 나두 다 잊어버렸소다."

사장이 날더러 허 형이라고 했다. 허 군이란 말에 동투가 난 줄 알았던 모양이었다. 반들거리는 그의 이마에 창으로 들이민 햇살이 가루질려 있었다.

"……."

"다시 같이 일하십시다. 젊은 놈이 이 큰 회사를 떠맡아 가지고 고생하는 걸 허 형 같은 분이 도아 안 주심 어떡합니까."

"……."

"도아 주려고 오잖았습니까. 날 봐서라두 내 일같이 봐 달라구 단단히 말했습니다."

정상기 씨가 사장의 말을 받아 주었다. 취기를 나타내지 않으려고 함에 선지 잔뜩 긴장한 빛을 띠우고 있어 눈이 한층 뒤룩거렸다.

"공장에 가 보지요."

나는 정상기 씨를 건너다보면서 말했다.

"그럼 좀 진력해 주십시요."

사장이 자리에서 엉덩일 들고 일어났다. 본관 복도를 돌아서자 조영매의 상반신이 유리창으로 들려다보였다.

새초롬히 앉아서 일에 열중하고 있었다. 아름다워 보였다. 일손에 열중하고 있는 여자처럼 아름다운 것은 없다고 한 말이 머리에 떠올랐다.

조영매는 우리가 곁에 가기까지 모르고 있었다.

"너무 열심이십니다."

나의 말에 얼굴을 든 조영매는 눈을 한 번 껌뻑하고 나서 다시 쳐다보았다.

"어쩜. 왜 그동안 안 나오셨어요."

숨이 차는 듯한 어조로 말하는 것이었다.

"오늘부터 나옵니다."

정상기 씨가 대꾸해 주었다.

"아무튼 잘됐어요."

조영매가 여전한 어조로 또 이렇게 말했다.

"어서 옷 갈아입구 앉게."

정상기 씨가 나를 꾹 찔으며 말했다. 나는 정상기 씨의 말을 좇기라도 한 것처럼 웃저고리를 벗어 걸고 까운을 입었다. 나의 것이 제자리에 그냥 걸려 있었다. 일자리도 그냥 벌려져 있었다.

69

"다시 오시리라고 믿구 기다렸어요."

내가 일자리에 앉자 조영매가 고개를 기우뚱해 가지고 말하는 것이었다. 정상기 씨는 이 말을 듣고 나더니

"난 가 보겠네. 헤엠……."

헛기침까지 하면서 나에게 눈을 찔끔해 보이고 나갔다.

"저분이 데리려 갔었댔어요?"

정상기 씨가 나간 뒤에 조영매는 눈으로 그의 뒤를 좇으며 이렇게 물었다.

"데리려 갔다기보다 내가 온 거죠."

술기운으로 말이 술술 나왔다.

"잘 생각하셨어요. 우리 일만 하면 되잖아요? 허 선생님이 나가신 사흘 만에 외국 사람이 여기 와서 화병이랑 여러 가질 사갔는데 허 선생님 것 하구 제가 한 걸 가져갔대요."

"나두 들었습니다. 그게 뭐 그리 장한 일이 될 거야 있나요."

"크게 장하달 껀 없지만 이런 것이 우리 문화를 세계에 소개하는 기회가 되는 게 아니겠어요?"

"행복하십니다."

"왜 남의 일처럼 말씀하세요? 이 일을 통해서 우리 문화를 세계 수준에

까지 끌어올리시겠다고 허 선생님이 그러시지 않았어요?"

"지금은 그런 생각을 안 합니다."

"사장이 비위에 거슬려서요? 그것쯤은 문제 할 것 없잖아요? 일만 하면 고만 안예요? 못마땅한 일이 있더라도 이건 내 일이거니 하고 꾹 참으면 되잖아요? 우리는 일감과 장소를 이용해서 우리의 일을 하잔 말씀이에요. 말하자면 사장의 일이 아니고 우리 일이라고 주장하잔 말씀이에요."

그럴듯한 소리였다. 정상기 씨의 삼대론(三代論)보다 진보된 주장이라는 생각이 들었다.

정상기 씨의 삼대론은 자기 가문(家門)을 중심 삼아서 생긴 것이지만 조영매의 주장은 국가를 머리에 두고 하는 소리였다. 이렇게 어떤 주장을 세우고 살아가는 조영매가 행복되다는 생각도 들면서 부럽기까지 했다.

"행복하십니다."

나는 이 말을 하면서 그에게 머리를 꾸뻑해 보였다.

"허 선생님은 불행하세요?"

조영매가 방긋이 웃으며 나의 얼굴을 들여다보았다. 그러나 그는 오래 보고 있지 않았다. 주위의 사람들을 꺼려하는 눈치를 보이며 시선을 거두었다.

"난 불행을 감득할 수조차 없어요. 내겐 진땀 나는 시간의 연장만이 있을 뿐입니다."

"그 진땀 나는 시간 시간을 물리칠 순 없으세요?"

"그걸 어떻게 물리칩니까?"

"전 허 선생님 말씀을 알아듣긴 하지만 이해는 못하겠어요. 불행이란 것 행복이란 것 이게 어디서 굴러오는 거라고 생각하십니까?"

나는 대꾸를 못하고 그를 껌벅껌벅 보고 있었다. 행, 불행이 어디서 굴러온다고 할 수도 없고 그렇지 않다고 할 수도 없었던 것이다.

"전, 행복을 창조하는 것도 자기 힘이요 불행을 창조하는 것도 자기 힘이라고 봅니다."

조영매는 하고자 하던 말을 했다는 듯 눈을 가늘게 떠 허공을 쳐다보았다.

70

"훌륭하십니다."

"저를 비꼬시는 말씀입니다."

"비꼬는 말이 아닙니다. 남자가 그런 말을 한다면 비꼬아 줄지 모르지만…… 거짓말이니까요. 우리 또래의 남자들이 그런 말을 할 수 있어요? 다들 불안 속에서 진땀 나는 시간 시간을 보내구 있느라구……. 그렇지만 여자들은 무슨 소리라두 할 수 있어요. 어디든지 마구 싸다닐 수도 있으니까…… 여자들은 사람인걸요. 신분증 없이 어디든지 마구 다닐 수 있잖아요? 신분증이 없어두 사람 행셀 할 수 있잖아요?"

나의 어성이 높아졌던 모양이다. 주위의 사람들이 모두 이쪽으로 고개를 돌리는 것이었다.

"허 선생님 말씀을 인제 알아듣겠어요. 저의 오빠두 허 선생님하고 같은 소릴 해요. 현대 청년들은 갈 데가 없다고, 불안과 공포 속에 떨고 있다고 그래요. 그런데 전 이런 생각을 가진 분들에게 말하고 싶어요. 왜 제 힘으로 그 불안과 공포를 물리치지 못하느냐고 하고 싶어요. 저의 오빠한테도 줄곧 이런 말을 하지요. 그러면 오빤 선생님하고 비슷한 소릴 하세요. 여자들은 맘 놓구 살아도 괜찮게 돼 있으니까 그따윗 소릴 한다나요."

"오빠가 뭘 하시는데?"

"아무것도 안 하세요. 줄곧 집 안에 들앉아 침울하게 계셔요."

"신분증이란 없는 게지요."

"왜요. 그런 건 다 있어요. 저업때 몽땅 잊어버린 걸 제가 다니면서 다시 수속해 만들어 드렸지요."

"나두 좀 수속해 다시 내 주십시요."

나는 조영매 말에 묻어 들어가서 나도 모르게 이런 말을 하고 말았다.

"앗차 실수했구나."

하고 돌리려는데 조영매가 재빠르게도

"그러세요. 허 선생님도 잃으셨어요?"

하고 물어보길래 나는 이왕 쏟아진 물이니 할 수 없다고 생각했다.

"접때 잃었어요."

"아, 참 접때 쓰릴 맞으실 때 한테 맞으셨군요?"

"예. 예."

상대방에게 정확히 알리고자 해서 두 번 곧 대답을 한 것이 아니었다. 되는대로 주서 대는 일이 두루 귀찮다는 생각이 들면서 그리 되었던 것이다.

조영매는 나를 증명할 수 있는 일체의 증명서를 며칠이 안 걸려서 해다 주었다.

"위대한 힘을 가지셨어요."

나는 그에게 고맙다는 인사말보다 이런 말을 하지 않을 수 없었다. 그처럼 나를 괴롭히던 거사(巨事)를 조영매는 쉽사리 해결해 주었던 것이다.

"아는 분들한테 사정을 해서 의외로 쉽게 됐어요."

"고맙습니다. 나를 사경에서 구해 준 셈이 됩니다."

"뭐가 그리 대단한 일이라구요?"

"난 그걸 다시 낼 수가 없었어요. 너무 거창하구 복잡하기 때문에. 생각만 해두 죽구 싶어지는 걸요."

"아이구 선생님두…… 애기 같은 소릴 하시네……."

조영매는 소리를 내어서까지 웃었다.

71

'애기'라는 말에서 나는 어머니를 생각하게 되었다. 오랫동안 잊어버리고 있은 어머니였다. 아니다. 잊고 있은 것이 아니다. 잊어버리려고 했던 것이다. 신분증이나 제이국민병수첩을 잃어버리고 난 뒤에 줄곧 그것을 다시

내야 한다 한다 하면서 그 생각을 머리에서 덮어 버리려고 한 것처럼 어머니의 생각이 떠오르면 항상 나는 덮어 버리려고 애를 썼던 것이다. 오늘날 나의 인생이 어두어진 원인의 팔 할은 어머니 때문인지 모른다. 자기를 싫어하고 무서워하는 아버지 때문에 햇빛을 보지 못하고 골방에서만 살았다. 햇빛만 못 본 것이 아니다. 누님과 나의 얼굴조차 구경할 수가 없었다. 조모님은 어머님을 골방에서 일체 나오지 못하게 했으며 우리 남매를 골방에 들어가게도 못 했다. 어머니와의 거래를 딱 끊어 놓았던 것이다. 조모님은 우리들에게 죽은 에미거니만 여기라고 일러 주었다. 사내가 가까이 못 가는 예편네란 죽은 것과 마찬가지라고도 하시고 어머니한테엔 남편이나 자식에게 해로운 '살'이 붙어 있다는 것이었다.

아버지가 어머님을 싫어하고 무서워하는 원인이 이 '살' 때문이라는 것이었다.

어느 이른 봄날이었다. 눈 녹은 물이 도랑을 지어 흘러내리고 나무 가지 위엔 아지랑이가 맴돌고 있었다.

그것이 내가 아홉 살 때였다. 그날 나는 어머님이 더욱 그리웠다. 꼭 한 번만 어머님이 계신 골방에 들어가 보고 싶었다. 나는 뒤울 안으로 돌아서 돌아서 어머님이 계신 골방 앞에 가 섰다.

"어머니. 어머니."

소리를 죽여서 불렀다. 안에서 이어 버스럭 소리가 나고 문 벳기는 소리가 났다.

나의 몸둥아리가 어느새 문턱 안에 들여 놓였다.

어머니의 재빠른 거동과 나의 신속한 거동의 일치에서였다.

그대로 어머니는 나를 껴안고 웃었다.

소리를 죽이느라고 그러시는지 얼굴이 함지박만 해지면서 그것이 또 굉장히 씰룩거리는 것이었다. 그런 얼굴을 나에게 돌려대고 부비는 것이었다.

나는 버둥질을 해 어머니 팔 안에서 빠져나왔다.

"할머니 야단치실 거야."

나는 이런 말을 하면서 골방 문을 쏜살같이 열어 제치고 밖으로 나와 버렸다.

그 뒤에 몇 달 만에 어머니는 그 골방에서 세상을 떠나셨다. 어머님의 골방에서 빠져나온 뒤에 다시 어머님을 보지 못한 일이 가슴 아팠으며 그 뒤로는 어머님을 그리워하지 않고 있은 일이 뉘우쳐지기도 했다. 전까지는 어머님이 지어 보내신 때때옷을 입을 때면 어머님의 따뜻한 체온이 몸에 베어드는 것 같음을 느꼈으며 어머님이 만지신 옷에서 어머님의 냄새를 맡아 보려고 몰래 몰래 코를 벌룽거렸던 것이었다.

장례식 날 조부님의 누님 되시는 백댓골 할머님께서 오셔서 조모님을 꾸짖는 말씀을 듣고서야 어머님이 생죽음을 하신 것을 알았다.

72

백댓골 할머님께서는 나의 조모님을 안에 불러 앉히시고

"내가 올 수 없는 걸음으로 겨우 온 건 말 한마디만 하자고 온 거야."

한 다음 좀 숨을 돌리시곤

"생사람을 죽였지. 생사람을……."

하시었다. 외가에선 아무도 오시지 않았다. 어머님이 없어진 대신 새어머니가 얼마 안 되어 우리 집에 들어왔다. 이 새어머니는 골방에 있지 않고 아버지와 줄곧 같이 계시다싶이 했다. '히사시가미'를 하고 '학생 치마'를 입고 외출할 때면 구두를 신으시다. 조모님은 새어머니하고도 가까이하게 못 했다.

"그 잘난 갈보 같은 년."

하시며 새어머니를 못마땅히 여기셨다. 아버지가 맘대로 얻어 들인 여자라고 했다. 조모님이 새어머니한테 가까히하게도 못 했지만 새어머니는 우리 남매를 눈에 티같이 싫어하는 눈치었다. 아버지하고 우리들 까닭에 싸우는 것도 여러 번 들었다. 새어머니는 누님을 여우 같다고 했고 나를 능구렁이 같다고 나무랐다.

새어머니는 조모님을 변덕쟁이라느니 거세다느니 하고 막 대어들었다. 조모님도 새어머니한테는 꼼짝을 못 하시는 모양 같았다. 한 번도 대어들어 때리는 걸 보지 못했다. 나의 어머님은 그렇게 잘 때리시더니…….

"잘 돌아가셨지. 이 더러운 꼴을 안 보시고…….."

날 두고 혼자 가시다니. 끌끌끌. 조모님은 이런 말씀을 곧잘 하셨다. 조부님이 돌아가신 일을 한탄하시는 말씀이었다.

"졸리세요?"

나는 이 소리에 눈을 떴다. 그동안 눈을 감고 있었던 것이다. 눈을 감았는지 떴는지 그것을 인식하지 못하고 있다가 조영매 소리에 깜짝 깨달았던 것이다. 몸이 부르르 떨리면서 오한이 스며들었다.

"추우세요?"

"예."

"졸리다가 깨면 그래요."

"나 좀 어떻게 해 주십시요. 춥지 않게 해 주십시요."

"……."

조영매는 눈을 깜박거리며 나를 살피는 것이었다. 나도 그를 멀뚱멀뚱 살피고 있었다.

그런데 나는 조영매를 살피고 있으면서 서강옥이 생각을 했던 것이다.

"왜 그렇게 보고 있기만 해요? 날 엉망진창이 되도록 좀 어떻게 해 달라는 말이오. 날 어떻게……."

나는 소리를 버럭 질렀다.

"허 선생님 취하셨어요. 숙직실에라도 가서 누우셨으면."

저쪽에 앉아 일하던 청년이 가까이 와서 꿉벅 머리를 숙이며

"숙직실에 모셔다 드릴께요."

하고 나를 이르켜 세우려 했다.

73

사람들의 시선이 몰려들었다. 적의(敵意)를 띤 시선도 있었다. 중에는 부드러운 시선도 있고 놀라는 시선도 있었다.

"나 취하잖았습니다. 이대로 둬 주십시요."

내가 청년에게서 몸을 빼면서 지껄였더니 이번엔 조영매가 상큼 일어서면서

"제가 모셔다 드리지요. 저하고 같이 가십시다."

"이대로 있겠다니까."

"좀 쉬시는 게 좋 겝니다."

청년이 나의 팔을 다시 끌었다.

조영매가 앞을 서서 나가고 청년이 나를 부축해 주었다. 나는 이끌리워 갔다.

먼저 앞을 서서 숙직실에 들어간 조영매는 재빨리 이부자리를 펴 놓았다.

"좀 푹 주무세요."

청년이 나의 구두를 벗긴 다음 문턱 안에 들어 밀었다. 나는 이부자리 속으로 기어 들어갔다. 몹씨 취했거나 몹시 몸이 불편한 때와 같이 전신이 흐느적거렸다.

나의 몸둥아리가 왜 이처럼 흐느적거리는 것일까? 청년은 나가 버렸다.

나는 자리 속에 들어가자

"어머니 어머니."

하고 소리를 내어 울었다.

"정말 애기네."

조영매가 가려다 말고 나에게 이런 말을 했다. 그렇게 하는 조영매의 다리를 나는 재빨리 끌어다 안았다. 조영매는 나의 몸둥이 위에 와 잘칵 쓸는졌다.

"조영매는 나가지 말구 날 어떻게 해 줘. 응? 날 어떻게 해 줘."

나의 몸둥이 위에 쓸어진 조영매를 마구 얼싸안으며 나는 날뛰었다.

"선생님두 이게 무슨 짓이예요. 이럭함 못 써요. 이거 놓세요."

조영매가 날새게 몸을 빼치며 물러났다. 그러나 그는 밖으로 나가지는 않았다. 좀 떨어져서 나를 내려다보며

"허 선생님은 생각하던 것관 딴판이셔. 이럭하는 법이 어디 있어요?" 하고 나무랬다.

나는 아무런 대꾸도 없이 조영매를 끌어안았던 팔을 그대로 나의 몸둥이를 쓸어안으며 어머니를 부르다가 서강옥이를 부르다가 했던 것이다.

"서강옥이가 누군데 자꾸 부르세요?"

내가 부르는 소리에서 조영매는 눈치를 챘던 모양이었다.

"누구면 어쩔 테야. 서강옥인 날 억망진창을 맨들었어.……조영매 까짓 건 아무것두 안야. ……조영맨 우리 어머니를 생각해 내게 한 것뿐이야. ……조영맨 어머니와 같은 여자야. ……아무것두 안야. ……서강옥인 날 화알활 타게 하는 여자였어. 화알활 타게…… 화알활 타게 하는 여자였어. ……조영맨 어머니 같은 여자야…… 왜…… 날 자꾸 애기라구 하는 거야. 응 왜 자꾸 애기라구 하는 거야 어 엉엉……."

"허 선생님 진정하세요. 저 허 선생님이 인제 왜 우시는지를 알았어요. 아무것도 아닌 여잔 그만 나가겠어요."

조영매는 이런 말을 남기고 나가 버렸다.

74

조영매가 닫고 나간 문소리에 가슴이 딱 마치는 것을 깨달았다.

"망할 년! 나감 나갔지 문은 왜 째려 닫는 거야? 쳇!"

나는 문 쪽으로 입을 치껴 들고 욕설을 퍼부었다. 그리고 나선 다시 어엉엉 울었다.

"아니. 이 사람아 웬일이야? 응?"

눈물 속에서 쳐다보니 정상기 씨가 들어오고 있었다. 조영매가 나간 뒤에 나는 더 크게 소리를 쳤던 모양이었다.

"아니. 왜 이렇게 황소 고함을 지르느냐 말이야. 응?"

"……."

"해장술이 너무 지나쳤어. 내 그렇게 그만두자고 했지. 이 사람아 내 체면두 있고 하니 제발 그만 울게. 회사가 다 떠나가네. 떠나가."

그래도 그치지 않으니까 정상기 씨는 나에게 이불을 푹 덮허 씌우는 것이었다.

숨이 콱 막혔다. 나는 버둥거려서 일어났다.

"정 선생님. 숨이 막혀요. 나 숨이 콱 막혀요." 하면서―.

"울더라도 고함을 지르지 말게. 사장실에까지 들리네그려. 낮술을 먹구 이럭함 내 체면이 어찌 되나?"

정상기 씨는 울상이 되어 나를 내려다보고 있었다. 나는 정상기 씨가 가엾다는 생각이 들었다.

"미안합니다. 그런 걸 생각할 새두 없이 울어 버렸어요."

"좀 좋아서 울겠나? 꽃 같은 색씨가 옆에 앉아 반겨 주겠다, 사장이 대견하게 생각해 주겠다, 좀 존가?"

정상기 씨는 안도의 숨을 내쉬며 나를 보았다. 나의 대답을 기다리는 눈치었으나 나는 할 말이 없었던 것이다.

"여보게 자네 인제 수가 터졌네. 사장이 자네 앞일까지 생각해 주마구 하네 그려. 자네만 착실히 일해 준다면 집두 사주구 결혼두 시켜 주마구 하데. 내가 다 얘기했지. 자네 사정을……."

"선생님 저한텐 집두 소용 없구 결혼두 소용없어요."

"인제 그런 소릴 말구 제발 좀 정상적으로 걸어가란 말이야. 저 공장에 있는 여자하구 결혼해 가지구 깨가 쏟아지게 살믄 좀 존가? 그 여잔 자네한테 반했네. 반했어……."

정상기 씨는 디룩거리는 눈으로 공장 쪽을 가르키며 이렇게 말했다.

"그런 말씀 마십시오. 그 여자가 저하구 결혼하잡니까? 반하긴 뭘 반해요?"

"왜? 가만 눈칠 보니까 그 여자가 아주 맥을 못 쓰던데. 고게 깜쪽한 여자라 아주 막 덤벼들지 않을 뿐이지 반한 건만 사실이야. 자넬 보더니 화색이 막 돌잖아?"

"아니올시다. 그건 잘못 보시구 하시는 말씀입니다. 절 싫어합니다. 제가 끌어안았더니 마다구 뿌리치구 나간 걸요."

"그런 짓은 언제 벌써 했던가?"

"아까요."

"아니. 어디서? 어떻게 했단 말인가? 자세 좀 얘기해 보게."

"제가 아까 여기서 조영매를 끌어안았단 말씀입니다. 누어서 말입니다. 그 여자는 서 있구요. 누어서 서 있는 그 여자 다릴 끌어안았지요. 그랬더니 그 여자가 제 몸둥아리 위에 와서 팍 업퍼졌을 게 아닙니까?"

"저어런. 그랬어?"

정상기 씨는 매우 조급한 표정을 지으며 다조차 물었다.

<h1 style="text-align:center">75</h1>

"쓰러진 걸 그냥 끌어안았더니 요게 날쌔게 몸을 빼면서 이게 뭐냐구 제가 생각하던 것과 아주 딴판이라나요."

"그래서 어쨌나?"

"그리구 나가 버렸어요."

"아아니. 저런. 그래 놓쳐 버렸단 말인가?"

정상기 씨가 펄쩍 뛰었다.

"놓쳐 버리길 잘했어요. 저는 그 여자가 좋잖아요. 그 여잘 끌어안구 어쩌구 한 것두 좋다구 그런 게 아닙니다. 서강옥이 생각이……."

여기까지 말하다가 깜빡 깨닫고 말을 중단해 버렸다. 서강옥의 이야기를 정상기 씨한테 한 일도 없었거니와 서강옥의 이야기를 입 밖에 내고 싶지가 않았다.

그가 끝없이 그립긴 하면서도 그를 생각하거나 그의 이야기를 하게 되면 개굴창에 빠졌을 때처럼 불유쾌했다.

"뭐? 서강옥이? 듣던 이름이야? 서강옥이?"

정상기 씨가 눈을 뒤룩거리며 생각에 잠기는 것이었다.

"아무것도 아닙니다. 공연한 소리올시다."

"옳아. 옳아. 인제 알겠어. 자네 장승을 안구 날뛸 때 짓거리던 이름이야. 장승을 안고 서강옥입니다. 서강옥입니다, 했어. 대체 그게 누구야?"

"아무것도 아닙니다. 다 가 버린 여잡니다. 벌써 가 버렸어요."

"자네 곡절은 단단히 있긴 있어. 장승을 안구 서강옥이라구 날뛰었지? 또 공장 여자는 서강옥이 생각이 나서 끌어안았다지? 속에만 넣구 혼자 끙끙 앓지 말구 나한테 말해 보라구…… 그 여자가 서울에 있나? 없나?"

"……"

"아. 이 사람아 어딜 보구 있는가? 속씨원히 말해 보라니까."

정상기 씨가 나의 어깨쯤을 잡아 흔들었다.

"아무것두 아니래두 그러십니다."

아무것도 아니라곤 했으나 아무것도 아닌 것이 아니었다. 아무것도 아니라는 말을 하고 있는데 나의 몸이 부르르 떨리는 것이었다. 서강옥을 생각하고 내가 이렇게 부르르 떠는 일은 한두 번이 아니었다. 그를 생각하기만 하면 전신이 찌릿해지면서 저절로 떨리는 데는 어쩔 도리가 없었던 것이다.

"자네 추운가 보네?"

정상기 씨가 이불을 끌어다 씌워 주었다. 그리곤 그는 나의 눈을 들여다보는 것이었다.

"자네 아무것두 아니라면서 병은 골수에 들었단 말이야. 눈을 보면 알아 눈을……"

"정 선생님 그런 얘긴 고만 하십시다. 그런 얘긴 말아 주십시오."

"글세 그럴 일이 아니야. 그 못 잊어 하는 서강옥이하구 만나서 결혼함 되잖나? 내가 나서서 서들어 줄께 결혼을 하든지 연앨 하든지 함 되잖나? 그 여자가 어디 있나? 서울에 있나?"

"서울에 있긴 있지만 만날 수가 없어요."

"왜? 유부년가?"

"그렇지두 않아요."

"그런데 왜 만나? 어디 있는 것만 아르켜 주게. 내가 만나게 해 주지. 서울에 있기만 하믄사 못 만날께 어디 있어."

정상기 씨는 자못 자신 있는 표정으로 돌아갔다.

76

그대로 나는 숙직실에 눌러 있었다. 숙직 당번의 대용품 노릇을 하고 있는 셈이었다. 누님 집은 방이 비좁기도 하려니와 나의 이부자리가 거기 없었다. 누님은 으레히 나에게 이부자리를 가져오라고 독촉할 것이다.

그런데 나는 도저히 이부자리 찾으려 갈 수가 없었다. 이부자리는 서강옥의 다방 '다다미' 방에 있는 것이다. 나는 겨우 그 방에서 하루 밤을 잤을 뿐이다. 그것도 병빈 군과 같이 잤던 것이다.

잠을 잤다기보다 고통스런 하루 밤을 보낸 것이었다. 서강옥은 나간 채 다시 들어오지 않았던 것이다. 들어오려니 기다리려도 들어오지 않았던 것이다.

그 방엔 지금 병빈 군이 자고 있을 것이다.

서강옥이와 둘이서 '사랑하는 법'을 흐뭇이 실천하고 있을 것이다.

나는 숙직실에서 저녁마다 이런 생각을 하고 있었다. 이런 생각을 하고 있느라면 오장육부가 온통 뒤집혀지는 것 같았다. 으레히 십여 차씩 일어나 앉았다 섰다 밖으로 내달렸다 해야만 했다.

"아저씨 무슨 병이 있어요?"

어느 날 밤 나와 같이 숙직실에 유숙하고 있는 사동이 물었다. 쪼각달이 간사한 웃음을 내뿜으며 들이밀고 있는 밤이었다.

나는 아무 데도 아프지 않다고 대답해 주었다.

이 아이는 무엇을 질문해서 대답이 없으면 대답이 있을 때까지 몇 번이고 반복하는 버릇이 있기 때문에 구찮은 대로 응해 주는 수밖에 없었던 것이다.

"아저씬 댁에 색씨랑 없어요?"

"없다. 너는 자라."

나는 매우 역증 나는 어조로 사동에서 말했다.

"나 잘 테얘요. 아저씨두 주무세요."

사동이 이런 말을 한 뒤에도 나는 꽤 오래 일어났다 누었다 했다.

"아저씨. 공장에 있잖아요? 그럼 잘 그리는 여자, 그 여자하구 아저씨 결혼할 테요? 조영매 말이에요."

"너 엽때 안 자니? 자라는 데 왜 그래."

역증이 더욱 치밀었다. 더구나 소사 영감의 코고는 소리에 숙직실이 덜썩 떠나갈 지경이 아니냐 말이다.

소사 영감은 초저녁이면 이렇게 코를 골며 자다가도 새벽이면 일찍 깨어 가지고 기침을 쿨룩거렸다. 노인이라 괄세할 수도 없고 참으로 딱할 때가 많았다. 처자도 없이 외톨로 돌아다니다가 이 회사에 왔다는 것이었다.

조영매가 돌아가는 길에 숙직실에 들려서 나의 양말 손수건 등 빨 것을 가져가는 때면 소사 영감은 으레히 "존 때야." 하고 한마디 하는 것이었다.

"아저씨 나 한 번만 말하구 잘께. 소사 할아버지가 그러는데 아저씨하구 조영매하구 결혼할 꺼라구 그러던데. 다른 사람들도 그러구. 공장 사람들이 다 그래요."

사동은 나의 역증을 당할 셈치고 제 할 말을 다해 보려는 심산인 듯했다. 말을 하고선 이불 속으로 쏙 들어갔다.

77

어느 날 정상기 씨가 허둥지둥 공장으로 달려왔다.

"사장이 방을 얻어 주었네. 자네한테. 숙직실에 있어서야 되겠냐구 그러네. 내가 숙직실에 있는 게 안됐다구 얘긴 했지만 고맙잖어?"

내가 두어 달가량 숙직실에 묵고 있었을 즈음이었다. 연일 눈이 내려서 온 세상이 백설로 화하고 있었다.

자연의 변화가 심한 탓인지 나의 마음의 변화도 돗수가 높아만 갔다.

서강옥이를 한 번 보고 싶은 마음이 불붓듯 했던 것이다. 정상기 씨가 공장에 달려 들어오던 때만 해도 나는 처벅처벅 내리는 눈을 내다보고 있었던 것이다. 처벅처벅 내리는 눈은 마치 나의 가슴 위에 내리고 있는 듯했다.

가슴 위에 내리면 눈이 전신을 누르는 듯했다. 나는 눈 속으로 묻혀 버리는 착각을 일으키고 있었던 것이다.

저녁이면 늦게까지 신문에 보도되는 영동 지방의 설화 사건을 읽은 탓인지 모르겠다. 그러면서도 나는 서강옥이를 만나 보았으면 하는 의식만은 뚜렷했다.

"방이 이 뒤 바루 가까운 데라네. 오늘 당장 옮기겠끔 불이랑 때 놓라고 했다네."

나는 가위에 눌렸을 때처럼 깁뜨려고 애를 썼다. 정상기 씨의 말소리가 들리고 그의 입이 펄럭거리는 것도 보이긴 하는데 댓구를 해 낼 수가 없었다.

"이 사람 왜 이래? 어리벙벙해 가지고…… 이부자리랑 가져와야 할 께 아닌가?"

이부자리란 말에 나는 깜짝 정신이 돌았다.

"이부리요? 나 숙직실에 그냥 있겠읍니다."

"그러지 말구 정신을 똑바루 차리게. 옆엣 사람들이 살도록 마련해 주자는데 왜 그러느냐 말이냐. 방을 얻어 임시 있다가 결혼함 집을 사 준다네."

정상기 씨는 결혼이란 대목에선 조영매를 힐끗 내려다보며 말하는 것이었다. 조영매는 정상기 씨의 시선을 인식했던지 귓볼이 빨개지며 저쪽으로 고개를 돌렸다.

"그 서강옥이란 여잔 아무리 찾아두 없어. 인제 아주 잊어버리게. 벌써 잊어버린 걸 가지구 내가 이런 말 하는지 모르지. 가슴속에 딴 사람이 들어앉은 걸 가지구 이러는지 모르지…… 헛헛허……"

정상기 씨는 조영매의 붉어진 귓볼을 더 붉게 해 보려는 심산인지 모른다. 아닌 게 아니라 조영매는 목덜미까지 빨개지는 것이다.

"아무튼 나 다녀올께. 옮길 생각을 하게."

정상기 씨는 이런 말을 하며 조영매와 나를 번갈아 보고 눈을 찔끔했다. 찔끔하는 데는 너무나 서툴은 눈이었다. 서툴기보다 우습기까지 했다. 나는 그만 웃음이 터졌다. 혼자 껄껄 웃고 있었다.

78

"뭐가 그렇게 기쁘세요?"

나는 웃음을 무뜩 멈추고 말았다. 조영매가 이런 말을 하며 파드득 웃는 것이 아닌가?

"요사하게 웃는 건 뭐야?"

나는 웃음을 멈추고 눈을 부릅떴다.

조영매가 웃음을 뚝 그치고 주위를 살폈다. 설광(雪光)이 반사(反射)되어 그런가 조영매의 얼굴이 납촉같이 허여할 뿐 아니라 가죽이 밀어 둥둥 떠 있었다. 정상기 씨와 같이 공장에 다시 오던 날은 유리창 안의 조영매가 새 초롬하니 아름답기까지 했는데 이건 꼭 문둥이와 같은 얼굴이었다. 그리고 보면 여자란 둔갑을 하는 모양인 게지.

"허 선생님은 저한테 너무 함부로 하세요. 요사스럽단 말씀 어떻게 하시느냐 말이예요."

조영매가 주위를 살피다가 견딜 수 없었든지 부릅뜬 나의 눈을 흘기는 것이었다.

나는 갑자기 어쩔 수가 없어서 침만 꿀걱 삼키며 그를 멀뚱멀뚱 보고 있었다.

"벌써 몇 번채세요? 어끄저께만 해도 그러시는 게 안예요. 그래 서강옥인가 뭔가 하는 여자만 사람이구 저 같은 건 아무래도 좋단 말씀이예요?"

조영매는 묵은 덥불을 뒤지려는 모양이었다. 어끄저께 눈이 내리기 시작하던 날이다.

숙직실에서 둘이 같이 점심을 먹으면서 조각론(彫刻論)이니 회화론(繪畵論)이니 하고 피차 이야기하던 중 조영매가 조각과 회화의 판이점이랄까 아무튼 조영매는 회화적인 형식의 특징을 들어 가지고 이야기했는데 내가 참지 못하고

"제발 건방지게 짓거리지 말아요. 여자가 뭐 안다구 짓거리는 것처럼 미운 건 없어. 여잔 무식해야 해. 무식한 게 미야."
해 버렸다.

조영매는 처음에 어리둥절했을지 모른다. 그러나 차차 부화가 끓어오르나 보았다.

"네. 알았어요. 허 선생의 여자관이 얼마나 유치하단 걸 알았어요. 그 오매불망인 서강옥이란 여자가 어지간히 무식한 모양이지요?"

조영매는 이렇게 말하며 도시락에 붙은 밥알을 저가락으로 다르락다르락 긁어 입에 넣는 것이었다. 다르락다르락 하는 소리에 신경이 아주 고추섰다.

"에익 그 다르락 소릴 제발 좀 내지 말아 줘요."

나는 저가락을 동댕이쳐 버리며 소리를 버럭 질렀다. 조영매가 젓가락을 도시락에 집어 넣으며 일어서 나갔다. 그냥 나가지 않고 문을 콱 닫아 버리며 뭐라고 종알거렸다. 그리고 나선 조영매는 이어 풀어져서

"허 선생님하고는 페면을 할 수가 없어요 우수워서…… 그리고 가엽슨 생각이 들어요."

하곤 했다.

"내 존 여잔 달아나구 내가 싫은 여잔 쫓아오구 에익."

이번엔 내가 벌떡 일어나 밖으로 나와 버렸다. 밖은 눈만 그대로 처벅처벅 내리고 있었다.

79

마당에선 소사들과 사동들이 눈을 치고 있다가 내가 그리로 지나가려고 하니까 나와 같이 숙직실에 묵고 있는 사동이 나에게 방 얻었다는 데로 가느냐는 것이었다.

"방 얻은 건 어떻게 알았어?"

나는 그에게 되물어 보았다.

"얘가 그래요. 사장실에 있는 얘가……."

턱으로 저만큼 떨어진 데서 눈을 밀고 있는 사동을 가리키며 말하는 사동에게 나는 눈을 부라리며 닫자곧자로

"안 간다."

고 고함을 질렀다. 사동이 뒤로 물러서며 음칫하는 것이었다.

다시 아무 말 없이 나는 정문을 향해 걸었다.

"아저씨하구 같이 있구 싶어 그러는데 뭘……."

사동이 나의 뒤통수에다 대고 한 말이었다.

나는 사동이 멍청히 서서 나를 보고 있으리라는 생각을 하며 골목 어구에 나섰다.

내린 대로 그냥 있는 눈이 발목을 묻었다. 발목을 묻는 눈을 밟아 나가느라니까 어디가 어딘지 분간하기가 어려웠다.

먼 데가 가까운 것 같고 가까운 데가 먼 데 같고 하늘과 땅의 위치(位置)도 바뀐 것 같았다. 나중엔 발로 걷는지 머리로 걷는지조차 알 수가 없었다.

점점 전신이 위축되어 오는 것을 깨달았다. 나의 몸뚱이가 기름틀과 같

은 데 눌리고 있는 것 같은 압박감에 사로잡혀 있었다.

한없이 있다간 새하얀 세상이 나의 몸덩이를 누르고 있는 것이었다. 기름을 짜듯 짜고 있는 것이었다. 나는 꼼짝을 할 수가 없었다. 숨을 쉴 수도 없고 손까락 한 개 까딱할 수도 없었다.

소리라도 쳐 보았으면 하다가 그것도 그만두었다. 소리가 나오지를 않을 것 같았던 것이다.

나의 의식은 여기서 끊어졌었다. 그것까지만 알 뿐이다. 그 뒤의 일은 모른다. 내가 병빈 군에게 업혀서 젊은 사장이 얻어 준 방에 가게 된 경로는 나중에사 알았다. 정상기 씨가 나의 이부자리 가지러 갔다가 병빈 군을 데리고 온 것이었다.

나는 눈 속에 묻혀 있었다고 했다. 내가 쓸어진 뒤에 눈이 그냥 내리고 있었음으로 나의 몸둥이가 눈에 파묻쳐 있었던 것이겠지.

나는 눈을 뜨지 않았다. 꿈을 꾸고 있었던지 모른다. 꿈을 꾼 것도 아닐 것이다. 병빈 군의 음성을 들으면서 깨어났기 때문에 꿈을 꾸고 있은 것 같은 착각을 일으켰던 것이 아닐가 짐작된다.

나는 눈을 뜨기 전에 손을 더듬었다. 병빈 군의 손을 잡으려고 했던 것이다.

"뭘 찾나? 자네 뭘 찾아?"

더듬는 나의 손에 잡히는 것이 있었다.

나는 눈을 떴다. 벌써부터 뜨려고 애를 무척 쓰던 눈을 비로소 떳던 것이다. 무척 애를 써서 뜬 시야 속으로 병빈 군의 길다란 상반신(上半身)이 희미하게 들어왔다. 그 곁에 앉아 있는 정상기 씨도 알려졌다. 나는 시신경(視神經)에 힘을 모아 더 살폈다. 서강옥이를 찾았던 것이다.

80

병빈 군이 있는 곳이면 서강옥이가 있으리라는 확실을 가지고 찾았던 것이다. 구석에서 구석까지 샅샅이 살폈다. 서강옥은 있지 않았다. 벌떡 일어나 앉았다.

"어떻게 된 셈이야?"

"자네 큰일났네. 졸도만 자꾸 하구."

"아니 공장에서 뭣 하려 나왔던가?"

병빈 군과 정상기 씨가 거진 같이 나에게 한 말이었다.

"서강옥인 어디 있느냐 말이야? 왜 여기 없느냐 말이야. 자네 있는데 서강옥이가 왜 없느냐 말이야?"

"에헤. 참 또 서강옥이야? 제발 좀 그러지 말게. 서강옥인 죽었네. 죽었어."

병빈 군 말에 나는 눈만 멀뚱멀뚱하고 있었다. 말이 안 나왔다. 무엇이 목구멍을 콱 막아 놓는 것 같았던 것이다.

"아주 죽은 건 아니라네. 죽은 거나 마찬가지가 됐더군. 들어보니⋯⋯."

나의 모양씨가 형편없어 되어 감을 알았던지 정상기 씨가 겁난 얼굴로 이렇게 서들어 주었다.

"아주 죽진 않구 거진 죽게 됐단 말인가? 어딜 앓쿠 있는가?"

"그까진 년이 앓긴 어딜 앓아. 앓기나 함 좋게."

"그럼 어찌 됐단 말인가?"

나는 병빈 군을 쏘아보았다.

"병빈 군. 속씨원히 알려 주게. 내 아까두 말했지만 밤낮 서강옥이야. 자네한테 얘길 들으니 아무것두 아닌 걸 가지고 훌융한 여잔 줄 알았어. 허! 참."

정상기 씨가 눈을 뒤룩거리며 나와 병빈 군을 보며 말했다. 나는 더욱 궁금해서 병빈 군의 대꾸를 눈으로 독촉했다.

"양키하구 붙어 버렸네."

기다리고 있는 나의 시선을 피하면서 병빈 군이 이런 소리를 했다. 정상기 씨가 근심스런 낯색으로 나를 직히고 있었다. 내가 기절이라도 할 줄 알았던가 부다.

그런데 나는 뺄쭉 웃었다.

"양키하구?"

란 한마디를 웨치면서. 정상기 씨가 낯색을 화알 풀면서

"자네 웃네그려? 그래. 그래. 웃을 수밖에 없는 일이야. 웃어 버리는 수밖에 없는 일이야."

했다. 정상기 씨가 나의 심중(心中)을 알 턱이 있으랴? 나의 심중엔 서강옥이가 양키―하고 붙었건, 그 이상의 것하고 붙었건 상관이 없었다. 병빈 군한테서 서강옥이가 떠나갔다는 사실이 기뻤던 것이다.

나는 병빈 군의 손을 잡았다. 다리 사추리 속에 끼인 것을 끄집어내어 가지고 퍽 잡고 흔덜었다.

"고마워."

"뭣이 또 갑자기 고맙단 말이야?"

"눈 오는 날 와 줘서……."

나는 속에 있는 소리와는 딴소리를 했다.

그러니 그의 따스한 손이 나의 그 따사로움은 다리 사추리에 끼었던 손이기 때문만이 아니었다.

"그래 그 여자가 언제 그렇게 됐나?"

"이삼 일 돼."

"얼마 안 되네그려."

"사오 일가량 되겠군."

"그전까진 자네하구 지냈지?"

"지내구 어쩌구 할 께 있나? 그런 여자하구 놀아본 거지."

<h1 style="text-align:center">81</h1>

"이 사람들아 그런 줄 알았음 나두 좀 놀아 볼 걸 그랬네. 이야길 들으니

병빈 군두 놀아 본 모양이네그려."

정상기 씨가 군침을 다시며 코를 벌눔거렸다.

"벌써 말씀하셨다면 제가 알선해 드리는 걸 그랬읍니다. 헛헛허"

병빈 군이 능숙히 받아넘겼다.

"다방은 하구 있을가?"

"그래두 미련이 남았네그려?"

"미련이 아닐세 장치랑 잘됐는가 해서?"

"장치는 서울서 일둘지야. 그만한 게 없을걸. 자네가 했음 더 좀 나았을
걸 미안하이……."

"인제 와서 미안할 게 있나?"

정상기 씨가 이렇게 둘의 말참견을 하고 일어섰다.

정상기 씨는 사장한테 간다고 했다.

"손님이 많아?"

"많아. 일급 손님일걸. 그래서 양키―들두 드나들게 된 거야."

"망할 년. 하필 양놈을……."

나는 그제사 분이 치받쳤던 것이다.

"자네 바볼세. 자네하구 지나던 여자가 자네 눈앞에서 양키한테루 가는
걸 그냥 보구 있었단 말인가? 죽여 버리던지 할 게지."

"난 사랑하진 않았으니까. 데리구 논 것뿐이니까."

"자넨 그럼 서강옥이가 양갈보 된 데 대해서 아무런 감각이 없단 말인
가?"

"양공주 하나가 더 불었다는 사실이 유쾌하진 않아. 양공주의 통계학상
숫자가 분명히 달라졌을 게 아니겠는가?"

나는 목을 길게 빼어 밖을 내다보았다. 눈이 그저 내리고 있었다. 점점
더 벙거지같이 굵은 것이 내리고 있었다.

"어허 참 잘 오는군."

병빈 군도 나와 같이 밖을 내다보고 있은 모양이었다. 하품을 섞어 가며

이렇게 중얼거리고 있었다.

"잘 오니 어쨌단 말이야?"

나는 이 말과 한가지로 병빈 군의 면상을 들입다 갈겼다. 주먹으로 갈겼던 것이다.

바루 정통에 가 들어맞은 모양으로 병빈 군 코에서 코피가 터져 흘렀다.

"이 자식아."

병빈 군이 나의 멱살을 잡았다. 나도 말없이 그의 멱살을 잡았다. 마주 잡고 보니 코피가 너무 흘러내리는 것을 알았다.

"이 자식아 코피나 씻어."

"나가자."

병빈 군은 나의 말은 들은 체도 않고 멱살을 잡은 채로 끌었다.

"나가."

나도 그렇게 했다. 주인집에서 아는지 모르는지 그런 건 상관하지 않았다.

더구나 여간 대문이 닫쳐 있어서 알 턱이 없을 상싶었다. 아직 나는 주인집 식구를 구경한 일도 없었던 것이다.

바깥 대문은 열려 있어서 우리들은 쉽사리 밖으로 나갈 수 있었다.

아무 소리 없이 병빈 군과 나는 어깨동무라도 한 모양으로 나란히 걸었다. 그럴 수밖에 없는 것이 우리들은 피차에 멱살을 잡히고 또한 잡고 있었으므로—.

82

멀지 않게 나가서 꾀 넓은 공지(空地)가 있었다. 누구의 집이 들앉았던 자리인지도 모른다. 눈이 덮여 있어서 밑바닥을 알아낼 재주가 없기도 했으나 그런 것을 알려는 생각이 있을 수가 없었다.

이때까진 발자최 하나 나 있지 않은 백설(白雪) 위에 병빈 군의 코피가 붉게 점점을 찍을 뿐인데 그것도 연신 쏟아지는 눈으로 해서 쉬이 흔적을 감추곤 하는 것이었다.

우리들은 약속이나 한 듯이 발을 멈추면서 잡았던 멱살을 놓았다.

그리고 좀 떨어진 거리(距離)를 가졌다.

병빈 군이 먼저 어깨를 쓱 치켜올리곤 허리를 굽히며 주먹을 부르쥐었다. 그것은 '럭비'나 축구 같은 '께임'을 하는 때의 '포오즈'에 흡사했다.

병빈 군은 중학에서 '럭비' 선수로 이름을 날린 일이 있다고 들었다. 대학에 와선 운동을 하지 않고 회화에만 열중했지만…….

병빈 군이 허리를 구핀 탓으로 코피가 더 쏟아졌다. 코피가 아니었더면 그렇지도 않았을지 모르겠는데 코피를 흘리고 있는 병빈 군은 무척 징그러운 인상을 보여 주었다. 목아지는 왜 또 그렇게 긴 것일가? 그런 중에 눈이 자꾸만 내려 덮이고 보니 더 뭐라고 말할 수 없으리만큼 병빈 군의 모양새는 형편없어 보였다.

내가 먼저 몇 발 닦아가서 병빈 군이 턱주가리를 주먹으로 치박아 주었다. 이때까지 나는 병빈 군의 운동선수에 흡사한 '포오즈'를 본이라도 딴것처럼 어깨를 쓱 치켜올리며 허리를 구핀 다음 주먹을 부르쥐고 싸움의 태세를 갖추고 있었던 것이다.

"이놈아 좀 더 때려라. 그걸 가지군 안 돼."

병빈 군이 이렇게 짓거리며 나의 아랫다리를 양팔 안에 끌어안더니 나를 벌떡 잡바뜨리는 것이었다. 땅바닥채로 이었다면 대갈통이 터졌거나 뇌진탕을 이르켰거나 했을지 모르지만 솜 방석같이 푹신푹신한 눈 위라 잡바질 때까지는 조금도 괴로움을 느끼지 않았다.

오히려 통쾌한 기분이었다. 어릴 때 보리집 위에서 땅재주 넘는 듯한 그 기분과 비슷한 것이기도 했다.

"야 기분이 상쾌하구나."

나는 벌떡 잡바진 채로 이렇게 소리를 질렀다. 그것은 병빈 군을 보고 한 소리가 아니었다. 아득해진 공간(空間) 속에 그냥 소리를 질러 본 것이었다.

소리만 지르지 않고 소리와 함께 나는 크게 웃기도 했다.

"딱 딱 딱딱 딱."

어느새 나의 허리를 병빈 군이 타고 앉아서 면상을 이처럼 무수히 갈겼다.

눈코 뜰 새가 없다는 말이 있더니 이거야말로 그러한 경지(境地)었다.

"아이쿠. 아이쿠. 아프구나. 그렇지만 더 때려라. 어디 싫건 맞아나 보자구나."

눈코 뜰 새 없었으나 나는 사각(四脚)을 버둥거려 가면서 이렇게 짓거리고 있었다. 가만있기가 싫다기보다 가만있고 싶지가 않았다.

83

그러나 그것도 어느 기간뿐이었다. 차츰은 아무 말 없이

"아이구. 아이구."

의 신음소리만 겨우 발할 뿐이었다.

왜냐하면 병빈 군이 나의 허리를 타고 앉아서 그냥 거져 내려 갈기고만 있으니 어쩌는 수가 없었던 것이다.

나의 코에서도 코피가 터진 모양이었다. 뜨끈뜨끈한 것이 감촉되었다. 눈뿐이면 뜨끈뜨끈할 리가 없을 테니까.

나의 코피를 감촉하자 병빈 군의 코를 올려다보았더니 병빈 군은 그새 코피가 멈춰 버린 것이었다.

"나만…… 코피가…… 터지는구나.……나만…… 터지는 게…… 뭐냐? ……이 자식아."

나는 양팔을 치껴들어 허우적거렸으나 도저히 병빈 군의 코피를 터뜨릴 수가 없었다. 더구나 숨이 딱딱 막히곤 해서ㅡ. 그 기인 놈이 사정없이 타고 앉았으니 숨이 안 막힐 리 있으랴.

"이 자식 네가 날 깔구 앉을 테냐 말이다?"

나의 양팔이 허우적거리는 바람에 병빈 군이 행동을 중지할 뿐 아니라 그와 동시에 나의 허리에서 일어날 태세를 취하는 것이었다.

"아! 후유!"

위선 숨이 화알 나와서 살 것 같았다.

"어디 좀 쳐 봐라. 맞아 보게."

병빈 군이 엉거주춤이 일어서면서 한 말이었다.

"이 자식아."

나는 엉거주춤이 일어서려는 병빈 군을 양각(兩脚)으로 탁 찼다.

"컥" 하고 뒤로 허공 넘어갔다.

"네까짓 게 럭비! 선수야. 쳇!"

나는 허공 나가자빠진 병빈 군에게로 재빨리 덤벼들며 그가 나에게 하듯이 그의 허리를 타고 앉았다. 그러나 나는 겨우 두서너 차례 쥐어박았을 뿐 도루 밑에 깔리고 말았다. 눈통을 쥐어박기가 잘못이었던지 모르겠다.

"이 자식이 때리라니까 아무 데나 막 때려?"

병빈 군이 이 말을 하며 꾸불텅하더니 그만 그는 나를 둘러메치는 것이었다.

깔고 앉은 것만 못하지 않게 고되었다. 정신을 차릴 수가 없었던 것이다. 내가 할 수 있는 말이라면 "어지럽다"는 것뿐일 텐데 나는 그 말조차 못 하고 들러메치운 채로 나가떨어지고 있었다.

병빈 군의 손이 나에게 다시 닿았는지 어쨌는지 그것도 모른다. 나는 천지일색(天地一色)의 아득한 공간에 풀어진 시선(視線)을 던지고 있었을 뿐이다.

내가 정신을 차렸을 땐 쏟아지던 눈도 그치고 햇발이 눈부시게 내리쪼이는 한낮이었다. 나는 햇발이 눈부셨기 때문에 좀 더 빨리 깨어났던 것 같다.

난데없이 순이가 나타나서 거울 장난을 하므로 내가 눈이 부시다고 고함을 치며 도망을 치던 중에 눈을 떴으니까.

84

햇발이 꼭 무지개처럼 들이치고 있었다. 그 무지개처럼 들이치는 햇발

속에 병빈 군과 조영매가 앉아 있었다.

　실상인즉 처음엔 그들이 누구인 것을 몰랐다. 거저 남자하고 여자하고가 앉아 있구나 하는 생각이 어렴풋하게 일 뿐이었다.

　나는 눈을 벌려 떠 그들을 확인하고자 애를 썼다.

　어렴풋한 생각 속에서도 그들이 서강옥이와 병빈 군이 아닌가 하는 생각이 들었다.

　차츰 나의 동공이 확대되면서 나는 그들이 누구인 것을 알아내었다.

　조영매는 내 쪽으로 향해 있다가 내가 깨어나니까 안도의 숨을 내쉬면서

　"깨셨어."

하는 것이었다. 외침에 가까운 어조였다. 등을 돌려대고 있던 병빈 군이 조영매 소리에 이쪽으로 향했다.

　"아아. 자네. 자네."

　나는 말을 못 하고 병빈 군의 얼굴을 허굽 뜬 눈으로 올려다보며 고함을 쳤을 뿐이었다.

　병빈 군의 얼굴이 온통 엉망진창인 것이다. 한쪽 눈언저리엔 검붉은 멍이 들어 있는 위에 그쪽 눈이 불룩 튀어나와 있었다. 나는 그제사 비로소 천지일색(天地一色)을 이룬 아득한 공간(空間) 속에 그와 내가 맞겨누던 일이 머리에 떠올랐다.

　"자네 말이 아니네. 얼굴이……."

　병빈 군이 내 말에 기가 막히다는 듯 입을 쩌억 벌려 한참 웃고 나더니

　"자네 상통은? 섹경 없나? 미안합니다만 섹경 좀……."

　병빈 군이 나에게 말을 하다가 조영매께로 목을 돌리며 손을 내밀었다. 조영매가 핸드빽에서 화투짱만 한 손거울을 꺼내 병빈 군에게 주었다.

　"한번 보아 주게. 그 상통을……."

　병빈 군이 거울을 쥐어 주며 나의 손을 나의 얼굴께로 이끌어갔다.

　거울에 반사되는 햇발, 그것은 방 안에 강렬한 태양(太陽)의 문채(文彩)를 뿌리는 것이었다. 어느 한 군데 정지해 있지 않고 벽과 천정을 마구 질주하

는 것이었다.

나는 견딜 수 없어 눈을 감아 버렸다. 화투짱밖에 못 되는 것이 어쩌면 나를 이처럼 좌지우지한단 말인가?

낙수물 떨어지는 소리가 베개 밑으로 기어드는 듯 가까왔다.

"자네 또 자려나?"

병빈 군의 말소리도 듣긴 들었다.

"뭐 좀 잡수셔야잖어요."

조영매의 소리도 듣긴 들었다.

병빈 군이 내가 자는 줄 알고 조영매한테로 돌아앉은 눈치인 것도 알긴 알았다.

병빈 군은 회화사(繪畫史)니 뭐니 하고 떠들어 대었다. 이때까지의 모든 회화가(繪畫家)들이 형상화(形象化)된 것 이상의 것을 표현하지 못했으나 자기는 그 이상의 것을 창조해서 새로운 회화사를 만들어 놓겠다고 했다. 그리고 그는 조영매의 미를 찬양했으며 조영매가 가진 이상의 미를 조영매로부터 발굴하리라는 말도 했다.

여기까지밖엔 병빈 군의 이야기를 듣지 못하고 나는 또 잠 속으로 들어갔던 모양이었다.

나의 고향 마을 어긋 길을 순이와 같이 걷고 있었다. '천하대장군'과 '지하여장군'이 우리들을 내려다보고 있었다. 순이는 진달래를 한 아름 안고 있었다. 순이의 몸둥이가 온통 노을빛에 잠긴 듯했다. 하늘이 몹씨 푸르던 것도 눈에 서언했다.

병빈 군과 조영매는 있지 않았다. 화투짱만 한 거울이 던지운 채로 있었다. 햇발도 나가고 없었다. 나는 손을 내밀어 거울을 집어 들고 들여다보았다. 가까운 탓으로 얼굴의 중심 부분만 드러났다. 좀 멀리 들고 보았다. 얼굴 전체가 드러났는데 그것은 틀림없는 '데스마스크'였다.

코언저리가 퉁퉁 부어 있기 때문에 더 그렇게 보였다. (끝)

그와 그들의 戀人

1

靑春은 봄과 더불어 ①

　인구(人口) 三천여 명밖에 안 되는 이 적은 다대포(多大浦) 마을은 너무나 망망대해(大海)를 앞에 끼고 앉아 있다. 여기서 배를 타면 불란서에도 가고 대마도에도 가고 부산에도 가고 지구의 어느 지점에든지 갈 수 있는 것이다.

　옛날엔 우리의 지사(志士)들이 이 다대포에서 배를 타고 망명(亡命)한 일도 적지 않았으며 또한 타곳에서 피신해 오는 이도 적지 않았다고 한다.

　적(敵)을 무찌르기에도 요지(要地)인 모양으로 임진왜란 때 정운(鄭運) 장군이 여기 와서 적군을 물리쳤던 사실은 몰운대(沒雲臺) 한 모퉁이에 모신 장군의 사당이 증명해 준다.

　방파제가 막혀 있는 외에 바다 가운데 제멋대로 널려 있는 거북섬, 솔섬, 쥐섬, 나무섬들이 또한 방파제가 되어 주는 위에 마을 우측(右側)에서 바다 속으로 내달린 몰운대와 마을 위편에서 돌출(突出)한 야망대(夜望臺)가 포구(浦口)를 포옹하고 있으므로 포구 안은 파도가 거칠지 않다.

　해일(海溢)이 일지 않는 한 언제나 파도는 조용히 기슭을 철석일 뿐이다.

　해가 넘어가려고 했다. 해질 무렵이면 노을이 바다에 내려깔려서 바다는 온통 보라빛으로 변한다. 갈매기 두어 마리가 보라빛 바다 위를 낮게 날으고 있고 동백꽃 향기가 짙게 바람을 타고 달려드는데 퐁퐁선이 퐁퐁 소리를 뿜으며 포구 안으로 들어오고 있다.

　배 닿는 선창엔 옥색 숭인 치마에 흰 갑사 물겹저고리를 입은 정봉혜(鄭鳳蕙) 여사가 아까부터 나와 서 있었다. 퐁퐁선에서 손을 흔들며

　"어머니이. 어머니이."

를 부르는 소리가 들려왔다. 퐁퐁 소리에 휩쌔어 버려서 분명하지는 않았으나 정봉혜 여사의 딸 상매(霜梅) 양임에 틀림없었다.

　상매 양은 나흘 전에 M 항구에 있는 ××대학 졸업식에 참가하려고 집

을 떠나갔던 것이다.

"오래비도 오냐?"

이쪽에서도 소리를 쳤다.

인제 곧 배가 닿을 것이지만 그동안이 길어서 물어보고야 말았다.

대답 대신에 배 위에서 손을 번쩍 치켜들어 흔들며

"여기 와요오."

소리를 치는 젊은이가 있었다. 쇠소리처럼 따랑따랑해서 풍풍 소리에도 별로 휩쌔이지 않았다. 배가 차츰 가까운 거리에 이르는 탓도 있겠지만—.

어머니는 흰 잇발을 온통 다 들어내 놓으며 웃었다. 그리고 손을 들어 마구 흔들어 보았다.

四년 동안을 꼬박 타관에 가 있던 아들이 인제 돌아오는 것이다. 중학교에 다니던 때만 하더라도 가까운 부산이어서 아들은 집에서 통학했던 것인데 ××대학은 멀리 어항에 가 있어서 부득히 집을 떠나가지 않으면 안되었다.

배가 한층 가까와 왔다. 풍풍 소리가 더 요란했다. 갈매기가 배를 쫓아오며 날으고 있었다. 얼굴을 알아보게 배는 자꾸 가까와 오는 것이었다.

2

청춘은 봄과 더불어 ②

박봉혜* 여사는 아들의 얼굴을 가려낸 다음 남승기(南勝己)를 찾았다. 실상은 아들이 손을 흔들 적부터 남승기를 찾았다. 남승기도 이번에 ××대학을 아들과 같이 졸업하고 오는 길이었다. 어머니는 남승기도 같이 오느냐고 묻지는 않았다. 그렇잖아도 딸 상매는 어머니가 남승기에게 관심을 갖는다고 짜증을 부리는 것이었다. 배가 선창에 닿자 제일 먼저 상매가 뛰

---

* 1화에 정봉혜로 명명된 인물로, 이후에는 죽 박봉혜로 호명된다.

어내리고 김해원(金海元)이가 뒤를 따라 내렸다. 박봉혜 여사의 가슴이 철렁했다. 때마침 기슭을 치고 나가는 철썩 파도 소리와 한가지로 가슴에서도 철렁 소리가 났던 것이다.

가슴이 철렁하는 바람에 아들이 내리는 것을 미처 살피지 못했다. 아들이 어머니의 손목을 다부지게 잡아 흔들며 씽긋 웃었다.

어머니도 따라 히쭉 웃었다. 그 뒤로 남승기가 긴 허리를 굽으리며 굽신했다.

"축하하네. 자네 어르신넨 오늘 오는 걸 모르시나?"

"모르실걸요. 제가 언제 온다는 걸 여쭙잖았어요."

남혜기*는 이렇게 대답하며 박봉혜 여사를 보았다.

박봉혜 여사를 보는 그 검은 눈엔 우수(憂愁)가 깃들어 있음을 박 여사는 놓치지 않았다. 벌써 김해원이와 같이 한 배에 온 것을 알았을 때부터 박 여사는 남승기의 마음을 미루어 짐작했던 것이다.

그래서 김해원이 내리는 것을 목도하자 가슴이 철렁했던 것이다.

김해원은 아들의 중학교 동창이요 또 상수와 같이 야구선수이기도 했다. 키도 크고 몸집도 좋으나 거저 그것뿐이었다. 거저 그것뿐인 김해원에게 박 여사는 실끈만큼 정도 가지 않았다. 정은커녕 김해원을 보기만 해도 머리가 어수선해졌다. 그 반대로 남승기는 먼 데서 훌쩍 보아도 마음이 가라앉았다. 그의 궁구른 음성에서 얻는 안정감인지 모른다.

처녀 아이도 둘이 왔다. 한 처녀는 상매 국민학교 동창으로 어릴 때부터 박 여사가 잘 아는 아이었으나 다른 한 처녀는 처음이었다.

"이 학생은 처음이구나. 네 동창생인가?"

"아이라요. 은행에 다닌다요. 이본에 나캉 목포에 같이 갔다 왔십니다. 이름은 이옥채라요."

"아. 그래? 고맙다아. 고생 많았겠구나."

---

* 앞에서는 남승기로 명명된 인물로, 이후에는 죽 남승기로 호명된다.

어머니 말이 끝나기도 전에 상매는 친구의 손목을 붙잡고 앞을 걸어갔다. 박 여사는 둘이 다 같은 말괄량이라고 속으로 중얼거리며 걱정했다. 허성숙(許聲淑)은 맨 나중에 내렸다. 머리를 조용히 숙여 박 여사에게 인사를 드렸다.

"전번에 부산 오셨더란 말씀 들었어요."

허성숙은 서울 □서 M대학 영문과에 다니고 있었다.

사투리도 하나 쓰지 않고 조용한 태도로 일관하는 이 처녀를 보자 박 여사는 한층 딸에게 가는 걱정이 더 커지는 것이었다. 우리 상매도 서울 공부를 시키면 좀 나아지지 않을가? 하고 생각했으나 현재의 형세로선 도저히 어쩔 도리가 없다는 것을 박 여사는 이어 깨달았던 것이다.

상매가 친구 이옥채의 손을 잡고 흔들며 걷더니 그것도 그만두고 김해원과 둘이 나란히 짓거리며 걷고 있었다. 거리의 사람들 시선이 온통 그리로 쏠렷다. 걸음을 멈추고 서서 구경하는 사람도 있었다.

3
청춘은 봄과 더불어 ③

"저걸 어쩜 좋아."

박 여사는 속으로 이렇게 외치고야 말았다. 머리 위에서 불항아리를 쏟아 놓는 듯 마구 달아올랐던 것이다.

너무나 절박한 외침인 탓이었던지 박 여사의 소리는 입 밖으로 새어 나왔다.

"왜 그러세요? 아주머니!"

옆에 걷던 성숙이 발을 멈추며 박 여사를 쳐다보았다.

"응? 아니야. 어서 가자. 이 고장 사람들은 너희들같이 하이칼랄 보지 않다 봐서 저렇게들 야단이구나."

박 여사는 번연히 알면서도 딸을 변명하는 언사를 썼다. 박 여사가 아주 없는 소리를 한 것은 아니다. 박 여사의 말이 옳기는 옳았다. 이 고장 사람들은 조금만 해도 우우 몰려들기를 잘했다. 줄곧 철썩이는 바다만 보고 사는 탓인지 모른다. 뱃길이 좋아서 불란서에도 가고 미국에도 갈 수 있건만 아무 데도 못 가 보는 탓인지 모른다. 한 시간이면 갈 수 있는 부산에도 좀체로 가지 못하는 그들인 것이다.

그래서 자기들과 마찬가지로 바다에 가서 고기를 잡아 오고 미역을 뜯어 오고 조개를 주워 오는 사람이 아닌 색다른 사람들에게 일종 반발심 같은 것을 가지고 대하는지도 모른다.

그런 점에 있어선 박 여사네는 오래전부터 이 고장 사람들 눈에 색다른 존재로 알려져 온 것 같다. 위선 박 여사의 남편 윤광호 씨로 말하더라도 이 고장 사람하고는 달랐다. 그는 타관 사람이었다. 그가 어디서 왔는지 그것은 아무도 몰랐다. 그에게 어디서 왔느냐고 물을라치면

"난 고향도 집도 없어요. 이리저리 떠돌아다니는 사람이요. 배 한 척이 내 집이요 고향이외다."

라고 대답했다.

어느 때나 똑같은 댓구이기 때문에 묻는 쪽이 싱거워서 차차는 묻는 사람조차도 없었다.

윤광호는 어느 날씨 좋은 여름날 단신으로 배를 저어 이 다대포에 들어왔던 것이다. 그때 그의 나이는 스무 살 넘을락말락 해 보였다. 그는 누가 나이를 물어도 확실한 대답을 하지 않았으므로 그의 나이가 몇 살이란 것도 분명히 아는 사람이 없었다.

처음 얼마 동안은 바다에 배를 띄워 놓고 줄창 배에서 살았다. 그러다가 날씨가 서늘해지면서 배를 저어 어디론가 갔다. 그가 한 보름 만에 포구에 다시 나타났을 땐 배에다 미곡을 싣고 왔었다. 마을 사람들이 그의 배에 싣고 온 미곡을 사다 먹었다. 배의 실었던 것이 다 나가고 없으면 그는 또 어디 가서 실어왔다. 일 년도 못 되어 그는 창고를 겸한 집을 지었다. 실어 오는 미곡을 들이기 위해서였다.

또 몇 해 안 가서 그는 본래 창고보다 몇 배 되는 창고를 선창가에 지었다. 배를 사들이고 토지를 사기도 했다. 마을의 배와 토지가 거진 윤광호의 소유가 되었다. 대부분의 어민과 농민이 윤광호한테 딸려서 살게 되는 형편에 이르렀다. 그래도 그는 자기가 손수 배를 부리는 일에 게으르지 않았다.

마을 사람들이 뒤에선 어디서 빌어먹던 놈이 굴러들어와 가지고 세도를 부린다고 투덜대면서도 정작 윤광호 앞에선 허리를 못 펴는 것이었다.

윤광호가 선창가에 큰 창고를 짓던 해 '무지개고개'(虹峙洞)에 사는 박상초(朴桑初) 씨 댁에 훌륭한 규수가 있다는 소문을 들었다.

그리고 박 씨네도 자기처럼 타곳에서 떠들어 온 사람이라는 소문도 들었다.

4
청춘은 봄과 더불어 ④

샛바람이 불어서 배가 바다에 나가지 못하는 어느 날 윤광호는 '무지개고개' 박상초 씨를 찾아갔다.

"선생님 소인은 부모를 잘못 만나 배우지 못한 것이오니 소인에게 학문을 가르쳐 주십소서."

이렇게 지껄이며 윤광호는 문밖에서 절을 넙죽히 했던 것이다.

어깨가 딱 바라지고 얼굴이 검붉은 작달막한 젊은이었다. 이목구비는 수려하지 못하나 학문을 배우겠다는 투지가 고마워서 박상초 씨는 젊은이를 방에 불러들여

"자네 어디서 왔지?"

하고 물었다. 윤광호는 또 넙죽히 방바닥에 철썩 엎드리며

"다대포에서 왔습니다."

하고 댓구했다.

"고마우네. 학문보다 살기에 급급한 세상인데 글을 배우겠다고 예까지

찾아온 일이⋯⋯."

"선생님, 눈을 뜨고도 못 보는 장님이 먹기만 함 뭘 합니까? 부디 이 눈뜬 장님을 불쌍히 여기시고 가르쳐 주십소서."

윤광호는 또 넙죽히 방바닥에 업드렸다 일어났다.

"자네 그래 뭣부터 배우겠는가?"

"네? 네? 뭐 말씀이신가요?"

"무슨 체부터 배우겠느냐 말이네."

"아무것도 모릅니다. 하늘 천 따 지도 모릅니다."

"그래?"

박상초 씨는 천자 책을 찾아내어 윤광호 앞에 펴 놓았다. 책 귀가 약간의 말려든 낡은 책이었다. 윤광호는 박상초 씨 딸이 배우던 책이로구나 생각하니 가슴이 마구 뛰었으나 벌써부터 가슴을 뛰어 가지고서야 될 말이냐고 마음을 잔줄구며 천자 책 첫 장을 펼쳤다.

"하늘 천 따아 지 감을 현 누를 황."

첫 장을 펴놓자 박상초 영감이 내려그었다. 윤광호는 선생님이 긋는 대로 따라 읽었다. 마침 방 안에 볕이 들어 비쳐서 '하늘 천 따아 지'를 따라 읽는 자기의 그림자가 방바닥 위에 꺼죽거리는 것이 보였다. 윤광호는 선웃음이 나왔으나 눈을 질끈 감으며 침을 삼켰다. 등곬에 진땀이 내배는 것이었다. 웃고 싶은 때 웃지 못하는 것도 고통스런 일 중의 하나라고 알았다.

염불엔 마음이 없고 잿밥에 마음이 있다는 격으로 윤광호가 선생의 딸 생각에만 넋을 잃고 있으니 학문이 진취될 리가 없었다. 천자문 한 권을 일년 넘어를 배워도 통등을 못 했다. 선생이 그어 주는 대로 따라 읽다가 선생이 그치면 눈만 껌뻑이고 있을 뿐이었다.

"자네 참 둔잴세."

참다 못해 박상초 씨는 윤광호에게 이런 말을 하고야 말았다.

그런데 이 둔재에게 딸 봉혜(鳳慧)를 맡길 이유는 어디 있는지 모르겠다. 윤광호가 딸에게 생각이 있어서 글 배우려 다니는 것을 눈치채운 건지 그렇지 않으면 윤광호에게 재산이 있다는 것을 알았음인지 그것은 모를 일이다. 이래서 박봉혜는 윤광호의 아내가 된 것이다.

5
청춘은 봄과 더불어 ⑤

박봉혜는 무남독녀였다. 아버지한테서 여섯 살부터 결혼하던 해까지 한문만 쭈욱 배웠다. 우아하고 부드럽고 인자하고 섬세할 뿐 아니라 아름다운 꿈을 좇는 성격의 소유자였다. 그래서 그런지 그 빛나고 가무스레한 눈엔 무엇을 기다리는 듯 항상 동경의 그림자가 깃들이고 있었다.

이것은 선천적으로 타고난 성격이기도 하겠지만 거진 그의 생활환경이 던져 준 것인 상싶기도 했다. 아주 젖맥이 때 어머니 등에 업혀 '무지개고개'에 와 사는 동안 집 바깥에 나가 놀아 본 일이라곤 없었다. 아버지 방에 들어가 글을 배우는 외엔 줄곧 혼자 있었다. 하늘을 쳐다보던가 바다를 내다보는 일이 즐거움이었다.

결혼 후에도 그 생활은 그냥 지속될 뿐이었다. 윤광호가 배를 타고 떠나고 나면 커다란 집에 혼자 남아서 바다 소리를 듣는다거나 바다를 내다보는 일밖엔 달리 할 일이 없었다. 어디론가 가는 큰 윤선이 먼 바다를 지나갈 때면 ─ 나도 저 배를 타고 어디든지 가 버렸으면 ─ 하는 마음이 가슴 한 복판에 와 시리우곤 했으며 갈매기가 바다 위에 훨훨 날으고 있으면 ─ 나도 갈매기처럼 훨훨 날아다니기나 했으면 ─ 하는 마음뿐이었다.

남편에게 배에만 타고 다니지 말고 집에 같이 있어 달라고 간청해 보기도 여러 번 했으나 남편은 아내의 이런 간청을 들을 적마다

"어린앤가? 혼자 못 있게."

한마디 내뱉은 그만이었다. 남편은 사업에 점점 더 열중했다.

"지금 같아선 박 영감한테 글 배우려 갈 생각두 못 했지."

그는 박상초 씨한테 글 배우려 다닐 때보다 한층 더 사업에 열중한다는

것을 자기 자신도 인증했다. 그의 말과 같이 박상초 씨한테 글 배우려 다니며 박봉혜와의 결혼을 꾀하던 때가 그에게 있어서 가장 화려한 시기였을지 모른다.

윤광호는 무자비하기도 했다. 부리는 사람들에게 너무도 냉혹하게 했다.

자기의 이득(利得)을 위해선 남을 짓밟고 올라서는 일을 어렵지 않게 했다.

한번은 태풍이 바다에 나간 배들을 전부 휩쓸어 간 일이 있었는데 윤광호는 배를 타고 나간 사람들의 안부는 염려하지 않고 배가 부서지고 없어질 것을 걱정해 가며 펄펄 뛰었다. 배를 타고 나간 수십 명 중에서 단 한 사람인 생환자가 나타났을 때 윤광호는

"배는 어떡하고 돌아왔어. 그 배 값이 얼마인지 알아? 너 같은 놈을 열 갤 줘도 못 구해."

이렇게 윤광호 성격은 아내하고는 딴판이었다. 윤광호가 너무 무자비하기 때문에 아내는 점점 더 꿈을 동경하게 되었는지 모른다.

어쩐 일인지 슬하에 단지 둘뿐인 아들과 딸마저도 아버지를 닮은 일이 박 여사는 한없이 안타까웠다. 아들은 생김생김까지 아버지 고대로를 물려받았고 딸은 외모는 어머니를 닮았으면서도 무자비하고 남을 헤아리고 살피지 않는 성격 그것은 윤광호보다 더하면 더했지 덜하지는 않았다.

6

청춘은 봄과 더불어 ⑥

"상매는 참 명랑해요. 상맬 대할 때마다 부러운 생각이 들어요."

같이 걷고 있던 성숙이가 박 여사에게 한 말이었다.

"그래? 난 성숙이처럼 조용한 사람이 존데. 우리 상매는 너무 덜렁거려서 원. ……그런데 어떻게들 용케 만났군그래."

박 여사는 말머리를 돌려 놓았다. 진실로 허성숙이와 같이 조용한 성격

그
와
그
들
의
戀
人

이 좋았고 자기의 딸 상매가 말괄량이 짓 하는 일이 답답하고 때로는 기가 꽉 차기도 했지만 딸의 허물을 입 밖에 내기는 싫었던 것이다.

"어제 졸업식 아녜요? 그러니까 오늘쯤은 오려니 하고 부두에 나가 봤죠. 그랬더니 저 김해원이도 나와 있더군요. 여기까지 올 생각은 안 했는데 상매가 같이 들오자고 서둘어서 휩쓸려 온 거에요."

"그래? 잘했어. 성숙인 봄방학이 언제까지야?"

"봄방학은 얼마 안 돼요. 봄방학이나 뭐나 아주 온 걸요."

"왜? 인제 안 올라갈 테야?"

"네."

성숙은 낮은 소리로 댓구를 했다.

"너 지금 삼학년이 아냐? 일 년 마저 마추지 왜 아깝게 그만둔단 말이냐?"

"아깝지만 할 수 있어야죠. 아버지께서 그냥 들앉아 계시니 마저 마출 수가 없어요. 이때까지도 억지로 한 걸요."

해방 후 성숙의 아버지가 친일파로 몰려 그냥 집 안에 들앉아 있다는 소문을 박 여사도 듣고 있었다.

"어려우실 거야. 그래도 마저 마치도록 해야지."

지나가는 말이 아니었다.

박봉혜 여사는 허성숙이가 대학을 마저 마쳐 주었으면 하고 진정 바랐다. 딸의 중학 동창이라는 것밖에 아무런 인연이 없는 터이긴 하지만 성숙의 성격이 박 여사의 비위에 들수었던 것이다.

대학에 가면서 차츰 더 조용할 뿐 아니라 아름다워 가는 성숙을 대할 때면 박 여사는 은연중 며느리로서 맞아들이고 싶은 마음까지 일곤 했던 것이다.

"성숙아 어떻게든지 학교를 마쳐라. 정 어려우면 나라도 어떻게 해 보겠다."

"네?"

성숙은 긴 속눈섭을 치켜올리며 감격에 찬 어조로 반문했다.

"내가 전 같진 않다마는 너 하나 일 년쯤 봐줄 수야 있을 거다. 상수가 인제 학교도 마쳤으니 그 몫을 네게로 돌리지."

"어머나 아주머닌 너무 고마우세요. 어머닌 늘 아주머니 말씀을 하시는데! 큰살림을 용케 움직여 가시며 아드님 따님을 온통 훌륭히 가르치신다구요. 아버지께선 또 그런 훌륭한 분도 계신데 당신은 왜 맹꽁이 모양으로 꼼짝을 못 하느냐구 어머니더러 말씀하시잖아요."

성숙은 말끝에 소리를 내어 웃기까지 하는 것이었다. 남승기는 박 여사를 앞에 좀 앞서서 걷다가 멈추고 뒤로 돌아서며

"아주머니 전 집으로 올라가겠어요."

했다.

"안 돼. 집에서 저녁이나 먹고 올라가."

박 여사는 한사코 남승기를 막 잡으려 했다. 남승기만이더라도 곁에 있어 주는 것이 얼마나 위안이 되며 또 고통스러운 일인지 몰랐다. 아버지 남영무(南榮武)를 그대로 물려받은 승기는 박 여사로 하여금 착각을 일으키게 하는 일도 적지 않았다.

"저두 집에 얼른 가서 부모님을 즐겁게 해 드려야겠어요. 우리 어머니도 아주머니처럼 즐거워야 하잖아요."

남승기가 이런 말을 하고 돌아서 걷기 시작했다.

박 여사는 우리 어머니라는 남승기의 말에서 가슴이 철렁해 오는 것을 깨닫지 않을 수 없었다.

7
청춘은 봄과 더불어 ⑦

"아주머니 저일 붙잡으세요."

허성숙이가 황급히 박 여사더러 한 말이었다.

"그래? 부르지. 승기 가지 마라. 저녁 먹고 가. 응?"

박 여사의 태도도 황급했다.

휘청휘청 멀어져 가는 남승기의 뒷모습만 쫓고 있노라고 미처 성숙의 말을 알아듣지 못했던 탓도 있지만 남승기를 보내지 말고 싶은 마음이 박 여사를 그처럼 황급하게 만들었던 것이다.

남승기는 돌아다보고 허리만 굽씬하곤 그냥 내빼었다.

"상매더러 부르라구 하세요."

"상매가 불러도 안 된다. 그 고집들이 어떤데그래."

박 여사는 '고집'에 '들'을 붙였다. 승기의 '고집' 외에 또 다른 '고집'이 있다는 것을 말했던 것이다. 두말할 것 없이 다른 '고집'은 승기의 아버지 남영무(南榮武)를 두고 한 말이었다.

박 여사는 남영무가 자기를 사랑하고 있다는 것을 알고 있다. 자기가 남영무를 사모한다는 것도 알고 있다. 그러면서도 남영무는 아무것도 모르는 체하고 있다. 모르는 체하고 있다기보다 사랑하고 사모해선 안 된다고 참고 있는 것이다. 박 여사는 이것을 '고집'이라고 말하는 것이었다.

"그래도 아주머니 불러 보라고 해 보세요. 그이가 가고 나면 아무것도 아녜요."

박 여사는 내밟던 발을 움츰했다. 허성숙의 말이 엉뚱했던 까닭이었다.

"그렇거들랑 네가 불러라."

박 여사가 얼굴을 돌려 성숙을 찬찬히 보며 말했다.

"제가 부르기보다 상매가 부르는 편이 나요."

성숙은 박 여사의 시선을 피하느라고 살포시 눈을 내려 감았다.

"그럼 가게 내버려 둬라. 낼 아침에 내려올 거야."

박 여사는 이 정도로 말해 두는 수밖에 없었다. 남승기를 불러 두고 싶지 않아 할 상매의 심리 동향도 알고 있을 뿐 아니라 상매가 김해원과 희희낙락한 것 때문에 어머니를 핑계하고 구지 가야 한다는 남승기의 심정껏지도 잘 알고 있으면서 박 여사는 그런 눈치를 보이려 들지 않았다. 더구나 남승기가 가고 나면 아무것도 아니라는 말을 하고 있는 성숙에게 그런 눈치를 어떻게 보일 것인가.

어느새 남승기는 옆 골목으로 사라져 보이지 않았다. 남승기가 사라지자 갑자기 황혼이 짙어지는 듯싶었다. 선창에선 그들이 타고 온 풍풍선이 해산물을 싣고 떠나나 보았다. 풍풍풍 요란한 소리가 포구 안을 흔들어 놓았다. 어디서 동백의 짙은 냄새가 풍겨 왔다.

박 여사의 알뜰한 솜씨로 저녁상이 채려졌다. 성숙은 대처 박 여사를 따라 부엌에서 시중을 들었다. 손님으로 온 성숙이가 오히려 시중을 드는데 상매는 이층 방에서 김해원이랑 웃고 떠들었다. 이옥채도 상매들과 웃고 떠들었다.

"성숙인 솜씨가 됐어. 찌개도 잘 끓이고 전유어도 먹음직스럽게 지지는데……."

박 여사는 이층이 덜썩 떠나가게 떠드는 소리가 나는 일이 민망해서만이 아니었다. 진정 성숙의 여자다운 솜씨가 부럽기도 해서 한 말이었다.

"저녁들을 먹어라."

어머니가 아래서 소리를 쳤으나 떠드느라고 그들은 못 들은 모양이었다. 두세 번 소리를 친 뒤에야 층계를 후당탕 구르면서 내려오는 것이었다.

8

청춘은 봄과 더불어 ⑧

"애 제발 좀 조용해라. 계집애가 무슨 거동이 그러냐?"

박 여사는 말 뛰듯 해 내려오는 딸을 올려다보며 나무랬다.

"어무인 백주 조용하락 하네. 기집앤 와 몬 떠든락 하던기요? 민주주의 시대는 남녀의 구별이 없다요. 남녀가 똑 마찬가지라요. 호호홋."

상매가 어머니 말에 반기를 들었으나 매우 명랑한 어조로 엉석 반 조롱 반 섞어 가며 웃기까지 하는 것이었다. 항상 조용한 시간보다 떠드는 시간이 더 많지만 한층 더 명랑하고 유쾌해하는 상매 태도에 어머니는 걱정스럽긴 하면서도 마주 웃어 주었다. 웃지 않고 견딜 수가 없었던 것이다.

깨스등이 환한 방에 그들은 식탁을 끼고 둘러앉았다.

"이 찌개랑 성숙이 솜씨다. 성숙인 음식 솜씨도 그러려니와 그릇 다루는 품이랑. 아주 됐어."

박 여사는 성숙을 자랑하고 싶어라기보다 딸을 가르치고 싶어서 한 말이었다. 상매는 어머니 말을 들으면서 연신 김해원을 쳐다보며 눈을 찔금찔금해 보였다.

"여잔 음식 솜씨가 좋아야 해. 그래야 남편한테 사랑도 받지."

상수가 성숙을 건너다보며 나섰다. 성숙을 칭찬하고자 해서 한 말일 것이다.

"요리 잘 몬 한다고 사랑 몬 받지 않으깨 보래이."

상매 말에 모두들 웃었다.

그들은 웃으면서 볼이 뻐어지게 쓸어 넣었다.

"성숙인 음식도 그렇게 맛나게 먹는구나."

박 여사가 성숙에게 또 한마디 칭찬했다. 성숙은 김에다 밥을 싸는데 밥만 싸지 않고 김치와 멸치를 한테 싸서 오물오물 먹었다.

"나두 그렇게 먹어 볼까?"

상수가 성숙이 먹는 양을 흉내내려고 했다.

"우린 그라지 맙시다. 예?"

상매가 해원을 쳐다보며 보조를 맞추어 달라는 것이다.

해원은 말없이 웃어 보였다. 말을 할 형편도 못 되게 그는 그득 씹고 있던 것이다.

"내만 짝이 없구나. 어짜교?"

이옥채가 좌중을 둘러보며 한 소리였다.

"야야 니는 남승기캉 짝하몬 안 대나?"

상매가 옥채 말을 받아 주었다.

"남승기 어디 있노? 가 잡았나 머?"

또 한바탕 터지게 웃었다. 박 여사는 웃지 않았다. 웃지 않으면서 성숙의 낯색을 살폈다. 성숙이도 웃지 않았다. 웃기는커녕 그의 얼굴엔 실망의 빛이 서리워 있었다. 성숙은 아까 남승기가 간다고 할 때도 그러한 낯빛을 띠웠던 것이다. "그리고 그이가 감 아무것도 아녜요." 하고 말했던 것이다. 박 여사는 성숙이가 남승기를 생각하고 있는 것이라고 확신했다. 그와 동시에 박 여사는 자기의 계획이 다 틀어진 것을 알았다. 그 계획이란 다른 것이 아니었다. 성숙이와 같이 얌전한 처녀를 며느리로 삼아 보자던 것 또 하나는 남승기를 사위로 삼으려고 하던 그것이었다.

남승기를 사위로 삼으려는 데는 이유가 없었다. 이유가 너무 많은 까닭인지 모르겠다. ㅡ아무튼 사모하는 사탄과의 거리(距離)를 단축(短縮)시키자는 것이 큰 이유라면 이유일 것이다.

박 여사는 이러한 생각을 하면서도 딸아이가 승기의 짝으로서 기울어진다는 것을 알고 있었고 그럼으로 해서 늘 고통스럽기도 했던 것이다.

9
청춘은 봄과 더불어 ⑨

"차라리 성숙아 네가 남승기하고 결혼해 삐라."

박 여사의 궁리하던 가슴속 소리가 입 밖으로 튀어나오고야 말았다.

"남승기캉? 어무이 누가 남승기캉 결혼한단 말입니까?"

지목받은 당사자 성숙이는 가만히 고개만 숙이는데 상수가 양미간에 꼬락사니를 쪼옥 지으면서 항의조로 나오는 것이었다.

"성숙이캉 안 한닥 하나? 그라는 것도 개얀아요. 성숙이가 남승길 은근히 좋아하거든……."

상매가 얼른 나서서 오빠의 말을 받으며 오빠의 눈치를 살폈다.

"그럼 상수 넌 허탕을 치게?"

김해원이가 하는 소리였다. 해원은 서울 S대학에 다니다가 공부가 싫어서 집에 내려와 있은 지 일 년이 넘었다. 그의 아버지는 무역을 하고 있으며 집은 부산이었다. 공부는 싫어하나 야구만은 어느 때나 싫지 않아 했다.

"오빠는 여 안 있응기요? 멋쟁이 이옥채 양 말입디더."

상매가 이옥채의 □을 거뜩 들어 올리며 소리를 쳤다. 상매는 성숙이보다 옥채를 올캐로 맞았으면 싶었던 것이다.

이옥채는 위선 만만해서 좋았다. 아무리 노여운 말을 하더라도 탄하지 않았으며 상매의 의사대로 곧 잘 추종해 주었다.

그에 비하면 허성숙은 깍쟁인 편이었다. 좀만 어쩌면 외면을 하려 들 뿐 아니라 자기 외엔 사람이 없는 듯 교만하게 굴었다. 말도 시원하게 하는 법이 없고 잘 웃지도 않았다. 그런 점에선 남승기와 맞먹었다. 상매는 이러는 허성숙이가 늘 비위에 덜 들었으나 학교 안에서만은 공부 잘하고 인기가 있는 성숙을 친한 척하지 않을 수 없었다.

그러다가도 일단 어떤 경우에 부딪치고 보면 (남자들 앞인 경우) 성숙을 어떻게든지 누르려고 할 뿐 아니라 남자들 앞에서 그의 인기를 박탈하려고 했다. 그러면서도 언제나 상매는 허성숙에게 놀리우는 것을 깨달곤 하는 것이었다.

"이옥채 양이 허성숙 양보다 요리 솜씨는 몬할지 몰라도 맘이 활발하지, 스타일이 좋지, 어데 나무랄 데가 하나 안 없나 말입디더."

상매는 허성숙을 헐기 위해서 다시 한 번 말하고야 견디었다.

"고만 까불어라. 가시나가 머가 저래?"

누이동생 말을 상수는 막아 버리며 화를 발끈 내는 것이었다. 화가 지독히 났다는 걸 그의 목에 쭉 올리 뻗친 핏줄과 양미간에 깊이 판 두 줄의 주름을 보아서 알 수 있었다.

"관두고 어서들 저녁이나 먹어라. 공연한 얘길 꺼냈구나. 내가 잘못했다. 지금 여기서 누구누구 결혼해라 해서 그렇게 되는 것도 아니야. 인생만사가 맘 먹는 대로 되는 게 아니야. 생각했던 것과는 딴 방향으로 벌어져 나가는 게 인생행로야. 후—우."

박 여사는 자기의 출중치 못한 인생관을 토로하고 나서 기인 한숨을 쉬었다.

박 여사의 이 인생관은 어느 책에서나 스승에게서 배워 안 것이 아니었다. 박 여사 자신이 스스로 깨달아 안 것이었다. 더 자세히 말한다면 남영무를 알던 날부터 어느 하루도 빼지 않고 十五年 넘어를 꼬박 남영무만 사모하며 걸어온 길에서 얻은 것이었다.

박 여사가 인간의 지혜(知慧)와 신(神)의 능력(能力)까지 헤아려 알게 된 것도 그러한 아프고 슬픈 길을 걸은 데서 얻은 것이었다.

"남승기캉 결혼하는 여잔 애먹을구로."

어머니가 그만두자고 주장했건만 상수는 아무래도 견딜 수 없었던지 또한 번 이렇게 내뱉었다.

10

청춘은 봄과 더불어 ⑩

"왜, 너무 똑똑해서?"

박 여사는 자기도 모르는 사이에 아들한테 집어 들었다.

"와 어무인 밤낮 그거한테만 꺽정을 드능기요?"

"그렇기 말이다. 어무인 백주 남승기만 치껴시운닥하이……."

이번엔 아들과 딸이 합세하여 덤벼들었다. 어머니가 남승기 편을 들기 때문에 그들은 한층 더 남승기한테 적의(敵意)를 품는지도 모를 일이다.

"이 자리에 없는 사람 얘긴 흥미 없어요."

듣고만 있던 성숙이가 챙견하려 들었다.

"그래. 그런 이바구는 치워 뿌립시다."

이옥채도 권태증을 느낀 모양 같았다.

"어서들 저녁을 먹고 곤한데 일찍 자기나 해라."

박 여사도 화제를 중지해 주기를 바랬던 것이다.

"거 그 사람 보기엔 바보 비슷하더라."

그만두자는데 또 김해원이가 남승기를 두고 입을 놀렸다.

"다른 사람 얘긴 관두고 우리들 얘기나 하십시다. 상매 오빤 인제 졸업하셨으니 뭘 하실 걱정이세요?"

너무 혹독한 인물평에서 성숙은 화제를 돌리고 싶은 충동이 한결 치밀었던 것이다. 윤상수는 성숙이가 자기에게 더구나 장래에 대한 것을 물어 주는 일이 반가와서

"내요? 나 배 타는 학교를 졸업했어도 그건 안 할랍니다. 제트기가 나르고 하는 세상에 뱃일을 와 할긴 기요?"

하고 도리를 흔들었다.

아들 발언에 박봉혜 여사가 깜짝 놀랐다. 자기 생각엔 아들이 졸업하고 나오면 남편의 유업을 아들에 물려놀 줄을 알았는데 아들은 생퉁같이 딴소릴 하는 것이 아닌가.

"너 그럼 제트기를 탈 생각이냐?"

"꼭 제트길 탄다능 기 아이라요. 이같이 바뿐 세월에 목선을 부립다 똑딱선을 몰고 댕긴다 하기가 싫습니다."

"네가 싫음 아직도 날더러 그 사업을 맡아 하란 말이냐? 내가 남들처럼 경제속이 밝을사 또 모르겠는데 너도 알다싶이 배도 자꾸 줄어들고 땅도 매년 나가잖냐? 난 이제 더 못 하겠다."

"어무이더러 하시락 합니까? 제가 다 해요. 거저 뱃일만 안 한다능 깁니다. 배하고 땅하고 다 팔아서 자동차를 부려 볼라 캅니다. 어무인 인자 가마 앉아서 보시기나 하이소."

어머니하고 하는 말이지만 상수는 성숙을 흘근흘곤 보아 가며 장차 할 자기 일의 풀랜을 말하는 것이었다.

"그럴 같으믄 이 나루 구석에서 살지 말고 부산 와 살믄 어때요?"

이옥채가 한 말이었다.

"그래. 그래 오빠, 우리 부산 가서 삽시다. 에?"

"가마 있가라. 마, 부산으로 갈지 서울로 갈지 궁리 중이다."

"아무 소리도 말고 밥이나 먹어라. 부산이나 서울로 가는 일이 그리 쉬운 줄 아느냐? 세상사가 말과 같이 되는 게 아니다. 밥들이나 어서 먹어라."

어머니는 걱정이 되었으나 아들에게 좋은 말로 타일렀다.

"남승기 그 자식은 배 탈 기다. 그 자식은 뱃일하는 기 그렇게 좋다 안 카나. 자아식."

다시 상수는 남승기를 끌고 나왔다.

"나도 배일 하는 거 참 안 좋더라. 대학 졸업해 가지고 멋 때메 뱃사공이 대겠노 말이다? 해양대학을 졸업해도 다른 일 할 수 안 있나? 남승기는 뱃사공이나 해 먹게 생겼어. 꺼무시시한 얼굴이 바리댔닥하이. 말도 안 하고 웃지도 안 하고 – 입속으로 웃는닥하이."

상매가 얼굴을 바싹 들곤 남승기의 흉보기에 열을 내었다.

상매 말이 끝나가 윤상수가 통쾌하게 한바탕 웃어 주었다.

11
청춘은 봄과 더불어 ⑪

웃음이 나서가 아니었다. 남에게 들리기 편해서 웃는 웃음임을 알 수 있었다. 윤상수가 그렇게 웃으니까 다른 사람들도 덩달아 웃었다. 박 여사도 웃었다. 박 여사는 딸의 하는 짓이라 밉지 않기도 할뿐더러 딸이 말하는 남승기가 젊었을 적의 남영무임에 틀림없었기 때문이었다.

상수가 국민학교 일 학년에 입학하던 날 마을 복판에 들앉은 국민학교에 아들을 데리고 간 박 여사가 그때 처음으로 남영무를 보았다. 아들의 담임이 남영무였던 것이다. 남영무는 다듬이를 잘 한 모시 두루마기를 입고 있었고 눈이 퍽 시원스러웠다. 당장 그날 박 여사는 남영무 눈에서 앞에 내다보이는 창망한 바다를 느꼈던 것이다.

"승기가 저이 부친을 닮아서 그런가 부다. 저이 부친도 배 타기를 좋아했을지 몰라? 저이 부친도 바다를 좋아했을 거야."

남승기에 대한 화제를 중단하고자 하는 마음이면서 이번엔 박 여사 편에서 또 이와 같은 말을 내놓았다.

"어대요? 미나미 센세인(남 선생은) 바다로 안 좋닥 합디다. 바다로 욕해 쌓던 거로요."

"머락고?"

이옥채가 기다리기 바쁘다는 듯이 상수에게 목을 돌려 물었다.

"남 선생이 말이다. 바다로 보고 소리로 치면서 바다야 니는 귀도 없고 입도 없느냐고 했다능 기라."

박 여사도 아들이 말한 바와 같은 소문을 아들이 국민학교에 들어가기 전—남영무 선생이 다대포 국민학교에 부임해 오면서 이어 들었던 것이다.

본인한테서 직접 들은 것은 물론 아니었다. 마을 사람들이 남영무 선생이 오자마자 그러한 소문을 퍼뜨리고 있었다. 남영무 선생이 서울 땅이 싫어서 만주나 서백리아가 아니면 우리 땅 어느 쪼그마한 어촌이나 농촌에 가고 싶다고 소원했으므로 그분 형님의 친구가 알선해 주어서 남 선생이 이 다대포에 오게 되었다는 소문도 들었다. 그것이 일제(日帝)의 탄압이 우심하던 때라 박 여사는 남영무 선생을 무척 동정했으며 바다를 향해 고함친 것 같은 심정을 충분히 헤아릴 수 있었던 것이다.

"너희들은 그런 실정을 모른다. 남 선생님이 바다에 대고 고함치신 건 바다가 싫어서 미워서가 아니다. 바다가 좋기 때문에 밤에 다른 데 호소할 데가 없기 때문에 바다에 대고 고함치신 거야. 너희들은 어려서 치른 일이니까 잘 모르고 지났지만 뜻있는 사람들의 그때의 심정이란 절박하기 짝 없었다."

박 여사는 남영무의 이야기만 하지 않았다. 그의 이야기를 비롯하여 일정(日政)이 우리 국민 전체에 학정(虐政)한 온갖 사실들을 들어 이야기했다. 그러다가 그 □말머리를 자기 부친 상초 영감에게로 돌렸다. 부친 역시 서울서 살다 못해 다대포에서도 떨어진 '무지개고개'에 와 두문분출하며 살았다는 이야기였다. 이 이야기는 아들과 딸에겐 해 준 일이 있었다. 이런 환경 속에 자라난 탓으로 남영무 선생한테 더욱 동정하며 그의 심정을 남달리 깊게 헤아리게 되었던지 모르겠다. 혹시 남영무 선생이 그러한 뜻을 가진 이가 아니더면 오랜 시일을 두고 사모하지 않았을지 모르는 일이다.

"남 선생님 같으신 분은 지사야. 보통 분이 아니야."

이야기를 끝내곤 박 여사가 더 한마디 남영무 선생을 칭송했다.

좌중은 조용했다. 어릴 때 겪은 일이라 흐릿하던 것이 박 여사의 이야기를 듣고 나서 그를 심중에 구체적인 어떤 덩어리 같은 것이 뭉클해 온 것만은 사실이었다.

박 여사는 이야기하기에 지쳤던지 저녁상을 물리자 자기 방으로 가면서 그들에게도 피곤한데 얼른 자라고 말했다. 그리고 남자아이들은 위층에서 자고 여자아이들은 아래층 건넌방에서 자라는 지시도 하고 갔다.

어머니가 곧 나가자 딸 상매가 눈을 끔뻑하며

"됐어. 됐어."

를 낮은 소리로 연발했다. 이옥채도 좌중을 돌아보며 생긋생긋 웃었다.

12
청춘은 봄과 더불어 ⑫

남자들도 숨을 화알 내쉬었다. 박 여사의 긴 이야기에서 풀려난 탓도 있겠지만 처음부터 그들만이 둘러앉은 것만 같지 못하게 무거운 분위기였던 것이다.

"오빠 오늘 저녁 우리 눕어 자지 말고 밤새껏 놀자요."

상매가 오빠에게 한 말이나 상매는 오빠보다 김해원을 더 많이 쳐다보았다.

김해원은 마음의 동요를 이기지 못하는 듯 상매를 보다가 상수를 보다가 또는 성숙이도 보곤 했다. 이옥채는 누가 무어라고 말하기를 기다리며 이 사람 저 사람의 입을 쳐다보았고 성숙은 그냥 얌전하게 앉아 있고 상수는 무엇을 생각하고 있는 눈치였다.

"뭘 그렇게 생각하는가?"

김해원이가 상수에게 물었다.

"생각하는 기 아이라. 밖에 나가느냐? 눕어 자느냐? 하는 문제야."

"야. 자는 기 뭐야? 밖에 나가자."

"그래 나도. 나갔음 대기 좋겠다."

"나도 나가고 십다마."

상매와 옥채가 맞장구를 쳤다.

둘이 맞장구를 치며 일어서니 남자들도 따라 차부새를 채렸다. 성숙이만은 그냥 앉아 있었다.

"성숙이 니는 안 나갈라나?"

이옥채가 성숙을 재촉했으나 성숙은 우물쭈물 댓구를 못 했다. 벅적벅적 떠드는 그들과 같이 나가고 싶은 마음이 별반 없었다.

"어짤래? 안 나갈락 하거던 어무이캉 성숙이 니는 눕어 자거라."

"벌써 눕어 자? 나가입시다."

상수는 성숙을 데리고 나가고 싶었다. 실상 처음부터 상수가 밖에 나가느냐, 집에서 자느냐, 하고 망서리게 된 것도 성숙의 동향을 살피느라고 한 일이었다. 성숙이가 안 나간다면 자기도 나갈 흥미가 없었던 것이다.

"나가입시다."

성숙이 끝내 마음을 결정했다. 여럿이 벅작거리는 것만 싫을 뿐이지 그는 다섯 중의 누구보다도 조용한 바닷가를 걷고 싶었던 것만은 사실이다.

"어무이요, 우리 바닷가에 나갔다 올랍니다."

상수가 기운 찬 소리로 어머니에게 일러 드렸다.

"늦었는데 바달 못 봐서 또 나가느냐?"

박 여사가 그들을 내다보고 걱정 비슷이 한 말이다.

"우리도 바다도 보고 괌을 쳐 볼랍니다. 남 선생 모양으로……."

상수 말 뒤를 이어 이번엔 해원이가

"너는 귀도 없고 입도 없느냐? 와 내 맘을 못 알아주느냐고 한바탕 소릴 쳐 봐라. 상수야."

하며 상수 어깨에 손을 얹어 주었다.

"얼른들 들어오너라. 바람도 산산하구나."

박 여사는 어쩐지 불안해서 또 한 번 어둠 속을 헤쳐 나가는 그들에게 타일렀다.

상매는 어머니가 무엇이라고 하거나 말거나 그런 것은 들은 척도 안 하고 어느새 뜰아래로 내려갔다. 그는 어릴 때 마을에서 큰 굿이 열리는 날 굿 구경을 나가면 때처럼 마음이 들성거렸다.

덜컥 대문 닫치는 소리가 나고 그들의 주절거리는 말소리가 멀어지고 철석 기슭을 핥고 왔다 가는 파도 소리가 높아져 갔다.

13
밤은 낮보다 ①

박 여사는 문설주를 버언히 붙들고 서서 그들의 멀어지는 자최 소리를 듣고 있다가 훌쩍 하늘을 쳐다보았다. 물론 그것을 의식하고 쳐다보았다고 는 할 수 없는 것이다.

그러나 하늘이 훌쩍 쳐다보이자 박 여사는

"하느님."

하고 불렀다.

전에도 하느님을 불러 본 일이 없는 것은 아니었다.

배를 타고 나간 남편이 예정한 일자에 돌아오지 않는다거나 바다에 나간 배들이 풍랑을 만난다거나 하면 무당을 시켜 굿을 하면서도 하느님을 부르 곤 했던 것이다.

비라도 오려는지 하늘엔 검은 구름 뭉치가 오락가락했다.

"비라도 와 줬으면."

이렇게 중얼거리며 박 여사는 미닫이를 닫아 버리고 자기 방으로 가려다 다시 미닫이를 열었다. 그들의 자리를 깔아 놓자는 생각에서였다.

먼저 이층에 올라가 남자아이들의 자리를 깔 생각이었다. 남자아이들 이래야 아들 상수와 김해원이뿐이시만ㅡ. 그들의 자리를 저희들로 깔게 하고 싶지 않았다. 저희들끼리 깔게 된다면 어쩐지 무슨 변이라도 날 것만 같은 불안이 떠올랐다.

아들의 자리를 문 앞쪽으로 깔고 김해원을 찬녘 쪽에 눕도록 자리를 마련해 놓고 박 여사는 아래층 건넌방으로 내려왔다.

아까 여자아이들더러 자라고 한 방이었다.

이 방에선 제일 찬녘 쪽에 딸 상매의 자리를 깔아 놓고 다음으로 성숙을 눕게 하고 문 앞쪽으로 이옥채를 눕게 하려고 마련해 놓았다. 이부자리 한 채가 부족해서 한 이불 속에서 둘이 자지 않으면 안 되었다.

처음엔 상매를 혼자 자게 하려다가 그만두고 성숙이와 상매를 같이 자게 하고 옥채를 혼자 자게 하려고 했다. 딸 상매가 혼자밖에 못 자는 성미인 줄을 알면서도 박 여사는 굳이 이렇게 마련해 놓고 자기 방에 건너와 누웠다.

그들이 돌아오기까지 박 여사는 자기가 잠이 들어서는 안 된다고 버티었다. 잠이 든 뒤에 그들이 온다면 박 여사의 마련해 논 자기들 자리를 알 리가 없었던 것이다.

그런데 피곤했던 탓인지 박 여사는 그만 깔딱 잠이 들어 버리고 말았다. 그러나 결코 깊은 잠은 들지 않았던 모양 같다.

어떤 인기척에 박 여사는 눈을 퍼뜩 떴다. 대문 소리도 난 것 같고 건넌방 미닫이 소리도 들린 것 같은 것이 아니라 현재 건넌방에서 무슨 소리가 들리고 있었다.

"거기 누가 왔니?"

박 여사는 누운 채로 소리를 쳤다.

댓구가 없었다. 그러나 분명히 인기척이 들렸다. 박 여사는 겁결에 이불을 걷어차고 건넌방으로 건너갔다.

미닫이도 열어 논 채 이옥채가 깔아 논 자리 위에 벌렁 자빠지고 있는 것이 아닌가.

그냥 있는 것이 아니고 쿨쩍쿨쩍 울고 있었다.

"웬일이야?"

이옥채는 일어나 앉을 뿐으로 댓구는 없었다.

"아니. 왜 너 혼자만 왔니? 다른 애들은 어디 갔니? 어떻게 됐느냐?"

이옥채가 울기만 하고 말이 없으니까 박 여사는 왈칵 겁이 났던 것이다. 배라도 타다가 어떻게 된 것이 아닌가 하는 이 생각뿐이었다. 바다와 마주 앉아 살아서 바다를 잘 알고 있고 바다와 정다우면서도 또한 항상 두려운 것이 바다이기 때문이었다.

14
밤은 낮보다 ②

"아니 너 왜 아무 말도 없니?"

박 여사가 미칠 듯이 이옥채를 부여잡아 흔들다가 비쩍 일으켜 세웠다.

"걸어라. 어디냐? 가 보자."

"난 안 갈랍니더. 안 갈라요."

그제사 이옥채는 눈물을 빗씻으며 이런 말을 곱씹었다.

"무슨 일이 생겼게 안 간다고 그래? 옥채 다들 어떻게 됐어? 배를 타고 놀았느냐?"

박 여사의 말은 아직도 다급했다.

"배는 안 탔임더. 상매캉 김해원이캉은 먼저 다른 데로 가 부리고 상수씨캉 성숙이캉은 이쭉으로 갔는데 우애 배로 타능기요? 김해원이 몬뙀임더. 여자로 잘 쌕이묵심더."

옥채 말에서 그들의 생명엔 지장이 없음을 짐작한 박 여사는 위선 숨을 돌렸다.

"아, 그러니까 무슨 일이 생긴 건 아니구나?"

박 여사의 말에 이옥채는

"와 없어요? 저거들찌리만 갔는데…… 김해원이캉 상매캉 갔는데…… 김해원이가 몬때요. 여자로 쌕이먹으요."

하고 큰 소리로 지껄였다.

"곤할 텐데 일찌감치 자라. 곧들 돌아오겠지."

박 여사는 더 다른 말을 묻지 않고 이옥채에게 자라고 권한 다음 얼음 같은 가슴을 안고 자기 방으로 건너왔다. 자기가 마련해 논 대로의 이부자리를 이옥채에게 가리켜 주지도 않았다. 인젠 아무렇게나 자라는, 말하자면 내던지는 심사였던 것이다.

이층에 올라가 남자아이들 자리를 보아 준 것, 김해원의 자리를 찬녁 쪽에 깐 것이 상매 때문이요 아랫층 건넌방에 내려와 상매 자리를 찬녁 쪽에 깔아 논 것도 김해원과 상매와의 거리(距離)를 멀게 하여 김해원으로 하여금 상매에게 손을 뻗칠 수 없게 하기 위하여 한 노릇인데 김해원은 이미 벌써 상매를 데리고 어디론가 가 버렸다는 것이 아닌가. ―밤은 낮보다 캄캄한데 단지 둘이서만 가 버렸다는 것이 아닌가.

끝내 비가 내리나 보았다. 앞마당 창고 지붕에 비방울 떨어지는 소리가 들렸다. 이 창고 지붕은 양철이어서 다른 것보다 비 오는 소식은 먼저 알려 주었다.

박 여사는 오늘 밤처럼 이 창고 지붕의 고마움을 절실히 느껴 본 적이 없는 것이다. 비가 내리면 어둠 속으로 가 버린 그들이 문제없이 돌아오리라고 믿었기 때문이다.

비가 얼마 오지 않아서 돌아온 것이 아들과 성숙이었다. 대문 소리와 함께 쿵쿵 굴르는 발자최가 들리자 박 여사는 곤두박질해 마주 나갔다.

그러나 그것이 딸 상매가 아니고 상수들임을 알았을 때 박 여사의 낙망을 더 컸다.

"상매가 와야잖어?"

박 여사는 속에 있었던 말을 고대로 뱉았다. 실상 말이지 아들은 얼른 돌아오지 않아도 좋았다. 아들이야 아무러면 어떠냐 하는 마음이기도 하지만 그 상대방이 허성숙이고 보면 오히려 다행한 일일지도 모른다는 생각이었다.

"인지 올 깁니다. 비가 오는데 안 올가바."

아들은 무심히 어머니에게 댓구하고 제 방으로 올라가려고 하는 것이었다.

"찾아서 데리고 올 거지. 야단났구나 비도 오고 하는데……."

"이옥채캉 김해원이캉 모도 한끼 갔는데 인지 곧 올낍니다."

"이옥채는 벌써 왔어. 아까."

"함마 왔능기요? 그럼 상매 가아들은 어딜 갔이꼬?"

상수 미간에 주름이 잡히기 시작했다. 상수도 상매의 행방이 걱정되는 눈치 같았다. 상수는 이옥채가 누워 있는 방에다

"이옥채 양 상매캉 같이 갔지요? 아까 말입니다."

하고 물었다.

방 안에는 아무런 댓구가 없었다.

15
밤은 낮보다 ③

상매들은 한 시간 뒤에사 돌아왔었다. 그들이 돌아올 무렵엔 비가 더 퍼붓듯 했다. 그들이 살금살금 기다싶이 하여 마루에 올라가 섰으나 박 여사는 어느새 알아채고

"인제사 오느냐?"

고 미닫이를 열었다. 박 여사는 줄곧 비 소리 속에 귀를 담고 고누어 듣기

만 했던 것이다. 미닫이도 벌써 몇 번째 열었던지 모른다. 비바람이 닥치면 때때로 사람의 자최와 같아지는 수가 있었다.

"어무이 엽때 안 주무샀능기요?"

상매가 커다란 눈을 벌려 뜨며 묻는 말이었다. 본래 크던 그의 눈이 유난히 커 보였다. 그것은 찰싹 달라붙은 옷이라든가 머리털 때문에 더 그렇게 보였는지 모른다. 그리고 속눈썹이 길어 있은 탓도 있을 것이다.

그런데 김해원이만은 그렇지가 못했다. 밉게 보아서 그런지 하이칼라 머리가 이맛박에 내려와 붙은 것이 똑 물에 빠진 쥐새끼 같았다.

"이리로 들어와."

박 여사는 딸을 자기 방으로 불러들이려고 했다.

"아까 이 방에서 자라고 안 하싰능기요?"

"글쎄 이리 들어오래도그래."

높지는 않았으나 날카로운 어성이었다. 김해원은 이층으로 올라가게 가만 내버려 두었다.

박 여사는 딸에게 옷을 갈아입게 하고 머리의 물기를 손수 수건으로 씻어 주고 나서 자기 이불 속에 먼저 눕힌 다음 자기도 딸 곁에 누웠다.

한참은 아무런 소리도 하지 않았다. 무엇을 어떻게 말했으면 좋을지 몰랐다. 이 깊은 밤 비 오는데 남자와 둘이만 돌아다니다 들어온 딸에게 무엇이라고 해야 한단 말인가.

부아가 나는 마련으로 해선 무작정 때리기라도 했으면 나을 것 같지만 그러느라면 곁방뿐 아니라 동네에서까지도 알게 되겠고 거저 기가 팍 찰 뿐이었다. 그러나 어머니는 마음을 잔□구기를 한참 하고 나서 지극히 낮은 소리로

"상매야."

하고 딸을 불렀다.

상매는 그새 벌써 잠이 들려고 했던 거 그렇지 않으면 일부러였던지 흐릿한 소리로

"예에?" 했다.

"너 비가 오는 게 안 앓리더냐?"

"어데요?"

"그런데 왜 얼른 돌아오지 못 했어?"

"먼 데꺼정 갔거든요."

"어디까지 갔단 말이냐?"

"몰운대 가는 데로."

"이것아. 미쳤더냐? 너 미쳤구나. 그래 생소한 남자하고 그런 데까지 간단 말이냐?"

박 여사의 어성이 비로소 높아졌다. 벌써 쏟아진 물이거니 하는 절망(絶望)이 가슴 복판으로 얼음덩어리같이 차지하고 있었던 것이나 그러면서도 박 여사는 또 한편으로 행여나 무사하지 않았을가? 하는 일부의 '희망'과 '기대'는 부서지고 말았다. 박 여사도 가 본 일이 있어서 알지만 '몰운대'라면 쨍쨍한 대낮에도 우중충한 곳이다. 이 캄캄한 비 오는 밤에 젊은 남녀가 거기까지 갔으니 어찌 그냥 있으랴 싶었던 것이다.

"원통하구나. 그래 그놈하고 거기까지 가다니. 이옥채는 왜 데리고 못 갔어? 응? 왜 단둘이서만 그런 델 간단 말이냐? 김해원이가 꾀어서 갔지? 그게 나쁜 놈이란다. 이옥채도 속았단다. 네가 왜 그런 놈한테…… 네가 글쎄──."

"어무인 백줘 그래쌓는다요."

상매가 어머니 말이 끝나기도 전에 내받으며 자리에서 벌떡 일어나는 것이었다.

16
밤은 낮보다 ④

벌떡 일어난 상매는 그 바람으로 건넌방에 건너갔다. 박 여사가

"여기서 못 자겠느냐?"
고 위엄성 있는 소리로 말하는데도 들은 척하지 않고 끝내 건너가 버렸다.

박 여사는 그만 '히잉' 울음을 터뜨리고야 말았다. 이 기가 차는 일을 어떻게 처리해 낼 도리가 없었던 것이다. 그러나 남이 알가 봐 소리를 내어 울지 못했다. 가만이 돌이켜 보면 남이 알가 봐 늘 자기를 죽여 온 것이 박 여사의 반생(半生)인지 모르겠다.

정이 없는 남편과 살면서도 남이 알가 봐 정이 있는 척 곱게 살아왔다. 남영무를 사모하면서도 남이 알가 봐 아무렇지도 않은 척 내짐을 내지 않았다.

박 여사는 소리를 죽여 우는 울음조차도 마음 놓고 울지를 못했다. 눈이 부을 것이 염려되어 그것도 이어 그쳤다.

울음을 그치고 누워 있으려니 비 소리는 더욱 처량하게 들려오고 때때로 창문을 치고 가는 바람이 흐느껴 우는 듯 구슬펐다. 파도 소리는 바루 베개 밑에 와 철썩이는 것 같이 절박했고—.

*

건넌방에 건너온 상매는 자려고 눈을 감았으나 잠은 오지 않고 집을 나가서 돌아오기까지의 이루어진 일들이 환몽처럼 감은 눈 속으로 휙휙 지나갔다. 도무지 유쾌할 수 없는 일들이었다. 어머니 방에서 뛰쳐 건너온 것도 이 유쾌할 수 없는 일들을 어머니한테 되풀이해 들려 드리기가 싫은 때문이었다.

—처음엔 김해원과 손을 잡았다. 참 그보다 먼저 상매 쪽에서 김해원의 옆구리를 쿡 찔렀다. 이옥채를 따 버리자는 신호였다.

왜냐하면 이옥채는 상매를 제쳐 놓고 김해원과 수작을 부리는 것이었다. 김해원과 이옥채는 피차에 서로 알고 있는 이야기가 있는 상싶어 보였다.

"옥채야 니는 우리 오빠캉 가서 이바구나 하지 와 일로 오노?"

상매는 끝내 말하고야 말았다.

이 한마디 말에 이옥채는 그 자리에 멈추어 버렸다.

이옥채가 멈추어 버리는 기맥을 알자 상매는 김해원의 손을 더듬어 잡으며 달렸다.

모래 벌이어서 발이 빠지곤 했으나 둘의 손이 잡혀 있는 탓으로 어느 하나도 넘어지거나 자빠지거나 하지 않았다.

바다가 끝나고 산길에 들어서야 둘이는 손을 놓았다. 소나무 진나무 동백나무들이 빽빽하니 들어선 좁은 산길이기도 하려니와 이옥채가 따라오지 않는 한 뛸 필요가 어디 있으랴 싶었던 것이다.

산길에선 김해원이가 앞서고 상매가 뒤를 따랐다.

산길이라고 해서 파도 소리가 안 들리는 것이 아니었다. 오히려 기슭을 철썩 치고 가는 소리와 함께 머언 바다의 나올 소리까지 발밑에 다가오는 듯하게 바다 소리는 산길에서 더 잘 들렸다.

바른편으로 고개를 돌려도 바다요 왼편으로 고개를 돌려도 바다뿐인 때문이었다.

"그거. 참 밉쌍이라."

뒤에서 한 말이나 파도 소리에 감겨서 김해원이가 듣지 못했다.

"이옥채 말입니더."

목을 빼어 다시 소리를 다했다.

"뭐어?"

김해원이 돌아서며 되물었다.

17

밤은 낮보다 ⑤

"이옥채 말이라 카이. 그거 와 따라올락 하는공 몰라."

김해원이가 댓구 없이 잠잠했다.

"그거 좀 건방지데. 지까잇기."

김해원이가 잠잠하기 때문에 상매는 더 부하가 부풀었던지 모를 일이다.

"건방지지는 못해."

"누가요?"

"이옥채 양이."

"아따 엔가이 그 가시나로 싸 줄락 하네. 그럼 겉으론 와 피해 오능 기요? 같이 갈 기지."

'이옥채 양'이라는 말에 둥둥 부풀은 부하가 터질 지경이었다.

"앉기나 합시다."

김해원이가 상매 어깨에 두 손을 얹어 눌렀다.

어깨를 누르는 김해원에게 상매가 매달려 그의 입술을 더듬어 꽉 깨물어 주었다.

이것을 애정(愛情)의 표시라고 해석해서는 안 될 것이다. 상매는 이옥채를 싸 주는 김해원이가 한없이 밉기만 했을 뿐이지 사랑스럽지는 않았다. 상매는 김해원의 입술을 깨물어 줄 만한 경력이 과거에 있은 것도 아니었다. 오빠의 친구로서 호의를 가지고 있었을 뿐이었다.

집에서 나올 때만 하더라도 김해원과 단둘이서 걸으리라고 생각지도 못했고 더구나 어두운 밤 우중충한 '몰운대' 길에서 그의 입술을 깨물어 주리라고 꿈에도 예상 못 했던 일이다.

김해원은 아프다고 했다. 그러나 언어(言語)로서 표현되지는 않았다. 거저 입속으로 반벙어리 소리를 쳤던 것이다.

아프다고 반벙어리 소리를 치면서도 김해원은 상매를 물리치지 않았다. 물리치긴 고사하고 끈기 있게 다가 안으며 물린 입술 밖으로 혀를 내밀었다. 상매는 그것을 또 확 깨물어 주었다. 이번엔 아주 벙어리 소리를 질렀다. 혀끝을 물린 탓이었다.

그래도 김해원은 상매를 놓지 않았다. 뎅강 들어서 어느 한 곳 풀 위에 갖다 뉘어 놓았다. 그리곤 자기가 그 위에 올라앉는 것이었다. 말하자면 상매는 깔린 셈이 되었다. 깔리기는 싫었다. 이옥채를 싸 주는 김해원을 깨물어 줄 수는 있는 일이지만 깔린다는 것은 언어도단이라고 생각했다.

상매는 몸을 날쌔게 빼는 동시에 두 다리에 힘껏 힘을 주어 김해원을 콱 찼다. 어둠 속에서도 바루 명중했던지 김해원은 '키힝' 소리와 함께 나가자 빠지는 것이었다.

상매는 두말없이 일어나 어둠 속으로 달렸다. 비는 이때부터 퍼붓기 시작했다.

대문 앞에 왔어야 김해원을 만났다. 김해원은 뒤를 따라왔던 것이다.

"날 깨무니까 그런 거야."

김해원이 변명 비슷하게 내던진 말이었다.

"깨문다고 깔고 앉는 기 머라?"

"그게 깔구 앉는 건가."

"안 그렇고?"

깔고 앉은 것 이외의 다른 '무엇'이 포함되어 있다는 걸 분명치는 못하나마 알면서도 상매는 굳이 깔고 앉은 것이라고만 우기고 싶었다.

"바보. 캄캄한 밤인데 뭘 그래?"

"쉬-."

대문을 열면서 상매는 또 입을 여는 김해원의 입을 바른손으로 막았다. 그리고 자기가 먼저 살금살금 들어가기 시작했다.

그러나 결국 그들은 어머니한테 들키고야 말았던 것이다.

18

밤은 낮보다 ⑥

"끄응. 몰라몰라. 찝찝찝-."

옆에 누워 있는 이옥채의 잠꼬대 소리였다. 윤상매는 이 소리에 비로소 눈을 떠 보았다.

이옥채는 무슨 악몽(惡夢)이라도 꾸는지 귀가 처진 커다란 입을 찝찝 다시는데 침이 질질 흘러내렸다. 윤상매는 더럽고 못난 짐승을 보는 때와도 같이 왈칵 비위가 상해 왔다.

'가시나 정말 밉쌍이라.'

윤상매는 이렇게 속으로 중얼거리며 저쪽으로 돌아누웠다.

허성숙이와 마주 보게 되었던 것이다. 허성숙은 유난히도 뽀오야한 얼굴에 또한 유난히도 길고 검은 속눈썹을 내려 감고 크지도 작지도 않은 입을 꼬옥 오므린 채 숨소리 하나 크게 쉬지 않았다.

윤상매는 이러한 허성숙을 눈이 찢어지게 보고 있는 것이다. 가뜩이나 빛나는 그의 큰 눈이 불을 켠 듯 화안했다.

그런데 웬일인가?

비위가 더 한층 뒤틀려 오는 것이 아니겠는가?

그렇다고 이옥채 때문에 상한 비위와 허성숙으로 해서 상한 비위가 같은 성질(性質)의 것이란 말은 아니다. 사뭇 다른 성질의 것임에 틀림없었다. 그런데 이옥채의 경우보다 더 한층 속을 뒤집어 놓는 것이었다. 도모지 못 견디게 굴었다.

그러면서도 윤상매는 저쪽으로 돌아눕지 않았다. 그대로 자구 보고 있는 것이다.

"이 여자로 남자들이 얼매나 좋아할까?"

이렇게 치미는 생각을 꿀꺽꿀꺽 삼키며 보고 있는 것이다.

그러다가 윤상매는 끝내 벌떡 일어났다. 그의 큰 눈은 한층 불이 켜진 듯 화안했다. 일찌기 이러한 그의 눈을 구경해 본 사람이 아무도 없으리라.

윤상매는 아까 '몰운대' 길에서 깨물어 준 김해원을 다시 한 번 깨물고 싶은 충동을 깨달았다. 아까는 이옥채를 싸 주는 김해원이가 미워서 깨물었지만 이제는 그것과는 다른 감정으로 깨물어 주고 싶었다.

그리고 깔고 앉는다는 외에 더 다른 '무엇'이 있는 듯싶은 그 '무엇'도 알아보고 싶었다. 그것은 무척 흥미 있는 일같이도 짐작되었다. 그러나 이렇게 비바람이 몰아치는 밤이 아니면 겪을 수 없을 것 같은 생각도 들었다.

윤상매는 살금살금 미닫이 쪽으로 기어가 미닫이를 살짜기 열었다.

미친 듯한 바람이 마구 불려 들어왔다. 미닫이가 큰 소리를 내며 흔들었다. 윤상매는 움질했다. 그러다 발을 내놓았다.

양철 지붕 창고에 쏟아지는 비 소리(비는 아까 보다 더 오나 보았다.), 파도 소리, 바람소리, 온통 세상이 소리로써 찬 듯 싶은데 자기 동작의 자최쯤이 무엇이야 싶었던 것이다. 어머니의 귀가 아무리 밝다고 하더라도 천지가 떠나갈 듯한 소리 속에서 무엇을 가누어 들을 수 있으랴 싶었던 것이다.

윤상매는 미닫이 밖에 나와 마루를 거쳐서 층계에 이르렀다. 한 층계 두 층계 기어 올라가기 시작했다. 뿌주죽 뿌주죽 소리가 났다. 말(馬) 뛰듯 해 오르내려도 아무 소리가 없더니만 참 살금살금 기어 올라가는데 무슨 소리가 이처럼 대단한지 모르겠다.

윤상매는 화가 치밀었으나 그래도 기어 올라가고 있었다.

이층 미닫이 앞에까지 그렇게 해서 갔다. 그러나 윤상매는 미닫이 앞에 기어가던 그 자세대로 있었다. 방 안의 동향을 알자는 것이었다.

"드르릉. 드르릉."

"쿨르렁 푸우 쿨르렁 푸우."

'드르릉 드르릉'이 오빠고 '쿨르렁 푸우 쿨르렁 푸우'가 김해원임에 틀림없음을 알았다.

19

밤은 낮보다 ⑦

김해원의 코 고는 소리를 들어 보아서가 아니었다. 오빠의 소리를 가려 낼 수 있으니까 다른 하나는 김해원의 것임에 틀림없는 것이 아니겠는가.

윤상매는 위선 안심이 되었다. 방 안의 사람들이 세상모르고 잠들어 있다는 것을 알았기 때문이다. 김해원은 몰라도 오빠는 잠만 들면 고만인 것이다.

"너는 잠만 들면 누가 끌□□ 모른다."고 오빠□□ 어머니가 한 말씀이다.

그리고 김해원이가 바루 미닫이 가까운 쪽에 누워 있는 것도 알렸다. 오빠가 먼저 들어와서 찬녘 쪽에 누운 것이라고 상매는 짐작했다.

미닫이를 열었다. 그다지 살짝기 열 필요를 느끼지 않았다. 미닫이 여는 소리에 김해원이가 깼었으면 하는 생각이 있었던 것이다.

그러나 그는 깨지 않았다. 여전히 코골기를 끄치지 않았다. 윤상매는 더 한 번 확인한 다음(오빠와 김해원을) 김해원의 입술이라고 짐작되는 데를 더듬어 물었다.

"이잉 이기 멋고? 머라?"

김해원이 불의의 침입자(侵入者)를 물리치며 친 소리였다. 평소엔 서울말만 쓰더니 이 소리는 사투리였다.

윤상매는 밀려나지 않으면서 김해원의 입을 막았다.

아까 대문깐에서 손바닥으로 막듯이. 그리곤 윤상매는

"캄캄한 밤인데 뭘 그래?"

하고 대문깐에서 김해원이 자기에게 하던 그대로 흉내내어 했다.

김해원은 □□□□ 물려 본 일이요 □□□□□ 한 말 □ 되풀이 □□□ □ 이어 침입자가 누군인 것을 알았다.

"상매. 정말 캄캄한 밤인데 뭘 그래?"

김해원은 아까 자기가 대문깐에서 한 말이요 지금 마악 윤상매가 자기에게 한 말을 다시 한 번 되풀이하면서 윤상매를 이불 속으로 끌어넣었다. 이럴 경우엔 밤은 낮보다 편리했던 것이다. 두 마리의 고양이가 뜰아래 광속에서 울었다.

그들은 어지간히 악을 쓰는 모양으로 천지가 이처럼 떠나갈 듯 요란한 속에서도 그들의 아우성치는 소리는 충분히 들을 수 있었다.

✻

이튿날은 지난밤에 비바람이 있었던가 싶게 말짱히 개었다. 하늘도 푸르고 바다도 푸르고 나무잎들도 더 푸르고 무성했다. 그러나 어느 곳 동백꽃

이 지난밤 비바람에 떨어졌을지 모르는 일이다. 광 속의 악을 쓰던 고양이들도 어디로 가 버렸는지 잠잠했다.

"아주머니 날씨가 어쩜 이렇게 좋아요? 어저깨 저녁엔 비바람이 그렇게 몰아치더니……."

부엌에서 박 여사와 같이 아침 준비를 하고 있던 허성숙이가 박 여사에게 한 말이다.

"그러게 말이다. 그놈의 비가 그악스레도 오더니. 쯧 쯧 쯧."

박 여사는 혀까지 차며 비를 원망했다. 비나 오지 말았더면 딸은 그대로 곱게 돌아왔을지 모른다고, 비가 왔길래 딸이 김해원이한테 넘어간 것이라고 박 여사는 해석했던 것이다. 딸이 밤중에 층계를 기어 올라가 김해원을 후린 일 같은 것은 모르고 하는 소리였다. 딸은 벌써 '몰운대'에서 고약한 짓을 했거니 박 여사는 그렇게 알고 있었던 것이다.

"그래도 봄비는 오고 나면 온통 푸를는 게 좀 좋아요."

박 여사가 비를 원망하는 말에 허성숙은 박 여사를 위로하기라기보다 제 소견을 그대로 토로해 놓았다. 성숙이 역시 박 여사의 심사(心思)를 모르고 하는 소리였다.

20
愛情의 分布圖 ①

"그 대신 온통 망가져 버렸으니 어떡하니……."

"뭐 망가진 게 있어요?"

박 여사는 성숙의 이 물음에 얼른 댓구를 못 하다가

"우리 집은 으레 손질 못 하다 보니 비만 오면 망가진다. 집이란 사내들이 있어서 거두어야 제 꼴이 백이지."

해 버렸다. 박 여사는 망가져 가는 집에다 핑계를 돌렸다.

"인젠 상매 오빠가 맡아 본다니까 잘하겠죠."

"글쎄, 그래 줬으면 조련만 어제저녁 소릴 들어선 서울이니 부산이니 하니 여기서 맘을 잡아 살 것 같더냐……."

이번엔 아들에게로 말머리를 돌렸다. 어제저녁 아들의 하는 소리가 걱정되긴 했으나 지금의 박 여사로서는 그다지 절박하게 가슴을 파고드는 사건은 아니었다. 박 여사의 가슴속엔 상매로 해서 얼음 덩어리가 꽉 차 있는 듯했던 것이다.

"아주머닌 서울이나 부산이 싫으세요?"

"싫다기보다 해 오던 사업을 간다는 일도 쉽잖지만 배니 땅이니 온통 판대야 그걸 가지고 큰 도시에 가서 번번히 할 일이 있을라구……."

"그렇긴 해요. 전 오히려 도회지보다 이런 자그마한 어촌이나 농촌에 파묻혀 살구 싶어요."

"그래? 고맙구나."

박 여사는 '고맙다'는 말을 했다. 모두 도회지로 가지 못해 허둥거리는데 조그마한 농촌이나 어촌에 파묻혀 살고 싶다는 생각이 기특하게 여겨졌던 것이다.

"전 이런 데서 살게 됨 목축업을 하겠어요. 재미도 있지만 영리사업이라는군요. 외래품을 막아 낼 수도 있구요. 우리나라에서 쓰는 털실이나 모직품들이 다 외래품 아니에요? 우리 외사촌 오빠 자본만 있음 돼지 백 마리 닭 삼천 마리 사양 천 마리만 치겠대요. 일제 때 학병을 피해 저 강원도 어느 벽촌에 들어가 그 일 했다나요. 처음엔 주인집 □를 도아서 돼지 닭만 치다가 사양까지 쳤대요. 사양은 젖만 짜 내는 게 아니라 털을 깎아 내고 나중엔 고기를 먹거든요. 고기도 소나 닭에게 비할 게 아니래요. 참 맛이 있다는군요."

"그 돼지, 닭, 양을 다 어찌하셨나?"

"일본 군대서 증발해 갔대요."

"그랬을 테지."

"양이란 짐승처럼 순한 건 또 없다나요. 수천 마리를 치더라도 훈련이 잘

된 개 몇 마리만 두게 됨 사람의 힘이 들지 않는대요. 개가 주위를 돌아다니며 도망을 못 치게 막아 준다거든요. 어떻게 순한 짐승인지 개가 뜯어 먹어도 서서 울기만 한다니까요. 저는 그런 짐승하고 넓고 푸른 들에서 살고 싶어요."

"성숙인 훌륭해. 지금 몇 살이지?"

"스물둘이에요."

"상매하고 동갑인데."

박 여사의 이 말은 탄식 소리에 가까웠다. 같은 나이면서 천둥벌거숭이로 제 몸 간수 하나 못 하고 남자에게 함부로 넘어가는 딸과는 딴판인 성숙이가 위대하게까지 여겨졌다.

✼

이옥채는 불이나케 세수를 하더니 화장을 진하게 하고 이층으로 올라갔다. 박 여사는 부엌에만 있지 않고 들락날락하며 이옥채의 거동을 살피기에 분망했다. 상매는 세상모르고 자고 있었다. 다리 하나는 이불 속에 다른 하나는 이불 밖에 드러내 놓고 있었다.

<h1 style="text-align:center">22[*]</h1>

<h2 style="text-align:center">愛情의 分布圖 ②</h2>

상수는 벌써부터 일어나 뜰 안을 치었다. '저이 부친을 닮아서 살림은 제대로 할 것 같기도 한데…….' 박 여사는 속으로 아들을 믿음즉하게 여겨 보다간 이어 이옥채가 올라간 이층에 귀를 돌리고 있었다.

처음 이옥채가 자고 있는 김해원을 깨우는 소리는 꽤 높았다. 싸움이라도 걸 듯한 형세였다. 박 여사는 태풍 전야(前夜)와도 같은 조마조마한 마음이었다. 싸우기라도 하면 딸 상매가 건들릴 것이 아니겠느냐는 마음에서였다.

---

* 　원래는 21회차여야 하지만, 연재 당시 번호가 잘못 매겨졌다.

김해원이가 깨었나 보았다. 기지개 켜는 소리가 늘어지게 나더니

"으응? 난 누구라고?"

했다.

"상맨 줄 알았어? 상매캉 어지 지녁 이대 갔더노? 상매캉 가서 머르……."

이 소리가 끝을 못 맺고 말았는데 그 뒤로는 죽은 듯 잠잠했다. 김해원은 이옥채의 입이라도 막아 버린 것이 아닐가? 하는 생각도 했으나 막아 버린 것 같지는 않아 보였다. 아무리 입을 꽉 틀어막아 버리더라도 반항하는 소리만은 있을 것이다. 소리가 없도록 되는 경우면 몸짓이라도 있을 것이다.

박 여사는 마루에서 서성거리다가 좀 더 가까이 알기 위해서 층계를 쓸고 걸레질을 치기 시작했다. 자야가 하는 일도 있고 자기가 하는 일도 있었다 할지라도 이처럼 다른 데는 손을 안 대고 층계부터 쓸고 훔치는 일이 우수꽝스러웠다.

층계에 인기척이 있는 탓인지 이층은 한결 잠잠했다. 숨소리 하나 들리지 않을 정적(靜寂) 속에서 절박한 장면을 전개(展開)하고 있는 듯한 기백이 알려졌다. 말소리 숨소리 하나 없는 속이길래 방바닥의 율동이 또렷하게 알렸는지 모른다. 장판방이 아니고 '다다미'를 깐 이층이기 때문에 더 □□□ 려졌는지 모른다.

박 여사는 천근같이 무거운 다리를 이끌고 상매가 자는 방으로 들어갔다.

"이 천둥벌거숭아 일어나기나 해라."

박 여사는 딸을 쥐어박았다. 전 같으면 다리 하나를 드러내 놓고 자는 딸을 위선 이불 속에 넣어 주고 '이 늦잠꾸러기가 왜 안 일어나느냐?'는 종류의 애정 어린 말씨로써 딸을 깨울 것이고 딸은 또 어머니한테 기막히는 어리광을 부리며 야단법석을 칠 것인데 딸을 쥐어박는 박 여사는 상매 몸에 손을 대이면서도 무슨 두려운 또는 불결한 물건을 만지려는 때와도 같은 감정을 느꼈던 것만은 사실이다.

"이것아 남이 부끄럽다. 일어나기나 해라."

박 여사의 두 번째 말에사 상매는 눈을 번쩍 뜨고 어머니를 훌쩍 보다간 천정과 벽을 두루 상찰하는 것이었다. 크던 눈이 더 커진 듯 끔뻑거리는 것이었다. 박 여사는 말없이 큰 눈으로 끔뻑거리고 있는 딸을 보자 가슴이 써늘해지며 눈물이 나오려고 했다.

"어이구 어이구. 너하고 너하고 동갑인 성숙일 좀 봐라. 얼마나 깔끔하냐고—."

이 말에도 상매는 댓구가 없었다.

딸의 댓구가 없으면 없을수록 박 여사는 목이 칵 메이면서 더 다른 말은 할 수가 없었다.

"어서 일어나 밥 먹어라."

딸의 방을 나온 박 여사 눈앞엔 이 마을에 단 하나인 서울 유학생 정영히가 처녀로 아이를 낳아 가지고 돌아오던 몰골이 가로누웠다.

'그런대로 얼른 서둘어서 혼인을 시켜야지.' 하고 속으로 중얼거리면서도 박 여사는 이층에 귀를 보내야 했다.

23
愛情의 分布圖 ③

아침을 먹은 뒤에 박 여사는 아들과 딸을 데리고 '무지개고개'의 친정으로 떠났다. 졸업하고 돌아온 아들만 보내려고 하던 일인데 두루 어수선하므로 상매까지 데리고 함께 나섰던 것이다.

딸은 저만큼 앞에 가고 있었다. 아들과 어머니는 나란히 걸어갔다. 본래부터 상매는 어머니하고 걸을 때면 앞서서 가는 폐단이 많았다. 뒤에 떨어지려고는 하지 않는 성미였다.

어머니는 저만큼 앞서 가는 딸의 뒷모습에서 눈을 떼지 않으며

"애야 쟤를 혼인이라도 시키는 게 어떻겠느냐?"

고 아들에게 운을 띄어 보았다.

"누랑요?"

"김해원이하고."

어머니는 지난밤에 일어난 비밀은 말하지 않았다.

"좋지요. 김해원이 저거 부친이 무역업을 해서 가산도 늘었다고 합디더. 그랬으면 좋겠습니다. 어무인 남승기캉 저캉하고 하시는 걸 곁에서 속으로 대기 걱정했는데 잘 됐습니다. 공부고 뭐고 얼른 치아 뿌리는 기 나아요. 여자가 공부만 많이 하면 잘하는가요?"

아들의 말이 이러자 박 여사는 불안이 좀 덜렸다.

"그렇거들랑 얼른얼른 서둘도록 하자꾸나."

"그랍시다."

"그런데 말이다. 이쪽에서 먼저 청혼할 수야 있느냐. 그러니 저쪽에서 청혼해 오도록 네가 김해원이한테 귀띔을 해 줘라."

"그러라 하지요."

"그런데 김해원이가 저희끼리 눈 맞춘 데 없느냐?"

어머니는 살얼음 밟듯 해가며 이 말을 묻고야 말았다.

"없을 거로. 김 군도 상매도 맘에 있어 해요. 그래 놓으니 어제저녁에도 둘이만 같이 어디로 간 게 아닙니까."

"이옥채란 색시는 부모랑 있느냐?"

박 여사가 아들의 말을 얼른 잘랐다. 그 뒤의 무슨 말이 나올까 봐 겁이 났던 것이다.

"부친은 없고 모친이 술장사로 합디더. 하이카라라요. 안경을 다 쓰고……."

"이옥채하고 김해원이가 혹시 가까운 사이는 아닌가?"

몰라서 물은 말이 아니었다. 그렇다고 아침에 일어난 이층에서의 사건을 보고는 생각은 아니었다.

딸의 비밀과 함께 박 여사는 그것도 덮어 두려고 했다. 이옥채를 위해서

가 아니라 딸을 생각하는 마음에서였다.

이옥채를 생각하려는 생각은 박 여사에게 털끝만치도 없었다. 그것을 이옥채가 □□의 딸이라고 알았을 때 박 여사가 숨이 화알 나온 것으로 미루어서도 알 수 있는 일이었다.

이옥채가 딸 상매보다 나은 집 딸이라면 어쩌다 하는 심사가 박 여사의 가슴 한구석에 숨어 있었던 것이다. 박 여사는 이러한 자기의 심리 상태를 발견하고 스스로 깜짝 놀라지 않을 수 없었다.

'내가 왜 이렇게 나빠졌을까?'

하고 속으로 중얼거려 보기도 했다. 그러나 딸이 처녀로 아이를 낳는 일이 있어선 안 되겠다는 생각이 불같이 일어나서 박 여사의 중얼거리는 마음을 휘몰아 내고 말았다.

24
愛情의 分布圖 ④

박 여사는 길게 한숨을 쉬었다. 그리고 나서

"상수야 너는 어쩐 마음이냐?"

고 아들에게 말머리를 돌렸다. 딸의 이야기는 더 하지 않으려고 했다.

"뭐 말입니까?"

"너도 혼인을 해야지."

"저요?"

아들이 되물었다.

"성숙이하고 무슨 이야기가 있었니? 어제저녁에."

박 여사는 아들과 허성숙이 사이가 가까워지기를 은근히 바랐는지도 모른다.

"별로 없었어요."

"성숙이하고 둘이만 다녔다면서 아무 말도 없었어?"

"성숙인 안주 결혼할 의사가 아닙니더."

"공불 끝마치고 할 생각이더냐?"

"글쎄. 그런 것도 안 같고……."

"그럼 왜 그런가?"

"그거 늙은이 속 같애서 알 수 없어요."

"네가 어제 말을 걸어 봐야지. 여자 쪽에서 뭐라고 할 수야 있느냐?"

"말도 걸어 봤습니더. 나하고 결혼할 의사가 없느냐고 단도직입적으로 말했지요."

"그랬더니?"

"그라이까내 안주 결혼 같은 건 생각도 안 한다고 안 합니꺼. 그래서 내가 말입니더. 성숙이랑 꼭 결혼하고 말 끼라고 했거든요."

"그러니까 뭐라구 해?"

"그라이까내 세상 일이 어대 맘먹은 대로 되느냐고. 상수 씨 모친께서도 말씀하지 않으셨어요. 이라능 기라요."

"내가 그럼 말을 잘못 했게……."

"그래서 제가 말입니더. 성숙 씨만 합당타꼬 생각하면 될 거지 세상사에 미룰 건 없잖느냐고. 성숙 씬 새 세대 사람인데 어무이캉 똑같은 말을 해서야 되느냐꼬 기염을 토했지요."

마침 나무 밑을 지나던 때라 바람에 흔들린 가지들이 물방울을 떨어뜨려서 상수도 수건을 꺼내고 박 여사도 콧등을 씻느라고 말이 중단되었다.

"잘 모르긴 하겠지만 운명대로 다 되고 마는 거 아이겠느냐꼬 해요. 꼭 어무이캉 같은 말을 한단 말입니더. 그래서 저는 둘이 합할 수 없는 운명이라면 그 운명을 깨트려 버릴 수도 있는 거 아니냐꼬 말했지요."

"그랬더니?"

"그럴 용기가 없다꼬 말해요. 그래서 제가 말입니더. 그럴 용기도 내면 되지 않느냐꼬 말했어요."

"그러니까?"

202

"그라니까내 내고 귀찮다고 하거등요."

"그래? 내가 그럼 성숙이더러 물어보지."

"어무이가 물어보시면 남승기캉 결혼하겠다꼬 할 꺼로요. 어무이가 어제저녁에 성숙이캉 남승기캉 결혼해 버리라꼬 안 했습니꺼."

아들은 어머니를 지탄하는 말투였다. 어머니는 주춤하고 있다가

"그렇담 내가 잘못했다만 성숙인 제가 한 말대로 아직 누구하고도 결혼할 의사가 아닌 것 같더라. 그 애는 좀 더 큰 생각을 가진 것 같더라. 오늘 아침 부엌에서 나한테 말하는 걸 들어 보니까 목장 같은 걸 하겠다고 하면서 넓고 푸른 들에서 살고 싶다는 거야. 조그마한 어촌이나 농촌이 도회지 보다 좋다고 하더라. 그런데 넌 부산으로 갈까 서울로 갈까 궁리 중이라니 그애 이상하고 안 맞잖어?"

"그런 말을 해요? 그거 참□ □□하이. 그럴 같으믄 저도 여기서 살아도 좋아요. 성숙이랑 결혼만 한다면 아무 데라도 좋아요."

"네 생각이 그렇담 성숙이도 맘을 돌릴지 모른다. 나도 그 애 맘을 돌리도록 힘써 보마."

박 여사는 아들을 붙잡아 매려면 허성숙의 마음을 돌이키도록 해야 하겠다고 생각하면서도 한숨을 가늘게 쉬었다. 그것은 허성숙이가 남승기를 사모하고 있는 눈치를 채고 있을 뿐 아니라 성숙의 배필은 남승기가 맞고 남승기의 배필은 허성숙이가 적당하다고 알고 있는 때문이었다.

24[*]

愛情의 分布圖 ⑤

'역시 자기는 남승기보다 아들을 생각하는구나.'

이런 생각을 박 여사가 짓씹고 있으랴니까 아들은

---

* 원래는 25회차여야 하지만, 연재 당시 번호가 잘못 매겨졌다.

"어무이 말이면 들을 깁니더. 성숙인 어무이 말이면 고마이카내."

하며 휘파람을 후후 불기 시작했다. 박 여사가 아들이 이렇게 휘파람을 부는 것을 보기는 처음이었다.

휘파람은 남승기가 잘 불었다. 남승기는 말보다 휘파람을 잘 부는 편이고 아들은 휘파람은 불지 않고 말을 많이 하는 편이었다.

"상매야아. 같이 가자아."

상수가 휘파람을 그치고 언덕을 넘어가려는 상매를 부르는 것이었다.

"어서 와요오."

상매도 뒷윗 소리를 들은 모양으로 돌아서서 손짓을 해 가며 호응했다.

상수가 몽땅한 몸으로 굴듯 누이동생 쪽으로 달렸다. 박 여사도 걸음을 빨리 했다.

하지만 뛰는 아들을 따라 가기엔 아직 멀었다.

"언덕에서 기다려라아."

박 여사도 소리를 쳤다.

돌아오는 댓구가 없었다.

"거기 서 있거라아."

박 여사는 또 한 번 소리를 쳤다.

아들은 어느새 누이동생이 서 있는 언덕에까지 갔다. 둘이 다 이쪽을 향해 서서 보고 있었다.

"어무이도 좀 뛰어 보시지."

아들이 이쪽으로 향해서 한 말이었다. 딸은 덤덤히 서 있기만 했다. 여니 때의 이런 경우라면 아들보다 딸이 더 야단법석을 쳤을 것이라고 생각하며 박 여사는 그대로 빠른 걸음을 걷고 있었다.

박 여사도 헐떡거리며 언덕 위에 다달았다.

"어무이 고만 걸음에 숨이 차시는갑다."

아들이 어머니의 손을 끌어올리며 말했다. 딸은 입가에 약간의 웃음만 띄우고 말없이 있었다.

"상매 니 어대 아푸나?"

말없이 서 있는 누이동생에게 상수가 물은 말이었다. 박 여사도 딸을 유심히 쳐다보았다. 잎들이 그늘을 지은 탓도 있겠지만 딸의 얼굴은 병자같이 보이기도 했다.

"안 아푸요."

상매는 간단히 대답하고 얼굴을 떨어뜨렸다.

"야 어무이가 니캉 김해원이캉 결혼을 씨기자고 하신다. 니 우얄래? 공부 그만두고 결혼하제?"

"머? 오빠."

상매가 얼굴을 들어 오빠를 쳐다보았다. 당장 그 커다랗고 검은 눈에 광채가 돌았다. 어머니는 딸의 얼굴을 잠잠히 지키고만 있었다.

"어무이가 김해원이캉 결혼하라고 하는 기라."

상매가 얼굴을 또 떨어뜨리며 피시기 웃었다.

"어무이. 보이소. 상매 좋닥 하는 꼬라지 좀."

상매가 끝내 '후훗' 웃음을 내뿜고야 말았다.

"인제 시집가는 날까지 얌전하게 있어야지. 천둥벌거숭이 짓을 말고…… 자 가자. 걸어라."

'후훗' 웃는 딸을 옆눈으로 보아가며 박 여사는 위로 비슷이 타일러 주었다.

하루 밤 서리에 실 친 잎들과도 같이 푹 죽어 버린 딸의 모습이 박 여사는 애처럽기도 했던 것이다.

"니도 남승기 그거보다 김해원이 편이 낫제?"

상수가 발걸음을 떼 놓으며 물은 말이었다.

"어무인 자꾸만……."

하다가 말을 마치지 못하고 상매는 걸음을 멈추었다.

"저기 남승기가 오네요."

박 여사도 상수도 발을 멈추고 언덕 아래 구브러진 길을 휘적휘적 마주 오고 있는 남승기를 내려다보고 있었다.

25
愛情의 分布圖 ⑥

남승기는 이쪽을 알아채지 못한 모양 같았다. 휘파람을 불며 걸어오고 있었다.

"우리 집으로 오나 부다. 내가 있어서야 하는 건데……."

혼잣소리하듯 중얼거리며 박 여사는 언덕 아래를 내려다보았다.

"성숙이캉 만낼라고 오는갑다?"

상매가 오빠에게로 재빨리 시선을 돌렸다.

"저 자식이 말라고 오노? 지가 암만 그래싸도 성숙일 안 뺏길 거로……."

아들은 당장 호흡까지 거칠어졌다.

"너희들은 이상도 해. 왜 그 애하곤 그렇게 맞서려고만 드니? 그 애가 성숙일 뺏자고 하던……."

"어무인 몰라요. 와 어무인 그 자식 편만 듭니까?"

"내가 뭘 그 애 편만 들겠니? 옳고 그른 걸 가리려고 할 뿐이지 편이 무슨 편이겠니? 옛 성인도 옳고 그른 걸 판단할 줄 알아야 정말 옳은 걸 아는 사람이라고 하셨어. 거저 덮어놓고 나무래서야 쓰겠니? 내 보기엔 남승기가 남의 발등을 밟는 일은 안 할 애 같더라. 설령 성숙일 좋아하더라도 네가 성숙을 맘에 먹고 있는 줄 알면 곱게 물러설 애야. 가깝게 지나라. 더구나……."

말을 더 계속하지 못한 것은 남승기가 이쪽을 알아보고 소리를 친 때문이었다.

"저것 봐라. 남승기는 반갑다고 하잖니?"

박 여사가 이런 말을 중얼거리며 언덕 아래를 향해 손을 높이 흔들어 주었다.

"어머이보고 반갑다고 그라는 기지요."

아들의 퉁명스런 말소리에 박 여사는 낮긴 하나 또렷한 소리로

"너는 너무 꼬옹하다. 남자가 쫌 너그러워야지 그게 무슨 짓이냐? 속으론 웬만침 싫더라도 천연스럽게 대할 수 있는 아량을 가져라……."

하고 아들을 다시 타일렀다.

"난 그런 거 싫심더. 능구렁이같이 구능 거…… 저 자식은 여자로 조와해도 쪽으로만 조와하는 기라. 능구리락카이."

"그게 능구레이가 돼서 그런 게 아니야. 속에 두고도 말로 못 하는 사람들은 다 그렇더라. 그런 사람들이 따루 있더라."

박 여사는 이 말 끝에 '후유' 한숨을 쉬었다. 몇십 년 가까이 남영무를 사모해 오는 사이면서도 눈길 한 번 다르게 떠 보지 못한 자기의 안타까운 심정을 내뿜은 것인지 모른다.

"어무이 가입시다."

아들이 발걸음을 내밟으며 서둘었다.

"가만 있거라. 이왕 만났으니 저희 어루신네들 안부나 알고 가자."

이러고 있는데 남승기는 어느새 성큼성큼 언덕 위로 올라왔다. 싱싱한 나무 아래여서 그런가? 그의 눈이 유난히 푸르고 광채가 흘렀다.

"할무이 댁에 가는구나?"

상수나 상매에게 한 말이겠으나 둘이 다 댓구가 없었다.

"오냐 어서 오너라. 집에 가서 어머님을 즐겁게 해 드렸니? 다들 안녕하시지?"

박 여사가 연거퍼 물은 말이었다.

"예에."

남승기가 머리를 꾸벅 숙였다.

"승기 니 어대 갈락 하노?"

댓구도 없이 잔뜩 찌프리고 있던 상수가 물었다.

"자네 집에."

"우리 집에? 가지 마라."

다짜고짜로 잘라 말하는 것이었다.

"왜?"

"주인도 없는 집에 가서 말라꼬?"

"어저께 같이 온 친구들 안 있나?"

"⋯⋯."

상수는 우물쭈물 있었고 박 여사가

"다들 있으니 먼저 가 있거라."

하고 남승기를 달래었다.

26

愛情의 分布圖 ⑦

"그럼 먼저 가 있겠습니다. 다녀들 오십시요."

남승기가 성큼성큼 몇 걸음 옮겨 놓는데 상수가 앞을 가로막으며

"너는 와 내 발등만 볼블락 하노? 목포에서도 그라더이 또 그랄 작정이가? 주인 없는 집에 가믄 안 댄닥 카는데 와 가노 말이다?"

상수 목에 핏줄이 퍼렇게 뻗쳤다. 양미간에 패인 두 줄의 꼬락사니도 한층 깊어갔다.

"상수야 왜 이렇게 옹졸하게 구ㄴ ㅣ?"

박 여사가 아들을 막아서며 눈을 흘겼다.

'찰칵 찰칵.'

박 여사의 흘끼는 눈이 제 자위에 들어서기 전에 상수의 손이 남승기에게로 올라갔다. 남승기도 가만있지 않았다. 상수는 남승기의 모가지를 양팔 안에 끌어 넣었다. 남달리 긴 목이어서 끌어 넣기에 편리한 것 같았다. 그런 뒤에 상매가 또 남승기의 하이칼라 머리를 검어쥐었다.

"애들아 이게 무슨 짓이냐? 너희들은 이래서 못 쓴다. 상수야 상매야 이

걸 놔라 이걸. 응. 너희들은 내 속에서 안 나왔나 부다. 내 속에서 나온 애들
이라면 이럴 수가 있느냐 말이다."

박 여사는 새중간에 들어서서 펄펄 뛰면서 비명을 질렀다마는 젊은 아이
들의 힘을 당해 내는 수가 없었다.

어느새 상수는 남승기의 코허리를 갈겼던 것이다. 코피가 쾈쾈 쏟아져
흘렀다. 코피가 쏟아지니까 상매가 남승기의 하이칼라 머리를 슬그머니 놓
고 휘둥그레해 서 있었다.

"상수야. 승기야. 애들아 이게 웬일이냐? 이 피를 봐라. 애들아 이 피를
봐라. 상매야 오빠를 뜯어내라. 네가 오빠를 뜯어내라. 내가 승길 뜯어내
마……"

소리만 칠 뿐 아니라 박 여사는 눈물을 방울방울 흘렸던 것이다. 상매가
어머니의 말을 듣자 이번엔 오빠한테 달려들어 말리기를 시작했다. 한 사
람이 한 사람씩 맡아 결사적으로 말린 탓인지 상수와 남승기는 겨우 갈라졌
다. 박 여사는 남승기를 얼싸안듯 해서 풀밭 위에 앉혔다. 하늘이 한껏 푸른
때 무슨 새들이 날개를 활짝 펼치고 날아갔다. 남승기 코에서 흘러내리는
핏빛이 한층 붉을 수밖에 없었다.

"도대체 날 때린 이유가 뭐야?"

남승기가 아무래도 분한 모양이었다.

"니 겉은 자식은 직이도 좋아."

"글쎄 쥑일 이율 밝히란 말이다."

"와 우리 집에 가느냐 말이다?"

"어저께 같이 온 친구들한테 별 인사도 없이 와 뿌린 게 안돼서 가는 거
야."

"승기야 날 봐서 참아라. 한쪽이 참으면 싸움이 안 되는 거야. 참아라. 이
아주머니가 가엾잖니?"

박 여사는 연신 남승기의 코피를 씻어 주며 애걸했다. 박 여사의 애걸이
통했던지 남승기는 벌떡 일어나 가던 길을 가려고 하면서

"아주머니 잘못했읍니더. 죄송해요."

라고 말했다.

그러자 상수가 또 남승기의 앞을 질러 막으며 우리도 그냥 돌아가자고 어머니한테 제의하는 것이었다.

"여기까지 왔다 그냥 갈 수 있니? 노인들께 뵙고 가야지."

남승기는 어느새 언덕 아래로 내려가는 것이었다.

"이래 가이고 어델 가요?"

아들이 피 묻은 손을 벌려 보였다.

"괜찮다. 길에서 쪽제빌 잡느라고 그랬다고 하지. 코피가 터진 승기도 저렇게 가잖니? 자 가자. 걸어라."

삼모자가 걸음을 옮겨 놓기 시작했다.

"집에만 가 봐라. 지기 뿌린다."

상수는 걸음을 옮겨 놓다 말고 언덕 아래를 내려다보고 지껄였다. 박 여사는 남승기에게 집에 가 있으라는 말을 다시 못 하고 말았다.

27
愛情의 分布圖 ⑧

언덕을 내려서 모퉁이 길을 돌아서면 사래가 긴 논에 자리잡고 들앉은 쪼그마한 초옥이 박 여사의 친정이었다.

그보다 좀 뒤에 떨어져 앉은 크지 않은 기와집이 남영무 씨 집이었다. 그러니까 친정댁과 남영무 씨 집은 바루 이웃이었다. 상초 영감의 안내로 남영무 씨네는 여기에 자리를 잡았던 것이다.

남영무 씨 집이 바루 이웃이기 때문에 박 여사가 친정에 자주 드나들 수 없었던 것이다. 그러나 친정에 줄곧 가고 싶은 마음이 있은 것은 이 남영무 씨 집과 친정댁이 이웃하고 있는 탓이기도 했다.

"할무이이 할아부지이."

상매가 소리를 처 불렀다.

"얘 그냥 조용히 들어가자."

박 여사가 딸을 말렸다.

밭에 나와 일하는 사람 중에 혹시 남영무 씨가 있지 않을가 염려스러웠던 것이다.

"너희들 오느냐? 어서 오너라."

어느새 노인들이 이쪽을 알아보고 마주 나왔다. 모친이 앞서고 그 뒤를 따라 부친이 나왔다. 부친이 이처럼 바깥에까지 나오기는 처음이었다. 어느 때나 방에서 절을 받으며

"왔느냐?"

한마디의 말을 던져 주면 고만이었다.

마중을 나온 모친이나 부친은 먼젓번보다 한층 노쇠한 모습을 보였다. 머리칼도 더 많이 희었고 허리도 더 구브러져 있음을 알았다.

박 여사의 코허리가 씨잉 저려 왔다. 어쩐지 오래 생존해 줄 것 같지 못한 인상을 그들한테서 받게 되었다.

"할아버지한테 먼저 절해라."

상수가 외조부 앞에 납죽히 엎드려 절을 했다.

"너는 절하는 모양세까지도 꼭 너 아범이구나."

상초 영감이 잇빨 빠진 입을 흐믈거리며 웃었다.

"상매도 절 해야지."

"난 경례로 할랍니더."

상매가 외조부 외조모 앞에 머리를 대강 꾸뻑거리다 말았다.

"너는 어멈이 자랄 때 같지 않구나. 너 어멈은 어떻게도 조용했던지 곁에 있는지 없는지 모를 지경이더니……."

"할무이도 그거 존 건 줄 아시는가베. 원자탄이 생기고 수소탄이 생긴다는 이런 시대에 어무이겉이 조용하다간 살지도 몬해요."

"옳은 말이야. 우리 말괄량이 말이 틀릴 리 있나. 헛허헛."

상초 영감이 입을 크게 벌려 웃었다.

"아무리 신시대라고 해도 계집은 조용해야 하는 법이니라. 천하에 보기 싫은 게 계집이 덜거덩덜거덩 하는 꼴이더라……."

"인자 할무이 집에 오지 말아야겠네. 자꾸 말괄량이라고 해쌓고 머……."

"그래도 우리 상매가 외모는 지 어멈을 쏙 뺐어."

"맘속까지 닮았어몬 좋겠단 말씀이지요?"

"욕심껏 말한다면 그렇다마는 그 어디 말대로 되더냐?"

"그래도 지 할 일은 다 할 기이 염려 마시이소."

상매는 큰소리를 탕탕 치는 것이었다. 박 여사는 딸의 그렇게 하는 모양을 보고 있다가

"잘 살기나 했으면……."

하고 혼잣소리 비슷이 했다. 박 여사는 또다시 딸의 일로 해서 마음이 무거워지는 것이었다.

"그래도 우리 상매가 선수 값은 할 거야. 의식 걱정은 없이 살걸. 인제 저만침 색씨 태도 나고 했으니 치워 버리는 것이 어떨가?"

"그러잖어도 치아 뿔라고 해요. 할아부지, 결혼이란 기 인생일대의 중요한 일이 아입니꺼."

상수가 이렇게 말하며 앞을 나섰다.

28

愛情의 分布圖 ⑨

"암 중요하다 말다. 남녀가 배필을 잘 선택하고 잘못 선택하는 데 일생이 좌우되는 건데 중요하지 않고……. 너두 인젠 졸업도 했고 하니 장가를 가야지. 그래 상수야 너 어디 존 규수나 봐 두었더냐?"

"저는요. 차차 봐야 않겠읍니더. 그래도 상매는 좋은 배필이 결정됐읍

니더."

상수는 자기는 얼버무려 놓고 누이동생 문제를 꺼집어내었다.

"어딧 사람인데?"

"부산 사람인데 신랑 부친이 큰 무역상을 합니더. 요새 밀수로 해 가지고 한 재산 톡톡 잡았다고 소문이 났어요."

"부귀는 누구나 사람마다 원하는 것이지마는 도리에 어긋나게 얻으면 그것을 취하지 말 것이고 빈천은 저마다 원하지 않는 바이지만 부디처 오면 물리치지 말라고 공자께서도 말씀하셨다. 밀수를 해서 얻은 돈이라면 그건 도리에 어긋나게 얻은 돈이야. 그런 돈은 물거품과 같은 것이니 돈보다 신랑자의 인격을 봐서 채택함이 옳을 것이다."

"돈도 있고 인격도 있으면 더 안 좋습니까?"

"암. 그야 그렇게만 된다면 금상첨화 격이지. 허나 대개 볼정 같으면 그런 중에 있는 사람들의 인격이란 빤하더라. 상매 배필 될 사람을 지나 보지도 아니하고 이런 소릴 하는 것은 덜 좋은 일인 줄 안다마는 내 생각엔 그자리가 싸답지 않구나."

"또 저런 소릴 하시는군그래. 저 어멈을 치울 때 하던 소릴 이제 와서도 되풀이 하시니 영감도 딱하시우. 그래 돈 있는 사위 와서 손해 볼 게 뭐람. 돈이면 상놈도 양반 행세하는 세상인데 지금 그 애들 어멈이 돈 없이 혼잣몸이 돼 보지. 자식 새끼들을 달고 친정에나 돌아왔지 별 수 있었을라고. 약한 여자지만 제 손으로 자식들을 척척 대학 공부까지 시킨 건 돈 덕이지 뭔가 말이요?"

상초 영감의 말을 마누라가 나서서 꺾으려 들었다.

"아직 결정 지은 건 아닙니다. 과히 걱정 마세요."

박봉혜 여사가 기운 없는 어조로 부친과 모친 앞에 한 말이었다.

"어무인 또 저러시네요. 아까 올 때는 김해원이캉 상매로 결혼시키 뿌리자고 하시 놓고……"

아들이 핏대를 세우며 박 여사에게 대어들었다.

"봉혜 네 맘에 드는 인물이라면 내가 굳이 말리지는 않겠다. 내 생각엔 저희들끼레 좋니 어쩌니 하는 게 아닌가 해서 여러 말을 한 거야. 그래 신랑 자 될 사람의 인품이며 그 가문이 어떤고?"

상초 영감이 낯색을 고치며 딸의 눈치를 살폈다. 딸은 부친의 시선을 피하며

"글쎄올시다. 아직은……."

하고 또 힘없는 어조로 말끝을 얼버무려 놓았다.

"어무이 우물쭈물할 거 없어요. 아까 길에 오면서 결정한 대로 상매는 김 해원이캉 해 뿌능기 조와요. 머니머니 해싸도 돈이 제일이지 머요. 아무리 숙맥 같은 작자도 돈만 있어몬 영웅호걸로 대 뿌리는 긴데 머. 국회의원을 손아귀에 몬 넣나 장관을 지 맘대로 몬 주무르나 할아부지 그라몬 그만 아 입니꺼?"

상수의 기세는 좀체로 숙여지지 않았다.

"철없는 소리야. 장관이나 국회의원은 나라를 다스리고 백성을 키워나 가는 어룬이야. 북두칠성이 제자리에 딱 박혀 가지고 뭇 별을 따르게 하듯 이 위정(爲政)자는 온 백성이 그를 따르게 할 뿐이지 백성 한 사람 금력에 좌 우되지 않는 거야."

상초 영감이 엄격한 어조로 외손자를 타이르는 것이었다.

29
愛情의 分布圖 ⑩

"그렇지만 할아부지 말씀대로 장관이나 국회원이나 그래야 말이지요. 금력에 넘어가는 축들이 얼마던지 안 있습니까. 그 실증을 대라면 얼마던 지 댈 수가 있습니다……."

"알어. 알구 있어. 나도 이 촌구석에 들앉아 있어도 다 알구 있어. 페일언 하고 금력에 넘어갈 수 있는 그런 축들이 그게 무슨 국회원이며 장관이겠느

냐 말이다. 그런 축들은 하루에 수백 명씩을 좌우한대도 장한 일이 못 된다. 그런 축을 백 명 좌우하느니보다는 옳은 사람 하나를 아는 편이 나으네라."

"상수야 인제 그만하고 점심이나 먹어라. 할아부지하고 이 얘기해야 백 년 그 소리시다. 쾨쾨묵은 소리…… 그런 소릴 들을 거 없이 젊은 것들 소견대로 하려무나. 상수 말대로 뭐니뭐니 해야 이 세상엔 돈이야. 돈만 있으면 안 되는 일이 없는걸."

마누라는 어디까지나 금력으로 한몫 보려고 드는 외손자의 편이었다.

"마느라 말도 맞긴 맞았어 누가 아니라나. 헛헛헛 밥들이나 먹어라."

상초 영감은 웃음으로 자기와는 사고방식이 다른 대상의 대립(?)을 완화시키려 드는 눈치 같았다. 그렇게 하고 있는 상초 영감 얼굴엔 까닭 모를 어떤 그늘이 서리우는 것을 볼 수 있었다.

"아부님 너무 염려하실 거 없읍니다. 다 자기 팔자대로 걸어가는 게 아니겠어요?"

딸이 부친을 위로하기라기보다 자기 자신에게 타이르느라고 한 말인 것 같다.

"그렇기야 하지. 인생 만사가 억지로 되는 게 아니지."

"아부님. 그렇지만 어버이 된 사람의 도리로서 팔자대로 가라고 가만 내버려 두어서는 안 되겠지요?"

"그럴 터이지. 네 말이 그렇게 나오면 어버이 된 도리를 잘못한 내가……."

"아부님 제가 여쭙고저 하는 건 그게 아니올시다."

박 여사가 부친의 말을 얼른 막았다. 상수 상매가 듣는 데서 박 여사 자신의 결혼이 불행했다는 말을 꺼내고 싶지도 않았거니와 박 여사의 질문한 의도가 부친의 그러한 대답을 듣고저 함이 아니었다. 진실로 혼자 어쩌낼 수가 없는 암담한 이 경우에 자기 이외의 힘을 빌고 싶어서 한 말인 것이다. 아침에 상수 상매를 데리고 집을 떠날 때부터 박 여사는 이런 생각을 하고 있었는지 모를 일이다. 박 여사는 지난밤 이후로 남편이 살아 있었더면 하는 생각을 몇 번 되풀이했던 것이다. 풍랑에 수 척의 배를 잃어버리고도 하지 않던 생각이었다. 그만큼 그는 암담했고 절박했던 것이다.

"그렇다면 무엇이냐?"

딸한테 말을 꺾인 상초 영감이 딸의 얼굴을 유심히 들어다보며 되물었다.

"아무것도 아닙니다."

딸은 잠간 망서리다가 이렇게 대답했다. '아무것도 아니라'고 하는 수밖에 없었던 것이다. 이 자리에서 무엇을 어떻게 말해야 한단 말인가.

"어서들 밥이나 먹어라."

옆에서 모친이 서둘어 주는 말에 박 여사는 얼른 몸을 움직여 밥상을 대하고 말았다. 서둘기를 잘 하는 모친이 이런 때엔 고맙게 여겨졌다.

"애, 저 남씨 댁 영식이 어떻겠느냐? 상매 배필로서……."

상초 영감이 밥을 호믈호믈 씹다가 딸에게 뒤곁을 가르키며 물은 말이다.

30
愛情의 分布圖 ⑪

"영감도 쓸데없는 소릴 좀 작작 하세요."

상초 영감의 뒤 곁을 가리키던 손이 채 돌아오기도 전에 마느라가 눈을 흘끼었다.

"남영무 씨 아드님 말씀입니까?"

모친의 반대 의사를 알았건만 박 여사는 상초 영감의 말 뒤를 쫓으려 했다. 상매가 당황한 기색으로 주위라기보다는 오빠에게 구원을 청하는 듯한 눈치를 보였다.

"그거는 몬써요. 현대 청년으로선 제롭니다."

상수가 모친의 말을 무시하고 나섰다.

"그러게 말이다. 영감은 밤낮 그 집 아들 칭찬이지만 거기 볼 데가 어디 있게 말이냐? 머리에 빗질도 잘 안 하는 상이더라. 게다가 돈이나 많은가.

저 아범이 양계를 해 가지고 겨우 사오 명 권속이 살아가는 형센데 돈 떼미에 올라앉을 애를 이런 촌구석에다 떨어트릴 생각이요?"

마누라가 외손자와 영감을 엮가람 보아 가며 옆을 내었다.

"제발 마누라는 좀 나서질 말아요. 마누라가 나서서 잘된 일이 하나나 있오? 그 애가 머리에 빗질을 안 하는 걸 어떻게 알아? 인제 그만했으면 풀이 죽을 때도 됐으련만. 원⋯⋯."

"머리에 빗질 안 한 걸 몰라요? 머리가 늘 금방 자고 난 것처럼 푸시시한 걸 봐도 몰라요?"

"기름을 안 발라서 그런 게지 그게 빗질 안 해서 그런 거요? 나 원."

"그만두세요. 아부님."

박 여사가 부친을 제어했다.

"글쎄 들어 보란 말이다. 너도 잘 알겠지만 혼사가 성립되고 안 되는 건 제 분복에 있는 일이지만 요새 청년으로 그만한 아이가 없어. 어제저녁에도 저의 어룬과 같이 여기 와서 적잖게 으레 이야기하다 갔다마는 인물만 준수한 게 아니라 생각이 아주 바르단 말이야."

박봉혜는 길게 한숨을 내뿜고야 말았다. 부친마저 남승기를 칭찬하고 보니 마음은 더 한층 안타까울 뿐이었다.

"남 선생이 놀러 오시는군요?"

박봉혜가 한숨 끝에 이렇게 물었다.

"틈만 있으면 한참씩 놀다 가군 하지."

딸의 심정을 알 턱이 없는 모친이 내받아 한 소리였다.

"남 선생이 이웃에 와 살게 되면서 내가 덕을 많이 봤지. 벌써 십 년채 늘 덕을 보고 있는 셈이야."

부친도 딸의 심정을 모르고 자기의 이야기만 하는 것이었다.

"덕 본 게야 뭐 있어요? 되려 그쪽에서 영감 덕을 본 셈이죠."

"마누라는 또 모르는 소리요. 덕을 봤거나 뵈었거나 결과는 마찬가지란 말이요. 슬기로운 이웃이 아니면 이쪽에서 덕을 뵈우려 해도 용이하게 되는 법이 아닌걸.”

“할아부지 이바구는 도모지 재미가 없어요.”

상매가 상 앞에서 일어나며 짜증을 내었다.

“상매야 우리는 집에 가까.”

상수도 일어서려고 했다.

“그럼 둘이 먼저 가려므나.”

외조모가 외손주들을 다 쫓아 보낼 생각인 모양이었다.

상초 영감은 마누라와는 딴판으로 외손주들을 막 잡으려고 했다. 이왕 온 길이니 남영무 선생을 만나 뵙고 가야 도리에 닿는 일이 아니겠느냐고 하면서 머슴을 불러 남영무 선생이 계신가를 알아보라고 일렀다.

31
愛情의 分布圖 ⑫

머슴이 이어 다녀와서 남 선생이 집에 계시더라고 알려 주었다.

“어디 가실 데가 있나? 여기 안 오면 줄창 집에 있기루 마련이지.”

상초 영감 말에 머슴은 또

“대지 우리를 치고 기십디더. 와 찾느냐고 묻습디더.”

하는 것이었다.

“그래서 뭐라고 했수?”

박봉혜가 다급하게 머슴의 말을 받았다.

“다대 마을서 손님이 오시서 그란다고 했습디더.”

“그러니까?”

“다대 마을? 카시더이 일로 오시겠다꼬 하십디더.”

하자 박봉혜는 또

“애들아 너이 둘이 댁으로 찾아가 뵙는 게 옳잖아. 아부님 안 그렇습니까?”

218

하고 도무지 침착할 수 없는 자세로 허둥거렸다.

"하기야 찾아가 뵈여야 도리에 닿겠지마는 남 선생이 오신다고 했다니 여기서 뵙고 가거라."

하면서 상초 영감이 뒷곁 문을 열어 제쳤다. 박봉혜의 시선이 뒷곁으로 내달렸다. 내달린 시선 안으로 제일 먼저 들어온 것이 남영무 선생 집이었다.

아까 모퉁이 길에서와 같이 화안히 나 드러나 보이지 않고 三분지 一가량은 보리밭이 가려 주어서 웃두머리만 보였다. 박봉혜는 벌떡 일어섰다.

"남 선생이 오시나?"

딸이 남 선생을 기다리느라고 일어서 있는 줄만 알았던지 상초 영감은 이렇게 물었다.

"아뇨."

딸은 당황히 대답하며 자리에 다시 앉아 버렸다.

실상 말이지 박봉혜는 왜 벌떡 일어나 섰는지 자기도 알 수 없었다. 부친한테 대답할 때도 남영무를 기다리느라고 서 있은 것은 결코 아닌 것 같다. 그보다는 뒷곁 문이 열리자 시야 속으로 들이미는 남영무 선생의 집이 보리밭 때문에 三분지 一가량이 가려져 있는 일이 안타까와서 일어섰는지 모르겠다.

그렇게 주장할 수밖에 없는 것이 박봉혜는 머슴이 돌아와서 남 선생이 오신다고 말했을 때부터 남영무가 오면 어쩌나 하는 마음만이 꽉 차 있었던 것이다. 그래서 아들과 딸에게 너희들이 가 뵈어야 하지 않겠느냐고도 해 보고 또는 가 뵙도록 하는 것이 좋지 않겠느냐고 상초 영감한테 묻기도 했던 것이었다.

바람이 있나 보았다. 보리밭이 바다 속처럼 출렁거렸다.

"저기 오시네."

상매가 눈을 가슬게 떠 뒤곁을 내다보며 손질했다. 박봉혜도 그리로 시선을 돌렸다.

과연 남영무가 보리밭 샛길을 헤엄치듯 해 오는 것이었다. 그의 집이 三

분지 一가량 보리밭에 가려서 보이지 않듯이 남영무 선생의 몸뚱이의 三분지 一가량도 보리밭이 가려 있어서 상체(上體)만 보이는 것이었다. 三분지 一가량이라고 했지만 어쩌면 가리운 부분보다는 드러낸 부분이 몇 푼가량 더했을지 모르는 일이다. 왜냐하면 아직 보리가 다 자라지도 않았거니와 남영무의 키가 본래 큰 데다가 그는 맥고모자를 쓰고 있었던 것이다.

"나가 뵈아라."

상초 영감이 외손자들한테 일러 주었다. 두 아이가 다 머뭇거리다가 상매가 먼저 나갔다. 그러니까 상수가 뒤를 따랐다.

"요새 아이들은 전의 사람들 같지 않아서 은사를 대단치 않게 여긴단 말이야. 은사란 부모 맞잡인데……."

외손자들이 나간 뒤에 상초 영감이 개탄한 말이었다. 박봉혜는 두근거리는 가슴을 걷어 안으며 일어나 뒷곁 문을 재빨리 닫아 버렸다.

"닫긴 왜 닫아?"

"너무 활짝 열려 있잖아요?"

박봉혜는 정말 너무 활짝 열려 있는 데서 그를 대해 낼 수가 없었던 것이다.

32
愛情의 分布圖 ⑬

"너희들 왔구나."

가까운 거리에서 남영무 선생의 궁구른 음성이 들려왔다. 박봉혜는 금시 자기의 피가 온통 하체(下體)로 내려 쏠리는 것을 깨달으며

'어쩜. 옛날과 마찬가지야. 하나도 변하지 않으셨어.'

하고 속으로 중얼거렸다.

"애야. 너도 머리를 내밀어야지 자식의 은사면 그럴 수가 없느니라."

딸의 속을 알 턱이 없는 상초 영감은 허둥거리고 있는 딸을 독촉하는 것

이었다.

"나가긴 뭘. 아침저녁으로 드나드는 양반을……."

모친 역시 딸의 마음을 모르고 영감을 나무래려고만 들었다.

박봉혜가 움쭉 일어섰다. 부친의 말씀을 쫓으려 함에서도 아니고 모친 말씀을 거역하려고 함에서도 아니었다. 거저 어떻게 일어서게 되었던 것이다. 역시 허둥거리는 마음의 표현이었을지 모르겠다.

"상수 모친께서두 오셨읍니까."

박봉혜가 문밖에 머리를 채 내밀기 전에 남영무 선생이 상수 상매를 양쪽에 세워 데리고 들어오면서 첫마디를 던졌다.

"선생님."

박봉혜는 '선생님'을 외쳤을 뿐 다른 말이 나오지 않았다. '선생님'이라는 이 짤막한 한마디도 지극히 낮은 소리였었다. 지극히 낮은 소리로 '선생님'을 외치면서 박봉혜는 허리를 한없이 굽혔던 것이다. 지나간 날에도 박봉혜는 달리 어쩔 수 없는 대신 늘 이렇게 허리를 한없이 굽혔던 것이다.

"참 오래간만입니다."

박봉혜의 허리가 완전히 펴지기 전에 남영무 선생이 옛날과 별로 달라지지 않은 듯싶은 서늘한 눈으로 박봉혜를 건너다보며 말하는 것이었다.

"저런, 그동안 피차에 못 만났던가?"

남영무 선생 말을 들은 상초 영감이 그럴 수 있겠느냐는 얼굴을 지으며 남영무와 딸을 번갈아 보았다.

"그럴 밖에 있어요? 남 선생이 상매가 졸업하던 이듬해에 학교를 그만두고 여기 올라오셨으니……."

"그렇겠군. 봉혜가 여길 자주 못 오지 남 선생이 또 두문불출하시지 하고 보니 지척이 천 릴 수밖에……."

모친과 부친이 주고받는 말이었다. 그런데 박봉혜는 '지척이 천 리'라는 부친 말에 부친은 혹시 자기의 심정을 알고 있는 것이 아닌가 하는 염려가 들었다. 실상 말이지 박봉혜는 친정에 자조 드나들고 싶어도 남영무 선생이 친정 곁에 사는 까닭에 추석이나 설 명절이 아니고선 친정 출입이 별로 없었던 것이다. 그렇게 오가고 하는 경우에 이르러서도 남영무 선생 몰래 다녀가곤 했던 것이다.

몇 발걸음만 놀리면 남 선생 댁에 갈 수 있고 고개만 돌리면 남 선생 계신 곳이 보일 것이지만 박봉혜는 굳이 그런 일을 스스로 피해 왔던 것이다.

언덕길에 올라서면 그 집이 온통 다 보이건만 어느 때나 그는 목묵히 그냥 걸으며 지척이 천 리라는 말을 되씹곤 했던 것이다.

"상수는 그동안 종종 만나서 그다지 모르겠는데 상매는 아주 몰라보게 자랐군요. 아이들 자라는 건……."

남영무 선생이 상매와 박봉혜 여사를 보아 가며 이런 말을 하는 것이었다.

33
愛情의 分布圖⑭

"아이들 자라는 건 나무 자라는 듯하는걸. 저 마당 느티나무가 우리 봉혜 시집가던 해 심은 건데 저렇게 자란 걸 보지. 인제 하늘을 다 덮을 지경이거든…… 헛허허."

상초 영감이 한바탕 웃고 난 다음 상매가 남영무 선생을 찬찬히 쳐다보다가

"남 선생 억씨 늙었읍니더. 머리가 쌔하얗네요."

하며 손을 치켜들어 남영무 선생 머리를 가르켰다. 박봉혜 여사도 딸이 가르키는 데로 시선을 보냈다.

과연 남영무 선생 머리는 하얗게 세어 있었다. 자기는 미처 그것을 알아보지 못했던 것이다. 알아보지 못한 것이 아니고 보고서도 미처 알아채이지 못했던지 모르겠다.

억만년의 세월이 흘러가더라도 가슴속에 젊게 살아 있을 모습인 까닭에

미처 알아보지 못했던지 모르겠다.

"어룬이야 자꾸 늙어가는 거지. 아이들이 나무 자라듯 하는 사이에 어룬들은 서리 맞은 쑤거럭 바가지처럼 쭈굴쭈굴해지는 거야. 헛허허."

상초 영감의 웃음소리가 처량하게 높았다.

"상매는 지금도 공부 잘하느냐? 남한테 지려고는 들지 않으니까 잘할 터이지."

남영무 선생은 우울한 화제에서 벗어나려고 함에서인지 혹은 옛날을 회상하고저 함에서인지 이렇게 말하고는 상매를 보던 시선을 박봉혜 여사에게로 돌렸다.

"네. 지금도…… 지금은 전에 같이 극성스레 남한테 안 지려고 기를 부득부득 쓰는 것 같잖어요. 그러니까 성적이 떨어지더군요."

박봉혜 여사의 대답이었다.

"성적이 떨어지면 어떻습니까. 총명하기만 하면 돼요. 상매는 너무 총명했지."

"남한테 안 지겠다는 생각은 아직도 있긴 하면서도 노력을 안 하니까 떨어지거든요."

"대학에 가서까지 점수 따기에 노력할 필요는 없다고 봅니다. 요령만 있으면 됩니다."

"선생님 정말 그렇씹니더. 국민학교 여학교에서 머 한다꼬 공부도 그렇기 열심이 했는지 몰라요. 공부보다 중요한 일이 안 있읍니꺼?"

"니 공부보다 더 중요한기 멋고? 결혼이가?"

상수가 누이동생 말을 받았다.

"상매가 벌써 그런 문젤 이얘기하게 됐나?…… 하긴 그럴 때도 됐을지 모르지…… 지금 몇 살이겠나?……."

"스물둘입니다. 나이만 먹었을 뿐이지 천둥벌거숭이랍니다."

박 여사가 남영무 선생 말댓구를 하고 나서 한숨을 가늘게 쉬었다. 또 지난밤에 이루어진 불행이 그의 뇌리를 어지럽혔던 것이다.

"부모 눈에는 밤낮 봐야 어린애 같아도 저희들 생각은 벌써 달른걸요. 공부 외에 중요한 일이 있다는 말을 들어 보십시요. 상매도 인제 시집보내 줘야겠는데……."

"남 선생 그렇게 말입니다. 상매가 인제 저만침 자랐으니 혼인을 시켜야 하겠는데 남 선생 우리 상매를 잘 보아 주십시요."

상초 영감이 남영무 씨의 말맷구라기보다 그의 심중을 떠보려는 눈치였다.

"잘 보고 못 보구가 있겠읍니까? 상매같이 멋진 색씨감도 드물걸요."

"선생님 고맙습니다. 우리 어무인 날로 밤낮 말괄량이라꼬만 하시는데 그렇기 칭찬해 주시어 참 좋네요."

상매가 큰 눈을 번득거리며 벌룸 웃었다.

"자식이란 애물이라더니 제가 지나 보니 정말 그렇습니다. 병을 앓은가, 타곳에 보내 놓고는 배를 골으면 어쩔가, 두루 걱정이더니 인젠 머리가 저렇게 커 가니 딴 걱정이 생깁니다."

박봉혜 여사는 자기가 믿는 남영무 선생한테 구원을 청하고 싶은 마음이 일어났던 것이다.

34
愛情의 分布圖⑮

그러나 남영무 선생은 박봉혜 여사의 마음을 조금도 모르고

"걱정하실 거 없읍니다. 어룬들이 걱정 안 해두 다 제 할 일을 잘합니다. 요새 아이들이 우리네 어룬보다 현명해요. 어린이 제 갈 길을 가려구요." 하는 것이었다.

"선생님은 걱정 안 될 만한 자제를……."

'선생님은 걱정 안 할 만한 자제를' 하고 말하려던 박봉혜 여사는 깜짝 깨달은 듯 말을 끄쳤다. 남승기같이 훌륭한 아들을 둔 남영무 선생이기 때문

에 그런 말씀을 하는 것이라고 박 여사는 말하고 싶었지만 참아 그렇게는 할 수가 없으므로 그는 다시 마음을 가다듬으며

"그래도 선생님 저희들끼레 하는 짓을 가만 내버려 둘 순 없잖아요? 어른이 다잡아서 최소한도의 불행을……."

하다가 박 여사는 또 말을 중단해야 했다.

"아무튼 걱정하실 것 없습니다. 상수나 상매는 모두 이기고 나갈 아이들이지 패밸 당하지는 않습니다. 어떠한 경우에 부닺치더라도 뚫고 나갈 수 있는 힘을 소유하고 있읍니다."

남영무 선생 말씀도 맞지 않은 것은 아니라고 짐작했다. 그러나 박봉혜 여사는 아들이나 딸이 소유하고 있는- 힘이 그다지 반갑지가 않았다. 분별없이 남을 이기기만 하려는 그 힘 때문에 아들과 딸은 불행할 것이라는 생각이 드는 때가 있었다. 위선 아까 언덕에서 일어난- 아들이 남승기를 뚜들겨 팬 일만 하더라도 얼마나 불행한 일이던가. 남을 불행하게 만들면서 승리하는 그러한 일은 죽은 남편에게서부터 넌덜머리가 났던 것이다.

"남을 불행하게 만들면서 승리하는 일은 이기는 게 아니고 지는 게라고 저는 생각하고 싶습니다."

"우리들은 그렇게 생각하고 살아왔지만…… 상수 상매 우리 집에 가자. 가서 점심이나 지어 먹고 내려가거라."

남영무 선생이 두루 성가신 화제를 돌리며 상수와 상매 쪽에 얼굴을 돌렸다. 상수 상매 얼굴에 갑자기 당황한 빛이 돌았다.

"승기도 없는데 거긴 왜 가? 인제 집에 가야겠읍니다."

박 여사도 당황할 수밖에 없었다.

"참 승기는 상수 집에 가겠노라면서 조금 전에 떠나갔는데 내려갔던가요?"

"만났읍니다. 어무이 빨리 집에 내려가입시더. 여게 이레 있이몬 머 하능기요?"

"그래라. 어서 가자."

아들은 또 어떠한 언행으로 남영무 선생 앞에서 자기를 괴롭힐지도 모른다는 생각이 들었다. 상수 상매는 어느새 사립문 밖으로 나갔다.

"야들아 언제 또 오겠느냐?"

"인제 학교에도 안 가고 하니 자주 오너라. 어머니도 상수가 집에 와 있으면 틈이 있을 테니 좀 오려무나."

부친과 모친이 따라 나오며 기를 써서 소리를 쳤다.

"잘 가라. 상수. 잘 가라 상매."

남영무 선생도 사립문 밖에까지 나와 상수 상매에게 손을 저었다. 손을 젓는 남영무 선생에게 상매가 손을 저어 호응하고 상수는 허리를 꾸뻑해서 인사를 했다. 박봉혜 여사도 아들하고 비슷하게 허리를 굽혔다. 그리곤 다시 돌아보지도 아니하고 그는 아들과 딸의 뒤를 따라 걷고 있었다. 그의 눈에는 자기도 모르게 눈물이 글썽 고여 있었다. 그것은 그렇게도 어렵게 만난 남영무 선생을 쉽게 이별하는 까닭에 생긴 눈물이라고만 해석할 수가 없으지 모르겠다.

35

波紋 ①

그들이 집에 돌아와 보니 집에는 아무도 없고 모두가 조용하기만 했다. 상수가 이층으로 달려 올라가 본다, 상매가 건넌방으로 달려 들어가 본다 야단법석이었다.

"없어. 승기 그넘하고 모도 갔는갑다."

이층에서 내려온 상수의 양미간이 어느새 주름이 잡혔다.

"어대로 갓시꼬? 김해원이도 갔나?"

상매 얼굴에도 실망의 빛이 서려 있었다.

"자야아."

상수는 심부름하는 계집아이를 불러 보았다.

"참말로 자야도 없다야."

상수가 뒷결으로 뜰 아래 광 속으로 '자야'를 찾으며 달려 다녔다. '자야'에게서라도 어떻게 된 사유를 알고 싶었던 것이다.

"자야. 자야. 자야. 이 넘우 가시나도 가 뿌릿나?"

상수의 눈에 당장 핏기가 돌고 양 어깨가 매우 올라갔다. 상수는 숨결이 거칠어지면 어깨가 올라가고 목이 옴추라 들어갔다.

"오빠 오빠 여기 있어요. 펜지 써 논 거 있어요."

방 속만 뒤지던 상매가 쪽지 한 장을 들고 나오며 소리를 쳤다.

"머라캤노? 이리 도."

상수가 누이동생 손에서 쪽지를 다급히 쌔려 채었다.

　　상수 군에게 실엄 야구 시합 때문에 합숙을 하게 될 터임으로 돌아가네. 자네들도 만나 보고 아주머니도 뵈옵고 가야 할 테지만 늦으면 샛바람이 일가 봐 지금 떠나가네. 마츰 배도 있고 해서.
　　　　　　　　　　　　　　　　　　　　　　　　－ 즉일 김 해 원

상수는 두 번 읽었다. 한 번은 속으로 읽고 한 번은 소리를 내어 읽었다.

"자아식 누구들캉 간다는 말은 안 쓰고 이기 머꼬?"

상수 목에 핏대가 쪼옥 섯다.

"이옥채캉 한끼 간 기지 머."

"와 이옥채뿌이가? 남승기 이넘우 자식이 모도 델고 간 거지. 장 서방안테 가 물어바야지."

"장 서방이 지금 왜 집에 있겠니? 밭에 가지 않았으면 바다에 나갔을 테지."

박 여사가 아들을 말렸다.

"장 서방 댁이라도 있을 거 아입니꺼?"

"내가 나가 볼 게 가만있어라. 무슨 일을 서서히 채려 나가야지 그렇게 서들어 버릇하면 못쓴다."

박 여사가 아들을 나무래면서 장 서방에게로 발을 돌렸다. 장 서방은 집에서 머슴으로 부리는 사람으로 삽작문 하나 사이를 둔 옆채에서 살고 있었다.

"오빠 우리도 부산 나가입시더."

모친의 치마자락이 삽작문 저쪽에 사라지자 상매가 속삭인 말이었다.

"가마있거라."

오빠는 누이동생 말을 퉁명스럽게 문질러 놓았다. 누이동생 말을 순순히 받을 만한 경황이 하나 없었던 것이다. 그의 눈앞엔 히히낙락거릴 남승기와 허성숙의 모습만이 얼씬거렸다.

"아무도 없구나. 밭에들 나갔나 부다. 둘이 다 나간 걸 보니……."

박 여사는 힘없이 삽작문을 닫으며 말했다.

"어무이 나도 갈랍니더."

"어디로?"

"부산 갈랍니더."

"오빠 나도 갈라요."

"니는 집에 있가라."

"왜 내만 집에 있으라꼬?"

상매도 부득부득 따라 나서는 것이었다.

36

波紋 ②

"애들아 왜들 이러느냐? 어디로 간단 말이야?"

박 여사는 그 자리에 콱 주저앉으며 소리를 질렀다. 분명코 비명이었다. 박 여사 짐작에도 남승기랑 허성숙이가 부산에 가고 이옥채도 김해원을 따라간 것으로만 알았다. 그렇다면 그 뒤에 벌어질 사태는 어떻게 되느냐 말이다. 우선 아들은 남승기를 아까 언덕에서처럼 뚜둘겨 팰 것이 아니겠는가? 뚜둘겨 패는 정도를 지나서 아주 못 견디게 만들어 놀지도 모르는 일이다.

또 그리고 김해원과 이옥채는 어찌 되는 것일까? 이런 뒤죽박죽인 사태 앞에 박 여사는 도저히 자기 자신을 추세울 수가 없었던 것이었다.

박 여사의 소리가 너무도 절박했던 탓인지 아들과 딸은 걸음을 일시에 멈추고 돌아다보았다.

"이리 오너라. 그렇게 가선 안 된다. 이리 들어오너라."

그러나 그들은 돌아 들어올 자세는 아니었다. 딸은 추썩추썩 밖으로 걸음을 옮겨 놓고 있는 것이었다.

"상매야. 네가 에미 죽는 꼴을 보구래야 알겠니? 네가 왜 에미 속을 싹싹 태우느냐 말이다. 이리 썩 들어오지 못해?"

콱 주저앉았던 박 여사가 이번에는 벌떡 일어서며 외쳤다.

"상매야 니는 집에 있으라는데 와 자꾸 갈라카노."

상수가 누이동생한테 눈을 부라렸다.

"오빤 갈라 캄서 와 나는 몬 가락 하요?"

상매가 오빠에게 항의를 했다.

"나는 가서 할 일이 있어."

"나도 할 일이 있어요. 가야 하요."

오누이가 싸우는 소리를 듣자 박 여사는 힘을 타악 잃은 어조로

"제발 그러지들 말어라. 이리 들어와 나랑 같이 가자. 같이 가자. 나도 가야 할 것 같다."

고 말했다. 하는 수 없이 박 여사는 그들과 같이 갈 결심을 했던 것이다. 그들은 모친의 의사를 조금도 따를 모양 같지 않았다. 그러므로 박 여사가 그들을 추종하는 수밖에 없었던 것이다.

"어무이도 가실랍니꺼? 어무이가 가시는 것도 개않아요. 성숙이캉 만내서 단판을 지어 주시이소."

상수는 자기 발등의 불부터 끄려는 속셈인 듯했다.

그
와
그
들
의
戀
人

229

"성숙이도 그렇지만 상매 일부터 서둘어야 할 것 같구나. 암만 해도……"

뒤에 기인 말이 있었으나 그만두었다. 박 여사는 부엌에 들어가서 '자야'가 어디 갔을가 하는 것을 확인했다. '자야'는 자기 짐작대로 빨래하러 간 것이었다. 빨래를 삶아 낸 솥을 보더라도 그러려니와 빨래통이며 빨래 방망이도 제자리에 있지 않았다. 아들이 '자야'를 찾을 때부터 그리 짐작은 하면서도 불똥이 튀어 나도록 서둘어 대는 아들의 행세 머리가 비위에 들지 않으므로 박 여사는 잠자코 있었던 것이다.

옷을 한 벌 더 가지고 가려고 장농을 뒤지다가 박 여사는

"김해원의 모친이 나이가 얼마나 됐니? 아직 고운 옷을 입더냐?"

고 딸에게 물었다. 김해원의 모친이 고운 옷을 입을 수 있는 나이라면 자기도 좀 더 색깔 짙은 치마저고리를 뒤져 가지고 가도 좋으리라는 생각이 들었던 것이다.

"어무이보다 늙어도 얼마나 멋쟁이라꼬. 야구 시합 기경도 가고 영화 기경도 아이들캉 같이 댕긴다오."

상매는 그제사 얼굴에 화색을 띄우며 모친의 말댓구를 열심히 해 주었다.

37

波紋 ③

상수에게 얻어맞은 길로 다대 마을을 향해 내려온 남승기는 상수네 집에 들린 것도 아니고 온통 다 데리고 부산에 간 것도 아니었다. 그는 되돌아 집에 들어갈 수도 없고 해서 내려오던 길을 걸어왔을 뿐이었다.

그는 강가에 와서 발을 멈추었다. 강가라고 해서 바다가 보이지 않는 것이 아니었다. 바루 발밑에까지 파도가 밀려들어 왔다간 나가곤 하는 곳이었다. 파도가 탁 쳐서 넘어뜨릴 것 같은 착각을 느끼면서 그는 바다 쪽에는 눈을 보내지 않고 흐르는 강을 물끄러미 보고 있는 것이었다.

강에는 파아란 하늘이 깔려 있었다.

외로운 내 배
하바나를 떠날 때
보내 주는 사람
하나도 없었네

파아란 하늘이 깔린 강을 물끄러미 보고 있던 그가 휘파람을 불기 시작했다. 언제나 잘 부는 휘파람이요 또 언제나 이 노래를 잘 불었다.

한참은 아무 생각 없이 그는 휘파람만 불고 있었다. 그러다가 휘파람을 뚝 그치고 침을 팩 뱉어 버렸다. 그의 눈앞에 윤상수의 꼬락사니를 펴지 못한 얼굴이 나타났기 때문이었다. 윤상수한테 아까 언덕에서 맞아 댄 일이 다시 부화가 났던 것이다. 윤상수가 늘 못마땅하게 굴어 오긴 했어도 그렇게 맞다들기는 처음 일이었다. 뚜들겨 패는 이유가 뚜렷이 있다면 모르겠는데 하등의 집어낼 이유도 없고 보니 가소롭지 않을 수 없다.

짐작컨대 윤상수는 여자들 때문에 악물고 있는 눈치였다. 이옥채나 허성숙을 어떻게 하는 것이 아닌가 해서 하는 짓인 상싶었다. 윤상수는 목포에서부터도 저 혼자 짐작해 가지고 혼자 날뛴 일이 한두 번이 아니었다.

어느 번엔 학교 근처에 여학생이 하나 있었는데 이 여학생에게 윤상수는 마음이 끌렸던 것이다. 그 여학생은 쎌러복을 입고 있었다. 서울 가서 공부하다가 학비 문제로 집에 내려와 있다는 것까지 윤상수는 알고 있었다.

"승기야 니 쎌라복안테 눈독을 디리몬 안 댄다."

윤상수는 끝내 자기에게 다짐을 받으려 들었다.

"난 그런 일엔 흥미가 없어. 더구나 쎌러복쯤은 안중에도 없어."

쎌러복만이 아니었다. 어떤 부류의 여자건 여자만 나타나면 윤상수는 자기와 맞서려고만 들었다.

때로는 그가 하는 대로 자기도 맞서 보려는 생각도 없지 않았으나 그의 모친을 보아서 늘 참아 왔던 것이다. 윤상수의 모친은 자기에게 살뜰했고 또 자기는 그의 모친에게 육친과 같은 정(情)을 느끼게 되었다. 또 자기 부친까지도 윤상수의 모친은 훌륭한 여인이라는 말로 늘 칭송하는 것이었다.

그렇게 현숙하고 조용한 아주머니한테 어찌하여 그러한 아들과 딸이 태어났을가? 윤상매도 자기 보기엔 싸답지 못한 점이 많았다. 학생이면서 이옥채 같은 직업여성과 어울리는 것부터도 싫은 일이었다. 이번 졸업식에 목포에까지 와 준 것은(저희 오빠 때문에 오긴 했으나) 고맙고 반가웠지만 이옥채와 함께 온 것 또 지나치게 들까불어 대는 일 같은 것이 눈에 거슬렸다.

그러나 그는 총명하다. 저의 오빠 모양으로 교활하거나 잔인하지가 않다. 아름다운 이목구비와 날씬한 체격은 저의 모친을 물려받은 것이리라.

남승기가 이런 생각을 하고 있는데 저쪽 위에서

"남승기 씨―."

하고 부르는 소리가 들려왔다.

38

波紋 ④

남승기는 눈을 그쪽으로 돌렸다. 눈을 돌려 소리의 주인공을 확인하자 그는 손을 들어

"웬일이십니까?"

하고 호응해 주었다.

상대방은 목이 옴팍 들어가도록 빨래통에 빨래를 잔뜩 이고 있는 허성숙이었다. 허성숙의 뒤에는 '자야'가 또한 목이 쏙 들어가게 빨래를 이고 있었다.

남승기는 그쪽으로 발을 옮겨 놓았다. 저쪽에서도 이리로 마주 오고 있었다. '자야'도 따라오고 있었다.

"어쩌면 여기 와 계셨어요? 벌써부터 와 계셨던가요."

"예. 빨래방맹이 소리가 아까부터 났는데 성숙이 씨가 거기서 빨래하리라고는 생각 못했습니다."

"자야가 혼자 빨자면 며칠을 해도 안 될 것 같아서 같이 왔어요."

"위선 내려놓기나 하입시다."

남승기가 성숙의 빨래임을 받아 내리려고 했다.

"나는 집에 먼저 갈랍니더."

성숙이가 빨래통을 내려놓으려고 하니까 '자야'는 이렇게 말하며 발길을 옮기는 것이었다.

빨래통을 내려놓고 두 사람은 언덕에 나란히 앉았다. 나란히 앉고 보니 할 말이 없었다. 둘이 다 강물만 내려다보고 있었다. 여전히 푸른 하늘이 깔려 있어서 강물은 고왔다.

"상매네 집에 들려 오셨어요?"

성숙이가 한참 만에사 물은 말이었다.

"안 들렸읍니더. 아주무이랑 무지개고개로 가시던걸."

남승기는 이렇게만 댓구했다.

"그래도 김해원 씨하고 이옥채는 있을 텐데요."

성숙이 빨래하려 나올 때까지는 그들이 집에 있었다.

"집 안보다 바깥이 안 좋습니까?"

"그렇긴 해요. 어디로 자꾸 가고 싶은 날세예요."

"어디로 가고 싶읍니까?"

"어디라 없이 가고 싶어요."

"성숙 씬 가정에서 빨래도 하고 살림하는 데 맘을 붙일 사람 같은데……."

"살림하는 것도 재미있어해요. 그러면서도 방랑성을 남보다 많이 타고 났나 봐요."

"방랑성이란 거 존 겝니다. 돌려서 말한다면 꿈이라는 말이 될 껍니더. 사람은 꿈을 가져야 한다고 주장하고 싶어요. 꿈 없는 사람은 선량하지 못하기 쉬워요."

"참 그런 것 같아요. 듣고 보니 정말 그래요."

허성숙은 남승기 말에 재삼 공명하면서 자기 주위의 사람들을 하나하나 눈앞에 떠올려 보는 것이었다. 윤상수도 꿈이 없었다. 김해원이도 꿈이 없었다. 이옥채 윤상매도 꿈이 없는 사람들이라고 생각되었다.

"꿈 없는 사람들은 남을 눌를 생각만 하지 자기를 향상시킬 생각은 안 하는 것 같아요."

허성숙은 어제저녁 박봉혜 여사 집에서 저녁 먹을 때의 분위기를 이야기하고 싶었던 것이다. 그러나 성숙은 노골적으로 누가 어쩌고 어쨌다는 말을 하지 않으려고 했다.

"성숙 씨는 바다가 좋습니까? 산이 좋습니까?"

"바다도 좋고 산도 좋아요."

"두 가지 중에서 한 가지만 택하신다면?"

"어느 것이 더 좋다고 선뜻 대답할 수가 없어요. 바다는 사람의 맘을 막 요동하게 만들고 산은 요동하는 맘을 가라앉힌다고 봐요."

"그러니까 요동하게 만드는 바다가 더 좋다는 말입니까? 가라앉히는 산이 좋다는 겝니까?"

남승기는 허성숙의 뽀오얀 얼굴을 들여다보며 물어보았다.

39

波紋⑤

허성숙은 자기를 들여다보며 묻는 남승기를 조용히 쳐다보며

"바다에 막 뛰어들어가 바다와 함께 출렁거리고 싶어져요. 그러다가도 또 때로는 심심 산속에 들어가 조용히 혼자 살고 싶은 충동을 느끼기도 해요. 그러니까 결국 바다와 산을 같이 좋아하는 셈이 되죠."

하고 남승기에게 들려주었다.

"의외로 간단하지 몯한 성격인데요."

"간단하게 생각하셨군요? 말하자면 만만히 보신 셈이군요?"

허성숙은 약간 항의조로 나왔다.

"만만하게 보았다는 건 가당치도 않은 말인데요. 성숙 씨는 얌전한 주부형인 줄만 알고 있었으니까 하는 말이지요."

허성숙의 반항 어조에 남승기는 변명 비슷하게 넘겨받았다.

"경우에 따라선 얌전한 주부가 될 가능성이 농후하기도 해요."

"어떤 경우에 말입니까?"

"사랑할 수 있고 존경할 수 있는 사람의 앞에서라면…… 이만만 해 두지요."

"부럽는데요."

"뭣이?"

"윤상수 군 말입니더."

"말씀하시는 어의를 못 알아듣겠는데요."

"성숙 씨로 하여금 이렇게 주부형을 발휘시키고 있으니 말이지요."

남승기는 두 사람 사이에 놓인 빨래통을 두서너 번 척척 두들겨 대면서 허성숙의 눈부셔하는 눈을 들여다보며 말했다.

"옳아. 제가 빨래랑 하니까 윤상수를 사랑해서 존경해서 하는 줄 아시는군요. 이건 주부형의 발휘가 아니에요. 제가 존경하는 아주머니를 도와드리는 일 외엔 아무것도 없어요."

"그래도 아지무이는 성숙 씨로 매늘로 삼을락 하는 갑던데?"

"아주머니의 며느리가 되기 위해서 맘에 없는 결혼을 할 순 없는 거에요. 전 윤상수 씨같이 악을 빡빡 쓰며 사는 사람은 싫어요…… 꿈과 낭만을 지닌 분이 조와요."

허성숙은 말을 맺으려고 하다가 마지막에 한마딜 덧붙였다. 마지막 한마디의 말은 남승기를 찬찬히 바라다보면서 했다.

남승기는 찬찬히 바라다보는 허성숙의 고운 시선을 받고 있다가 휘파람을 불기 시작했다. 그냥 가만이 있으면서 불지 않고 손에 쥐이는 돌맹이를 강물에 던지며 불었다.

어여쁜 비둘기
내 창에 오거든
반겨 주게 사랑의 적은 사자
전하여 주게
내 마음에 품은 사랑

강물이 돌맹이를 받는 대로 파문(波紋)을 일으켰다. 강물 속에 깔린 하늘도 강물과 한가지로 파문을 일으키는 것이었다. 햇살은 여름날처럼 뜨겁게 내려 쪼았다.

"지금 같은 땐 바다에 막 뛰어 들어가고 싶어요."

한참 동안 말없이 휘파람 소리에 취한 듯 앉아 있던 성숙이가 바다 쪽에 고개를 돌리면서 한 말이었다. 남승기도 휘파람을 그치고 그쪽으로 시선을 돌렸다. 미역을 줍는 여인네들이 넓적다리까지 걷어부치고 들어서서 철벙거리는 것이 보이고 그보다 좀 더 깊은 곳엔 몇 척의 배가 떠 있었다. 바다는 또 한껏 푸르렀다.

"바다에 뛰어 들어가고 싶닥 하는 거보다 바다를 볼 때마둥 나는 내 사명이 중하다는 것을 느끼게 돼요."

남승기가 바다에 시선을 돌린 채로 이렇게 말하는 것이었다.

40
波紋 ⑥

"어떻게요?"

허성숙은 바다에 보냈던 시선을 남승기에게로 돌렸다.

"저런 아지무이들로 보몬 더 통절하게 내 사명이 크다는 것을 느끼게 된단 말입니더. 저렇게 해 가지고는 만날 가야 가난할 수밖에 없어요. 노력의 대가를 반도 몬 걸어요."

"그렇지만 지금 현재로선 저렇게밖엔 달리 도리가 없는 걸 어떡해요?"

"그러니까 바다를 잘 알고 있는 우리 같은 사람이 사명이 크다는 말이지요."

"구체적인 방법을 생각하고 계셔요? 저런 아주머니들이 저렇게 미역을 안 줍고도 살 만한……."

"있지요…… 그렇지마는 내한태는 힘이 없단 말입니더. 힘이라기보다는 돈이 없어요. 실상은 내가 해양대학에 입학할 땐 이 다대 마을은 부유하고 평화로운 어촌을 만들 꿈을 가졌던 것인데 학교를 마치고 나와 보니 꿈을 실천에 옮기기에 힘들다는 것을 알았어요. 내가 보기엔 이 다대포만 한 아름다운 포구도 드물어요. 천연적으로 지형 활등처럼 구부러져 있어서 마치 어무이가 자녀를 양팔 안에 포옹하듯이 좌우 쪽으로 뻗어 나간 육지가 바다로 포옥 싸안고 있고 또 그 위에 저렇게 적당한 위치에 앉아 있는 섬들 때문에 바다는 항상 잔잔하기 대 있거든요. 이렇게 천연적으로 조건을 구비한 포구에 우얘서 밀선만 오고 가고 하고 돈 있는 사람들이 가난한 사람들을 착취하는 배만 뜨게 되느냐 말입니더."

허성숙을 보고 하는 말이라기보다 남승기는 사뭇 바다를 내다보면서 지껄였던 것이다. 허성숙은 아무런 댓구도 못하고 듣고만 있었으나 남승기가 이처럼 익숙하게 여러 말을 지껄이는 데 놀라지 않을 수 없었다.

어느 때거나 남승기는 묵묵한 자세로 있을 뿐이었다. 남의 말을 듣는 것 같지도 않아 보이는 태도였던 것이다.

허성숙의 마음이 움직였다면 이 말없이 묵묵한 태도였을지 모른다.

그렇다고 허성숙은 이렇게 익숙한 말솜씨로 지껄이는 남승기가 싫어진 것은 아니었다.

이때까지 모르고 있던 남승기의 생각(思想)을 알게 되자 한층 더 그에게 가는 사모의 뜻이 깊어지는 것을 깨달았을 뿐 아니라 어떻게 자기의 힘으로써 남승기의 큰 뜻을 받들 수 없을가 하는 생각에까지 이르게 되었다.

"제가 어떻게 해서라도 남 선생님을 도울 수 있었으면 싶어요. 제가 이때까지 가졌던 바다에 대한 사상은 낭만이라고 붙이기가 부끄러워요. 아까 제가 바다는 마음을 요동시킨다느니 바다를 대하면 요동하는 내가 낭만을 지닌 것처럼 얘기했어요마는 이제 선생님 말씀을 듣고 보니 그건 낭만이 아니라 쎈치였어요. 선생님 말씀에서 낭만이 어떤 것임을 배왔어요. 현대인의 낭만은 멀리서 바라보고 영탄하는 것이 아니고 그 속에 뛰어들어 부딪쳐 보는 일, 그래서 만 사람의 복리를 얻도록 하는 것임을 알았어요."

허성숙은 남승기를 '선생님'이라고 불렀다. 그가 자기를 가르치는 교사 외에 '선생님'이라는 대명사를 붙여 보기도 처음이요 또 이렇게 심각한 언어(言語)를 사용(使用)해서 자기의 뜻을 남에게 더구나 남성에게 알려 보기도 처음인 것이다.

남승기는 비로소 얼굴을 돌려 허성숙을 물끄러미 보아 주었다.

41
波紋 ⑦

"인제 가야겠어요."

물끄러미 바라보아 주는 남승기의 시선을 주체 못 해서 불쑥 한 말인지 모른다. 사모하는 사람의 시선이란 그처럼 견디기 어려운 것임을 허성숙은 또한 알았던 것이다.

"이워 드리지요."

허성숙의 말이 떨어지자 남승기는 또 지체하지 않고 이와 같이 상대방의 말을 받았다. 말만 받은 것이 아니고 빨래통 변주가리를 치껴들 자세를 취했다. 왜냐하면 허성숙이가 벌써 또아리를 손에 들고 서성거렸기 때문에 —.

똑바루 말한다면 허성숙이가 또아리를 들고 서성거린 것이 꼭 가야 하겠다는 생각에서 행해진 것이 아니고 상대방의 시선을 어찌 해낼 수가 없어서 한 일인데 남승기는 또 남승기대로 상대방이 가야 한다니까 보낼 마음이 있다기보다 가야 한다는 상대방의 말이 떨어지자 무엇을 어떻게라고 생각할

여지도 없이 또한 이워 줄 동작을 취했던 것이다.

그렇더라도 두 사람의 동작은 중단되지 않았다. 허성숙은 끝내 머리에 또아리를 얹으며 일어섰다. 남승기는 따라 일어서서 빨래통을 이워 주려고 했다. 허성숙은 이려고 했고 남승기는 이워 주려고 했다.

그러다가 그들은 빨래통을 놓아 버리고 말았다. 놓아 버린 빨래통의 빨래가 쏟아지면서 비인 빨래통이 무슨 바퀴처럼 탱그렁거리며 구을러갔다. 이고 그리고 이워 주는 일에 전심전력을 다했더라면 빨래통이 떨어졌더라도 그처럼 빨래가 온통 다 쏟아질 리가 없었을지 모른다. 이워 주는 사람이나 이는 사람이 얼마만큼 허둥거렸다는 것을 알 수 있는 일이었다.

그렇지 않으면 고의(故意)로 그들은 빨래통을 떨어뜨렸는지 모를 일이다.

"어마나."

"어허."

두 사람은 똑같이 깨방아를 친 빨래통 같은 건 돌아보지도 않고 이렇게 내받으며 서로 마주 보았다. 맞부딪친 시선을 떼지 않고 성숙이가 먼저 빙그레 웃자 남승기는 어쩐 연유로 숨을 크게 내쉬는지 알 수 없었다.

깨방아를 친 빨래를 성숙이가 내려다본 것은 빙그레 웃고 간 다음의 일이었다.

"다시 행거야 하겠어요."

"미안합니더."

남승기는 씽긋 웃었다. 웃고 나서 그는 뎅그렁 굴러간 빨래통을 집어 가지고 와서 흩어진 빨래를 걷어 담기 시작했다. 진흙이 진탕으로 묻은 것도 있었다. 지난밤 비에 젖은 땅이 아직 마르지 않은 탓이었다.

"손에 흙이 온통 묻는데요."

"묻으면 어떨라고."

남승기는 빨래를 척척 잘 주워 담았다. 그리고 빨래통을 움쭉 들어가지곤 천변으로 내려갔다.

"어머나."

허성숙은 남승기의 뒤를 따르면서 감탄만 하고 있었다.

"나도 해 드리지요."

남승기가 빨래 한 가지를 집어 쥐고 물에 넣었다. 남승기의 얼굴이 강물 속에 출렁거렸다. 뒤에 서 있는 허성숙의 그림자도 강물 속에 드러났다. 둘이 다 웃고 있었다.

"남자가 무슨 빨래를 하세요?"

허성숙이 어리광 비슷하게 웃고 있는 남승기의 물속 얼굴을 들여다보며 한 말이었다.

42
波紋⑧

"현대인의 낭만은 멀리 떨어져 바라보고 영탄하능 기 아이고 부딪쳐 보는 기라고 안했능기요? 성숙 씨가 하는 걸 보고 있을 것 같으면 쎈치의 소유자가 될 테니까……."

남승기는 물속의 그림자가 아닌 — 뒤에 서 있는 허성숙을 돌려다보고 이렇게 말했다. 허성숙은 소리를 크게 내어 웃었다. 소리만 크게 냈을 뿐 아니라 입을 한껏 벌려 웃었던 것이다.

남승기도 허성숙의 흉내를 내듯, 소리를 크게 내고 입을 한껏 벌려 웃는 것이었다.

두 사람은 한참 동안 그렇게 같이 웃었다. 물속의 그림자도 그렇게 웃고 있는 것이었다. 푸른 하늘이 깔려 있는 탓으로 그림자들은 무척 선명했다.

진흙이 진창으로 묻은 빨래는 그냥 헹그는 것으로써 되지 않았다. 다시 비누를 발라서 매매 빨아야 했다.

남승기는 허성숙이와 끝끝내 같이 빨아서 이번엔 실패하는 일이 없도록 단단히 빨래통 변주가리를 붙잡아 이워 주었다. 그렇게 하지 않았더라면 또 한 번 빨래를 깨방아쳤을지 몰랐다.

아까 남승기의 물끄러미 바라봐 주는 시선을 주체 못 하던 때보다도 한층 더 강렬한 충동을 허성숙은 전신에 받았던 것이었다. 남승기의 신체가 자기 신체에 와 닿을 번하게 가까와 왔고 그리고 또 그의 입김이 얼굴에 와 후끈히 뿜여지는 것이 알렸기 때문이었다.

허성숙은 눈앞에 아찔해 옴을 깨달았다. 그래서 빨래통을 이고도 발을 옮겨 놓지 못하고 서 있었다.

"재복 무겁는 갑지요? 덜어 놓고 두 분에 가져가이소."

남승기는 허성숙의 머리에서 빨래통을 뎅강 들어 내려 가지곤 강변에 내려가서 돌에다 빨래를 반가량 척척 주워 내놓았다.

허성숙은 그가 하는 대로 말없이 보고만 있었다. 입가엔 미소가 끊이지 않았다. 남승기는 이렇게 하면서 줄곧 휘파람을 불었다.

"이만하몬 안 무겁울 낍니더."

허성숙이 머리 위에 어느새 빨래통이 이워졌었다. 허성숙은 다만 빙그레 웃으면서 살뜰한 시선으로 상대방을 보았을 뿐이었다.

"다시 올 때까지 여게 앉아 있어야 하나? 신세가 따분한데……."

"따분하긴 뭐가 따분해요? 현대인의 낭만을 향락하는데……."

그들은 또 웃음을 터뜨려 놓았다. 그러나 오래 웃고 있을 수는 없었다. 저편에서 소를 몰고 이리로 내려오는 농부가 보였던 것이었다.

"속히 댕기 오이소."

허성숙은 상대방을 찬찬히 쳐다보고는 발을 옮겨 놓았다.

이쪽으로 내려오던 소가 꼬리를 휘휘 두르며 지나갔다. 소가 지나간 뒤에는 혼자뿐이었다.

햇볕이 그냥 뜨겁고 아까 없던 구름이 뭉게뭉게 피어오르기 시작했다. 바다에 들어서 미역을 줍는 여인네는 아직 줍고 있고 떠 있던 배들은 그새 어디로 사라졌는지 보이지 않았다. 섬 뒤에라도 돌아갔는지? 출렁거리는 바다 위로 갈매기 두 마리가 날르고 있었다. 두 마리의 갈매기가 또 날라 가고 없을 때 허성숙의 대신으로 '자야'가 빨래 가지려 왔었다. 남승기는 '자야에게 아무 말도 묻지 않고 빨래를 이워 준 다음 조약돌 한 개를 집어 강물에 힘껏 던졌다. 강물은 둘레에 파문을 꽤 크게 일으키는 것이었다.

43
海岸의 風土 ①

김해원이 써 논 쪽지에 보면 실업 야구 시합이 있어서 합숙하게 되는 관계를 떠나느라고 했지만 실상은 그렇지가 않았다.

얼마의 간격을 두지 않은 사이에 같은 장소에서 두 여자나 건드려 논 일이 아무래도 불안해 견딜 수 없었던 까닭이었다.

그렇다고 김해원이가 양심적인 가책을 받았다는 말은 아니다. 얼마의 간격을 두지 않은 사이에 같은 장소에서 두 여자씩이나 건드려 논 뒤 끝이 무사할 것 같지 않아서 한 일이었다.

이옥채하고는 생각지도 않던 일이었다. 윤상매와의 관계를 알고 덤벼드는 것 같아서 입을 막느라고 한 일이 그만 그렇게 되고 말았다. 이옥채한테선 벌써 흥미를 거둔 지 오래였다. 이옥채와는 두어 달 동안 교제를 해 왔다.

같은 야구 선수인 M군의 소개로 알게 되었고 M군의 말을 빈다면 한 달간쯤은 심심풀이가 될 만한 여자라는 것이었다. M군이 이미 거슬러 내 논 물건이 아닌가 하면서 김해원은 그런대로 이옥채를 따라다녔다. 이옥채 쪽에서 김해원을 따라다녔다라는 말도 맞긴 하지만−.

이옥채의 모친이 그런 영업을 하고 있다는 것을 김해원은 모르고 있었다. 알건 모르건 그런 것이 문제가 될 리는 없었다. 오히려 만만한 생각이 들기도 했다. 이옥채 집은 서대신동에 떨어져 있고 자그마하게 채려 놓은 곳이라 소문이 나지 않았던 것이다. 간혹 젊었을 때 알던 소위 '나지미'들이 찾아와서 기분을 내는 외엔 항상 쓸쓸한 편이었다.

김해원이가 여기 두 번 간 것도 술 먹으려 간 것이 아니고 이옥채를 따라

갔었다. 실상은 두 번만 가지 않았다. 열 번 이상 따라갔었다. 그 집에 들어가기가 두 번이었다. 대개는 손님이 하나 없이 조용했기 때문에 들어가는 일에 성공을 못 했던 것이다. 들어가는 일에 성공 못 하는 경우면 이옥채는 다시 빠져나왔다. 변소에 가는 척하고 빠져나오기도 하고 담장을 넘은 일도 있었다.

언제나 제가 먼저 들어가고 김해원이더러 밖에서 있으라고 했다. 아무데나 서 있으라는 것이 아니고 굴뚝이 있는 근방에 서 있다가 들창이 한 번 드르륵 열렸다 닫치거든 담장을 넘어오라는 것이었다. 들창이 한 번 드르륵 열렸다 닫치는 것은 들어오라는 신호인 것이다.

부로크 담장이 낮기는 하나 위에다 유리병 깨뜨린 것을 쪼옥 박아 놓아서 위험했다. 첫번 넘어갈 적엔 이것 때문에 손에 두어 군데의 상채기가 났지마는 다음 번부터는 스프링이나 양복저고리를 벗어서 걸쳐 놓고 넘나들었으므로 손에는 아무런 피해가 없었다. 스프링이나 양복저고리가 좀 상했을 뿐이었다.

이옥채가 기다리고 있는 방은 독이 두어 개 있고 궤짝과 방석과 이부자리 이런 것들이 주변으로 둘리워 있으면서 가운덴 한 사람 겨우 누울 만하게 그러나 다다미 한 장 폭도 안 되는 자리가 있었다.

여기에 이옥채는 요를 한 채 펴 놓았다. 그러면 김해원은 이옥채를 탁 자빠뜨리고 거사를 치루는 것이었다.

제일 첫번엔 이럭저럭 두어 시간이 걸렸으나 두 번째 번엔 익숙하게 움직일 수 있었다.

그렇게 익숙하게 움직였건만 꼬리가 길면 잡힌다더니 그만 들키고 말았다. 부엌일 하는 여인네가 미닫이를 확 열었던 것이다. 그들의 신발이라도 밖에 놓여 있었더면 그렇게 미닫이를 열지 않았을지 모르는 일이겠는데 그들은 사람의 눈을 피하느라고 신발을 안에 놓았던 것이다.

그러나 깜깜해서 아무것도 보이지는 않았다. 사람이 움직이고 있다는 것이 알렸을 뿐이었다.

부엌일 하는 여인네는 그만 어떨김에 내 방에 도둑이 들었다고 소리를 질렀다. 그는 도적이라고 알았던 것이다.

44
海岸의 風土 ②

그러나 여인네는 이어 도둑이 아니라고 소리를 쳤다. 방 안에서 남자와 여자의 서두르는 소리가 들렸으며 여자의 소리는 주인집 딸임에 틀림없음을 알았기 때문이었다.

이옥채 모친을 위치하여 술 먹던 손님들까지 내달렸으나 부엌일 하는 여인네는

"도둑이 아입니더."

라고 소리를 질렀다.

"도둑이 아이몬 멋꼬?"

이옥채 모친은 두루 수상한 눈치를 채었던지 이렇게 물었다.

"꿩입니더. 꿩이가 두 마리나 방에 들어갓씁니더."

"히히히 꿩이가? 암넘 숙넘이 들어갔구나. 봄철이 오이 그래 쌓는기라. 히히히."

"식모 오늘 재수 있다. 한턱 하소."

술군들은 맥없이 떠들었으나 모친만은 식모의 말이 곧이 들리지 않아서

"보래. 갱이로 어서 훈차라."

일러 놓고 안으로 들어갔다. 식모는 대답만

"예."

하고는 미닫이를 열어 놓지 않았다.

하지만 식모는 그 방 안의 거동을 일일히 살폈다. 좀 있더니 미닫이가 열리고 구두 신는 발소리가 들렸다. 구두 발소리는 담장 밑에 가서 우물무물 하다가 담장으로 넘어갔다. 그런 뒤에 주인집 딸이

"식모오."

하고 소리를 죽여 불렀다. 댓구 없이 방문 앞으로 갔다.

"어무이안테 아무 말도 마새이. 에이."

주인집 딸은 식모에게 백 환짜리 몇 장을 어두운 데서 쥐어 주었다.

"예. 안 하끼요."

식모는 정말 안 할 생각이었다. 백 환짜리 지전을 주먹 안에 꽁꽁 다지면서 결심했던 것이나 이튿날 아침 주인 마누라가 족치는 바람에 그만 식모는 솔솔 주서섬겼던 것이다. 시간의 흐름에 따라 백 환짜리 지전의 고마움도 희박해졌겠지마는 이옥채가 은행에 나가고 없는 탓이기도 했으니라.

모친은 딸이 돌아오기를 기다려 어제저녁 식모 방에서 만난 사나이를 물었다.

딸은 아는 대로 일러 들렸다.

"무역하는 사람의 아들이란 말이지?"

딸은 어머니의 비위에 들려는 생각에서 김해원의 부친이 무역을 하고 있다는 데 주력(主力)을 넣었다.

"혼인한 사람이가?"

"어데. 안 했다요. 야구선수라요."

모친의 기색이 달라지는 것이 알리자 딸은 운동선수를 들추어 내놓았다.

"그라믄 혼인을 하고 볼 기지 와 살갱이 새끼 매쿠로 담을 넘어오고 가고 하노 말이다. 그거 저거 집이 어데고?"

"남포동에 있다요."

"낼 저역에 델고 오나라."

"예."

이옥채는 이튿날 퇴근 시간이면 으레 ×은행 근방에 와 기다리고 있는 김해원을 데리고 집으로 왔다.

모친은 김해원이가 방에 들어가 앉자마자 남의 딸을 버려 놓았으니 인제 가져가야 하지 않겠느냐고 딱딱 울르는 것이었다. 그리고 모친은 김해

원에게

"배가 부르던지 할 것 겉으몬 넘이 부끄럽운 일이니 속히 서들어 가이꼬 대리가아라."

고 몇 번이나 같은 말을 되풀이하기도 했다.

김해원은 머리를 구뻑거리며 그러겠소라고 대답했던 것이다. 그것이 한 달 전 일이었다. 그런 뒤엔 김해원이가 이옥채 퇴근 시간을 기다리느라고 ×은행 근처에 가는 일이 없었다.

45
海岸의 風土 ③

"어이 헴 칠 줄 알어?"

풍풍선이 바다 한가운데 떴을 때 김해원이가 이옥채한테 물은 말이었다.

"와요? 이분 여름에 해수욕 갈라꼬?"

이옥채는 반색을 하며 부신 눈을 가늘게 떠 김해원을 건너다보았다.

그러나 가엾게도 김해원이 쪽에선 이옥채하고는 전연 다른 의도(意圖)에서 말하자면 모처럼 물에 빠졌더라도 헤수욕을 칠 줄 안다면 다시 살아날 것이 아니냐는 생각에서 한 말인 것이다. 이러한 생각이고 보니 이옥채 말에 댓구가 있을 리 없었던 것이다. 어쩌면 그렇게도 눈치코치가 없는 여자냐? 하는 지원스러운 시선으로 상대방을 보아 주고 있을 뿐이었다.

"인자 다시는 속 태우지 마세이 예? 그동안 얼매나 속 썩혔는지 아는기요…… 어무이는 그 사람캉 만났냐꼬 자꾸 묻고 또 결혼할라꼬 말하더나꼬 자꾸 안 묻는 기요. 만난다 캤지 우야노. 그라고 한 달가량 있으몬 결혼하기 될 꺼라고 했지 우야겠노 내가 흐흐흐……."

이옥채는 말끝에 웃어가 며 상대방 겉으로 가까이 다가가 앉았다.

김해원은 주춤 물러앉았다. 그러나 이옥채는 알아채지 못했다. 배의 파동으로 인해서 생긴 몸짓이거니 알았는지 모른다.

"이분 목포에 간 거도 미스터 김이 간닥 카건대 은행에는 몸이 아푸다고 핑계로 해 놓고 떠났디이 당신은 안 갔다 아이가. 그래도 돌아올 때 부두에 그레 떡 마지매로 나아주이 얼매나 고맙노 말이다. 그마 까딱했이몬 물에 떨어질 번했닥카이. 다리가 막 떨리서…… 내가 목포에 간 거 다 알았지요?"

가뜩이나 크지 못한 눈을 가늘게 뜨고 물었다.

"알았어."

이번엔 댓구가 얼른 나왔다. 그것은 이옥채의 말댓구를 하기 위해서가 아니고 윤상매를 추석거리고 싶어서 저도 모르게 말이 불쑥 나온 말이었다. 눈을 가늘게 뜨고 자기를 들여다보는 이옥채는 밉기만 했다. 지금의 김해원은 윤상매를 이야기하고 싶었다. 그리고 지금 자기 옆에 이옥채가 있지 말고 윤상매가 있었으면 싶은 마음뿐이었다. M군의 말대로 이옥채는 한 달가량의 심심풀이가 될 여자라면 윤상매는 일 년! 아니 일 년이고 이 년이고 간에 도모지 알 수 없는 우수운 여자인 것이다. 지난밤 일만 보더라도 알 수 없지 않으냐 말이다. 그런데 그 알 수 없게 구는 윤상매가 무척 좋은 것만은 사실이었다.

"깔고 앉는 이외에 다른 '머'가 있닥 카는 기 이거까?"

지난밤 윤상매는 이렇게 말하며 몰운대서와 같이 자기를 콱 차 버리려고 하는 것이었다. 그렇지만 몰운대서와 같이 쉽게 채울 수가 없게스리 이미 그와 자기는 밀착되어 있는 때였다. 아무리 그가 필사의 힘을 다한다 하더라도 될 리가 만무했다. 윤상매는 하이칼라 머리를 두 손에 틀어쥔 그대로 입술이니 뺨이니 어깨짬이니 모가지니 할 것 없이 물어뜯는 것이었다. 또 두 주먹으로 어더라 없이 눈동이건 코허리건 마구 박아 주기도 했다. 그래도 아프다고 느끼지 못했다.

"이기 멋고. 머 이런 기 있노. 깔고 앉는 거 다른 기란 기 이거가?"

윤상매는 끝내 울음까지 터뜨렸던 것이다……

김해원은 '후훗' 웃지 않고는 견딜 수 없었다. 그러면서 그는 얻어맞고 물

그와 그들의 戀人

어뜯긴 여러 곳을 어루만지는 것이었다.

"엔가이 존갑다. 날도 참 기뿌요. 이래 둘이만 앉아 있어 이 모도 내 세상인강 시푼기. 미스터 김 인자 늘 한끼 있읍시더. 에속히 결혼하입시더."

46

海岸의 風土 ④

"가만있어."

가만있어 줬으면 김해원은 좀 더 지난밤 일을 생각할 수 있으리라는 생각이었다. 항거하는 행동이었지만 물에 물 탄 듯 술에 술 탄 듯 거동보다는 그편이 훨씬 감미(甘味)로웠던 것은 사실이었다.

"얼매나요?"

이옥채는 '가만있으라'라는 말을 잘못 들었다. 결혼식을 좀 있다가 하자는 말로 들었던 것이다.

"글쎄 가만있으래두. 왜 이리 징그럽게 구능 거야?"

금새 부드럽던 김해원의 표정이 달라졌다.

어저께 이래로 두루 엉거주춤했으며 아침엔 또 하는 수 없어 그러한 일까지 치루었지만 창창한 대해(大海)에 배를 띄우고 앉아 있는 이 자리에서야 여자의 비위를 맞출 필요가 무엇이랴 싶었다.

"얼매나 있으몬 대능 기요? 어무이가 재촉하는 거로."

"뭘 얼마나 있으면 되느냐 말이야. 적어도 나는 영업자 딸하고는 결혼을 못 해. 우리 부모가 그건 허락지 않어."

"머라요? 영업자의 딸하고는 안 한다꼬? 그럴 겉으믄 와 이때꺼정은 결혼한다꼬 햇던 기요? 옳지 알았어. 양반집 딸 윤상매캉 할라꼬? 윤상매캉 그래서 어지저녁에……."

"쓸데없는 소리 말어."

김해원이가 이옥채의 말을 끊어 버렸다. 이옥채의 넓적한 얼굴이 부풀어 올라서 한결 더 커 보였다.

"그래서 어지 저녁에 날로 따이 뽑고 갔구나? 그럴 겉으몬 와 이때꺼정 결혼한다고 했능 기요? 오늘 아침에도 결혼한다고 안 했능 기요?"

소리가 꽤 높았으나 바다 소리와 아울러 퐁퐁선 소리에 휩싸여 버렸으나 험악해지는 그들 표정에서 사람들은 그들 사이에 범상치 않은 공기가 떠돌고 있음을 눈치채는 것 같았다.

사람들은 그들을 힐끔힐끔 보았다. 하기야 아까부터도 자기네하고는 색다른 이 젊은 '하이칼라' 남녀에게 호기심과 함께 시기와 혐오의 시선을 보내고 있는 것만은 사실이었지만─.

"왜 남부끄럽게 소리를 땍땍 지르고 야단이야? 저 사람들이 보는 거 몰라? 계집애가 사내더러 결혼하자꼬 졸르는 걸 보면 뭐라고 하겠느냐 말이야? 치사스럽다구 할 거 아냐?"

김해원은 얼굴을 치켜들며 먼 바다에 시선을 보내곤 말했다. 그의 말소리는 낮아서 이옥채에게도 들릴가 말가 했다. 이옥채는 귀를 치껴올리고 김해원의 소리를 가누어 듣고 있다가

"어무이한테 말할 기다. 김해원이가 날로 술 영업자 딸이라꼬 결혼 못 하겠닥 카더라꼬."

했다.

이 소리도 낮지 않았으므로 김해원은 쉽게 들을 수 있었다. 김해원은 '어무이'라는 말에서 가슴이 철렁했다. 영업자의 딸이라 만만히 보긴 하면서도 막상 그의 모친과 맞다들게 되는 경우에는 윤상매의 모친보다도 오히려 곤난한 편일 것이라고 생각이 들었다.

"어무이한테 말할 게 뭐야? 결혼하게 되면 이제라도 하는 거지. 옥채는 철없는 어린애 같아……."

이렇게 눙쳐 줄 수밖에 없었다. 창창한 바다가 더 계속되었드면 혹시 모르는 일이겠으나 그가 이 말을 했을 땐 배가 벌써 부두에 닿았던 것이다.

47

海岸의 風土 ⑤

부산 가려고 선창에 나간 박 여사들은 바다가 조용치 못해서 배를 못 타게 되었다. 아침 나절엔 그렇게 잔잔하던 바다가 한낮이 지나면선 샛바람이 불기 시작했던 것이다.

박 여사는 속으로 잘된 일이라고 하느님이 도왔다는 생각이 들었다.

귀신을 섬기는 그였으나 이렇게 절박한 경우엔 언제나 하느님을 찾는 것이었다.

"들어들 가자. 못 간다고 하잖니?"

박 여사가 잔뜩 찌프리고 서 있는 아들을 쳐다보며 말했다.

"갈만 하믄사 제가 와 몬 간다꼬 할 껍니꺼? 모시고 들어가이소. 낼 아침에 일찌거이 떠나이소."

젊은 뱃사공은 간절하게 만류하는 것이었다.

그의 부친이 윤광호 씨에게 극진하던 것처럼 이 젊은 뱃사공 역시 주인네들한테 항상 극진했던 것이다. 그러나 상수는

"머꼬? 들어가라 마라 건방지게? 아부지만 곁애 바라. 당장 벼락이 안 내리는강…… 주인이 가자면 가능 기지 무신 잔말이고?"

하여 젊은 뱃사공에게 달려들었다. 상수 모가지의 핏줄이 한층 붉거져 나와 뻘떡거렸다. 상수는 자기 부화도 풀 길이 없었으려니와 주인 앞에서 이러니저러니 하는 젊은 뱃사공이 괘씸하기도 하였던 것이다. 전에 자기 부친은 어떤 일이건 한번 말을 떼어놓기만 하면 고히 젊은 뱃사공의 부친 같은 사람은 말 한마디 없이 복종만 했던 것이다.

"댈 것 겉으믄사 말도 안 디립니더. 물속 혼이 대고 보몬 이때꺼정 공부하신 기 아깝잖습니꺼?"

"에헤, 참, 이거 건방지다야. 니가 먼데 그런 말로 하노 이 자석아."

상수는 눈을 부라리며 젊은 뱃사공에게로 다가가며 치려고 했다.

"글쎄 너 왜 이러니? 안 되니까 그러는 게지 그 사람 탓이게 그러느냐?"

"어무이 그 자석 하는 소리 좀 들어 보이소. 얼매나 건방지는공? 서방님 소리도 한 분 안 붙이고. 이 자석아 너거 부친은 우리 아부지보고 꼭꼭 서방님이락 카고 우리보고는 대런님 아씨라꼬 했다. 자석 건방지게……."

"오빠 개안아요. 민주주의 시대에 무슨 서방님이고 아씨고 다 카라꼬요? 오빠 들어가입시다. 드갔다가 낼 아침에 가던지 걸어가던지 하몬 안 대요마?"

갑자기 박 여사는 암흑 속에서 빛을 찾은 듯 기뻤다.

천둥벌거숭이로만 알았던 딸의 입에서 처음으로 쓸 만한 말이 나온 것만 해도 반가운 일인데 그냥 우기고 섰는 아들을 들어가자고까지 하니 살다가 이런 일도 있구나 싶은 마음이었던 것이다.

"그래라. 들어갔다 차로 가던지 낼 아침에 떠나던지 해라."

어머니의 말과 한가지로 상매는 오빠를 돌려 세우는 것이다.

48
海岸의 風土 ⑥

상수는 그래도 어떻게 누이동생이 등어리를 미는 대로 걸음을 옮기는 것이었다. 젊은 뱃사공을 노려보기는 했으나 그리고 양미간에 꼬락사니와 목에 핏대는 그냥 세우고 있었으나ㅡ.

"어무이 저기 자야 오네요. 저거 자야 아인기요?"

상매가 저쪽을 손가락질 하며 소리를 질렀다.

"그렇구나. 원 빨래를 저렇게 잔뜩 이다니? 얘 어서 가서 저것 좀 받아 줘라."

상매는 어머니 말이 떨어지기도 전에 자야한테로 달려갔다.

"가시나가 빨래하로 갔구나."

상수도 혼잣말처럼 중얼거리며 그리로 달려갔다.

아들과 딸이 달려갔으나 둘이 다 자야한테 열심히 물어보는 눈치기만 하지 그의 무거운 임을 받을 생각은 하지 않았다.

"좀 받아 주라니까."

어머니 소리에 아들이 자야 머리에서 빨래임을 뎅강 집어 내려 주었다. 그리고 그는 어머니 쪽으로 돌아서며 히쭉 웃는 것이었다.

"반가운 소식이라도 들은 모양이로구나."

어머니는 속으로 중얼거리며 바삐 그들 있는 데로 갔다.

"어무이 성숙이가 빨래하로 갔답디더."

아들이 바삐 모친에게 들려 드린 말이었다.

"김해원이캉 이옥채캉은 빨래하로 가기까지는 집에 있었다는데…… 어데로 갔이꼬?"

상매의 얼굴은 흐려져 갔다.

"합숙한다꼬 간다 안 켔더나? 어데로 가긴…… 들어가자. 그마."

이번엔 상수 쪽에서 서둘렀다. 상수는 빨래임을 뎅강 들어 자야에게 이워 주었다.

"성숙인 기특도 하다."

뒤를 따르던 박 여사가 한 말인데 성숙을 칭찬하고 싶은 마음이라기보다 그로서는 그 밖에 할 말이 없었던 것이다.

진실로 박 여사는 허성숙이가 남아 있어서 다행하다는 생각이 들면 들사록 김해원이가 이옥채를 데리고 가 버린 일에는 암담하기만 했다.

"성숙이는 안주 빨래로 하고 있당 캅디더."

상수가 자야에게서 들은 대로 모친에게 전달했다. 자야는 허성숙이가 남승기를 만나서 못 오고 있다고 하지 않고 빨래를 아직 하고 있다고 말했던 것이다.

"웬 빨래를 한꺼번에 그리 많이들 했느냐?"

박 여사는 이런 말을 하면서도 속으로 김해원과 딸의 일을 걱정하고 있었다. 걱정만에서 그치지 않았다. 그길로 달려가서 천금 같은 남의 딸을 저렇게 버려 주고 딴 계집애하고 훌훌히 떠나가면 어쩔 셈이냐?고 톡톡히 따지고 싶은 충동이 끓어올랐다. 박 여사는 걸음을 멈추고 돌아서서 바다 쪽으로 내다보았다. 샛바람이 나자 주었으면 하는 마음에서였다.

"애들아 너희들은 집에 들어가거라. 내 김 서방한테 물어볼 말이 있어서 다시 가 봐야겠다."

멈췄던 걸음을 박 여사는 분주히 떼어 선창가로 들렸다. 그의 손에는 김해원의 모친을 만날 때 입으려고 싸 가지고 나온 옷 보자기가 들려 있었다. 그러나 그는 지금 옷을 어떤 것으로 입겠다는 생각 같은 건 하지 않았다. 샛바람이 불더라도 부산으로 가야 하겠다는 생각만이 꽉 차 있을 뿐이었다.

49

海岸의 風土 ⑦

"어데로 가십니꺼?"

젊은 뱃사공 마주 올라오며 허리를 꾸뻑하는 것이었다.

"김 서방 자네 올라오는가? 부산 안 가는가?"

박 여사는 바다만 내다보며 걷느라고 미처 젊은 뱃사공을 알아보지 못했으므로 당황했던 것이다.

"샛바람 까달에 몬 간다꼬 안 했습니꺼?"

샛바람으로 인해서 아들과 딸을 독촉해 데리고 들어갔던 터이므로 이 말에 박 여사는 댓구를 못 하고 눈을 껌벅거리며 바다 쪽을 바라볼 뿐이었다.

"육로로 가시면 어떻습니꺼? 제가 모시다 드리까요?"

"육로로? 참 육로로 데려다 주려나?"

"예 그래 하입시더. 모시다 드리겠읍니더."

"그래 육로가 좋겠군. 그런 걸 가지고……."

박 여사는 혼잣말처럼 중얼거렸다. 어느 때나 부산에 가려면 바다로만 갔지 육지로 가 본 일이 없는 관계로 미처 생각 못 했다가 육로로 가라는 젊은 뱃사공의 말에서 그는 무척 다행함을 깨달았다. 바닷가에 사는 사람들은 모두 그렇게 바다만이 자기들의 통행로라고 생각하는 습성이 백여 있는 까닭이었다.

"제가 우차를 가지고 오겠읍니더. 댁에 들어가 계시이소."

젊은 뱃사공은 분주히 앞을 서서 걸어갔다.

"이것 보게 우차보다 걸어가는 게 안 낫겠나?"

"인지 육로로 가시면 해 지기 전에 몬 가실 거로. 우차로 모시겠읍니더."

"우차거나 보행이거나 자네가 돌아오기가 늦지. 혼자 가겠네."

박 여사는 손을 내저으며 육로로 가는 길 쪽을 향해 걸었다.

"무슨 일인지 제가 갔다 오면 안 되겠읍니꺼?"

젊은 뱃사공은 우두커니 뒤를 따르며 물었다.

"안 돼. 내가 가야 할 일이야. 급한 일이 돼서 그래."

"그럼 갔다 오시소."

박 여사는 댓구할 겨를도 없이 분주히 걷는 것이었다.

"무슨 일이 그치로 바뿌실꼬?"

젊은 뱃사공이 중얼거리는 혼잣소리를 등 뒤에 받으면서 박 여사는 정말 자기는 이다지 바삐 서들어 본 일이라곤 세상에 나서 처음인지 모른다는 생각을 했다.

다시 댓구를 한다거나 뒤를 돌아보는 일도 없이 그는 터벅터벅 걸었다. 햇볕이 여름날처럼 등어리에 뜨거웠다. 두 번 다녀 본 경험이 있건만 밭에서 일하는 농삿군한테 몇 번이나 길을 물을 수밖에 없는 것이, 한 번은 아주 어릴 때 모친을 따라 걸어 본 일이 있고, 다른 한 번은 남편을 따라 걸은 까닭에 생소하기만 했다. 두 번 다 자기는 걷기만 하면 되었을 뿐, 서두를 필요도 없었고 생각할 필요도 없는 길이었다.

이럭저럭해서 박 여사가 부산 김현옥 여사 집에 도착하기는 전등불이 켜진 뒤였다.

"형님 계십니까?"

봉당 아래서 잔기침을 한 번 하고 난 다음 이렇게 주인을 찾았다.

"누고?"

안에서 소리만 나고 내받아 보지 않았다.

"형님 접니다. 상수 에미올시다."

"상수 에미라? 이기 운 일고? 어서 오소."

미닫이가 열리며 주인이 반갑게 내달리는 것이었다.

50

海岸의 風土 ⑧

이 김현옥 여사하고는 벌써 이십 년 넘어 가깝게 지나는 사이였다. 박 여사가 다대 마을에 시집 오니까 첫 아기를 밴 김현옥 여사가 바루 이웃에 살고 있었다. 김현옥 여사 집에서도 박 여사네와 같은 해상(海商)을 하고 있었다. 그러나 김 여사의 시아버지가 했지 김 여사의 남편은 부산에 왔다 갔다 하며 바람을 피곤 했다.

김 여사의 남편이 늘 집에 붙어 있는 처지였드면 박 여사와 김 여사는 가깝게 지내지 못했을지 모르는데 박 여사의 남편 윤광호 역시 집에 붙어 있는 날이 별반 없으므로 두 젊은 아낙은 저절로 친밀하게 되어 갔던 것이다. 김 여사네가 부산으로 집을 옮겼을 때 박 여사 김 여사는 피차에 눈물까지 흘리도록 그들은 육친처럼 가까웠다. 여인네가 똑같이 남편을 여인 뒤의 일이었다.

박 여사는 안에 들어서자 집안이 조용한가 어쩐가 그것부터 살폈다.

"애들은 다 어딜 나갔어요."

"아침에 다 나가 가이고 여태 안 들어왔다. 방학 때라도 마찬가지다."

김 여사는 아이들 일이지만 걱정하는 빛도 없이 이렇게 훌쩍 말해 버렸다. 그의 성격이 본래부터 괄괄해서 웬만치 걱정되는 일이 있더라도 골돌히 생각하거나 하지도 않거니와 속상하는 일이 있다 치더라도 속에 넣고 북

적북적 끓이지 않았다.

"영순인 인제 꽤 컸을 텐데 시집보낼 생각은?"

박 여사는 자기 이야기를 꺼내기가 거북하니까 김 여사의 맏딸을 들추었다. 김 여사는 딸만 둘이었다. 하나는 ××대학 삼 학년이고 작은 것은 여학교 졸업반이었다. 첫아들을 다대 마을에 있을 때 잃어버렸다.

"대가리가 커 가이카내 에미 말은 영 안 뜯고 나돌아댕기기만 한다가이."

상대편에서 이쯤 말이 나오니 박 여사의 마음이 덜 쪼여드는 것만은 사실이었다. 김 여사가 자기의 딸 자랑이라도 했더라면 박 여사는 혹시 딸 상매의 이야기를 들어 내놓지 못했을지 모른다. 그렇다고 박 여사가 딸의 비밀을 털어놓자는 생각은 아니었다. 그것은 어디까지나 감출 작정이었다.

"우리 상매도 결혼을 시킬 생각입니다."

"가는 와? 버서러 머 한다꼬 치울라노? 지끔 수무 살가?"

"수물두 살 아네요?"

"버서러 그렇나? 어대 존 자리라도 바 났구나?"

"별루…… 한 군데 있긴 있는데 형님이 좀 알아봐 주셨으면……."

나오지 않는 말을 끝내 한 것은 조용할 때 해야 한다고 생각했던 까닭이다.

"동성아 어데고? 부산 사람이가?"

"예. 저 신랑 부친이 무역을 한다는군요. 김영교라던가? 아무튼 아들이 야구선수래요. 서울 가서 학교……."

"옳다 맞다 맞다. 서울 가서 대학에 댕기다가 말고 와 있는 김해원이 말이제?"

"형님 어떻게 잘 아시는군요?"

"와 몰라? 그 사람들 집이 바리 요 밑에 있는데ー. 또 저거 엄마캉 내캉 처자 때 바로 이우제서 같이 안 살았나? 아들아가 헌한 기 잘생깃지……. 그런데 그 넘아가 여식아들 입에 오르내리더라."

알고 있는 일이지만 박 여사의 가슴에서 덜컥 하는 소리가 들릴 지경으로 그는 낙담실색을 했던 것이다. 그러나 박 여사는 어디까지나 내색을 내

지 않고

"품행이 어떻대요?"

했다.

품행이 나쁜가요? 하려다가 꼭 박아 말하기가 두려워서 '어떻대요' 했던
것이다.

"하기사 헌하기 잘생깃겠다 돈이 있겠다 야구뽈 치기도 잘하겠다 하이카
내 넘우 입에 오르내리능 긴지 모르지 머스마아사 좀 그렇낙 캐도 괘않지."

"그럼 형님 극력 알아봐 주세요."

"저거찌리 좋닥 하능가?"

김현옥 여사가 박 여사의 낯색을 살피는 것이었다.

51
海岸의 風土 ⑨

박 여사는 상대방의 시선을 피하면서

"아뇨. 상수가 존 자리라고 서둘러 쌓는군요."

했다.

"가캉 상수캉 잘 알구나? 그라몬 알아볼 것도 안 없나?"

"애들이 아는 게 뭐 시원하겠어요. 형님이 그 집안 내용이며, 혹시 저이
게레 조와 지내는 데가 있는가 알아봐 주세요⋯⋯. 혼인을 하게 된다고 하
면 그쪽에서 청혼을 오도록 해야 쓰잖겠어요?"

"하모. 그렇고말고. 그래야 옳지. 그런데 요새 가시나들은 지가 놀아나서
사나로 쫓아댕기이 값이 없는 기라? 그래 절차로 따악 잡아 가지고 시집을
가노몬 얼매나 부모 맘이 자랑시럽운공 말이다. 아이구우ㅡ 우리 영순이
영애는 큰일이다. 만날 머스마들로 안 쫓아댕기나. 집에도 다 끌고 오능거
로 내가 쎄가 빠지라꼬 욕을 해 안 쫓아 뿌나."

"영순이 영애는 얌전한 애들인데 잘못되기야 할라구요?"

김 여사를 위로하려는 마음이기도 했지만 그 뒤의 말을 들어 보고 싶은 충동이 생겼던 것이다. 그러나 박 여사는 김 여사의 아이들의 잘못되기를 바라는 심사는 아니었다. 거저 자기 딸과 비교해 보자는 그 생각뿐이었다.

그래서 위로를 좀 얻자는 것뿐인 것이다.

"말 마라. 점잖은 가가 어짠다꼬? 얌전헌 기 바람이 나몬 더 몬 막는닥 가이. 저거 부친도 안 그랬더나? 얌전키로 유명하닥 히디 그 바람을…… 아이구 몸써리나서……."

김 여사는 고개를 들들 내저었다.

"상대방 되는 남자애들이 조면 결혼시키는 것도 괜찮지요. 걱정하실 것 있어요?"

"어떤 넘우 새끼들인지 알아볼 생각도 없다. 그마 개매쿠로 싸대이 한 두 넘도 아일 낀데 어째 다 알아보노 말이다."

김 여사는 입 구텅이에 거품이 내밀었다.

"형님 아이들한테 어쩌면 그다지 심하게 하세요?"

"자석이락 해도 하도 지랄로 시기이카내 정이 떨어진다 그마. 품 속 안으 자석이락 하디 그 말이 참 맞는 기라. 아이구― 후유―."

박 여사는 김 여사의 한숨 소리를 들으며 김 여사를 한 없이 동정은 하면서도 동지(同志)를 얻었다는 기쁨을 은근히 깨닫는 것이었다.

"형님도 평생 속이 썩다 마는구려."

"암만 캐도 팔자다. 남편 까달로 속이 썩디이 자석 새끼들이 또 그 꼴이락 카이……. 동성은 아재씨가 바람을 안 푸았이이 자석들도 그 뽄을 따를 끼대이……."

김 여사의 말을 들으면서 박 여사는 그런 척하고 가만이 있었다.

"쑥 껄띠기서 쑥이 나고 싸리 껄띠기서 싸리가 난다 안 카나……. 후유―."

"꼭 그렇지도 안 해요. 영순이 영애가 지금 그러다가도 채를 잡으면 남보다 나을지 누가 알아요? 너무 걱정 마세요. 내 생각엔 걔들이 철없이 함부로 날뛸 것 같잖은데……."

"동성 말겉이 그랬으믄사 오죽 졸꼬? 지발 몬 때지만 마라꼬 신령님안
테 안 비나."

"너무 염려 마세요. 신령님이 도아 주실 겝니다."

자기 딸도 김 여사의 딸들도 똑같이 신령님이 보호해 주기를 비는 마음
으로 박 여사는 이런 말을 하고 나서

"형님 김해원이 집이 바루 이 밑에 있어요?"

하고 손으로 바깥을 가리켰다.

52

海岸의 風土 ⑩

"하모. 바리 요 밑이다. 그라고 가아 부친캉도 안면이 있는데. 집안이사
그대로 개않지……. 그 너무 아가 여석 아들캉 좀 장난질한닥 하는 기 말이
지만 머슴아들이사 좀 그라몬 어떻노 머."

박 여사는 또 한 번 가슴에서 덜컥 소리가 들릴 정도였으나 참고

"아무튼 형님만 믿어요."

했다. 음성에 애걸하는 어조가 띄어 있음을 박 여사 자신이 간파했는지 모
를 일이었다.

"머로 믿어?"

"그쪽에서 청혼이 오도록 해서 혼인을 치루게 해 달라는 말입니다."

"그거야 아무라몬 어떨라꼬? 맘에만 있어몬 이쪽에서 청혼을 해도 좋
고."

"그래도 색씨 편에서 하는 건 우습잖어요?"

"소원이몬 내 지끔이라도 당장 가서 알아보고 그라락 하께."

김현옥 여사는 움쑥 일어나 벽에 걸린 옷을 빗겨 갈아입는 것이었다. 박
여사는 또 한 번 가슴이 덜컥 내려앉는 것을 알았다. 그러나 이번엔 아까와

는 좀 다르게 내려앉는 것을 알았다. 덜컥 내려앉는 가슴 한구석에는 무엇을 기대하는 마음이 깃들어 있었던 것이다.

"형님 오래 걸리시겠어요."

미닫이를 열고 나서려는 김 여사 등 뒤에 박 여사가 초조로이 물었다.

"가 바야 알지마는 머 그래 오랠가. 마 오늘 저녁은 그 쪽에 속을 떠보는 거만 해 놓고. 저거찌리 조아라 카는 데가 있나? 혹시 부모들이 맘 둔 데가 있나? 알아바야 안 하겠나?"

"그래요. 형님 그럼 수고해 주세요."

"동성은 눕어 있으소. 내 얼른 댕기 오께."

박 여사는 김현옥 여사의 모습이 어둠 속에 묻힌 뒤에도 한참이나 문설주를 붙잡고 서 있었다.

김 여사는 두 시간도 넘어서 돌아왔었다. 박 여사는 그새 수차 누웠다 앉았다 했으며 미닫이도 두 번이나 열어 보았다. 그러다가 정작 김 여사가 돌아오고 보니 말은 못 하고 그의 눈치만 살피고 있었다.

"걱정 없어. 지거찌리 눈 맞인 데도 없고 양친이 바 둔 데도 없닥 칸다. 넘들은 가가 어떻다이 카지만 집에 들온 일 잘 하고 부모 말 잘 듣고 그럴 수가 없닥 하네. 그러이 넘 말만 듣고는 모른닥 카이. 머슴아사 좀 바람을 푸우몬 어떻노. 덜 이끼 푸운 바람은 천 량 짜리라꼬 안하나. 상매캉 혼인해 가지고 안 푸우믄 대는 기지……."

박 여사는 김현옥 여사 말에서 숨이 활 내쉬어짐을 깨달았다. 김 여사 말대로 지금 이상 어찌 됐든 간에 결혼해서 잘만 살면 되는 게 아니냐는 생각이었다. 오늘 아침에 눈치챈 이옥채와의 관계 같은 것도 하믄 걱정 될 일이 아니라는 생각도 들었다.

"형님 그러면 그쪽에서 청혼하겠대요?"

"하모 아바이도 있고 한 데서 이바구해 뿌릴라꼬 동성내 집안 속 이바구캉 상수캉 상매 이바구도 다 안 해 뿌맀나……."

"그래 뭐라고 해요?"

"선을 보자꼬 안 하나. 그쪽에서도 쏙히 해 뿌리자꼬 하믄서."

"선을 보자구?"

선을 보자는 말에서 박 여사는 움찔해 버렸다.

"와 상매가 인물이 고만하겠다 겁날 끼 있나?"

"인물만 고만하면 뭘 해요. 천둥벌거숭인 걸요. 선보는 데 까불기나 하면 저걸 어떡해요?"

"까불몬 어떻노? 신식 아아들이 활발한 기 좋지. 얌전만 하몬 머하노? 동성도 신랑감을 자시 바야 안 하나?"

김 여사의 이 말에 박 여사는 김해원을 잘 아노라는 말을 하려다가 그만 두었다.

53
海岸의 風土 ⑪

김현옥 여사의 딸 영순이 영애는 밤이 늦어서야 둘이 함께 돌아왔었다. 모친은 딸들이 돌아오거나 말거나 기다려 보지도 않고 잠이 들어서 코를 드르릉 드르릉 고는 것이었다.

"지금사 오느냐? 늦었구나."

"다대포 아지무이 오싰다."

"머? 아지무이 오싰능기요?"

두 아이 다 박 여사의 내방을 반가워하는 얼굴이었다.

"그새 또 더 컷구나. 영애가 언니보다 더 크잖어?"

"그렇습니더. 동생이 저보다 큽니더."

언니가 하는 말에 영애는 해죽이 웃기만 했다.

해죽이 웃고 있는 영애의 얼굴은 무슨 꽃인지 얼른 생각이 안 나지만 아무튼 그 꽃과 같이 아름답다는 생각이 들었다.

"저렇게 고운 것들이 왜 곱게들 자라지 못하고 끌끌끌."

박 여사는 그들을 쳐다보고는 중얼거리고 속으로 혀를 차며 안타까워했다. '저렇게 고운 것들' 속에는 자기 딸 상매도 포함되어 있는 것이었다.

"늦었는데 어서들 자거라."

"예. 상매는 집에 있습니꺼?"

영애가 박 여사에게 물었다.

"오냐. 저 오래비도 졸업하고 왔다."

"버서러 졸업식을 마치는가 배요."

이러한 말이 오고 가다가 그들은 저희들 방으로 건너갔다. 그와 그들이 이처럼 워즈런히 떠들었으나 김 여사는 그냥 코를 골고 있었다. 박 여사는 자기도 김 여사처럼 남들 논 데서 딸의 흉을 볼 수 있고 늦게 돌아오거나 말거나 잠을 쿨쿨 잘 수 있었으면 하는 생각을 하면서 밤새도록 이리 뒤치락 저리 뒤치락 하면서 잠을 못 이루다가 날이 휘언히 밝자 떠날 차부새를 했다. 아무도 몰래 참으로 살그머니 일어나 살그머니 문을 열고 선창으로 향했던 것이다. 그렇게 하면서도 그는 자기 동작에 몇 번이나 놀라곤 했는지 모른다. 이 버릇은 딸의 비밀을 알아챈 뒤부터 생겨났던 것이다.

채 밝지 않아서 어디나 조용했고 바다도 아직 검은빛 그 채로 있었다. 검은 바다 위엔 두서너 척의 윤선이 떠 있어서 떠날 준비라도 한다는 것인지 '꽈왕―' 소리를 질렀다. 이 소리에 박 여사는 또 한 번 놀라고 말았다. '꽈왕―' 소리가 끊이자 바다는 한결 높게 수월거렸다.

"물결이 또 세려는가?"

이렇게 중얼거리려는데.

"큰집 아지무이 아입니꺼?"

하는 소리가 박 여사를 또 놀라게 했다.

박 여사는 마구 뛰노는 가슴을 눌러 앉히며 소리 나는 방향을 향해 눈을 돌렸다.

"접니더. 지금 돌아가실라꼬요?"

어수꾸레한 속에서 떠날 차무새를 하고 있는 것은 바루 이웃에 사는 젊은이였다. 이 젊은이도 박 여사네의 배를 부리는 젊은 뱃사공 김 서방과 같이 박 여사네 배를 가지고 부산과 다대포 사이를 내왕했는데 박 여사네 배가 우정배한테로 넘어가면서 사람도 배와 함께 우정배 앞으로 넘어갔던 것이다.

"자네 언제…… 왔던가? 아니 지금 떠날 수…….'

박 여사는 놀라고 난 뒤라 말이 제대로 나오지 않았다.

"예 지금 떠날락 캅니더. 집에 가실 기지요? 타시이소."

젊은이의 말에 끌리기라도 하는 것처럼 박 여사는 쑤루루 올라탓다.

54

海岸의 風土 ⑫

"아지무이 언제 오셨읍니꺼?"

박 여사가 배에 오르자 젊은이가 물었다.

"어제."

박 여사는 간단히 댓구했다. 전 같으면 이 젊은이에게 여러 가지 말을 물었을 것이다. 위선 무슨 물건을 해 가지고 가느냐는 말부터 시작해서 우정배네 살림 내막을 캐어물었을 것이 아니겠는가.

"저도 어지 아침에 왔는데 저녁때 샛바람이 불어서 몬 떠났읍니다. 이분에는 고무신캉 성냥캉 비로캉 해 가지고 갑니더. 이거로 싣고 강으로 올라가자꼬 주인이 그랍니더."

그리고 둘러보니 배엔 산데미같이 물건이 실려 있었다.

박 여사는 먼 바다를 바라보았다. 해가 이제 솟으려는 모양으로 그쪽 하늘과 그쪽 바다 근방이 온통 붉게 물들어 있었다.

"이분에 이거 가지고 가몬 또 한밑천 나올 낍니더. 우리 주인은 참 이상해요. 꿈직이기만 하몬 돈이 밀고 들어오는 겉이 들어옵니더. 인지 좀 있으몬 똑딱선을 산다꼬 안 합니꺼."

박 여사는 댓구를 하지 않았다. 젊은이의 말을 듣고 있노라니까 웬일인지 눈물이 나오려고 했던 것이다. 그는 입을 쩌억 벌리며 숨을 크게 쉴 뿐이었다. 뱃사공은 아무것도 모르고(모를밖에 없는 것이 박 여사는 뱃사공과는 외면하고 있으니까) 삐이억 삐이억 노를 저으며 그런 종류의 이야기를 늘어놓았다. 박 여사는 다대포에 이르기까지 젊은 뱃사공이 지껄이는 말에 한마디의 댓구도 하지 않고 줄곧 먼 바다만 바라보고 있었다.

다대포에 들어서기까지도 해는 활짝 펴지지 않았으나 선창에는 사람들이 왔다 갔다 했다. 이제 곧 바다로 나가려는 배도 있고 벌써 바다 위에 뜬 배도 있었다.

집에서는 그때까지 모두들 자고 있다가 박 여사가 돌아온 기미를 알고

"아주머니 부산 다녀오십니까?"

하며 분주히 먼저 일어난 것이 허성숙이었다. 자야도 일어났으나 상매는 그냥 모르고 있었다. 그들은 모두 박 여사 방에서 잤던 것이다. 상수는 이층 제 방에서 자는 모양이었다.

"이렇게 일찍 오셨어요. 어저께는 바람이 불어서 배가 못 갔다는데 어떻게 가셨어요?"

"육로로 갔지."

"육로로? 그럼 어지간이 고단하실 텐데 또 이렇게 일찍 오셨으니…… 좀 누우세요."

허성숙은 박 여사에게 자리를 깔아 주며 이렇게 말했다.

박 여사가 자리에 눕자 허성숙이와 자야는 부엌으로 나가는 눈치였다. 바루 딸 곁에 누워 딸의 자는 귀여운 모습을 물끄러미 들여다보던 어머니는 자기도 모르게 혀를 끌끌 차고 나서

"이것아 그런 짓만 안 했음 골라 가며 존 델 구할 텐데 그렇구나. 손톱을 박아 가며 고를려고 하던 일이 이 꼴이 되었구나. 설마 그런 짓이야 할 줄 누가 알았느냐? 아직 어리거니만 알구 있었더니……. 그런 줄 알았드면 미리미리 다잡아 줄걸 그랬어. 후유ㅡ."

하고 깊고 크게 숨을 내쉬었다. 그 바람에 상매가 눈을 삐꿈히 떴다.

"어무이 어디 갔다 왔노?"

상매는 어지간히 반가운 듯 가까이 다가 누우며 물었다. 어머니도 다가 드는 딸을 끌어당기며

"부산 갔다 왔다. 영순네 집에 갔다 왔다."

고 말해 주었다.

55

海岸의 風土 ⑬

딸은 아무 말 없이 눈을 껌벅거리기만 했다.

"김해원이 양친한테 청혼을 오라고 일러 주러 갔었다."

그래도 딸은 여전히 껌벅거리기만 하고 있었다.

"그랬더니 그쪽에서 널더러 선을 보라고 하더란다."

"선을? 누가 그럭 캐요?"

그제사 상매는 어머니를 힐끗 보며 물었다.

"김해원이 양친이 그러지 누가 그래?"

"어무이보고 그럭 캐요?"

"영순네 아주머니한테 그러더란다. 내가 직접 갈 수야 있느냐. 영순이 모친을 보내 봤더니 그러더라는구나."

"안 할라요."

"글쎄 내 생각에도 그쪽에서 말없이 청혼을 해 줬으면 좀 상싶은 데 선을 보자는구나."

"청혼도 미아이도 다 싫탁카이."

"그건 또 무슨 소리냐?"

"난 난 결혼 겉은 거 안 하고 살라요. 어지 밤에 잠을 안 자고 생각해 보이 김해원이 그까잇 거 하고 결혼 안 해도 살아요."

"인제 와서 왜 그런 소릴 하는 거야?"

"이옥채캉 가뿐 거 보소. 얼매나 개씸한 기요. 첫분엔 나도 따라갈락 캤지만 더럽어서 인자 가락 캐도 안 가요. 그까잇 거 인자 안 만날라요."

"인제 와서 안 만난다고 하면 어쩔 셈이냐?"

"멋이 어쩔 셈이라? 안 만내몬 안 만냈지……."

"괘씸하기만사 하지만 인젠 그 사람하고밖엔 혼인을 못 치루게 되잖았어?"

"와? 몬 치루아요? 남자가 김해원이 하나배끼 없던강?"

"글세란 말이다. 그러니까 애달프단 말이다. 허구 많은 사람 중에 하필 김해원이 같은 것하고 그 짓을 했으니…… 아이구 원통한 일도 있지……."

어머니의 어성은 비통해졌다.

"그러이카내 안 만낸다 카능 기라요. 지낸밤에 아무이도 없고 해서 안자고 오래꺼정 생각했어요. 나는 결혼을 안 할라요. 딴 일로 할라요."

"무슨 딴 일이냐? 천둥벌거숭이가 무슨 일을 한단 말이냐? 에이구…… 끌끌끌."

어머니는 기가 딱 차서 말이 안 나왔다.

"학교도 졸업하고 할라요."

"졸업하기 전에 배가 불러 오면 어쩌느냐 말이다. 김영희처럼 처녀로 아일 낳게 되면 큰 탈이 아니냐?"

"머가 큰 탈이라? 얼라로 놓기 대몬 김해원이 지거 집에 보내 뿌리몬 안 대는 기요? 김영희매쿠로 나는 얼라를 가이고 집에 와서 살 생각은 없어요. 다대포나 부산 겉은 데선 죽어도 안 살라요. 적어도 나는 원대한 포부를 가지고 살라요."

어머니는 딸의 얼굴을 해매 없이 들여다볼 뿐으로 말이 없었다. 딸은 얼굴이 벌겋게 상기되어 있었다.

"김해원이캉 결혼하몬 부산 지거 집에 가서 살아야 하구로? 나도 저분 참에 김해원이 집에 가 봤어요. 안에 안 들어가고 문밖에서 봤는데 그런 데

가서 어째 갑갑해 사라꼬요."

"살림이랑 괜찮다던데 집이 갑갑하게 작더냐?"

잠잠히 말없던 어머니가 입을 열어 물었다. 어머니는 딸의 심중을 알지 못했다.

"집이 작아서 갑갑하다능 기 아이고 집은 아주 대궐같이 커로. 그렇지마는 그런 집 속에서 살기가 싫어요. 훨훨 떠돌아댕기메 살라꼬 작정했어요. 지낸밤에 다 작정했임더."

56
海岸의 風土 ⑭

"이 천둥벌거숭이 같은 소리 작작 해라. 네가 아직도 에미 망신을 시킬 작정이구나. 아무 소리 말고 거저 이 에미 말을 들어라. 김해원이한테 시집을 가야 한다. 여자란 시집가서 부모 섬기고 남편을 거들며 사는 게 본분인데 딴 일이 무슨 일이란 말이냐? 대궐 같은 큰 집에 턱 들앉아 살림살일 맡아 가지고 하면 좀 좋으냐 말이다. 외아들이니 모두 네 차지가 아니냐? 알아봤더니 김해원이도 보기보다는 다르더구나. 부모 말 잘 듣고 집에 있다 □에 나하고 부산 건너가서 선을 뵈우고 오자. 상매야 에밀 생각해서라도 맘을 돌려라. 내가 너이 오뉘한테 희망을 걸고 물인지 불인지 분별없이 살아가는데 너희들이 에미 말을 안 듣고 속만 썩인다면 내가 무슨 재미로 살겠느냐 말이다."

어머니는 어느새 코가 메었으며 뺨으로는 방울방울 눈물이 구을려 내렸다.

"어무이 울지 마이소. 어무이 울몬 나도 울어 버릴란다."

상매는 어머니의 손을 잡아 쥐고 흔들며 말했다.

"오냐 울지 않을게…… 상매야 에미 말을 듣지? 에미하고 있다 □에 부산 건너가지?"

"건너가서 선을 비었다가 마닥 카몬 어쩔랑 기요?"

"선을 뵈었다가 말이냐? 너를 마다구?……."

어머니는 말을 하다 말고 딸의 얼굴을 찬찬히 들여다보았다.

"너를 마다고 할 리가 있겠느냐? 손톱을 박아 가며 배필을 고를려든 너를…… 어디 부족한 데가 있어서 마다고 하겠느냐?"

"어무이 생각엔 그렇지만 그쪽에서 마닥 칼지 누가 아는 기요? 말광량이라꼬."

딸의 이 소리에 어머니는 웃고야 말았다.

"그러니까 얌전하게 가만이만 앉아 있으면 돼. 얌전하게 있기만 하면사 우리 상매만 한 인물이 어디 또 있게……."

"까깝해서 누가 가마 앉아 있는 기요. 나는 그런 일하기 싫심더."

"글쎄 이것아, 하고 싶어서 하느냐 말이다. 배가 불러 오면 어떡하려고 그러느냐?"

어머니는 또 울상을 했다.

"배가 부르몬 학교 안 댕기몬 대지 머."

딸은 그대로 태연했다. 어머니는 하는 수 없어서 벌떡 일어나 이층 아들 한테로 올라갔다. 이때까지 아들에게 딸의 비밀을 말하지 않으려고 했으나 딸이 그여코 뻐티고 보니 어쩌는 도리가 없었던 것이다.

깰 때가 되었던지 아들은 미닫이 여는 소리에 눈을 번쩍 뜨고

"어무이 어디 가싯등 기오?"

했다.

"부산 갔다 왔다."

고 하며 어머니는 아들 앞에 가 살풋이 앉았다.

"샛바람이 불어서 몬 간닥카디이 어떻게 가싯등 기요?"

"걸어서 갔다."

"와? 무슨 급한 일이 있었기 걸어서……."

"이만저만 급한 일이 아닌 것 같다. 상매 저것 말이다. 저 천둥벌거숭이가 글쎄 김해원이 그것한테 몸을 버리고 말았구나."

어머니 말에 아들은 벌떡 일어나며

"언제요?"

하고 소리를 질렀다.

57
海岸의 風土 ⑮

"그제 저녁에 나가 그 짓을 한 모양이다."

"어무이한테 몸을 배릿다꼬 상매가 그랍니까?"

"어린앨 낳게 되면 김해원이 집에 줘 버리겠다는 걸 들으면 알지 않니?"

"저런 비러먹을 일이 어딨노? 그 넘우 가시나로 칵 밟아 직이 뿌리야 할 거 아잉기요?"

상수 목에 핏대가 쪼옥 서고 숨결이 거칠어지며 어깨가 올라갔다.

"죽여 버릴 수도 없고…… 그러니 속히 혼인을 하도록 해야겠는데 저게 글쎄 결혼은 죽어도 안 한다는구나."

"와요? 김해원이가 싫닥 캐요? 싫을 거 같으몬 와 그런 짓을 하노 말이다. 얼란 줄 알았더니 그거 참 맹랑하네……."

"그러게 말이다. 나도 어린앤 줄만 알고 등한히 하다가 이런 꼴을 봤구나. 이제 와서 이러니저러니 할 거 없이 극력 서둘러서 혼인을 치르도록 해야겠는데…… 네가 상매더러 잘 타일러 봐라. 내 말보다 네 말을 귀담아 들을지 모르니……."

"타이르고 어짜고 할 기 머 있어요. 시기 뿌몬 되는 거지 머."

"그쪽에서 선을 보자고 그러더란다. 그러니 위선 상매를 데리고 선 뵈러 가도록 하자."

"누가 선을 보자꼬 해요?"

"김해원이 양친이 그러더란다. 영순이 저 모친이 가서 청혼을 하도록 말하니까 위선 색씨 선부터 보자고 하더란다."

"아까 외가 갈 때 어무이는 벌써 그 사건을 아싰네요. 그래서 김해원이캉 상매를 결혼시기자꼬 하싰구나?"

아들이 불평스런 어조로 어머니에게 대어들었다.

"알았지만……."

어머니는 아들 말에 댓구를 못 하고 말았다.

"그런 줄로 벌써 알았어몬 어무이캉 내캉 함끼 김해원이안테 단도직입적으로 결혼하라꼬 할 낀데……."

"이왕 그렇게 됐으니 이러니저러니 할 거 없이 상매를 데리고 부산 건너가잔 말이다."

"에헤 참. 가시나가 뭣이 그런 기 다 있노."

상수는 혼잣말처럼 이렇게 지껄이며 자리에서 일어나 아랫층으로 내려가려고 서들었다.

"애야 여기 있거라. 상맬 데려다 줄께."

어머니는 아들을 눌러 앉히고 자기가 아랫층에 내려와 딸을 데리고 올라왔다.

상수는 누이동생을 보자 주먹을 부르쥐고 달려들었다.

"와? 때릴락 하요? 내 일은 내가 처리핫기 오빠는 상관하지 마소."

"이 눕우 가시나가 머 이 꼬라지고? 건방지기……."

상수가 상매 머릿박을 한 대 후려갈겼다.

"왜들 이러니. 인제 이런다고 일이 바루 되겠니? 부산 건녀갈 의논이나 해라."

어머니가 아들과 딸 사이에 들어서서 말렸다.

"나는 부산 안 갈라요."

상매가 크다란 눈에서 방울을 떨어뜨리며 꺼무적거렸다.

"안 가고 전달 줄 아나? 목을 끼서라도 데리고 갈 기다. 시집 안 갈 생각이몬 와 그따우 짓을 하노 말이다?"

"목을 끼잖애 코로 끼도 안 갈기이."

270

상수는 도저히 견딜 수 없는 듯 다시 주먹을 부르쥐고 누이동생한테로 달려들어 장작 패듯이 내려 조젓다. 누이동생은 왜 때리느냐고 고함을 내어 질렀다.

58

海岸의 風土 ⑯

아랫층에서 허성숙이 올라왔다.

"성숙아 이걸 어쩌면 조냐? 네가 상맬 데리고 내려가다구. 상매야 내려가라. 응."

딸과 아들 사이에 들어서서 한 팔로는 딸을 막고 한 팔로는 아들을 막기에 결사적이던 어머니는 허성숙의 출현을 썸쩍해 하다가 하는 수 없이 오히려 그에게 구원을 청했다.

"어무이 좀 가만있이이소. 어무이가 말키다 이래 안 맨들었는 기요? 부산에는 와 갔다 와 가이고 이라는 기요? 가마 나 두이소. 내 일은 내가 처리할 기라요. 허성숙이 아이라도 내리갈 기라요."

상매는 고함을 뚝 그치더니 어머니한테로 대어드는 것이었다.

"그래. 상매야 어서 내려가거라. 동네가 부끄럽구나. 이게 웬일이란 말이냐? 온 동네가 다 알게 됐으니……."

"어무이만 안 그라믄사 누가 아요? 지도 새도 모를 거 아이기요?"

어머니는 상매 말에 움칠하다가

"네 신세가 딱하게 될가 봐 그랬지. 네 신셀 바루잡아 보려고 그랬지. 내가 좋자고 그러느냐! 아이구 이 철없는 것아……."

하며 딸을 측은히 바라보았다.

"어무이가 생각는 것이 철이 안 없오. 나도 생각을 많이 했오 마. 내 신세로 생각해 주고 집거든 가만 내버리 두이소마."

"야 이 넘우 가시나야 아가리 그만 놀리고 내리가라."

상수가 숨을 헐떡거리며 말했다. 그는 허성숙이가 아니드면 누이동생을 더 많이 때려 주었을지 모른다. 상매는 허성숙의 부축을 받아 가며 층계를 밟아 내려가고 어머니는 딸의 뒤를 보고 있다가 한숨을 길게 쉬었다. 눈물이 피잉 고이는 것을 그는 막지 못하고 있었다.

허성숙에게 부축을 받아 내려온 상매는 이끄는 대로 걸어 뒤곁으로 갔다. 아무 생각 없이 발이 옮겨지는 대로 갔을 뿐이있다.

뒤곁을 그냥 대밭이었다. 앉을 만한 펑퍼즘한 자리도 없었다.

"앉아라. 상매야."

이끌고 온 손은 놓으며 허성숙이가 말했다. 그러나 상매는 눈을 먼 데 돌리곤 앉으려고 하지 않았다. 상대방의 말을 듣는 것 같지도 않았다. 창창한 하늘이 깃드는 탓일가? 그의 눈은 몹시 시원해 보였다.

금방 울고 난 탓이기도 하리라.

"상매야 앉아라. 조용히 얘기하자구. 내가 나설 장소가 아닌지 모르지만 아주머닐 봐서라도 모르는 체할 수 없다. 어떻게 내 힘으로 좀 더 나은 결과를 가져오게 하고 싶구나."

아직도 먼 곳에 눈을 보내고 있는 상매에게 허성숙이가 나즉히 말했다. 그러나 상매는 거저 그냥 한 군델 응시하고 있을 뿐이었다.

"내 생각엔 어떤 남자에게 정조를 바쳤다고 해서 말이다…… 김해원이가 너를 침범했더라도 말이야…… 그 사람이 내 이상에 안 맞는 사람인 경우라면 꼭 그 사람하고 결혼해야 한다는 이론엔 찬성할 수가 없다. 아주머니나 상수 씨 생각은 널 무슨 물품 취급을 하는 것 같아. 마치 물건 흥정을 하다가 사는 쪽에서 자칫 잘못해 가지고 물건을 깨뜨렸다든가 못쓰게 만들었을 때 물건 임자가 억지공사로 상대방에게 떼맡겨 버리는 것처럼. 그만 어떻게 그런 실수가 있었더라도 네가 싫으면 하는 수 없는 거야. 김해원이한테……."

"듣기 싫다. 그런 설교로 하락 하나? 니가 멋인데 내안테 설교로 하노 말이다. 학교서 공부 잘했다꼬 안주 니가 삐길락 카나? 얌전한 체하지 마라.

애꼽다. 애꼽아."

상매는 허성숙의 말이 끝나기도 전에 이렇게 쏟아 놓고 그 자리를 떠나는 것이다. 올라오는 해를 받아 깊어진 그의 그림자가 마구 출렁거렸으나 넘어지지는 않았다.

59
脫出 ①

허성숙을 마저 졸업시켜야 하겠다는 박 여사의 결의가 좌절되지 않아서 허성숙은 신학기부터 다시 서울 Y대학으로 올라가고 집안은 언제 파란곡절이 있었던가 싶게 평온한 상태로 유지되어 갔다.

그것은 서울 올라가기 전에 상매를 들썩거리지 말고 서서히 해결해 나가자는 허성숙의 부탁을 상수가 고스란히 받아들인 탓도 있겠지만 박 여사 역시 다시는 그 일에 있어서 입을 열지 않았다. 그 일에뿐 아니라 그는 모든 일에 일체 함구하는 버릇이 생겼던 것이다.

그렇다고 그의 마음이 평온하다고 볼 수는 없는 것이다. 말만 입 밖에 내지 않을 뿐이지 마음은 항상 어두웠다.

위선 그가 딸한테서 시선을 걷우지 않는 것을 보아서도 알 만한 일이었다. 항상 숨은 시선으로 아침에 나갈 땐 뒷태를 살폈으며 학교에서 돌아올 땐 앞모습을 살폈던 것이다. 잠든 뒤에도 살피기를 게을리하지 않았다. 어떤 때는 잠자는 딸의 숨결이 유난히 거칠어진 것 같아서 부리낳게 딸을 깨우는 일도 있었다. 딸이 눈을 번쩍 뜨며

"어무이 와요?"

하면 그는 당황히 '어디 아프지 않으냐?'고 물었다. 딸이 '안 아푸요' 하고 댓구해 줄 것 같으면 숨을 화알 내쉬곤 하는 것이었다. 다달이 있는 징조로 보아서도 딸의 몸에 이상(異狀)이 없음을 아겠건만도 박 여사는 그것조차 믿지 못했다. 아이를 배고서도 월경하는 수가 있다는 소리를 꼭 어디서 들

은 것만 같아서 견딜 수 없었던 것이다. 그러면서도 두려워서 그 사실의 정확성을 누구에게 물어볼 생각을 못하고 있었다.

그러던 어느 날 부산서 김 여사가 건너왔다. 잎이란 잎이 다 피어서 천지가 온통 푸르기만 한 유월 중순께였다.

"형님 바쁘신데 어떻게 오셨어요."

박 여사는 눈이 다 밝아지는 듯싶게 반가웠다. 그동안 몇 번이나 그를 만나고자 했지만 부산 땅을 밟기 싫어서 그날그날을 보내고 있던 참이니 반갑지 않을 수 없었다.

"나도 온다 온다 캄서 재우 인자사 안 오나."

"제가 곧 가야 하는 건데 그만."

박 여사는 말을 얼버무려 버렸다.

"그런데 이 사람들아 김해원이가 결혼한닥 카더라."

"예? 누구하구?"

짐작이 가면서도 박 여사는 대경실색을 안 할 수 없었다.

"그럴 겉으믄 와 좀 속히 몬 서들고……."

대경실색하는 박 여사를 보고 김 여사가 한 말이었다.

그제사 박 여사는 마음을 잔줄구며

"상매가 선을 안 뵌다고 하니 어떡합니까?"

하고 나즉히 댓구했다.

"잘됐다. 상매가 영특하이 그렇지. 지금 혼인하는 처자가 얼라아도 배 노이 그 처자캉 안 할 수 있나? 처자 어마이가 김해원이 저거 집에 와 가이고 단판을 했단다."

박 여사는 고개를 끄떡일 기력조차 잃고 멍하니 바깥만 내다보았다.

"처자 어마이락 하는 기 영업자로 하맨서 딸 하나로 금지옥엽걸이 키아왔는데 그마 그 꼬라지가 댔시이 얼매나 기가 차겠노. 부모 속은 다 마찬가진데…… 에히유―."

영순 모는 길게 한숨을 내뿜고는 바깥만 내다보고 있는 박 여사 얼굴 가까이 입을 돌려대며 말을 더 이으려 했다.

"상매네가 댕기간 뒤에 김해원이 평판이 안 조탁 카던데 아시 혼인 말로 안 댔이 몬하고 있었는데 잘댔다. 김해원이 그 넘아가 가시나를 쫓아댕기는 선수락 카더라. 야구 선수보다도⋯⋯. 우리 영순이는 상매겉이 인물 잘나고 똑똑한 처이로 와 버서러 치울락 하노꼬 안 그라나. 그런데 이 사람들아⋯⋯."

김 여사가 말을 하다 뚝 그치고 박 여사 귀밑 더 가까이로 입을 가져오는 것이었다.

60
脫出 ②

박 여사도 영순 모친에게로 귀를 기울였다. 그러자 영순 모친이 아주 낮은 소리로

"영순이가 월북했다 칸다."

하고 속삭이듯 말했다.

"언제요?"

"지낸달 그뭉끼이 버서러 보름도 안 넘나? 우왜둥둥 그 몹씰 년이 에미로 띠이 뿌고 지는 머스마캉 갔다 안 카나."

"왜 가도록 가만 내버려 뒀어요? 붙잡지 못하고ー."

"내 알기 갔나? 시사아 영애도 함끼 갈락 캤는데 영애 고년은 인성이 많애 노이 에미로 한 분 더 보고 갈라꼬 집에 갔다가 미차 몬 떠나서 몬 가고 처졌단다. 그것꺼정 가 뿌릿이몬 내가 죽고 말지 우째 살겠노."

"영순이하고 같이 간 청년이 북쪽 사람이던가요?"

"아이다. 마산 사람인데 공산당 나라가 좋다고 갔닥 카능 기라."

"저걸 어떡해. 형님은 그 청년의 집안 형편이라. 알고 계셨군."

"간□에서 안 알았나. 영애가 이바구해 조서 알았지. 그동안 한데 어불리

가이고 싸댕긴 것도 공산당 공부로 한다꼬 그랬닥 카능 기라. 영애가 따라
댕긴 사람도 그거 다 한 패거리라 안 카나. 몸써리가 나서 후유…….”

영순 어머니는 여전히 낮은 소리로 속삭이다가 한숨만은 크게 쉬었다.

“영애는 그래 지금 집에 있어요?”

“집에 있지. 넘어갈락 카다가 몬 가노이 숨어 안 있나. 둘이 다 집 골방에
숨어 있다.”

“신랑 될 사람도?”

“그래마. 속 터지는 일로 치몬 지랄 발광을 치고 집어도 그러다가 붙잽히
기나 하몬 우짜노. 이라지도 몬하고 저라지도 몬하고 만날 속만 부굴부굴
끓고 안 있나. 이럴 바닥이사 공산당 나라로 가 뿌린 기 낫겠다고 생각하다
가도 그래도 잩에 있는 기 날 끼라꼬 맘을 직이고 직이고 안 하나. 둘이 다
말키 가 뿌리고 나몬 내 혼자 우째 살겠노…….”

영애 모친 눈에서 눈물이 쭈루루 흘러내렸다. 그는 흘러내리는 눈물을
옷고름으로 씻어 내렸다.

아이들한테 등한한 줄만 알았던 그의 눈물을 보자 박 여사는

“형님 너무 상심 마세요. 영애마저 가 버렸더면 어쩔 번했어요. 다행으로
아세요.”

하고 위로해 주었다. 그리고 이어

“다행으로 아세요.”

라는 말에서 자기 자신도 위로를 받은 것이다. 그가 영애 모친의 이야기를
듣고 있는 사이에 어찌 되었든 간에 딸을 곁에 데리고 있는 일이 다행하다
고 여겼으며 오히려 자기는 영애 모친보다 다행한 자리에 있는 것이라는 자
위를 받기도 했다. 영애 모친이 돌아간 뒤에도 박 여사는 오랫동안 이러한
심정 속에서 지냈다. 그러면서 딸의 몸에 이상이나 없어 주기를 빌었다. 정
말이지 박 여사는 매일 새벽으로 뒷곁 대나무 밭머리에 정안수를 떠 놓고
딸을 위하여 빌었던 것이다. 비는 말 속에는 딸의 몸에 이상이 없도록 해달
라는 말과 함께

"우리 상맬 늘 가까이 데리고 있게 해 주십소서."
라는 대목이 끼어 있었다. 비는 일도 영애 모친이 다녀간 뒤에 생겼다.

그 뒤에 이어 김해원의 결혼식을 매우 간단하게 치루었다는 소식을 영애 모친을 통해서 들었다.

아들과 딸은 김해원의 결혼을 감감 모르고 있는 눈치였다. 박 여사는 그들이 모르는 대로 가만있으려고 했다. 그랬는데 어느 날 부산 갔던 아들이 이 사실을 알고 돌아왔던 것이다.

61

脫出 ③

아들은 마루에도 채 올라오지 않아서

"어무이 김해원이가 이옥채캉 결혼했닥 하네요. 이런 비러먹을 일이 어딧능 기요?"

하고 소리를 높이 질렀다.

"애야. 올라오기나 하고 떠들어라."

딸은 아직 학교에서 돌아오지 않았지만 이웃이 알가 싶어 어머니는 조마조마했다.

"이옥채로 오늘 만났더이 김해원이캉 결혼했다 안 카는 기요? 상매 저거는 인자 베릿임더."

"글세 이리 들어와서 서서히 말 못 하니?"

어머니는 마주 나가서 아들의 손을 잡으며

"네 방으로 올라가자."

고 이끌었다. 아들과 어머니는 앞서고 뒤서며 층계를 올리 밟았다. 어쩐 일인지 어머니는 층계 밟는 소리마저 크게 내고 싶지 않은 조심스런 마음이었다. 그러면서도 아들 방에 들어가 앉자

"이옥채 혼자더냐?"

고 그것부터 묻는 것이었다. 이것은 김해원이 하고 같이더라는 말이 안 나오기를 기다리면서 물은 말임에 틀림없었다.

"혼자요. 극장 기경 갔다가 나오는 길입니더."

"신혼 부부가 어째 그런 데로 같이 안 단니고?"

어머니는 중얼거렸다. 이것 역시 그들의 불행을 바라는 심사에서 나온 말이 아닐까?

"김해원이 그 넘우 자식을 뚜디리 패 조야 댈 기다. 그 넘우 자석 상매로 그래 놓고 이옥채캉 떡 결혼하다이…… . 지가 그래 노이 혼인한닥 하는 말도 안 하고 해뿐 기라. 그 넘우 자석을 우예 쭈몬 좋노?"

아들의 소리는 여전히 높았다. 어머니는 그래도 자기는 이미 벌써 결혼한 사실을 알고 있었다는 말도 김해원이가 이옥채와 결혼하지 않으면 안 되는 정로를 알고 있었다는 내심을 보이지 않으면서

"독을 보고 쥐를 못 잡는다고, 어떡하겠느냐. 인제 떠들면 창피하기나 하지 별 도리가 없잖느냐?"

고 했다. 그러나 아들은

"인자 상매는 베릿심더. 그래 가지고도 그 넘우 자석을 가마 나 도요?"

하며 주먹을 불끈불끈 쥐었다.

"그럴라거든 웨 좀 일찍 서들지 못했더냐? 네가 극력 서들어 줬으면 일이 이렇게 됐을라구."

어머니의 어성도 어느새 높아졌다. '상매는 베렸임더'라는 아들 말에서 그는 새삼스레 분하고 원통함을 깨달았던 것이다.

"성숙이 그기 상매 맘 돌아설 때꺼정 가마 나두락 하건대 그 말 또 듣고 있었디이 이 꼬라지가 안 됐는 기요. 와? 어무이는 좀 몬 서들었능 기요?"

아들은 허성숙을 치탄하는 척하다가 어머니한테로 대어들더니

"상매 이 넘우 가시나 오기만 해 바라. 오늘 당장 때리 쥐기 뿌린다. 그런 넘우 가시나로 나 돗다가는 집안 망신배끼 안 될 기이…… ."

하며 벌떡 일어서서 선창께를 내다보는 것이었다.

어머니도 다급히 따라 일어서며 아들에게 제발 그러지 말아 달라고 손을 싹싹 부비다싶이 해 비는데 그때 마침 퐁퐁선이 퐁퐁 소리를 멈추면서 선창에 와 닿고 사람들이 배에서 내리는 틈에 끼인 딸의 모습이 눈에 들어오는 것이었다. 어머니 눈에서는 눈물이 피잉 고였다. 아무것도 모르고 딸은 제 버릇 대로 활개를 씽씽 치면서 집을 향해 오고 있는 것이 아닌가.

62

脱出 ④

"애야 상수야, 제발 좀 가만있어다구. 인제 쏟아진 물인데 떠들면 남부끄럽기만 하지. 제발 좀 이 에밀 보고 참아라."

"어무이는 와 참으라고만 하는 기요? 지가 그따우 짓을 했이몬 글로 시집가능 기지 와 안 간다꼬 빡빡 씨았노 말입니더. 그래도 그 가시나가 잘한 겁니꺼?"

"잘했다고 말하느냐. 인제 기왕 그렇게 된 걸 어떡하느냐 말이다. 쏟아진 물이라고 안 하느냐? 분하고 원통한 마련을 해선 김해원이 그놈이나 상매 이 게집애나 다 한 몽뎅이로 때려 죽이고 나도 죽어 버리고 싶다마는 그럴 수도 없고…… 상수야 제발 제발 좀 에미를 보고 참아라 응 상수야."

어머니가 이처럼 애원했건만 상수는 누이동생이 마당에 들어서자마자 씨잉 달려 내려가더니 그 자리에서 차고 밟고 때리고 하는 것이었다.

"이 넘우 가시나야 집안 망신은 니가 다 씨긴다. 김해원이 넘캉 그 따우 짓을 했을 겉음은 와 결혼 안 한다꼬 하노 말이다."

"김해원이캉 이옥채캉 결혼한 거 아나? 인자 니는 베린 가시나다. 니는 인자 시집도 몬 가기 댄 가시나다."

이러한 말을 퍼부어 가며 상수는 행동을 계속하고 있었다.

어머니가 필사의 힘을 다하여 말리건만 소용이 없었다.

차고 밟히고 하던 상매는 맨 마지막 마디에 오똘 무엇을 깨달았던지 그

폭풍 같은 속에서도 얼굴을 바싹 제껴 들더니

"김해원이캉 이옥채가 결혼했어요?"

하고 또렷한 소리로 묻는 것이었다.

이 물음에 상수는 물론 어머니까지도 댓구를 하지 않았다. 상매는 잠간 동안 차거나 밟거나 하등의 반응을 보이지 않다가 발딱 일어서면서

"이라지 마소. 내 쫌 안에 들어갈 기요."

애원도 아니요. 항거도 아닌 어조로 말하며 그 자리에서 빠져나려 들었다.

"상수야 그래라. 제발 좀 안에 들어가게 해 □구"

어머니가 아들 앞을 비호같이 날쌔게 막아서며 애원했다. 상매는 그 틈을 타서 오빠한테로부터 풀려났다.

그러나 상매는 결코 달리든가 발을 재게 놀리지도 않았다. 걷는 대로 걸어서 제 방으로 들어갔다.

상매가 집에서 탈출(脫出)한 것은 이튿날 아침이었다. 그는 학교에 갈 때처럼 책가방을 들고 나갔다. 어머니는 두루 가슴이 아파서 그날 아침 변또를 자기가 손수 살뜰히 싸 주었던 것이다.

늦게까지 돌아오지 않는 딸을 기다리다 못해 끝내 불안해진 어머니는 딸의 책상 설합을 뒤지고야 말았다. 어쩐 일인지 딸은 무엇을 남겨 놓고 돌아오지 않게 떠났을 것만 같은 예감이 어머니를 그렇게 하게 했던 것이다.

과연 어머니의 예상대로 딸의 책상 바른편 설합 맨 앞 보기 쉬운 데엔 '어머니와 오빠께 드림'이라고 쓰인 봉투가 가루 놓여 있는 것이 아닌가?

63

脫出 ⑤

봉투를 집는 어머니의 손은 떨렸으며 앞이 캄캄하여 무엇이 무엇인지 분별할 수조차 없었다. 그런대로 어머니는 봉투를 떼었다. 글씨가 뿌우연 하

기만 했다. 어머니는 그것을 얼른 읽기 위해서 한참 동안 눈을 감고 마음을 가라앉혔다. 그렇다고 아들을 불러 읽으라고 하고 싶지는 않았다. 아들은 부산 건너갔다 돌아온 지 얼마 되지 않았다.

> 어머님 오빠 안녕히 계십시오. 제가 떠나가는 것은 오빠한테 언어맞았기 때문이 아닙니다. 김해원이와 결혼해야 하겠다는 마음이 지금사 생겼기 때문입니다. 이옥채한테 김해원을 맡겨 두고 싶지 않습니다. 김해원을 이옥채한테 빼앗기지 않을랍니다. 어머님 오빠 안녕히 계셔요. 저는 집에 돌아오지 않겠습니다. 오빠 말씀과 마찬가지로 '집안 망신을' 시키지 않을라고 떠나갑니다. 찾지 마시고 가만 내버려 두십시오.
>
> 六月 二十四日 새벽
> 상　　매　드림

한참 동안 진정하고 나서 읽은 딸의 글발 내용은 이러했던 것이다.

어머니는 한참 동안 눈물을 쏟고 나서 이층으로 올라갔다. 아들은 벌써 자리를 깔고 누울 차부새를 하고 있었다.

"상매 그 가시나 안 았지요?"

어머니의 얼굴색을 살핀 상수는 어머니가 나무럼이라도 할 줄 알았던지 움칠하다 말고 이렇게 물었다.

"안 왔다. 이걸 봐라. 이 일을 어쩌면 조냐?"

어머니는 아들 앞에 봉투와 편지를 던지다싶이 하여 말했다.

아들이 봉투와 편지를 함께 집어 들면서

"이기 멋고?"

하다가 분주히 내용을 읽기 시작하는 것이었다. 다 읽고 나서 봉투를 다시 훑어보더니

"어데 갔이꼬?"

하고 중얼거렸다.

"부산 갔을 테지. 김해원일 찾아갔을 게 아니겠느냐?"

"이럴 겉으몬 와 벌써버텀 몬 하고. 그 넘우 가시나가 똑 집안 망신만 시킬 작정이다. 낼 아침에 부산 건너가 볼랍니더. 부산 건너가서 끌고 올랍니더."

"어디 있을지 알아서 끌고 오겠느냐?"

"김해원이 또 만나믄 알 거 아입니까?"

"김해원이가 이옥채하고 결혼했는데 상맬 만날 줄 리 있느냐. 에이구우."

어머니는 또 묻기 시작하는 것이었다.

"어무이 걱정 마시소. 내가 내일 아침에 가서 우찌든지 찾아가 올랍니더."

이튿날 아침 일찍기 부산 건너 보내려고 어머니는 새벽부터 일어나 서들었으며 빼지 않고 늘 하던 대로 정안수를 떠 놓은 앞에서 어머니는 양팔을 허공에 높이 들어 절하며

"신령님 우리 상매가 무사히 돌아오게 해 주소서."

하고 빌었다.

그러나 부산 건너갔던 아들이 저녁에 돌아와 보고하는 말을 들으면 상매는 김해원이 하고 함께 숨어 버린 것으로밖에 짐작되지 않았다.

64
脫出⑥

상수가 김해원의 집에 가서 알아본 결과에 의하면 김해원은 어제 아침 열 시가량 해서 집을 나간 뒤에 돌아오지 않았다는 것이었다.

집을 나갈 적엔 친구한테서 기별이 와서 나갔는데 기별을 보낸 친구를 찾아가 보았더니 그러한 일이 없다고 하더라는 것이었다. 이옥채는 쭐쭐 울고 있더라는 말도 아들은 들려주었다.

"내가 가 봐야겠다."

어이가 없이 듣고 있던 박 여사가 한 말이다.

"어무이가? 김해원이 집으로 가실라꼬?"

"어딜 가던지 가 봐야지 이대로 버려 둘 수야 있느냐?"

"어무이 수사원을 제출해 볼까요?"

"수사원이라니?"

"경찰서에 찾아 줄라꼬 수사원을 낸다 말입니더."

"얘야. 그렇게사 어떻게 한단 말이냐?"

"와요? 여관 겉은 데 가 있이믄 대분에 찾일 수 있일 낀데……."

"안 된다. 그건. 그러느라면 부산 바닥이 다 알잖니? 부산 바닥뿐이냐. 이 다대 마을 웃마을 할 것 없이 다 알게 되잖니?"

"안 그라믄 모를가 바! 인자 망신은 하고 난 긴데…… 그 넘우 가시나로 찾기만 해 바라 쥑이 뿔 기다."

"죽이든지 살리든지 찾아 놓기나 해야잖니? 그 천둥벌거숭이가 어디 가서 어쩌고 있는지 에이구우."

어머니는 흘러내리는 눈물을 두 손등으로 씻으며 애탄하는 것이었다. 그는 아들의 '쥑이 뿌린다'는 말에서 더 한층 가슴이 녹아내리는 것 같았다.

그날 밤을 뜬 눈으로 새우고 이튿날 아침 새벽 일찌기 일어난 어머니는 또 정안수를 떠 놓은 앞에서 어제 새벽과 같은 말로 하늘을 우럴어 빌고선 배가 떠날 시간을 기다려 선창으로 나갔다.

그가 선창에 나가기까지 아들과 심부름하는 계집에는 모르고 있었다. 뜬 눈으로 새우는 이러한 때 어쩌면 그다지도 잘 수 있단 말인가? 심부름 하는 계집에는 남이니까 그럴 법도 하지만 박 여사는 아들 일이 괘씸하기 짝이 없었다.

부산에 내리자 곧장 영애 모친을 찾을가 하다가 큰 거리를 향해 걸었다. 딸하고 비슷한 여자 대학생들이 오고 가고 하는 것이 눈에 뜨였기 때문이었다. 어떤 학생은 꼭 상매 같아 보이기도 했다. 검정 스커-트에다 바람에 잔뜩 부푼 흰 부라우쓰를 바쳐 입은 여학생 뒤를 박 여사는 몇 번이나 쫓다 그만두었는지 모른다. 허둥지둥 쫓아가서 보면 딸은 아니고 낯선 사람인 것이다.

박 여사는 딸을 아는 사람이라도 만났으면 싶었으나 모두 낯선 얼굴뿐이었다. 상매 학교로 발을 옮기다가 그만두기도 했다. 상매 학교에 찾아가도 상매가 없을 것이 뻔한 일인데 무엇 때문에 찾아가겠다고 하느냐 말이다. 되려 그쪽에서 상매가 왜 학교에 안 나오느냐고 묻는 경우엔 무엇이라고 대답하느냐 말이다. 그는 끝내 김 여사 집으로 발을 돌리고 말았다.

김 여사 집 마당에 들어서자 김 여사는 맨발로 뛰어나와 손을 잡으며 다짜고짜로

"이 사람들아 큰일 났네."

하는 것이었다.

그의 얼굴색이나 말하는 어조로 보아서 제 발등의 불인 모양 같지 남의 일로 해서 그렇게 서드는 것 같지는 않았다. 그렇더라도 박 여사는 알고 싶었다.

"왜요? 뭐가 어떻게 됐어요?"

하고 묻는 박 여사 말에 김 여사는

"기가 딱 차서 말도 못 하겠다."

하며 박 여사의 잡은 손을 한결 더 힘을 넣어 잡았다.

65

脱出 ⑦

'기가 차서 말도 몬 할세라'고 하던 김현옥 여사는 방에 들어가자 아무 말도 없이 구석에서 신문 한 장을 집어 박 여사에게 쥐어 주며

'괴뢰군 남침 기도'라고 쓰인 대서특서의 제호를 손가락으로 가리키는 것이었다. 박 여사도 아무 댓구 없이 거기에 눈을 쏟고 있었다.

"형님 어쩌면 좋와요?"

"그렇기 우짜몬 좋노 말이다."

신문에서 눈을 떼는 박 여사와 박 여사가 신문을 다 읽기를 기다리고 있던 김 여사가 동일한 시기에 부르짖은 말인 것이다.

두 여인이 같은 시각에 동일한 의미의 언어를 부르짖었으나 그들은 결코 상대방의 절박한 사정을 부르짖은 것이 아니고 각기 자기의 절박함을 부르짖었던 것이다. 말하자면 박 여사는 딸의 일을, 김 여사 역시 딸의 일을 부르짖었던 것이다.

"동성 우짜몬 좋노? 김일성이 군대가 삼팔선을 넘어 쳐들어오고 이쭉에서도 김일성이 군대로 마주 쳐들어간닥 카이 그 통에 우리 아아들은 다 안 죽겠나? 에이고오 하느님도 무정키도 하제에."

"형님 우리 상매도 어디로 갔는데 전쟁이 이렇게 터졌으니 어쩌면 조와요?"

두 여인은 끝내 자기의 절박함을 털어놓고야 말았다.

"상매가 어대로 갔노?"

"형님 김해원이 집에 가 봐 주세요. 김해원이가 지금 집에 있나 없나 그걸 좀 알아봐 주세요."

사리가 밝기를 따를 사람이 없다. 박 여사건만 남의 사정 같은 것이나 염치 같은 것을 살펴볼 겨를이 없었다.

"김해원이 집에는 와?"

"혹시 김해원이하고 같이 가지 않았나 해서."

김 여사는 상대방의 사정을 더 캐자는 생각도 없이 벽에 걸린 치마를 벗겨 입고 나가는 것이었다. 마루 아래로 내려서는 김 여사의 힘없는 모양을 보고서야 박 여사는 지금의 김 여사의 심정도 자기와 매일반일 것이라는 생각을 하게 되었다. 그리고 박 여사는 집에 숨어 있던 영애와 그의 배필 될 사람은 아직도 숨어 있을가? 하는 생각도 해 보았다. 그러나 그런 생각은 잠간뿐이고 김해원의 집에 간 김 여사가 돌아오기를 눈이 빠지게 기다리는 것이었다.

도모지 방에 앉아 있을 수도 없었다. 마당에 나가 서성거리다가 대문 밖에 나가기도 했다. 대문 밖에 나가서는 얼마 못 있었다. 김해원이 집 식구에게 들킬가 싶어서였다.

김 여사가 돌아올 무렵 해선 박 여사는 석류나무 뒤에 숨어 있었다. 혹시 김해원의 모친이나 부친이 쫓아와서 너의 딸 까닭에 내 아들이 집을 떠나가게 되었다고 할지도 모른다는 생각이 들었던 것이다.

이옥채가 쫓아와서 야로를 부릴 것 같은 생각도 들었던 것이다.

김 여사 혼자서 터벅터벅 들어오는 것을 번연히 보고서도 박 여사는 선뜻 나서지 못하고 김 여사가

"동성 어데 갔노? 동성."

하고 부른 뒤에사 그것도 주위를 살펴가며 석류나무 뒤에서 나왔던 것이다.

"김해원이가 서울 갔닥 카네."

김 여사는 거리낌 없이 한마디로 해 버렸다. 박 여사는 김해원의 소리가 높았기 때문에 더 소리를 죽여 가지곤

"언제요?"

하고 물었다.

"어지 저역에 갔닥 칸다. 상매캉 같이 간 기지?"

박 여사는 그렇다고도 그렇지 않다고도 못하고 그 자리에 선 채로 있었다. 김 여사는 '에이고오'를 길게 뽑으며 마루에 털썩 주저앉았다. 그는 어느새 또 자기의 절박함을 한숨 짓는 것이었다. 남의 일은 벌써 말할 기력이 없었던 것이었다. 박 여사는 한숨 쉴 여유조차도 가지지 못했다. 그는 그냥 서 있었다.

66

汽車 속에서 ①

"전쟁이 터졌다는데 부득부득 서울에 가면 어쩔 셈이야?"

기차가 부산진을 떠나서도 한참 만에사 그들은 자리에 같이 마주 앉았

다. 자리는 얼마든지 비어 있어서 그들은 쉽게 앉을 수 있었다. 그들은 네 사람의 자리를 온통 차지하고 있었다.

그들이란 두말할 것 없이 김해원과 윤상매인 것이다. 자리에 마주 앉자 불쑥 김해원은 그와 같은 말을 했다.

(듣는 쪽에선 불쑥한 말같이 들릴지 모르지만 말하는 편에선 줄곧 마음 속에 굴리던 말인 것이다.)

"멋이 겁나서 그래요? 지끔 국군이 막는다꼬 안 하요?"

윤상매는 김해원의 주저주저하는 태도가 못마땅했다. 기차를 탈 때만 하더라도 떳떳이 부산역에서 타지 못하고 남의 눈을 피하느라고 부산진까지 와서 탔던 것이고 기차에 오를 적에도 딴 승강구로 올라 가지곤 기차 속에서도 따루따루 서 있다가 앉았던 것이다. 그것뿐 아니라 김해원은 떠나기 직전까지도 주저주저하고 있었던 것만은 사실이다. 서울은 너무 멀다는 말을 몇 번이나 했는지 모른다.

"서울이 멀거덩 부산서 사소. 이옥채캉 잘 사소 그마."

윤상매는 한마디 더 쏘아 주지 않고선 견딜 수 없었다.

"멀어서 그러는 줄 알어? 전쟁이 터졌다잖어?"

"어지 낮에 전쟁 터진 주로 모른 때도 서울 가기 싫닥 카디이…… 서울이 너무 머다꼬 안 그랬능 기요?"

기차가 산모롱이를 도노라고 기적을 길게 뽑았다. 길게 뽑던 기적이 뚝 끊이니까 웬일인지 윤상매는 서글퍼지는 것이었다. 길고 수탄 속눈섭이 아니드면 그득 고인 눈물이 벌써 흘러내렸을지 모르는 일이다. 그러나 언제까지 속눈섭이 움직이지 않을 수가 없었던 것이다. 그득 고인 눈물이 한결 달리 길고 수탄 속눈섭을 껌벅거리게 했는지도 모른다.

"울긴 왜? 저런 바보."

상대방이 여자의 눈물을 보았다. 늘 지나 보는 일이지만 여자가 울게 되는 경우란 귀찮은 것이었다. 이옥채하고 결혼하게 된 것도 똑바루 말하자면 이옥채가 울고 맴벼들기 때문이었다. 그 외의 다른 여자들의 눈물도 김해원은 얼마쯤 겪어 보았다. 눈물을 보게 되면 벌써 여자에게서 흥미를 잃는 때였던 것이다.

제일 많이 울어서 제일 많이 흥미를 잃은 여자가 이옥채였으나 끝내 그와 결혼하지 않으면 안 되게 된 것은 이옥채가 아이를 배었기 때문이고 그리고 또 이옥채 모친이 물불을 헤아리지 않고 양친한테 접어들었던 까닭이라.

그러나 지금 윤상매의 눈물은 그렇지가 않았다. 오히려 어떤 충동을 받았다. 길고 수탄 속눈섭을 껌벅거리기만 하면 구슬처럼 굴러 내리는 눈물도 딴 여자의 것과는 다르려니와 눈물을 그득 담은 눈은 그다지도 고울가?

"이옥채캉 잘 살라꼬…… 그라는 기지 머. ……그래 노이…… 서울 가기 싫다카능 기지…… 머…….."

윤상매는 설음이 북받쳐서 말이 꺽꺽 맥혔다.

"울지 마라. 서울 가는 거 싫다고 안 할께. 내겐 상매밖에 없어. 난 상매만 사랑해."

김해원은 윤상매의 허리를 끌어안으며 몸을 부르르 떨었다.

67
汽車 속에서 ②

"이라는 거는 하지 마요. 사람들이 안 보이는 기요?"

윤상매는 김해원의 팔을 풀려고 했다.

"사람들이 어디 있어? 우리 둘 뿐인걸."

김해원의 뜨거운 입김이 훅훅 끼쳐 왔다. 그는 벌써 주저주저하지 않았다. 이렇게 되는 경우엔 그는 언제나 용감했던 것이다.

"저쭉에 저 사람들…… 다 아인기요. 이라지 마소."

윤상매는 여전히 남자의 힘을 제어하려고 들면서 말했다. 사람들을 핑게하지만 실상은 사람들의 눈을 꺼려서가 아니었다. 지난밤 아무도 없는 캄캄한 방에서도 그는 '이라지 말라'는 말을 수없이 내받으며 김해원의 몸덩이를 떠밀었던 것이다.

"상매는 내가 싫은 게야? 그렇잖음 왜 밤낮 떼밀기만 할까?"

김해원은 아직도 상매 허리에서 팔을 풀지 않으면서 풀기는커녕 더 다초아 안으면서 여자를 들여다보았다.

"이라능 기 싫닥 하이. 가마있이믄 안 좋나?"

"사랑하는 여자를 곁에 놓고 가만있을 수 있어? 이렇게 눈이랑 고아 죽겠는 걸 어떻게 참아."

여자의 허리를 끌어안고 남은 한 손으로 김해원은 여자의 턱을 치켜들면서 입을 맞추는 것이었다.

윤상매는 별반 물리치라는 기색이 아니다. 입술을 빨리는 탓도 있겠지만 그렇게 하는 것이 그다지 싫지 않았던 것이다. 늘 이렇게 입맞추는 데서만 그쳤으면 좋겠다는 생각이 들었던 것이다.

몸뚱이 전부를 깔고 어쩌고 하는 일 같은 것은 징거러웠다. 징거럽기만 할 뿐 아니라 고통스럽기까지 했다. 지난밤에도 김해원은 모르는 집 뒷방에서 몇 번이나 이 징거럽고 고통스런 일을 하곤 했다.

지난봄 김해원이가 몰운대에서 자기한테 말한 깔고 앉는 외에 더 다른 무엇이 있다던 것은 이미 알았으나 무엇 때문에 그 짓을 하는지 아직 알 수 없었다.

"이라는 거는 괘않애도…… 밤에 그거 그거는 와 그라능 기요? 가마 이래 꼭 보돈꼬만 있이믄 더 안 존기요?"

남자 입술에서 해방되자 윤상매는 이런 말을 하며 김해원을 뜨부럭뜨부럭 쳐다보았다.

길고 수탄 속눈섭을 헤치고 내리구을던 눈물방울도 걷쳤던 것이다.

"상매는 모르는 말이야. 가만 껴안고만 있음 씨원찮어서 어쩌게. 남자는 여자를 그거 그렇게 해야 속이 후련해지는 거야."

"그라믄 이옥채캉도 그랬겠네?"

김해원의 말에서 윤상매는 이옥채를 생각해 냈던 것이다.

"이옥채하고는 그다지 심하지 않았어. 이옥채하고……."

"머? 이옥채캉도?"

윤상매는 김해원의 말을 중단하면서 대어들었다. 이옥채하고는 한 번도 그러한 일이 없었다고 했드면 좋을 번했으리라. 뭐가 뭣인지 모르면서도 또 징그럽고 고통스러운 일로밖에 여기지 않으면서도 이옥채를 가만두지 않았다는 말에는 왈칵 치밀어 올랐던 것이다.

"그렇지만 이옥채하고는 상매한테처럼 그렇게 안 해. 옥채는 한 번 건드리고 나면 돌아눕게 돼. 그 밀깃밀깃한 얼굴이 징그러워서 견딜 수 없는걸."

"그럴 겔으믄 와 건디리능 기라? 가마 나둘 일이지."

"싫더라도 가만 놔 두게는 안 되는 거야. 한집에 같이 살면서 안 건디릴 수 없게 돼."

김해원이가 이렇게 말했으나 윤상매로서는 암만해도 잘 납득이 되지 않았다.

68
汽車 속에서 ③

"알 수가 없네요."

"뭣이?"

"싫을 겔으믄 와 결혼을 하능교?"

"그러게 말이야."

김해원이가 간단히 받은 말이다.

"아이. 넘우 일겉이 말하네. 지가 싫음 그만두능 기지 와 하노 말입니더?"

"그게 운명이라 하는 거야. 언젠가 상매 모친도 그런 말씀 하셨지? 웨. 세상일이란 마음먹은 대로 안 된다고. 누구하고 결혼하리라 맘먹는다꼬 그대로 되는 게 아이라꼬……."

"엄마사 그런 소리 잘하시지. 그래 그때 봄에 미스터 김캉 이옥채 허성숙이 모도 았일 때 그런 말 했지. 그때 나는 우리 오빠가 이옥채캉 결혼했이믄 했디이 미스터 김이 마 했 뿟나……."

윤상매는 차창 밖에 눈을 보내며 마지막 마디는 혼잣소리처럼 맺어 버렸다. 김해원도 댓구 없이 잠잠이 있었다. 여자의 말에서 그는 무뚝 헝크러진 자기 환경으로 생각을 돌렸던 것이다. 윤상매 집에 갔을 때만 해도 자기는 그다지 엉망진창이 되어 있지 않다고 생각했다. 그때까지는 이옥채가 아이를 배었다는 말을 들은 일이 없었다. 이옥채 그것이 아이를 배게 되기는 윤상매 집 이층에서의 일이 있은 뒤임에 틀림없다. 그날 아침 그것이 윤상매하고의 사이를 눈치채고 올라와서 트집을 부리길래 입을 막느라고 한 짓이 그만 그 지경에 이른 것이다.

"빌어먹을 년."

속으로 중얼거린 소리였으나 입 밖에까지 나와 버렸다.

"멋이? 누가 빌어먹을 년이라?"

차창 밖에서 아직 시선을 걷우지 않고 있던 윤상매가 상대방의 얼굴을 들어다보며 물었다.

"아니야. 아무것도."

김해원은 밝히고 싶지 않았던 것이다.

"날로 욕하능가 배? 와 빌어묵을 년인고?"

"시끄러워. 가만 좀 있지 못해?"

남자가 꼴을 잔뜩 찌프리는 것이다.

"와 날로 빌어묵을 년이락카는 기요? 무신 이유로 그라능 기요?"

윤상매는 소리를 질르며 금방 또 눈물을 철철 흘리는 것이 아닌가?

"웨 걸핏하면 울긴 울어."

같은 눈에서 같은 눈물이 흘러내리건만 이번엔 곱다고 하지 않았다. 어떻게 생각하면 자기 생활을 엉망진창으로 만들어 논 것은 이옥채가 아니고 이 여자인 것 같기도 했다. 그날 저녁 이옥채를 떼어 버리고 둘이서만 몰운대로 달리게 된 것도 이 여자 때문이다. 몰운대에만 가지 않았드면 이옥채가 트집 부릴 리가 없었을 것이다. 그런데 몰운대에선 제게로 달려드는 나를 탁 차서 허공에 나가 자빠뜨려 버리더니 또 무슨 생각으로 한밤중에 이불 속으로 기어들었더란 말인가? 제가 제물에 이불 속으로 기어들었으면 순순히 응할 일이지 할코 뜯고 할 건 또 뭐람. 그러고도 결혼하자니까 싫다고 하고 그러더니 어두운 밤에 홍두깨 내미는 격으로 불쑥 나타나서 같이 도망을 치자고 부득부득 또 졸라 대서 이런 빌어먹을 년이 또 어디 있단 말인가?

김해원이가 이러한 생각을 되씹고 있는 곁에서 윤상매는 점점 큰 소리를 지르며 울었다. 기차 소리가 요란하다고 하더라도 윤상매의 울음소리는 모두들 들었던 것이다. 앉은자리를 살피기도 했다. 혹은 그들 앞에까지 와서 보고 가는 사람도 있었다. 그래도 윤상매는 울음을 그치려고 하지 않고 오히려 더 크게 고함을 질렀다.

70*

汽車속에서 ④

화가 치미는 마련을 해선 그냥 마구다지로 뚜들겨 패기나 했으면 씨원하겠건마는 그러느라면 망신스럽기만 할 테니까 꿀컥 참고 김해원은 여자를 달래는 수밖에 없다고 생각했다.

"상맬 빌어먹을 년이라고 한 게 아니야. 이옥채하고 결혼한 게 화가 나서 한 말이야."

"머? 참말로?"

눈물은 걷우지 않았으나 소나기가 쏟아지다가 햇빛이 쨍쨍 나는 때와 흡사하다고 할까. 윤상매 얼굴은 금방 밝아지는 것이었다.

---

* 원래는 69회차여야 하지만, 연재 당시 번호가 잘못 매겨졌다.

"상매하고 결혼했더면 집에서 편안히 살 수 있잖어?"

밝아진 여자의 얼굴을 살펴 가며 한 말인데 물론 여자의 비위를 돋우어 주려는 생각도 있긴 했지만 처음부터 윤상매하고 결혼했드면 이런 귀찮은 사건을 치르지 않고도 견딜 수 있을 것이 아니겠느냐고 그는 벌써 몇 번이나 생각을 해 보았던 것이다.

"집에서 편안하이 사능 거보다 이래 먼 데로 가능 기 안 존기요?"

"뭐가 좋와? 귀찮은 일이지."

"구찮애요? 안주꺼정 서울 가능 기 안 좋다꼬 생각하구나?"

"그런 게 아이고…… 제 집에서 편안히 사는 것만 해? 부모가 멕여 주는 밥을 먹고 해 주는 옷을 입고 벌어 주는 돈을 쓰고 걱정이 있느냐 말이야? 그렇지만 객지에 가면……."

"객지에 가몬 고생시럽닥 카는 그 말이지요?"

"그렇지. 온갖 걸 우리들 손으로 해야 하니까."

"그기 안 좋와요? 나는 누구 의뢰하고 사는 것보다 내가 내 힘으로 사능 기 멋이 있어 뵈요. 더군다나 남자는 그래야 할 거 겉애요."

"좋기야 하지만 백관 객지에 가서 제 힘으로 살 수 있을 것 같애?"

"와 살 수 없을가 바? 살 수 있다는 거로 한분 비이 줏께. 내사 서울로 가기만 하몬 멋찌기 살 거 겉네. 고생을 하드락 케도 부산이나 다대포에서 편안히 사는 것보다 낫일 거 같다. 이매쿠로 기차로 타고 가능 거만 해도 얼매나 좋은 기요? 저 보소. 전선주가 씽씽 지내가고 산이 빙빙 돌아가고 얼매나 멋찐 기요?"

기차가 어느 역에 닿으려나 보았다. 줄기차게 기적을 울리며 달리고 있었다.

상매는 차창 밖을 내다보기에 분주했다. 김해원은 볼 생각도 없이 멍하니 앉아 있었다.

"큰 도회진가 베? 기차 소리가 저처러 야단시럽운 거 보이……."

상매가 김해원에게로 얼굴을 돌리며 말했다.

"대구로 될 거야."

김해원은 내다보지도 않고

"대구로? 버서러 대구에 왔나? 대구가 꽤 크지요. 대구가 우리나라에서는 제일 더운 곳이라요. 본씨가 대서 덥닥 해요. 지끔쯤은 억씨 덥울 기네."

오빠 졸업식에 참예하고 저 목포에 갈 적에도 이곳을 지난 일이 있건만 상매는 처음인 것처럼 새새거리며 지리책에서 배운 지식까지 털어놓는 것이나.

김해원의 말대로 기차는 과연 대구역에 닿았다. 윤상매는 아주 상반신을 차창 밖에 내밀고 구경하기에 바빴다.

"가만 앉아 있으라구…… 그러다 아는 사람이라도 만나면 어쩔라고 그래?"

김해원이가 스카―트 자락을 잡아끌어 댕겼다.

70

汽車 속에서 ⑤

윤상매는 스카―트 자락을 잡아끄는 김해원을 돌려다 보며

"와요?"

반문했다.

"아는 사람이라도 있으면 어쩔라고 그래?"

다시 되풀이하게 된 탓인지 먼저보다 퉁명스러웠다.

"아는 사람이 있이믄 어떨가 바? 내사 아는 사람이 있이믄 좋겠다."

"그 왈바리 같은 소리 좀 마라. 아는 사람을 만나서 졸 게 뭐야? 아무개 아무개하고 둘이 도망치더라꼬 소문을 퍼뜨릴 게 아니야?"

"소문을 페몬 어떻노? 머."

여자는 이러한 댓구를 하면서 여전히 상반신을 창밖에 내보내 놓고 있다가 차에 오른 승객의 한 사람이 자기들 맞은편에 와 앉자 자리로 돌아왔다.

맞은편 남자는 키 크고 싱겁지 않은 것이 없다는 말이 맞는다면 싱겁다는 소리를 들을 만큼 컸다. 나이는 三十三, 四세 가량 되어 보였다. 싱거울 정도로 크고 보니 악인상을 주는 편은 아니었다. 몸집도 굵었다.

"어디까지 가십니까?"

맞은편의 남자가 먼저 말을 걸었다. 상매도 흘깃 보는 것이었다. 김해원은 머뭇거리며 대답을 못 했다. 상매가 그렇게 하고 있는 김해원의 옆구리를 꾹 찔렀다. 왜 얼른 '서울 간다'고 못 하느냐는 재촉이었던 것이다.

"서울 갑니다."

찔리고 나서도 좀 있다가 김해원은 입에 물던 말을 대강 뱉어 놓았다. 아주 안 하고 어물거리다간 여자가 나설지 모른다는 생각이었던 것이다.

"서울에? 서울서 내려와야 할 형센데……."

"아니 그렇게 됐어요?"

김해원이 다급하게 물었다.

"지금 군대가 자꾸 의정부 쪽으로 나가고 있지요만."

"그런데 선생께선 서울서 언제 내려오셨던가요?"

"어제저녁에 내려왔는데 또 올라가죠. 대구는 본래부터 인연이 있죠. 처가가 여기니까. 집도 사노라고 돈을 맡기고 가는 길입니다."

"이살 오실려고?"

"만일의 경우엔 걷어 실고 와야죠. 사업체도 옮기려고 사무실도 얻고 공장 건물도 얻어 달라고 장인한테 돈을 맡기고 가죠."

여연히 자랑하는 얼굴이요 어조였다. 그는 부시럭 부시럭 맹함 한 장을 꺼내더니 김해원에게 주었다.

그러면서 또 윤상매를 힐끗 보았다. 그것은 너도 나의 명함을 보아라 하는 신호와도 같은 것이었다. 그 신호대로 움직인 것은 아니나 윤상매도 김해원의 손에 쥐인 명함을 내려다보았다.

무엇 무엇하는―그가 말하는 사업체의 명칭(名稱)들이 체조라도 하는 듯 대형(大型) 명함판 안에 춤을 치고 있었다.

大韓共生實業株式社長

仁昌物産株式會社, 取除役社長

서울商工會議所 理事

鐵道弘益産業株式會社 監事

이름은 張顯道로 되어 있었다.

"저는 명함을 안 가져서…… 김해원이라고 합니다. 많은 지도를 바랍니다."

김해원은 명함을 손에 든 채 정중히 머리를 숙여 장현도에게 인사를 했다.

"서울 계신가 부군요? 말씨가……."

정중했던 까닭에 김해원의 말씨는 정확한 서울 말씨로 들렸을지 모른다.

"안요. 부산 있읍니다."

"부산에? 지금 우리 통조림 공장은 부산에 둘 작정인데요……."

"통조림 공장도 하십니까?"

"예. 해방되자 이어 시작했는데 인젠 자리를 잡았죠."

김해원과 장현도가 이러한 이야기와 그리고 전쟁 이야기를 섞어 가며 하고 있는 옆에서 윤상매는 줄곧 하품을 하다가 잠이 들어 버렸다.

71
젊은이들 ①

정부가 옮아온 뒤의 부산 거리는 잡다해졌었다. 사람의 물결도 웬만침 했으려니와 자동차, 찦차가 줄을 이어가고 있어서 큰길을 한번 건너려면 한참씩 서 있지 않으면 안 되는 형편이었다.

남승기와 허윤구도 피차 큰길을 건너려던 차에 만났던 것이다. 처음엔 피차에 모르고 있었다. 어디보다도 복잡한 광복동 거리인 까닭도 있겠지만 피차에 달라진 복장이 눈에 익지 않았던 것이 더 큰 원인이었다. 똑똑히 말한다면 해양대학 '유니폼'을 벗어 논 뒤에 처음 만나는 까닭이었다.

"남 군 아니야?"

허윤구가 먼저 알아보았다.

"허 군이구나?"

두 젊은이는 손이 으스러지게 잡고 또 흔들었다. 유니폼'을 벗어 논 뒤의 처음인 해후기도 하려니와 전쟁을 걱정하는 마음과 마음의 부딪침이 더 컸던 것이었다.

"용케 나려왔다. 그런데 어딨느냐."

"□□ 뒤에."

허윤구는 남은 한 손으로 뒤켠을 가리켰다.

"어디 좀 들어가 이야기하자. 바쁘냐?"

손을 놓지 않은 채로 남승기는 상대방을 이끌었다.

"바쁘잖어. 그냥 이렇게 나와 본 거야."

"다방에 갈가? 저녁식사로 할가?"

"오래간만에 다방엘 한번 가 보자."

두 청년은 '과수원'이라는 다방에 들어갔다. 그리고서야 비로소 손을 놓았다. 여기도 사람이 복작복작했다. 이리저리 앉을자리를 찾다가 구석 쪽 남은 자리에 두 젊은이는 마주 앉았다.

"자아식 신사가 됐구나. 그래 지금 뭘 해?"

탁자에 턱을 고이고선 상대방을 꺼무적꺼무적 바라보고 있던 허윤구가 씩 웃으며 한 말이었다.

"너야말로 훌륭한 신사가 됐다. 그래 어떻게 나려왔어? 서울 시민이 다 몬 나려왔는데 나려온 걸 보믄 특권계급인가 부다?"

"특권계급? 나 같은 놈팽가 특권계급이 다 뭐야. 외조부 덕택으로 장관 나아리 비서라는 걸 하구 있지. 쳇."

허윤구는 입가에 쓴 웃음을 지으며 '쳇'을 달았다. 이 버릇은 학창 시절부터 가지고 있었다. 기분이 썩 좋을 때에도 이 버릇이 발로되었지만 더 많이는 못마땅한 경우에 잘 하던 버릇이 있었다. 구체적으로 말한다면 좀 더 자야 할 텐데 떠나갈 듯한 기상(起床) 나팔소리가 들려오면 커다란 눈을 번쩍 뜨고선

　"자아식 뭐야? 일어나라는 거야?"

이렇게 투덜거리며 '쳇' 소리를 꼬리에 다는 것이었다. 물론 입가에 쓴웃음도 띄우는 것이었다.

　그렇지만 그와는 정반대의 경우에도 '쳇' 소리를 말꼬리에 잘 달았다.

　상륙(외출)했다가 돌아와서 연인(戀人)의 이야기를 하는 경우에도 이 버릇을 잘 썼다. 한 번은 연인한테 키쓰를 하려고 졸랐더니 따귀를 찰싹 치고 도망가 버리더라면서

　"그렇지만 내가 싫은 건 아니거던. 도망가다가 핼끗 돌아다보곤 샐쭉 웃어 주는 거 아니야? 쳇."

하는 것이었다.

　이런 경우엔 절대로 입가에 쓴웃음을 내놓지 않았다. 빙글빙글 웃기만 하는 것이었다.

72
젊은이들 ②

　"······하하핫······."

　남승기는 위선 웃어야 했다. 허윤구가 비서 노릇을 한다는 말이 그에겐 그렇게 웃어웠던 것이다. 꺼죽히 큰 키와 항상 실수만 저지를 상싶은 커다란 눈, 침착성을 잃었다기보다 말더듬이에 가까운 말씨, 항상 덜렁거리는 성격, 그러면서 강자(强者)에게라면 항거(抗拒)하려고만 드는 그가 비서(秘書)라고 들으니 위선 웃어야 할밖에 없지 않을까.

　"허허헛 허허헛."

　허윤구도 웃음을 터뜨렸다. '스피-카'를 통해서 들리는 전쟁 보도(戰爭報

道)가 아니드면 그들은 더 많이 웃었을지 모르는 일이다.

"어떡할 테야?"

"멋을?"

"나가야잖어?"

"쌈하라 말이가?"

"그래. 그런데 자네 지금 뭘 하고 있어?"

"별수 없어서 해운공사 부산 지점에 안 들어갔나. 너는 어떡칼 테야?"

"갈려구 그래. 신체검사까지 받고 들어가게 됐는데 장관이 못 들어가게 해서 아직은 그냥 있지. 조금만 더 자기를 도와주고 가라는 거야. 일선에도 가야지만 후방 방어도 허술히 해선 안 된다는 거야."

"그야 그렇지."

"비서라곤 나 하나밖에 못 내려왔거든. 그러니까 지금 빠질 수 없는 형편이긴 해."

"자넬 제일 신임하는 모양이지?"

"신임해서 그런 게 아니야. 다른 사람들은 위험하게 되니까 비서실에 나타나지 않았지만 나는 마지막까지 장관하구 행동을 같이하다가 새벽 두 시가 넘어서 도강하잖았나. 세 시가량 됐을지도 몰라. 우리가 금방 건너고 나서 다리가 끊기는 소리가 나데. 돌아다보니 노랗고 파란 불이 충천하는 거 아냐. 그리고 진동이 어떻게 심한지 우리가 탄 차가 한쪽으로 쓰러지려고 하는 거야. 우리가 탄 차뿐이겠는가. 일곱 여덟 줄을 지어 나가는 차들이 다 그랬을 걸세. 폭우는 마구 쏟아지고……."

"차를 탄 사람들은 그래도 낫지만 보행으로 나오는 사람들은 폭우 까닭로 욕 봤겠네?"

"모르긴 하지만 보행으로 건넌 사람은 있기 어려웠을걸. 서울 시민들은 정부가 옮기는 것도 국회가 도망친 것도 모르고 있었을 거야. 다들 국군이 괴뢰군을 물리치고 있는 줄만 알았을 거야. 가잔 말이다. 서울에 남아 있□ 서울에 갇혀 있는 사람들을 건□야 해. 너두 가고 나두 가야 해. 쳇."

허윤구는 벙글벙글 웃는 것도 아니요 쓴웃음을 내뿜는 것도 아니었다. 오직 그의 커다란 눈이 더 활짝하게 열리며 광채를 발하는 것이었다.

"물론 나도 갈락 카네. 공산주의자들이 세력을 근절해 버려야 한다는 것도 알고 있어. 그렇지만 이북에도 우리 동포가 살고 있지 않아? 함부로 들이칠 수는 없는 형편이 아인가? 평화적인 방법으로써 남북통일을 할 수 있었으면 하는 생각에서 그라는 거야."

"이제 와서 평화적인 방법이란 생각할 수도 없는 일이야. 나는 이삼 일 안에 정리할 걸 해 놓구 입대하려네. 자네도 같이 하세. 해대 정신을 발휘하잔 말이야."

"주저하는 기 아이네. 내가 지금까지 망서린 건 다른 이유가 있는 게 아이야. 같은 피를 받은 동족을 상할가 싶어 하는 말이야."

남승기는 상대방의 흥분된 얼굴을 마주 보며 말했다.

73
젊은이들 ③

"독을 봐서 쥐를 못 치는 수도 있지만 독을 깨트리더라도 쥐를 쳐야 하게 됐어. 자네는 지금 전쟁을 보지 않아서 그런 생각을 하구 있는 거야. 전쟁이 벌어진 서울을 보지 않았으니까 그런 소릴 하는 거야. 소위 대동아전쟁이란 □ 치르고 났다곤 하지만 우리들이 어렸을 때요 그리고 우리 발 잎에 총탄과 포탄이 떨어지지 않았으니까 전쟁이란 어느 정도로 처참한 것인지 몰랐던 거야…… 전쟁이란 그냥 생지옥이야. 우리가 서울을 떠날 때만 해도 그래도 좀 덜하던 때라 피란민의 무리란 그다지 심하지는 않았어. 그렇지만 지금쯤은 서울은 피의 바다가 돼 있을 거야. 서울 시민 전부가 놈들의 총탄에 쓰러졌을 거야."

허윤구는 탁자 위에 놓인 차 종지를 헤아리지 않고 손질을 해 가며 열을 내다가 끝내 차를 쏟쳐 버렸다. 그래도 허윤구는 개의치 아니하고 여전히 계속하는 것이었다.

"자네나 윤상수 군이나 다 한 번씩 서울에 가 봐야 하겠네. 그래야만 정신을 바짝 채리겠네. 더우기 윤상수 군은 말이 아니네. 자동차 영업을 한다구 가게를 벌려 놓구 여전히 목에 핏대를 세우고 있으니 말이야."

"자네 상수 군을 어디서 만났던가?"

"그저께 저녁 퇴근해 나오다가 바루 도청 앞에서 만났지."

"그사이에 그런 일을 시작했구나."

"자넨 모르구 있었던가? 한 고장에 살면서 피차 교섭이 없었구나. 꼭 학교 시절하구 마찬가지야. 조금두 달라진 게 없어. 의심하는 그 버릇을 못 버렸어. 글쎄 운전수가 못 믿어워서 줄곧 택씨에 같이 타구 다닌다니 그 노릇을 원…… 윤상수가 아님 못하지. 못해."

"우리 그럼 상수 군한테 가서 같이 식사나 할까? 나두 전연 소식을 모르고 있어. 두루 소식도 알 겸……."

남승기는 벼란간 상수 모친이며 상매의 소식이 궁금해 왔다. 하긴 그동안 몇 번 들려 보려다가 상수가 꼬락사니를 찌프리고 있을 생각을 하면 발이 돌아서지 않아서 그만두곤 했으니 벼란간도 아니었다.

"난 흥미없는걸. 군대에 들어가자고 했더니 싫다는 거야. 제 몸 하나 죽으면 모친 신세가 딱하다나. 그러니 돈을 벌겠다는 거야. 돈을 벌어서 국가에 봉사하는 것도 애국자라는 거야. 그런데 그 노래기가 글쎄 사무실이란 데서 밥을 지어 먹고 있지 않아. 제가 밥을 짓는 건 아니지만……."

"누가 짓더나?"

"운전수를 시키는 거야. 그리고 저는 아주 주인이라고 뽐내고 앉았는 거야."

남승기는 아무런 댓구 없이 앉아 있었다. 눈앞에 찌프린 윤상수의 모습이 떠올랐다.

"그럼 자넨 윤상수한테 안 갈락 카나? 같이 가 보자. 오래간만이니……."

"싫어. 학교 때부터 젤 비위에 안 맞은 게 윤상수야. 노래긴 데다 질투는 또 왜 그렇게 심하던지…… 한 번 외출을 같이 했는데 나가던 도중에 웬 여학생이 마주 온단 말이야. 저거 그것뿐인데 그 뒤부터는 이 자식이 공연히 나한테 트집을 부리는 거야. 그 여학생이 바루 제 애인이라나. 나 참."

"쎌라복을 입었더나?"

"그래. 자네도 알구 있었어?"

남승기는 안다는 말도 모른다는 말도 하지 않고 자리를 일어섰다.

74
젊은이들 ④

다방에서 나온 남승기와 허윤구는 목로술집에 들어갔다. 저녁이라도 먹어야 하지 않겠느냐는 남승기의 말에 허윤구는

"저녁보다 막걸리집이 없어? 우리 오래간만에 막걸리나 마시자구나. 군산서 마시던 막걸리 같은 게 없나?"

하고 물었다.

"참 자네 막걸리 대장이었지? 그거로 잊어뿌렀구나. 여기도 그런 거 있을 거로……."

두 젊은이는 한참 골목을 뒤지다가 목노술집을 찾아내었다. 종판때기 선상에 걸터앉아 가슴파기가 다 내놓이게 늘어난 런닝샤쓰에 잠뱅이를 입은 중년 남자가 따라 놓은 대포 술을 단심에 마시고 나서 그들은 다시 이야기를 시작했다. 그들은 둘이 다 평상시보다 술을 먹는 경우에 이야기를 잘하는 편이었다.

남승기는 조용하고 허윤구는 덜렁대는 성격인데 학창 시절부터 둘이 잘 얼린 것은 이렇게 술을 마시면 떠들어 대는 공동된 성격을 지닌 탓인지 모른다.

"그동안 막걸리 먹을 새도 없었어. 군산 시절에 먹던 막걸리의 맛이 그리울 때가 종종 있었지만……."

"있었지만 고급 술만 먹었단 말인가?"

"고급 술만 먹은 건 아니지만…… 아무튼 막걸리 먹을 새는 없었어. 이렇게 너하구 마주 앉아 막걸릴 마시고 보니 군산 그 집—감나무 집에 앉은 것 같은 감이 든다. ……학생 감독한테 혼나기도 많이 했지만 역시 학창 시절이 좋았어."

추억을 이야기할 수도 있었다.

"야. 그 감나무 밑에 자리를 깔고 술 마시던 생각이 난다."

"그렇지. 달이 뜬 밤도 있었다. 감나무 잎이 바람이 없는데도 우수수 마구 떨어지는 가을날도 있었다."

허윤구는 활동사진 변사를 흉내내었다. 학창 시절부터 그는 이 짓을 잘해서 동료들이 '변사'라고 부르기까지 했던 것이다.

"옳지. 안 잇어뿌렸구나."

남승기는 눈이 다 졸아들도록 웃으며 상대방에게 잔을 건니었다.

"잇어버릴 리 있나. 한바탕 뽑고 싶지만 전쟁을 질머져야 할 몸이니 근신을 해야지."

"자네가 활동사진 변사로 하는 그 집 딸 말이다. 순영이락 카더나 여학교 나온 애 말이야. 죽겠다꼬 웃어 쌓잖았나……."

"그래 그래. 순영이야. 우리들의 마돈나였어. 실상이 술맛이 존 건 그 순영이 때문인지 모른다. 그렇지만 그 그 뭐가? 뭐더라? 제주도에서 온 자식 있잖어? 우리들의 마돈나를 따먹은 자식 그 새면바리 말이야. 그것한테 넘어간 댐엔 마돈나도 허물어지고 말았지만. ……공은 내가 드렸는데 따먹긴 새면바리가 따먹었으니 원통할 뿐이지. 와하하."

"그런 일도 있었구나?"

"그럼 승기 넌 몰랐지. 심각파가 그런 건 알 턱이 없지. 윤상수는 또 질투만 하다가 말았구……. 술 마실 줄두 모르면서 질툴 하려고 드나든 거야 으화하하……."

"인제 그만하고 나갈까? 윤상수한테 너도 가 보자."

그
와
그
들
의
戀
人

303

윤상수의 이름이 들먹이자 남승기는 다시 그를 만나야 하겠다는 생각이 났다. 무지개고개 언덕에서 봉변을 하고 난 뒤에는 한 번도 그를 만난 일이 없었다.

그 일을 마음에 꽁하니 두어서가 아니라 자기 때문에 집안에 불화가 생기는 일을 염려해서 들리고 싶은 마음을 억제하곤 했던 것이다.

75
젊은이들 ⑤

그러나 민족의 거대한 역사가 벌어진 이제 와서 그런 소소한 일에 구애되어선 안 되겠다는 생각이 들었다. 무슨 영업을 벌렸다니 어떻게 벌렸는지 그것도 궁금했고 그의 모친이나 상매의 안부도 궁금했다. 정부가 부산에 옮겨오던 날부터 그의 집에 간다고 별렸으나 회사의 일이 바빠서 일주일 채 회사에서 자고 먹고 하는 형편이라 하는 수 없었다. 실상은 회사 일이 아니고 정부가 옮아 오는 바람에 생긴 일 때문에 바빴던 것이다.

"윤상수한테 가느단 말이지? 그 질투쟁이한테 가 본단 말이지. 질투는 사랑에서 온다구 했는데 윤상수 그 자식 질투는 그냥 덮어놓고 마구다지로 하는 거란 말이야. 쳇."

"쳇 할 거 없이 가 보자. 어떻게 보믄 재미있는 성격이야. 너무 단순해서 그런 거란 말이다. 아무튼 같이 가서 만나 보자."

남승기는 허윤구 어깨에 팔을 얹어 끌었다. 허윤구도 다시 말없이 남승기와 한가지로 그의 바른팔을 남승기 어깨에 얹었다. 두 젊은이는 서로 어깨에 팔을 얹고 우술막길 ─ 전쟁이 터져서 복잡한 길을 걷고 있었다.

윤상수는 사무실에 있었다. 국민학교 아동용 책상 같은 데서 주판을 튀기고 있는 것이 밖에서 보였다. 그는 양미간을 잔뜩 찌프리고 있었다.

"상수 군."

남승기가 먼저 불렀다. 윤상수는 주판에서 손을 떼지 않고 밖을 내다보앉으나 어둠이 가리워서 알아 낼 수가 없나 보았다. 그의 양미간에 더 심한 주름이 잡히는 것이었다.

"누고?"

"허윤구 남승기."

두 젊은이는 구호처럼 외치며 그동안 내려놓았던 팔을 피차에 다시 얹고 안으로 들어섰다. 어느 쪽이 먼저 얹었는지 그것은 모르겠다. 그 둘은 목노 점에서 나오던 때 팔을 얹어 본 기억을 잊지 않았던 것이다. 팔을 얹지 않았 을 때보다 팔을 얹었을 때가 든든했던 것을 알았다. 그렇게 함으로써 알지 못할 힘이 생기는 것을 알았다.

그렇다고 윤상수에게 힘의 시위를 하자는 것은 아니었다. 거저 그렇게 하고 싶었던 것이다. 혹시 그렇게 하고 있는 행동 속에 '너도 이렇게 팔을 같이 얹어 보자'고 하는 언어(言語)가 내포(內包)되어 있었는지 그것은 모를 일이다.

두 젊은이는 서로 팔을 얹은 채 윤상수 앞에 뚝 멈춰 서서 남은 다른 팔로 거수경례를 했다. 이것 역시 누가 먼저 했는지 모르나 둘이 똑같이 행동 한 것만은 사실이다.

사 년 동안의 학창 생활에서 줄곧 해 본 것이라 손이 저절로 움직였던지 도 모른다.

그래도 윤상수는 주판을 놓지 않았다.

"야 이 자식아 우울하구나. 너두 벌떡 일어서서 우리들과 한가지로 팔을 얹자구나. 이게 얼마나 정다운 일인지 너 모르겠느냐? 얼마나 든든한 일인 지 상수야 모른단 말이냐?"

허윤구는 남승기의 상체를 더 바싹 끌어댕기면서 활동사진 변사체로 말 하는 것이었다.

윤상수가 그제사 주판 앞에서 일어서며

"안 그래도 윤구 씨로 만날라꼬 했는데 이리 올라오시소. 내가 무슨 청이 있어서 만날라고 했습니더."

라고 했다. 그는 몹시 어려운 어른 앞에 선 것처럼 주저로워하는 것이었다.

"무슨 청입니꺼? 이권 운동이십니꺼? 윤상수 씨. 쳇."

허윤구는 이렇게 사투리로써 그를 빈정댄 다음 '쳇' 소리를 그것도 매우 못마땅한 경우에 치던 것처럼 치고는 밖으로 나가 버렸다.

76
젊은이들⑥

윤상수는 크게 낭패 본 듯한 낯색으로 허윤구가 헤치고 나간 어둠 속에 시선을 보내고 있었다. 광선 까닭일까 그는 몹씨 초췌해 보였다.

"무슨 청이야? 이리 앉거라."

남승기는 측은한 생각이 뭉쿨 솟아올랐다.

"참 니가 윤구캉 안 친하나? 니 좀 부탁해 줄래?"

그제사 윤상수는 거기 서 있는 남승기를 인식한듯 이렇게 반색을 하며 다가들었다.

"친하기야 다 마찬가지지……. 대관절 무슨 부탁이야? 네가 말해서 안 될 것 같으믄 내가 말해도 안 댈 꺼야?"

"안 그렇다. 허 군캉은 니가 젤 친했닥 카내 니가 좀 말해 주라. 콘미숀을 주끼이."

"콘미숀은 뒀다 니가 쓰고 용건부터 말해 바라. 허 군이 해줄 만한 일인가 아닌가 들어 보자."

윤상수는 한참 찌프리고 앉아 있더니

"허 군이 해 줄락 카몬 할 수 있는 일인대 저거 장관 소속은 아니지마는 국방장관의 권한이몬 대는 일일 기다."

"비서들끼리 서리 부탁할 수가 안 있나. 무슨 일 일이라꼬 밝힐 끼 없이 니가 말이다, 허 군을 만내 가지고 윤상수 부탁하는 일로 잘 바주라꼬 말해 바라. 그래 논 뒤에 내가 가서 부탁해 보깨."

할 뿐 끝내 용건을 밝히지 않았다.

"그래도 내용을 알아야 부탁도 하지. 생판 모르면서 머라꼬 하노 말이다. 자네 성격은 참말로 알 수 없어. 숨길라면 부탁 안 하능 게 안 낫나?"

남승기가 이렇게 항의조로 나서니까 윤상수는 당황히

"그라믄 말깨. 그런데 아무 보고도 그리지 마라에이. 니로 믿고 하는 거이." 하며 다짐을 받는 것이었다.

"글쎄 말해 바라. 자식 호인 놈메치러 의심은 많애 가지고."

남승기는 이렇게 말하며 씩 웃었다. 씩 웃는 남승기 앞으로 윤상수는 짧은 목을 내밀며 낮은 소리로

"내가 추럭 두 대로 가지고 부리다가 지끔 몬 부리고 있거든." 하는 것이었다.

"와?"

"군용차가 아이몬 운전을 몬 하게 대 있거든. 잘몬하몬 추럭이만키 징발당할지도 몰라. 그러이카내 허 군안테 군용차증을 좀 내줄락 카란 말이다."

"그런 일 같으몬 아예 말도 말게. 체면에 그런 말을 할 수도 없지만 한다해도 허 군 성미에 받아 줄 줄 아나? 자네도 알다싶이 그 사람은 '사바사바'락 카능 거 아주 질색이 아인가 말이다. 대한민국 땅에서 '사바사바' 근절되기 전에는 나라가 바루 설 수 없다는 사람인데 될 말인가."

"그러이 이 일로 어짜믄 좋노?"

윤상수는 처절한 빛을 띄우며 부르짖듯 말했다.

"그런데 용케 추럭이랑 사 덜있구나. 아주머니 혼자서도 돈을 버신 모양이지?"

"돈을 번 기 멋고? 배로 팔았다. 그래도 돈이 모지래서 땅도 팔았지. 우리 집 재산이락 카는 거는 추럭캉 택씨캉 사는 데 말키 다 들어갔다. 추럭을 몬 부리게 대는 날이몬 패가해 뿌능 기라. 전쟁만 안 일났이몬 재미로 좀 밨일 낀데 빌어묵을 넘우 전쟁은 와 일나 가지고 날로 이 지경을 맹그는지 모른다 말이다…… 후—."

"자네 참 답답한 사람일세. 전쟁이 터지고 안 터지고가 문제 아이야. 아에 생각을 잘못했어. 해운(海運)의 지식을 배운 자네가 배를 팔아 가지고 자동차 업을 벌려 놓다니…… 자동차로 팔아서 배를 산다몬 몰라도. 그럴락카몬 와 해양 지식을 배았더노 말이다."

77
젊은이들 ⑦

"내가 어데 배우고 집어서 배운 줄 아나? 부친이 시키이 안 할 수 없어 한 기지. 나는 번대 바다는 돈 벌이 상대가 안 댄다꼬 생각해."

"바다가 돈벌이 상대가 안 된다고? 자네 사 년 동안 멀 배왔나? '바다를 정복하는 자 세계를 정복한다.'라는 말을 우리는 사 년 동안 귀가 아프게 듣고 또 우리 자신이 그 말의 진리성을 깨달았던 것 아이가? 영국이란 나라가 융성한 까닭도 그 나라 민족 전부가 '바다를 정복하는 자 세계를 정복한다.'라는 말을 깨달아 알고 실천에 옮긴 데 있는 거야. 영국뿐 아니라 지상(地上)에 자리 잡은 모든 국가와 민족이 걸어 나온 역사를 통해 볼 거 같으믄 한 나라의 해운이 얼마만큼 국가 흥망에 영향을 끼친다는 사실을 알 수 있는 거야. 해운 활동은 곧 그 나라 국민경제의 발달을 좌우하고 있지 않는가 말이다. 독일의 어느 경제학자가 한 말을 빈다면 해운은 비옥(肥沃)한 공동 목장(共同牧場)이란 거야. 어느 나라거나 어느 민족이거나 자유롭게 이 공동 목장을 경영할 수 있다는 거야."

"그건 한 개의 이론이지. 외국 겉으믄 그 이론이 실천으로 들어갈 수도 있지마는 우리나라에서는 안 댄다 말이다. 나도 배로 팔아 가지고 이 일로 시작하기꺼정 어지가이 생각도 해 봤어."

"생각한 결과가 겨우 이 모양이가? 좀 더 생각했더믄 이런 서뿌른 짓은 안했을 거야. 자네가 외국 같으믄 이론에서 실천으로 들어갈 수도 있다고 말했지만 우리나라에서도 자네만 한 환경에서라믄 얼마던지 활동할 수 있을 거야. 와 비옥한 바다를 내던지고 육지로 도망치느냐 말이다."

"자네가 내 환경을 불어버하지마는 우리 배쭘 가지고는 아무것도 안 대. 그까짓 다 낡아빠진 목선을 가지고 멀 하겠노."

"낡았으믄 고치지. 낡은 배는 수선해야 한다는 것도 우리가 배우지 않았던가."

"돈이 있어야 수선도 하지."

"실적만 있으믄 해부청에서 선박 운영 자금을 주는 거야."

"그래도 목선을 가지고는 아무것도 안대. '젯트기'가 나르는 세상에 목선을 가지고 멀 하라 카노. 비행기는 몬 부릴망정 추럭이나 택씨쯤은 움직이바야 안 대겠나?"

"자네는 추럭이나 택씨가 목선보다 현대적이라고 생각하는 모양 같네 마는 그렇지 않아. 추럭이 짐을 기껏 실는대야 석 톤밖에 더 못 실어. 그렇지만 목선은 아마 그 몇 배로 실을 걸세. 더구나 다대포는 조그마한 어항(漁港)인 때문에 큰 배보다 작은 배가 더 효과적이야. 먼 데로 상대할 거 없이 부산과 다대포 사이를 내왕하믄 돼. 부산과 다대포 사이의 다리 역할을 하믄 되는 거야. 고기를 실고 가 얻은 돈으로 부산서 물건을 해 가지고 와서 낙동창 연변으로 돌아다니며 팔 것 같으믄 추럭을 움직이기보다 훨씬 이득이 나올 게 아인가."

"우리 부친이 그렇게 하싯지. 그래서 돈을 모은 건 사실이야. 그렇지마는 지끔은 안 대. 지끔은 낙동강 상류로 배가 멀리 올라가지도 몬해. 전에는 저 경상북도까지 멀리 올라갔지마는……."

"와 몬 가능공?"

"모래 까달로 안 그렇나? 해방대멘서 산에 나무로 만키 비 내이카내 비만 오몬 그마 사태가 터져서 낙동강이 막 얕아졌단 말이다. 그래서 배가 통 안 몬 올라가나."

"아 그런가? 그런 사실은 내가 모르고 있었네. 있을 법한 일이지. 낙동강이 모래로 차 있다는 사실을 모르고 있은 데 대해선 사과하네. 낙동강뿐이 아니겠지. 모든 강이 다 그렇게 모래로 꽉 차 있을 게라 말이지."

78
젊은이들 ⑧

"그래. 그러이카내 목선을 가지고 있었자 돈벌이가 몬 댄닥 카는 거로 알고 추럭을 산 기여. 자네가 허 군한테 잘 말해 도오. 돈을 좀 벌어야 하겠다."

낙동강의 모래를 모르고 있었다는 점에서 사과한다는 상대방의 말을 듣더니 윤상수는 목에 핏대를 한층 퍼렇게 세우면서 바른손 주먹으로 왼손 바닥을 줄곧 쥐어박으며 포부를 토로하는 것이었다.

남승기는 웃을 수도 울 수도 없는 심정이었다.

"자네 집에 인자는 배가 한 척도 없나?"

"있이몬 어짤라꼬?"

"배가 있다면 모친한테 전대로 사업을 맽기고 자네는 군대에 가세."

"머? 군대에? 나는 전쟁은 싫다그마."

윤상수는 펄쩍 뛰면서 도리를 흔들었다.

"누구는 좋닥 카나? 전쟁처럼 비참한 것이 없다는 걸 나는 잘 알아. 그렇지만 이 국가의 대들보로 떠멘 우리들이 이미 벌어진 전쟁을 어떻게 피할 수가 있단 말인가?"

"허 군도 그런 말을 하다마는 국가니 민족이니 하고 떠드는 것보다 나는 조용히 가정인이 댈란다."

"국가가 있는 뒤에라야 가정이 있는 거 안냐?"

"옛날 성인의 말씀도 먼저 한 가정을 다사리라고 했어. 그런 연후에 평천하(平天下)하라꼬 했어."

"그 말씀은 의미가 좀 다르지만 국가 존망이 경각에 달렸는데 조용한 가정이 어디 있단 말인가? 아직 전쟁을 눈앞에 보지 몬했으니 말이지. 허 군한테 들어 보믄 서울시민 전부가 지끔쯤은 다 죽었을지 모른다는 거야. 한강철교도 끊겨서 오도 가도 몬 하고 그 안에서 다 죽었을 게라꼬 그러더라. 그래도…….”

“야야 말 좀 들어 바라.”

윤상수는 다급히 남승기의 말을 중단시키고 나서

“참말로 서울이 그렇게 댓뿌렸는강 정말 허 군이 그런 말로 하더나? 아 그래서 몬 오능구나.”

하며 팔팔 뛰었다.

“와? 누가 서울 갔나?”

남승기도 다급히 물었다.

“그래 허성숙이도 서울서 안 내리오고 상매 그 넘우 가시나도…….”

윤상수는 누이동생 이름을 들먹이다가 무엇을 생각했던지 그만 멈춰 버리는 것이었다.

“그 사람들이 무슨 일로 서울 갔는가?”

“…… 허성숙이는 공부하러 갔고 상매는 공연히 가 가지고…….”

“간 지 오래되나?”

“어데.”

“며칠이나 되노?”

“상매 간 지는 며칠 안 댄다. 그런데 승기야 서울이 그 지경 댔이몬 가아들이 다 안 죽었겠나?”

남승기는 대답을 못 하고 눈을 감아 버렸다. 허윤구한테서 들은 서울의 정경이 눈앞에 와 가로 눕기 때문이었다.

“승기야. 가아들로 구할 길이 없이까? 허 군이 어떻게 몬 해 줄가? 이런 빌어묵을 일이 어딨노? 에헤 참.”

“허 군인들 어떡칼 수 있능가? 이미 적의 수중에 든 사람들을 어떻게 할 것인가. 나라의 힘으로써도 어찌할 수 없어 몽탕 다, 두고 와 뿌렸는데 이제 와서 누가 어떡한단 말인가? 방법이라믄 하로 속히 서울을 탈환하는 길밖에. 한 사람의 생명이라도 더 잃기 전에 한시바삐 서울을 탈환해야 해."

남승기는 주먹에 힘을 주며 자리에서 일어섰다.

79
어머니의 마음 ①

뜰아래 양철 지붕에 빗방울이 뚝뚝 떨어지는 소리가 나길래 비를 맞아서
는 안 될 것들을 치우느라고 박 여사가 마당에서 서성거리고 있으려니까

"어머니."

를 부르는 소리가 들리는 것이었다.

딸의 소리가 같기는 했으나 '어무이'가 아니고 '어머니'라고 부르는 데서
의심스럽기는 했으나 그동안 서울 가서 서울 말씨를 닮은 게라고 짐작해 가
면서 박 여사는 대문께로 발을 곱디디며 달려 나갔다.

"누구냐?"

미처 기다릴 수가 없어서 빗장을 벗기면서 소리를 질렀다.

"어머니 저에요. 상매에요."

어머니는 빗장을 어떻게 벗겼던지 모른다. 어머니는 그냥 마구 딸에게
덥썩 달려들어 얼싸안았다.

"상매가 왔구나. 한 번 보고 죽자고 빌었더니 인제사 왔구나. 말씨가 달
라졌길래 네가 아닌 줄 알았더니 분명히 너구나. 우리 상매가 왔구나. 신령
님이 고맙기도 하시지. 전쟁이 터진 서울에서 이걸 무사히 돌려보내 주셨
으니……."

"어머니두 무사한 게 뭐에요? 이것 좀 보세요."

딸은 정확한 서울말을 쓰며 부라우쓰 앞자락을 제치곤 가슴을 내밀었다.
그러나 역시 어둠 속이라 보이지는 않았다. 박 여사는 손으로 딸이 내민 가
슴을 더듬었다. 과연 무엇이 선득 만지워졌다.

"이게 뭐냐?"

"뭐는 뭐에요? 피예요. 피가 이렇게 콸콸 나오잖아요."

"피라니? 이게 웬 소리냐? 총에 맞았단 말이냐? 그 몹쓸 인민군들이 쐈단 말이냐? 천금 같은 내 딸을 쐈단 말이냐? 아 이 일을 어쩌면 존가? 신령님 이 일을 어쩌면 좋습니까? 가슴을 맞았으니 이 일을 어쩌면 좋습니까."

딸을 마구 부둥켜안고 아우성을 치며 신령님을 부르다가 그는 제 소리에 놀라 깨었던 것이다.

눈을 훌쩍 뜨고 보니 얼싸안았던 딸은 온데간데없고 푸름시그레한 하늘과 총총한 별이 눈물 어린 시야 속에 범벅이 되어 멀어졌다 가까워졌다 할 뿐이었다.

"대체 어떻게 된 셈인가?"

박 여사는 이렇게 상찰해 가며 운신하려고 하는데 발에 무엇이 걷어채우며 '쩡그렁' 소리를 발하는 것이었다.

그제사 박 여사는 정신이 번쩍 들었다. 걷어채운 것은 소반이고 '쩡그렁' 나가떨어진 것은 정안수 대접임을 알았다. 그리고 신령님께 기도를 올리던 일이 생각났다.

박 여사는 두려운 마음에서 황급히 일어나 다시 정안수 상을 갖추어 논 다음 옷깃을 여미고 그 앞에 꿇어앉았다. 옷깃을 여미는 손길이 츠거워 옴은 옷이 이슬에 흠뻑 젖어 있는 탓이리라.

"신령님 용서해 주옵소서. 소인이 불민한 탓으로 기도를 올리다 말고 자 버렸읍니다. 그동안 잠을 못 이루고 뜬눈으로 샌 탓인지 모르겠읍니다. 신령님께서 아시다싶이 소인의 소생인 상매 까닭에 벌써 일주일 넘어로 잠을 못 이루고 있는 형편입니다."

박 여사 눈에선 다시 눈물이 흘러내리기 시작했다. 눈물은 기도를 외우는 입안으로 흘러 들어가기도 했다. 입안으로 눈물이 흘러 들어가는 때면 그의 기도 소리는 한층 높아지는 동시에 한층 더 흐느껴지는 것이었다.

80
어머니의 마음 ②

그리고 그의 기도는 매일매일 달라져 가는 것이다. 딸이 집을 떠나기 전엔 딸의 몸에 이상이 없게 해 주십사고 빌다가 부산서 영순 모가 건너와 가지고 영순이가 집을 떠나 갔다는 이야기를 들려준 뒤로는 딸이 곁에 있어 주기를 빌다가 이처럼 어머니의 간절한 기도에도 불구하고 끝내 딸이 집을 나가고 나선

"신령님 이왕 둘이 같이 떠나갔으니 둘이 잘 살게 해 주소서."

하고 빌다가 전쟁이 터졌다는 보도를 읽은 뒤엔 딸이 가 있을 서울엔 부디 전쟁이 들어오지 말게 해 달라고 빌다가 끝내 서울에 전쟁이 들어오고 그 전쟁이 시시각각으로 뻗쳐 내려온다는 보도를 들으면서는

"신령님 우리 상매를 보살펴 주시옵소서. 전쟁통에 죽는 한이 있더라도 한 번 보고나 죽게 해 주옵소서."

하고 빌었다.

자야가 일어낫나 보았다. 문 여닫는 소리가 들렸다. 박 여사는 부리나케 정안수 소반을 치워야 했다. 자야에게 들키는 일이 싫었던 것이다.

자야는 자기의 기도를 빈정대고 있는 것 같았다. 똑바루 말하자면 기도를 빈정대고 있다기보다 자기를 온통 업준여기는 눈치 같았다.

입 밖에 내지는 않지만 '밤□ 정안수로 떠 놓고 빌어 싸도 하나도 대는 일이 없이멘서.' 하고 속으로 핀잔을 주고 있는 것 같았다. 그것을 증명하기는 쉬운 일이었다. 자야는 기도에 쓰이는 소반이나 대접을 쓰지 말라고 그렇게 타일러도 굳이 듣지 않았다. 소반이 그것뿐이 아닌데 하필 그것을 쓸 게 뭐냐고 말하면 손쉬운 데 있으니까 쓰는 게라고 곰곰치 않게 말댓구를 하는 것이었다.

소반이나 대접에 관해서뿐이 아니었다. 딸이 떠나가고 아들이 부산 가서 돌아오지 않으면서는 매사에 곰곰치 않았다. 그렇게 고삐 잡힌 소 모양 고

분고분 움직이더니 몇 번씩 일러도 들은 척도 안 하는 아니꼬운 마련을 해선 내보내고도 싶었지만 데려올 때 키워서 시집을 보내 준다는 약속을 했으니 그럴 수도 없는 형편이었다.

하기사 이 계집아이만이 아니었다. 머슴 삼아 데리고 있는 장 서방 내외도 도모지 고분고분하지 않았다. 부치던 땅이 팔려 나가고 부리던 배가 떨어져 나간 이제 와서 주인에게 고분고분할 필요가 어디 있느냐는 얼굴이었다.

이것들 역시 아니꼬운 마련을 해선 쫓아내고 싶은 생각이 무뚝무뚝 나지마는 크나큰 집에 그것들조차 없이 심부름하는 계집애와 둘이서만 달랑 남게 된다면 동네 이웃이 비웃을 것이 또한 두려워서 꾹 참았다.

그러지 않아도 벌써 동네 사람들은 무한정 비웃고 있었다. 전에 인사하고 지나던 사람들이 힐긋힐긋 옆눈질을 하며 지나치는 일이 있었다.

그래서 박 여사는 좀체로 문밖 출입도 하지 않았다. 정부가 부산에 옮아 온 뒤에 부산서 오는 배 부산으로 가는 배 고동 소리가 수시로 들려오곤 했다. 그럴 때마다 선창께로 내달리는 마음이건만 딸이 돌아오지 않더라도 들을 수 있을지 모르는 일이요 딸의 소식은 못 듣는다 치드라도 전쟁이 어떻게 되어 있다는 것이라도 알고 싶건만 그는 이층에 올라가 그것도 번듯이 나서지는 못하고 남의 눈에 뜨이지 않게 자야나 장 서방도 몰래 숨어서 배 닿는 선창께를 내다보는 것이다.

찬 이슬을 지나치게 맞은 탓인지 아침을 먹고 나니 몸이 오그라들도록 오한이 들므로 그는 아랫목에 누워 버렸다. 배가 오거나 배 고동 소리가 나거나 그런 것은 상관하지 말 생각으로 누비이불을 푹 뒤집어쓰고 있는데 밖에서 찾는 소리가 들려왔다.

81

어머니의 마음 ③

후닥닥 일어나다가 또 속는 것이 아닌가 싶어 다시 이불을 끌어올려다 썼다.

"……계셔요?"

'어머니'라고 하는 소리인지 '아주머니'라고 하는 소리인지 분명히 소리가 나긴 났다. 그는 속을 셈치고 다시 일어나 누워 있는 쪽만 가리우도록 반쯤 닫쳐 논 미닫이를 밀고 밖을 내다보았다.

"아니 네가? 이게 꿈이 아니야?"

"아주머니."

주인과 손님은 서루 부둥켜안으며 이와 같이 절박한 인사를 부르짖었다. 손님은 허성숙이었다.

"너는 왔구나. 너라도 왔으니 살겠다. 용케 왔구나. 서울이 어떻게 됐지? 애야 서울 있는 사람들이 살아 있느냐?"

부둥켜 안았던 손님을 풀어 놓으며 수다스러운 정도로 박 여사는 이렇게 지껄이는 것이었다. 딸이 아니었다고 실망하지 않았다. 딸이 아닌 바에는 누구보다도 반가운 손님인 것이다. 본래부터 살뜰히 애끼던 처녀가 난리 속에서 살아 왔다는 것도 장한 일이겠는데 더욱이 딸이 가 있을 서울 난리가 터진 서울 소식을 알 수 있게 되었다는 생각에서 오히려 반갑기만 했던 것이다.

"아주머니 어디 아프셔요? 신색 말이 아니군요."

"내사 아픈건 말건…… 그래 서울서 언제 왔느냐?"

"어저께 저녁때 집에 닿았어요. 줄곧 걸어온걸요. 여드레 동안을 걸었어요."

"저런 걸어왔어? 기차도 없었구나?"

"기차가 다 뭐얘요. 걸어서도 좀 늦었더면 못 올 뻔했어요. 괴뢰군이 지금 자꾸 밀고 내려오거든요."

"그래도 너는 용케 떠났으니……."

"저는 운이 좋았어요. 노량진에 있었으니 떠날 수 있었지, 하숙을 시내에 정했더라면 꼼짝 못 하고 죽었을 거예요."

"시내라니 서울 시내 말이냐? 서울 시내 사람은 꼼짝 못 하게 되더냐?"

"그럼요. 한강 철꼴 끊었으니 독 안에 든 쥐지 뭐예요."

"에구. 철교를 끊으면 서울 시내 사람이 꼼짝 못 하게 되는구나? 철교는 서울 시내 사람이 꼼짝 못 하라고 끊은 게지? 에구 에구우 어쩌나. 어쩌면 좋은고……."

상대방이 들려주는 말은 들을수록 온통 몸이 오그라붙는 듯한 것뿐이라 박 여사는 말보다 신음 소리를 더 많이 연발했다.

"서울 시민을 꼼짝 못 하라고 해서 끊은 게 아니지요. 철꼴 끊어 놔야 괴뢰군이 남쪽으로 내려 못 올 게 아니겠어요. 그래서 우리 정부에서 끊고 내려온 거래요."

"에이구ー 내려온 사람들은 좋지만 못 내려온 건 독 안에든 쥐라니 저 일을 어쩌나. 에구에구 저 일을……."

"아주머니 서울 누가 계셔요? 친척이 계셔요?"

박 여사가 너무도 신음 소리를 내며 못 견디어 하므로 허성숙은 이렇게 물었다.

"……얘야 상매가 가잖었느냐. 너는 우리 상매 소식을 모르겠지? 상매가 서울 갔단다. 독 안에든 쥐라니 저 일을 어쩌느냐 말이다."

첫마디부터 하고 싶던 말이건만 상대방이 물으니까 그것도 망서리다가 댓구했던 것이다.

"상매가 서울 갔어요? 언제 갔어요?"

"서울 갔단다. 벌써 갔단다."

박 여사 눈에서 끝내 눈물이 흘러내렸다. 벌써부터 눈물이 흘러내리려고 하는 것을 침을 꿀꺽꿀꺽 삼켜 가면서 참았던 것인데, 결코 상대방에게 숨기려는 심사에서 한 일이 아니었다. 결국 다 알고 말 일이건만도 박 여사 입으로 딸이 김해원이와 둘이서 서울로 갔을 것이라는 말을 참아 할 수가 없었을 뿐이었다.

<h1 style="text-align:center">82</h1>
<h2 style="text-align:center">어머니의 마음 ④</h2>

"상매가 왜 서울 가요?"

"글쎄 갔구나. 저만 안 가서도 이다지……."

박 여사는 말을 하다 말아 버렸다. 말을 하다 말아 버렸으나 그 뒤를 이을 말이란 뻔한 것이다.

저만 안 가서도 이다지 속이 폭폭 썩지 않을 게라고 아들이 땅을 팔고 배를 팔아 자동차 업을 하는 일보다 딸의 일이 더 기가 차다는 말인 것이다.

"언제 갔어요?"

"지난 스무나흗 날 아침에 떠나갔다."

"그랬음 서울엔 이십오 일에 도착했겠네. 그날 바루 괴뢰군이 남침을 시작한 날이거든요. 그날에나 그 이튿날 그 사흗날까지도 서울에 전쟁이 채 들오지 않았으니까 되돌아올 수 있었을 텐데……."

"그러니 말이다. 되돌아와 줬으면 오즉 좋으리. 그날 아침 책가방을 들고 그냥 학교에 가는 것처럼 해 가지고 나갔단다. 학교에 가는 줄만 알았지 그렇게 돌아 안 오게 가는 길인 줄 알았드면 옷이나 줘 보냈을걸 그랬구나…… 돈 이나 줘 보냈을걸 그랬구나. 밥이나 바루 먹고 갔는지 모르겠구나…… 단벌옷에 돈 한 푼 없이…… 이 난리통에…… 어떻게 됐는지…… 에구에구 내 새끼가…… 하느님두…… 무정하시지. 그것만 집에 있음사…… 제 오래비가 나가 가지고 저러더라도 이다지 속이 폭폭 썩을라구……."

박 여사는 우느라고 말을 술술 잇지 못했다.

"상매 오빠가 어떻게 됐어요? 뭔 잘못된 일이 있어요?"

"글쎄 배랑 땅이랑 다 팔아 가지고 부산 건너가 자동차 업을 한다는구나."

"네에. 전에부터 그러겠노라더니 끝내 시작하셨군. ……그러니까 상매는 몰래 떠났군요?"

"아뭇 소리 없이 갔단다. 미리 알았더라면……."

"김해원이하구 같이 간 모양이죠?"

허성숙이 박 여사의 말을 중단하고 이렇게 물었다.

박 여사 입에서 그처럼 나오기 힘든 김해원의 이름이 허성숙이 입에선 쉽사리도 나오는 것이었다.

"아주머니 괜찮아요. 염려 마세요. 둘이 갔음 살아요."

"어떻게? 무슨 존 수가 있다더냐?"

물에 빠지는 사람이 지푸래기라도 붙잡으려는 심리라고나 할까? 박 여사는 허성숙의 이 말에 참으로 반색을 하며 다가들었다.

"사랑하는 사람끼리 갔음 죽지 않아요. 사랑하는 사람들한테 폭탄이나 총탄이 왜 날라옵니까? 혹 폭탄이나 총탄에 맞아 쓰러진다 치더라도 사랑하는 사람과 같이 죽더라도 사랑하는 사람과 죽는다면 무슨 걱정이 있겠어요. 사랑하는 사람과 같이 죽는다면 무섭지도 않아요. 아프지도 않아요."

허성숙은 자기가 지내 보기나 한 것처럼 자신만만히 말하는 것이었다.

"죽다니? 죽어서야 쓰겠니? 무슨 일이 있더라도 살아 있어야 하지. 살아 있어야 하지."

"글쎄 죽지 않는대두 아주머니는 그러셔. 상매가 아주 멋인네. 사랑하는 사람과 전란의 서울을……."

"성숙아 그만해라."

박 여사는 허성숙의 말을 막았다. 들어 봐야 속시원한 말이 아님을 알았기 때문이었다.

"그러니까 상매는 김해원을 사랑하구 있었군요? 그러면서 왜 결혼은 안 하겠다구 했을까?"

'그만하라'는 말을 듣고도 허성숙은 또 이렇게 지껄였다. 박 여사는 잠잠히 앉아서 눈물을 참느라고 입을 쩍쩍 벌렸다.

"아주머니, 사랑만큼 위대한 건 없어요. 성경엔 '사랑은 모든 허물을 가리운다.'고 했지만 사랑은 모든 것을 이기는 거에요. 제가 이번에 밤낮으로 여드레 동안을 걸어 내려오면서 얻은 해답이 바루 그거에요. 사랑의 힘이 위대하기 때문에 제가 쓰러지지 않고 여기까지 온 거에요. 어제저녁 오던 길로 아주머니한테도 달려오구 싶었어요마는 너무 늦어서 못 오구 말았어요."

허성숙의 고운 눈이 살며시 감기는 것을 박 여사는 보았다.

83
어머니의 마음 ⑤

"성숙이 너 누굴 사랑하느냐?"

박 여사가 물었다. 짐작을 못 해서 묻는 것이 아니었다. 허성숙이가 누구를 사모하고 있다는 것을 그는 지난봄 허성숙이가 아들이랑 같이 왔을 때부터 눈치챈 일이었다.

"아주머니가 알구 게신 줄 알았는데…… 모르셨어요?"

"너희들이 말해 안 주니 알 턱이 있느냐?"

"아주머니가 젤 귀여워하시는 청년이라면 아시겠죠? 남승기에요."

"그래? 그렇다면 더 좋구……."

이렇게 댓구는 하지만 댓구하는 그 입으로 가느다란 한숨이 흘러나온 것만은 사실이었다.

허성숙을 며느리로 삼고 싶으면서도 허성숙을 애끼고 남승기를 귀여워하는 마음에서 차라리 그들이 배필이 되었으면 하는 생각을 한 일도 있었는데 오늘 와서 이처럼 달라지는 심리의 변화를 박 여사는 자기 자신도 모를 노릇이었다.

"그런데 남승기 씨가 여기 있긴 해요? 편지를 했는데 회답이 없어요."

그런 줄을 모르고 허성숙은 자꾸 그 이야기만 하자고 하는 것이다.

"네가 편지를 했단 말이냐?"

"네. 두 번쨋 건 편지를 받았는지 못 받았는지 알려 달라고 했는데 그래도 회답이 없었어요. 어딜 간 게 아닌가요? 여기 자주 들립니까?"

허성숙은 고개를 개우둥하고 감실감실한 눈을 까물거리며 박 여사를 들여다보았다.

"남승기 말이냐? 글쎄 통 안 들리는구나."

"어딜 갔나 부죠? 서울 방면에라도 갔으면 어떡해요?"

"글쎄란 말이다. 그래 편지 회답은 한 번도 없었단 말이지?"

또 그는 편지 회답에만 한 것을 따지는 것이었다.

"그래요. 회답이 없었어요. 여기 계시다면 편지 회답을 안 할 리가 없는데…… 빨래랑 같이 하면서 무척 많은 얘길 하곤 했는데……."

"빨래를 같이 하다니? 건 또 무슨 소리냐?"

"지난봄 제가 아주머니 댁에 왔을 때 말이에요. 자야하구 빨리하러 갔잖아요?"

"지난봄 상수 졸업하고 돌아오던 때 말이냐?"

"네. 그때……."

상대방의 말을 채 들으려고 하지 않고

"애들을 데리고 내가 외가에 갔을 때 말이지?"

하며 다급히 굴었다.

"그래요. 빨래해 가지고 오는데 그이가 뚝 위에 서 있잖아요."

"옳아. 그때 너하고 약속이 있어서 내려왔구나…… 그러니까 상수가 그일을 알아채구서 그랬구나…… 그런 걸 나는 모르고 상수만 나무랬어."

박 여사는 혼자말처럼 중얼거렸다. 지금 막 허성숙의 이야기를 듣고 앉았을라니 그는 아들이 남승기를 때려 준 일조차 그다지 나쁘지 않고 오히려 그럴 만했다고 여겨지는 것이었다.

"아주머니 그때 무슨 일이 있었어요? 상수 씨가 그일 어떻게 하셨어요? 서루 길에서 만나셨군요?…… 알겠요. 짐작이 가요. 그래서 그이가 그렇게 우울하게 서 있었군요. 약속이 무슨 약속이에요. 저희들은 우연이었어요. 빨랠 해 가지고 내려오는데 뚝 위에 서 있더라니까요."

"아무 약속도 없이 그 애가 하필 빨래 개울에 갔을고. 우리 집에 들렀다가 빨래하러 갔단 말을 일러 줘서 찾아간 겐가?"

박 여사는 구지 이렇게 해석하고 싶었던 것이다.

"그럼 그런 게죠. 김해원이 하고 이옥채가 집에 있었으니까 그 사람들한테 들렀던 게죠? 글쎄 빨래를 해 가지고 오는데……."

"그랬음 그땐 어째 아뭇 소리도 없었느냐?"

허성숙의 말을 막는 박 여사의 소리는 자기도 모르게 컸다. 김해원이니 이옥채니 하는 소리에 더 한층 벌집을 들쑤셔 논 때처럼 엉망진창인 것이었다.

84
어머니의 마음 ⑥

"그땐 말이예요. 부끄럽기두 하고 상수 씨가 또…… 그렇지만 전쟁이 터졌는데…… 오늘 죽을지 낼 죽을지 모르는 세상인데 앞뒤를 잴 게 뭐에요. 저는 여드래를 걸으면서 생각한걸요. 죽더라도 그이 가까운 데서 죽겠다고 ─."

"사랑하는 사람들은 안 죽는다면서?"

"정말 그래요. 죽지 않아요. 사랑의 수호신이 지켜주는데 왜 죽어요? 그이하구 같이라면 죽지 않을 자신이 있어요. 그이하고 같이라면 죽어도 무방해요. 아무리 큰 폭탄이 떨어진다고 하더라도 아프지도 무섭지도 않을 것 같아요."

박 여사의 빈정대는 어조를 허성숙은 알아듣지 못하고 한 말을 또 되풀이하며 열을 올렸다.

"결혼하자고 하더냐."

"그런 얘긴 안 하고 딴 얘길 했죠."

"무슨 얘기?"

"앞으로 할 일을 말했어요. 그이는 훌륭한 생각을 가지고 있어요. 남을 위해 일하겠다는 거에요. 이 다대포 마을의 가난한 사람들을 자기 힘으로 잘 살 수 있게 해 보겠다는 거예요. 돈만 있다면 지금이라도 일을 하겠다는 거에요. 바다는 누구나 자기들 이용하라고 저렇게 소릴 치며 펼쳐져 있는 줄 알면서도 돈이 없어서 손을 못 쓴다고 안타까워하잖아요. 그이는 바다를 대상으로 하겠대요. 바다를 정복하는 자라야만 세계를 정복한다는 거예요."

허성숙의 이 말에서 벌집을 쑤셔 논 때와 같은 박 여사의 속이 더 아우성이었으나 이번엔 말을 하지 않고 한숨을 크게 내뿜었다. 한숨이라도 내뿜어야 살 것 같았다. 박 여사는 아들하고는 딴판인 남승기가 부럽다 못해 밉기까지 했던 것이다.

"네가 빨래해 가지고 내려오던 길이라면서 둘이 빨래했다는 건 웬 소리냐?"

"제가 내려오는데 그이가 뚝에 서 있었다니까요. 그래서 남승기 씨 하구 불렀죠. 그랬더니 반색을 하면서 빨래통을 위선 내려놓자는 거 아녜요. 빨래통을 내리다가 빨래도 깨방알 쳤거든요. 비 온 뒤라서 온통 진흙이 묻고 말이 아니에요. 그래서 다시 빨았죠. 그이도 빨아 주었어요. 빨래두 썩 잘하는 거 아녜요. 아주 고만이예요."

허성숙은 허리를 꼬부려 가며 웃기까지 하는 것이었다.

"결혼함 살림도 잘하겠구나."

박 여사는 웃지도 못하고 웃기는커녕 눈물이 나오려고 하는 것을 참아 가면서 이렇게 말했다.

남승기가 찾아온 것이 바루 이때였다. 박 여사는 눈물을 참느라고 '아지무이' 소리를 얼른 듣지 못하고 있었다.

"아주머니 누가 찾아요. 그인가 바요?"

허성숙이가 먼저 알아듣고 공중 날아 미닫이 쪽으로 갔다.

"어머나. 아주머니 남승기 씨가."

허성숙은 밖을 내다보고 외마디 소리를 치다가 박 여사 쪽으로 돌아서며 당황해하는 것이었다.

박 여사는 가슴이 철렁 내려앉지 않을 수 없었다. 허성숙이가 있는 이 자리에 그렇게 기다려도(사실 박 여사는 남승기더라도 와 주었으면 하고 무척 기다렸던 것이다.) 안 오던 남승기가 올 건 뭐냐고 속으로 중얼거리며 일어섰다.

"성숙 씨 오셨구나? 언제 오셨능가요? 용케 내리오셨어요."

박 여사가 미닫이 쪽으로 가기 전에 남승기는 밖에서 이와 같이 서둘러 대는 것이 아닌가. 그런대로 박 여사는

"승기 왔구나. 그렇게 안 오다가 지금사 오느냐?"

고 말해 주었다.

"아지무이 안녕하셨어요? 올 생각을 못 했는데 그제 저녁에 상수 군을 만내 가지고 상수 누이동생이 서울 갔다는 말로 듣고…… 아지무이 상수 누이동생도 왔답니까?"

남승기는 신발을 벗으며 황급히 묻는 것이었다. 박 여사는 남승기가 딸의 사건을 알고 있는 건 싫었으나 그가 황급히 딸의 안부부터 걱정해 주는 일이 말할 수 없이 고마웠다.

"어서 들어오너라. 상수도 만났구나. 잘 있더냐? 며칠 전에 건너갔을 땐 추력을 못 부린다더니 해결책이 났다더냐?"

박 여사는 그가 마루에 올라서기도 전에 이렇게 서들었고 남승기는

"예. 아마. 되겠지요."

하는 명확치 못한 대답을 주서 대며 마루에 올라섰다.

86[*]

어머니의 마음 ⑦

"그래 자네가 상수를 먼저 찾아갔던가?"

남승기가 방에 들어와 앉자 박 여사가 물은 말이다. 무지개고개 언덕에서 아들과 남승기 사이에 벌어진 싸움을 잊지 못하고 있는 까닭에 이렇게 물었던 것이리라.

"제가 찾아갔습니다. 저는 모르고 있었는데 길에서 우연히 동창을 만나가지고 상수가 부산서 사업을 한다는 건 알았습니다."

"승기야 고맙구나. 그래 추럭을 운전하게 된다던가?"

"그건 잘 모르겠습니다."

바른 대로 말해서 이 좋은 아주머니를 괴롭히고 싶지 않았던 것이다.

"반가워하더냐?"

"예. 여러 가지 이얘기로 오래 하다가 헤어졌습니다."

"고마워라."

박 여사는 여러 가지 이야기를 오래 하다가 헤어졌다는 말에서 고맙고 다행함을 느꼈던 것이다. 똑바루 말한다면 이 고마운 감정은 남승기가 찾아오면서 이어 딸의 일을 걱정해 준 데서부터 시작됐던지 모른다. 이래서 남승기가 여기 오기 전에 가졌던 밉고 시기하던 마음도 사라져 버리는 것 같았다. ―지금의 박 여사로서는 그렇게 되기가 쉬웠다. 쉽게 돌아질 수도 있었으며 또한 쉽게 풀릴 수도 있었던 것이다.

"제 생각에는 상수 군이 배로 팔지 말았더면 조았을 것 같습니다. 지끔이라도 자동차로 팔아 가지고 배로 물릴 수 있다몬 그렇게 했으몬 졸 것 같은데요. 아지무이 의견은 어떻습니까?"

"네 생각도 그러냐? 그랬으면 오죽이나 좋겠느냐마는 그녀석이 말을 들

---

[*] 원래는 85회차여야 하지만, 연재 당시 번호가 잘못 매겨졌다.

어 줘야 하잖느냐. 원 고집만 세 가지고 누구의 말을 들어 먹어야지. 지금 배를 가지고 있었으면 그까짓 추럭이겠느냐. 요새 배 가진 사람들이 한몫 보는 판인데…… 우리 배를 산 사람들도 벌써 뱃값을 다 뺐다잖어? 부산이 복잡해지더니 하루에도 배가 수십 번을 내왕하더구나. 지금 같은 땐 목선이라도 가지고 있으면 한몫 보는 걸 그 짓을 하지 않았어……."

"아지무이께서도 상수 군한테 잘 말씀해 보시소. 우리들도 권해 볼랍니더. 그제 저역에 상수 군한테 함께 갔던 친구가 이분에 서울서 피난 내리 온 사람인데 이 친구가 지금 국방장관 비서로 하고 있거던요. 우리 상수 군캉 다 군산 해양대학에서 함께 구불던 동창이란 말입니더. 상수 군은 이 친구의 말이몬 잘 들을 것 같기도 해서 제가 그 친구한테 가서 상수 군을 권고해 달라꼬 할 작정입니더."

"어떻게 좀 서들어 주게. 자네만 믿는다. 그런데 그 동창이란 사람은 용케 내려왔구나. 그래 서울이 정말 말이 아니라더냐?"

박 여사는 딸의 일이 또 걱정되었던 것이다.

"말이 아니기로요. 한강철교가 끊기는 걸 보고 왔닥 캅니더. 그런데 상수 누이동생은 머 한다꼬 이런 때 서울 갔습니까?"

"그러게 말이다. 글쎄 그것만 안 갔으면 무슨 걱정이겠느냐."

"성숙 씬 상수 군 누이동생을 몬 만냈습니까?"

"사랑의 도피행을 한 사람들을 어떻게 만나요?"

허성숙은 '상수 누이동생'만 찾는 남승기가 야속스러웠던 것이다. ―사랑하는 이를 위해서 밤낮을 헤아리지 않고 전진(戰塵)을 뚫으며 내려온 자기가 아니더냐?

87

어머니의 마음 ⑧

"전쟁터로 가야 하겠읍니더."

윤상수와 이야기하던 때와는 달랐다. 힘을 잃은 낮은 어조였다.

"뭐예요? 싸우려 가시겠다구요? 서울엔 들어도 못 갑니다. 한강철교가 끊어졌다잖어요?"

"그래도 가야 해요. 서울에 있는 사람들을 하루속히 한 사람이라도 더 구해야 해요."

남승기의 어조가 차차 높아졌다. 이 소리는 윤상수하고도 했던 것이다.

"승기야 정말이냐? 네가 서울 간단 말이냐? 네가 인민군을 때려 부시고 서울 있는 사람들을 구출해 준단 말이냐? 승기야 고맙구나. 네가 우리 상맬 구출해 준단 말이냐?"

박 여사의 소리는 절규요 비명이었다. 그의 눈에선 또 눈물이 쏟아져 흐르기 시작했다.

"아지무이 염려 마시소. 제가 서울을 빼앗을랍디더. 그리고 상수 누이동생을 찾어 올랍디더."

"그래다고. 지금 성숙이는 사랑의 도피행을 했다고 하더라마는 그 천둥벌거숭이가 뭐가 뭔지나 알고 간 줄 아느냐…… 에구우."

"아지무이는 상매 생각만 하시지 남승기 씨 생각은 조금도 안 하셔요? 적이 자꾸 쳐 내려오는 델 어떻게 간단 말이예요? 서울에 가지도 못하고 만다면……."

"안 될 말입디더. 서울에 가고야 말어요. 서울을 탈환하고야 말어요."

"남승기 씨는 전쟁을 아직 보지 못했으니까 그런 말씀 하시는 거예요. 죽음과 같은 것이예요. 장거리포가 휴— 싸르릉 날라와서 땅덩어리 전첼 흔들어 노며 떨어지는 땐 자기가 살아 있다는 의식조차 잃고 말어요. 그런 델 왜 가신다고 그러세요? 남들은 피난해 내려오지 못해서 애를 쓰는데…… 지금 부산 내려오는 길은 미여지게 피난민으로 차 있어요. 알뜰히 애끼던 것들을 다 버리고, 집이니 뭐니 할 거 없이 다 버리고 목숨만 살겠다고 내려오는 거예요. 저두 여드래로 걸어서 내려왔어요. 밤에도 걸었어요. 어떻게든지 살어서 내려오고 싶었어요. 도중에서 죽어선……."

"용케 잘 내려왔다."

허성숙의 말을 막아 버려야 할 것 같아서 박 여사는 이렇게 말했다. 그가 남승기 앞에서 자기에게 하던 말을 그대로 다 해서는 안 되겠다는 생각이 들었던 것이다.

"부녀자들이나 피하지 젊은 사람들이 피해서야 될 말입니까? 아지무이 상수 누이동생을 찾아 놀 터이니 안심하시소. 며칠 새로 가기 될 껍니더. 서울서 내려온 동창하고 함께 가기로 했습니더."

"승기 그새 어디 취직을 하고 있었던가? 사표를 냈다니."

"해운공사 부산 지점에 들어간 지 얼마 되지 않습니더. 한 달도 몬 됩니더."

"그럼 그동안 여기 계셨군요?"

허성숙이가 물었다.

"집에 박혀 있었지요. 그러다가 하는 수 없어서 취직을 한 겁니더."

"제 편질 받아보셨어요?"

"예. 두 분 받았습니더."

"그러구도 회답두 없으세요?"

"미안합니다. 제가 젤 고민하던 때라 그만 그렇게 됐습니다. 일로 할락 해도 할 수 없는 때처럼 괴로운 것 없어요. 생각다 몬해서 취직해 버렸지요."

"그놈의 전쟁만 아니더면 취직이랑 했다니 어르신넬 도울 길도 열린 걸 그랬구나. 아까워라."

"그래 가지고는 부모를 돕는 일이 몬 됩니더. 전쟁이 터진 기 되리 낫다고 저는 생각합니더. 밤낮 반절된 손바닥만 한 땅에서 이래 가지고는 아무것도 안 대요. 공산당을 얼른 쳐 뿌수고 삼팔선을 티아 나야 우리 민족이 살길이 열려요. 아지무이 안심하고 계시소. 지가 갔다 오겠습니더."

남승기가 이렇게 말하며 일어섰다. 박 여사와 허성숙이도 따라 일어섰다.

허성숙은 바짝 따러 서며 '언제 가느냐?'고 물었다. 남승기는 확실한 일자는 모르겠노라.'고 대답했다. 박 여사는 '서울 있는 사람들을 구출해 내고 무사히 돌아오라.'고 일러 주었다.

88
서울 ①

윤상매들은 기차에서 알게 된 장현도 집에 거처하게 되었다. 윤상매의 어머니가 걱정하지 않아도 좋을 만한 생활을 하고 있었다.

장현도의 집은 방이 열 개도 넘었다. 열 개도 넘는 방에 장현도는 자기들이 안방 하나만 쓰고 있고 그 나머지 방에는 응접실까지도 사람을 들였다. 본래 서울서 살던 좌익분자들이었다.

장현도는 어느 틈에 이러한 사람들을 골라다가 집에 들이고 그들의 생활을 도와주었다. 그리고 그들과 '동무' '동무' 해 가며 자기도 본래부터 좌익인 것처럼 행세하는 것이었다.

윤상매와 김해원이도 이 집 안에 사는 사람들과 피차에 '동무' '동무' 하며 지냈다. 장현도는 김해원을 두고 많은 거짓말을 만들어 내었다. 김해원이 부산서 지하 운동을 하다가 신변의 위험이 닥쳐오자 그의 처를 데리고 자기에게로 피신해 왔다고 했다. 자기 아내에게까지도 그는 이와 같이 말했다.

이러한 거짓말은 그들이 한강을 건너려고 하다가 철교가 끊어져서 건너지 못하고 돌아온 뒤에 꾸며 냈던 것이다. 한강만 건넜더라면 그는 이따위 거짓말을 안 하고 대구에나 부산 내려가서 돈벌이하는 데 필요한 말만 했을지 모르는 일이다.

장현도는 한강을 건너지 못하고 돌아오는 길에선 대한민국 정부에 대한 불평을 무척 중얼거렸던 것이다.

"백성더러 그렇게 안심하라고 하고선 어느 틈에 저희들끼리만 도망쳤단 말이야…… 제-길할."

불평 뒤에 올리미는 것은 전률과 공포뿐이었다.

"그놈들은 지주나 자본가는 이 잡듯 잡아 죽인다는데……."

이렇게 떨다가도 붉은 깃발을 날리며 큰 길을 질주하는 찦차라든가 인민군을 만나면 그는 두 팔을 높이 들어

"만세."

를 연신 불렀다.

장현도는 집 안에 끌어들인 사람들에게만 쌀과 돈을 줄 뿐 아니라 단체에 쌀을 보내는 일도 있었다. 끝내 그 댓가(對價)였던지 얼마 안 가서 장현도는 군수품 공장을 시작하게 되었다. 통조림 공장 세멘트 창고가 모두 군수품 공장으로 쓰이게 되었다. 재봉틀은 각 가정에서 징발해 왔으며 여직공이 대부분이었다. 그의 집에 들어 있는 여자들은 다 여기서 일을 하게 되었다. 윤상매도 여기에서 일을 했다. 대개 삼십 미만의 여자들인데 그중에도 윤상매 또래의 처녀들이 많았다.

윤상매는 재봉틀 일을 하지 않고 직공들을 감독했다. 틀 일을 할 줄 몰랐다. 집에 재봉틀이 있었건만 그는 한 번 눈여겨 본 일도 없었다.

"직공들 감독이나 해 볼가."

장현도는 틀 일을 할 줄 모르는 윤상매의 사정을 보아 주려고 했다.

그런데 윤상매는 이 감독의 직책을 잘 하려고 하지 않았다. 카추−샤처럼 머리를 싸매고 그는 분주히 일하는 사람들 앞에 가서 쓸데없이 지껄이기를 잘 했다. 상대방이 아름답고 보면 그 옆에 붙어 서서 일손을 멈추게까지 하는 것이었다.

"보세요. 좀 쉬어서 하세요."

정말 쉬어서 그게 할 생각이라기보다 서울말을 써 보고 싶기 때문에 이렇게 말하는 일이 많았다. 그에겐 서울말 하는 일이 그처럼 재미가 있었다.

또 그는 공장이 덜썩하게 '애국가'를 부르는 일도 있었다.

88[*]

서울②

동해물과 백두산이
마르고 닳도록

상을 찌프리는 사람도 있었지만 그를 애껴서 자기 입에 손을 갖다 보이며

"쉿."

해 주는 이도 있었다.

"전에는 '애국가'가 존 줄 몰랐는데 괴뢰군이 들어오면선 그보다 더 존 노래가 없어……."

그중에는 윤상매 말에 동감의 뜻을 표하는 사람도 있었으나 옆의 눈이 두려워서 말을 못 하는 눈치이기도 했다.

하루는 장현도가 군복에 장화를 신고 이 공장에 나타났다.

윤상매는 눈을 크게 떠 껌벅거리다가

"사장님 참 멋쟁인데요."

하고 놀려 주었다.

윤상매는 이때까지 장현도에게 이러한 말이나 태도로써 대해 온 일이 없었다.

"뭐? 멋쟁이야?"

장현도가 큰 소리로 말했다. 재봉틀 소리를 누를려고 함에선지, 혹은 멋쟁이라는 말이 반가워선지 아뭏든 장현도의 소리가 컸던 것만은 사실이었다. 윤상매는 움츨뜨렸다.

"사장님 미안해요. 건방진 소리를 해서……."

---

* 원래는 89회차여야 하지만, 연재 당시 번호가 잘못 매겨졌다.

"상매가 더 멋쟁인걸. 카츄-샤 같은데. 인젠 서울 말도 제법 잘 하고……."

"사장님 정말입니까? 공연한 소리가 아니지요? 사장님."

윤상매가 다시 부풀기 시작했다.

"정말이구말고. 내가 상매한테 거짓말할까. 사랑스런 상맨데……."

"사장님 제가 사랑스러워요? 저도 사장님을 사랑스럽다고 할까요?"

"그래. 한번 그렇게 말해 봐요. 응 상매."

"사장님 사랑스러워요."

그들은 이런 말을 주고받으면서 웃었다. 윤상매는 웃으면서 웃고 있는 장현도를 자꾸 살피는 것이었다. 아무리 살펴도 장현도는 멋쟁이임에 틀림없었다.

"사장님 그럭하고 말을 탔으면 더 멋쟁이겠어요."

"말을 안 탄 줄 아나? 사변 나기 전엔 줄창 우리 마누라하고 같이 탔지."

"마누라라구요? 사모님 말입니까?"

"그렇지."

"사모님이 말을 탈 줄 알아요?"

"알다말다. 썩 잘 타지. 벌써 다섯 해 동안을 탔나?"

장현도가 손가락을 꼽아 헤어 본다. 윤상매는 가슴에 무엇이 뭉클 올리미는 것을 깨닫는다. 언젠가 다대포에서―이옥채 때문에 이옥채보다도 허성숙이 때문이었다. 허성숙의 잠든 얼굴을 보고 있다가 견딜 수 없어서 김해원이가 자고 있는 이층으로 엉금엉금 기어 올라가고야 말던 때처럼 전신이 부르르 떨리기까지 했다.

"사장님은 바보야."

"멋쟁이라더니 갑자기 웨 또 바보는?……"

"마누라하고 말을 탄 게 그렇게 자랑스러워요?"

"내가 언제 자랑스럽댔나?"

"그럼 왜 그렇게 빙글빙글 웃고 야단이예요?"

"마누라하고 말 탄 게 자랑스러워서 웃는 줄 알어? 상매가 바본데……."

"그럼 왜 그렇게 빙글빙글 웃는 거예요?"

"상매 어디 알아맞쳐 보지. 내가 웨 웃는가를?"

"싫어요. 전 그렇게 웃는 사람은 싫어요. 밉쌍이락 카이……."

절박했던 모양이지. 윤상매는 쓰지 않으려고 하던 사투리를 훌쩍 내받으며 저쪽으로 뺑소닐 쳐 갔다. 카쥬─샤의 머릿보 귀텡이가 펄럭거렸다.

89
서울 ③

김해원이가 괴뢰군의 의용군으로 나가던 날은 날씨가 매우 청명하고 푸른 하늘에 흰 구름이 둥둥 떠 오고 가곤 했다.

김해원이만이 아니고 장현도 집에 들어 있던 젊은 남자들이 대부분 이날 나갔던 것이다.

윤상매는 그날 아침 장현도 마누라한테입이 안 떨어지는 것을 참으로 간신히 말을 해서 싼 김해원의 '변또'를 들고 뒤를 따라 동인민위원회 마당으로 갔다.

모두들 수건으로 머리를 질끈 동이고 땅바닥에 앉아 있었다. 다른 사람들은 몰라도 김해원은 기운이 하나 없어 보였다. 어깨가 축 늘어지고 목이 길쭉했다. 그 길쭉한 목에 깎을 때를 지난 머리가 내려덮여서 한층 길어 보였는지 모른다. 다들 런닝샤쓰를 입었는데 김해원이 하나만 양복저고리를 입고 있었다. 검정 양복저고리에 햇빛이 반사되어 반들거렸다.

검정 양복저고리와 바지는 햇빛을 받지 않았을 때에도 몹시 반들거렸다.

부산서 입고 떠난 단 한 벌의 옷이었다. 집에서도 그것을 입고 밖에 나갈 때에도 그것을 입고 노력동원이나 보수공사를 나가는 때에도 그것을 입었다. 비가 오던가 쌀쌀한 밤에도 그것을 입은 채로 잤다. 속에 입었던 내의는 다 떨어져 없으니 그것밖에 입을 것이 없었던 것이다.

그 검정 양복저고리가 또 유난히 홀렁거려 보였다. 가만이 있으면 잘 모르겠는데 몸을 약간 움직이던가 하면 꼭 남의 것을 입은 것같이 눈에 띄었다. 윤상매 눈에선 어느새 또 눈물이 흘러내렸다.

"내가 공연히 데리고 와 가지고 저 지경을 만들었어."

눈물 속에서 김해원의 떡 벌어진 어깨 그 어깨의 선을 이어가다가 우뚝 멈추어 서면서 꽉 틀어박힌 굵직한 모가지가 떠올랐다. 모가지 위에 아래로 내려 뻗친 단련된 체구도 우뚝 솟아올랐다.

"공연히 데리고 떠나지 않았어. 저렇게 준 김해원을 이옥채에게 맡겨 버릴 수는 없는 거야."

윤상매는 눈물을 씻어 버리면서 싸 들었던 '변또'를 들고 김해원이가 앉아 있는 쪽으로 털썩털썩 갔다.

"이걸 먹어요."

"어디서 났어?"

"사모님한테 싸 달랐고 했지."

김해원은 앞뒤를 살피다가 슬거머니 자리를 뜨는 것이었다.

그들은 사람들이 없는 아카시아나무 그늘 뒤로 갔다. 김해원은 말없이 '변또'부터 풀었다.

"가지 말아. 나 혼자 어째 있으라꼬?"

"……"

아카시아나무에선지 그렇지 않으면 다른 나무에선지 쓰르래미가 아우성스럽게 울었다. 윤상매는 나무 꼭대기를 바짝 쳐들고 올려다보다가

"가지 말아요. 이걸 먹고 저쪽으로 빠져나감 되잖어."

하고 또 같은 말을 했다. 김해원은 어느새 '변또'를 핥듯이 다 먹어 버리고 입을 흐물락그리는 것이었다.

"누가 가고 싶어서 가는 줄 알아? 배가 고파서 가는 거야."

정말 배가 고플 대로 고팠다. 처음 얼마 동안은 장현도가 □□□ 주어서 괜찮았지만 장현도가 제대로 활기를 띠게 되면서는 눈에 가시같이 싫어했

334

던 것이다.

"그럼 나는 어쩌라꼬?"

"내가 없으면 장현도가 살뜰히 봐 줄지 알어? ……장현도하고 연애는 하지 말아."

여기까지 이야기하는데 마당 쪽에서

"동무. 동무."

부르는 소리가 들렸다.

누구를 부르는지 알아보려고도 하지 않고 김해원은 빈 '벤또'를 쥐어 주면서

"인제 가 봐. 어서."

하곤 마당 쪽으로 털썩털썩 걸어갔다.

90
서울④

八月달에 접어들면선 폭격이 그치지 않았다. 모든 단체와 기관이 큰 건물에서 사사로운 가정으로 옮아 가야 했다. 비행기는 큰 건물을 대상으로 폭격을 하고 있기 때문이었다.

장현도네 군수품 공장도 제대로 일을 해낼 수가 없었다. 더구나 이 공장에는 방공호로 쓰일 만한 시설이 전혀 없었다.

윤상매는 비행기가 뜨는 눈치면 장현도 집으로 달려갔다. 장현도 집이 공장에서 얼마 안 되는 거리였고 또 지하실이 무척 굳건했기 때문이다.

"난리가 날 줄 알구 이렇게 꾸몄지. 어디 이런 지하실이 또 있을라구……."

장현도는 이 지하실을 두고 늘 이렇게 자랑하고 싶어 했다.

지하실 안에 전기등도 달아 놓았고 수통까지 들어와 있었다. 유사시에는 그 속에서 식사를 지어 먹도록 해 두었던 것이다.

폭격이 점점 심해가면서 장현도 내외는 물론이요 아이들도 거진 여기에

거처했다. 이부자리는 있는 대로 다 끌어다 넣어서 지하실 안이 이부자리로 꽉 차 있었다. 폭격이 시작되면 온통 이부자리를 뒤집어쓰는 것이었다. 바루 그날 윤상매는 자기 몸둥이를 찢어 가는 듯한 폭탄 소리에 정신을 잃고 허겁지겁 이 지하실에 들어갔던 것이다. 장현도가 혼자 앉아 있는 것도 알지 못하고 한 노릇이었다.

"사장님 왜 혼자 계셔요? 사모님이랑 다 어디 가셨어요?"

윤상매가 상찰한 뒤에 눈을 크게 뜨면서 한 말이었다.

"반장 집에 다녀온다구 나가더니 안 들어오는군. 폭격이 대단한 모양이지? 이리 가까이 와요."

장현도가 손짓을 해 불렀다. 장현도는 모시 중이적삼을 입고 있어서 여니 때보다 무척 점잖아 보였다.

"꼭 우리 아부지처럼 점잖으셔요. 사장님이. 우리 아부지도 모시 중이적삼을 잘 입으셨거든요."

"허헛헛. 아버지처럼 점잖다? 아버지가 뭘 하시는데?"

장현도는 먼저 웃고 나서 이렇게 물었다.

"아부지 지금 안 계셔요. 돌아가셨어요. 어머니만 계셔요. 어머니만 다대포에 계셔요. 지금 저 때문에 걱정하실 꺼예요. 밥도 안 잡숫고 잠도 안주무시고ㅡ."

윤상매는 손짓해 부르는 장현도 앞에가 앉으며 이와 같은 말을 하는 것이었다. 그의 눈은 먼 데를 응시하고 있었다. 다대포 쪽을 응시하는 것인지 모른다.

"어머니가 상매 걱정을 하구 계실 거란 말이지? 이렇게 잘 있는데 무슨 걱정이람."

장현도는 어느새 윤상매를 무릎 위에 올려 앉혔다. 그리고 으스러지게 껴안아 주었다. 윤상매는 장현도가 하는 대로 가만있었다. 아버지처럼 점잖은 '사장님'이 안아 주는 일이 싫지 않았다.

그가 이렇게 안겨 보는 일이 오래간만인 것이다.

김해원이가 떠나간 뒤엔 줄곧 그 집 안에서 의용군으로 나간 사람들 아낙들과 한데서 잤다. 날이 밝으면 밥을 지어 주인에게 드리고 공장으로 나갔다.

김해원이가 떠나지 않았더라도 이렇게 안아 주지 않을는지 모른다. 노력 동원 복구 공사 때문에 그가 집에 있을 사이는 없었거니와 혹시 둘이 마주 앉을 틈이 있더라도 김해원은 '왜 나를 끌고 떠나서 이 고생을 시키느냐?'는 말로 들볶을 뿐이지 안아 주거나 애무해 주는 일이 없었다.

"사장님 아무도 오지 말고 이렇게 오래 있었음 좋겠어요. 저는 이렇게……."

굉장히 큰 폭탄이 떨어지나 보았다. 윤상매는 말을 하다 말고 장현도한테 착 달려들었다.

91
서울⑤

"오긴 누가 와? 저렇게 야단법석인데 무슨 재주로 온단 말이야? 지금 길에는 쥐두 새두 얼씬 못 할 거야."

장현도는 착 달아붙은 여자를 요 위에 내려눕히면서 말했다. '쥐두 새두 얼씬 못할' 때라서 그런지 서서히 서둘렀다. 여자는 그가 하는 대로 가만있었다. 푹신푹신한 요가 등어리에 부드럽게 와 닿는 감촉을 느끼고 있을 뿐이었다. 오래간만에 맛보는 부드러움이었다. 그동안 그는 딱딱한 장판방에서 홑이불 한 벌 없이 지난 형편이었으니까.

"사장님 이력 하고 오래 누워 있었으면 좋겠어요."

윤상매는 자기를 내려다보고 있는 장현도를 말끄러미 쳐다보며 말했다. '사장님'이 어느 때까지 내려다보고만 있을 줄 알고 한 말인 것이다. 정말이지 윤상매는 등어리의 부드러운 감촉이 좋았을 뿐이고 아버지처럼 모시 중이적삼을 입은 '사장님'의 뜨거운 시선이 좋았을 뿐이었다.

그러나 '사장님'은 어느 때까지 그러고 있지 않았다. 그는 좀 있다가 후닥

그 와 그 들 의 戀 人

337

닥 달려들었다. 다시 밖에서 폭격 소리가 요란했던 탓인지 혹은 폭격 소리에 놀라서 그랬던지는 모르나 아무튼 장현도는 후닥닥 달려들어 한마디의 말도 없이 여자의 몸둥이 위에서 맹렬한 자세를 취하는 것이었다.

장현도의 얼굴은 무척 붉었으며 그 붉은 얼굴에서 땀이 마구 흘러내렸다. 그것이 누워 있는 여자의 얼굴에 흘러내리고 입으로 흘러들기도 했다. 하이칼라 치머리가 온통 앞으로 쏟아져 내려와 일굴을 반이나 가려 주었다. 숨은 또 굉장히 찬 모양 같았다.

윤상매는 그러한 장현도를 흔들리는 시선으로 쳐다보다가

"사장님이 무슨 짐승 같아요."

했다.

"짐승. 짐승. 짐승. 무슨 짐승."

장현도는 말도 제대로 못 하는 형편에 이르렀다. 밖에서 폭격이 그냥 계속되는 한, 맹렬한 시간을 그대로 지속할 모양 같았다.

"김해원이 같으면 벌써 탁 차 버렸을 텐데."

윤상매는 김해원이와 이러할 경우에 한 번도 곰곰치 못했던 일을 생각해 냈던 것이다.

"김해원이 같으면…… 어떡한다구…… 탁 차 버렸을 게라구……."

숨을 바루 쉬지 못하기 때문에 말이 바루 나오지 않았다.

맹렬한 시간이 끝났다. 공습경보 해제의 '뚜우' 소리는 마치 그들의 거사가 끝났다고 알리는 것도 같았다.

"인제 일어나."

장현도가 옷을 주서 입으면서 한 말이다. 그러나 윤상매는 장현도가 옷을 다 입기까지 그 자리에 누워 있었다.

"저는 누어 있는 게 좋아요. 폭씬폭씬한 요가 좋아요."

"공습경보 해제가 됐는데 누가 오면 어쩔라구 그래? 일어나서 빨리 나가란 말이야."

"사장님 절더러 나가라고요? 가고 싶지 않아요. 공장에도 가기 싫어요.

이렇게 가만 누어 있고만 싶어요."

"글쎄 왜 이렇게 철없이 구는 거야? 옷이랑 얼른 입지 못해?"

장현도는 누워 있는 윤상매를 뎅강 끌어 일으켰다. 그리곤 발치에 있는 즈로우쓰를 발가락 사이에 끼어다 앞에 놓아 주었다.

"어무이. 어무이."

윤상매는 즈로우쓰 입을 생각도 하지 않고 이렇게 '어무이'를 부르며 통곡을 터뜨렸다. 벌렁 요 위에 도루 자빠졌다. 그는 한없이 '어무이'를 부르면서 '푹신푹신'한 요 위에 구을르는 것이었다. '어무이'를 부르는 입속으로 짜거운 눈물이 흘러들었다. 다른 말은 다 서울말을 하면서도 '어무이'만은 그대로 불렀다. 장현도는 하는 수 없었던지 입맛을 쩝쩝 다시며 밖으로 나갔다.

92[*]

93
서울 ⑦

반장이 돌아간 뒤에 저녁을 먹고 나니 가까운 거리가 아니면 잘 알아볼 수 없으리만큼 어두워졌었다.

반장 말대로 누구에게도 눈치채지 않게 한 집 안에 있는 사람들까지도 모르게 서들기 시작했다.

과히 떠들지만 않으면 아무도 알 수가 없이 되어 있었다. 그들도 온통 이부자리를 뒤집어쓰고 엎드려 있었으니까.

처음엔 사장 마누라만 남고 아이들까지 자잘구레한 보퉁이를 날르다가 아주 어두워지니까 아이들은 무섭다고 날르지 않았다. 장현도와 윤상매가

---

* 92회차는 유실되어 찾을 수 없었다.

둘이서 날라 올렸다. 이부자리만 둘이서 네 번을 날랐다.

"방공호 속에선 더구나 이부자리가 많아야 해. 그 축축한 데 이부자리까지 엷어서야 지날 수 있나."

장현도는 이렇게 주장하면서 '평생 방공호에서 살 마련인가 부다.'는 마누라의 말을 들은 척도 안 해 가며 끝내 집안의 이부자리를 다 날랐던 것이다.

마지막인 이부자리를 날라다 내려놓고선 장현도는 이부자리를 내려놓고 돌아서려는 윤상매를 족쳐 안았다. 그리고 방공호 속으로 끌고 들어가는 것이었다.

아무 말 없이 가마니를 까는 눈치요 그 위에 요를 펴는 눈치였다. 장현도는 이렇게 서드는 경우에는 항상 말이 없었다. 방공호 속은 캄캄하기만 해서 무어가 무엇인지 분별할 수 없었다.

"이런 데서 또 어쩔라꼬?"

윤상매는 장현도에게 반은 사로잡혀 있으면서 이렇게 말했다. 장현도는 가마니를 깔고 요를 펴면서도 윤상매를 놓아 두지 않았다. 그는 한쪽 손을 움직여 가마니와 요를 깔았던 것이다.

"자꾸 이럭함 뭐 해요?"

장현도가 요 위에 뎅강 안아 눕히는 때 윤상매는 또 이렇게 말했다.

"뭐 하긴 뭐 해? 너두 좋구 나두 좋지."

장현도가 비로소 입을 열 단계에 이르렀다.

"난 하나도 안 좋아요."

"안 좋긴 웨 안 좋아? 이래두 안 좋다구 그래?"

장현도가 여자의 허리를 한층 조였다. 장거리 포가 슈— 날라와서 콰앙 떨어진다. 방공호 천정에서 와시시 모래가 떨어진다.

"포탄이 막 떨어지는데 왜 이런대요. 이거 나요."

윤상매가 버둥거리는 것이나 당해낼 도리가 없는 것이다.

"포탄이 떨어지니까 이러는 거 아냐? 포탄에 맞아 죽으면 그만인데……

죽으면 그만이야…… 이렇게 하다 죽으면 아픈 줄두 모르고 좀 조와? 무섭지두 않고 좀 조와?"

윤상매는 다시 입을 뗄 수가 없었다. 장현도의 힘이 너무 강렬했기 때문이었다.

그들이 방공호에서 나오려는 때 언덕 아래 인기척이 들렸다. 반장 집에서 인제사 오는 모양이었다. 반장 집에서 안 오기보다 나았다. 장현도는 마누라한테 가서 반장 집에서도 올라갔더라는 말을 몇 번씩 했다.

"반장네도 지금사 올라갔더군."

하고―. 다른 번보다 시간이 걸렸음을 변명함이겠지.

방공호 속에서도 장현도는 윤상매를 가만 두지 않았다. 곁의 사람들이 제각기 자기의 생명을 부둥켜안고 떠는 틈을 장현도는 용케도 타는 것이었다.

그러나 방공호 속의 생활은 닷새밖에 안 되었으니까 九월 二십八일이 되자 국군과 유엔군이 서울에 들어왔으니까.

윤상매는 '만세'를 부르며 방공호 속에서 내달리는 아이들과 같이 자기도 '만세'를 부르며 언덕 아래로 내려달렸다. 그는 무엇인지 모를 찬란한 변화가 자기를 기다리고 있을 것 같은 생각을 하면서 달리는 것이었다.

94
서울⑧

한달음에 달려 큰길에 나오니 눈앞에 전개되는 놀랍고 희한한 광경―어디서 벌써 그렇게도 터져 나왔던지 길 양편엔 미어지게들 서서 '만세'와 환호성을 목이 터져라고 외치고 있는 것이 아닌가? 머리가 수부룩 수염이 텁숙 얼굴이 핼쑥한 젊은이들, 팔팔한 아이들, 기운을 막 내는 노인들. 군대는 유유히 그러나 장엄하게 대렬을 지어 미여지는 사람들 속을 뚫고 있는 것이었다.

윤상매는 빽빽해서 도모지 틈을 낼 수 없는 틈을 타서 맨 앞에 나갔다. 되는대로 마구 헤치고 나갔건만 아무도 무어라고 하지 않았다. 그들은 그런 것은 알지도 못하고 있는 것이다. '만세'와 환호성을 지르느라고 아무것도 모르고 있는 것이다.

윤상매도 '만세'를 부르며 환호성을 질렀다. 그뿐이 아니고 그는 '만세' 부르던 손을 마구 흔들어 '헬로오' '헬로오'를 외치기도 했다. 땀에 엉망진창이 된 외군이 입이 얼굴 밖으로 나가게 웃으며 '헬로오'를 연발해 주었다.

'헬로오'를 연발하며 손짓하다가 발을 잘못 밟아서 하마트면 그 외군은 넘어질 뻔했다. 그러나 넘어질 번하고 나면 외군은 더 삘쭉이 웃으며 더 멋지게 손을 흔들어 주었다.

윤상매는 그렇게 해 주는 외군을 쫓아가면서까지 손을 흔들어 주었다.

그러다가 그는 자기에게 호응해 주는 또 다른 군인이 있음을 알게 되었다. 멀어져 가는 외군이나 마찬가지로 삘쭉 입이 얼굴 밖으로 나가게 웃으며 '헬로오'를 연발해 주었다. 그러나 그는 먼저처럼 쫓아가지는 않았다. 멀어져 가는 외군을 굳이 쫓아갈 필요가 없음을 알았다. 그 자리에 그냥 서서 '헬로오'를 외치며 손을 흔들면 된다는 것을 알았다. 군대의 행렬이 계속되고 있었으므로—.

윤상매는 선 자리에 선 채로 '헬로오'를 부르며 손을 흔들었다.

인제는 시선조차 옮기지 않고 그대로 두었다. 지나가는 쪽에서 자기의 시선 속에 잠깐 와 멈췄다 가는 셈이 되었다. 다시 말하면 윤상매는 지나간 군인은 시선으로나마도 쫓지 않고 다음 번을 맞았던 것이다. 그러니까 그는 한 사람의 군인을 일 초 동안 그의 시선 속에 멈춰 두지 않았던 것이다. 자꾸 흘려보내는 것이었다.

그렇게 자꾸 흘려보내기만 하던 시선 속에 얼마 가지 아니해서 색다른 한 대상이 우뚝 멈춰 들었다. 윤상매는 무엇에 찔리던 때와도 같이 오똘 놀랐다. 시선 속에 멈춰 든 대상은 말 등에 두덩실 높이 앉아 있었다. 말을 탄 까닭일가? 땀에 엉망진창이 되어 있지도 않았다.

머리가 검고 눈이 검은 한국 군인이었다.

"여보세요. 여보세요. 여보세요. 여보세요."

윤상매는 얼마나 큰 소리를 쳤으며 얼마나 손을 흔들었던지 모른다. 두 덩실 말 등에 높이 앉은 그 늠름한 자세, 하얀 잇발을 드러내며 히쭉 웃었다. 머리만 꾸뻑해서 응대해 주었다.

'헬로'도 '여보세요'도 외치지 않았다. 손을 흔들지도 않았다. 유유히 그러나 엄숙하게 행진하고 있는 것이었다.

윤상매는 말 위에 두덩실 높이 탄 그를 쫓기 시작했다. 시선으로만 쫓지 않고 발걸음을 옮겨 가며 쫓았다.

석양(夕陽)이 말 탄 이의 어깨짝에서 마구 출렁거렸다. 윤상매 가슴속에서도 말 탄 이의 어깨짝에서 마구 출렁거리는 햇빛과 같은 것이 마구 출렁거리고 있었다.

95
서울⑨

"누나 어딜 자꾸 가는 거야?"

얼마를 쫓아갔던지 모른다. 말 탄 이가 가끔 손을 들어 흔들어 주는 바람에 윤상매는 더 정신없이 쫓았던지 모른다. 장현도의 아들아이가 붙잡는 바람에 발을 멈추긴 했으나 윤상매의 마음은 그대로 말 탄 이를 쫓아가고 있었다.

"나 아까부터 누나를 따라왔는데 누나는 그것두 모르구 자꾸 가는 거 아냐?"

남의 속도 모르고 장현도 아들아이는 윤상매를 쳐다보며 불평이 만만했다.

"그래? 난 희재가 따라온 건 몰랐어."

국민학교 삼학년짜리 이 소년은 식구 중에서 제일 윤상매한테 극진히 구는 편이었다.

"누나는 기마병이 그렇게 조와? 나두 이 댐에 커서 기마병이 될 테야."

"그래? 그래? 기마병이야? 말 탄 군인을 기마병이라고 그러나?"

윤상매가 소년에게 지껄이면서 말 탄 이가 간 쪽을 찾았을 때는 벌써 그가 보이지 않았다. 자꾸 계속되는 행렬 속에 묻혀 버렸던 것이다.

윤상매는 어깨를 으쓱 올리고 눈을 치껴뜨며 한숨을 '후ㅡ' 쉬었다. 어깨를 으쓱 올리고 눈을 치껴뜨는 버릇은 조금 전에 외군이 하던 짓을 배운 것이다. 외군 하나가 윤상매 앞에서 이런 짓을 하고 지나갔다.

"누나 인제 집에 가 봐. 아부지랑 엄마랑 집에 내려왔을지 몰라. 참 희숙이 누나가 어디 갔을가? 나하구 같이 왔잖어?"

희재는 그제사 자기 누이를 찾았다.

"집에 벌써 갔을지 몰라. 오학년이나 되는 게 잃어졌을가. 집에나 가 보자 희재야."

윤상매는 희재의 손을 잡으며 말했다. '만세'도 부르고 싶지 않고 손을 흔들고 싶지도 않았다. 온통 흥미가 없었다.

"누나 그 기마병이 멋있지?"

"아까 말 탄 군인 말이야? 그렇지 아주 멋이야. 멋쟁이야."

기운 없이 터벅터벅 걷던 윤상매는 장현도의 아들아이의 말에서 생기를 얻었다.

"우리 아부지두 말을 타면 아주 멋있어. 엄마두 말을 타 봤어. 그렇지만 아부지처럼 멋이 없어."

"뭘. 너이 아부지가 멋이 있어? 너이 아부진 멋이 없어."

윤상매는 장현도의 아들아이 손을 홀째려 버렸다. 왈칵 메시꼬아지는 것을 깨달았던 까닭이다. 이러한 감정은 어디로부터 오는 것인지 자신도 알수 없었다. 무뜩무뜩 머리에 떠오르는 장현도의 기억이란 결코 즐거운 것은 아니었어도 이렇게 왈칵 메시꼬아져 보기는 처음이었다.

"그럼 누나는 아부지보다 엄마가 더 멋이 있다구 생각해?"

"몰라. 몰라. 그런 얘긴 하지 마라. 니 아버지 얘긴 하지 마라."

344

"왜? 누나는 아부지가 안 조와?"

장현도의 아들아이는 긴 몸을 멈추뜨리며 윤상매를 쳐다보았다.

"안 조와."

"왜 안 조와? 누난 밥두 멕여 주구 전쟁 통에 살려 주는데 왜 안 조와? 식모랑 다른 사람들은 다 가라구 하구 누나만 뒀는데 왜 안 조와?"

장현도의 아들아이는 □키 일어섰다.

"그래도 안 존 걸 어떡해?"

그만두려다가 해 버렸다. ─까짓거 인민군이 몰려가고 국군이 저렇게 마구 쳐들어오는데 아무렴 어때. 집에 안 가더라도 갈 데가 없을라고─ 하는 생각을 중얼거리며 윤상매는 유유히 그러나 장엄하게 행진하고 있는 대렬 속으로 시선을 던지는 것이었다.

96
서울 ⑩

윤상매가 장현도와 그의 마누라, 그리고 그 집에 들어 있던 사람들과 한 가지로 치안대에 잽혀간 것은 바로 그날 저녁이었다. 큰길에서 장현도의 아들아이하고 장현도 집에 돌아갔더니 장총을 멘 청년들이 서성거리고 장현도를 위시하여 온통 한데 묶여서 마당에 꿇어앉아 있는 것이었다. 윤상매가 마당 안에 들어서자

"요년 잘 왔다. 어린년이 까불어 대며 괴뢰군 군복이랑 잘 만들어 냈지?"

하고 장총 멘 청년 중의 하나가 팔을 잡아 째려다 척척 묶어 가지곤 장현도 앞에다 앉혀 놓았다.

아이들이 발을 구르며 울어서 마당 안이 떠나갈 지경이었다. 장현도의 아들아이도

"엄마 엄마."

를 불러 가며 악을 썼다. 그리고 살펴보니 장현도 딸 희숙이도 발을 구르며

울고 있었다.

"이 사람 창훈 군, 자네두 알다싶이 괴뢰군이 들어왔을 때두 잽혀 다녔는데 또 이럭할 거야 없잖아."

장현도가 꿇어앉은 채로 옆에 지키고 서 있는 청년에게 한 말이다.

"괴뢰군한테 언제 잽혀 다녔어? 이년이 서방이랑 수탄 공산당을 끌어듸려 가지고 군수품 공장을 한다 잘해 쳐먹었지 뭐야?"

창훈이라는 청년은 별말이 없고 광 속이니 다락이니 뒤지다 나온 왁살스레 생긴 청년이 장현도의 옆구리를 한바탕 탁탁 차 가면서 올려 떼었다.

"아이구 아규 죽겠네. 군수품 공장을 했대야 이익 본 건 한 푼두 없읍니다. 선생님들두 찾아보셨으니 아시겠지만 쌀이 있읍니까? 돈이 어디 들어 있읍니까? 목숨이나 살자고 좌익이라는 사람들을 되려다 놓구 멕여 바쳤지요. 제가 이익 본 건 없읍니다."

장현도는 걷어채우면서도 변명하기에 바빴다.

"잔소리 말구 가만 못 있어?"

또 걷어찼다.

"아부지. 아버지."

희숙이 희재가 악을 썼다. 아이들은 아버지가 걷어채울 때면 더 큰 소리를 질렀다. ─마치 저희들이 걷어채우기나 하는 것처럼─.

아이들만 남겨 놓고 치안대에 끌려갔다. 윤상매가 제일 앞서고 그다음이 장현도 장현도 마누라의 순서로 되어 있었다. 자갈을 깐 길이 고르지 않아 장현도와 부딪치는 때가 있었다. 불쾌할 것도 없고 그렇다고 유쾌할 것도 없었다. 아까 큰길에서 메스꼬아지던 감정 같은 것은 완전히 사라진 듯싶었다. 장현도가 혹시 다행한 경우더라면 그 메스꼬운 감정이 그냥 지속되었을지 모르지.

치안대는 동회 사무실 안에 있었다. 넓은 마루방에 윤상매들처럼 끌려온 남녀노소가 그득 차 있었다.

어린애를 업은 여인네도 있어서 장현도네 마당 안에서와 같이 아우성을

346

쳤다.

여기서도 윤상매는 장현도 앞에 앉았다. 장현도 뒤에 앉은 그의 마누라는 도모지 말이 없었다. 공포에 떨고 있는 눈치였다.

"괴뢰군이 들어왔을 때두 저눔이 사람을 끌어다 놓구 못살게 굴더니……."

장현도가 이런 말을 거진 안 들리게 중얼거리는데 뒤에 앉은 마누라가 꾹 찔러 놓는 눈치였다.

끌려온 사람들은 그 마루방뿐이 아니고 지하실에도 있고 마당에도 있었다.

그날밤을 그대로 앉아 새웠다. 그 이튿날 낮과 밤도 그대로 앉아 있었다.

첫날 밤만은 장현도가 윤상매 넓적다리께에 발을 들이밀고 발가락을 옴질옴질하더니 이튿날 밤은 그 짓을 하지 못했다.

윤상매가 그렇게 장난치는 발가락을 바싹 뒤로 재끼면서 들어냈기 때문이었다. 윤상매는 장현도가 발가락을 옴질옴질 할 때만은 '아예 이걸 죽여 주기라도 해 주었으면.' 하는 생각을 했었다.

그러나 그 생각은 그때뿐이고 그의 눈이 차츰 패인 것처럼 들어가고 어깨를 축 늘어뜨리고 아무런 의욕도 있어 보이지 않게 앉았는 것을 보면 안 됐다는 생각이 더 많이 들곤 했다.

치안대에서 장현도들과 각각 헤어져 윤상매만 군경 합동수사본부에 넘어간 것이 닷새 뒤의 일이었다. 유리 미닫이를 밀고 실내에 들어선 윤상매의 시선이 테이블 앞에 앉은 군인에게 멈췄을 때 윤상매는 눈을 크게 뜨고야 말았다.

97

서울 ⑪

테이블 앞에 앉은 군인은 九월 二十팔일 석양에 말 위에 두덩실 높이 타고 행진하던 기마병임에 틀림없어 보였던 것이다.

윤상매는 희죽 웃고야 말았다. 테이불의 군인은 히쭉 웃는 윤상매를 찬찬히 쳐다보다가

"김 하사는 그래 두구 나가."

라고 윤상매를 데리고 들어간 부하에게 엄숙히 명령하는 것이었다.

김 하사가 거수경례를 마치고 나갔다.

"적 치하에서 뭘 하다 잽혀 왔어?"

무엇이 터지는 듯한 소리가 나길래 소리 나는 쪽을 살폈더니 테이불의 군인 말고 또 한 사람이 지릅뜨고 윤상매를 노려보고 있는 것이었다. 윤상매는 그때까지 테이불의 군인뿐인 줄만 알았던 것이다. 웃음이 쑥 들어갔다.

"뭐 안 했습니다. 군수품 공장에 있었읍니다."

"군수품 공장에서 감독을 했군그래?"

윤상매의 댓구하는 말을 테이불의 군인이 앞에 놓인 서류를 보아 가며 마주 받았다.

"네. 감독을 했어요."

테이불의 군인은 조금도 무섭지 않았다.

"군수품 공장 감독을 한 게 아무것두 안 한 거야? 그래 그게 아무것도 안 한 거야?"

지릅뜬 사나이가 테이불과 윤상매 가까운 데로 다가오면서 울러메었다. 윤상매가 눈을 꺼무적거리며 한 발 뒤로 물러섰다. 지릅뜬 사나이는 테이불의 군인 앞에 놓인 서류를 들여다보고 윤상매를 보고 하다가

"뭐? 본래부터 당원이었어?"

하며 소리를 더 크게 질렀다. 윤상매는 오뜰 놀라며 주춤했다. '당원'이라는 말을 알아듣지 못해서 댓구는 못 하고 묵묵히 서 있었다.

"언제부터 공산당에 가입했어?"

테이불의 군인이 물었다.

"공산당에 가입 안 했읍니다."

"왜 깜찍스레 가짓말하는 거야? 서방이 의용군으로까지 갔구나?"

지릅뜬 사나이가 칠 것 같아서 윤상매는 더 뒤로 물러섰다.

"이리 와 앉아서 얘기해 봐."

테이불의 군인의 말이라 윤상매는 저적저적 그 앞으로 갔다. 부릅뜬 사나이가 치는 한이 있더라도 좋다는 생각이 들었다.

"여기 앉아."

걸상을 다가 놓으며 테이불의 군인이 말했다. 윤상매는 마음을 턱 놓고 앉았다. 그리고 테이불의 군인을 유심히 들여다보았다.

머리가 검었다. 눈도 검었다. 그것만 해도 틀림없이 九월 二십팔일 석양에 말을 두덩실 높이 타고 행진하던 기마병인 것이다. 그날 거리(距離)가 좀 떨어졌기 때문에 코가 높던가 어떻던가는 잘 보지 못했지만 코가 낮은 편이 아니던 것 같았는데 테이불의 군인의 코도 높으면 높았지 낮지는 않았다.

윤상매는 또 웃었다. 이번엔 히쭉 웃지 않고 빙그레 웃었다.

"신랑이 의용군으로 나간 지 오래되나?"

"팔월달에 나갔읍니다. 정말 신랑 아닙니다."

윤상매는 테이불의 군인의 좀 크다 싶은 입을 들여다보며 대답했다.

부릅뜬 사나이가 먼저 터지는 소리로 웃었다. 테이불의 군인도 웃었다.

"정말 서방이 아니구 그럼 뭐야? 이마에 복숭아 털두 안 벗은 년이 정말 서방이 있구 가짜 서방이 있구 한가?"

지릅뜬 사나이가 웃다 말고 다시 욕설을 퍼부었다. 그리고 나서 그는 테이불의 군인 앞에 놓인 서류를 뒤적이더니

"김해원이란 자가 정말 서방이 아니란 말이지?"

하고 물었다.

98

서울 ⑫

"거짓말을 하면 죄를 더 짓는 게 되니까 묻는 대로 솔직히 대답하란 말이

야. 그러니까 부역 행동을 하게 된 건 김해원이란 정말 남편도 아닌 자의 꼬임에 빠져서 했단 말이지?"

테이블의 군인이 빨합에서 종이를 꺼내 들며 물었다. 지릅뜬 사나이는 무슨 생각인지 소리 없이 제자리로 돌아갔다.

"본적이 어디지?"

테이블의 군인이 펜에 잉크를 찍으면서 물었다. 윤상매는 의자를 좀 더 테이블 가까이 다가 놓으며

"다대포동입니다."

라고 댓구했다.

"저— 부산 다대포 말이요? 그래서 악센트가 어쩐지……."

"네. 저 아직도 서울 사람 안 같아요?"

묻는 말엔 댓구 없이 테이블의 군인이 펜을 움직였다. 좀 크다 싶은 꾹 다문 그의 입과 같은 인상을 주는 글씨였다.

"현 주소는?"

"현 주소? 장현도 집에 있었는데 거기가 어딘지 모릅니다."

"명륜동 四가 백구번지 아냐?"

"그래요? 서울 온 지 얼마 안 되서…… 바루 전쟁이 터질 때 왔거든요."

"전쟁이 터질 때 왜 서울 오는 거야? 서울서 피난을 가는 땐데……."

"전쟁이 터진 줄 모르고 왔습니다. 기차가 대구역에 다 왔을 때사 전쟁이 터진 걸 알았거든요. 장현도가 대구역에서 올라 가지고 인민군이 쳐들어온다고 그러잖아요."

"장현도가 누군데?"

"제가 있던 집 주인이라요."

"그 사람을 본래부터 알구 있었오?"

"모릅니다. 우리가 기차에 앉아 있는데 그 사람이 대구역에서 오르데요."

"우리라니 누구누구?"

"김해원이하고 저하고—."

"당신 남편 말이지?"

"남편 남편 하지 마세요. 정말 남편은 아니라는데……."

"그렇게 비겁하게 굴면 더 혼나. 역적이더라도 남편은 남편이지. 김해원이란 자가 몹쓸 공산당이라구 해서 지금 와 가지고 남편이 아니라구 하면 소행머리가 괴씸하잖어? 그자가 공산당 천지에서 영웅 노릇할 땐 정말 남편이라구 떠들었겠지?"

"떠들긴 뭘 떠들어요? 떠들 새나 있어요? 서울 오던 날부터 그놈의 날리 때민에 고생만 죽게 했는데요. 김해원이도 의용군으로 갈려고 해서 간 게 아니라요. 배가 고파서 갔어요."

"앙큼을 떨지 말어. 정 중위 그거 단단히 족쳐야겠어."

저쪽에 가서 제 일을 하는 줄만 알았던 지릅뜬 사나이가 챙견을 하려 들었다. 정 중위라고 불리운 테이불의 군인이 그 소리엔 귀를 기울이지 않고 펜을 다시 움직이며

"장난은 고만하구 묻는 말에 거짓 없이 대답하란 말이요."

하는데 정 중위 입가에 알지 못할 웃음이 떠돌고 있음을 윤상매는 보았다. 어떻게 보면 미소 같은데 또 어떻게 보면 고소 같기도 했다.

"저 거짓말을 안 해요. 김해원을 이옥채한테 맽겨 두고 싶잖어서…… 내가 김해원을 맡아 가지고 있어야 될 것 같어서 서울 데리고 왔는데 김해원이 의용군으로 나가 뿌리고 나니 그만이지 뭐예요? 후딱 가 뿌렸으니 나하곤 인제 상관 없잖어요? 이젠 김해원이가 이옥채 남편이지 윤상매 남편은 아니예요."

99
서울 ⑬

"인제라두 따라가면 되잖어?"

"그러긴 싫어요."

"벌써 정렬이 식은 모양이군그래? 그렇게 꼬여 데리고 도망칠 땐 언제구. 과연 여자의 마음이란 갈대와 같은 거군…… 아하ㅡ."

지릅뜬 사나이가 또 챙견을 했다. 여전히 정 중위는 그쪽 소리는 아랑곳하지 않고

"싫은 이유는?"

했다.

"남자하고 한데서 사는 거 싫어요."

"그러니까 결국 열정이 식은 거란 말이지?"

"열정이 식은 게 아녜요? 저는 본래부터 남자하고 결혼해 가지고 한 집안에서 사는 거 같은 거 조와 안 해요. 시시하게 생각해요."

"김해원을 데리고 떠날 땐 한 집에서 살 생각이 있어서 떠난 거 아닌가요."

"같이 산다는 생각도 없이 그냥 떠났어요. 이옥채한테 맽겨 두기가 싫어서…… 내가 맡아 가지고 있어야 할 것 같아서 그랬다니까요?"

"그와 연애하는 사이였던가?"

"연애도 안 했어요. 연애도 하기 전에 김해원이하고…… 그만……."

"육체적인 관곌 맺게 됐던가?"

"네. 그래요. 남자들은 왜 여자보고 그따위 짓만 하려고 해요?"

윤상매는 순순히 자기 이야기를 털어놓다가 정 중위를 똑바루 마주 보면서 이렇게 반문하는 것이었다.

정 중위도 웃고 지릅뜬 사나이도 큰 소리를 쳐 웃었다. 지릅뜬 사나이가 웃음을 끝치고 무슨 말을 하려는지

"여자가……."

하고 서두를 떼는데 아직 웃음을 머금은 채인 정 중위가

"그건 그렇고 장현도라는 자와의 관계를 말해 보란 말이오. 그자의 집에 와 있게 된 동기는?"

"글쎄 우리가 기차에 앉아 있는데 장현도가 대구역에서 타잖아요?"

윤상매는 이렇게 말 서두를 떼 놓고는 기차에서 장현도가 김해원에게 명함을 주고 나서 피차에 주고받던 이야기와, 서울에 가서 여관에 들 필요 없이 자기 집에 가 있으면서 전쟁이 그대로 벌어질 눈치면 대구나 부산에 피난 내려가서 부산 대구를 무대로 하여 사업을 할 터이니 김해원도 같이 피난을 내려가자고 했다는 이야기와, 그 말대로 장현도는 서울역에서 김해원과 자기를 집에 데리고 가더라는 이야기와, 피난을 가려다가 한강철교가 끊겨서 못 갔다는 이야기와, 김해원을 공산당을 만든 것은 장현도였다는 이야기를 한 줄에 쑤욱 이어 말하고 나서

"장현도도 대한민국 군인이 이렇게 들어와서 인민군을 몰아낼 줄 알았더면 그러지 않았을 거예요. 생명의 위협을 받게 되니까 김해원을 좌익 계통의 인물을 만들어 가지고 본래부터 김해원과 친한 척한 거예요. 그래야만 공산당 나라에서 용납해 줄 터이니깐요."

하고 덧붙여 놓았다.

"장현도란 자는 본래 뭘 하던 사람인데?"

"기차에서 김해원이한테 준 명함을 보니까 여러 가지 사업을 했더군요. 커다란 무엇무엇 하는 여러 회사에 말캉 사장이더군요."

"그러니까 장현도 때문에 당신도 군수품 공장 직공 감독이 된 셈이군? 그자가 인민공화국에 충성을 바치는 바람에 희생되었군그래?"

변명을 해 주려는 셈인지 정 중위 측에서 이와 같이 나오는데 윤상매는

"장현도가 인민공화국에 충성을 바치느라고 군수품 공장을 한 줄 아세요? 생명의 위협을 안 당하려고 할라니까요. 한강철교만 끊기지 않았더면 장현도도 피난 내려가서 잘 살았을 텐데 철교가 끊겨서 못 가고 되돌아 들어왔다잖아요. 그러니까 군수품 공장을 한 건 장현도 잘못이 아니예요. 철교를 끊어 놓고 자기네만 피해 간 정부가 잘못이지 뭐예요?"

하고 대어 들었다.

100

서울 ⑭

'정부의 잘못이라'는 말에 정 중위는 저력을 넣은 소리로

"정부를 비난하는 셈이요?"

했다.

"비난이라기보다 서울에 남은 사람들을 그 채로 들어 던지고 갔다 와서 야단을 치니 억울하다는 말이지요. 서울에 남은 사람들이 괴뢰군이 들어온 뒤에 얼마나 고생했는지 아세요? 장현도만 하더라도 밤중에 끌려갔었어요. 끌려가서 죽는 줄 알았더니 이튿날 이어 나오긴 했더군요. 그때 아마 김해원을 좌익 계통의 사람이라고 거짓말했던가 봐요. 그런 거짓말을 안했음 장현도도 다른 사람들과 같이 납치를 당했던지 총살을 당했을지 몰라요."

"왜 이렇게 장현도의 변명을 열심히 하는 거요?"

이 말에는 윤상매도 얼른 댓구를 못 했다. 자기 자신도 장현도의 변명을 하고 있는 줄 모르면서 했던 것이다. 그리고 동회 사무실에서 넙적다리 밑에 발을 집어넣고 발가락을 옴질옴질하던 때만 하더라도 밉쌀스럽던 장현도를 무엇 때문에 그처럼 변명했던지 자기도 모를 일이었다.

"장현도를 변명하는 거 아니예요. 본 대로 말하는 거예요. 장현도 같은 남자를 누가 변명해요. 저는 남자를 변명하고 싶은 생각이 없어요."

윤상매의 말이 끝나자 지릅뜬 사나이가

"그 남자두 여자 보구 그따위 짓만 하자구 한 모양이지? 으하하핫."

웃으며 나섰다. 정 중위는 한층 엄격한 자세를 지으며(물론 웃지도 않았다.)

"당신 집에는 누구 누구 있오? 본적지에 말이오?"

하고 물었다. 윤상매는 그 검고 서늘한 눈을 들어 정 중위를 말끄러미 쳐다보다가 그리고 한숨을 후우 쉬고 나서

"어머니가 계셔요. 오빠하고. 어머니는 지금 울고 계실 거예요. 오빠는 때려 죽인다고 벼르고—"

했다.

"김해원이 처는 어디 있구?"

"부산에 있겠지요. 친정에 가 있을지 몰라요. 가엾은 생각이 들어요."

"만약에 여기서 무사히 나간다면 어디로 갈 작정인가?"

윤상매는 대답을 못 하고 꺼무적꺼무적 생각에 잠기는 얼굴을 짓고 있었다.

"다대포에 돌아가야겠지? 울구 계실 어머니한테로 돌아가야 할 거 아냐? 어머니가 당신이 서울로 도망친 걸 알구 계신가?"

"네."

윤상매 눈에는 눈물이 글썽 고였었다.

"그렇지만 정 중위님 저는 집에 못 가겠어요. 어머니가 남부끄럽다고 자살을 할 텐데 어떻게 돌아가요. 그리고 오빠는 절 아주 죽여 버릴 깨고−. 저는 서울서 훌륭하게 돼 가지고 고향에 돌아갈랍니다. 이래 가지곤 못 가요."

글썽 고였던 것이 방울이 되어 뚝뚝 떨어졌다.

"철없는 소리 말아요. 당신이 뭘을 해서 훌륭하게 되느냐 말이오? 훌륭하게 되려다가 점점 더 망가져 가요. 당신은 남자들을 싸답지 않게 여긴다고 입으론 말하면서 남자의 유혹에 자쳐 걸려들 위험성을 가지고 있단 말이오."

방울이 되어 뚝뚝 떨어지던 것을 빗씻으며

"그걸 어떻게 아세요?"

하고 윤상매는 상대방에게 물었다. 정 중위는 상대방의 묻는 말엔 댓구 없이

"좌우간 오늘은 이만 하구 들어가 있으라구."

하고 말하고서 유리문 께로 향해 '김 하사'를 큰소리로 불렀다.

101

愛情表示 ①

제○○육군병원 뜰 안 누렇게 마른 잔디밭 위를 간호원의 부축을 받아 가며 쌍발 지팡이를 짚고 겨우겨우 걸음을 옮겨 놓는 한 사람의 상이군인이 있다. 초라한 깃광목 까운을 입었건만 일맞는 키와 몸집 그리고 해사한 용모의 소유자인 까닭에 조금도 초라하지 않아 보인다. 그는 저 치렬한 다부원(多富院) 전투에서 발목의 관통상을 입고 이 ○○육군병원으로 후송되어 왔다. 간호원은 하이얀 간호복을 단정히 내리쳐 입고 있었다.

바람이 별반 불지 않는데 나무잎들이 우수수 떨어졌다. 나무잎을 떨어뜨리는 나무 저편에는 하늘이 드높게 트여 있었다.

"오늘은 좀 어떻세요? 어저께보다 발 드디기가 낫읍니까?"

간호원은 맑고 부드러운 소리로 부축하고 있는 상이군인을 말끄러미 올려다보며 물었다.

"아직 맘 놓구 디딜 수는 없지만 날마다 나아가는 것 같애요."

상이군인은 궁그른 음성으로 간호원에게 댓구해 주었다. 그러나 그는 상대방을 보아 주지 않고 나무잎을 떨어뜨리는 나무 저편의 드높게 트인 하늘가에 시선을 보내며 말하는 것이었다. 간호원은 가느다란 한숨을 길게 내쉬었다. ─가느다란 한숨을 길게 내쉰 간호원은 허성숙인 것이다. 그리고 상대방을 보아 주지 않고 나무잎을 떨어뜨리는 나무 저편의 드높게 트인 하늘가에 시선을 보내고 있는 상이군인은 남승기인 것이다.

그저께만 같아도 허성숙은 머언 하늘가에 시선을 보내는 남승기의 표정(表情)을 남승기가 자기에게 보내는 애정 표시(愛情表示)로 해석했을지 모르는 일이나 허성숙은 어제 이 시간에 남승기의 애정 고백(哀情告白)을 들었기 때문에 가느다란 한숨을 쉬었던 것이다. 남승기는 윤상매를 사랑하노라고 어저께 이 시간에 말해 주었던 것이다.

어저께 이 시간에도 나무잎들은 우수수 떨어지고 있고 저편의 하늘이 드높게 트여 있었다. 같은 뜰 안이긴 하지만 좀 구석진 조용한 뒤곁이었다. 잔디밭처럼 매끈히 닦이어 있지 않아서 가뜩이나 부자유한 사람으로서는 여간 힘든 것이 아니었다. 그렇지만 허성숙은 굳이 구석진 데를 채택했던 것이다. 쌍발 지팡이가 군물거려서 쓰러질 듯하면 여자는 몸 전체로써 그를 부축했다.

"성숙 씨의 은혜는 멋으로 갚을지 모르겠읍니더."

몸 전체로써 부축하고 있는 상대방에게 남승기는 이런 말을 했다.

"저는 당신을 이렇게 부축해 드리는 매일의 이삼십 분 간이 가장 즐거운 시간이예요. 그런 말씀은 하지도 마셔요. 제가 부모님의 반대와 모든 장애를 무릅쓰고 간호원이 된 까닭을 알고 계시면서 왜 그런 말씀 하셔요? 윤상수 씨하곤 영원한 절교까지 선언했다는 말씀도 들으시구선…… 그 아주머니께서도 퍽이나 쓸쓸한 표정을 지으셨다고 안 그랬어요?"

허성숙은 몸 전체로써 부축하던 그 자세대로 서서 한없이 뜨겁게 상대방을 보아 가며 반박했다.

허성숙의 가장 즐거운 시간이란 이삼십 분 간의 남승기의 걸음 연습하는 시간인 것이다. 그것도 겨우 五일째밖에 되지 않았다.

"그런 걸 알고 있으니까 한층 무거운 겁니다. 이 무거운 짐을 벗어 놓기 위해서라도 하루 속히 낫아야 할 긴데…… 서울 가는 건 둘째로 치더라도 속히 퇴원해야 할 텐데."

"서울이요?"

허성숙은 오똘 놀라고 말았다. 서울이란 말에서 허성숙은 남승기가 윤상매 모친한테 와 가지고 군인이 되어 전쟁에 나가면 서울에 가서 서울에 남아 있는 사람들을 구출하고 '상수 누이동생도 찾아볼랍니다.'라고 말하던 일이 생각난 것이다.

"웨 그렇게 놀라십니까?"

여자의 놀라는 눈치를 남승기는 이어 알아챘던 모양이다.

102

愛情表示 ②

"서울엔 윤상매가 있지 않아요? 윤상맬 찾으려는 생각을 아직도 가지고 계시는군요?"

"그렇습니다. 아주머니한테 찾아볼란다고 약속했으니까요."

"단지 약속 이행을 하기 위해서만이 아니지요? 남승기 씨라는 인간은 윤상매라는 여자를 찾아야만 산 보람을 느끼게 되는 탓이 아닐까요? 허성숙이라는 여자가 남승기라는 남자 곁에 살아야만 산 보람을 느끼듯이……."

허성숙은 어느새 불쑥 자기 마음을 남자에게 고백하고 말았다.

그가 남승기 때문에 부모님의 반대와 모든 장애를 무릅쓰고 ─ 심지어 윤상수와는 영원한 절교까지 선언해 가면서 간호원이 되었건만 이와 같이 명백하게 자기 심중을 토로해 보기는 처음이었다. 다시 말하면 그는 이때까지 남승기 앞에 노골적인 애정 표시를 하지 않았던 것이다. 그의 사촌오빠로부터 남승기가 부상당해가지고 제○○육군병원에 후송되었다는 말을 듣고는 부랴부랴 간호원을 지망하여 여기까지 와서 그때부터 줄곧 벼르기만 했을 뿐 마음을 털어놓을 기회를 얻지 못했던 것이다.

"성숙 씨가 저를 그처럼 생각하고 있었던가요?"

여자의 명백한 애정 표시를 알게 된 남승기가 무뚝 쌍발 지팡이를 멈췄다.

"이때까지 모르고 계셨어요? 부모님의 반대와 모든 장애를 무릅쓰고 간호원이 된 건 오직 남승기 씨를 생각하는 일념에서였어요."

허성숙의 말소리는 떨려 나왔다.

"성숙 씨 제발 부모님의 반대와 모든 장애도 무릅쓰고 간호원이 되신 건 나라를 사랑하는 일념에서 이루어진 일이라고 생각해 주십시오."

남승기의 어성은 엄숙했다.

"나라를 사랑하는 일념에서라구요? 전 나라를 사랑하는 마음도 당신 없이는 있을 수 없어요. 당신 없이는 국가 민족이 있을 수 없어요."

우뚝 멈춰선 남자 앞에 얼굴을 바싹 치켜들고 허성숙은 다부지게 말했다. 남자는 바싹 치켜든 여자의 얼굴에서 시선을 돌려 나무잎을 떨어뜨리고 있는 나무 저편의 드높이 트여 있는 하늘가에 시선을 보냈다. 어저께도 오늘처럼 나무잎은 떨어지고 하늘이 드높게 트여 있었던 것이다.

"이리로 돌리십시요. 그쪽은 남쪽입니다. 서울 하늘은 이쪽입니다."

허성숙은 가느다란 한숨을 길게 쉬고 나서 바른팔을 올려 밀어 남자의 턱을 이쪽으로 돌려 놓으며 말했다. 남승기는 먼 데서 시선을 돌려 턱을 돌려주는 여자를 내려다보며 씩 웃었다.

"인제 다시는 쳐다 안 볼께. 제가 그렇게도 보기 싫으세요? 어저께도 제가 쳐다보니까 저한테서 얼굴을 돌리시더니…… 그렇지만 그쪽은 남쪽 하늘입니다. 윤상매가 있는 서울 하늘은 이쪽입니다."

"……."

낙엽이 우수수 떨어졌다. 바람이 불기 때문에 이리저리 마구 흩날렸다. 이번엔 남승기가 긴 한숨을 쉬었다.

"윤상매를 그처럼 사랑하셨던가요."

한숨을 섞은 허성숙의 물음이었다.

"사랑한다기보다 애낀다고 할까? 하여간 뒤를 봐줘야 할 것 같은 생각이 늘 있어요."

"사랑하는 사람이 어련히 봐줄라구요. 그건 공연한 염려가 아닐까요?"

"공연한 염려일지 모르지요. 그렇지만 김해원이가 윤상매의 고삐로 바리 못 잡는다면 공연한 걱정이라도 해야 안 되겠읍니까?"

103

愛情表示 ③

"고삐라뇨? 말이나 소의 고삐 같은 거 말입니까?"

"그렇읍니더."

"참 윤상매 같은 애는 고삐 같은 게 있어야 할 꺼예요. 바루 닫지 않으니까요."

허성숙은 윤상매를 어느 정도 헐어 보자고 한 말인지 모른다.

"고삐는 누구에게나 있는 겁니더. 허성숙이란 여자에게도 고삐가 있다는 건 알아야 해요."

남승기는 윤상매를 헐자는 허성숙의 마음을 알았음인지 이렇게 응수해 주었다.

"어마나. 절 소나 말 취급을 하시나 봐⋯⋯."

허성숙은 남자를 쳐다보다가 깜짝 깨닫고 얼굴을 떨어뜨렸다. 다시는 안 쳐다보겠다고 한 말이 생각났기 때문에一.

"분개하지 마십시요. 고삐는 내한테도 있읍니다. 내뿐만이 아입니더. 모든 남자 모든 여자에게 다 있는 겁니더. 신이 우리 사람에게 매애 준 것 입니더."

남승기는 성수가 난 듯이 어성을 높이는 것이나 여자는 눈을 땅에 떨어 뜨리고 있었다. 몇 올 이마에 내려 덮었던 머리카락이 애절히 흩날리고 있었다. 가슴속에서도 무엇이 애절히 흐르고 있었다.

"신이 우리에게요?"

"그렇습니다. 신은 우리 인간을 행복하게 살게 하려고 이 고삐로 마련해 준 겁니다. 그런데 우리 인간이 이 고삐로 잘 조종 몬 하기 때문에 불행해지는 수가 많지요. 이 고삐로 잘 잡고 몬 잡는 데 따라 남녀 간의 행불행이 결정되는 거라꼬 나는 보고 있는데요. 연애하던 남녀가 헤어지고 결혼한 부모가 갈라지는 거 이런 기 모도가 고삐의 조정이 미흡한 데서 생기는 거라 꼬 봅니더. 다시 말씀한다면 피차에 고삐로 단단히 몬 잡는 데서 생기는 폐단이라고 봅니더. 더 알기 숩기 말할 것 같으몬 자기로 완전히 잽힘으로서 상대방을 완전히 잡는 남자 여자가 몬 되는 데서 생기는 폐단인 겁니더. 좋은 부부라는 건 좋은 애인 동지라는 건 피차에 이 고삐로 단단히 잽힐 수 있고 또한 피차에 단단히 잡을 수 있는 데서만 이루어진다꼬 보고 있어요. 피차에 노예가 돼야만 이루어진다고 보아요."

"노예에게 무슨 행복이 있을라구요? 행복의 문은 자유로운 곳에만 열려져 있지 않을가요."

"성숙 씨는 제 말을 못 알아들으셨임더. 좋은 의미에 뜻의 노예입니더. 즐거운 노예란 말입니더."

"알아들었어요. 사랑하는 사람의 노예! 그건 즐겁기만 할 거 아녜요?"

"그렇지요. 즐거움 속에서 피차의 품격을 이끌어 올리게 될 겁니더. 아내는 남편의 품격을 이끌어 올리고 남편은 아내의 품격을 이끌어 올리게 될 겁니더. 결국 남녀의 결합은 피차의 품격을 이끌어 올려서 보다 좋고 나은 위치에 상대방을 이끌어 올리기 위해서 필요한 기 아닌가 보고 있어요. 자손을 번식시킨다든가 하는 건 제二차적인 행사가 아인가 시풉니더."

남승기는 말을 끊고 쌍지팡이를 내디덧다. 허성숙도 소리 없이 따라 걸었다. 그러다가 허성숙은 아무래도 하고 싶은 말을 해야 할 것 같아서

"그렇지만 윤상매의 고삐는 인제 잡을 수 있게 되잖어요?"

하고는 힐끗— 참으로 짧은 시간 속에서 남승기의 표정을 훔쳤던 것이다.

남승기는 얼굴에 하등의 변화도 나타내지 않고 묵묵히 걷고 있더니

"……김해원이는 몬 잡았을 깁니더. 김해원에게 고삐로 잽힐 여자가 아일 꺼로요……."

"그러시면 남승기 씨가 잡아 보실 생각이시군요?"

허성숙의 입 귀퉁이가 일그러지지 않을 수가 없었다.

104

愛情表示④

"그럴 생각은 없읍니더. 그 여자는 영원히 고삐로 잽히지 몬하고 살아갈는지 모릅니더. 그러니까 또 자기도 누구의 고삐로 잡을 수가 없을지 모르

지요."

"그렇다면 그 여자는 너무 불행하잖어요. 당신은 사랑하는 이를 영원한 불행 속에 내던져 두실 생각은 아니시겠지요?"

'다시는 안 쳐다보겠노라'는 말을 잊지 않았으나 이 말을 하고 나선 남자의 표정을 살피고야 말았다. 남자는 약간의 동요를 보이다 말고

"윤상매 같은 여자에게 있어선 고삐로 안 잽히고 또 자기가 남의 고삐로 안 잡는 것도 그다지 불행이 아닐지 모릅니다. 숙명적으로 이미 잡을 수도 잽힐 수도 없게 마련된 여자일지 모릅니다."

라고 했다.

"신이 우리 인간의 행복을 위해서 마련해 준 고삐라고 말씀하셨는데 그런 고삐를 잽히지도 잡지도 못한 윤상매는 신의 버림을 받은 여자게요?"

"그렇다고 신의 버림을 받았다고 볼 수는 없겠지요. 재갈도 고삐도 없이 넓은 광야에 뛰노는 말이더라도 다 신의 가호가 있는 겁니더."

남승기의 소리는 약간 높았다.

"그렇지만 솜씨 있는 마부의 손아귀에선 이렇게 재갈도 고삐도 없는 말이 더 유순할 수도 있는 거니까요."

남승기는 다시 소리를 썩 낮추고 이렇게 말했다. 약간의 신음 소리와 같은 것이 섞여 있음을 허성숙은 간파했던 것이다.

"그 솜씨 있는 마부는 남승기 씨란 말씀이군요?"

허성숙의 소리는 날카로왔다. 어디까지나 윤상매를 싸 주고 상대방을 꺾으려고 하는 태도가 와락 괘씸해졌다.

허성숙은 금방 그 자리를 뛰쳐 달아나고 싶은 충동이 부글부글 끌어올랐다. 그러나 다시 생각하면 자기는 간호원이고 남승기는 환자임에 틀림없으니 그럴 수도 없는 노릇이었다.

'내가 무엇 때문에 간호부가 되어 가지고 이런 꼴을 당하는 걸까?'

오직 후회막급이었다. 후회는 그날 밤 자리에 들어서까지도 끄치지 않았다. 어느 때까지 이리 뒤치락 저리 뒤치락 잠을 이루지 못하고 내가 뭣 때문

에 여기 와 가지고 이런 꼴을 당하는 거냐?고 속으로 웨쳤다. 그러나 입 밖에 내지는 않았다. 동료들이 바루 옆에서들 자고 있기 때문에ー.

소리를 못 치는 대신 제 머리를 부여잡기도 하고 가슴 언저리를 손으로 어루만지며 달달 딩굴기도 했다. 밤이 깊어지면선 달이 밝아 오는 모양이었다.

흰 커ー텐을 뚫고 들이민 달빛이 바루 자기가 누운 근방을 푸름시그레 물들여 주고 있었다. 허성숙은 기인 한숨을 내쉬며

"남승기 씨이"

를 불렀다.

"미쓰 허, 안 자구 있었어?"

바루 옆에 자던 동료가 잠이 잠뜩 들어 있는 눈을 겨우 뜨고 이렇게 묻는 것이었다.

그제사 허성숙은 자기가 입 밖에까지 소리를 내었음을 깨닫고 당황히

"잤어. 잠고댈 한 모양인 게지."

해 버렸다.

동료는 상대방의 댓구가 끊어지기도 전에 다시 눈을 스르르 감는 것이었다.

허성숙은 자기도 눈을 감아 보았다. 눈가풀이 파르르 떨려 왔다. 잠을 못 자는 데서 오는 증세리라. 허성숙이에겐 잠을 못 자면 이러한 증세가 생기는 것이었다. 그 증세는 그가 남승기를 연모하면서부터 생겼던 것이다.

105
愛情表示 ⑤

허성숙은 어제 밤에도 뜬눈으로 새웠다.

'서울엔 몬 가더라도.'

하고 말하던 남승기의 소리가 귓바퀴에 매달려서 견딜 수 없었다. 귓바퀴에 매달리는 소리를 떨어 버리려고 그는 갖은 애를 썼다. ー남승기는 윤상

매를 사랑해서 그런 말을 한 것이 아니라 윤상매 모친한테 약속한 바를 이행하고저 해서 한 말이리라.

그러나 잠깐 사이에 또─남승기는 윤상매를 지독히 사랑하기 때문에 그런 소리를 했으리라는 생각이 무뚝 솟아올라 먼저 생각을 뒤덮어 놓았다.

─틀림없어. 윤상매를 생각하고 있기 때문에 자기를 처다보는 나를 굽어보지도 않고 먼 하늘에 시선을 보내 버리는 것이야.

나중 생각을 비호하는 또 하나의 다른 생각이 솟아오르기도 했다. 그러나 그 생각도 얼마 안 가서 뒤덮는 또 하나의 생각이 머리를 들고 일어섰다.─남승기는 윤상매를 사랑하는 것이 아니야. 나를 사랑하고 있어. 나를 사랑하기 때문에 병실에 들어가면 눈을 크게 떠 맞아 주는 것이야.

아무튼 어제 밤은 이러한 생각들이 서로 엎치락뒤치락하는 바람에 잠을 못 잤다.

그렇더라도 오늘 밤처럼 심한 고통을 느끼지는 않았다. ─머리를 부여잡는다던가 가슴 언저리를 손으로 어루만지며 달달 구을지는 않았다.

허성숙은 다시 눈을 떴다. 감았다 뜬 탓인지 달빛이 출렁출렁 흔드는 것 같이 보였다. 똑 그릇에 가득 담긴 물이 출렁거리는 것처럼. 허성숙은 자리에서 벌떡 일어났다. 자기 가슴속에서도 무엇이 그 달빛처럼 출렁거리기 때문이었다.

침대에서 내려왔다. 벽장 속에 걸어 논 옷을 꺼내어 입었다. '깹'을 썼다. 운동화를 신었다. 그리고 '또어' 쪽으로 살짝살짝 걸어갔다. '핸들'을 돌렸다. '또어'가 열렸다. '또어' 열리는 소리에 허성숙은 무뜩 멈추었다. 다른 때보다 소리가 컸던 까닭이다.

간호장에게라도 들키면 큰일이라는 생각이 들었다. 당번도 아니면서 왜 이렇게 채리고 나서느냐고 할 게 아니겠는가? 간호장은 당번이면서 임무를 다하지 못하는 부하를 꾸짖는 것만큼 당번이 아니면서 당번 행세를 하려는 부하도 꾸짖었다.

당번이면서 당번 행세를 안 하는 부하보다 오히려 당번이 아니면서 당번 행세를 하는 부하를 더 꾸짖었다. 당번이 아니면서 당번 행세를 하는 간호원의 뒤를 캐어 보면 반드시 거기엔 어떤 내막이 있었던 것이다. 허성숙이 모양으로 사랑하는 사람을 보고 싶어서 □□□ 하는 일이 많았다.

그중에는 허성숙이 모양으로 사랑하는 사람을 위해서 간호원을 지망해 온 사람도 있을지 모르지만 환자를 간호해 주는 도중에 정이 얽혀서 □□□ 되는 수도 있었다. 간호장은 부하들의 이러한 애정 간섭을 하기에 무척 바빴던 것이다.

허성숙은 두 번이나 간호장에게 들킨 일이 있다. 내과 당번이면서 외과 당번 행세를 했을 때였다. 간호원끼리만 짜고 한 일인데 간호장은 용케도 알아채렸던 것이다.

그때 적지 않은 꾸지람을 들었으며 외과 별실에 어느 환자가 애인이냐고 가뜨기나 매서운 눈을 간호장은 새초롬이 뜨고선 대어들었다. 허성숙은 끝내 대지 않았다.

이번에 들키면 더 심한 벌이 올 것도 알지만 허성숙은 발길을 옮겨 밖에 나섰다.

106

愛情表示 ⑥

달이 째듯했다. 째듯한 속에 병원 건물이 우뚝 솟아 있었다. 꼭대기에 꽂아 논 피뢰침(避雷針)이 하늘을 찌를 듯 높았다. 그것은 자꾸 높이 솟아 올라가고 있는 듯 했다.

허성숙은 남승기의 병실이 있는 삼층 ○○호실에 눈을 보냈다. 그 ○○호 병실도 무척 높이 쳐다보였다. 불이 켜져 있지 않았다. 이 ○○호 병실은 여니 다른 날 밤에도 불이 켜져 있지 않았다. 본래 경상(輕傷)을 입은 환자들로서 그것도 거진 퇴원할 정도의 환자들만 넣어 두기 때문이었다.

계원만이 통래하는 뒷문을 참 조심스레 열었다. 당번 간호원의 서쪽 복도를 걷는 소리가 싹싹 들려왔다.

허성숙은 당번 간호원에게도 들키지 않겠다는 심산으로 복도의 동쪽으로 들어섰다. 달빛이 묻어 들어오기라도 한 것처럼 발에 밟혔다.

허성숙은 발소리도 내지 않으려고 조심해 걸었다. 사각사각 꼭 눈 오는 소리 같았다. 그런데 층계를 밟는 소리는 그렇지가 않았다. 우드득 뚝뚝 요란했다.

발을 멈추고 숨을 죽이는 수밖에 없었다. 어느 병실에선지 몹시 신음하는 소리가 들려나왔다.

"아이구 아이구 죽겠어."

허성숙은 등어리가 오싹해 옴을 깨달았다. 그러자 그는 남승기를 처음 찾던 날의 일이 무뚝 머리에 떠올랐다. 남승기는 그날 저러한 신음은 하지 않았으나

"으흠으흠."

소리를 내고 있었다. 눈을 감고 있었다.

"몹시 괴로우세요?"

하고 묻는 말에 남승기는 눈을 감은 채로 고개를 끄덕였다.

"오늘 엿새채 나신다는데 아직도 그렇게 아프세요?"

이 말에 남승기는 힘없이 눈을 떠 상대방을 올려다보다가 다시 스르지 감아 버렸다. 허성숙의 웃던 입이 채 다물어지기도 전에ㅡ. 허성숙은 남승기가 눈을 뜨자 방그레 웃었던 것이다.

"저 성숙이에요. 모르시겠어요?"

허성숙이 눈을 감은 남승기에게 말했다. 남승기가 이 말에 눈을 다시 떴다. 힘없이 뜨지 않고 번쩍였다.

"어떻게 오싯어요? 간호원인 줄 알았디이."

"저도 간호부가 됐어요. 오늘 이 병원에 왔어요."

"고맙습니다. 고맙습니다."

남승기는 '고맙다'는 말을 두 번 곱씹었다. 놀라움과 반가움이 한데 엉켜

있는 눈빛이었다. 허성숙은 남자한테 마구 쓰러져 울고 싶었으나 다른 환자들 눈을 살펴서 참았다.

"지금은 다 나은 환자들뿐이니까 곤히들 잘 테지."

허성숙은 멈췄던 발을 옮겨 층계를 밟았다. 지난날의 좋던 기억(記憶)이 그에게 용기를 더쳐 주었던 것이다. 발소리를 죽이고 싶지도 않았다. 콧노래라도 부르고 싶은 기분이었다.

그는 쉽게 남승기의 병실 '또어'를 잡아 열었다. 병실에도 달빛이 흘러 들어서 바루 창을 떠멘 듯 누운 남승기는 물속에 누워 있는 듯 보였다.

"사격 준비!"

허성숙이가 방에 들어서자 어느 쪽에서 이런 소리가 터져 나왔다. 허성숙은 발을 딱 멈추고 서 버렸다. 금방 포탄이나 총탄이 자기를 향해 날아오는 것만 같았다. 포탄이나 총탄이 무서운 것이 아니었다. 그것보다 주위의 눈이 무서웠던 것이다.

그러나 얼마 안 있어서 '사격 준비'를 부르는 소리가 들려 왔을 때 허성숙은 그것이 어느 환자의 잠고대임을 알았다. 그 환자는 허성숙이가 들어가기 전부터 잠고대를 하고 있었던지 모르겠다.

코고는 소리도 들렸다. 이를 가는 사람도 있었다. 아무도 깨어 있지는 않는 상싶었다. 침대와 침대 사이가 넓지 않으므로 그는 조심해서 남승기 옆으로 갔다.

107

愛情表示 ⑦

남승기의 얼굴은 달빛 속에 창백했으며 본래 높은 코가 한층 우뚝히 솟아 있었다. 창백한 얼굴에 우뚝한 코만이었다면 날카롭기만 했을지 모르는데 검고 긴 속눈섭으로 해서 무척 부드러워 보였다. 이마엔 식은땀이 내밴 듯 축축해 보였다.

허성숙은 허리를 굽혀 식은땀을 씻어 주려다 움츨뜨렸다. 남승기가 여자의 손이 가는 것을 알고나 있은 것처럼 몸을 돌려 돌아눕는 것이 아닌가.

'아ㅡ 내가 왜 또……'

허성숙은 몸을 돌려 돌아눕는 남중기를 굽어보며 이렇게 뉘우쳤다. 그것은 아까 □에 쳐다보는 시선을 피해 버리던 때와 똑같은 몸짓이라고 깨달았던 까닭이었다.

허성숙은 몸을 부르르 떨었다. 그리고 그는 떨리는 채로 몸을 획 돌렸다.

'또어'를 열고 복도를 걷고 층층계를 내려오고 그리고 밖에 나와 마구 출렁거리는 자기 그림자를 마구 밟으며 잔디밭ㅡ남승기를 부축해 가며 거닐던 데를 자꾸자꾸 돌아다녔다.

그랬던 탓이겠지 이튿날은 자리에서 일어날 수가 없었다. 물 한모금 넘어 안 가게 목이 부었으며 사지를 가누지 못했다.

"미쓰 허!

한 방에 같이 있는 미쓰 백이 허성숙에게 주사바늘을 빼고 나서 허성숙을 불렀다.

허성숙은 힘없이 눈을 떠 보일 뿐이었다.

"속으로 꽁꽁 앓지 말구 턱턱 내뱉으란 말이요. 곪으면 밖으로 터지는 걸 몰라?"

본래 경기도 어디서 국민학교 선생을 했다는 이 미쓰 백은 뚱뚱보란 별명을 듣는 것만큼 성격이 명랑했다.

"아무것도 없어요. 곪을 것도 터질 것도ㅡ."

허성숙은 낯빛을 수습해 가며 대답했다. 그는 아무에게도 자기의 아픈 마음을 토로하고 싶지 않았던 것이다.

속 모르는 사람은 남승기 쪽에서 여자를 사랑하는 것이 아니고 여자 쪽에서 남승기를 사랑하는 터이니까 숨기는 것이라고 말하기 쉽지만 그래서 그러는 것이 아니었다. 남승기와 자기와의 사이는 누구에게도 알리고 싶지 않은 마음이 처음부터 있었던 것이다.

368

"아무것도 없어서 그렇군. 몽매간에도 못 잊어 부르며 웨치며 하는데 아무것도 아니란 말이지?"

"제가 자면서 누굴 불렀어요? 그게 정말이예요?"

허성숙은 그제샤 눈을 크게 뜨며 미쓰 백의 얼굴을 쳐다보았다.

"정말이구말구. 이름까지도 알구 있지만 미쓰 허 입으로 더 명백히 부르는 걸 들어 보자는 거야."

미쓰 백은 뭉글뭉글한 몸집을 흔들어 가며 허성숙을 들여다보는 것이었다. 허성숙을 들여다보는 미쓰 백의 시선을 맞받으면서

"정말 제가 누구 이름을 불렀어요?"

하고 다시 물었다.

"불렀으니까 불렀다지 안 불른 걸 불렀댈가? 원. 아무튼 당신들은 좋구려. 애인이 있구…… 나 같은 건 뭘 하는 거야. 날마다 체중이나 늘리고 있으니 아−하− 꿈엔들 잊으리요. 신비스런 검은 그 눈을−."

미쓰 백이 마지막에 가선 곡조에 맞춰 노래를 부르는 것이었다. 허성숙은 미쓰 백의 입에서 흘러나오는 꿈인들 잊으리요. 신비스런 검은 그 눈을 − 하는 가사(?)를 귀담아 들으며 자기는 정말 잠 속에서 남승기를 부른 것이라고 알았다. 왜냐하면 남승기의 눈이 바로 그러하기 때문에−.

108

愛情表示 ⑧

"신비스런 검은 눈 그대는 어디 갔는고? 나 홀로 여기 남아 흐느껴 울고 있네."

미쓰 백이 노래를 뚝 그치고 이번엔 영탄조로 지껄이다가 주사기랑 걷어들고 나갔다.

허성숙은 미쓰 백이 더 캐어묻지 않고 나가 준 일이 고마웠다. 캐어물었더라도 자기는 댓구를 못 했을 것만은 사실이다. 자기는 남승기의 이름을

쉽게 불러 낼 수가 없었다. 가슴이 후두두 해 오기 때문이었다.

그의 이름자가 눈에 뜨이는 경우에도 그러했다. 그래서 허성숙은 언제고 간에 남승기 병실 이름패가 붙은 앞에선 한참씩 서서 후두두 해 오는 이 증세를 가라앉히곤 하는 것이었다. 그러나 그 증세는 좀체로 가라앉으려고 하지 않았다. 오히려 '또어'를 열고 병실에 들어서면서 한층 심해지는 폐단이 많았다. 이름패를 보는 때보다 얼굴을 대하는 경우에 가슴의 동요는 더 강렬한 까닭이었다. 그리고 남승기의 열을 재인다든가 맥락을 헤이는 경우는 더 말할 것도 없었다.

가슴이 후두두해지면 뭐가 뭔지 모르게 머리가 벙벙해 왔다. 맥박을 잘못 헤어서 두 번 세 번 고치는 일도 한두 번이 아니었다.

다른 환자의 경우엔 결코 이러한 일이 없었다. 남승기 병실 어느 환자에겐 간혹 남승기에게 하듯 잘못 헤이는 수가 있긴 하지만ㅡ. 그것도 순전히 남승기로 해서 뭐가 뭔지 모르게 되는 때문에 생기는 폐단이었다.

남승기가 이 ○○병원에서 퇴원한 것이 십일월 중순경이었다. 사십여 명의 퇴원자 중에는 보충대에 넘어가서 다시 일선으로 나가는 사람이 대부분이었다. 남승기는 보충대에 넘어가지 않고 곧장 제대를 했다. 발목이 완전히 낫긴 했으나 새큼새큼한 증세가 아주 가시지 않았던 것이다. 그렇더라도 남승기는 쌍지팡이도 짚지 않고 아무의 부축도 없이 제 걸음으로 걸어 나갔다. 허성숙은 구비진 언덕길을 걸어 내려가는 남승기의 뒷모양을 그가 사라질 때까지 바라보다가

'더 좀 중상을 입었더라면. 발목이 아주 잘렸더라면. 그랬더면 서울엔 못 갈 게 아니겠는가. 서울에 가더라도 윤상매가 발 하나 없는 남승기라면 아른 체도 하지 않을 것이니까…….'

이렇게 속으로 지껄였다.

진실로 허성숙은 발 하나가 없지 않아 다리 하나 사지(四肢)가 몽탕 다 잘린 남승기더라도 자기 곁에 둘 수만 있었으면 하는 생각이었다.

십일월 이십칠 일부터 중공군의 불법 개입으로 말미암아 총공격해 올라

갔던 국군과 유엔군이 전략상 다시 후퇴하게 되었다는 보도를 허성숙은 들었다. 이 보도를 듣고 그는 은근히 마음속으로 좋아했다.

남승기가 서울에 올라갈 수 없게 된 것 혹시 올라가더라도 다시 후퇴하게 되는 서울에 가서 윤상매를 찾지 못할 것은 뻔하다고 생각했던 것이다. 허성숙은 윤상매가 아주 없어지기나 했으면 하는 생각도 했다. 그렇지 않으면 김해원이하고 찰떡같이 찰싹 달라붙어 잘 살든가 했으면 좋겠다고 생각했다. 그러나 뒤에 한 생각은 이어 말소해 버렸다. 이 지구상에 윤상매가 생존해 있는 한 남승기는 윤상매를 못 잊을 것이라고 마음먹었기 때문이다.

109
뒤에 남은 사람들 ①

이옥채는 九월 二십八일에 아들을 낳았다. 바루 유엔군이 서울에 입성하던 날이었다. 그러니까 지난봄 윤상수 졸업식에 참예했다가 김해원이랑 같이 윤상수 집에 몰려갔을 땐 이미 태중이었음을 알 수 있었다. 해산은 친정에서 했다. 해산하기 전부터 친정에 가 있었다. 그의 모친은 딸한테 김해원이가 윤상매와 둘이 도망갔다는 말을 듣자 이어 딸을 집에 데려갔던 것이다.

"집에 와 있가라 그마. 서방이 딴 지집아년캉 달아나 뿟는데 그 집에서 식모살이로 할 끼 있나? 에이고오, 니도 에미 팔자로 물리받을란갑다……"

모친이 한탄을 섞어가며 이렇게 받아 주자 그는 아무런 미련도 없이 김해원의 집을 나왔다.

모친 말맞다나 그는 김해원의 집에서 식모나 다름없이 지내온 터이다. 김해원의 모친은 며느리를 맞아 오자 식모와 정지 가스내를 한꺼번에 내보내고 며느리를 부려먹었다. 그러면서도 날이면 날마다 돈 있고 가문이 뼈

로 보이는 세로 텍스트>
그
와
그
들
의
戀
人

젓한 데서 며느리를 고르지 못한 것이 한이라고 볶아 댔다.

이옥채는 모친한테 이 말만은 전하지 않았다. 모친이 제일 싫어하는 말인 것이다. 싫어만 할 뿐 아니라 이런 말을 들으면 모친은 술을 마구 퍼 마시곤 고래고래 소리를 지르며 우는 것이었다.

김해원의 양친이 혼사를 거부하면서 돈 이십만 환을 쥐어 주었을 때에도 모친은 술을 마구 퍼마시곤

"술장사 딸이라꼬 그라제? 그라몬 와 너거 아들이 우리 딸한테 아도 배구로 했노그래."

해가며 고래고래 소리를 질렀던 것이다.

어린아이는 김해원을 닮아서 팔다리가 길죽길죽하고 이목구비가 훤했다. 이옥채는 아이를 안고 앉아 젖을 빨리느라면 부뜩 김해원의 기억을 잊을 수가 없었다. 사지가 늠름하고 훤히 잘생긴 김해원을 윤상매한테 뺏겨 버린 일이 분하기도 했다. 윤상매한테 김해원을 뺏겨 본 일이 있기 때문에 그 분함을 치가 떨리게 느끼는 것이었다. 그것은 두말할 것도 없이 지난봄 김해원이랑 다대포에 갔을 때의 일인 것이다.

저녁을 먹고 바닷가에 나갔을 때 윤상매와 김해원은 자기를 남겨 놓고 몰운대로 향하는 길을 벌려 갔던 것이 아닌가?

치가 떨리는 때면 또 한 번 윤상매 모친이라도 쫓아가서 욕설을 퍼붓고 싶었으나 모친이 굳이 그 일만은 말렸다. 해산하기 전에 꼭 한번 윤상매 모친을 만난 일이 있는데 그때도 모친은

"거개는 마러 갔더노? 부모 속은 다 마찬가질 건데…… 안 그래도 그 속이 얼매나 썩을 긴고……."

하며 오히려 윤상매 모친을 동정한 다음

"그래 그 여식아 모친이 어짜고 있더노? 들으이 그 사람들도 과수로 단지 남매로 거니리고, 산닥 카던데 그런 꼴로 당했이이 오죽하겠나?"

했던 것이다.

이옥채도 그땐 모친 말을 옳게 여겼다. 그러지 않을 수 없게 된 것이 윤상

매 모친은 이옥채를 보자 그만 얼싸안고 울었다. 입이 미어지게 흑흑 느껴 우는 상대방을 이옥채도 얼싸안고 같이 울었다. 되려 이옥채 쪽에서 윤상 매 모친을 안되게 생각해 가며 울었다. 그렇게 울면서도 그는 이옥채한테 어떻게 알고 왔느냐? 서울서 편지가 왔더냐? 고 캐어 자꾸 물었다.

110
뒤에 남은 사람들 ②

어린아이가 뻘쭉뻘쭉 웃고 사설을 옹알거릴 무렵해서 부산에 피난민이 내려 쏠리고 정부가 옮아 왔다.

김해원도 내려오려니 하는 생각에서 이옥채는 정거장으로 거리로 김해원의 집으로 두루 쫓아다녔으나 아무 날도 김해원은 나타나지 않았다. 줄곧 어린아이를 둘러업고 다녔다. 김해원에게 보여 주려고 했던 것이다. 자기 혼자의 힘으로선 도저히 윤상매한테서 김해원을 빼앗아 낼 자신이 없음을 이옥채는 알고 있었다. 딸이 허덕거리고 다니는 것을 보자 모친은

"딴 지집하고 도망친 넘을 기다리는 니년이 씰개가 빠진 년이다. 만다꼬 가시나 몸으로 아아는 베가이고 이 꼬라지로 맨드노 말이다."

하며 욕설을 퍼부었다. 모친의 뱃속은 차차 달라져 갔던 것이다. 딸을 미끼로 해서 돈벌이를 해 보자는 것이었다.

본래는 한적한 곳이어서 옛날에 인면을 맺고 지내던 축들이나 드나드는 형편이던 이 집도 뒷골목까지 사람의 사태가 날 지경이고 보니 자못 흥성해 왔다. 거처할 곳 없이 굶는 피난민이 있는 반면에 흥청흥청 돈을 물 쓰듯 하는 부유층도 있었던 것이다.

"마담의 딸은 십오야 둥근 달같이 탐스럽구려."

딸에게 침을 흘리는 손님도 한둘이 아니었다. 딸의 손목을 잡아 끌어다 앉힌다, 술을 권한다 하기가 일수였다.

모친은 다 모르는 척 눈을 감아 두었다. 딸이 방에서 나서지 않을라치면

"얼라만 끼고 앉으믄 입에 밥이 들어갈 줄 아나?"
모친은 화를 버럭 내기도 했다. 또 모친은 전쟁이 서울에서만 멎을지 부산까지 쳐 내려올지 어떻게 아느냐? 만약에 쳐 내려온다면 돈 없이 어디 살더라도 부산에 내려온 피난민 중의 돈 없는 사람들과 같을 것이니 그 노릇을 누가 당해내겠느냐는 것이었다.

모친의 태도가 이러하니 가뜩이나 맵짜지 못한 그는 마치 물에 떠 흐르는 풀잎과도 같이 둥둥 떠 흘렀던 것이다.

짙은 화장에 색깔 고운 옷으로 채리고 나면 '십오야 둥근 달같이 탐스럽다'는 말을 들을 만도 했다.

✽

한편 박봉혜 여사는 내처 딸을 기다리며 울고 지냈다. 남승기가 출전하고 나서부터는 남승기의 편지라도 있으려니 기다리고 있던 중에도 다시 서울에 전쟁이 벌어졌다고 하는 것이 아닌가. 박 여사는 하늘에 손을 내두르며 미친 듯이 날뛰었다.

남이 알세라 숨을 죽이고 살던 그는 인제는 집에 붙어 있지 않고 서울서 피난 내려온 집집을 돌아다니며 서울 이야기를 듣는 것으로 일을 삼았다. 一·四후퇴로 피난민은 이 다대포에까지 밀려왔던 것이다.

"서울 사람들 중에 폭격을 맞아 죽은 사람들도 있다지요?"

"그러믄요. 폭격에뿐이겠어요. 괴뢰군들이 쫓겨 가면서 죽이고 간 사람들도 수없는 걸요."

"에구 에구 저걸 어쩌면 좋아."

박 여사는 소리를 내질렀다.

"서울에 누가 계셔요? 친척이라도……."

"바루 내 딸이 서울에 있어요."

숨이 끊이는 듯한 어성이었다.

"아이구 저런. 서울서 살림을 하던가요?"

"네. 사위랑 같이……."

하다가 말을 다 하지 못하고 끊었다. 지난여름 배가 뚱뚱해 가지고 왔던 이옥채의 모습이 훌쩍 떠올랐던 것이다.

111
뒤에 남은 사람들 ③

"아니 그런데 이번에도 안 내려왔구만. 육이오 땐 미처 내려올 수가 없었지만 이번엔 미리 피란 가라구 일러 줘서 서울 사람들이 아마 거진 다 나왔을걸요. 혹시 다른 델 갔으믄 몰라도……."

말해 주는 측에서 성의를 다 해 주건만 박 여사는 그것으로써 만족하지 못했다. 또 다른 집엘 가야 했다. 밤낮 가야 마찬가지지 말을 되풀이할 뿐인 것이다. 묻는 쪽에서 줄곧 같은 말을 묻게 되니까 댓구하는 측에서도 같은 말일 수밖에 없었다.

박 여사는 이처럼 자기를 상대로 해 주는 서울 집들에 장을 갖다 준다 간장을 갖다 준다 고추장을 갖다 준다 김치를 갖다 준다 부지런히 집의 것을 날라다 주었다. 집에 먹을 사람이 없고 보니 그런 것들이 남을 수밖에 없는 일이었다.

아들은 내처 부산에 가 있는 대로였다. 내내 하던 자동차 부리는 일을 그냥 하고 있었다. 모친이 가서 만나지 않으면 만나 보지 못하도록 아들은 분주히 지냈다. 부산 건너가서 일을 시작한 뒤엔 집에 들릴 일이 없었다.

추럭을 부리게 되면서 아들은 바쁘게 지냈다. 추럭을 부리게 된 거기엔 남승기의 적지 않은 도움이 있었던 것이다. 남승기는 출정하기 전에 끝끝애 허윤구의 힘을 빌려서 윤상수에게 추럭을 부리게 해 주고 허윤구와 같이 떠났다.

괴뢰군이 밀려가고 정부가 서울에 환도하고 피난민이 올라가고 다시 괴뢰군이 몰려와서 정부가 또 부산으로 옮겨 오고 六 · 二五 때와는 다르게 피난민이 홍수처럼 쏟아져 내려오고 하는 바람에 추럭이 놀 새 없고 택시가

숨 가쁘게 돌아다니고 해서 아들은 돈을 잡았던 것이다.

얼마 전에 모친이 부산 건너갔더니 아들은 부산서 살자고 모친더러 졸랐다.

고적하고 남부끄러운 마련을 해선 다대포를 떠나고 싶기도 했으나 모친은 부산에선 살 수 없다는 생각이었다.

"부산서야 어떻게 살겠니?"

"와요? 씨끄러바서?"

"그렇지."

아들 앞이건만 모친은 가슴속에 숨은 말을 내놓기가 주저러웠다. 모친 가슴속에 숨은 말이란 김해원의 집이 있고 이옥채 집이 있는 부산이 싫고 두렵다는 것이었는데―.

"시끄럽아야 돈벌이가 잘되는 거지요. 제가 돈을 잡기 된 것도 순전히 씨끄러운 통에 잡은 거 아입니꺼…… 인자 추럭을 가지고 부산 대구로 왕래하몬 돈벌이는 틀림없임더. 대구도 피난민 천지거든요."

아들은 성수가 나서 떠들었다.

"얘야 대구에도 피난민이 많다더냐?"

"하몬요. 대구도 부산캉 안 진닥 캐요."

"상매도 거기나 내려왔는지. 어디 있던지 무사하기나 했으면……."

"무사할김더. 피난민이 다 내리온 거 보이소. 그 수탄 사람들이 다 서울서 살아 가지고 온 거 아인기요?"

"그래도 못쓰게 된 사람이 수없다는구나. 폭격에서도 못쓰게 되고 인민군들이 밀려갈 적에도…… 에구 에구우."

모친은 몸이 으스러지기라도 하는 것처럼 소리를 질렀다. 모친은 남의 이야기에서도 입 위에 '죽는다'는 말을 올리지 않았다. 그 말은 끔찍하기만 했다.

"어무이 제가 대구 가서 찾아볼랍니다. 허성숙이도 대구 육군병원에 있닥 카는데요. 어지사 겨우 알았심더. 찾다가 몬 찾이몬 신문에 광고도 내지요. 상매로 찾이몬 제가 곧 알려디리끼이 어무이는 집에 가만 계시소."

아들이 이런 말을 한 지도 열흘이 넘건만 아직 소식이 없었다.

112
平和로운 한때 ①

눈발이 너풀거리는 저물음이었다. 윤상매는 석간신문을 보고 있다가 늘어지게 하품을 하고 나서 신문을 다시 들여다보려는 찰나에 광고란에 자기 이름 석 자가 크게 쓰여져 있는 것을 발견했다.

하품을 하고 난 뒤라 눈이 흐릿하므로 양 손등으로 씻어 가며 이름자와 아울러 잘게 내려 씨운 기사를 읽었다.

　尹商梅 보아라.
　다대포에서 六월 二십四일에 서울 올라간 윤상매야 집으로 돌아오너라. 어머님이 기다리고 계신다. 혹시 대구에 와 있거든 너의 오빠가 남산여관에 투숙하고 있으니 찾아오너라. 남산여관을 못 찾겠거든 허성숙이가 제二십七 육군병원에 간호부로 와 있으니 그리로 찾아가면 연락이 곧 될 수 있다.

윤상매는 틀림없이 자기를 찾는 광고임을 알았다. 신문을 와락 걷어쥐고 안방에 뛰어가고 싶었으나 이때까지 부모 형제가 없는 외톨 몸이라고 거짓말을 해 왔으므로 걷어쥐었던 신문에 그는 얼굴을 콱 파묻어 버렸다.

눈물이 막 쏟아져 나왔다. 눈물은 광고 기사를 읽을 때부터 솟고 있었던지 모른다.

"어쩌면 오빠는 이처럼 상냥스레 나를 찾고 있을가? 어머니이 오빠아……."

그는 소리를 내어 어머니와 오빠를 불렀다. 지리가 분명하다면 남산여관을 금방 달려가고도 싶었다. 대구 길이 서툴어서 낮에 나가서도 길을 잃곤 하는 그였다. 그래서 정낙영 중위는 '멍텅구리'라는 별명을 붙여 주었다.

"그래두 집에 돌아오는 길은 잊어버려요. 정 중위랑 아주머니가 사시는 집은 잊어버릴 수가 없어요."

멍텅구리라고 몰아 주면 윤상매는 이렇게 답변했다.

"왜 잊어버릴 수 없어?"

하고 물으면 윤상매는

"존 사람들 집이니까요."

하고 히쭉 웃는 것이었다. 그러면 정 중위도 웃고 정 중위 모친도 따라 웃었다.

진실로 지금 윤상매에게 있어서 정 중위나 정 중위의 모친은 구세주와 같은 존재가 아닐 수 없었다. 정 중위는 며칠 동안 윤상매를 취조하다가 윤상매를 어떻게 보았던지 그에게 죄를 주지 않았을 뿐 아니라 상사에게 말해서 곧 석방시키라고 다시 윤상매가 걱정하고 있는 장현도 부처까지 이리저리 찾아다니며 보살펴 주어 그들까지 무사히 집으로 돌아오게 했던 것이다.

윤상매가 장현도 부처의 걱정을 하게 된 것은 장현도의 아이들이 가엾기 때문이었다. 윤상매가 장현도 집에 돌아왔을 땐 그 집에 낯모르는 사람들이 욱씰득씰 살고 있었으며 장현도의 아이들은 문깐방에 내쫓기어 있었다. 그동안 배를 곯고 울고 해서 그들은 얼굴이 부어 있었고 때와 눈물에 얼룩덜룩 도모지 말이 아니었다. 그들은 윤상매를 보자

"언니."

"누나."

를 외치며 마구 달라붙었던 것이다.

정 중위는 장현도 부처가 나온 뒤 그 집에 불법 거주하는 사람들을 쫓아 내어 주었다.

"모든 잘못을 부끄럽게 여기는 것으로 은헬 갚겠습니다. 이제부터의 장현도는 옛날의 장현도가 아닙니다. 그리고 보면 전쟁이 터진 게 제게는 풀러쓰가 된 셈입니다."

장현도는 정 중위 앞에서 이렇게 말하며 자신을 뉘우쳤다.

장현도는 그가 말한 바대로 딴 사람이 된 것 같았다. 윤상매한테도 전에 와는 다른 태도로 대했다. 조용히 만나는 때면

"상매 잘못했어. 내가 죽을죄를 지었지. 그 죄 갚음을 하느라고 그동안 고생한 거야. 상매가 아니더면 영영 감옥살이를 했을지두 모르지⋯⋯."
하고 뉘우치는 것이었다.

113
平和로운 한때 ②

윤상매는 며칠 안 있어서 장현도 집을 떠나게 되었다. 고향에 돌려보내야만 한다는 정낙영 중위의 주장으로 해서 그리 되었다. 장현도도 이 주장에 찬동했던 것이다.

그러나 윤상매는 굳이 다대포에는 못 가겠노라고 우겼다.

"이 꼬라지로 해 가지고 어떻게 가요?"
라고 말하는 그의 검고 큰 눈에는 눈물이 글썽 고이기까지 했다.

그래서 정낙영 중위는 하는 수 없이 윤상매를 대구에 있는 자기 어머니한테 맡기기로 한 것이다.

정 중위의 어머니는 청춘 과부로 아들 하나뿐이었다. 진실한 불교 신자로 인간의 악한 면은 보지 않고 좋은 면만 추려 가며 보려는 깨끗하고 착한 부인이었다.

정 중위는 윤상매를 대구 집에 데려다 주고 다시 서울 올라가고 윤상매는 그의 어머니와 단 둘이서 식모를 데리고 간소하나 명랑한 생활을 하며 그날그날을 지냈다. 윤상매는 정 중위의 모친을 아주머니라고 불렀으며 정 중위 모친은 윤상매를 딸같이 귀히 여겼다. 그것은 윤상매를 데리고 온 아들이

"어머니 이 처녀는 부모형제도 없는 고독한 아이입니다. 어머니도 외로우신데 친딸같이 귀애해 주십시오."

하고 말한 때문이기도 하지만 지내 보니 조금도 구김살없이 마음에 있는 걸 털어놓는 그 성품이 깨끗하고 착한 이 마나님 비위에 들었던 것이다.

정 중위의 모친은 며느리를 보면 주려고 마련해 두었던 옷감 중에서 치마감을 꺼내고 저고리감을 꺼내어 윤상매에게 옷을 지어 입혔다. 아들의 어릴 때 사진을 꺼집어내어 보이며 아들의 어릴 때의 이야기도 들려주었다. 아들이 군대에 나간 뒤에 보내온 편지들도 펼쳐 놓고 읽어라고 하곤 자기는 읽는 소리에 몰두하기도 했다.

一·四후퇴로 해서 아들이 대구에 내려와 있게 되었을 때 어머니는 너무 고맙고 너무 기뻐서 말이 안 나간다고 했다. 윤상매도 어머니 못지않게 기뻤다. 오히려 더 기뻤을지도 모른다.

식모까지 세 식구 그것도 여자만이 살던 집 안이 와자자 꽃 피듯 화안했던 것이다.

"상매 왜 이러구 있어?"

어느새 정 중위가 돌아왔던 것이다. 윤상매는 얼굴을 들고 구겨진 신문을 펴 정 중위 앞에 내밀었다.

"뭔데? 무슨 일이 생겼어?"

윤상매는 말없이 손가락으로 광고문 기사가 난 데를 가리켰다.

정 중위는 가리켜 준 데를 들여다보았다.

"남산여관에 가 보라구. 이렇게 간절하게 찾고 있잖아?"

광고문을 들여다보던 정 중위가 한 말이었다.

"아주머니가 아시면 어떡하지요? 부모형제가 없다고 그러잖었어요?"

"어머니가 어아시면 어떨라구."

"거짓말을 했다고 미워하시면 어떡해요? 전 아주머니한테 미움받는 거 싫어요."

"미워 안 해요. 부모형제 있다면 더 좋아하실지두 몰라."

"왜 그래요?"

"어머니는 상맬 며느리 삼으려는 눈치거든."

이 말을 하고 정 중위는 윤상매를 힐끔 들여다보았다. 윤상매는 눈물 어린 눈에 금방 빛을 띄우며

"어머나 정말이예요?"

하고 정 중위를 올려다보았다.

114

平和로운 한때 ③

"어머나. 정말이에요?"

하고 정 중위를 올려다보았다.

"정말이지 내가 언제 상매한테 거짓말한 일이 있어?"

"정 중위도 그런 생각을 가지고 있어요?"

윤상매는 아직도 취조하던 때 쓰던 그대로 '정 중위'라고 불렀다.

"가지구 있었어. 벌써부터 가지구 있었어."

정 중위는 이렇게 말하며 여자의 손을 집어다 두 손으로 꼬옥 잡았다. 윤상매는 무엇에 몹시 부딪쳤을 때처럼 얼뜰뜰했다. 그리고 가슴이랑 찌잉하면서 훅훅 더워 오는 것을 깨달았다. 그것도 굉장히 좋고 즐거운 기분을 자아내게 했다.

한 번도 지나 본 일이 없던 증세였다. 김해원이와도 손을 잡아 보았고─ (손뿐 아니라 전신을 다 대어─.) 장현도와도 그렇게 했지만 이러한 증세를 느껴 보지는 못했다. 오히려 늑씬늑씬 메시꼬운 증세를 깨달았던 것이다.

"제가 그렇게 나쁜 짓을 했는데…… 그래도 정 중위는 괜찮어요?"

취조하던 때 자기는 온갖 이야기를 다했기 때문에 정 중위가 자기한테 그러한 생각을 가지고 있으리라고 생각지도 못했던 것이다.

"상매가 하나두 안 나쁜걸. 철이 없을 뿐이지…… 나쁜 건 남자들이야."

"정말 철이 없었어요. 인젠 그런 짓을 안 하고 얼마든지 살 수 있어요. 남자가 달려들더라도 그만 그놈의 □ 못 당해 낼가?"

윤상매는 말을 채 마치기 전에 정 중위 가슴에 얼굴을 묻었다.

"이러니까 남자들이 나쁜 짓을 하자구 하지."

파묻은 얼굴을 □□□□으며 정 중위는 나즉히 속삭였다.

"안 그럴께요. 다시는 안 그래요."

윤상매는 남자의 팔을 풀어 내며 얼굴을 들었다.

"나한텐 아무래두 괜찮아요. 가만이 그러구 있어두 돼요. 난 상매를 행복하게 만들 생각만 하구 있으니까……."

"정 중위 고마워요."

"이젠 정 중위라고 말아요."

"그럼 뭐라고 해요?"

"……글쎄 뭐라구 부름 졸가? 생각나는 대루 적당히 불러 줘 응. 상매."

정 중위는 윤상매의 턱을 끌어다 그의 입술에 자기 입술을 갖다 대었다. 그리고 그는 맹렬히 여자의 입술을 빨아댕기며 팔에 힘을 주어 여자를 안았다.

윤상매는 맹렬히 입술을 빨리면서도 조용히 순응할 뿐이었다. 자기 쪽에서도 남자와 같은 행동을 하고 있었다. 그는 아까 남자에게 손을 잡혔을 때처럼 무엇에 몹시 부딪친 것같이 얼뜰뜰했으며 가슴이랑 찌잉하면서 훅훅 더워 오는 것을 깨닫는 것이었다. 오히려 그것보다 더 강렬한 것 같았다. 가슴이 답답한 증세까지 생기는 것이었다.

그래서 윤상매는

"인제 그만."

하고 겨우 말하니까

"오래 참아 왔었어."

하고 남자는 더 힘을 기울이며 여자를 안아 눕히는 것이 아닌가. 윤상매는 그 검고 큰 눈을 크게 뜨고 뛰쳐 일어났다.

"정 중위도 나쁜 남자가 되려고 이래요?"

여자의 이 소리에 정 중위도 벌떡 몸을 일으키더니

"용서해. 상매. 나쁜 남잔 안 될께."
하며 행동을 수습했다.

밖에는 바람이 이는 양으로 눈발이 유리문에 와 부딪는 소리가 싸륵싸륵 들려왔다.

115[*]

116

歸鄕 ①

이튿날 점심시간을 틈타서 나온 정 중위가 남산여관 앞까지 데려다 주었다. 정 중위는 윤상매가 삐딱한 대문 안에 들어서려고 하는데

"내가 당부한 말은 하지 말어요. 알겠지?"
하고 다시 한 번 다졌다.

당부한 말이란 윤상매와 자기와의 사이를 그의 오빠에게 알리지 말라는 소리였다. 이 소리는 벌써 세 번째 했다. 어저께 저녁 상매가 그의 오빠를 찾아가겠다고 결정표지은 뒤에 한번 했고 방금 길에 오면서 또 한 번 했다. 어저께 저녁에와 방금 길에 오면선 '아무도 모르게 있다가 당신 어머님의 원이신 청혼을 할 테니까.' 하고 덧붙였던 것이다.

윤상매는 삐딱한 대문 안에 들어서다가 삐딱한 대문 모양으로 고개를 삐딱이 돌리고서

"염려 마세요. 잘 할께."
했다. 그리곤 혀끝을 쓱 내밀어 보였다.

"애기야 세 살배기."

정 중위는 세 살배기 애기라고 놀려 대면서도 손을 들어 상대방한테 경

---

* 115회차는 유실되어 찾을 수 없었다.

례를 하고 돌아섰다.

윤상매는 정 중위의 돌아선 뒷모습을 향해 또 한 번 혀끝을 쏙 내밀어 보이고 다시 대문 안으로 들어서는 것이었다.

마당엔 눈이 덮인 채로 있었다. 구두 발자욱이 나 있고 샘에 오고 가고 한 여자 고무신 발자욱이 있을 뿐이었다. 아무리 돌아보아야 여관집 풍모를 갖춘 데라곤 없었다.

"아무도 안 계셔요?"

윤상매는 기침을 두어 번 하고 나서 안을 향해 소리를 쳤다. 아무 소리도 없었다. 또 한 번 불러 보았다. 그제사 어린애 울음소리와 함께 □통을 마구 드러내 논 젊은 아낙이 미닫이를 드르륵 열었다.

"여기가 남산여관이지요?"

대문이 쓰러질 상싶게 커다란 간판이 달려 있는 것을 보았건만 윤상매는 다시 한 번 확인하고 싶었던 것이다.

"그래요. 우예 왔능교?"

"여기 윤상수 씨라고 계셔요?"

"윤상수 씨라? 어데 손님인공?"

"저 다대포……."

"아 딧방 손님이구나. 자야아, 저 뒷방에 가서 손임 오싯다꼬 해라."

자야라는 계집애가 물 묻은 빨간 손을 치마에 씻으며 뒤곁으로 돌아가더니 이어 계집애와 같이 오빠가 따라 나오는 것이 아닌가?

"오빠아."

"니 여개 있었구나?"

남매는 이와 같은 감격의 그러나 간단한 인삿말을 주고받으며 피차 얼굴을 쳐다보았다. 그러다가 오빠가 동생더러

"들어가자 그마."

하며 앞을 섰다. 방에 들어간 오빠는 좁고 얇은 초라한 요를 내밀어 누이동생을 앉혔다.

"내 사업 때문에 자주 여게 오게 될 끼다. 그런데 김해원이는 와 안 왔노?"

"의용군으로 나갔어요. 인민군 의용군으로……."

"인민군 의용군으로? 저런 빌어먹을 일이 어딨노? 그럼 니 혼자 여개 있었더냐?"

"예."

윤상매는 정 중위의 당부를 잊어버리지 않았으므로 간단하게 댓구했다.

"아이구 참 고생 마이 했구나. 여하튼 살아났으니 좋다."

117

歸鄉 ②

"집안 형편이사 괜않다. 그만하믄 자리가 잡힌 셈이지."

"어무이가 나 때문에 울지 않으세요?"

"와 안 우시겠노? 혼자 집에서 우시기만 할 끼다. 나도 바빠서 통……."

"어무이 혼자 계신가요?"

"니가 나가고 없고 내가 또 부산 나와 있지 집에 누가 있겠나? 자야캉 둘이 안 계시나."

"어머나. 어떡해. 오빠도 부산 나와 계시구먼?"

"부산 나와 있은 지가 언제라꼬. 자동차 회사로 하믄선 쭉 부산에 안 있나. 니가 집을 나간 후에 이내 부산 나왔어."

"어머나. 가엾어라."

윤상매는 진실로 어머니가 가엾은 생각에 가슴이 터지는 듯했다.

"그러이카내 니라도 속히 집에 가야 한다. 김해원이도 없는데 뭐 한다꼬 집엔 안 오고 여기 와 있노 말이다. 오늘 밤 차로 집에 가자 그마."

"집에 어떻게 가요? 집에는 못 가요."

"와 몬 가?"

"남부끄러워서."

"남이 누가 알기나 하나? 아무도 니가 김해원이캉 간 거 모른다. 전쟁 전만 같으믄사 소문이 쫙 퍼졌지만 지끔은 사람들이 정신이 없어 가지고 그런 일은 알라꼬도 안 한다."

"다대포에도 인민군이 들어왔댔어요?"

"다대포에서 안 들어왔지마는 정부가 두 번씩이나 부산 내려오이카내 바쁠 거 아이가? 이분에는 다대포에도 피난민이 말캉 와 있는 기라. 그래 노이 전캉은 다를 게 아이가?"

"그래도 이옥채랑은 알고 있을 꺼 아니겠어요?"

"이옥채사 부산 있는데 어떠노? 집에 가서 가만 들앉았다가 존 데가 있으믄 결혼도 하고 해야지. 그런데 니 지금 누 집에 와 있노?"

"아는 사람 집에 있어요. 서울서 안 사람인데 아주 존 사람이에요."

"남자가? 여자가?"

"남자. 군인이예요."

"군인? 계급이 멋고?"

"중위라요."

"중위? 중령이나 대령쯤 같애도 안 좋겠나?"

"중령이나 대령이면 왜 좋아요?"

"군대에 안 나가기 해 줄 수도 있고 여러 가지로 편리하지."

"……."

누이동생은 오빠를 멍하니 쳐다볼 뿐이었다.

"그래. 그 중위캉 지금 같이 사나?"

"아뇨. 그이가 서울서 절 데리고 내려와서 자기 어머니한테 맽겨 놨어요. 그 어머니는 절 딸같이 생각해 줘요."

"부잣집이더나?"

"그런 것 같지는 않아요."

"무슨 사업을 하는 집이더노?"

"아무 사업도 안 해요. 모친하고 정 중위밖에 식구가 없는걸요."

"그럼 군인 봉급으로 살아가는갑다. 중위라? 중위라? 대위나 소령쯤 돼도 개않을 낀데……."

"계급이야 아무러면 어때요? 사람이 훌륭하면 그만이지오. 그이는 집에 돌아오기만 하면 책을 읽어요. 저한테도 줄곧 책을 읽으라고 권해요. 전 그이 때문에 책을 많이 읽었고 그리고 그인 존 이얘기도 많이 들려줬어요. 그이 모친도 그이하고 똑같이 훌륭하고 착하셔요."

알아들으라 박아 가며 말했다.

"지끔은 착한 것도 소용없어. 돈이 있거나 지위가 있어야 해. 돈이나 지위가 있으믄 뭣이나 다 되는 긴데 뭐."

"그런 말을 정 중위가 들었음 오빨 사람도 아니라고 할 거예요."

누이동생은 눈을 흘겼다.

"그까짓 중위쯤 아무것도 아이다. 머락 캐야 겁날 것도 없다. 이따 허성숙이나 찾아보고 오늘 저녁 차로 내리가자. 마."

"참 허성숙이가 간호부 노릇한다면서?"

"그래. 그것도 국가니 민족이니 하고 간호부로 나가 가지고 그 고생 아이가? 그만두고 집에 가작 캐도 안 간닥카나. 국가와 민족을 위해 봉사한다나……."

"오빠 성숙이하고 결혼할 생각이세요?"

118

歸鄕 ③

"할 생각이지만 그기 고집이 여간 시야지. 간호부로 나갈 때만도 가지 마라고 그렇게 말렸건만 말도 안 듣고 가 뿌렀단 말이다. 그래서 다신 안 만낸다꼬 선언했는데 어데 그래 되더나? 내치 찾아댕기다가 겨우 이십칠 육군 병원에 있다는 거로 안 알았나."

"찾아갔더니 반가워해요."

"어느 정도 반가워는 하더라만 그기 언제나 활짝 내웃는 성질이라야지. 입술을 폴 떨데 약간 웃고 말더라."

"지금 가 볼까요? 보구 싶어요."

"그래 가자. 면회도 잘 안 시키더라마는 니캉 같이 가믄 대겠지."

남매는 그로부터 허성숙을 찾아 제○○육군병원을 향했다.

오빠는 짐을 만재한 지·엠·씨가 달려오거나 또는 가거나 하면 걸음을 멈추고 서서

"그넘 잘 실었네. 저기 아마 다섯 톤은 댈 거로."

했고 고급 승용차가 지나가면 또

"잘생겼는데. 나도 저런 놈 몇 대쭘 가지고 있어야 자동차 사업을 한다는 말로 들을 긴데."

하기도 하고 털털거리는 헌 택씨를 보면 그것은 그것대로 볼 만한 것이 있다는 듯 그냥 지나치지 않았다. 아무튼 오빠는 거리에 질주하는 그 많은 차들을 하나 놓치지 않으려고 했다.

"일 년만 이대로 전쟁이 계속 된다카몬 나도 고급 승용차 몇 대하고 지·엠·씨 몇 대쭘은 문제없이 입수하지. 니도 이분에 내리가믄 사무실 일을 봐야 한다. 일 년만 하믄 문제없이 한국의 자동차 왕이 될 끼이카내. ……"

"제가 뭘 안다고 사무실 일을 봐요?"

"에럽을 거 없어. 회계만 맡으믄 데능 긴데 뭐."

"전 그런 일이 젤 싫어요."

"싫어도 했지 별수 있나? 일 년만 눈을 딱 감고 하믄 큰 부자가 될 낀데 와 안 해?"

"전쟁을 이용해 가지고 돈벌이하는 일은 더 싫어요. 정 중위가 젤 미워하는 게 그거라요. 그런 것들은 총살을 해야 한다고 그러던 걸요."

"지까이 중위가 그따우 소리해 밧자 소용 있나. 돈 버는 놈은 벌고 전쟁 하는 놈은 하는 거지 뭐……."

"오빠 너무하세요."

"뭣이 너무하단 말고?"

"돈도 좋지만 국가와 민족이 멸망해 가는 것도 모르고 오히려 그 틈을 타서 돈을 벌려고 하시니 너무한 거지 뭐예요?"

"에헤이 니가 정 중원가 뭔가 하는 작자의 말에 어지가이 도취했구나. 그 자가 니로 아주 뜯어곤치 났구나."

"글쎄 너무 그러지 마세요. 사람이 사람답게 사는 게 귀한 일이지 돈 같은 건 부수 조건이라요."

"되지도 않은 소리 마라. 사람이 사람다울라 카몬 돈이 있어야 사람답지 돈이 없어 바라. 누가 그 사람을 사람이라꼬 대해 주는가……."

오빠는 이 말 뒤에 돈으로 이름난 자기가 아는 돈 있는 사람들의 이름을 들어 증거를 대었다. 그 사람들이 오늘 호통을 치며 사는 건 순전히 돈이 위력이지 뭐냐는 것이었다.

옥신각신하는 사이에 ○○육군병원 앞에 이르렀다.

"상매야 니 혼자 들갔다 오나라. 난 저 자식이 또 몬 들어가기 할 끼다. 어제저녁에 섯던 바루 그 자식이야……."

정문 앞에 서 있는 보초병을 눈질해 가며 오빠는 누이동생더러 이런 말을 했다.

"여기까지 와 가지고 안 들어갈 수 있어요? 보초한테 말이나 해 보십시다."

"말할 것도 없다. 니 혼자 들어가서 성숙이캉 같이 나올 수 있으믄 나오나라. 성숙이 그기 어지지역엔 어떻게 쌀쌀하게 구는지…… 제에길…… 제 낯이 깩인다꼬 다시는 오지 마라는 기라. 어제 지역에도 사실 찾아왔지만 이야기 한마디 몬 해 보고 안 나왔나."

그
와

그
들
의

戀
人

389

119

歸鄕 ④

오빠는 풀이 탁 죽어 있었다. 후들후들 떨기까지 했다. 목에 핏대도 서 있었다. 너무 심각한 혹은 절실한 문제에 봉착하면 후들후들 떨면서 목에 핏대를 세우는 것이 오빠의 생리였다. 금방 오면서 기함을 노하던 오빠는 아니었다.

"그럼 저 혼자 들어갔다 올께 오빤 여기 계셔요. 얼굴이나 보고 얼른 다녀 나올께……."

"아이다. 같이 나오작 캐 가지고 안 나오거든 결혼에 대한 말 좀 물어바라. 대치 간호부로 □겠는캉 그래 아이몬 결혼할 꺼냐꼬? 니가 한 번 더 물어봐라. 어제저녁에 내가 물어봤더이 지는 국가 민족을 위해서 간호부로 그냥 하겠다는 기라."

"그러니까 오빠하고 결혼하고 싶잖다는 말이구만. 오빠가 자꾸 철없는 생각을 하고 계시니 성숙이도 오빨 싫어할 거 아니겠어요?"

"뭣이 철없는 생각고?"

"그게 철없는 생각이 아니고 뭐예요? 전쟁하는 틈을 타서 돈벌일 하겠다니 더구나 성숙이 같은 애가 오죽 조와하겠어요?"

"그래도 돈만 있어 바라. 담주에 항복하고 말지."

"글쎄 그런 소리 좀 작작 하셔요. 그렇게 말해 들려 드려도 못 알아들으시니ㅡ."

누이동생은 오빠를 쿡 질르면서 보초병이 서 있는 쪽으로 갔다. 어렵지 않게 통과되었다. 허성숙이도 또한 쉽게 만나게 되었다. 허성숙은 붕대 같던 것을 그냥 들고 나왔었다. 윤상매를 보자

"상매!"

하고 외마디 소리를 지르며 손의 것을 툭 떨어뜨리는 것이었다. 그리고 그는 이쪽에서 무어라고 말이 나오기 전에 달려와서 확 껴안았다.

"끝내 찾아갔댔구만. 끝내 찾아갔댔구만."

그리곤 허성숙은 윤상매가 알아들을 수 없는 소리를 지껄였다. 윤상매□□□□를 또닥또닥 두들겨 가며 그런 소리를 찌걸었다.

"반갑구나. 성숙아. 죽지 않고 만나니……."

허성숙의 동작이 그렇게 나오니까 윤상매 쪽에서도 새삼스레 반가운 정이 솟구쳐 올랐다.

그러나 허성숙의 쪽에선 그렇지가 못했다. '죽지 않고 만나니……'라는 상대방의 말을 듣자 상대방한테서 팔을 탁 풀며 한발 뒤로 물러섰다. 아주 없어지기나 했으면 하고 줄곧 생각해 오던 상대방이기 때문이었다. 이 생각은 남승기가 퇴원해서 병원을 나가는 때 비로소 하게 되었다. 구비진 언덕길을 내려가는 남승기의 뒷모습을 해매없이 바라보면서 허성숙은 이런 생각을 했던 것이다. 그리고 그 뒤로 그는 오늘까지 그 생각을 계속해 왔던 것이다. 윤상매가 오기 직전까지도 그는 붕대를 감으면서 줄곧 이 생각을 했던 것이다. 남승기를 생각하게 되면 이어 한 줄에 윤상매가 대롱대롱 매달려 오게 되니 안 그럴 수가 없었다. 실상은 윤상매를 막 껴안을 순간까지도 그 생각을 잊지 않았다. 그 생각을 잊지 않기 때문에 허성숙은 그러한 동작을 취했는지 모른다. 또 그는 자기도 모르는 사이에 그러한 동작을 취하게 되었는지 모를 일이다.

"재미있어?"

윤상매가 한 발 물러서 있는 허성숙에게 물었다.

"재미? 재미가 무슨 재미. 난 괴로울 뿐이야. 신음 소리, 헛소리 그리고 고통의 악취, 비참한 수술, 주검. 어런 속에서 나는 괴로운 하루하루를 보내는 거야."

허성숙은 그 감실감실한 눈을 허공으로 응시해 가며 부르짖듯 말하는 것이었다.

"그렇담 이제라도 고만둘 수는 없나?"

"없어…… 그만둬선 안 돼. 국가와 민족을 위해서 해야 해. 그이가 그렇

그
와
그
들
의
戀
人

391

게 하라고 했어."

120
歸鄉 ⑤

"그이가 누구냐?"

"네가 더 잘 알고 있짢니? 널 찾아간 사람."

허공을 응시하던 시선을 윤상매에게 돌렸다. 눈에 불이 화안이 켜져 있었다. 그러나 그 불은 화안할 뿐이지 광채를 띄우지 못했다. 히열을 잃은 절망과 질투에 타는 불이었다.

"난 몰라. 날 찾아온 사람은 아무도 없었다. 오빠가 낸 신문광고에서 너여기 간호부로 있다는 걸 알았어."

"뭐야? 넌 그럼 남승기 씨가 찾아간 게 아니고 너이 오빠가 낸 신문광골보구 왔니? 남승기 씨는 만나지 못했어?"

허성숙의 눈에 켜진 불에 약간의 빛이 가(加)해지는 것을 알 수 있었다.

"남승기 씨가 날 찾아간다고 했어?"

윤상매가 허성숙의 눈을 들여다보며 물었다. 허성숙은 자기를 들여다보는 윤상매의 시선을 피하면서

"그런 건 아니지만."

하고 얼버무리는 것이었다. 허성숙은 바른 대로 알려주고 싶지 않았다. 똑바루 말하자면 남승기가 윤상매를 생각하고 있다는 눈치를 보이고 싶지 않았다. 되려 남승기는 자기를 사랑하고 있는 것처럼 보이고 싶었다. 거짓말을 하려는 생각에서 그런 것은 아니었다. 남승기의 마음을 알고 있고 그의 고백을 들었으면서도 허성숙은 남승기가 자기를 사랑하거니 하는 생각을 가지게 되는 수가 있었다. 남승기의 생각을 골돌히 하고 있느라면 남승기는 윤상매를 사랑하는 것이 아닌 것같이 여겨졌다. 윤상매는 사랑하는 것이 아니고 도와주려고 그러는 것이라고 해명하는 동시에 남승기는 자기를

사랑하는 것이라고 단안을 내렸다. 마지막 남승기가 퇴원하던 날의 일을 들어 말하더라도 꼭 그렇다고 생각되었다. 그날 퇴원 준비를 완료한 남승기는 자기를 불러 뒷마당 조용한 데 데리고 가서 긴 말을 들려주었던 것이다.

"성숙 씨 고마운 걸 잊지 않으리다. 부디 귀한 몸조심 하시면서 저 불상한 부상병들을 잘 보살펴 주십시요. 잠시도 쉬지 않고 보살펴 주어야만 죽지 않습니다. 그래야만 신음 소리와 헛소리도 덜 치게 될 겁니더. 외롭고 가없은 저들이 찾는 때마다 쫓아가 봐 주십시요. 성숙 씨는 그 일만이 자기에게 부여된 사명이거니 알고 치뤄 나가 주십시요. 의사나 간호원의 손이 돌아 못 가서 죽는 사람이 한 사람도 없도록 해 주십시요. 성숙 씨 부탁합니다. 우리는 젊어요. 젊기 때문에 일을 해야 돼요. 전쟁이 생기기 전보다 백배의 힘을 내어 일을 해야 해요. 부디 몸조심하시고 다시 만나는 때 피차 더 좀 나은 사람이 되도록 애쓰며 사십시다. 성숙 씨 아시겠지요?"

남승기는 말을 마치면서 손을 밀어 자기 손을 힘 있게 잡아 주었던 것이다. 그리곤 구비진 언덕길을 내려갔던 것이다.

"남승기 씨는 그동안 여기 입원하고 계셨단다. 한 달 십이 일 동안을 입원하고 계셨어."

허성숙은 아이들이 사탕이나 장난감을 동무들한테 자랑하는 때와 같은 어조로 윤상매를 내려다보며 이렇게 말했다.

"어머나 그랬어? 난 아무것도 모르고 있었어. 오빠도 그런 얘긴 없었던걸."

"너이 오빠가 알 턱이 없지. 내가 간호원을 지망할 때도 그이 때문에 한단 말을 안 했지. 그리고 여기 찾아왔어도 그런 내짐을 안 뵀거든."

"그런데 어딜 다쳤게 입원했나? 남승기 씨도 군대에 들어갔댔구나?"

"그럼. 그인 초기에 이이 들어갔어. 전쟁이 터렬자 말이야. 그랬다가 다부원전투에서 그 치렬한 다부원전투에서 발목에 관통상을 입었댔어. 발목이게 망정이지 다른 어디였더면 어쩔 번했냐? 생각만 해도 땀이 쭉 빠지잖어?"

121

歸鄕 ⑥

"그러게 말이다. 남승기 씨도 존은 사람이구나? 전쟁이 터지자 군대에 간 걸 보믄……."

윤상매는 남승기를 '존 사람'이라는 말을 했다. 그것은 정낙규* 중위를 알고 있고 또 금방 자기 오빠와 한 이야기를 잊지 않았던 까닭에 이런 말을 할 수 있었다.

"좋다 말다. 그 이상 존 사람이 또 어디 있겠니? 그인 사상가야. 인격자야. 그러기 때문에 그이 말을 난 거역할 수가 없어. 내가 이 지옥 같은 일을 하구 있는 게 그이 때문이야. 신음 소리, 헛소리, 고름, 비참한 수술, 주검 이것들을 견데 나가는 건 오로지 그의 힘이야. 그인 날더러 이 일을 사명으로 알고 치러 나가라고 했어. 그리고 다시 만나는 때 피차 더 나은 사람이 되도록 애써 보자고 했어."

"어쩜. 참 고마운 사람이구나. 자기 한 사람만 생각하지 않고 국가나 민족을 위해 살겠다는 사람들은 다 똑같은 말을 하는가 부다?"

윤상매는 또 정낙규를 생각하고 말했다. 좋은 사람을 알아보는 허성숙에게 정낙규의 자랑을 하고 싶은 충동이 뭉쿨 치밀었지만 정낙규가 청혼을 해오는 날까지 참자고 마음먹으면서 뭉쿨 치미는 생각을 눌렀다.

"너이 리-베두 그런 말을 하던?"

허성숙은 약간의 미소를 입가에 띠우며 이렇게 물었다.

"성숙이 넌 그걸 어떻게 아니? 그래. 남승기 씨하고 똑같은 말을 한단다."

윤상매도 입가에 미소를 띠우며 말했다.

"참 어디 있니? 같이 올 거지? 김해원 씨는 스포츠맨이라 그런 생각을 가

---

* 앞에서는 정낙영으로 명명되었으나, 이후에는 죽 정낙규로 호명된다.

지구 있는 줄 몰랐더니……."

윤상매는 이 말에서 주춤했다.

"아 참 김해원이 말이야? 김해원인 인민군 의용군으로 나갔다. 벌써 서울 있을 때 나간걸."

"그럼 넌 여기 혼자 와 있니?"

"그래. 오늘 저녁에 집에 내려갈려구 그래. 오빠하구 같이. 오빠가 지금 정문 밖에 계신데 널 만나구 갔음 좋겠다구 그러시더라."

"상매. 네가 집에 간단 말이지? 다대포에 말이냐? 김해원이도 의용군으로 나갔으니까 혼자 가겠구나?"

허성숙은 다른 말은 못 듣고 윤상매가 다대포에 갔다는 말만 귀담아 들었던지 이렇게 부르짖었다.

남승기가 가 있으리라고 짐작되는 다대포에 윤상매가 간다는 사실을 알자 그는 기가 번졌던 것이다.

"혼자 가잖아. 오빠하고 같이 내려간다니까."

아무것도 모르고 있는 윤상매의 대답이었다.

"이 초비상시에 편하게 집에 들앉을 게 뭐냐? 너도 간호부가 돼서 나하구 같이 여기서 일하자쿠나. 저 가엾고 외로운 사람들을 보살펴 주자구나. 저 사람들을 한 사람도 죽이지 말고 구출해 주잔 말이야. 의사와 간호원의 손이 모자라서 죽어 나가는 사람이 있어서야 되겠니? 상매야 나하구 여기 있자. 응? 상매야."

허성숙은 남승기가 자기에게 타이르던 말을 윤상매한테 들려주며 간청했다. 남승기가 가 있을 다대포에 윤상매를 보낼 일이 죽음과 같이 싫어서 하는 소리만은 아니었다. 윤상매의 귀향(歸鄕)을 만류하고 있는 사이에 그는 또 진정으로 외롭고 가엾은 부상병들의 뒤 추배를 해 줄 사람이 한 사람이라도 더 있어야 한다는 생각이 들었던 것이다.

"성숙아 고맙다. 네 말을 들으니 당장 나도 간호원이 되고 싶구나."

윤상매의 말도 거짓말은 아니었다. 그렇잖아도 그는 차츰 무엇인가는 모르지만 그날그날을 무의미하게 지내선 안 되겠다는 생각이 있던 참이었다. 무엇인가 모르지만 무의미하게 지나지 말아야 하겠다는 생각과 함께 나만이 아니고 남을 위하는 일을 하고 싶다는 생각이 있던 참이었다.

"그럼 너 지금부터라도 간호원 수속을 해라. 지금은 비상시라 지원만 하면 된다."

허성숙은 상대방의 동향을 초조하게 기다렸다.

122
歸鄕 ⑦

"그렇지만 지금 당장은 안 돼. 일단 집에 내려가 봐야 해."

상대방은 허성숙은 다시 낙망시켰다.

"그래? 넌 그럼 남승기 씨를 만날 테지?"

"내가 남승기 씨하구? 난 그 사람하고 결혼 안 해. 그 사람하고 결혼할 사람은 성숙이 너 아니야? 우리 오빠가 너하고 결혼하고 싶어 하지만……그이가 그처럼 존 사람이고 또 네가 그일 사랑하고 있는데 네가 결혼해야 옳잖겠니."

"넌 나만 남승기를 좋아한다구 생각하니? 그이는 날 사랑한다. 그이는 나한테 다시 만나는 때 피차에 더 나은 사람이 되도록 애쓰자고 했어. 사랑하는 사람이 아니면 그런 말을 할 리가 있어?"

"그렇담. 더 좋잖니? 사랑하는 사람끼레 결혼한다는 것 그 이상 행복한 일이 어디 있겠니?"

윤상매는 자기의 심정도 함께 이야기해 버렸다.

"그래 네 말이 맞다. 사랑하는 사람끼레 결혼한다는 것 그 이상 존 일이 없어. 남승기 씨는 분명히 날 사랑하고 있는 거야."

허성숙은 어디까지나 흥분해 있었다. 상대방에게 남승기가 자기를 사랑한다는 것을 의식적으로 보여서 상대방으로 하여금 남승기한테서 멀어지도록 하려고 꾀했다. 그러나 윤상매는 허성숙의 이러한 마음은 모르고 상대방의 말을 곧이듣는 것이었다.

"그렇더라도 성숙아 우리 오빠가 정문 밖에 와 계신데 잠간만 만나 주렴. 오빠가 가엾구나. 오빠가 널 사랑하고 있는 건 너도 알지? 잠간만 나가 위로해 주렴."

"그러기가 싫다. 아무도 만나기 싫고 아무것도 하기 싫다. 싫으면서 억지로 하는 일, '마이나쓰'를 가져오는 걸 번연히 알면서도 하구 있어. 여기엔 다른 아무 이유도 없어. 오직 그이가 내게 일러 준 말대로 이행하려고 해서 그러는 거야. 싫은 일이 내게 '플러쓰'를 가져오기까지 나는 나를 극복해 볼 생각이야. 그이를 위해서 악전고투를 해 볼 생각이야. 그이는 나한테 국가와 민족을 위해서 이 일을 하라고 말했지만 나는 어디까지나 그이를 위해서 그이가 내게 일러 준 부탁을 이행하기 위해서 이 일을 하구 있는 거야."

"네가 그이를 위해서 일하는 사이에 외롭고 괴로운 부상병들이 좋아진다면 그게 곧 국가 민족을 위하는 일이지 뭐냐……."

"아무튼 나는 이 일이 내 사명이거니 알고 하겠어. 그이를 다시 만나게 되던 안 되던 나는……."

허성숙은 여기서 말을 못하고 눈물을 방울방울 떨어뜨리는 것이었다. 처음엔 계획적으로 나갔으나 차츰 이야기하는 사이에 그는 결국 자기의 아픈 심정이 그대로 쏟아져 나왔던 것이다.

"성숙아 왜 우니?"

윤상매는 와락 달려들어 상대방을 끌어안았다.

"저리 나가자."

허성숙은 눈물을 걷우려고 애쓰면서 상대방에게 조용히 말했다. 그리고 그는 윤상매의 손을 잡아 이끌었다. 상대방의 따사로운 체온이 호조곤히 자기에게로 넘어오는 것을 깨달았다.

그런데 이 따사로운 것이 전신에 펴지지 못하고 가슴 한복판에 와서 콱 응결되는 것은 무슨 까닭일까?

자기가 사랑하는 남자의 사랑하는 여자의 것이기 때문일가?

허성숙은 질식할 것만 같았다.

가슴에 와서 콱 응결된 윤상매의 체온이 호흡까지 곤난케 했던 것이다.

"상매 나 좀 도와줘. 날 꽉 붙잡아 줘."

허성숙은 윤상매에게 몸을 쏠리며 겨우 말을 이어갔다.

123
歸鄕 ⑧

윤상매는 상대방의 말대로 힘을 다하여 상대방을 부축했다. 상대방은 윤상매의 부축을 받으며 발걸음을 뒤겻 쪽으로 옮겼다. 나무들은 잎을 죄다 떨어뜨리고 앙상히 서 있는 저편에는 푸른 하늘이 펼쳐져 있었다.

허성숙은 숨을 길게 쉬며 신음 소리를 쳤다. 자기도 의식하지 못하는 사이에 한 일이다. 그는 남승기를 부축해 가며 이 마당을 걷던 일과 나무잎이 다 떨어지지 않았던 일과 나무 잎이 마구 떨어져 흩날리던 일과 하늘이 드높고 푸르던 일들을 생각하고 있었을 뿐이다. 그의 눈에서 흘러내리는 눈물이 아직 끊어지지 않았다.

"상매 그땐 나무잎들이 다 떨어 안 졌댔어. 나무잎들이 마구 떨어져 흩날리기만 했어. 잎을 얼마간 달고 있는 나무 저편에는 드높은 푸른 하늘이 펼쳐지고 있었어. 그때 나는 그이를 부축해 가며 이 뜰 안을 거닐었어. 그이는 쌍지팡이를 짚었기 때문에 내가 부축해야 했어. 그이와 나는 많은 이야길 하고 있었어. 그러나…… 그러나 그 이야긴 그이가 윤상매를 사랑하기 때문에 한 이야긴 거야. 그이는 윤상매를 사랑하고 있는 거야. 나의 부축을 받으며 나와 같이 걸으면서도 윤상매하고 이야기하고 있은 거야. 멀리 윤상매가 가 있을 서울의 하늘을 쳐다보고 있었어. 상매 난…… 난…… 어떡해야 옳지? 난……."

허성숙의 몸덩이가 균형을 잃으면서 윤상매한테로 그냥 쏠렸다. 그러는 바람에 윤상매도 몸의 균형을 잃었다. 몸의 균형을 잃은 두 몸덩이가 땅바닥에 쓰러졌다. 쓰러져서 크게 다치기라도 한 듯이 허성숙은 흑흑 느끼기 시작했다.

"성숙이 울지 마. 난 그런 걸 조금도 몰랐어. 남승기 씨가 성숙일 사랑하는 게 아니고 날 사랑한단 말이야?"

"……."

허성숙은 느껴서 말은 못하고 고개로써 응대했다.

"네가 그렇게 사랑하구 있는데 널 안 사랑할라구? 이렇게 예쁘고 착한 너를……."

윤상매는 허성숙의 얼굴을 들여다보며 말했다. 감실감실한 눈에서 흘러내리는 눈물은 눈물 같지 않고 보석인 것만 같아 보였다. 그런 것이 더구나 하이얀 맑은 얼굴로 구울러 내려오고 보니 말이다.

"상매야! 세상은 맘대로 안 되는 거라고 하시던 너이 어머님 말씀이 꼭 맞는 거야. 내가 그처럼 사랑하건만 그이는 널 사랑하고 있으니……."

"성숙아. 날 사랑해도 소용없어. 난 사랑하는 이가 있는걸."

윤상매는 안 하자던 말을 해 버렸다. 이 말에 허성숙은 흑흑 소리를 삼키면서

"사랑하는 사람이 있다구? 그 사람이 누구야? 김해원이 말이지?"

"아냐. 지금 여기 있어. 군인이야. 난 인제 집에 가 있다 그이 쪽에서 청혼해 오면 약혼을 하고 결혼을 하기로 했어. 그이는 훌륭한 사람이야. 나는 그이한테서 많은 것을 배와 알았어. 내가 김해원이하고 서울에 간 것도 그동안 여러 가지 잘못한 일들을 그이는 다 알고 있으면서도 날 사랑하는 거야. 그이는 나같이 고생한 사람이 좋다는 거야. 고생해야만 사람이 된다는 거야. 정말 그런 것도 같긴 해. 집에 있을 땐 너무 아무것도 몰랐어. 어머니 말씀맞다나 천둥벌거숭이었어. 천둥벌거숭이었기 때문에 함부로 날뛰었어. 난 정 중위가 아니더면 아직도 천둥벌거숭이로 날뛰었을지 몰라. 그이가 날 붙잡아 이끌어 주었어. 어떻게 어떻게 해야 한다고 모든 것을 자상하

게 타일러 주고 가르쳐 주었어."

윤상매는 자랑하고 싶던 말을 다해 버렸다. 허성숙은 윤상매의 말이 끝나자

"고삐의 철학."

하고 한마디로 외쳤다. 그러나 윤상매 쪽에선 무슨 말인지 알아듣지 못했다. 자기 때문에 남승기가 한 말이라는 건 더구나 모르고 있었다.

124
歸鄕 ⑨

그들은 적잖게 오래 피차의 이야기를 주고받다가 허성숙의 쪽에서

"너이 오빠가 문밖에 있다지?"

하고 물었다.

"아 참 오빠가 너하고 같이 나갈 줄 알고 눈이 빠지게 기다릴 거야. 나가 봐야겠어."

"상매야 내 부탁 한마디 들어다구. 너이 오빠더러 찾아오지 말라구 말해 줘. 사랑하지 않는 사람을 사랑하는 일보다 사랑하지 않는 사람한테서 사랑을 받는 일이 더 괴롭다. 정말로 말하면 사랑하지 않는 사람을 혼자 사랑하는 건 생의 보람을 느낄 수 있으면서 사랑하지 않는 사람의 사랑을 받는 일은 싫고 무섭고 징그러울 뿐이다. 하나가 천당이라면 하나는 지옥일 거야."

"알았어. 그렇지만 오빠가 가엾어서 어떻게 말하나?"

"가엾지만 날 좀 도와줘. 조용히 그이를 생각하게 해 줘. 응 상매야."

"그래라. 내 힘 자라는 대로 도와줄께. 천당의 주인공과 지옥의 주인공 두 사람 어간에 나서서 사자(使者) 노릇해 주지."

윤상매는 허성숙의 얼굴을 들여다보며 눈을 찔끔해 보이고 문밖에 서 있을 오빠를 생각해서 달음박질을 하고 있노라니까 오빠는 말뚝같이 빳빳이

서서 병원 마당 안을 들여다보고 있는 것이 아닌가? 누이동생이 정문 밖에 나서자 오빠는

"성숙이는 와 안 나오나?"

하고 묻는 것이었다. 상매는 허성숙의 부탁을 받은 일도 있고 해서 무어라고 말하려다가 이때까지 기다리고 있은 오빠의 정성을 생각해서

"성숙이가 아파요."

하고 대답했다.

"아파? 어데가 아프닥 하더노?"

"몸살인가 봐요."

"저런 빌어먹을 일이 어데 있노. 그눔우 간호부는 와 해 가지고 그 고생인공 모른닥 카이."

"오빠두. 일하는 게 뭐가 고생이예요? 더구나 사랑하는 사람이 시켜서 하는 일인데……."

"사랑하는 사람이 하락해서 하다이? 그 사람이 누고?"

오빠는 대경실색을 했다. 양미간에 주름이 잡히고 목에 핏줄이 좍 섰다.

"누구겠어요. 남승기지. 남승기 씨도 입대했더군요. 그새 부상을 당해 가지고 이 병원에 입원하고 있었대요."

"아 그래서 날로 오지 마락 했구나. 어지저녁에도 날로 보고 오지 마라 안 카나 그렇기. 그눔우 자석을 그마……."

"오빠 걸으세요. 보초가 봐요. 남승기 씨는 벌써 퇴원했다는데. 어제저녁에 어쨌다는 거에요?"

"언제 퇴원했닥 카더노? 어데로 부상했다 카더노?"

"발목 관통상이래요."

"발목을 찍었다 카더나?"

"찍긴 왜 찍어요, 총알이 뚫고 나갔는데."

"뚫고 나가도 썩는 수가 있닥 하던데…… 안 썩어도 쩔뚝바리가 되는 수도 있닥 카더라."

"오빠 남승기가 쩔뚝바리 되거나 발목을 찍었더면 졸 법했군요?"

"이눔우 가시나가 와 이래 사생결단고?"

오빠는 걸음을 멈추고 누이동생한테 대어 들려고 했다. 그의 눈에 피가 싯뻘겋게 서 있었다. 그는 누이동생이 말한 바대로 남승기의 다리가 찍혔든□ 하다못해 쩔뚝바리라도 되었드면 싶은 심사가 충일하고 있었다.

"오빠. 그러지 마세요. 존 생각을 가지셔야 싱숙이 마음도 자연히 오빠한테로 돌아설 거 아니겠어요. 지금처럼 나는 생각을 가지시면 위선 오빠 얼굴이 숭악해서 볼 수 없는 걸요. 그런 얼굴을 성숙이한테 뵈여 보세요. 가까이 오긴 커냥 천리만리 날아갈 거에요."

사생결단이라도 낼 것 같은 오빠에게 누이동생은 조용히 타일렀다. 사생결단을 낼 것 같은 오빠가 무서워서라기보다 가엾은 생각에서 그랬던 것이다. 여기에 오빠는 아무런 댓구가 없이 발걸음을 떼어 놓을 뿐이었다.

125

歸鄕 ⑩

시계는 오후 두 시 반을 알려 주었다. 차 시간이 시간반가량밖에 남아 있지 않았다. 남매는 정거장에서 만날 약속을 하고 큰 시장 어구에서 헤어졌다. 큰 시장 어구에서라면 윤상매는 길을 잃지 않을 자신이 있기 때문에 오빠한테 여기까지 데려다 달라고 간청했던 것이다. 이 큰 시장 길은 정 중위네 가족을 위해서 찬거리 마련하려 다니는 사이에 익숙해진 길인 것이다. 눈을 감고라도 걸을 수 있는 길이었다. 딴말 같지만 이 길이 익숙해지는 사이에 윤상매는 딴사람같이 달라졌는지 모른다. 더 똑똑히 말한다면 그의 어머니가 늘 말광량이라고만 하던 그가 이 길을 오고 가고 하는 사이에 조용히 성장(成長)해 갔던지 모른다―. 왜냐하면 이 길을 걷는 때의 윤상매는 한 번도 그냥 걸어 본 일이 없었다. 가는 길에선 어떤 찬거리를 마련할까 하는 생각에 골몰했으며 또 돌아오는 길에선 마련한 찬거리를 어떻게 요리할까 하는 생각에 골돌했다.

'오늘 아침에 된장국이었으니까 저녁엔 생선 지짐이가 졸지 몰라?'

이런 종류의 생각을 하느라면 정 중위가 입이 미여지게 밥을 떠 넣고 국을 후룩후룩 마시던 일이 눈앞에 서언해져서 그는 씽긋 웃고야 마는 것이었다.

정 중위 집에 돌아왔더니 심부름하는 계집애가

"할무이로 몬 만났읍니꺼?"

하고 물었다. 계집애의 말을 들어 보면 정 중위 모친은 상매가 길을 잃은 게라고 걱정하다가 나가 본다고 나갔다는 것이었다.

"벌써 나가셨니?"

"예에. 아제씨가 오시서 아지무이가 안 오싯드나꼬 하이까 할무이가 걱정해 싸시 멘시러 나갔입니더."

"아저씨가 왔다 가셨어? 아까 나하고 같이 나갔다 다시 들어오셨단 말이지……."

"예에. 다시 오시 가지고 아지무이가 가신 데로 가 보싯디이 안 기시더라꼬 하십디더. 길을 잃은 기라꼬 걱정해 쌓십디더."

윤상매는 또 생긋 웃을 수밖에 없었다. 그는 휘파람이라도 불어 보고 싶은 마음이었으나 휘파람을 본래부터 불 줄을 모르므로 노래를 부르기 시작했다.

> 내 고향 남쪽바다
> 그 파란 물 눈에 보이네
> 꿈엔들 잊으리오
> 그 잔잔한 고향바다

입으로는 이렇게 부르는 것이나 그다지 가고 싶은 고향도 정 중위를 떠나갈 생각을 하면 싫기까지 했다

'그렇지만 어무일 가 봐야지. 어무이만은 보고 싶다.'

윤상매는 어머니한테로 생각이 돌아서자 떠난 준비를 해야 하겠다는 생

각에서 주섬주섬 차리기 시작했다. 그리고 좀 있으려니까 정 중위와 모친이 함께 들어오는 것이었다.

"아이고 왔구나. 길을 안 잊어뿌리고 용케 왔다."

정 중위는 눈을 크게 떠 윤상매를 보고 있고 모친이 이렇게 말하며 반색을 했다.

"어린애게 길을 잃었어요? 오빠가 큰 시장 어구까지 데려다 주신길요."

"잘했다. 그마 야아도 애가 타 가지고 벌써 두 분채나 안 나오나."

"맘을 놀 수 있어야지. 행길에 어린앨 내논 거야……."

정 중위가 가까이 오면서 눈을 흘겼다. 눈을 흘기는 것이나 와락 안아 주고 싶어 하는 표정이었다. 모친이 아니더면 정 중위는 콱 안아 주었을지도 모른다. 윤상매 쪽에서도 모친만 아니더면 그의 양팔 안에 힘껏 안겼을지 모른다.

"옷은 와 내 났노? 집에 갈라꼬?"

차부새를 채리던 걸 보고 정 중위 모친이 물었다.

"오빠가 오늘 저녁에 내려가자고 그래요."

"그리 급히 갈 끼 멋고?. 오빠도 같이 오실 끼지."

"이따 정거장에서 만나기로 했어요."

모친과 상매가 주고받는 곁에서 정 중위는 불이 뚝뚝 뛰는 듯한 시선으로 사랑하는 사람을 응시하고 있었다. 정 중위의 모친과 말을 주고받는 상대방 쪽에서도 자기에게서 시선을 옮기지 않는 정 중위를 자꾸만 보고 있는 것이었다.

126

歸鄕 ⑪

언제까지 그리고 있을 수는 없었다. 윤상매는 차리던 것을 다시 지키고 쌌다. 정 중위가 커다란 투렁크를 비워 주었다. 그의 모친은 보자기에 싼 것을 들고 와서 함께 넣어 싸라고 했다.

"옷가지가 뻔뻔해야 어무이가 고생 안 한 줄 알지 아이가. 이거는 양단 체매 저구리 한 불캉 비로오도 체매캉 분홍 유우똥 저구리 한 불이다. 집에 가서 입어라 에이."

윤상매는 벌쭉 웃고 받았다. 정 중위가 다시 받아서 투렁크에 넣었다. 투렁크가 부풀어서 정 중위가 무릎으로 눌르며 덮었다. 서울서 빈손으로 내려왔는데 투렁크에 그뜩 차는 일이 윤상매는 다행하고 또한 기뻤다. 집에서 떠날 때도 입은 학생복뿐이 아니었던가? 서울 가서 내처 그것만 입다가 장현도 마누라가 입던 '원피이쓰'를 주어서 그것을 줄여 입었다. 그 '원피이쓰'로 九, 二八을 맞이했으며 정 중위에게 취조를 받을 때에도 그것을 입었던 것이다. '원피이쓰'를 벗어 놓고 옷다운 옷을 입어 본 것이 정 중위가 보내 준 '투피이쓰'였다.

정거장에는 二분 남겨 놓고 도착했다. 정 중위가 투렁크를 들고 역에까지 나와 주었다.

"머 한다꼬 인자사 나오노? 기차 떠날 시간이 다 댔다."

오빠는 꼬락사니를 잔뜩 찌푸리고 누이동생한테 볼멘소리를 쳤다.

"아직 삼 분 남았읍니다."

정 중위가 팔뚝시계를 들여다보며 댓구했다.

"삼 분이몬 곧 떠날 시간 아이가? 속히 드가자."

오빠는 정 중위의 말을 들으면서도 정 중위를 아는 체하지 않았다.

"오빠 바쁘더라도 정 중위한테 인사나 하세요. 그동안 제가 폐를 끼쳤는데……."

"인사고 머고 시간이 어데 있노? 그마 어뜩 드가자."

오빠는 조그만 손가방을 옆에 끼고 총총히 앞을 서는 것이었다.

상매는 얼굴이 확확 달아올랐다. 부끄럽기도 하지만 더 많이 화가 치밀었다. 그까짓 중위를 뭐에 쓰겠냐고 대령이 아니더라도 중령만 같아도 좋겠다고 하던 오빠의 말이 생각났던 것이다.

홀에 들어가자 기차가 요란한 기적을 뽑으며 들이닥쳤다. 오빠는 기차가

서기 전부터 오르기에 바빴다. 상매가 정 중위한테서 투렁크를 받으려고
한즉 정 중위는 벙글벙글 웃으며

"내 올려다 줄게 가만있어요. 당신 오빠한테 한차례 얻어맞을 셈 치
구……."
했다.

"오빠 성질이 본래 그런걸요. 정 중위를 미워서 그러는 줄 아세요?"
화가 치밀었지만 오빠를 변명했다.

"또 정 중위군? 이별하는 마당에서까지 정 중위라구 할 께 없잖아?"
정 중위가 일부러 밀치는 것처럼 하지 않으면서 상매를 밀치며 말했다.
상매가 밀치우면서 정 중위를 정말 안타까운 시선으로 올려다보았다. 이렇
게 안타까울 줄 알았드면 떠나지 말걸 하는 생각이 들었다. 집에서 나오기
전에 그처럼 많은 포옹을 했으면서도 남의 눈이 아니라면 그의 양팔 안에
푹 묻히고 싶기만 했다.

"집에 가서 어무이만 보고 이내 올 테예요."
상매는 위의 입술에 파르르 경련이 이는 것을 깨달으며 이런 말을 했다.

"내가 내려갈 때까지 가만있으라니까. 내가 못 가면 어머니라도 가실 테
니까. 또 아무렇게나 결혼해선 상매가 가엾잖어? 알겠지? 상매."
그들의 대화는 젯트기처럼 신속했다. 촉박한 시간 안에 많은 말을 하고
자 함이었다.

127

歸鄕 ⑫

오빠는 끝내 정 중위와 인사를 하지 않았다. 정중위도 오빠의 눈치를 채자

"꽤 옹졸한 성격인 모양인데……."
하며 인사를 하고 싶지 않아 했다. 그러나 기차가 떠나자 오빠는 정 중위가
인사도 안 했다고 트집을 잡는 것이었다.

"지까짓 중위 따위가 건방지기 군다꼬 누가 무서워할 줄 아나?……."

그러잖아도 정 중위와 떠나는 일이 가슴이 꽉 막히는데 오빠가 이러기까지 하니까 상매는 견딜 수 없었다.

"오빠 제발 좀 옹졸하게 굴지 마세요. 그이가 뭐 건방지게 굴었게 그러세요?"

"늦기 나아 가지고 자리도 몬 잡고 이기 머꼬? 꾹 밀리 서 가지고 부산꺼정 가기 댔이이…… 찌푸차만 있어도 그처러 늦기 나앗일 리가 없을 거 아이가? 늦기 나왔닥 캐도 중령이나 대령이나 갈애 보지 군인 차 칸에 척척 태아 좃일 거 아인강……."

"군인 차 칸이라면 군인이 타지 우리가 왜 타요? 더구나 군대에 가기 싫어하는 오빠가……."

"그런 말은 와 꺼잡아 내노? 거 참……."

군대에 가기 싫어한다는 말엔 질렸던지 한참이나 누이동생을 눈을 흘끼더니

"니 가 바라. 군인 차 칸에도 일반인이 얼매나 탔는공…… 고급 장교 부인들은 기차로 타몬 으레 껀 군인 차 칸에 타능 기라. 중령이나 대령쯤 대몬 군인이 아이라도 수송관한테 말해서 얼매던지 태울 수 있는 기라."

"오빠 그런 거 좋은 일인 줄 아세요? 그런 일들이 없어야 대한민국이 바루 선다고 정 중위는 늘 말해요."

"장하구나. 그렇기 애국자연하이…… 칫."

오빠의 소리가 높았다. 양미간의 주름이 깊어졌을 것과 목에 핏대가 더 뚜렷이 섰을 것은 말할 필요도 없는 일이었다.

누이동생은 다시 댓구를 하지 않고 참았다. 댓구를 한다면 좋은 소리가 나가지 않을 것임에 틀림없는 일이고 그러느라면 오빠는 한층 더 큰 소리를 지를 것이며 양미간에 주름살과 목대에 더 심한 변화를 일으킬 것이 아니겠는가?

상매는 그렇게 되는 경우를 생각해 보았다. 승객들은 두말없이 자기들

남매에게로 시선을 집중할 것이라고 알았다. 상매는 그것이 진정 싫었다.

기차를 타고 서울 올라가던 때의 일을 뉘우치는 과정에 있은 까닭인지 모른다. 김해원과 둘이서 기차를 타고 집을 떠나던 때의 일을 상매는 기차를 타고 나서 이어 생각하게 되었다. 그때는 너무나 철부지였다는 생각이 올리밀면서 얼굴에 물을 껴얹는 것같이 확확 달아올랐다. 그런 뒤에 기차를 타 보기가 처음인 탓이기도 하리라. 기차를 좀 더 빨리 탈 기회가 있었드면 좀 더 빨리 뉘우쳤을지 모른다는 생각도 들었다. 그러나 이러한 심경의 변화가 있음으로 해서 상매의 오빠의 그 부질없는 말댓구를 하지 않고 참을 수 있었던 것은 다행이라 하겠다.

기차가 늦게 도착한 탓으로 상매는 다대포에 가지 못하고 오빠 하숙에서 지냈다. 오빠 하숙방에서도 그는 기차에서와 같은 생각으로 잠을 이루지 못했다. 여기서는 다대포 집을 떠나 부산 김해원과 둘이 어떤 집 뒷방에서 밤을 지나던 일이 그냥 떠올랐던 것이다.

이러한 심경은 그가 집에 이르는 도중에서도 쉴 새 없이 치밀어 올랐다. 오빠가 바쁜 탓으로 그는 혼자 퐁퐁선을 탔다.

바다는 잔잔하고 아침 햇발이 눈이 부시는 가운데 나무 섬이 보이고 구섬 솔심이 나타나고 몰운대가 팔을 벌리며 다가오는 것이 알렸다.

"아 오기를 잘했다."

고 소리치고 싶은 충동을 지긋이 누르며 그는 다가오는 것들을 가슴으로 받아들이는 것이었다.

128
꿈은 아니었다 ①

그날 아침따라 어머니는 늦잠을 자고 있었다. 자고 있었다기보다 어미는 또 꿈을 꾸고 있는 것이었다. 딸이 폭격에 맞아 죽었다는 전보를 받아 들고 우는 참이었다.

"어무이. 어무이."

이상도 하게 죽었다는 딸의 소리가 들리는 건 또 무슨 까닭이냐? 그러나 어머니는 다시 또 속을가 부냐고 스스로 자기를 다지며 종시 눈을 뜨지 않고 두 다리를 뻗어 버린 채 방성통곡을 하는 것이었다.

"어무이 무슨 꿈을 꾸세요?"

"엉엉 내 상매가 끝내 죽었다는구나. 엉엉. 폭격을 맞아 죽었다는구나. 엉엉. 이걸 봐라. 이 전보를…… 엉엉엉……."

어머니는 생시 같이 말하고 울며 손을 내둘렀다.

"어무이 상매가 여기 온걸요. 이거 아녜요?"

딸이 어머니의 내두르는 손을 붙잡아 제 두 손 안에 꼭 쥐었다.

"이걸 봐라 봐라. 끅끅 내가 또 속을 줄 알어? 엉엉 인젠 안 속는다. 상매가 죽은걸. 엉엉……."

딸이 뿌리치는 손을 그대로 붙잡아 안고 이번엔 어머니 얼굴에 제 얼굴을 들어대고

"어무이 어무이 제가 잘못했어요. 어무이 용서하세요."

하며 부벼 대었다. 딸의 눈에서도 눈물이 마구 쏟아졌다. 딸은 연신 똑같은 말을 지껄이고 있었다. 똑같은 말을 지껄이며 울기만 했다.

"뭐? 이거 뭐야? 이거 뭐냐 말이다."

똑같은 말을 지껄이며 울기만 하던 딸이 어머니를 어떻게 했든지 어머니가 외치며 눈을 번쩍 떴던 것이다. 얼굴과 얼굴이 마찰되고 눈물과 눈물이 한데 엉키어 흘러내리는 바람에 꿈에서 깨어났던 것이다. 즉 현실을 감각했던 것이다. 현실을 감각하고서도 어머니는 곧이듣지 않았다. 어머니는 눈을 부릅뜨며

"네가 상매란 말이냐? 틀림없이 상매란 말이냐? 날 또 속일 작정이냐?"

고 호령을 치는 것이었다. 딸은 흑흑 느껴 우는 울음을 참아 가며

"어무이 다시는 안 속이겠어요. 어무이 한 번만 용서하세요. 인제부턴 어무일 즐겁게 해 드리겠어요."

하고 위로했다. 딸은 어머니가 집을 떠난 잘못을 꾸짖는 줄 알았던 것이다.

어머니의 눈이 차차 커졌다. 커지는 눈에 빛이 들기 시작했다. 그러더니

"너 정말이구나? 이건 꿈이 아니구나. 지금 네가 폭격에 맞아 못쓰게 됐다는 전보를 받고 있던 중인데 아― 이게 웬일이냐?"

고 어머니는 참으로 큰 소리를 외치며 두 팔을 쫙 벌려 딸을 안았다. 그리곤 그들은 다시 말이 없었다. 할 말이 너무 많기 때문에 말을 못 했는지 모른다. 눈물이 말을 대신했는지 모른다. 한참 그러고 있다가 어머니가 먼저 딸을 떼어내 놓고 얼굴을 들여다보고 손을 만져 보고 팔과 다리를 어루만져 보곤 했다.

"별루 마르진 않았구나?"

"마르긴 왜 말라요? 제가 얼마나 호사를 했게요?"

딸은 이 말 끝에 벌품 웃었다. 벌품 웃는 입가에 진정 행복해하는 빛이 서려 있음을 어머니는 엿보았다.

129
꿈은 아니었다 ②

"같이 왔니?"

"아뇨. 나중 온댔어요."

"어디 있게?"

"대구 있어요."

"이옥채는 어떻게 한다더냐?"

"이옥채요? 어무이 김해원이 말입니까?"

이 소리는 박 여사의 머리통이나 어디를 큰 쇠뭉치로 땅 때리는 것 같았다. 그러나 박 여사는 기절을 하지 않았다. 기절을 할 상싶은 자기를 추세우며

"그럼 또 누구냐?"

고 힘들게 물었다.

"김해원인 의용군으로 나간걸요."

딸은 헌절히 댓구했다.

"의용군이라니? 인민군으로 나갔단 말이냐?"

"네. 그랬지만 김해원이가 절대로 빨갱인 아니에요. 하도 고생스럽어서 나간 거에요."

"그래? 김해원이는 인민군이 돼 갔구나…… 후ー유ー."

어머니는 숨을 썩 길게 내쉬었다. 숨을 썩 길게 내쉬는 사이에 쓰러질 듯하던 자세도 바루잡히는 것이었다.

"후ー유ー."

어머니는 다시 한 번 더 숨을 길게 쉬었다. 먼저보다도 한결 또렷한 형상을 이룬 숨이었다. ー그것은 절망 상태(絶望狀態)에서 구원(救援)의 길에 들어섰을 때 쉴 수 있는 숨이라고 해도 좋을 것이다.

어머니는 김해원이가 가까이 있지 않고 먼 데로 가 버렸다는 일이 무척 다행했던 것이다. 그리고 보면 전쟁이 터진 것 三八선이 가로막힌 것 이런 일들이 모두 자기를 구원해 주려고 미리 마련된 일같이도 생각되었다.

"인제 이옥채만 가만있어 준다면."

속으로 중얼거린다는 것이 그만 입 밖에까지 나와 버렸다.

"어무이 참 이옥채가 어디 있어요? 그새 한번 만나 보셨어?"

"뭐? 이옥채?"

어머니는 당황했다. 혼자 생각한 것이 탄로되었음을 알았기 때문이었다. 그러잖어도 어머니는 이러한 생각을 하면서 한편으로는 '내가 왜 이렇게 나쁠가? 나만 생각하고 남을 생각지 않을가 부냐.'고 뉘우치던 중이었다.

"이옥채가 어떻게 됐는지 어무이 몰라요?"

"왜 몰라. 집에 한 번 다녀갔다."

"나 많이 욕하지요?"

"욕은 안 하더라. 울기만 하다가 갔다. 앨 배서 배가 퇴봉오리 같더구나."

"어머나 어쩌나. 언제 다녀갔어요?"

"지난여름, 그게 아마 팔월 하순껠 거다."

"그럼. 인제 애길 낳겠네요?"

"벌써 낳을 테지."

"가엾어라. 한번 만나야겠어요."

"만나다니? 이옥채를 만난단 말이냐?"

"네. 만나서 사괄 해야겠어요. 그리고 이옥채를 위해서 좋은 일을 하고 싶어요."

"이옥채가 널 가만 안 두면 어쩔라구? 망신을 시키던지 하면 어떡할라구 그래? 만나지 마라. 상매야. 김해원이가 먼 데 가 버렸으니 이옥채만 가만 있으면 인제 문제는 없이 될 거 아니냐? 존 자리만 있으면 결혼해도 된단 말이다. 아까 네가 나중 온다고 한 사람이 누구지? 그 사람이 너하고 결혼 할 사람이냐?"

어머니는 숨까지 찰 정도로 말을 빨리빨리 이어갔다. 딸은 어머니가 이 처럼 말을 빨리 하는 것을 처음 보았다.

"어무인 제가 없는 동안에 많이 달라지셨어? 이옥채가 날 어떻게 하더라 도 난 그대로 받아 당해야죠. 그 사람한테 평생 죄인인걸요."

딸의 말이 이렇게 나오니까 어머니도 가만있을 수가 없었다. 자기 마음 한편 구석에 있는 것과 똑같은 생각을 딸이 하고 있다는 일이 고맙고 기특 했다.

"상매야 고맙구나. 집을 나가서 어룬이 돼 왔구나?"

"그 대신 어무인 어려지시구요?"

"바보가 됐지."

어머니와 딸은 마주 보고 웃었다. 어머니로서는 참으로 오래간만에 웃어 보는 웃음이었다. 딸이 떠난 뒤로 웃어 본 일이 없었던 것이다.

130

꿈은 아니었다 ③

"그런데 너 아까 나중 온다던 사람은 그래 누구냐?"

웃고 나서 어머니는 다시 같은 말을 물었다.

"나 도와준 사람이에요. 도와줬다기보다 살려 준 사람이라요."

"너를 살려 준 사람? 그 사람이 대구에 있단 말이냐?"

"네. 군인이에요. 어무인 중위라도 계급이 낮다고 안 하시겠지요."

상매는 오빠가 계급을 불평하던 일이 생각났던 것이다.

"그게 무슨 소리냐? 계급이야 고하 간에 너를 살려 준 은인이라니 목이 메는구나. 그래, 그 사람이 인제 여기 온단 말이지?"

"어무일 기쁘게 해 드리려고 청혼하러 온대요. 어무인 그게 원이 아니었 어요?"

"그 군인이 청혼하러 온다구? 언제 온다더냐?"

어머니는 짐승이 날개 치듯 양팔을 너펄거렸다.

"네……. 누구한테나 미리 말 안 하려고 했는데…… 그렇게 약속했는데 그만 다 해 버렸네."

"왜?"

"어무일 더 기쁘게 해 드릴려고……."

"그것들……."

어머니와 딸은 마주 보고 웃었다.

"어무이 정 중위 말이에요. 참 존 사람이라오. 정 중위 만나지 않았드면 나 아직까지 어무이 말같이 천둥벌거숭이였을 거에요. 정 중위는 육신만 살려 준 게 아니고 정신의 눈까지 뜨게 해 주었어요."

"그 정 중위가 청혼하려 우리 집에 온단 말이지? 이게 꿈이면 어떡하나. 상매야 이게 꿈은 아니지?"

어머니는 후들후들 떨기까지 했다.

"어무이 꿈이 아니에요. 이제 곧 올 거요."

딸은 후들후들거리는 어머니를 진정시키려고 했다.

"아무래도 꿈같구나. 어디 날 꼬집어 봐라. 이 손등을……."

어머니는 모두 못 미더운 소리요 못 미더운 사건만 같아서 손등을 딸 앞에 내밀며 꼬집어 보라는 것이었다. 딸은 어머니가 내민 손등을 꼬집지 않고 싹싹 문질르다가 제 두 손바닥 사이에 집어넣고 주물르며 어머니를 측은스레 들여다보았다.

✳

상매가 내려와서 나흘 되던 날 정 중위와 그의 모친이 함께 와 주었다. 하루를 천년같이 기다리던 정 중위가 이처럼 빨리 와 준 것도 매암 돌고 싶은데 모친까지 와 주었으니 말이 안 나갈 지경이었다. 상매는 긴 치마자락을 펄럭이며 객을 맞아들이기에 분주했다. 그리고 그는 긴 치마를 입은 고운 맵씨를 사랑하는 사람에게 뵈어 주는 일이 한없이 즐겁기도 했다.

"상매야 안방에 모셔라. 어서 네가 모셔라."

박 여사는 옷을 바꿔 입는다, 보선을 갈아 신는다 분주했다. 사위 될 사람이 청혼을 온다고 하는 딸의 말을 듣긴 들었어도 이처럼 속히 와 줄 줄은 몰랐고 더욱이 사위 될 사람의 모친까지 함께 와 주리라곤 생각도 못 한 일이라 당황했다. 딸의 말을 듣고 사위 될 사람이 오기 전에 준비를 해 놓느라고 이부자리 호청을 새로 씨운다, 집 안팎을 치운다, 생선을 말린다, 부산 건너가서 찬거리를 작만해 온다 연일 손 놀 새가 없었으나 아직 준비가 덜 되었으므로 더욱 당황했던 것이다.

딸이 집을 나간 뒤엔 온통 그대로 내버려 두었으니 치울 데나 좀 많겠는가 말이다. 그것도 그렇겠지만 혹시 딸이 늘 집에 있다가 (그동안 아무런 사건이 일어나지 않고 있다가-) 이렇게 당했다면 그다지 당황할 것도 없었을지 모르는 일이다.

131

꿈은 아니었다 ④

어머니가 말쑥하게 채리고 들어오셨다. 어머니는 무척 젊어 보였다. 상매가 오던 날도 폭 늙어 보였고 그동안에도 늙어만 보이던 어머니가 옛날 모습을 회복한 일이 상매는 또한 기뻤다.

"우리 어머니에요."

상매는 정 중위와 정 중위 모친한테 방 안에 들어서는 어머니를 소개했다. 소개라기보다 옛날 모습을 회복한 어머니를 자랑했던 것이다.

"먼 데 오시느라고……."

어머니는 방 안에 들어서면서 절하는 자세를 취하며 객에게 인사를 했다.

정 중위의 모친이 마주 절을 받고 나서

"야 인사 드리라. 우리 아들입니다. 이레 몰 체면하기 순서도 채리지 몬 하고 와서 죄송합니더. 전시라 체면을 갖출 수도 없읍니더."

하고 말했다.

"원 별말씀을…… 다……."

박 여사가 사위 될 사람에게 시선을 돌리며 조심스레 댓구했다. 정 중위는 말없이 절만 했다. 군복을 입고 절하는 정 중위의 모양새가 상매 눈에는 우습게 보였다. 상매가 '후후훗' 웃고 말았다.

"얘가 저렇게 철이 없답니다. 저거 함부루 웃고 저래요."

"저만 때사 말똥 구부러가는 것만 바도 우습닥꼬 안 합니꺼? ……그런데 두서없이 각중에 이런 말씀 하기가 거북하지마는 우리 모자가 이래 찾아온 거는 따님을 내 메느리로 달라꼬 온 깁니더."

정 중위 모친의 말이 떨어지자 어머니는 입가에 떠도는 웃음을 숨기지 못했다.

"저걸. 저런 천둥벌거숭일 가져가시게요? 달라고 말씀하시면 드리겠읍니다만."

그 와 그 들 의 戀 人

"온 천만에요. 따님이 아주 훌륭해요. 우리 아들도 훌륭하지마는……."

정 중위 모친이 이 말은 웃음과 섞여 나왔다.

"거북해서 저희들은 나가겠어요."

정 중위가 굵은 목소리로 자기 모친과 박 여사를 번갈아 보며 말했다.

"그래라. 너거는 너거들끼리 이바구도 하고 해라. 그러는 기 안 좋습니껴?"

"네. 그렇지요."

박 여사의 동의가 떨어지기도 전에 벌써 상매는 미닫이 밖에 나섰다. 정 중위도 뒤를 따랐다.

"춥더라도 바깥이 낫잖어요?"

"아무 데라도 좋와."

상매는 뒷곁 뜰로 객을 안내했다. 뒷곁엔 댓숲이 우거져 있어서 어느 때나 발길을 옮기게 되는 곳이므로 상매는 정 중위에게 이곳을 보여 주고 싶다는 생각이 있었다.

댓숲은 청청한 채로 병풍같이 꽉 둘러서 있었다.

"좋잖어요?"

상매가 댓숲을 한 팔로 쑤욱 훑으면서 정 중위를 쳐다보았다.

"좋아. 참 좋아. 언제 상매가 이렇게 아름다웠던가?"

정 중위가 황홀한 시선으로 상매를 내려다보았다. 자주 치마에 연두 반호장저고리가 배경이 청청하길래 선명해 보인 탓인지 정 중위는 새삼스레 상매의 아름다움을 칭송했다.

"댓숲 말인데요."

"상매가 더 좋아."

"보고 싶다 봐서 그런가 봐요. 정 중위도 좋아지셨어요."

"또 정 중위?"

그러잖어도 꽉 얼싸안고 싶었는데 차라리 잘되었다는 생각이 들었다. 정 중위는 이 말과 함께 행동을 시작했다.

"보구 싶었어? 나두 보구 싶었어. 그렇지 보구 싶을 줄은 미처 모르고 있었어."

"나두요."

그들은 잠간 쉬는 동안에, 아니 이 말을 하기 위해서 그들의 입술과 입술이 떨어졌는지 모른다. 떨어졌던 입술이 이 말을 뱉아 놓고 다시 강렬한 포옹과 입맞춤을 계속했다.

132
꿈은 아니었다 ⑤

"빨리 와 줘서 고마워요. 어머님이랑 같이 와 주신 건 더 고마워요."

오랜 침묵이 지나간 뒤에 상매가 먼저 말을 했다.

"어머니가 같이 오신 건 당신 어머님을 더 기쁘게 해 드리려구 해서야. 빨리 온 건…… 빨리 온 건 내 일이 바쁘기 때문이구……."

"바쁜 일이 생기셨어요?"

"일선으로 교대됐어. 가기 전에 보구 갈 생각도 있고 약속을 이행하구 싶기도 해서 급히 서둘었지."

"어머나? 어떡해요?"

"뭐로 어떡해?"

"일선에 가시면 말이에요."

"일선에 가는데 뭐가 어떡해야?"

"전사하면 말이예요."

"전살? 안 해. 내가 어떻게 전살 해. 상맬 두고 가는데 전살 할 수 있어?"

"……그럴가?"

"그럼, 난 죽지 않어. 상맬 안 뒤엔 죽지 않을 자신을 가졌어. 일선에 가면 더 잘 싸울 수 있는 자신도 가졌어."

"그렇지만 보고 싶어서 어떡해요? 나흘 동안을 참는 것도 죽겠던데……."

상매는 상대방의 가슴에 머리를 파묻으며 머리를 절레절레 흔들었다. 정

중위는 파묻으며 절레절레 흔드는 여자의 머리를 양손 바닥으로 살살 쓸어 주며

"상매. 보구 싶더라도 참고 기다릴밖에 없지. 후방에만 있었으니 일선에 도 가야잖어? 군인이면 총을 쏴 보구 적을 쳐부시기도 해 보아야 존 군인이 될 수 있지. 상매는 내가 존 군인이 되길 원하겠지? 그렇지?"

정 중위는 살살 쓸어 주던 손으로 여자의 얼굴을 떠받들고 내려다보며 물었다. 상매는 말없이 말끄러미 남자를 쳐다만 보다가 머리를 까딱까딱 흔들었다. 좋은 군인이 되기를 바란다는 댓구인 것이다.

"언제 떠나세요?"

"오 일 후에 떠나요."

"오 일 후에? 그렇게 빨리?"

"그래."

"어쩜 좋아요."

"갈 바엔 하루라도 빨리 갔다 빨리 돌아오는 게 좋잖어?"

"언제 돌아오세요?"

"명령나는 대루……."

"어떡하면 명령이 빨리 나요?"

"싸우리만큼 싸우면 나지."

"어디 그래요? 줄곧 일선에 가 있는 수도 있던데……."

"그래두 할 수 없는 일이지."

"안 가진 못해요?"

"그건 안 될 말이구……."

"서둘어서 안 가는 사람도 있는데 뭘 그러세요?"

"남이사 어쩌든지 내 할 일을 하려는 것뿐이야."

"편하고 안전하게 살 수 있다면 그렇게 해 보는 것도 좋잖어요?"

"자기의 임무를 이행하지 않는 사람에겐 편하고 안전한 생활이란 있을 수 없어요."

상매는 더 말을 못 하고 눈물을 뚝뚝 떨어뜨릴 뿐이었다.

"애긴가 울게? 이 크다란 애기 좀 보지."

정 중위가 눈물을 뚝뚝 떨어뜨리는 크고 검은 여자의 눈을 찬찬히 내려다보며 미소를 지었다.

"그렇게 웃지 마세요. 미운 모습을 남겨 두고 가세요."

상매는 울면서 머리를 좌우로 내흔들었다. 마치 트집 쓰는 어린아이같이
一.

"어떤 게 미운 모습일가?"

"……글쎄요. 미운 모습은 없을지 몰라요. 다 좋을지 몰라요."

정 중위가 상매를 와락 껴안았다. 상매는 숨이 막히고 어깨쯤과 허리가 한줌으로 졸아드는 것 같은 착각을 느끼면서

"벌써 알았더면 얼마나 좋아요? 아무도 알기 전에 알았더면……."
하고 중얼거렸다.

"이제라도 늦잖어. 다른 사람과 알고 나서 알았기 때문에 우리는 이렇게 지독히 사랑하고 있는지 몰라."

133

꿈은 아니었다 ⑥

"고마워요. 제가 다른 사람들과 안 걸 나쁘다고 생각하신담 저는 죽었을지도 몰라요. 죽지 않았으면 자꾸 나쁘게 됐거나……."

"괜찮어 그런 염려는 말어. 참 장현도가 날 찾아와서 상매 얘길 묻던데……."

"뭐라고?"

상매는 메스꼬운 기운이 치밀어 오르는 것을 깨달으며 내뱉었다. 이런 눈치를 정 중위가 챈 모양이었다.

"상매가 잘 있느냐는 말뿐이었어? 자기 잘못을 몹시 뉘우치는 얼굴이든

데…… 나한테두 생명의 은인이라구 하면서 돈을 싼 보자기를 내놓는 거야."

"그래 그걸 받으셨어요?"

"염려 말어요. 받고 안 받고 내가 다 알아서 했으니……."

"받았나 봐?"

"안 받었어. 상매는 날 믿고만 있어. 기대에 어그려지는 일은 안 할 테니……."

"뭘 한대요?"

"양주 회살 시작했는데 돈벌이가 아주 잘 된대. 모두 내 은혜라고 돈을 받으라는 거야."

"그래도 제법이네요."

"전엔 어쨌는지 모르지만 지금 봐선 괜찮은 사람 같던데……."

"글쎄. 전쟁통에 나쁘게 번졌든지 모르지…… 미치는 사람까지도 있다는 걸 보면 전쟁이란 온통 엉망진창을 만들어 놓는 거 아녜요?"

"그 대신 나쁘던 사람이 좋아지는 수도 있다면 전쟁은 의로운 건지 모르지. 상매도 전쟁 때문에 철을 채린 사람 중의 하나가 아닌가?"

"전 정 중위 때문에 철이 들었어요."

"그러고 보면 전쟁은 우리에게 고마운 선물인걸. 고마운 선물을 받았으니 그 대가(代價)를 갚아야지."

"뭣으로 갚아요?"

"몸으로."

"결국 일선에 가신단 말이군요? 난 싫어요."

"또 이런 소리?"

이번엔 여자의 양팔을 끌어다 자기 허리에 감아 놓았다.

"야들아 어딧노?"

허리에 감아 논 여자의 팔에 힘을 넣으려는 참인데 안쪽에서 부르는 소리가 들렸다. 정 중위 모친의 소리였다.

두 사람은 팔을 풀어 헤치면서 마주 보고 웃었다.

"왜 부를가?"

"글세. 이야기가 다 끝난 모양인 게지."

그들은 안으로 들어갔다. 그들의 어머니는 그들이 방에 들어가자 두 어머니 다 입이 모자라게 웃으며 그들을 쳐다보았다.

"야아 이걸로 가 조라."

정 중위 모친이 금가락지와 백금 반지를 내들고 있었다.

"어머니 이게?"

상매가 그 크고 검은 눈에 빛을 띄우며 놀라는 표정이었다.

"니 끼다. 니 줄라꼬 해 왔는데 맞을란강? 낙규는 영락없이 맞는다꼬 안 그라나? 언제 손까락은 그렇게 자세 봤던등……."

"껴아 조라."

정 중위 모친이 패물을 아들에게 넘기며 말했다. 아들이 패물을 넙죽 받아 상매 손가락에 끼워 주었다.

"맞네요."

상매가 반지와 가락지 낀 손을 쭉 펴 내들고 벌쭉 웃었다.

"천상배필인 갑다. 눈대중으로 오야몬 저래 똑 맞찿는공 모를까?"

박 여사의 입이 한없이 벌어졌음은 말할 것도 없고 정 중위와 그의 모친도 모두 입이 벌룸거렸다.

"인자 그라몬 약혼식은 다 댔다. 가락지는 빼 났다가 혼례식날 끼아 조야지."

"어머니 결혼식도 해요?"

상매가 크고 검은 눈을 더 크게 떠 정 중위 모친과 정 중위를 돌아보았다.

"자가 그 말 안 하더나? 그런 말도 안 하고 이때꺼정 머했노?"

아들을 나무래는 어조이긴 하나 입은 벌어진 채로였다.

"딴기 사천이백팔십사년 일월 십이일 정오 대구예식장에서 정낙규 윤상매 양인의 결혼식을 거행키로 되었음. 이상."

정 중위가 벌떡 일어나 거수경례를 붙여 모친 말에 대답했다. 방 안뿐 아니라 집 전체가 떠나갈 듯 웃음이 터졌다.

134
꿈은 아니었다 ⑦

이튿날 정 중위 모자는 올라가고 상매들은 결혼식 전날인 정월 십일에 올라가기로 약속이 되어 있었다.

박 여사는 치우다 못 치운 집 안은 내버려 두고 결혼 준비에 분주했다. 그는 날개라도 돋힌 상싶어 보였다. 미리 작만했던 옷감들을 거진 다 꺼내어 옷을 말라선 그동안 친해 둔 피난민들에게 노나 주어 치장 옷을 만들게 했다. 옷감으로 그냥 가지고 가도록 하는 것도 무방하리라는 생각을 하면서도 딸이 버젓이 시집을 가게 되었다는 일을 자랑하고 싶어서 굳이 이렇게 서두르는 것이었다. 그는 옷 짓는 피난민과 이웃사람들에게 군인 사위와 사돈댁이 같이 와서 약혼식을 하고 갔다는 것과 군인 사위가 백금 반지와 금가락지를 딸 손가락에 끼워 주었다는 말도 잊지 않고 해 주었다. 사위의 눈겨냥이 꼭 맞아서 반지와 가락지가 영낙없이 맞더라는 말도 해 주었다.

"어머니 간장을 녹여 내더니 무사히 살아서 결혼까지 하게 됐으니 얼마나 좋꼬?"

박 여사와 친한 피난민들 중에는 이런 말로 맞장구를 쳐 주는 이도 있었다.

"그러게 꿈인가 싶어서 내가 내 살을 꼬집어 보군 하잖어요. 꼬집어 보군 아프면 옳아 꿈은 아니구나. 하고 혼자 중얼거린답니다……"

아무리 지껄여도 싫지 않은 말이었다.

이러할 무렵에 남승기가 찾아왔다. 결혼식을 이틀 앞둔 날이었다.

상매는 보선을 깁느라고 재봉틀을 돌리고 있었고 박 여사는 식날 입을 흰 옷을 만지고 있었다.

찾는 소리에 상매가 문을 열었다. 남승기는 주춤 뒤로 물러서다가 다시

다리에 힘을 주어 중심을 잃지 않으려고 버티는 것이 알렸다. 낯색은 매우 창백했다. 군복을 입고 있었다.

"어무이 남승기가."

이 말은 남승기가 왔다는 것을 알린다기보다는 남승기가 '저러한' 상태에 있다는 것을 말했던 것이다.

상매는 남승기가 쓰러지면 어쩌나 하는 생각이 훌쩍 치밀었기 때문이다.

"뭐? 승기가 왔냐? 인제사 왔구나."

어머니가 외마디 소리를 지르며 일어나 열린 미닫이로 봉당에 섰는 남승기를 내다보다가 그 즉시로 딸을 밀치곤 달려 나가는 것이었다.

"아주머니 다행입니다."

그제사 남승기는 입을 열었다.

"아 오냐. 오냐. 왔다. 그런데 네가 어디 아프구나?"

어머니 말이 이렇게 나오자 상매는

"참 부상당했다고 하더니. 성숙이한테서 들었는데."

하고 그제사 어머니한테 알리지 못한 일을 깨닫게 되었다. 상매는 정 중위일 그리고 정 중위를 기다리는 일에 몰두하다가 정 중위들이 다녀간 뒤엔 또 결혼 준비에 눈코 뜰 새가 없을 뿐 아니라 기쁨이 차고 넘치는 까닭에 다른 일 같은 건 생각할 수가 없었다. 박 여사 역시 그러했다. 딸을 만나자 딴말을 묻게 되었고 딴말을 묻다가 정 중위의 이야기가 나오게 되니까 딸보다 한층 더 흥분 상태에 이르게 되어 있었을 뿐 아니라 사위 될 사람을 맞기 위해서 집 안팎을 치운다 이부자리에 새 잇을 간다 반찬거리를 작만한다 하기에 분주했고 또 사위와 사돈이 다녀간 뒤엔 분초를 다투어 혼례식 준비에 분방하기도 하려니와 항상 꿈이 아닌가 하는 생각을 하다 보니 다른 생각은 깜박 잊고 있었던 것이다.

"저런 인젠 괜찮으냐?"

박 여사가 그를 부축해 이끌며 물었다.

"네. 저는 괜찮어요. 그런데 용케 돌아왔군요?"

"그래 돌아왔다. 신령님이 도우셔서 무사하기도 했지만 존 사람을 만나 혼사까지 하게 됐단다."

박 여사의 자랑이 또 쏟아져 나왔다.

135
꿈은 아니었다 ⑧

"혼사요?"

남승기는 위선 놀랐다. 그리고 나서

"누구하굽니까?"

하고 물었다.

"군인이야. 자네와 같은……."

"네에."

남승기 얼굴 전면에 찬 물결 같은 것이 일었다. 몹시 감격하는 때거나 또는 어쩔 수 없이 절박한 경우에 잘 이는 것이었다. 그는 문턱 안에 발을 들여놓자 풀썩 앉아 버렸다. 서 있기보다 앉는 편이 안전하다고 생각했음이리라.

"정월 열이튿날 대구에서 식을 거행하기로 됐네. 승기 너도 우리 상매 혼례식에 참례해야 한다. 그러잖어도 이거나 끝나면 외가와 승기 너이 부친한테랑 알려 드리려던 참이었어? 그레 자네는 지금 집에서 내려오는 길이던가?"

박 여사는 널린 일감을 주물럭거려 가며 말했다.

"지금 오는 길입니다. 상수 군 사무실에 오던 길로 들렀더니 옮기고 없어요. 아무튼 잘되었습니다."

"자네라도 오나 해서 혹시 무슨 편지라도 있나 해서 눈이 빠지게 기다리다 글쎄 뜻밖에 나타나잖았겠느냐?"

"용서하십시요. 나가자 부상당하고 병원에만 있다 보니 그랬어요. 희망적인 소식 외엔 전하기도 싫었구요. 제대하고 나서도 서울에 들어갈 수 없을가 해서 이때까지 헤매다 지금사 내려오는 길입니다."

모녀는 보지도 않고 띠엄띠엄 말하는 것이었다.

"승기 씨 고마워요. 성숙이한테서 그런 얘기 다 들었어요."

상매가 남승기를 건너다보고 한 말이었다.

"고맙다 말다. 한 동기간이니 그럴 수가 있겠냐? 그래 얼마간이나 입원하고 있었더냐?"

이번엔 박 여사가 물었다.

"한 달 반가량 있었어요. 나가서 이어 부상당했으니까요."

"성숙이한테서 자세한 얘기 다 들었어요. 성숙인 간호원으로 그냥 있겠다고 그러더군요. 남승기 씨가 그렇게 하라고 했다고 하면서 싫고 괴롭지만 한다잖어요. 가엾은 생각도 들었어요."

남승기의 말을 상매가 받았다.

"그럼 너희들끼레 이얘기해라. 난 좀 나가 봐야겠구나. 일감 가져간 집에 명주실을 갖다 줘야 할 걸 깜빡 잊었다."

박 여사가 딸과 남승기를 보아 가며 말하고 나서 명주실을 집어 들고 분주히 나갔다. 전 같으면 남승기에게 더 자세한 여러 가지 이야기를 물었을 것이지마는 앞서는 마음 때문에 도저히 전과 같을 수가 없었다. 어머니가 나가자 상매는 재봉틀을 다시 붙잡았다. 남승기가 고맙다는 마음이 들면 들쑤록 전에 맥없이 욕하고 미워하던 일이 미안하게 여겨지기도 했던 것이다.

남승기는 덤덤히 재봉틀을 돌리고 있는 상매의 옆얼굴과 목덜미 근방을 훔쳐보고 있었다.

"남승기 씨도 결혼하세요."

상매가 재봉틀을 돌리던 채로 말했다.

"예에? 결혼을?"

상대방은 잠에서 깨어나지 못하는 때처럼 허굽뜬 소리로 반문했다. 그리

고 나서야 그는 소리를 가라앉히며

　"상대가 없어요."

라고 힘없이 말했다.

　"왜 없어요. 허성숙이가 있잖아요? 성숙이가 남승기 씰 얼마나 사랑한다구요."

　"예에."

　"그걸 모르셨어요?"

　"모르지도 않고 알지도 않고……."

이 말끝에 남승기는 나오려는 한숨을 속으로 길게 들이마셨다.

136
꿈은 아니었다 ⑨

　"남승기 씨는 결혼이란 얼마나 행복하다는 걸 모르시나 봐?"

　"그럴 수도 있겠지요. 혹은 그렇지 않은 경우도 있겠구……."

　"사랑하는 사람끼리 결혼할 수 있다는 일 이건 정말 행복한 거예요."

　윤상매는 재봉틀에서 손을 떼었다. 결혼을 이야기하는 그의 가슴은 부풀러 올랐던 것이다. 결혼해서 여편네가 되는 일 그리고 한정된 집 속에서 답답하게 살아가는 일들을 지겹게 여기던 한때의 사상(?)은 어디로 후떡 날라갔는지 모를 일이었다.

　"부디 행복하십시요. 상대방 되는 사람이 지금 어디 있지요?"

　"대구 있어요. 육군 중위예요. 식을 하구선 곧 일선으로 떠나요. 남승기 씨같이 존 생각을 가진 이예요. 그이를 몰랐드면 남승기 씨의 존 점도 발견 못 했을지 몰라요. 그이는 제게 많은 지혜를 가르쳐 줬어요. 전에 잘못한 일들을 그이 때문에 깨닫게 됐어요."

　윤상매는 방글방글 웃어 가며 말했다. 그 대신 남승기는 석상(石像)처럼 굳어져 갔다. 석상처럼 굳어져 가는 얼굴에 잔물결은 일고 있었다. 김해원은 어디 있느냐고 물으려다 그만두었다. 그리곤 부디 행복하라는 말을 다시 던지며 일어서랴니까 박 여사가 돌아오는 것이었다.

"왜 벌써 일어서는 거냐? 점심이랑 해 먹고 가지."

박 여사가 말을 채 마치지 않고 정자 쪽으로 얼굴을 돌려대며 '자야'를 크게 불렀다. '자야'의 댓구가 들리자 점심을 빨리 지으라고 소리를 쳤다.

"저 가야 해요. 안 먹어요."

남승기가 그여히 일어섰다.

"얘 그럴거들랑 상매 외가와 너의 부친께 편지나 갖다 드려다구. 내가 올라가려던 참인데 잘됐구나. 분주해서 아직 상수한테도 못 알리고 있단다. 사위가 글쎄 갑자기 일선으로 가게 됐다잖어? 그래서 벼락 혼례식을 하게 되는 거란다."

"오빠야 분주해서 못 알린 겐가요? 계급이 낮다고 깔보니까 안 알린 게지."

어머니 말에 상매가 챙견하는 것이었다.

"계급이 낮긴 뭐가 낮어? 중윈데 낮아? 참 승기 네 계급은 뭐더냐?"

"전 낮지도 높지도 않아요."

남승기는 픽 쓴웃음을 웃고야 말았다. 그러나 그의 얼굴엔 잔물결이 아직 가시지 않고 있었다. 박 여사는 벼루와 붓을 찾다가

"어디 들어 있는지 모르겠구나."

하고 연필을 찾아들고 딸이 쓰던 '노오트' 장을 두 장 찢어내어 먼저 남승기 부친에게 쓰기 시작했다.

오는 一月十二日 小生의 女兒 霜梅阿의 婚禮式을 大邱에서 擧行키로 되었사오니 부디 式에 參席하여 주시옵기 바라옵니다. 進拜하옵고 餘暇를 얻지 못하와 아드님 便으로 전갈하오니 노염 마시옵소서.

霜梅 母 上書

南榮武 先生 机下

외가(外家)의 것과 두 통이 다 쓰이는 것을 보자 남승기는 벌떡 일어났다. 박 여사가 두 통의 편지를 남승기 손에 들려 주며

"너도 꼭 가야 한다 응? 같이 가지?"

하고 다짐을 받았다. 남승기는 확실한 대답은 하지 않고 두 번

"예. 예."

하기만 하다가 밖으로 나갔다.

남승기가 나가자 모녀는 다시 일손을 놀렸다. 그런데 박 여사는 일손이 전과 같이 잘 옮아 가지 않음을 알았다. 남영무 선생한테 보낸 편지 사연이 눈앞에 뱅뱅 돌기만 하믄서 ─.

'아 결국 이것뿐이든가?'

박 여사는 뱅뱅 도는 편지 사연을 흔들어 버리며 이렇게 중얼거렸다. 늘 알리고 싶던 사연은 이런 것이 아니었다. 그 사연은 어느 틈에 어디로 날려 버리고 결국 딸의 결혼식 통지로써 끝을 맺는 일이 박 여사로서는 허무하고 원통했는지 모른다.

137
꿈은 아니었다 ⑩

대구엔 박 여사와 박 여사의 부친만 올라갔었다. 상수는 안동 방면에 가서 돌아오지 않으므로 못 갔다. 미리 알려 주지 않기도 했지만 알려 주었더라도 식에 참례하지 않을 것이라고 상매가 주장하는 바람에 어머니는 아들에게 딸의 약혼한 사실을 알리지 못했다. 상매는 식을 거행한 뒤에 알리자고 주장했던 것이다.

"하나 있는 오래비가 식에 참례 안 하면 사돈댁이라도 이상하게 여기지 않느냐?"

고 어머니가 말하면 상매는 또

"오빠가 가시면 오히려 남부끄러울 일이 생길지 몰라요. 찔차도 없는 중

위 따위라고 깔볼 테니까요."

하고 반대 의사를 표했다. 하는 수 없이 박 여사도 딸의 말대로 했으나 정작 떠나려는 마당에 아들이 없고 보니 서운하기도 했지만 쓸쓸한 감도 났다.

남영무 씨나 남승기가 참례해 주어도 좀 나을 텐데 남영무 씨는 집에까지만 와서 부조금을 놓고 올라갔다.

"승기나 같이 가 주었으면."

하는 박 여사 말에 남영무 씨는

"승기가 몸이 아파서 못 참례하겠다구노."

할 뿐이었다.

박 여사는 옷가지 중에서 제일 나은 것으로 보자기에 쌌다. 식에 입을 것이었다. 언젠가 김해원의 양친에게 딸의 혼인 말을 건네 보려고 부산 가던 때에도 이와 같이 가진 옷가지 중에서 가장 낫다는 것으로 싸 가지고 갔던 일이 있다. 그때는 봄옷이었고 지금은 겨울옷인 것만 다를 뿐이었다.

식을 거행하는 날은 봄날같이 따사로웠다. 예정한 장소이긴 했으나 예정한 시간대로는 아니었다. 먼저 거행하는 패가 늦추어서 삼십분 늦게 시작되었다. 사회자가 '신랑 입장'을 고하자 군대 예복을 입은 신랑 정낙규 중위가 같은 군대 예복을 입은 한 사람의 대위와 같이 주례 앞에 성큼성큼 나와 섯다. 사회는 다시 곧 '신부 입장'을 고했다. 눈처럼 흰 '베일'과 옷차림으로 허성숙의 부축을 받으며 오늘의 신부 윤상매가 '웨딩마취'에 발을 맞춰 들어오는 것이었다.

박 여사는 몸이 공중 뜨는 것 같으면서 눈물이 좌르르 흘러내렸다. 걷잡을 새도 없이 흘러내리는 일이 참으로 딱하고 민망했다. 바루 옆에는 부친이 앉아 있고 맞은편에는 신랑의 모친과 외조모가 앉아 있는 것이 아닌가. 또 식장 안이 꽉 차도록 내빈이 앉아 있었다.

'울어선 안 되는데 왜 이렇게 주책없이 눈물이 나오느냐 말이다.'

수건을 꺼내 닦을 수도 없는 일이었다. 수건을 꺼내든지 하면 남들이 죄다 울고 있다는 것을 알 것이 아닌가.

하는 수 없어서 손바닥으로, 그것도 다른 것을 문질러 내는 시늉을 해 가며 씻었다. 맞은편의 사돈은 조금도 눈물을 흘리지 않았다. 태연히 앉아 있는 것이 부럽기도 했다.

끝까지 눈물이 흘러내리면 큰 망신을 한다고 겁을 먹고 있는데 '웨딩마취'가 끝나니까 눈물이 저절로 잦아 주었다. 그런데 눈물이 멎으니까 이번엔 또 웃음이 벌룸거리는 것이었다.

신랑자가 신부 얼굴에 내려덮인 '베일'을 젖히는 때부터 웃기 시작했다. 둘이 나란히 서서 주례가 묻는 말에 대답하는 사위와 딸의 모습은 그처럼 귀여울 수가 있을가?

박 여사는 벌어지는 입을 오므리지도 못하고 맞은편을 건너다보았다. 사돈댁이나 사돈댁의 모친이나 똑같이 태연히 앉아 거행되는 식을 보고 있었다. 내빈들을 둘러보아도 아무도 웃는 사람이 없었다.

138
꿈은 아니었다 ⑪

박 여사는 웃어서도 안 되겠다고 마음을 다지면서 사위와 딸 쪽으로 눈을 돌렸다. 사위가 딸 손가락에다 가락지를 끼워 주는 참이었다. 딸이 가락지를 끼고 나서 사위에게 시계를 채워 주었다. 시계는 어제저녁 저희끼리 나가 산 것이었다. 박 여사는 또 웃음이 벌어졌다.

그러나 다시 '웨딩마취'가 울려 나오고 사위와 딸이 팔을 끼고 퇴장하려니까 울음이 나는 것이었다. 조용할 때와는 달라서 눈물을 감추려고 애를 쓸 필요는 없었지만 사돈댁이라도 본다면 이 좋은 날 왜 울까 부냐고 속으로 나무랠까 봐서 박 여사는 '테이프'를 던진다, 꽃을 뿌린다, 들끓는 속에서 사돈댁을 훔쳐보았다. 그랬더니 사돈댁은 이때에사 비로소 입이 벌어지게 웃고 있는 것이었다. 박 여사는 자기도 벌룸 웃었다. 눈물을 손으로 훔쳐 내면서 웃곤 했다. 그러다가 박 여사는 그 손으로 얼굴의 살점을 꼬집어 보았다. 아픔을 감각하자− 꿈은 아니라−고 속으로 중얼거렸다.

피로연은 없었으나 사위의 동료들이 집에 와서 술상을 벌려 논 것이 밤이 깊어 가도 끝내 주려고 하지 않았다.

허성숙은 식이 끝나자 이어 병원으로 돌아갔다. 그는 무척 바쁘다고 했다.

사위의 동료들은 군가를 부른다. 춤을 춘다, 신랑 신부에게 춤을 추이기도 하고 군가와 다른 노래를 불리우기도 했다. 그러다간 모레면 떠나야 할 이 신랑 신부에게 행복한 '타임'을 제공하지 않겠느냐는 제안이 나왔다. 제안대로 하는 것이 옳겠다는 축과 그 제안대로 할 수 없다는 축이 양파로 갈렸다. 그 제안대로 할 수 없다는 편의 주장을 들어 보면 아직 내일 하루가 남아 있으니 오늘 밤만은 저희들과 한가지로 밤을 밝히는 것도 뜻깊은 일이라는 것이었다. 결혼 초야(結婚初夜)를 이부자리 속에서 알몸덩이로 지나는 일은 누구나 다 겪어 온 일이라 평범하다는 것이었다.

이와 반대쪽의 의견 중에서 대표적인 주장을 적는다면 오늘 밤 이러다간 정낙규의 아들 하나를 상실하는 것도 그렇겠지만 신부가 저렇게 눈총을 놓고 있으니 헤어져 가야 한다는 것이다. 이런 말이 나오면 그들은 와르르 무너지듯 웃는 것이었다. 그들은 이러다가 헤어지기는 했었다. 그들이 헤어지고 나서 첫닭이 울었다. 신방이 조용해지자 박 여사도 자리에 누웠다. 사돈댁은 벌써부터 누워 잠이 들었다. 박 여사는 사위와 딸이 자리에 눕는 것을 보고야 잠이 올 것 같아서 기다리고 있었다. 박 여사는 사위의 동료들이 가지 않는 일이 괘씸하기까지 했다. 아들 하나를 상실한다는 말을 들을 땐 정말 그럴 것만 같아서 가슴이 철렁했던 것이다.

"사돈은 인자사 눕우시능교? 고단해서 어야꼬?"

박 여사가 누울 차부새를 하려니까 사돈댁이 깨었다.

"손님들이 지금사 갔읍니다. 어떻게들 재밌게 노는지 원……."

괘씸하던 생각은 사라지고 재미있던 일만 박 여사는 말했다.

"그렇던기요. 그놈들이 모이기만 하몬 짓궂기 안 노는교."

"아들 하나를 잃는다고 신랑 신부를 놀려 주고 야단났댔읍니다."

"그거는 또 무신 소린공?"

"저희들이 신랑 신부를 한자리에 못 들게 하고 늦게까지 논다는 말이지요."

"아하하 그 말이구나. 저런 놈들 바라. 아하하하."

사돈댁이 꺼리낌 없이 웃어 대자 박 여사도 사돈댁과 같이 소리를 높여 마구 웃었다. 두 여인의 웃음소리에 아랫방에서 주무시던 상매 외조부도 깨었는지 기침을 쿨룩쿨룩 지쳤다.

"사돈댁요 상매도 데리고 갈락 카십니꺼? 여게 두실랍니꺼?"

한참 뒤에 사돈댁이 들은 말이었다.

"왜 데리고 갑니까? 출가지외인인데요……."

박 여사는 출가지외인이라는 그 관념에서라기보다 딸을 데리고 가서는 안 된다는 생각이 있었던 것이다. 그것이 곧 딸의 그릇된 과거를 감춰 주자는 마음이었던 것이다.

139
支離滅裂 ①

박 여사는 사위가 일선으로 떠나고 나서는 며칠 사돈집에 묵었다. 부친은 식은 거행하던 이튿날도 내려 보냈다. 사위는 떠나면서 장모더러 좀 더 있으면서 상매의 마음을 달래어 달라고 몇 번이나 부탁했다. 국가 민족을 위하는 마당이라고 눈을 벌려 뜨면서도 상매가 너무나 동동 매달리며 안 떨어지려고 하는 일이 기가 꽉 찼던지 숨을 확확 들어 마시면서

"어머님 여기 계셔 주시지요? 꼭 여기 계셔 주시지요?"

하고 나중엔 다짐까지 받았던 것이다. 또 그 위에 사돈댁은 사돈댁대로 박 여사를 막 잡았다. 왁자자하다가 갑자기 조용해지면 더 견딜 수가 없겠다는 것이었다. 사돈댁이라도 있어 줘야 허전해지는 마음을 좀 채울 수 있겠다는 것이었다.

사위와 사돈댁의 말도 말이려니와 박 여사 속에서도 며칠 있으면서 딸에게 여러 가지를 타일러 주어야 쓰겠다는 생각이었다. 시어머니를 공경하는 일 여자로서 집안 살림을 해 가는 일 등등을.

박 여사는 딸에게 이때까지 이런 일에 대해서 일러 줘 본 일이 없었다. 어리거니 생각하고 있는 사이에 일을 저질러 가지고 복작거리다가 그러다가 집을 나가 버리다 보니 일러 줄 새가 언제랴. 남들처럼 혼례식이라도 서서히 할 수 있었더라면 일러 줄 틈도 없지 않았을지 모르겠는데 단시일 내에 약혼과 결혼을 다 좇아 하느라고 눈코 뜰 새가 없었는데 무슨 말을 타이르느냐 말이다.

모친의 일러 주는 말을 조용히 듣고 있던 딸은 번번히 모친의 말대로 따를 것을 약속했으며 말귀를 이어

"정 중위가 책을 봐야 한다구요. 저 책장 속에 것과 저 책꽃이에 있는 걸 자기가 없는 동안에 읽으라는군요."

하는 말을 했다. 책꽃이와 책장엔 법과를 전공한 사람이라는 것을 알릴 만큼 법학 서적이 많았고 그 외의 종교 서적을 비롯하여 철학, 문학, 사회학, 역사, 심리, 윤리, 수양 등 광범위에 걸쳐 있었다. 상매는 다른 어느 책보다 소설책이 많았으면 하는 생각이었지만 어려운 대로 재미없는 대로 정 중위의 말을 따르려는 결심이었다.

정 중위가 일선으로 떠난 지 나흘채 되던 날 허성숙이가 찾아왔었다. 그는 박 여사가 아직 내려가지 않고 있는 것을 보자

"아주머니 계셨군요? 가신 줄 알았어요. 아주머니가 계셔 줘서 반가와요. 그날은 급한 환자들이 퍽 많이 후송돼 오는 날이라 이내 돌아가서 미안하구 궁금했어요."

하며 반색을 했다.

박 여사는 물론 상매도 이 반가운 내색을 손을 끌어 맞아들였다. 정 중위 모친은 마침 친정으로 가고 없었다.

"떠나셨구나?"

허성숙이가 채 앉기도 전에 책상 위에 사진들을 가르키며 물었다. 사진들 한쪽에는 정 중위의 독사진이고 다른 한쪽에는 결혼식 날 둘이서 찍은 것이었다.

"벌써 떠난걸. 오늘이 나흘채야."

상매도 사진들을 보아 가며 대답했다.

"울고 싶지? 못 견딜 것 같잖아?"

상대방의 말이 이렇게 나오니까 상매는 저도 모르게 눈물이 글썽해지는 것을 깨달았다.

"저것 좀 보세요. 아주머니 상매가 울어요."

글썽해지는 상매를 허성숙은 박 여사에게 알렸다. 박 여사가 딸의 얼굴을 측은스레 들여다보았다.

"그렇지만 괜찮어. 사랑하는 사람을 떠나 견디는 것도 하나의 시련이야."

허성숙은 밑도 끝도 없이 혼잣소리하듯 이렇게 말하고는 천정에 시선을 보내는 것이었다.

"어무이 좀 보세요. 성숙이가 남승길 지독히 사모하고 있는 것 같어요. 제가 그새 말할 틈이 없어서 어무이한테 알리지 못했는데 어떡하면 돼요?"

상매는 허성숙의 시선이 천정 쪽으로 가는 이유를 무뚝 알아내고 글썽 고인 눈물을 자치며 모친에게 허성숙의 고민을 알리는 동시에 그 해결책을 강구하려고 했다.

140

支離滅裂 ②

"괜찮어. 괜찮어. 아주머니가 모르시는 줄 알어? 아주머니가 더 먼저 아시는걸."

허성숙은 분주히 시선을 걷우며 상매가 모친에게 하는 말을 제가 받았

다. 그리고 나서 그는 또

"내가 괴로운 건 얼마던지 참겠어. 언제 어느 정도 참는 연습도 한 거 같아. 지금 날 괴롭히는 건 내 문제가 아니야. 그이가 얼마나 괴로울가 하는 그 생각뿐이야. 너를 사랑하고 있는 그이 마음 말이다."

라고 박아 말하는 것이였다.

"뭐? 남승기가 날 사랑한다구? 아니야. 남승기는 널 생각하고 있어."

모친은 담담히 앉아 있고 상매가 나섰다.

"그랬음 좋겠지만 그렇게 안 되니까 슬픔이 있고 괴로움이 생기구 하는 거야. 언젠가 아주머니가 하신 말들이 잊혀 안 져요. 세상일이란 마음대로 안 된다고 하시던…… 정말 그래요. ……제가 사랑하는 사람이 딴사람을 사랑하고 제가 싫어하는 사람이 저를 사랑하게 되니 말이예요."

허성숙이 상매 모녀를 번갈아 보아 가며 침통한 어조로 말했다.

"성숙이 너 잘못 짚었다. 그 사람이 날 찾아 낸다는 말을 했다고 그 말 한마디로서 사랑하는 거라고 단언할 순 없잖아?"

"그 말 한마디뿐이 아니야. 그이가 널 생각하고 있다는— 끔찍이도 생각하고 있다는 걸 다 말해서 알고 있다. 내가 그일 생각하는 것보다 몇 배 더 사랑하고 있다는 걸 알고 있다. 그러면서도 네가 병원에 왔을 때 알려 주려다 그만둔 건 내가 사랑하는 사람이 나 이외에 다른 사람을 사랑한다는 말을 더구나 그 장본인 앞에서 못 하겠더구나……."

모친은 무슨 까닭론지 침을 꿀꺽 삼키며 딸과 허성숙의 얼굴을 유심히 살피는 것이였다.

"지금은 어렵지 않게 할 수 있단 말이냐?"

상매가 물었다.

"응. 지금은 그때처럼 어렵잖어. 지금은 네가 내 동지가 된 셈이니까. 그땐 내 원수였고—."

"알 수 있는 이얘기야."

상매가 간단히 댓구해 치우려는데 어머니가

"아는 얘길랑 그만하고 뭣들 좀 먹어야 하잖겠느냐?"

고 그들 의향을 물었다.

"안 먹어요. 아무것도 먹기 싫어요."

허성숙이가 목을 살래살래 내저으며 감실감실한 눈을 사르르 감았다 뜨는 것이었다.

"네가 그래서 그렇게 야위었구나. 밥을 먹으면서 사랑도 해야지."

박 여사가 진심으로 걱정하는 낯빛이었다.

"안 넘어가는 걸 어떡해요. 아주머니는 사랑을 못 해 봤으니까 모르실 거예요. 더구나 짝사랑이라는 걸."

"얘 짝사랑이 아니야. 그 사람은 나 같은 말괄량이보다 너를 사랑하고 있어. 분명히 그렇다."

고 상매가 큰 소리로 주장했다.

"네가 왜 말괄량이란 말이냐? 넌 아주 성격이 돌변했는데. 그러고 보면 전쟁이 사람의 성격까지 뜯어고치는가 봐? 아주머니 그렇잖아요? 상매가 아주 얌전해지잖었어요?"

허성숙은 상매한테 말하다가 박 여사에게 확언을 촉구했다.

"성숙이 너도 그래 뵈냐? 우리 상매가 네 눈에도 얌전해 뵈냐?"

박 여사는 얼른 허성숙의 말을 받으며 반문했다.

"네. 그래 뵈어요. 딴 사람 같아졌어요."

"고마워라. 나는 꿈인 상싶어서 성숙아 내 이 살점을 몇 번이나 꼬집어 봤겠느냐?"

박 여사의 눈에 눈물이 글썽 고이는 것이 알렸다.

"아주머닌 그러실 거예요. 상매도 좋아지구 정 중위니 얼마나 훌륭한 인물이기에? 동료들끼레 칭송이 자자한걸요. 저는 이번 들러릴 서고 나서 안 일이지만ㅡ."

"성숙인 내 성격이 달라졌다고 하지만 성격은 그냥 있어. 달라졌다면 전에 모르던 걸 알기 때문에 함부루 덜렁대지 않는 것뿐이겠지."

141

支離滅裂 ③

"아무튼 달라진 것만은 사실이 아니야?"

"그렇지만 네가 말한 것 같진 않아. 전쟁 때문은 아니란 말이다. 정 중위의 힘이었어."

"남자의 힘이란 거 그거 참 이상한 건가 봐. 한 여자를 멸망시킬 수도 있고 구원할 수도 있는 걸 보면. ……그렇지만…… 난 멸망은 안 할 테야. 그런데 자꾸 보구 싶으니 어떡함 좋와. 한 번만 보았으면─. 아무 말도 없이 그냥 바라보기만이라도 했으면. 오 분 동안만이라도. 아주머니 오 분 동안만이라도요."

허성숙은 혼잣소리처럼 지껄이다가 박 여사 무릎에 가서 탁 쓰러졌다. 박 여사는 무릎에 와 탁 쓰러지는 허성숙을 받아 안으며

"보구 싶으면 나하고 같이 내려가 보자구나. 승기가 다대포에 내려와 있단다. 전번에 집에도 왔더구나. 내려가서 실컷 보려무나. 나하고 이번에 같이 내려가자고 말했다."

"못 내려가요. 어떻게 내려가요? 저는 병원에서 못 떠나요. 뼉다귀만 남는 한이 있더라도 환자들의 신음 소리와 고통과 무서운 수술과 그리고 주검 그것들 속에서 살아야 해요. 그래야 해요. 거기서 살아야 해요. 그 속에서 살아야 해요. 엇허엉."

허성숙은 끝내 울음을 터뜨리고 말았다. 박 여사는 허성숙을 마치 구토나는 때 등어리를 문지르며 두들겨 주듯 해 가며

"안 하면 그만이지. 그 무섭고 싫은 일을 뭣 때문에 하느냐 말이다. 성숙아 울지 말구 나하고 같이 내려가자. 내려가서 승길 우리 집에 데려다 줄 테니 실컷 얘기하고 실컷 바라보려무나."

하고 달래었으나 허성숙은 그대로 전신에 파동을 일으키며

"아지머니 안 돼요. 그게 그렇게…… 쉽게 될 수 있을 줄 아세요? ……그

이하고 얘기할 수…… 있다는 일, 그이를…… 바라본다는 일이…… 제게는 몹시 어려운 일만 같아요."

하고 지절거렸다. 박 여사는 허성숙의 말을 알아듣지 못했고 그의 마음을 알아채리지 못했다.

"성숙아 네가 전에는 그렇게 똑똑하더니 왜 맥을 못 쓰고 이러느냐? 남승길 보는 일이 그 애하고 얘기하는 일이 뭣이 그처럼 어려워서 그러느냐. 나하고 같이 내려가면 될 일을……."

"아주머니. 정말 아주머니 말씀대로 전 맹추가 됐어요. 아주 바보가 됐어요. 그이 때문에 그이를 사랑하고 있는 새 그냥 이렇게 되구 말았어요."

"성숙아 그렇거들랑 승기를 아주 단념해 버리려무나. 웬만하면 우리 상수하고 결혼해 주려무나. 내 며느리가 돼 달라는 말이다. 나는 네가 며느리가 돼 준다면 인제 남부러울 게 없겠다. 상매도 이렇게 시집을 잘 오고 했으니……."

"그건 안 돼요. 전 이대로 좋아요. 사랑하지 않는 사람과 결혼하기보다는 바보가 되더라도, 맹추가 되더라도 사랑하는 사람을 생각하겠어요."

"뼈만 남아도 좋단 말이냐?"

"네 그래요."

"사람이 살고래야 사랑도 있지. 그거 원 될 말이냐."

"괜찮어요. 쓰러지는 날까지 사랑하겠어요. 어떻게 보면 그이 때문에 쓰러 안 질 수도 있을 것 같아요. 저는 지금 제 힘으로 지탱해 가고 있지 않어요. 그이의 힘으로 살아가요. 내가 쓰러질려고 하면 그이는 내게 일깨워 줘요. 기운을 내라고. 기운을 내서 불쌍한 상병들을 죽이지 말아 달라고一."

"고맙다. 성숙아. 이 댐에 정 중위가 부상당해 오더라도 잘 부탁한다."

이때까지 듣고만 있던 상매가 허성숙의 손을 잡아 흔들며 말했다. 진실로 고마운 생각도 있었고 또 허성숙을 위로해 주자는 마음이기도 했던 것이다.

142

支離滅裂 ④

박 여사는 대구서 내려오던 길로 아들 사무실에 들렀다. 아들은 그동안 돌아왔다가 다시 거창 방면으로 나갔다고 했다. 아들이 모르는 새에 딸을 치운 일이 마음에 무겁긴 했으나 아들을 만나지 못하게 된 일이 차라리 다행하다고 여겨지기도 했다. 아들은 누이동생의 결혼에 처음부터 반대 의사를 가지고 있었다는 것은 딸한테 들어서 아는 일이다. 반대 의사를 가지고 있다면 아들은 틀림없이 김해원의 이야기를 들춰낼 것이리라고 알았기 때문이다.

곧장 부두에 나가 배를 타려다가 오랫동안 격조한 영애 모친을 만나고 가자는 생각에서 박 여사는 발길을 돌렸다. 영애가 어떻게 되었으며 이북에 넘어간 영순이가 혹시 돌아왔는지 그것도 궁금했다. 그런데 거기 들리자면 김해원이 집 가까운 데라 마음이 좀 옴추러들기도 했지만 또 한편으로는 그쪽 소식을 넌짓이 알아보고 싶은 생각이 있었다.

문밖에서 주인을 찾지 않고 그냥 미닫이를 열고 들어갔다. 밖에서 소리를 치기가 조심스러웠던 것이다.

"이기 누고? 이기 운 일고?"

영애 모친이 누웠다가 기겁을 해 일어나는 것이었다.

"형님 어디 편찮으신가 봐?"

영애 모친은 중병자와 같았으며 폭삭 늙어 보였다.

"내가 어데 아파서 누워 있나? 그냥 내처 안 누워 있나."

말소리는 전과 별로 다르지 않았다.

"영애는 집에 있어요?"

"어데 갔는지 없다. 행방불명이다."

영애 모친은 말 뒤에 한숨을 길게 쉬었다.

"아니 어떻게 됐길래?"

"지난여름에 내가 동성한테 안 갔다 왔나? 그래 갔다 오니 둘이 다 어데로 갔는지 없어져 뿟다. 찾을 만한 데도 다 찾아바도 없고 인지나 오나 저제나 오나 암만 지달라 바도 통 온데간데없다. 아이구 무시라. 내 팔자야……."

"영순이한테선 소식이 있어요?"

"아이구우 이 사람들아, 말 말아라."

영애 모친은 이렇게 말한 다음에 또 한 번 기인 한숨을 쉬고 나서 소리를 아주 멈추어 가지곤 가만가만 말했다.

"영순이 말이다. 그기가 가서 얼라도 하나 놓고 그대로 산다꼬 통지가 왔다. 동생만 알고 있가라 카이는 인찰지에다가 깨낱겉이 편지로 썼는데 눈이 비야 일러 보제. 그래 온 부산 바닥을 돌아댕기메 '무시메가내'로 제우 구해 가지고 일러 보이, 인지 꼭 남북통일이 될 기이카내 걱정 말고 있이락 카는 기라."

"그런데 왜 이렇게 폭싹 기운을 잃고 계셔요?"

"기운을 안 일을락 케도 이래 밤낮 눕아라 있이카내 맥을 몬 추겠네 그마. 영애 그년이나 짙에 있었이믄 얼매나 낫겠노 말 아이가? 지끔은 영순이보다 영애가 걱정이다. 빨찌산에라도 들어갔는 갑다 안 카나. 영순이 펜지 가지고 온 군인이……."

"그 군인은 본래 알던 사람이던가요?"

"어데. 처음이락 카이. 소령 포로 달았더라. ……그런데 참 상매는 어째 됐노? 소식 들었나?"

"예. 상매는 돌아왔어요. 김해원인 서울 가서 인민군으로 나갔대요."

"인민군으로? 모도 앞뒤로 갈라지는구나. 그런 거로 가지고 부모들은 만날 지달라 안 쌓나. 무신 소식이라도 있일가 바 서울서 온 사람들로 찾아댕기메 묻고 묻고 한다. 상매 걱정도 역씨 해 쌓더라. 넘의 딸도 꼬아 가지고 갔이이 부모 동기가 와서 집을 허물러 내도 할 말이 없닥 카능기라."

영애 모친 말이 이렇게 나오자 박 여사는 숨을 화알 내쉬었다. 그는 마음을 탁 놓고 딸의 자랑을 해도 괜찮겠다는 생각이 왈칵 들었다.

"상매는 존 사람을 만나서 결혼했읍니다. 제가 대구 가서 혼례식을 치루고 이제 내려오는 길이라요."

영애 모친은 입을 딱 벌리고 얼른 닫치려 들지 못했다. 그리고 그의 눈에 절망의 빛이 서리는 것도 볼 수 있었다. 박 여사는 이 가엾은 여인에게 자기의 행복을 자랑하는 일을 삼가야 하겠다는 생각이 들었다.

"사위가 군인이라요. 그런데 식을 거행하던 사흘날 일선으로 갔으니 어째요."

"일선으로? 사우가 일선으로 갔단 말이가?"

영애 모친 눈에서 어느 정도 절망의 빛이 사라지는 것이 알렸다.

143

支離滅裂⑤

천지(天地)에 봄빛이 내리 덮인 四월 七일 이날의 다대포 앞바다는 유달리 잔잔한 위에 한□의 태양이 또 강렬히 내려쪼여서 바다는 완전히 금빛을 띠고 있었다.

바다 위로 한 척의 퐁퐁선이 포구를 향하여 들어오고 퐁퐁선에는 돌이 다 가올가 말가 해 보이는 어린것을 안은 젊은 여인이 타고 있었다. 어린것은 가만있지 않고 정확치 못한 언어로 연신 무엇을 지꺌이고 있는 것이었다. 저 혼자 지꺌이지 않고 저를 안고 있는 여인에게 묻고 있었다. 그의 언어 중에서 가장 정확한 것이 '엄마'라는 소리였다. 여인은 생각에 잠겨 있었다.

"엄마 저어 저어."

갈매기가 희한해 보인다는 것인 모양이었다. 그리고 그 희한한 것을 엄마도 보아 주라는 말인 모양이었다.

"그래 그래. 엄마도 봤어."

생각에 잠겨 있던 여인이 마지못해 응대해 주었으나 어린것은 그것으로

그 와 그 들 의 戀 人

만족하지 않은 모양이었다. 엄마를 흔들기까지 하며 물었다.

"엄마. 저어 무시야?"

엄마가 하는 수 없이 어린것과 같은 곳에 시선을 보내었다. 갈매기가 금빛 물결을 툭툭 쳐 가며 날고 있었다.

"갈매기야. 예쁘지? 장수."

엄마가 손가락으로 금빛 물결을 툭툭 쳐 가며 나르는 갈매기를 가리켜 주었다. 어린것은 작은 손바닥을 쫙 펴서 짝짜꿍이를 쳤다.

"장수는 갈매기가 그렇게도 존가?"

엄마는 연신 갈매기를 손가락질하며 좋아하는 어린것을 두 팔에 힘을 주어다가 안았다. 두 팔에 힘 주기를 기다리고나 있는 것처럼 눈물이 핑그르 돌았다.

하늘도 바다도 가까워 오던 마을도 마을 앞에 서 있는 포푸라도 온통 뿌우옇게 흐려지는것이었다.

뿌우옇게 흐려지니까 엄마는 더욱 서러워 왔으나 입술을 깨물며 신음을 참으려고 했다. 새삼스레 먹어 보는 마음이 아니었다.

그가 대구에서 떠나 내려오게 될 때부터 굳게 가진 결심인 것이다. 자기 같은 여자는 울며 살아서는 안 된다고 깨달았기 때문이었다.

울음이 나오는 때 한 번 더 땅을 기운차게 밟고 서야 하겠다고 깨달았기 때문이었다. 그가 울기 시작한 것은 지난해 三月 중순 정 중위의 전사 보고를 받게 되던 때부터였다. 정 중위는 출전한 지 두 달 만에 전사했다. 그는 하얗게 소복 단장을 하고 방 안에 들앉아 울기만 했다. 책상 위에 놓인 사진을 보다간 울고 울다간 또 사진을 가슴에다 댄다 뺨에다 댄다 해 가며 울었다. 그래도 정 중위는 그냥 미소를 지을 뿐 말이 없었다. 결혼식 날 둘이 팔을 끼고 찍은 것은 입이 벌어지게 웃고 있었다. 그날 동료들은 정 중위에게 너무 웃으면 딸을 낳는다고 야유를 했던 것이다. 독사진은 정 중위가 입대하기 전의 것이었다. 양복을 입고 있었다. 웃지도 않았다.

정 중위는 이 사진을 틀에 끼우며

"이 시절에 상맬 만낫더면 좋았을걸. 상매가 그땐 아무의 손때두 안 묻었을 게 아냐."

하고 말을 해 놓고선

"아무래두 조와. 지금 더 좋을지 몰라."

는 말도 했다.

상매는 정 중위의 이 말이 새삼스레 가슴을 파고드는 것을 알았다. 아무의 손때도 묻지 않았더라면 안고 있는 군더더기는 생기지 않았을 것이 아니겠는가? 이 군더더기는 순전히 손때가 묻음으로 해서 생긴 소산물(所産物)인 것이다. 이때의 소산물이 아니었더면 자기는 이처럼 처참한 몰골로 다대포의 옛집을 찾아 내려오지 않았어도 좋았을지 모르는 일이라고 생각했다.

정 중위의 유물을 집에 안치하던 날 밤에 상매는 비로소 몸의 이상을 알게 되었다. 그때까지 무심히 지났는데 그날 밤 늦게사 (유골 앞에 쓰러져 우느라고) 자리에 누웠더니 무엇이 왼편 배 속에서 불툭불툭 떠받는 것 같은 기밀이 보였다. 상매는 얼른 손을 그리로 가져갔다. 손가락을 쭉 펴가 지고 불툭불툭 떠받는 곳을 더듬어 만져 보았다. 단단한 것이 만지웠다. 똑 머릿박 같은 것이라는 생각이 들었다. 어린아이의 머릿박인지 모른다는 생각이 들었다.

144

支離滅裂⑥

이튿날은 낮에도 자주 떠받는 것이었다. 다림질을 하는데 콱 떠받아서 다리미 쥔 손을 탁 놓아 버렸다.

다림질을 붙잡아 주던 시어머니가 부랴부랴 불덩이를 줍고 나서

"야야 니가 뭐로 보고 놀래서 그라나?"

하고 물었다. 시어머니 눈에는 놀라는 것같이 보였던 모양이다.

"놀라지 않았어요."

상매는 시어머니한테 뱃속에서 어린아이의 머릿박 같은 것이 불룩불룩 떠받는다고 말하기가 부끄러웠다. 확실치는 못하나마 자기는 어린애를 밴 것이라고 짐작이 갔기 때문이었다.

"안 놀랬이몬 와 그라노? 밥도 안 묵고 울어만 싸이 몸이 딱 쇠약해 가지고 그런 기다. 이왕 죽은 놈은 죽었지마는 산 사람이 살이야 안 하나! 니캉 내캉만 어데 이런 꼬라지로 봤나? 맘을 크게 묵지 어짜겠노. 그 곰새기 나는 전쟁이 생판 젊은 사람들로 다 잡아다 쥐기는 거 바라. 접때 위령제 지낼 때 봐도 안 알겠더냐?"

시어머니의 간곡한 위로의 말이 며느리의 부끄러운 마음을 눌러 주었다. 그와 동시에 며느리는 이 가엾은 시어머니를 기쁘게 해 드리자는 마음이 들었다. 시어머니는 손자를 보게 되는 일을 하늘에 오른 듯 기뻐하리라고 상매는 믿고 있었다.

"어머니. 뱃속에서 무엇이 툭툭 떠받아서 그래요."

"뭣이 어짠다꼬?"

시어머니는 허공 놀라며 잡은 빨래를 홀 놓았다. 그리고 나서

"니가 태중이구나. 나는 그것도 모르고 있었구나. 가만있어 바라 정월 이월 삼월. 사월. 오늘이 사월 열이튿날이제? 그러이카내 너거가 식을 한 지 달수로는 넉 달이지만 날로는 꼭 석 달이다. 만으로 석 달인데 버시러 아이가 놀라꼬? 너거가 식을 하기 전에부터 상관이 있었구나? 이 못된 놈들."

하고 시어머니는 손가락을 꼽아 본다 달수(月數)를 헤어본다 하다가 며느리에게 묻는 것이었다. 못된 놈들이란 말을 했으나 진심으로 나쁘다는 생각은 없어 보였다. 그의 입이 벌어지는 것을 보아서 알 수 있었다. 그러나 며느리는 석 달 만에 아이가 놀까 부냐는 시어머니 말에서 가슴이 철렁 내려앉는 것을 알았다. 진실로 정 중위와는 결혼식을 거행하기까지 아무런 일 없이 지나왔던 것이다. 그전까지는 정 중위의 강요를 힘 있게 물리쳐 왔던 것이다.

"어머니 몇 달 만이면 불툭불툭 떠받아요?"

"일곱 달은 대사 놀 거로. 몹쓸 것들. 점잖은 체하더니…… 점잖은 개 부뚜막에 올라앉는다 카더라."

시어머니는 마구 웃었으나 상매는 점점 더 파랗게 질리는 것이었다. 그는 속으로 손가락을 꼽아 보았다. 먼저 김해원이가 의용군으로 가던 달을 꼽아 보았다. 몇 번을 꼽아 보아도 칠월부터면 아홉 달이었다. 다음으로 장현도와의 일이 있던 달을 꼽아 보았다. 첫 번은 팔월이고 둘째 번이 구월이었다. 구월 이십일이 넘어서였으니까 그때부터면 일곱 달이 맞았다.

'어머나 어쩌면 좋아?'

상매는 속으로 부르짖었다. 그는 아무것도 모르고 있었다. 월경이 끊어졌어도 거기 대해서 생각을 돌려보지 못한 자기를 기가 차게 여겼다. 그 뒤에 이이 정 중위를 만나고 사랑하는 일에 몰두했던 탓인지 정 중위와 그리고 또 이이 헤어지는 슬픔을 안게 되었을 뿐 아니라 얼마 안 되어 정 중위의 전사를 안게 되지 않았던가. 그러느라고 그는 자기가 아이를 배었다는 것도 모르고 있었다. 그렇기도 한 위에 상매는 더구나 장현도와의 사이에 있어선 조금도 마음 무거운 것을 느끼지 않았다.

장현도와는 목격이 무섭고 김해원이마저 인민군 의용군으로 나가고 나니 외롭기도 해서 저도 모르게 일을 저지르게 되었으므로 장현도를 생각하는 때면 파리나 똥을 보는 것처럼 욕지기가 날 뿐이었지 자기가 잘못했다는 양심의 가책은 없었다. 그래서 장현도 일 같은 것은 그동안 말짱히 잊어버리고 있었다.

늘 괴로운 것은 김해원의 일이었다. 김해원이가 떠오르면 으레 이옥채가 함께 떠오르곤 했다.

상매는 시어머니한테 무엇을 더 물으려 하지 않았다. 시어머니도 더 묻지 말아 주었으면 하는 생각을 하며 상매는 다시 다림 불을 쏟는 일이 없도록 하려고 다림 자루를 단단히 잡았다.

145

支離滅裂 ⑦

시어머니는 상매가 뱃속의 아이에 대한 말이 나오면 얼굴을 붉히는 일을 늘 나무랬다.

"생판 처자도 아아를 나 가지고도 낯짝 부끄럽운 줄 모르고 사는네 죽기사 했지만 시퍼런 애비가 있는 아안테 멋이 부끄럽노 말이다? 천금덩이 겉은 유복자 손자로 가지고 함부레 그라지 마라."

상매가 아들을 낳던 날은 시어머니가 펄쩍 뛰면서

"지가 씨로 남기고 갔구나. 죽어 가멘서도 씨로 남기고 갔구나."

하고 고함을 치다싶이 했다. 오래 살고 기운차라고 아이의 이름은 '장수'라고 지었다.

장수가 벌쭉벌쭉 웃고 기고 어부버 바바 하고 말을 지껄이게 됨에 따라 시어머니는 장수를 눈에 집어넣어도 아프지 않을 것 같이 굴었다. 양손을 한꺼번에 웅켜 입에 넣는 일, 발을 입에 집어넣고 쭉쭉 빠는 일을 연거푸 했다. 손보다 발을 빠는 것이 더 맛있다고 시어머니는 줄곧 말했다.

발을 빨아 주면 어린것은 푸득푸득 웃었다.

"이 넘이요. 웃는 것도 지애비 에릴 때다."

시어머니는 온갖 것을 온통 정 중위 어릴 때에다 갖다 붙었다. 이러지만 않았어도 상매는 견디었을지 모른다. 아이가 커 가면서 장현도를 닮아 가는 일도 견딜 수 없는데ㅡ.

"어머니. 용서해 주세요. 저는 애를 데리고 이 집을 떠나야 하겠요."

그날도 시어머니는 어린것의 돐에 입히고져 색동저고리 두루마기 바지 조끼 염낭까지 거리에 나가서 갖춰 가지고 왔었다. 시어머니는 갑작스런 며느리 말에 황소 눈같이 크게 뜨고 어린것을 와락 빼앗아 안으며

"멋이? 니가 아아로 장수로 데리고 간다꼬? 니가 어데로 갈 참이고?"

하고 소리를 질렀다.

"아무 데라도 가겠어요. 그 애는 어머니 손자가 아니고 장장수예요. 그 애는 자꾸만 제 애비를 닮아 가요. 보세요. 그 애가 어머니의 아들 정 중위를 닮은 데가 하나나 있나. 없어요. 그 애는 영낙없는 장현도예요."

상매는 입을 쩍쩍 벌려 가며 이렇게 부르짖었다. 숨이 자꾸 막히는 까닭이었다.

"멋이? 장현도가 누고? 이 아아가 그래 내 손자가 아이고 장멋의 아아라 꼬? 이 일을 우야믄 좋노? 하느님 우야믄 존 기요?"

시어머니는 안았던 아이를 방바닥에다 동댕이 쳤다. 아이가 터지는 소리를 질렀다. ―

어느새 풍풍선이 포구 안에 들어섯다. 포푸라도 가깝고 돌담도 가깝고 상매 저의 집 대문까지도 또렷이 보였다.

"엄마 우우 우우."

장수가 엄마의 눈물을 보았던 것이다. 손가락으로 엄마의 뺨을 꼭꼭 질르며 소리를 쳤다.

"엄마 안 울어. 울믄 못써요."

아이에게 하는 말이기보다 자신에게 일깨워 준 말인 것이다. 상매는 빤히 쳐다보며 손가락으로 뺨을 찌르는 어린것의 얼굴을 가슴에 갖다 묻었다. 어린것은 젖을 먹으라고 그러는 줄 알고 가슴을 헤치는 것이었다.

선창에는 사람들이 많았다. 낯선 사람들이 더 많았다. 군인도 눈에 뜨였다. 군인이 눈에 뜨이는 때마다 상매는 깜들깜들 놀랐다. 정 중위가 살아만 있다면 이와 같은 처참한 몰골로 옛집을 찾아 돌아오지는 않을 것이라는 생각도 했다.

어머니는 집에 없었다. 집에는 김 서방네가 들어 있었다.

"학생 애기씨 어째 내리오싱능기요?"

김 서방의 노부가 허리를 굽히며 반가이 맞았다.

"어무인 안 계시구만?"

"아씨는 부산 건너가 안 기십니꺼. 저게 안 들리싰던기요?"

한 달 전 어머니의 편지로써 오빠가 끝내 군대에 끌려 나갔다는 소식과 오빠가 하던 일을 어머니가 맡아 해야 하겠다는 것을 알긴 했지만 집을 아주 비웠으리라는 생각은 못하고 왔었다.

"고되신데 얼라나 내리놓시소. 학생 애기씨 방도, 되렁님 방, 아씨 방 할 거 없이 말캉 그대로 있읍니더. 우리 내외가 자야 있던 방을 씨고 아이들이 저 아랫방을 씁니더."

김 서방의 노부는 어린것에게 별 주의가 없는 눈치였다. 상매는 정 중위 모친이 하던 말을 생각해 냈다. 이 노인도 결혼하기 전에 일을 저질렀다고 아는 모양이라고ㅡ.

146

支離滅裂 ⑧

상매는 제 방에 들어가 위선 어린것을 내려놓았다. 책상도 그냥 있는 채로였고 책상 위 필통에 연필이니 철필이니 하는 것들도 꽂힌 채로 있었다. 무엇이 뭉클 올리 솟아오름을 깨달았다. 집을 나기까지 여기서 공부했으며 연필과 철필을 사용하던 일이 떠올랐던 것이다. 집을 나가던 날 아침에도 '노우트' 장을 찢어 가지고 이 책상 위에서 이 철필로 어머니께 떠나는 사유를 적어 놓았던 것이 아닌가?

지난겨울에 돌아왔을 땐 분주해서 미처 이 방을 들여다볼 여가가 없었고 정 중위가 하루 밤을 이 밤에 묵게 되어 자리를 깔아 준다, 자리끼를 떠다 준다, 하느라고 두서너 번 드나들긴 했으나 방을 살필 겨를이 없었다.

어린것이 어느새 책상 위로 바라 올라가 필통에 꽂힌 것들을 마구 저질러 놓는 것이다. 못 보던 필통이 아이에겐 신기해 보이는 모양이었다. 대구 집에는 이러한 필통이 없었다.

어린것도 철필을 입으로 가져갔다.

"장수 아야야."

상매는 아이가 쥔 철필을 빼앗으려고 했다. 그러나 아이는 막무가내로 놓아 주지 않았다.

"이거 놔."

상매가 어지간히 힘을 들여 빼앗는데도 아이는 놓지 않고 철필대와 함께 부득부득 묻어 오는 것이었다.

"이 자식이 못 놀 테야?"

상매는 어린것의 손에서 철필을 꽉 쌔려 내었다. 어린것이야 어떻게 되든 말든 생각지 않았다. 어린것이 책상 위에서 구을러떨어졌다. 와앙 울음을 터뜨렸다.

상매는 울음을 터뜨린 아이를 말도 없이 뺨따귀를 찰싹찰싹 후려갈겼다. 어쩐지 때려야만 직성이 풀릴 것 같았다.

방에 들어오자 뭉클 울리 솟던 그것이 차츰 더 불길처럼 화알활 타오른 탓인지 모르겠다.

어린것이 악을 쓰며 울었다.

"얼라가 와 그랍니꺼?"

김 서방의 노부가 엉거주춤하고 들여다보며 물었다.

"아니. 아무것도. 괜찮어요."

상매는 허둥거리며 대강 주서대었다. 그러면서 악을 쓰고 오는 아이를 끌어다 가슴에 안았다. 아이는 울음을 그치지 않는 채로 젖을 물었다. 젖을 물고서도 흑흑 느꼈다. 숨이 막히는지 젖꼭지를 빼 놓기도 했다.

한 번도 이런 일이 없었던 까닭에 아이는 더했던 모양 같다. 아이의 아버지를 밝히기 전까지는 한번 큰소리를 쳐 본 일도 없었다. 한번은 기저귀를 채우려는데 오줌을 공중 쏘길래

"이 자식이."

했다가 시어머니한테 꾸중을 들은 일이 있다.

"이 자식이 머꼬? 니가 낳다꼬 자식이란 말로 함부레 막 하는강?"

시어머니는 진정 노한 얼굴이었다.

그
와
그
들
의

戀
人

449

해 질 무렵에 상매는 김 서방의 노부와 같이 부산으로 건너갔다. 부두에서 한참 걸어야 한다고 김 서방의 노부가 말했다. 거리에는 사태 날 지경으로 사람이 들끓었다. 또 자동차 때문에 길을 건널 수가 없었다. 낮에 차에서 내렸을 때보다도 더해 보였다.

□□서 내리자 곧장 부두로 향한 탓도 있겠지만 그때는 자신의 일만 골똘히 생각하느라고 주위(周圍)를 살필 여가가 없었던지 모른다.

더구나 사무실은 복잡한 광복동 거리를 지나서 있었다. 조그만 방문 앞에 이르러 김 서방의 노부가

"아씨 기십니거? 대구서 학생 애기씨가 오싰입니더."

하고 조심스레 아뢰이자 박 여사가 '뭐' 소리와 함께 미닫이 밖으로 뛰어나왔다.

"어무이."

상매는 '어무이'만 불렀다.

"이게 웬일이야. 우리 장수가 여길 다 오게. 할머니가 어떻게 보내 주시더냐?"

박 여사는 두 팔을 쫙 펴 들고 어린것에게도 달려들었다.

147

支離滅裂 ⑨

상매는 아무 말 없이 조용히 아이를 내려 모친에게 주었다.

"저는 인자 가 볼랍니더. 하실 말씀은 없으신기요?"

김 서방의 노부가 허리를 굽히고 응대를 기다렸으나 모친은 어린것에게 정신을 흐빡 쏟느라고 모르고 있었다.

"어무이 김 서방이 가신대요."

"어엉. 그래 에구에구 그새 이렇게 컷어? 백날 때 보구 못 봤으니…… 할머니가 알랑해서 장수가 의렇게 크기까지 못 가 봤으니 할머니 노릇 잘하

지……."

모친은 어린것을 높이 치켜들었다 내려앉았다 뺨을 댄다 입을 맞춘다 할 뿐이었다.

"에구 고마워라. 사돈댁이 한시를 못 떨어지더니 어떻게 보내 주셨을 가?"

모친은 이런 말을 하고는 어린것을 또 치켜들었다. 어린것이 좋아서 푸득푸득 웃었다. 푸득푸득 웃는 어린것을 들여다보며 모친은 못 견디어했다.

"이놈 좀 바라. 무슨 애가 이렇게 어른 같아."

딸은 모친이 하는 대로 내버려 두었다. 저녁 자리에 누워서야 딸에게

"언제 오라더냐?"

고 물어다.

상매에는 '이삼 일 있다요.' 했다. 아직 '자야'가 잠들지 않은 것을 알고 있기 때문이었다. '자야'가 잠이 든 뒤에 상매는 모친을 조용히 부른 다음

"어떤 일이 있던지 어무이 놀라지 마세요."

하고 다짐을 받았다.

"무슨 일이게?"

모친은 황급히 일어나며 소리를 쳤다.

"어무이 전 세상에선 완전히 패배당했을께요. 몰라요 그렇지만 그러는 사이에 저는 깨달아 가요. 그러니까 제 인생은 키 간단 말이예요."

"애야 그게 무슨 소리냐?"

"인제 대구엔 안 가기로 했어요. 어무이하고 있겠어요. 오빠가 하던 일을 제가 다 맡아 하겠어요."

"도대체 이게 무슨 일이냐? 대구에 안 가다니? 딴 사람이라도 생겼단……."

모친은 말을 다 하지 못했다. 다 하기가 무서운 모양이었다.

"아무것도 아녜요. 어무이 장수가 정 중위 아이가 아니라는 것만 알아 두심 돼요."

"뭐? 네가…… 끝내…… 김해원이 아일……."

하고 외치다 말더니 또 그는 입을 열었다.

"……그러잖아도 네가 몸을 풀었다는 소식을 첨 듣고는 가슴이 철렁했다……. 그러면서도 혼자 전에 같이 한 집에 있었다기도 하고 나니 틀림이 없겠지 했구나…… 김해원이가 의용군으로 나갔다는 말부터 꼽아 봐도 생판 틀리고 해서…… 맘을 놨더니……."

"제가 철없어서 이 지경 됐어요. 인제 뭐라고 해야 소용이 없는 일이예요. 잘못한 과거를 거울을 삼아 좋은 수확을 거두려고 노력하는 외에 더 달리 방도가 없는 거예요. 어무이 아무 말씀도 말아 주세요. 이 아이의 아버지를 묻지도 말아 주세요. 김해원의 아이도 아니에요."

"그럼? 또? 아니 네가 사람이냐?"

모친은 눈이 시퍼러해서 딸에게 달려들었다.

"정말 제가 사람이 아니었어요. 사람이 아니라기보다 몰라서 그랬어요. 인젠 알 것 같아요. 인제부터는 옳게 살 수 있을 것 같아요. 잘잘못을 막론하고 제가 한 일엔 제가 책임질 수 있어요."

"도대체 이것의 애비가 어떤 놈이란 말이냐?"

"그건 묻지 말아 달라고 안 그래요? 알 필요도 없어요. 누구의 아이건 제가 났니까 어무이의 손자요. 제 아들이 아니겠어요? 저는 이제부터 어무일 도아드리는 일과 이 아이를 소중히 키워 가는 일에 전력을 하겠어요."

모친은 다시 말이 없고 딸과 자기 사이에 잠들어 있는 어린것의 작은 손을 웅켜다 쥐고는

"가엾은 것. 가엾은 것."

낮은 소리로 외치듯 하더니 그냥 통곡을 터뜨리는 것이었다. 그러나 조심하는 탓이겠지 울음소리는 속으로 기어들어 가기만 했다.

✳

통곡의 밤이 밝았으면 광명한 아침이 와야 할 것인데 박 여사는 눈을 떴으나 해가 떴는지 날이 흐렸는지 그것조차도 분간할 수 없게 탐탐했다.

"어무이 장수를 밥만 멕여 버릇해야 하겠어요."

한 열흘 뒤에 딸이 모친에게 한 말이다.

"그건 왜?"

"젖 뗄 때도 되잖았어요?"

"흔한 젖을 부득부득 뗄 건 뭐냐? 젖이나 실컷 맥이려무나."

박 여사는 말꼬리에 한숨을 달았다.

148

支離滅裂 ⑩

"젖을 떼거든 어무이가 데리고 집에 가 계셔요. 주인이 집에 없으니 집 꼴이 돼요?"

"여긴 어째고?"

"제가 다 해요. 자야랑 데리고 가세요."

상매는 어린애에게서 젖을 떼는 한편 자동차 운전을 배우기 시작했다. 낮에도 차가 틈이 나면 운전수를 번거롭게 굴었지만 남이 다 자는 틈을 타느라고 밤에는 잠을 자지 않았다. 밤에는 거리가 복잡하지 않아서 운전을 배우기엔 십상이었다.

석 달 만에 그는 운전면허증을 얻게 되었다. 그는 운전을 실지로 배우면서 이론적인 공부도 게을리하지 않았던 것이다. 젊고 아름다운 인테리 여성이 자동차 운전을 한다는 일이 희안했던지 신문에서 잡지에서 그를 버려두지 않았다. 사진을 찍는다 기사 취재를 한다 아우성이었다.

"운전수가 된 동기는?"

하는 기자 질문에 윤상매는

"별 동기랄 게 없어요. 지금 하고 있는 일을 좀 더 잘 해 보려니까 하게 되더군요."

하고 대답했으며

"앞으로 계속 하겠느냐?"

는 질문엔 보아야 알겠다고 답변했다.

"비행기 조종사가 될 계획에서 시작한 것이 아니냐고 묻는 말엔 아직 거기까지 생각해 본 일이 없노라"고 말했다. 그리고 윤상매는 자기가 현재 하고 있는 일에 전력을 다할 뿐이라고 덧붙였다.

신문잡지에 사진이 나고 기사가 나게 되자 아는 사람 동창생들이 많이들 찾아왔다. 그들은 아무도 상매가 장현도의 아이를 낳았다는 것을 모르고 있었다.

전사한 정낙규의 아이를 낳은 줄만 알고 있었다. 속이려고 해서가 아니었다. 어느 때를 막론하고 장현도의 이야기만은 진실로 불쾌한 까닭에 덮어두었던 것이다.

택씨를 몰고 나서면 손을 흔들어 주는 학생들도 있었다. 거수경례를 붙여 주는 군인도 있었다.

"운전수 아지무이요!"

하고 불러 주는 지방 아이들도 있고

"운전수 아줌마."

하고 불러 주는 피난민 아이들도 있었다.

윤상매는 어느 것에나 응대를 해 주었다. 손을 내밀어 흔들어 주든지 그렇지 않으면 고개를 숙여서라도 응대해 주었다. 조무라기들인 경우엔 한층 더 반가운 얼굴을 지어 주었다. 그리곤 그는 '핸들'을 잡은 손에 힘을 넣는 것이었다. 언제나 조무라기들을 보는 때면 다대포 집에 외조모와 쓸쓸히 지내는 아들의 모습이 떠오르기 때문이었다.

"오늘은 전할 거 없어요?"

그날 저녁 무렵에도 남승기가 들려 주었다. 남승기는 다시 해운공사 부산 지점에 출근하고 있었다. 다대포에서 통근을 했다. 윤상매는 남승기 편에 아이에게 먹을 것과 옷들을 사서 보냈다. 차를 몰고 나갔다가도 남승기가 퇴근할 무렵이면 분주히 사무실에 돌아와 보곤 하는 것이 그에게 일과와 같이 되어 있었다. 집에 들릴 사이가 없기도 하려니와 외조모에게 정을 붙이고 있는 아이의 마음을 뒤볶아 주기가 싫어서 다대포에는 전혀 가지 않았다. 모친이 가끔 어린것을 업고 건너오곤 했다.

"왜 없어요?"

그동안 갖추어 뒀던 것들을 꺼내 꾸리며 상매는 승기를 올려다보았다.

"그런데 이 심부름두 며칠 못 하게 됐는데."

남승기가 저를 쳐다보는 윤상매를 내려다보고 말했다.

"왜요? 부산에 하숙을 하시게 되나요?"

"아니. 배를 타고 떠나게 될 것 같군요."

"어딜?"

"이리저리 돌아다니게 되겠지."

"언제 돌아오시게?"

"인제 쭈욱 배에서 살기로 했어요."

"배에서? 어머나. 그럼 허성숙인 어떡해요?"

"어떡하긴?"

"그렇게 보고 싶은 걸 이제 아주 못 보게 될 테니 말이예요."

"……."

남승기는 숨만 길게 들이마시고 나서

"그거나 어서 주시지."

했다. 윤상매는 상대방의 길게 들이마시는 숨소리 같은 건 듣지도 못하고 쌀 것을 꾸리기에 분주했다.

149

出航 ①

"오늘은 옷이 들어 있어서 이렇게 커요."

윤상매는 보통이를 싸서 남승기에게 들려 주었다.

"괜찮습니다."

남승기는 들려 주는 대로 덥석 받아들었다. 그리고 그는 그길로 부두에 나왔다.

남승기는 팔목시계를 보려고 하다가 안은 보퉁이 까닭에 그만두고 재게 걸어 배에 올랐다.

배는 닻을 걷우며 고동을 '뚜우' 내뿜았다. '뚜우' 고동 소리와 함께 남승기는 휘파람을 불기 시작했다.

> 내 배 하바나를
> 떠날 때
> 보내 주는 사람
> 하나도 없었네

배고동이 끄치니까 휘파람 소리만 남는 것이었다. 항상 잘 부르는 노래라곤 하지만 이 경우에 이런 노래가 아니었더면 마음을 가라앉힐 도리가 없을 것이라고 그는 생각했다. 석양이 수평선으로 기어 들어가려고 했다.

그는 안고 있는 보퉁이 위에 양팔을 겹쳐 올려놓고 해가 지려는 수평선 쪽만 바라다보며 휘파람을 불었다. 마치 태양이나마 넘어가지 말고 남아 있어 달라고 간청하는 듯이. 진실로 그는 그것조차 꼴딱 넘어가고 없으면 더 못 견딜 것같이 여겨졌던 것이다.

'뚜우' 배고동과 함께 해는 아주 꼴딱 넘어가고 말았다. 그도 휘파람을 끄쳤다. 배가 닿을 데 닿았기 때문이었다. 보퉁이를 흔들흔들 들고 내렸다. 기슭을 철썩 치고는 밀려가는 바다 소리를 발밑에 밟으며 그는

"아지무이."

를 불렀다.

'아지무이'보다 더 빨리 그리고 더 반갑게 뻐청 걸음으로 달려 나온 것이 상매의 어린것이었다. 어린것은 우수꾸레한 속에서도 남승기의 목소리를 알아들었다. '아지무이'를 부르고 오는 때면 과자니 과일이니 잔뜩 들고 오

는 이 아저씨가 장수에게 다시없이 반가운 손님이었던 것이다.

"왔구나? 오늘은 뭘 또 이렇게 들고 왔을가?"

박 여사가 호동불이 가물거리는 데서 무엇을 하다 말고 남승기를 맞아 주었다. 어린것은 보퉁이를 끌르라고 '아저씨'를 흔들었다.

"그래. 그래. 뭐가 들어 있나 우리 풀어 보자."

남승기는 아이의 청대로 보퉁이를 끌렀다. 나올 것들이 우루루 나왔다. 어린것은 다른 것보다 장난감 배를 먼저 들고 나서면서

"뚜우. 뚜우."

소리를 쳤다.

"옷두 입어 볼가?"

외조모는 장난감을 들고 좋아하는 어린것을 끌어다 입은 것을 벗기고 새 것을 입혀 주려고 했다. 어린것은 옷 같은 것은 입지 않아도 좋다는 기색이었다.

"꼬까 입고 배를 타면 더 좋지. 이것 봐. 이거 해군복이네."

곤색 바지에 하얀 웃도리에 쎌라복이었다. 모자도 달려 있었다.

"장수가 아주 멋쟁인데. 정말 해군 같구나."

"에미가 구색을 맞춰 보냈구나. 장수야 인제 배를 '뚜우' 하고 미국에도 가고 영국에도 가고 그래라. 큰 사람이 돼라. 응."

"뚜우. 뚜우. 뚜우우."

어룬들이사 무엇이라고 하건 장수는 장난감 배에 정신을 잃고 있었다.

"아지무이 제가 참 배를 타고 떠나게 됐어요."

"뭐? 자네가?"

박 여사는 놀라기보다 실망하는 빛을 감추지 못하고 나서

"그래 언제 가느냐?"

고 물었다.

"쉬 갈 겁니다."

"갔다 곧 오냐?"

"인제 아주 배에서 살겠어요."

"그럼 어떡하나? 인제 우리 집에도 못 오겠구나. 애 에미한테도 못 들리겠구나."

박 여사는 말을 더 하려다가 한숨으로 끄쳤다. 한숨 뒤엔 바다 소리가 요란했다.

150
出航 ②

해공일색(海空一色)을 이룬 부산 앞바다에 일진호(一進號)의 거대(巨大)한 선체(船體)가 그중에도 우뚝 부조(浮彫)되어 있다. 구름이 무슨 짐승처럼 하늘을 기어가는 것이 보였다.

상매는 김해원이가 의용군으로 떠나던 날 구름이 저렇게 좋았다는 생각을 했다.

"인제 올라가야 하겠읍니다."

남승기가 박 여사 앞에 와서 허리를 굽신했다. 박 여사 등에는 어린것이 업혀 있었다.

"그래. 정말 배만 탈 작정인가?"

박 여사의 소리가 한층 절박했다. 박 여사는 부두로 나오는 자동차에서도 이와 같이 물었던 것이다. 자동차는 상매가 운전했었다.

"아지무이 뵈려 자주 올 텝니다. 편지도 드리겠어요."

자동차에서 물을 땐 별말이 없더니 박 여사의 한층 절박한 소리에 그냥 있을 수가 없었던지 남승기는 이렇게 맞구하는 것이었다.

"고마워요. 승기 씨."

상매가 남승기 앞에 손을 내밀었다. 상매는 남승기가 집에 자주 드나드는 것이 어머니한테 위안이 된다는 것을 알고 있기 때문이었다.

"건강을 빕니다."

잡힌 손에 약간 힘을 넣어 남승기는 상대방의 손을 고쳐 잡았다.

"같이 건강하십시다. 그리고 내기해 볼가요? 바다를 달리는 삼등 기관사와 육지를 달리는 이등 운전수하고 어느 쪽이 이기나……."

이번엔 상매 쪽에서 손에 힘을 넣어 상대방의 손을 고쳐 잡았다.

"그러십시다."

둘이 똑같이 마주 흔들었다. 남승기는 입이 벌어지게 마구 웃기도 했다. 상매는 이처럼 입이 벌어지게 마구 웃는 남승기를 처음 보는 것 같았다. 입이 벌어지게 마구 웃는 남승기의 얼굴이 푸른 바다와 하늘 사이에 멋지게 떠올랐다.

"어쩌면."

상매는 남승기를 일 분 동안이더라도 바라보고 싶다던 허성숙의 말이 무뚝 생각났다.

"애기와 함께 건강하십시요."

남승기는 이옥채한테로 옮아 갔다. 등에 업힌 어린애까지 함께 보아 가며 말했다. 어린애는 김해원이를 닮아서 얼쑥히 잘났다.

"안녕히……."

이옥채는 공연히 눈물이 나서 말을 채 못했다.

"안녕."

등에 업힌 아이가 씨 버렸다. 아이는 종종 만나서 정이 든 이 아저씨에게 엄마가 하는 대로 했다. 그들은 윤상매 사무실에서 모두 정다워졌던 것이다. 윤상매는 자기 때문에 불행해졌다고 생각하는 이옥채와 그 아이에게 최선을 다했으며 이옥채는 또 그것을 아무런 불평 없이 고맙게 받아들이기만 하는 까닭에 한 주일이면 세 번이나 네 번은 윤상매를 찾았던 것이다. 그 것이 술주정군들의 성화에서 풀려나는 유일한 시간이었다.

"안녕 승기."

남승기는 등에 업힌 어린것의 손을 잡아 주었다. 이옥채는 한결 더 느껴져서 가뜩이나 구별하기 힘든 바다와 하늘이 범벅이 되어 정말 어느 것이 어느 것인지 알 수 없게 되었다.

남승기는 그의 부친과 모친에게 인사한 다음 해운공사의 여러 어룬과 동료들에게 인사를 마치고 배에 탔다.

그가 타자 닻을 걷우며 '일진호'는 '뚜우' 소리를 뽑는 것이었다. 남승기는 손을 들어 여러 사람에게 인사하고 나서 기관실로 사라졌다. 배는 육지를 떠난다. '일 미이터' '이 미이터' 차츰 멀어져 간다.

"뚜우."

"뚜우—."

박 여사 등에 업힌 것과 이옥채 등에 업힌 것이 약속이나 한 듯이 배고동 소리를 흉내내고 있었다. '테이프'를 잡은 사람들이 끊기는 정이 서럽다는 듯 손까지 마구 흔들어 대었다.

윤상매도 바다와 하늘이 온통 범벅이 되어 오는 것을 알았다. 구름이 그대로 짐승처럼 기어가고 있고 업힌 어린것들은 아직 '뚜우' 소리를 끝쳐 놓지 않았다.

(끝)

460

1950년대 중반 최정희의 장편소설 연구*
—『떼스마스크의 비극』과 『그와 그들의 연인』을 중심으로

이병순

1. 미답의 텍스트

이 글은 그동안 우리 문학사에서 그 존재가 제대로 알려지지 않은 최정희의 두 편의 장편에 관한 것이다. 『떼스마스크의 비극』(『평화신문』 1956.1.1~3.29 / 총 84회)과 『그와 그들의 연인』(『국제신보』 1956.9.1~1957.2.8 / 총 149회)은 1956~57년에 발표된 소설로 아직까지 본격적으로 연구된 바 없다. 최정희의 소설은 최정희 개인의 삶과 당대를 살아가는 지식 여성들의 삶을 고스란히 담고 있다. 또 그 배면에 시대상이 매우 구체적으로 깔려 있어 문학을 통해 당시의 삶과 풍속, 가치관과 이념을 들여다볼 수 있는 매우 귀중한 프리즘이다.

최정희는 한국 근현대 여성문학사를 거론할 때 박화성, 강경애, 모윤숙, 노천명 등과 함께 손꼽는 대표적인 소설가이다. 그는 1931년 수필 「가을 스케치」

* 이 논문은 2012년 정부(교육부)의 재원으로 한국연구재단의 지원을 받아 수행된 연구(NRF-2012S1A5B5A07035625)의 결과물로써 『한국사상과 문화』 73집(2014. 6)에 게재되었음을 밝혀둔다.

와 「정당한 스파이」를 발표하며 문단에 데뷔한 이래 1980년 「화투기」(『현대문학』 1980.8)를 발표하기까지 50여 년간 꾸준히 작품 활동을 하였다. 또 1950년대 이후 『여원』, 『주부생활』을 비롯한 여성지 및 문학지 심사 및 주간은 물론, 당대 최고의 학술 교양지인 『사상계』에 연재도 하고 심사까지 맡는 등 "1950년대 이후의 최정희는 최고의 여성 문단 권력"¹이라고 부를 수 있다.

최정희는 1950년대에 『녹색의 문』(『서울신문』 1953.2.25~7.8), 『흑의의 여인』(『여원』 1955.10~1956.10)), 『광활한 천지』(『희망』 1956.1~1956.12), 『떼스마스크의 비극』(『평화신문』 1956.1.1~1956.3.29), 『그와 그들의 연인』(『국제신보』 1956.9.1~1957.2.8), 『인생찬가』(『여성계』 1957.4~1958.11), 『너와 나와의 청춘』(『주부생활』 1957.9~1959.1) 등의 장편을 집중적으로 발표했다. 따라서 최정희에게 1950년대는 '단편의 세계에서 장편의 세계로 나아가는 계기로서의 의미'²를 지닌다고 볼 수 있다.

그러나 이중 『녹색의 문』, 『흑의의 여인 : 속 녹색의 문』과 『끝없는 낭만』(『광활한 천지』의 개제) 을 제외한 다른 네 편의 장편들은 아직 소장처조차 제대로 파악하지 못한 채 연구의 미답지로 남아 있는 상태이다. 이에 이 글은 1950년대 최정희 장편 연구의 첫 단계로 『떼스마스크의 비극』과 『그와 그들의 연인』에 대한 본격적인 작품론을 시도하고자 한다. 이 두 편의 장편에 대한 연구는 1960년 『인간사』로 이어지는 1950년대 최정희 장편 소설의 지형도를 명확하게 그리기 위해서일 뿐 아니라, 당대 최고의 여성 문단 권력이었던 최정희의 소설적 재평가 작업이기도 하다. 이러한 작업이 선행되어야만 한국문학사 속에 최정희 소설의 위상 또한 정확히 자리매김할 수 있을 것이다.

최정희 소설에 관한 연구는 상당히 진척된 편이다. 1980년 이미리의 「최정희론」(숙명여대 석사학위 논문)을 시작으로 2012년 5월 현재까지 최정희를 단

1 　김복순, 「감정과 욕망의 아카이브」, 『나는 여자다』, 소명출판, 2012, 61쪽.
2 　신영덕, 「비극적 현실 인식의 의의 – 최정희론」, 송화춘 · 이남호 편, 『1950년대의 소설가들』, 나남, 1994, 150쪽.

독으로 다룬 박사학위 논문만 2편, 석사학위 논문은 4, 50편에 달한다. 이 밖에 몇몇 여성 작가와 함께 다룬 논문까지 합치면 무려 100여 편이 넘는 실정이다. 그럼에도 불구하고 기존의 연구에서 유독 몇몇 장편은 전혀 언급되지 않았는데, 그 작품들이 바로 『떼스마스크의 비극』과 『그와 그들의 연인』이다.

이 두 작품에 대한 연구가 이루어지지 않은 가장 큰 원인은 첫째 자료 구득이 매우 어렵다는 점이다. 두 작품은 각각 『평화신문』과 『국제신보』에 연재되었는데, 이 두 신문은 서울과 부산에서 발행된 종합 일간지로 경제적 사정과 시국의 흐름에 따라 발행인이 바뀌거나 제호가 바뀌는 등의 굴곡을 겪었다.[3] 특히 『국제신보』의 경우 발행처가 부산이었기에 서울 소재의 각 대학 도서관에서 찾기가 몹시 어려웠다.

국립중앙도서관과 국회도서관에서 두 작품을 마이크로필름 상태로 찾았지만, 『떼스마스크의 비극』의 경우 1956년 1월의 연재분(1회~28회 : 1956.1.1~1.31)은 국립중앙도서관에, 그리고 2, 3월의 연재분(29회~84회 : 1956.2.1~3.29)은 국회도서관에서 찾아야만 했다. 즉 한 편의 작품을 한 곳의 도서관에서 온전히 찾기는 불가능하였다. 또 『그와 그들의 연인』의 경우 몇몇 회는 누락되어 그 행방을 추적하기 어려웠고, 따라서 소설의 전문을 파악하기 힘든 상황이다.

둘째는 마이크로필름 상태가 온전하지 않아 작품의 독해가 상당히 어렵다는 점이다. 웬만한 작가의 작품들이 전집으로 출간되고 있고, 젊은 세대가 읽기 편하게 가로 편집으로 새로 출간되는 마당에 5, 60년 전의 신문연재소설을 마이크로필름 상태로 읽는다는 것은 상당한 인내와 집중이 필요하다. 또 이미 마이크로필름 원본이 군데군데 뭉개져 상태가 불량한 데다가 이를 다시 종이에 복사하는 과정에서 생긴 얼룩들로 인해 독해가 어려운 부분들이 많았다. 게다가 당대 신문 활자와, 현행 맞춤법과는 다른 당대의 소설 문법에 익숙해

---

3   서울 : 평화일보(1948)→평화신문(1949)→대한일보(1961)→폐간(1973).
    부산 : 산업신문(1947)→국제신보(1950)→국제신문(1976)→부산일보(통합 1980)→국제신문(복간 1989).

지기까지는 상당한 시간이 걸린다.

셋째, 신문연재 장편이 갖는 대중성이 신문연재 장편소설에 대한 본격적인 연구를 꺼리게 했다는 점이다. 1950년대 중반은 전쟁이 끝나고 사회의 재편이 시작된 시기로서, 여성에게 가정으로의 귀환 명령이 내려진 시기이다. 박인수 사건이나 자유부인 논쟁이 보여주듯이 '50년대 사회는 근대화 과정에서 가시화된 여성의 욕망과 전통적인 부계사회 간의 갈등이 첨예해, 여성의 몸과 섹슈얼리티를 둘러싼 논의가 증폭된 시대'[4]였다. 또 각 일간신문사들이 '광고 수입의 확대 및 독자 획득의 전략적 요청'[5] 때문에 신문을 증면하고, 이를 문화란의 확대로 연결시켰던 시기이기도 했다. 이는 당시 신문연재소설의 문학적 가치를 무조건 폄하하는 왜곡된 시각을 심어주어 이에 대한 본격적인 연구를 기피하는 경향까지 초래한 것이다.

이같은 이유로 이 두 편의 장편은 그동안 최정희의 소설 연구에서 배제되어 왔다. 최정희를 다룬 대부분의 석사학위 논문과 소논문은 물론 두 편의 박사학위 논문에서도 두 작품에 대한 언급은 전무하다. 최정희 소설에 관한 박사학위 논문에서는 『떼스마스크의 비극』의 게재지를 『서울신문』이라고만 잘못 언급했을 뿐 본문에서는 전혀 거론하지 않았을뿐더러, 『그와 그들의 연인』은 아예 작품의 존재조차 언급하지 않았다.[6] 또 최근에 발표된 박사학위 논문에서도 『떼스마스크의 비극』은 게재지가 명확하지 않고,[7] 『그와 그들의 연인』은 '서지 확인 못한 장편소설'로 분류한 후 본문에서도 '1953~1955년 무렵에 쓴 것으로 보인다'[8]는 불확실한 추정만 서술한 후 논의에서 제외하였다.

---

4   김은하, 「전후 국가 근대화와 아프레걸 표상의 의미」, 『여성문학연구』 16, 2006, 179쪽.

5   서동수, 「1950년대 신문저널리즘과 문학」, 『반교어문연구』 29, 2010, 272쪽.

6   황수남, 「최정희 소설 연구」, 충남대학교, 2001.

7   박죽심, 「최정희 문학연구」, 중앙대학교, 2010. 『떼스마스크의 비극』은 『평화신문』 1956.1로만 표기(229쪽)하였을 뿐 아니라, 본문에서도 전혀 거론하지 않아 작품의 존재와 서지사항조차 제대로 확인하지 않은 것으로 보인다.

8   위의 글, 177쪽.

이와 같은 상황에서 이 두 편의 소설에 대한 서지사항의 정리와 연구는 시급하다. 이 글은 그동안 연구되지 못한 채 사장되었던 『떼스마스크의 비극』과 『그와 그들의 연인』의 소장처를 확인하고 이에 대한 본격적인 연구를 통해 분절된 1950년대 중반 최정희 장편소설의 맥락을 이어보고자 하는 목적에서 출발한다. 『떼스마스크의 비극』과 『그와 그들의 연인』은 바로 직전에 발표했던 『녹색의 문』과 이후 발표한 1960년대 『인간사』를 연계하는 중요한 역할을 할 것으로 보인다.

2. 텍스트의 구득과 서지사항

최정희의 『떼스마스크의 비극』과 『그와 그들의 연인』은 그동안 전문이 알려지지 않은 미답의 소설들이었다. 이 두 편의 텍스트를 국립중앙도서관과 국회도서관 마이크로필름실, 서울대학교 도서관 등에서 찾아 온전히 전편을 확보할 수 있었다.

『떼스마스크의 비극』은 『평화신문』(1956.1.1~1956.3.29)에 총 85회 연재된 장편소설로, 1956년 1월달의 연재분(1~28회)은 국립중앙도서관에서, 2, 3월의 연재분(29~84회)은 국회도서관에서 구득하였다. 신문에 기재된 연재 횟수는 84회이지만, 46회가 두 번 기재(내용이 반복되는 것이 아니라 자연스럽게 연결되기 때문에 신문사의 오기로 보임)되었기에 사실상 총 연재횟수는 85회로 보아야 할 것이다.

최정희의 『그와 그들의 연인』은 『국제신보』(1956.9.1~1957.2.8)에 총 150회 연재된 장편소설로, 현재 국립중앙도서관 3층 신문자료실 내 마이크로필름실에 소장되어 있다.

신문연재분 중 20회(1956.9.22)에서 바로 22회(1956.9.23)로 넘어가는데, 이는 게재할 때 숫자가 잘못 표기된 것으로 보인다. 그 이유로는 20회의 소제목은 '애정의 분포도 ①'이고, 22회의 소제목은 '애정의 분포도 ②'이기 때문이다. 또 국립중앙도서관에서 누락된 23회와 24회 등 2회분을 서울대 도서관에서 확보한 후 종합한 결과 24회가 두 번 반복됨을 확인할 수 있었다. 1956년 9월 25일자 24회는 '애정의 분포도 ④', 9월 26일자 24회는 '애정의 분포도 ⑤'로 이어지기 때문이다. 즉 21회는 실수로 22회로 잘못 표기되었고, 24회는 두 번 반복됨으로써 전체적인 연재 횟수는 150회로 동일하다.

또 68회에서 바로 70회로 넘어가는데, 70회 역시 두 번 기록된다. 따라서 이 경우에도 앞의 것이 69회인 것으로 보인다. 앞의 70회(사실상 69회) '기차 속에서 ④'와 뒤의 70회가 '기차 속에서 ⑤'로 자연스럽게 이어지기 때문이다.

국립중앙도서관이 소장한 『그와 그들의 연인』은 총 10회분의 연재물이 누락되어 있다. 23~24, 85, 89, 92, 107, 111, 113, 115, 144회 등이 그것이다. 누락된 연재본들 중 7회분, 즉 22, 23, 89, 107, 111, 113, 144회는 서울대학교 도서관 비도서영상자료실에서 확보할 수 있었다. 누락된 85회도 84회가 '어머니의 마음 ⑥'이었고, 86회가 '어머니의 마음 ⑦'로 이어져 1956년 11월 29일에는 연재가 없었던 것으로 확인되었다. 즉 85회는 단순히 표기의 오기인 듯하다. 따라서 최종적으로 『그와 그들의 연인』은 92(1956.12.8), 115회(1957.1.2 ~3) 등 2회의 연재분만 유실된 것으로 정리할 수 있다. 총 150회의 연재분 중 2회분의 연재는 유실되어 찾을 수 없고, 85회는 연재가 되지 않아 실제적인 연재 횟수는 149회로 최종 정리할 수 있다.

최정희는 1950년대 총 7편의 장편을 연재한다. 『녹색의 문』, 『흑의의 여인 : 속 녹색의 문』, 『광활한 천지』,[9] 『떼스마스크의 비극』, 『그와 그들의 연인』, 『인생찬가』, 『너와 나와의 청춘』 등[10]이 그것이다. 이중 『녹색의 문』과 『떼스마스

---

9 그동안 『광활한 천지』는 1952년 『희망』지에 연재되었고 1958년 동학사에서 『끝없는 낭만』으로 개제한 후 출간되었다고 알려져 왔다. 그러나 1952년 『희망』지 중 6, 9, 10, 12월호를 살펴본 결과 해당 소설은 게재되어 있지 않았다. 만약 1952년에 연재되었다면 총 12회 연재물이기 때문에 어느 한 호에라도 소설이 실려 있어야 했다. 『광활한 천지』는 1956년 1월부터 12월까지 『희망』지에 연재되었음을 최종 확인하였다. 따라서 '1952년 『희망』지에 연재'되었다는 것은 수정되어야 할 것이다.

10 『녹색의 문』(『서울신문』 1953.2.25~7.8), 『흑의의 여인』(『여원』 1955.10~1956.10), 『떼스마스크의 비극』(『평화신문』 1956.1.1~1956.3.29), 『광활한 천지』(『희망』

크의 비극』, 『그와 그들의 연인』이 바로 신문연재소설들이다. 이 세 작품은 『서울신문』과 『평화신문』, 『국제신보』에 각각 연재되었고, 『광활한 천지』를 제외한 나머지 작품들은 모두 『여원』, 『여성계』, 『주부생활』 등 여성지에 게재되었다. 『떼스마스크의 비극』을 연재할 당시 최정희는 『흑의의 여인』(속 녹색의 문)과 『광활한 천지』를 함께 연재하여 3편을 동시에 창작한 것으로 보인다. 이후 『흑의의 여인』의 게재가 완료되자마자 바로 다음달부터 『그와 그들의 연인』의 연재를 시작하는 등, 1955년경부터 1959년까지 최정희는 유례 없이 왕성한 창작 활동을 펼친다. 이 시기 최정희는 『주부생활』 주간(1956)으로 활동하는 한편 창작에 정진하며, 1958년에는 『인생찬가』로 서울시문화상 본상을 수상하기도 하는 등 문단 안팎에서 최고의 전성기를 누렸다.

3. 전후 지식인의 불안과 니힐의 정서

1950년대 신문은 그동안 신문과 문학이 유지해왔던 끈끈한 문화주의의 명분을 버리고 상업주의로 돌아선 시대이다. 신문사들은 너도나도 지면을 확대하고 증면된 지면에는 영화를 중심으로 한 광고의 확장, 연예 기사와 같은 대중적 기사들로 내용을 확충했다. 광고 수입의 확대 및 독자 획득의 전략적 요청 때문이었을 것이다. 상품성의 극대화 차원에서 신문이 선택한 대표적인 문학 상품은 바로 장편소설 연재였다. 당시 장편소설은 신문의 발행 부수를 좌우하는 결정적 요소였을 뿐 아니라 신문의 품위를 드러내주는 지표였기 때문이다.

최정희의 『떼스마스크의 비극』과 『그와 그들의 연인』은 1956년에 연이어 발표한 장편들로, 한국전쟁 전후 젊은이들의 방황과 사랑을 그렸다. 발표는 거의 동시에 신문연재로 진행되었지만, 작품의 내용은 『그와 그들의 연인』이 『떼

1956.1~1956.12), 『그와 그들의 연인』(『국제신보』 1956.9.1~1957.2.8), 『인생찬가』(『여성계』 1957.4~1958.11), 『너와 나와의 청춘』(『주부생활』 1957.9~1959.1)

스마스크의 비극』보다 조금 앞선다. 즉『그와 그들의 연인』은 한국전쟁 전후인 1950년 초부터 1951년 여름까지 부산 근처 다대포라는 섬을 배경으로, 『떼스마스크의 비극』은 1955년 서울을 배경으로 한 작품이다. 게재 신문의 발행지와 작품의 공간적 배경이 일치하는 것도 흥미로운 설정이다. 서울과 부산을 각각 배경으로 했지만, 두 작품에는 1950년대 정치적 혼란과 정서적 불안과 공포가 팽배했던 사회적 분위기가 고스란히 반영되어 있다.

『떼스마스크의 비극』은 630매 분량의 경장편소설이다. 조각으로 국전에 특선까지 한 허형재[11]가 전후 현실에 적응하지 못하고 방황하는 내용을 담고 있다. 형재는 누나 집에 얹혀 사는 무직 인텔리로 삶의 방향성을 찾지 못하는 인물이다. 그는 우연히 만난 서강옥에게 거의 병적으로 집착하는데, 즉흥적이고 소아병적인 형재의 성격으로 인해 둘의 관계는 곧 파탄에 이르고 만다. 1955년 현재 시점으로 서술되는 이 소설에서 전쟁은 주인공의 병적 불안과 우울한 일상의 원인을 제공한 배면으로 깔려 있어 작품 전체에 어두운 아우라를 드리운다.

주인공 형재의 시점에서 바라본 소설 속 등장인물들은 대부분 비정상적이다. 형재는 누이 부부는 물론 조카까지도 '떼스마스크'와 같다며 조소하고, 자신이 사랑하는 서강옥은 물론 자신을 아이처럼 챙겨주는 조영매, 나중에는 자신의 얼굴까지 떼스마스크라고 규정한다. 전쟁은 끝났지만 아직 전후 현실은 전쟁이 남긴 상처와 흔적에서 자유롭지 못한 상태이다. 그 현실을 마주한 주인공은 모든 것을 따분하고 지루하게 여기며, 그런 그가 영위하는 일상 역시 무덤 같은 곳으로 인식할 뿐이다.

형재가 무의미하게 일상을 살아가는 데는 예술가로서 자신의 정체성을 확인하지 못하고 인정받지 못하는 데서 비롯된다. 전쟁 직후 먹고살기조차 힘든 극심한 경제적 궁핍 상태에서 예술이란 한낱 '도깨비 장난'에 지나지 않는다.

---

11 25회에는 '승재'로 표기되어 있다.

아무도 나를 인정하지 않는다. 우리 가족 중에 나를 인정하는 사람은 하나도 없다.

그들은 내가 다른 일을 하지 않고 조각을 하는 데 한층 염증을 느끼며 바보 천치라고 한다.(32회)

나는 작품은 고사하고 점토를 두어 둘 만한 장소도 없는 곳이다. 자잘구레한 손장난을 하던 것까지도 둘 데가 없어서 누님이 수틀이랑 올려놓는 선반 위에 올려놓았다간 혼이 나곤 하는 것이다.

"밤낮 이건 뭐냐. 도깨비 장난같이."(44회)

미래에 대한 희망이 보이지 않고 현실에도 적응하지 못한 젊은이들이 탐닉한 것은 성에 대한 욕망뿐이었다. 형재는 대구 피난 시절 잠시 만났던 서강옥을 서울에서 재회한다. 서강옥은 형재의 성적 욕망을 부추겨 주었을 뿐 사랑의 대상은 아니다. "나 혼자 차지할 수 있을 것 같"(50회)아 결혼해야겠다고 작정할 뿐이지, "육체만의 소유자"(39회)인 그녀에게서 정신적 휴식을 얻기 어렵다는 사실을 알고 있기 때문이다. 따라서 서강옥에 대한 형재의 욕망은 실체를 갖추지 못한 채 상당히 감상적이고 몽환적으로 드러난다.

형재의 과잉된 감정은 빈번한 오열로 드러나 외적으로는 주변의 모든 사람들에게 공격적인 성향을 보이고, 내적으로는 스스로의 감정을 통제하지 못하는 모습을 보인다. 불행을 감득할 수조차 없는 그에게 현실은 그저 "진땀 나는 시간의 연장"(69회)만 있을 뿐이다.

나에게는 아무것도 없다. 꺼풀뿐이다. 돈이 된다는 똥마저 없는 것이다.

서러웠다. 나는 통곡이 터지고야 말았다. 물소처럼 큰 소리로 엉엉 울었던 것이다.(49회)

뿐만 아니라 형재는 정상기의 도움으로 간신히 취직한 후에도 여자를 찾기 위해 무단 외출을 하는가 하면, 사장이 자신에게 '허 군'이라고 호칭했다는 이유로 바로 뛰어나오는 등 무책임한 행동을 반복한다. 조영매의 오빠도 마찬가지다. 그 역시 아무것도 하지 않은 채 집 안에만 침울하게 틀어박혀 있으며, 현대 청년들은 불안과 공포 속에 떨고 있다(70회)고 인식하고 있기 때문이다. 이렇게 소설은 전쟁 직후 공포와 불안, 초조와 좌절 등 외상 후 스트레스에 시달리는 젊은 세대들의 병적인 징후를 그대로 형상화해냈다.

작품에 등장하는 여성 인물들은 주인공보다 훨씬 더 다양한 스펙트럼을 보여준다. 서강옥과 조영매, 형재 누나, 정상기 부인 등을 대표적으로 꼽을 수 있는데, 이 인물들의 묘사를 통해 주인공의 여성관, 나아가 작가가 견지한 여성관의 일면을 확인해볼 수 있다.

서강옥은 대구에서 다방을 경영하다 서울로 올라와 이후 양공주로 전락하는 인물이다. 육체를 자본 삼아 살아가는 여성으로 순간의 쾌락을 즐기면 그만일 뿐 진정한 관계를 형성하려 들지 않는 전형적인 아프레걸이다. 형재 누나 역시 마찬가지다. 남편이 국회의원이었을 때는 남편에게 복종하다가 그가 낙선하고 무위도식하자 남편에게 욕설과 폭행을 일삼는 속악한 여성이다. 이에 반해 조영매는 미대를 졸업한 인텔리로 "정신을 휴식시키는 사람"(39회) 즉 교양을 갖춘 여성으로 등장한다. 뿐만 아니라 형재는 영매를 자신이 기댈 수 있는 "어머니와 같은 여자"(73회)로 인식한다. 그러나 형재는 교양 있고 포용력 있는 영매를 서강옥과 끊임없이 비교하면서 결국 "육체만의 소유자"인 강옥에게 집착한다. "여자가 뭐 안다구 짓거리는 것처럼 미운 건 없어. 여잔 무식해야 해. 무식한 게 미야."(78회)라는 발언을 조영매 앞에서 할 정도로 형재의 여성관은 왜곡되어 있다.

그런가 하면 정상기의 부인은 남편을 위해 모든 것을 희생하고 인내하는 현명한 여성으로 그려진다. 정상기는 형재의 스승으로 취직까지 알선해준 조력자이다. "언제나 남편을 위해서만 사는"(21회) 정상기의 부인은 전통적인 아내의 모습을 간직한 인물이다. 형재는 자신의 누나를 정상기 부인의 "발치에도 가 설 수 없는", "기생충", "거지 근성"의 소유자로, "돈이나 권력으로써 사람의 인격을 다루는"(22회) 여성으로 규정하기도 한다.

이러한 인물의 묘사를 통해 작가는 이성적으로는 교양을 갖춘 현대적인 여성을 긍정적으로 보나, 현실적으로는 남편을 내조하고 가정을 지키는 전통적인 여성상에 더 큰 가치를 두고 있는 것이다. 전쟁 직후 남성들이 부재한 상태에서 사회로 진출한 여성들을 다시 가정으로 귀환시키고자 하는 가부장제 회복 프로젝트가 진행되고 있는 시점에서 이러한 여성관의 피력은 곱씹어볼 필요가 있다. 일제강점기와 해방 직후에 최정희가 보여주었던 지배 이념의 추종과 권력 지향적 행보를 이 소설에서도 확인할 수 있기 때문이다. 다시 말해 이 소설의 연재 당시『주부생활』의 주간으로 활동했던 최정희가 소설을 통해 가정에 복무하는 전통적 여성상을 옹호하는 행위는 전후 사회질서 재편에 협력하는 것으로 풀이할 수 있다.

등장인물들은 집, 직장, 다방, 친구 집 등을 전전하며 술을 마시거나 타인을 의심하고 질투하며 무의미한 일상을 영위한다. "현대 청년들은 갈 데가 없다고, 불안과 공포 속에 떨고 있다"고 스스로를 진단하면서도 "아무것도 안 하"면서 "줄곧 집 안에 들앉아 침울하게"(70회) 하루하루를 버티고 있는 것이다. 이들에게 미래는 없으며 현재 또한 소진해버리면 그만일 뿐이다.

따라서 형재는 자신을 포함하여 대부분의 등장인물들을 '떼스마스크'에 비유한다. 이들의 삶은 계획과 반성으로 이어나가는 '살아 있는' 일상이 아니라, 불안과 의심과 질투, 오열 속에 간신히 버텨나가는 이미 '죽은' 삶이기 때문이다. 이는 1950년대를 바라보는 당대 지식인의 허무주의적 시각을 고스란히 보여주고 있다. 전후 혼란한 정치 현실과 무질서한 사회 분위기 속에서 미래를 전망할 수 없는 무기력함과 답답함이 자신과 타인들의 얼굴에서 '생기'를 걷어냈다고 판단한 것이다. 전쟁 직후 사회 전반을 드리운 불안과 니힐의 정서가 29세의 젊은 지식인의 미래를 '죽음'으로 몰아넣고 있음을 소설은 분명히 보여주고 있다.

4. 불모의 사랑과 전쟁의 상처

『그와 그들의 연인』은 1950년대 초반 젊은이들의 사랑과 파국을 그려낸 소설이다. 이 작품은 부산 근처 다대포 섬을 배경으로 물고 물리는 젊은 남녀의 애정의 향방이 결국 전쟁이라는 외적인 조건으로 인해 크게 영향받는 모습을 고스란히 보여준다. 최정희는 연재 시작 전 '작가의 말'을 통해 "누구나 애정을 느낄 수 있는 소설, 누구나 따사로움을 느낄 수 있는 소설, 누구나 위안을 얻을 수 있고, 「바른 것」이 무엇인가를 알 수 있는 소설을 쓰고 싶다"[12]는 소회를 밝힌 바 있다. 그렇다면 작가가 소설을 통해 추구하려 했던 '바른 것'의 정체는 무엇이고 어떤 모습으로 드러나는가.

윤상수, 김해원, 남승기는 모두 해양대학을 갓 졸업한 동창생들이다. 윤상매와 허성숙은 대학 3학년에 재학 중인 동갑내기이고, 이옥채는 은행원이다. 윤상수는 허성숙을, 허성숙은 남승기를, 남승기는 윤상매를, 윤상매는 김해원을, 이옥채 역시 김해원을 마음에 두고 있다. 등장인물들의 엇갈리는 사랑의 향방이 전쟁이라는 외적 현실에 부딪쳤을 때 어떻게 흘러가는지 작품에서는 여실히 보여준다.

등장인물들은 크게 세 부류로 나눠 볼 수 있다. 작가가 '작가의 말'에서 밝힌 '바른 것'을 추구하는 이상적인 인물군과 난세에도 자신의 실속을 챙기는 금권주의자, 나머지 하나는 시류에 몸을 맡기고 부유하는 인물군이 그것이다.

첫 번째에 속하는 인물로는 남승기, 허성숙을 들 수 있다. 이들은 반듯하고 모범적인 태도를 갖춘 인물들로 낭만적 사랑을 꿈꾸는 순수한 모습을 보인다. 남승기는 대학 졸업 후 자신의 고향을 지키며 살아가려 하지만 전쟁이 터지자 자원 입대하고, 이어 부상당해 후송된 후에는 결국 배를 타고 떠난다. 허성숙 역시 자신의 사랑을 성취하기 위해 부모의 반대를 무릅쓰고, 자신을 좋아하는 윤상수에게 절교 선언을 하면서까지 간호원이 되어 남승기를 보살핀다. 그녀는 조신하고도 분수에 맞게 처신하면서도 자신의 사랑을 지키기 위해서는 과감하게 행동에 나서는 주체적인 인물이다.

두 번째는 윤광호, 윤상수 부자를 들 수 있다. 이들은 '돈'이 최고라는 금권

12　최정희, 「작가의 말」, 『국제신보』 1956.8.19.

주의자로서 난세에도 미곡상을 비롯하여 토지 거래, 자동차 영업 등을 통해 잇속을 챙기는 인물들이다. 윤광호는 박봉혜의 남편으로 무자비하고 냉혹한 성격의 소유자이다. "자기의 이득(利得)을 위해선 남을 짓밟고 올라서는 일을 어렵지 않게"(5회) 하는 인물로 자수성가하였으나 일찍 사망하였다. 그의 아들 윤상수 역시 '돈이 제일'이라는 배금주의자로, 전시 부산으로 피난와 우연히 만난 동창에게까지 부정 청탁을 서슴지 않는 부정적 인물이다.

세 번째에는 윤상매, 김해원 등이 속한다. 이들은 상황에 종속되는 모습을 보이는데, 자신의 감정과 객관 상황에 따라 이리저리 휘둘리는 우유부단한 인물들이다. 김해원은 자신의 아이를 가진 이옥채와 결혼한 후에도 상매와 함께 서울로 도망치고, 기차에서 우연히 만난 장현도의 집에 기거하다 결국은 의용군으로 끌려간다. 뚜렷한 자기 주관 없이 상황과 사람에 따라 이리저리 우유부단하게 행동한 결과이다.

이 작품에서 주목할 만한 인물은 윤상매[13]이다. 그녀는 자신의 감정에 충실하며 충동적으로 행동하는 아프레걸[14]이다. 1년이 채 되지 않은 시간에 김해원, 장현도, 장낙규 등 세 명의 남자와 인연을 맺는다. 김해원은 의용군으로 전쟁에 나가 소식이 없고, 진정으로 사랑한 정낙규와 결혼까지 하지만 그 역시 참전한 지 두 달 만에 전사했다는 통보를 받는다. 그사이 상매는 유부남인 장현도의 아이를 낳는다. 상매는 사랑, 가출, 이별, 결혼, 출산, 남편의 전사 등을 1년 만에 모두 겪은 후 부산에 내려와 정착한다. 이 작품은 전쟁이 평범하게 살아가고 있던 한 여대생의 삶을 어떻게 흔들어놓는지, 또 얼마나 많은 젊은 이들을 죽음과 전쟁으로 내몰았는지 여실하게 보여준다.

---

13 『그와 그들의 연인』과 동일한 시기에 함께 연재한 『광활한 천지』에도 주인공 이차래의 동창생으로 '상매'가 등장한다. 이 작품의 '상매' 역시 부산 출신이나 서울의 Y대 정치학과 학생으로 차래의 연애와 일상에 조언자 역할을 맡고 있는 지적인 여성이다.

14 아프레 걸에 대한 김복순의 분류에 따르면, 윤상매는 자신의 성적 욕망에 충실한 속성을 드러내는 중산층—낭만적 사랑형으로 규정된다. 김복순, 「아프레 걸의 계보와 반공주의 서사의 자기구성 방식」, 『어문연구』 37권 1호, 2009, 286~287쪽.

또한 윤상매는 『흑의의 여인』의 도영혜를 연상시킨다. 도영혜는 해방 직후라는 혼란한 현실 속에 오직 사랑만을 갈구하며 부유하는 여성이다. 물론 도영혜의 사랑처럼 이념이 개입하지는 않지만, 윤상매는 전쟁이라는 상황에 종속되어 낭만적 사랑을 훼손하는 전형적인 인물인 것이다. 윤상매 외에 잠시 등장하는 영순 역시 공산주의자인 남자를 따라 월북하여 도영혜와 유사한 인물로 보인다. 『흑의의 여인』에서 도영혜의 반대편에 유보화를 세웠다면, 이 작품에서는 낭만적인 사랑의 자리에 허성숙을 배치한다. 허성숙은 남승기만을 바라보는 일편단심의 낭만적 사랑[15]을 희망하는 여성이다. 허성숙은 윤상수나 김해원을 꿈이 없는 존재라고 규정하며, 꿈과 낭만을 지닌 남승기를 연모한다. 남승기는 자신이 살고 있는 다대 마을을 부유하고 평화로운 어촌으로 만들어보겠다는 일념으로 해양대학에 진학한 인물로, 진중하고 사려 깊은 성격의 소유자이다.

> "제가 어떻게 해서라도 남 선생님을 도울 수 있었으면 싶어요. 제가 이때까지 가졌던 바다에 대한 사상은 낭만이라고 붙이기가 부끄러워요. 아까 제가 바다는 마음을 요동시킨다느니 바다를 대하면 요동하는 내가 낭만을 지닌 것처럼 얘기했어요마는 이제 선생님 말씀을 들고 보니 그건 낭만이 아니라 쎈치였어요. 선생님 말씀에서 낭만이 어떤 것임을 배왔어요. 현대인의 낭만은 멀리서 바라보고 영탄하는 것이 아니고 그 속에 뛰어들어 부딪쳐 보는 일, 그래서 만 사람의 복리를 얻도록 하는 것임을 알았어요."(40회)

허성숙에게 남승기는 연모의 대상이자 자신을 가르치는 교사이다. 그를 '선생님'으로 호칭하며 남승기에게 가르침을 받고자 따르는 것이다. 사랑하는 사람에게 지도받으며 그 앞에서 '얌전한 주부'가 되고 싶다는 허성숙이야말로 여

---

15 낭만적 사랑이란 소녀가 여성으로 성장하며 사랑의 주체로 거듭나는 과정에서 사랑의 대상을 그리며 이상적인 결혼을 꿈꾸는 과정에서 드러나는 것이라고 말한다. 김복순, 「소녀의 탄생과 반공주의 서사의 계보-『녹색의 문』을 중심으로」, 『한국근대문학연구』, 2008, 217쪽.

성의 가정으로의 귀환을 통보한 1950년대 전후 사회가 요구하는 가장 이상적인 여성상일 것이다.

작가는 윤상매를 통해서 상황에 따라 흔들리는 부초 같은 사랑이 궁극적으로 어떠한 비극을 가져오는지를 분명하게 드러냈다. 윤상수는 '돈'이 최고라는 가치관을, 남승기과 허성숙을 통해서는 어떠한 상황에도 자신의 사랑을 지키고 싶어 했지만 끝내 이루어지지 않는 해바라기형 사랑을 드러내려 했다. 등장인물들 모두 자신의 연인을 지키지 못했고, 자신이 희망하던 사람과 연인으로 맺어지지도 못했다. 작품의 제목 '그와 그들의 연인'은 갑작스런 전쟁의 발발로 인해 비극적인 결말을 맺을 수밖에 없었다.

이 소설에서 전쟁은 65회(탈출 ⑦)에서 "괴뢰군 남침 기도"라는 신문 기사를 인용하며 시작한다. "전쟁이란 그냥 생지옥" 혹은 "지금쯤은 서울은 피의 바다가 돼 있을 거"(73회)라면서 전쟁 초기의 급박한 상황이 묘사된다.

전쟁은 자의든 타의든 젊은 청년들의 투신을 기초로 진행된다. 김해원은 복구 공사에 노력 동원 나가다가 결국 의용군에 참전하게 되는데 참전 이유를 "배가 고파서"라고 밝힌 반면, 정낙규, 남승기와 허윤구 등의 참전은 "국가와 민족을 위해서"라는 대의로 그려내고 있어 차이를 보인다. "승기야 정말이냐? 네가 서울 간단 말이냐? 네가 인민군을 때려 부시고 서울 있는 사람들을 구출해 준단 말이냐? 승기야 고맙구나. 네가 우리 상맬 구출해 준단 말이냐?"라는 상매의 어머니의 절규에 남승기는 "제가 서울을 빼앗을랍니다. (중략) 밤낮 반절된 손바닥만 한 땅에서 이래 가지고는 아무것도 안 대요. 공산당을 얼른 쳐 뿌수고 삼팔선을 티아 나야 우리 민족이 살 길이 열리요. 아지무이 안심하고 계시소. 지가 갔다 오겠읍니더."(87회)라고 말한다. 이러한 남승기의 발언은 『녹색의 문』, 『광활한 천지』에서부터 반복된 반공 이데올로기의 표출로 당시 남한의 지배 이념을 재차 강조한 것으로 보인다.

특히 88회부터 100회(서울 ①~⑭)까지는 전시 인민군 치하에 있던 서울의 풍경을 자세히 묘사하고 있어 주목된다. 인민군 치하에서 살기 위해 좌익 행세를 하다가 9·28 서울 수복 이후에는 부역 혐의로 치안대에 끌려가 취조받는 장현도, 윤상매의 모습은 「탄금의 서」나 「난중일기에서」, 「정적일순」 등 당시 최정희의 소설 곳곳에서 볼 수 있는 풍경들이다.

최정희 소설의 핵심은 작가를 둘러싼 사회적 현실의 변화에 민감하게 반응하는 한편 '경험적 서사'를 구현한다는 데 있다. '내 작품은 대부분 나의 신변 애기'[16]라고 말한 바 있는 최정희는 한국전쟁 이후부터 그의 소설은 자신이 대면한 전쟁의 모습을 끌어안으면서 이에 대한 사회적 책임을 집요하게 묻고 있다. 한국전쟁 초기 인공 치하 서울에 잔류했던 최정희는 이후 부역 혐의를 받고 소설, 수기 등 다양한 형식의 글쓰기를 통해 참회와 반성의 포즈[17]를 취한 바 있다. 이후 1951년 1·4후퇴 때는 제일 먼저 피난길에 올랐고, 공군종군작가단에 가입하여 적극적인 활동을 하였다.

그런 모습을 보이던 최정희는 이 소설이 연재될 즈음, 1956년에 이르러서는 전쟁 초기 피난가지 못하고 서울에 잔류하게 된 것은 "철교를 끊어 놓고 자기 네만 피해 간 정부가 잘못"(99회)한 것이라고 분명히 못박아 이야기한다.

'정부의 잘못이라'는 말에 정 중위는 저력을 넣은 소리로
"정부를 비난하는 셈이요?"
했다.
"비난이라기보다 서울에 남은 사람들을 그 채로 들어 던지고 갔다 와서 야단을 치니 억울하다는 말이지요. 서울에 남은 사람들이 괴뢰군이 들어온 뒤에 얼마나 고생했는지 아세요? (하략)"(100회)

이는 작가가 윤상매의 입을 빌려 적화삼삭 동안 불가피하게 서울에 잔류해 문맹에 가입했고, 그 행동 때문에 수난을 겪었던 자신의 과거 행적을 개인의 책임만으로 몰아붙이는 것이 부당하다는 생각을 표면으로 드러낸 것이다.

---

16 최정희, 「나의 인생 나의 문학」, 『월간문학』 1976.9, 18쪽.

17 이병순, 「한국전쟁기 여성문인들의 반공서사 연구 – 모윤숙과 최정희를 중심으로」, 『현대문학의 연구』 41, 2010, 339~349쪽 참조.

이 소설은 작품을 연재하던 신문사측의 요청[18]으로 갑작스럽게 정리된다. 전시를 이용해 돈을 벌려 애쓰던 윤상수는 결국 강제 징집당하고, 오빠가 하던 자동차 사업을 윤상매가 이어받아 억척스럽게 꾸려 간다. 또 김해원을 두고 승강이를 벌였던 윤상매, 이옥채는 각각의 아이를 키우며 사이좋게 지내고, 남승기는 배를 타고 멀리 떠나는 것으로 마무리된다.

그렇다면 제목『그와 그들의 연인[19]』에서 '그'는 누구이고, '그들'은 누구인가. '그'는 작품 속 긍정적 인물인 남승기일 수도 있고, 가장 파란을 많이 겪은 윤상매일 수도 있다. '그들'은 그야말로 작품에 등장하는 남승기나 윤상매의 친구와 지인들을 가리킬 것이다. '그'와 '그들'은 자신이 꿈꾸는 사랑을 얻기 위해 분투했지만 그들 중 누구도 연인과의 행복한 승리를 거둔 이가 없다. 물론 갑작스런 연재 정리 탓도 있겠지만, 엇갈리는 사랑의 향방과 전쟁이라는 외적인 조건이 낭만적 사랑을 불가능하게 한 것이다. 이는 1950년대가 낭만적 사랑을 꿈꾸는 젊은이들에게는 암담하고 가혹한 시대였음을 드러내기 위해서일 것이다.

5. 맺음말

최정희는 한국전쟁 직전「여자 된 자랑」이라는 수필에서 '여자 된 것을 무한히 다행하게 재미나게 생각'[20]한다는 요지의 글을 썼다. 여자인 것이 '자랑'이

---

18 "신문연재 장편소설을 두 번 써보았다.『녹색의 문』과『그와 그들의 연인』이었다. 어느 것이나 실어주는 편에서 재미가 없다고 말해서 끝날 무렵해선 늘 후다닥 마치곤 했다. 그러한 불쾌한 일을 두 번씩이나 당하고 나니 이젠 신문에 장편 연재할 생각이 꿈에도 없다. 즐겁지 않은 일을 할 필요가 없는 것이다." 최정희,「문학적 자서전」,『신문예』1958.10, 35쪽.

19 최정희는 유독 대명사와 대명사의 조합을 제목으로 선호한 것 같다.『찬란한 대낮』(문학과지성사, 1976)에 실려 있는「그와 나와의 대화」,『주부생활』(1957.9~1959.1)에 실린『너와 나와의 청춘』등을 예로 들 수 있다.

20 최정희,「여자된 자랑」,『부인』5권 2호, 1950.4, 41쪽.

라고 여긴 최정희는 그의 문학 전반에 걸쳐 여성의 삶을 소설화하는 데 주력해 왔다. 이는 1950년대에 발표한 장편소설에서 두드러진다.

『녹색의 문』(1953)과 『흑의 여인』(1955)에서는 두 소녀가 해방을 겪으면서 여성으로 성장하는 과정을, 『광활한 천지 : 끝없는 낭만』(1956)에서는 한 평범한 여학생이 양공주로 전락해가는 과정을, 『너와 나와의 청춘』(1957)에서는 직장에 다니는 유부녀의 일과 사랑에 관한 이야기를 풀어내고 있다. 이 시기에 발표된 장편소설들은 모두 다 여성이 주인공이고, 여성의 삶과 사랑이 주요 서사를 구성하고 있다.

1950년대 중반에 발표한 『떼스마스크의 비극』과 『그와 그들의 연인』은 서울과 부산을 배경으로 한국전쟁 전후 젊은이들의 삶과 사랑을 그려낸 소설들로, 방황하는 청춘의 기록으로 볼 수 있다. 『떼스마스크의 비극』은 한 지식인의 방황을 통해 전쟁 직후 공포와 불안, 초조와 좌절 등 외상 후 스트레스에 시달리는 젊은 세대들의 병적인 징후를 그대로 형상화한 작품이다. 『그와 그들의 연인』은 대학 재학 중이거나 갓 졸업한 젊은이들의 사랑과 파국을 그린 작품으로, 입대와 부상, 강제 징집, 전사 등 전쟁의 폭력성이 개개인의 삶을 얼마나 피폐하게 만드는지 잘 보여준다.

두 작품 모두에서 작가는 자신이 생각하는 '바른 것', 즉 올바른 가치관에 대해 피력해놓았는데, 주로 1950년대가 요구하는 여성상에 관한 것이었다. 『떼스마스크의 비극』은 지식인 남자의 불안과 허무가 주된 서사를 이루지만, 사실 들여다보면 주인공을 둘러싼 두 여성에 관한 이야기가 상당 부분을 차지하고, 『그와 그들의 연인』 역시 많은 남녀가 등장하지만, 윤상매와 허성숙에 초점이 맞춰져 있다. 이는 1950년대 중후반 여성이 어떻게 살아가고 있으며, 또 어떻게 살아가야 하는지에 대한 작가의 관심과 당부가 반영된 것으로 볼 수 있다. 이 관심은 『떼스마스크의 비극』의 조영매와 정상기 부인, 『그와 그들의 연인』에서는 허성숙을 통해 드러내고 있다. 이중 정상기 부인은 현모양처라는 전통적인 여성상을 보여주며, 조영매와 허성숙은 현대의 지적인 면모를 간직하면서도 사랑하는 사람에게 헌신한다. 이렇게 볼 때 작가는 교양을 갖추되 가정에서 가족을 돌보는 전통적인 여성을 긍정적으로 평가하고, 자신의 소설을 통해 이러한 가치관을 확산시키고 있다고 볼 수 있다.

　두 작품의 연재 당시인 1956년 최정희는 여성잡지인 『주부생활』의 주간을 맡고 있었다. 1950년대 중반 여성지의 발행 목표는 '해방과 전쟁으로 인해 문란해진 사회적 질서를 바로잡는 한편 성역할 규범을 재강화'하는 데 있었고, '타락한 여성들을 교정함으로써 가부장적 근대화를 정초하는 데 협력'[21]하는 것이었다. 따라서 여성지 주간을 맡고 있던 최정희가 창작한 이 두 편의 장편은 이러한 최정희의 당시 여성관을 확인할 수 있는 기표로서의 의미를 지닌다.

　앞으로 남은 문제는 이 글에서 연구한 두 편의 소설 외에 최정희의 『인생찬가』(1957~1958)와 『너와 나와의 청춘』(1957~1959)에 대한 후속 연구이다. 이 네 편의 장편에 대한 연구가 완결되어야 1960년 『인간사』로 이어지는 1950년대 최정희 장편소설의 지형도를 명확하게 그릴 수 있을 뿐 아니라, 최정희 소설에 대한 재평가 작업도 온전히 진행할 수 있기 때문이다. 이러한 작업이 선행되어야만 한국문학사 속에 최정희 소설의 위상 또한 정확히 자리매김할 수 있을 것이다.

21　김은하, 앞의 글, 187~189쪽.

1906	12월 3일(음력) 함북 성진군 예동에서 출생.
1924	상경. 동덕여학교에 편입학.
1925	숙명여자고등보통학교로 편입학.
1927	'근우회' 단천 지회 간사로 참여.
1928	숙명여자고등보통학교 졸업. 서울 중앙보육학교 입학.
1929	서울 중앙보육학교 졸업. 경남 함안유치원 보모로 근무.
1930	일본으로 건너가 동경 삼하유치원 보모로 근무. 학생극예술좌에 참가.
1931	귀국. 종합지 『삼천리』에 입사. 처녀작 「정당한 스파이」 발표. 김유영을 만남.
1932	장남 익조 출생.
1934	카프 제2차 검거 사건(신건설사 사건)에 연루되어 전주형무소에 투옥.
1935	출옥.
1936	『조선일보』 출판부 입사. 『영화시대』 편집.
1937	「흉가」 발표.
1939	김유영 사망.
1942	경성방송국 근무. 김동환과 경기도 양주군 덕소로 이사. 장녀 지원 출생.
1946	차녀 채원 출생.
1947	서울 동숭동으로 이사. 「풍류 잽히는 마을」 발표.
1948	단편집 『천맥』 출간.
1949	창작집 『풍류 잽히는 마을』 출간.
1950	6·25전쟁 발발. 비도강파 문인으로 '부역문인'으로 낙인, 고초를 당함. 남편 김동환 납북. 1·4후퇴 때 대구로 피난.
1951	공군종군작가단에 가입. 종군기자로 활약하며 문인극에 참여.

1953	환도. 장편 『녹색의 문』 연재.
1954	동화집 『장다리꽃 필 때』와 장편 『녹색의 문』 출간. 서울시 문화위원에 위촉.
1955	잡지 『주부생활』 주간. 창작집 『바람 속에서』 간행.
1957	당인리 발전소 근처로 이사.
1958	장편 『인생찬가』로 제8회 서울시 문화상 본상 수상. 장편 『끝없는 낭만』 출간.
1959	『사상계』에서 제정한 '동인문학상' 제5회 심사위원.
1960	장편 『인간사』 연재. 『현대문학』 추천심사위원.
1962	장편 『별을 헤는 소녀들』 출간.
1964	장편 『인간사』 출간. 『인간사』로 제1회 여류문학상 수상. 장편 『강물은 또 몇천 리』를 『현대문학』에 2년간 연재.
1965	타이완 부인사진작가협회 초청으로 타이완 방문하여 문화계 시찰. 국세청 자문위원.
1967	파월장병 위문차 종군작가단장으로 베트남 방문.
1969	여류문학인협회 회장.
1970	대한민국 예술원 회원.
1972	대한민국 예술원상 본상 수상.
1974	『최정희 선집』 출간.
1976	『찬란한 대낮』, 『탑돌이』 출간.
1977	『최정희 문집』 출간.
1982	3·1문화상 수상.
1990	12월 21일(양력), 정릉 자택에서 노환으로 별세.

---

* 서영은의 『강물의 끝』(문학사상사, 1984)과 박죽심의 「최정희 문학 연구」(중앙대학교 박사학위 논문, 2010), 최정희의 장녀 김지원이 정리한 「최정희의 문학과 생애」(『문예운동』 2014.6) 등의 자료를 종합하여 작성하였음

1. 소설

「정당한 스파이」	『삼천리』	1931.10.
「니나의 세 토막 기록」	『신여성』	1931.12.
「명일의 식대」	『시대공론』	1932.1.
「룸펜의 신경선」	『영화시대』	1932.3~4.
「푸른 지평의 쌍곡」	『삼천리』	1932.5.
「아름다운 비극」	『신여성』	1932.8.
「비정도시」	『만국부인』	1932.10.
「남포등」	『문학타임즈』	1933.2.
「젊은 어머니」	『신가정』	1933.3~7.
「토마토철학」	『동아일보』	1933.7.23.
「다난보」	『매일신보』	1933.10.10~11.23.
「질투」	『신여성』	1934.1.
「가버린 미례」	『중앙』	1934.2.
「성좌」	『형상』	1934.9.
「낙동강」	『삼천리』	1934.11~1935.2.
「여인」	『중앙』	1934.12.
「日陰」	『大阪每日新聞』(조선판)	1936.4.2~5.1.
「흉가」	『조광』	1937.4.
「정적기」	『삼천리문학』	1938.1.
「산제」	『동아일보』	1938.4.8~4.19
「길」	『동아일보』	1938.5.24.
「곡상」	『조선일보』	1938.7.8~7.22.
「지맥」	『문장』	1939.9.
「肖像」	『문장』	1939.10.

「느티나무 아래」	『여성』	1940.3.
「인맥」	『문장』	1940.4.
「밤차」	『가정지우』	1940.6.
「사랑하는 까닭에」(번역)	『삼천리』	1940.6.
「적야」	『문장』	1940.9.
「천맥」	『삼천리』	1941.1~4.
「幻の兵士」(일문)	『국민총력』	1941.2.
「백야기」	『춘추』	1941.7.
「정적기」	『문화전선』	1941.7.
「2월 15일의 밤」	『신시대』	1942.4.
「여명」	『야담』	1942.5.
「장미의 집」	『대동아』	1942.7.
「野菊抄」(일문)	『국민문학』	1942.11
「푸른 하늘」	『경성일보』	1942.12.12.
「군국모 성찬」	『半島の光』	1944.6~7.
「징용열차」	『半島の光』	1945.2.
「점례」	『문화』	1947.7.
「풍류 잽히는 마을」	『백민』	1947.8~9.
「청량리역 근처」	『백민』	1947.10~11.
「벼갯모」	『대조』	1947.11.
「꽃피는 계절」	『새한민보』	1947.11.
「우물치는 풍경」	『신세대』	1948.2~5.
「고추」	『백민』	1948.2.
「수탉」	『평화신문』	1948.8.14~8.25.
「하늘이 좋던 날」(=「바람처럼」)	『부인』	1948.10.
「청탑이 서 있는 동리」	『부인』	1949.1~4.
「비탈길」	『문예』	1949.8~9.
「포도원」	『새교육』	1949.9.
「아기별」	『국도신문』	1949.9.4~9.12.
「봄」	『문예』	1950.1.
「봉황녀」 (=「어느 산촌의 전설」)	『백민』	1950.3.
「선을 보고」(=「맞선을 보던 날」)	『부인경향』	1950.6.

「낙화」	『여학생』	1950.6.
「바람 속에」(=「바람 속에서」)	『신천지』	1952.3.
「자장가」	『철경』	1952.7.
「산울림」	『소년세계』	1952.9.
「유가족」	『코메트』	1952.11.
「꽃이 피는 마을」	『신태양』	1952.11~1953.2.
「임하사와 어머니」	『협동』	1952.12.
「산모롱이 저쪽으로」	『공군순보』	1952.12.
「사고뭉치 서억만」	『훈장』에 수록	1952.
「광활한 천지」 (=「끝없는 낭만」으로 개제)	『희망』	1952.
「낙엽지는 날」	『학원』	1953.1.
「낙화」	『문예』	1953.2.
「녹색의 문」	『서울신문』	1953.2.25~7.8.
「라일락」	『학원』	1953.4.
「해당화 피는 언덕」	『신천지』	1953.9.
「추락된 비행기」	『문예』	1953.10.
「두 개의 나무-언니의 일기」	『학원』	1953.11.
「어느 새가 먼저-언니의 일기」	『소년세계』	1953.12.
「신혼」	『한국문학전집』에 수록	1953.
「산가초」	『신천지』	1954.1.
「눈오는 계절」	『현대여성』	1954.1~11.
「어느 산촌의 전설」(=「봉황녀」)	『협동』	1954.2
「돌팔매」	『학원』	1954.4.
「별을 헤는 소녀들」	『학생계』	1954.4~11.
「반주」	『문학과 예술』	1954.6
「불어라 봄바람」	『지방행정』	1954.3.
「출동전야」	『전시한국문학선 -소설편』, 국방부 정훈국	1954.
「수난의 장」	『현대문학』	1955.1
「속 수난의 장」	『새벽』	1955.1.
「그와 나의 대화」	『신태양』	1955.1.
「그들의 가족」	『가톨릭청년』	1955.1.

「바다가 보이는 교정」	『학원』	1955.1~5.
「인정」	『사상계』	1955.2.
「요지경」	『새벗』	1955.4.
「전설」	『코메트』	1955.4.
「탄금의 서」	『희망』	1955.5.
「파리」	『예술원보』	1955.6.
「초상」	『신태양』	1955.8.
「소용돌이」	『조선일보』	1955.8.30~9.13.
「정적일순」	『현대문학』	1955.9~10.
「흑의의 여인 : 속 녹색의 문」	『여원』	1955.10~1956.10.
「하얀 꽃	『여성계』	1955.11.
「남으로 향하는 길」	『희망』	1955.12.
「광활한 천지」	『희망』	1956.1~1957.3.
「푸른 계절」	『명랑』	1956.1.
「떼스마스크의 비극」	『평화신문』	1956.1.1~3.29.
「찬란한 한낮」(=「찬란한 대낮」)	『문학예술』	1956.6~8.
「핏줄」	『지방행정』	1956.5.
「다리 긴 아저씨」	『학원』	1956.7~1957.4.
「점례의 死」	『아리랑』	1956.8.
「그와 그들의 여인」	『국제신보』	1956.9.1~1957.2.8.
「해방 직후」	『세계일보』	1957.2.14~2.15.
「윤한승 노인」	『아리랑』	1957.3.
「인생찬가」	『여성계』	1957.4~1958.11.
「사춘기」	『아리랑』	1957.5.
「형제 별」	『새교실』	1957.8.
「너와 나와의 청춘」	『주부생활』	1957.7~1959.1.
「인간사」	『사상계』	1960.8~12.
「어머니」	『보건세계』	1960.12~1961.4.
「채녀」	『수필』	1961.7.
「어느 마을의 풍경」	『새농민』	1961.10~1962.2.
「숲속에 바람이 일던 날」	『새길』	1962.1.
「이별」	『새길』	1963.11.
「귀뚜라미」	『현대문학』	1963.12.

「강물은 또 몇 천리」	『현대문학』	1964.5~1966.4.
「여자의 풍경」	『월간문학』	1966.5.
「제2여자의 풍경」	『현대문학』	1966.12.
「가을」	『현대문학』	1968.11.
「바다」	『월간문학』	1970.4.
「205호 병실」	『현대문학』	1970.5.
「탑돌이」	『현대문학』	1975.12.
「산」	『문학사상』	1976.1.
「화투기」	『현대문학』	1980.8.

2. 작품집

『천맥』	수선사	1948
『풍류 잽히는 마을』	아문각	1949
『장다리꽃 필 때』	학원사	1954
『녹색의 문』	정음사	1954
『바람 속에서』	인간사	1955
『인생찬가』	민중서관	1958
『속 녹색의 문』	민중서관	1959
『끝없는 낭만』	동학출판사	1958
『별을 헤는 소녀들』	학원사	1962
『인간사』	신사조사	1964
『여류한국』(박화성과 공저)	어문각	1964
『찬란한 대낮』	문학과지성사	1976
『탑돌이』	범우사	1976
『최정희 선집』	어문각	1974
『최정희 문집』	명서원	1977

---

* 이 작품 목록은 박죽심의 「최정희 문학 연구」(중앙대학교 박사학위 논문, 2010)과 김복순의 『"나는 여자다" 방법으로서의 젠더 : 최정희론』(소명출판, 2012), 구명숙 외 『한국 여성작가 작품목록 – 해방 이후부터 1960년대까지』(역락, 2013)를 토대로 작성하였음.